FILM- und FERNSEH-BÜCHER aus dem
BASTEI-LÜBBE-Taschenbuchprogramm:

13 001 Feuerkind	13 378 Backdraft – Männer, die durchs Feuer gehen
13 006 Ghostbusters	
13 008 Shining	13 380 Stone Cold – Kalt wie Stein
13 035 Cujo	
13 039 Zurück in die Zukunft	13 381 Wie verrückt und aus vollem Herzen
13 043 Trucks	
13 084 Top Gun	13 382 Terminator 2 Tag der Abrechnung
13 087 Ferris macht blau	
13 088 Katzenauge	13 383 Im Auge des Sturms
13 121 Carrie	13 412 Wer erschoß John F. Kennedy
13 144 Robocop	
13 189 Presidio	13 414 Der innere Kreis
13 194 Angeklagt	13 415 Lebensgeister GmbH – Freejack
13 219 Stirb langsam	
13 242 Ghostbusters II	13 416 Ein Kartenhaus
13 244 Karate Kid III	13 444 Basic Instinct
13 246 Abyss	13 446 Universal Soldier
13 248 Zurück in die Zukunft II	13 447 Sweetheart
13 280 Moon 44	13 448 City of Joy
13 282 Music Box	13 449 Dracula
13 283 Pink Cadillac	13 450 Der Bergdoktor
13 284 Shocker	13 451 Die Stars von Beverly Hills, 90210
13 285 Die totale Erinnerung – Total Recall	
	13 452 Columbo – Drei Romane
13 304 Darkman	13 485 Der letzte Mohikaner
13 305 Geister-Daddy	13 486 Erbarmungslos
13 307 Navy Seals	13 487 Bram Stocker's Dracula – Der Film und die Legende
13 308 Und wieder 48 Stunden	
13 309 Zurück in die Zukunft III	13 488 Into the West
13 310 Robocop II	13 489 Malcolm X – Der Film und die Legende
13 311 Dick Tracy	
13 312 Flatliners	13 490 Ihr größter Coup
13 313 Turtles	13 491 Jimmy Hoffa
13 314 Eine gefährliche Affäre	13 492 Sniper – der Scharfschütze
13 346 Geschichten aus der Schattenwelt	13 493 Forever Young
	13 496 Columbo Drei weitere Romane
13 347 Zurück in die Vergangenheit	
	13 532 Dragon Die Bruce Lee Story
13 348 Der mit dem Wolf tanzt	
13 349 Auf die harte Tour	13 497 Die Stars von Melrose Place

COLUMBO

Drei Thriller
in einem Band

Ins Deutsche übertragen von
Ingrid Rothmann

A. Schnell

'96

BASTEI-LÜBBE-TASCHENBUCH
Band 13 496

Erste Auflage:
Juli 1993
Zweite Auflage:
November 1994

Originaltitel:
A Deadly State of Mind
© Copyright 1976 by MCA
Publishing, a division of MCA Inc.
Novelization by Lee Hays
Originaltitel: Troubled Waters
© Copyright 1976 by MCA
Publishing, a division of MCA Inc.
Novelization: Lee Hays
Originaltitel: Murder By The Book
© Copyright 1976 by MCA
Publishing, a division of MCA Inc.
Novelization by Steven Bochko
Based on the Universal Television
series COLUMBO
Created by Richard Levinson &
William Link
Starring Peter Falk
All rights reserved
Deutsche Lizenzausgabe 1993
by Bastei-Verlag Gustav H. Lübbe
GmbH & Co., Bergisch Gladbach
Titelfoto: DPA
Umschlaggestaltung:
Quadro Grafik, Bensberg
Satz: KCS GmbH,
Buchholz/Hamburg
Druck und Verarbeitung:
Cox & Wyman, Ltd
Printed in Great Britain

ISBN 3-404-13496-6

Der Preis dieses Bandes
versteht sich einschließlich der
gesetzlichen Mehrwertsteuer.

Inhalt

Der Psycho-Mörder 7
Lee Hays

Die tote Sängerin 159
Lee Hays

Der Weekend-Mörder 305
Steven Bochko

Der Psycho-Mörder

**von
Lee Hays**

1

Minutenlang war das leise Surren des Tondbandgerätes mit seinen sich langsam drehenden Spulen das einzige Geräusch im Raum. Der Raum war fast vollständig in Dunkelheit gehüllt. Nur auf einem Tischchen neben dem Sofa brannte eine einzige, mit einer schwachen Birne versehene Lampe. Es war ein kleiner Raum. Die Einrichtung bestand aus einem Tisch, auf dem sich die Lampe und das Tonbandgerät befanden, einem Sessel und einer Couch. In dem Sessel saß ein Mann.

Auf der Couch lag der Körper einer Frau so reglos, daß man sie hätte für tot halten können. In ihrem Arm steckte eine Nadel, an der Nadel war ein Schlauch angebracht, an diesem wiederum eine umgedrehte Flasche. Die Flasche hing an einem Drahtgebilde auf einem Metallständer, der, rein sachlich betrachtet, den auffälligsten Teil der Einrichtung des Raumes bildete.

Der Mann war eben im Begriff, etwas zu sagen, als die Frau sich bewegte. Ihre Entspannung war so weit fortgeschritten, daß die Worte, die über ihre Lippen kamen, von einer körperlosen Stimme gesprochen schienen, von einer Person, die aus einer jenseitigen Welt sprach.

Jemand, der nicht wußte, daß es sich hier um den Behandlungsraum in einem Krankenhaus handelte, hätte glauben können, er wäre Zeuge einer spiritistischen Sitzung. In gewissem Sinne hätte das auch zugetroffen. Denn die Worte, die die Frau sprach, kamen aus ihrer Vergangenheit, kamen aus einem ihr unbekannten Teil ihres Selbst, einem Teil, der schon viele, viele Jahre tot und begraben war.

Aus dem Zusammenhang gerissen, schienen ihre Worte sinnlos, doch für den Mann im Sessel waren sie sehr bedeutsam. Sie führten ihn zu einem entscheidenden Punkt in ihrem Leben hin, einem für sie wichtigen Wendepunkt — und auch zu der Antwort auf seine eigenen gegenwärtigen Wünsche.

Seine Spannung war deutlich sichtbar, obgleich er sich nicht rührte. Ja, das könnte es nach all den langen Monaten sein, sagte er sich. Das hoffte er nicht nur um ihretwillen, sondern auch um seinetwillen. Es war Schwerarbeit gewesen, aber was ihn mehr berührte, war die Tatsache, daß ihre Beziehung nicht rein beruflich war. Die Frau war mehr als nur eine Patientin, und er mehr als nur ihr Arzt. Und das alles, dachte er trocken, im Interesse der Wissenschaft... und seines Verlegers.

Nadia Donner, so hieß die Frau, sprach in leicht bewegtem und schmollendem Ton. »Es war mein Hund... meiner, und nicht ihrer. Ich fand ihn... er mochte Margaret gar nicht... nicht wirklich. Sie hat ihn nie gefüttert... sie hat gelogen... sie sagte, sie hätte sich um ihn gekümmert, aber das stimmt nicht. Ich habe es getan... und Papa... Papi...«

Er beugte sich noch weiter vor. Sie wiederholte die Worte fast wie eine Litanei. »Papi... Papi...«

Jetzt war es Zeit, daß er sich meldete, kritisch, damit sie ermutigt, aber nicht gestört würde. Seine Stimme war tief und leise. Er sprach, als wolle er ein Kind einschläfern.

»Nadia, was ist mit deinem Papi? Du hattest ihn lieb, nicht wahr. Sehr lieb. Was ist mit Papi... und dem Hund... und Margaret?«

»Papi wußte über Margaret Bescheid... wußte alles... wie sie wirklich war... ich habe es ihm gesagt... ich mußte einfach...«

»Nadia, warum hast du es gesagt? Kannst du dich erinnern, warum du ihm alles über Margaret gesagt hast?«

Die Frau verharrte in Schweigen, und er spürte nagende Enttäuschung. Es war greifbar nahe, wenn sie bloß... seine Überlegungen wurden durch ihre Stimme unterbrochen.

»Damit er mich liebte... damit er sie nicht mehr lieb hatte. Ich konnte schwimmen, aber Margaret konnte es nicht, Papi hat immer nur mir zugesehen... beim Schwimmen, beim Springen... ich sprang wunderschön... Kopfsprünge, Schraubensprünge, sogar mit Salto... er sah mir immer zu, machte mir Mut ... es war wichtig für ihn ... und mich.« Ihre Stimme verlor sich.

Aus Angst, sie würde sich ihm wieder entziehen, sagte der Mann hastig: »Er hat dir beim Springen zugesehen?«

»Ja.« Und dann verspielt: »Aber nur mir. Nur mir. Ich war die einzige.«

Wieder beugte er sich vor. Das scharfe Profil, sein interessantes Gesicht mit den durchdringenden Augen, geriet für einen kurzen Augenblick voll ins Licht. Er sah blendend aus. Seine einundvierzig Jahre hatten ihm nicht zugesetzt. Er bot ein Idealbild von geistiger und körperlicher Gesundheit und Wohlbefinden. Ein Mann, dem man vertrauen und in dessen Hände man sich begeben konnte. Genau die richtigen Attribute für den erfolgreichen Psychiater, der er war.

Jetzt sprach Nadia Donner wieder. Sie sagte: »Margaret hatte Angst vor Wasser.« Aus ihrer Stimme war Verachtung und dann boshaftes Vergnügen herauszuhören. »Ich habe ihr Angst eingejagt ... ich wollte nicht, daß Papi ihr zusah ... wir hatten ein Schwimmbecken, ein wunderschönes Becken ... Margaret hat es gehaßt. Fast wäre sie ertrunken!« Die Stimme war feierlich geworden, und doch hatte der Arzt hinter dem ernsten Ton einen Hauch von Schadenfreude herausgehört.

Markus Collier fragte: »Und warum wäre sie fast ertrunken?«

Hastig und wie als Rechtfertigung kamen die Worte: »Sie konnte nicht schwimmen.«

Er ließ sich nicht abwimmeln. »Ist sie ins Becken gefallen?« Als sie darauf keine Antwort gab, formulierte er den Satz anders. »Wie ist sie ins Wasser geraten? Warst du dabei?«

Stille und das Geräusch des Tonbandgerätes waren die Antwort darauf. Er war ein geduldiger Mensch, wußte aber, daß die Zeit verrann, daß die Wirkung der Droge sich bald verflüchtigen würde — und daß auch ihm die Zeit davonlief. Er mußte sein Buch fertigschreiben und wurde von einem hungrigen Verleger wie von einem Bluthund verfolgt ... und ohne Buch ... ja, der Ausfall von Tantiemen würde seinen Lebensstil drastisch herunterschrauben.

»Nadia, warst du dabei, als Margaret im Wasser war? Hast du zugesehen?«

Die Frau, die etwa Mitte Dreißig war, rang um Worte, doch die Worte wollten sich nicht einstellen. Sekundenlang wirkte ihr Antlitz aufgewühlt, als hätte sie ein qualvolles Erlebnis hinter sich und wäre eben der Hölle entronnen. Sie befand sich im Kampf mit einem Dämon in ihrem Inneren, dem Dämon der Wahrheit, an den man sich erinnern mußte, mit dem man sich auseinandersetzen mußte, mit der Wahrheit, die endlich heraus wollte, während die andere Hälfte ihres Selbst, das so viele Jahre lang üppig und bequem gelebt hatte, verzweifelt darum kämpfte, all das Schreckliche zu unterdrücken, das die Wahrheit, die volle Wahrheit, mit sich bringen würde.

Leise sagte er: »Nadia?«

Zu spät. Er hatte sie verloren. Sie wechselte das Thema. »Er hieß ›Beauregard‹... mein Hund... er war mein Hund... ich fand ihn, und Papi sagte, er wäre mein Hund. Er war der einzige richtige Freund, den ich je hatte ... ›Beauregard‹. Er war wirklich süß, mußt du wissen. Liebenswert. Er blieb immer noch ein Hundebaby, als er schon längst ein ausgewachsener Hund war.«

Verzweifelt, als hinge sein Leben davon ab, versuchte Collier sie zurückzuführen. »Nadia, wir waren am Becken ... das Schwimmbecken... konzentriere dich auf das Becken... Margaret ist etwas zugestoßen... was denn, Nadia? Was ist Margaret passiert?«

»Es war nicht ihr Hund, sondern meiner. Der ›Beauregard‹. Ich rief ihn ›Beau‹ und nicht ›Beauregard‹. Sie hat ihn so genannt, weil das in seinen Dokumenten stand ... aber er ist mir zugelaufen, weil ich ihn Beau nannte... mich hat er geliebt. Er war mein Hund. Ich fand ihn ...«

Collier schüttelte ermattet den Kopf. Er stand auf und

streckte sich, um die Verkrampfung in seinem Körper zu lösen. Beinahe, dachte er, aber nicht ganz. Wir kommen hin. Guter Gott, das kann aber noch ewig dauern.

Er ging an den Infusionsapparat und zog die Kanüle aus ihrem Arm. Aus einem Behälter neben dem Tonbandgerät nahm er einen Wattebausch, tauchte ihn in Alkohol und wischte damit den Arm der Frau ab. Danach bedeckte er die Einstichstelle mit einem Verband. Er blieb über Nadia gebeugt stehen. Sie murmelte unverständliches Zeug vor sich hin, wie immer, wenn sie langsam zu Bewußtsein kam und die Wirkung der Droge nachließ. Zu dumm, dachte er, wir waren so nahe dran. Noch zehn Minuten... aber ich habe ihr ohnehin die Höchstdosis gegeben. Ich muß bis zum nächstenmal warten.

»Nadia«, flüsterte er. »Schon gut, Nadia... komm schon. Neunzehnhundertsiebenundvierzig... siebenundfünfzig... entspannen... nur schlafen... schlafen... neunzehnhundertsiebzig... ruhig... jetzt ist die Gegenwart... Mittwoch... du erwachst... brauchst keine Angst zu haben... wach langsam auf... alles in bester Ordnung... ich zähle bis drei... bei drei wirst du erwachen... ausgeruht... du fühlst dich glücklich... zufrieden... eins... zwei... drei... jetzt bist du wach.«

Die Frau schlug die Augen auf und lächelte Markus Collier an, der das Aufnahmegerät abschaltete und auf ›Umspulen‹ stellte.

»Diesmal muß es ganz kurz gewesen sein«, sagte sie.

»Es war so lang wie immer«, antwortete er mit einem Blick auf die Uhr.

Sie richtete sich auf, und er setzte sich neben sie auf die Couch. Er beugte sich über sie und küßte sie sachte auf die Lippen. Sie erwiderte seine Umarmung. Als er von ihr abrückte, sagte sie lächelnd: »Mir ist es viel kürzer vorgekommen. Ich fühle mich nicht so ausgewrungen. Haben sich Fortschritte gezeigt?«

Er zuckte die Achseln. »Etliche.«

»Wieder die Sperre?« Als er nickte, seufzte sie. »Manchmal habe ich das Gefühl... nun ja, ich frage mich, ob es die Sache eigentlich wert ist?«

»Das weißt du. Du hättest nicht deine Zeit und dein Geld dafür aufgewendet...«

»Karls Geld...«

»... Zeit und Geld, wenn es nicht absolut lebensnotwendig für dich wäre. Um Erfüllung zu finden, zu funktionieren... frei sein zu können, lieben zu können... «

»Ich liebe...« Wieder lächelte sie.

»Du sollst dich jetzt ausruhen«, sagte er. »Leg dich hier eine Weile hin... bis die Wirkung ganz nachgelassen hat. Ich möchte nicht, daß du mit wackligen Knien rausgehst. Das ganze Institut wird sonst glauben, wir sitzen hier drinnen und treiben Gott weiß, was.«

»Mir ist jetzt nach einem Martini zumute. Ach, Mark, ich habe dich so selten gesehen... außer hier in diesem Raum... du fehlst mir so. Bitte, unterbrich mich nicht. Karl fährt heute weg... Er hat geschäftlich in San Franzisko zu tun... da habe ich an unser Haus am Strand gedacht... um diese Jahreszeit ist dort keine Menschenseele. Wir bleiben ungestört. Dort draußen am Ozean ist es dunkel und geheimnisvoll. Ich bin so gern dort draußen... möchtest du nicht mitkommen...?«

»Nadia, ich möchte ja gern, wirklich... aber ich stecke so tief in Arbeit...«

»Mark, bitte. Du weißt, daß ich dich brauche. Komm doch am Spätnachmittag, so um fünf oder halb sechs. Um diese Zeit bist du sicher schon fertig. Bitte, Mark. Immer nur Arbeit und kein Vergnügen... du weißt schon. Und ich sehne mich verzweifelt nach... ach, Karl war unlängst widerlich. Er ist dauernd wütend auf mich... und ich bin so einsam. Bitte, Mark!«

Es gab kein Entrinnen, das erkannte er an der immer deutlicher zutage tretenden Hysterie ihres Tonfalls. Nun ja, um eine passende Redensart anzubringen — wie man sich bettet, so liegt man —, und das alles nur, um an sie heranzukommen, und die ganze Story zu bekommen, redete er sich ein. Sobald er fertig war, sobald der Durchbruch geschafft war, würde auch das Buch fertig sein. Es würde phantastisch werden. Und in der Zwischenzeit tat er gut daran, seine bis jetzt aufgewandte Mühe nicht unbedacht zunichte zu machen.

»Na gut. Aber bleib jetzt noch eine Weile ... bis du wieder sicher gehen kannst ... wir sehen uns dann später.«

»Du wirst doch nicht ... vergessen?«

»Natürlich nicht. Hab' ich dich je hängenlassen?«

»Nein, das hast du nicht, Mark. Ich weiß, daß ich mich auf dich verlassen kann.«

»Das kannst du. Nadia, du bedeutest mir sehr viel.«

»Das weiß ich, und du bist mein ein und alles. Ohne dich ... würde ich auseinanderfallen ... nicht mehr funktionieren ... ohne deine Hilfe wäre ich schon tot. Los jetzt, mein Schatz, geh schon. Ich werde dich sehnsüchtig erwarten. Ich werde für dich kochen ... etwas Besonderes ... dein Lieblingsgericht.«

»Das kennst du gar nicht.«

»Oh, ich glaube doch ... ich kenne alle deine Vorlieben. Ich weiß alles über Sie, Dr. Collier. Glauben Sie, der Patient weiß nichts über den Arzt? Wie eingebildet! Wir beobachten euch auch. Eines Tages werde ich Sie analysieren, Markus Collier!«

»Und was wirst du herausfinden?«

»Das, was ich ohnehin schon weiß. Du bist ein Mann, der lieben kann.«

»Das ist aber nicht das, was mir mein Psychiater gesagt hat.«

»Was weiß der schon? Ich bin in dich verliebt ... das ist ein Riesenunterschied.«

»Ich glaube, du hast recht. Bis dann, Nadia ... Liebling.«

»Mark, ich liebe dich.«

Aber er war schon draußen.

2

Markus Collier mußte sich eingestehen, daß er durch die Wendung, die die Dinge genommen hatten, mehr als nur leicht bedrückt war... oder, um genauer zu sein, durch den Verlauf, den die Dinge im Moment nahmen. Es hatte sich nichts geändert, nichts Neues hatte sich ergeben. Eigentlich war es in den vergangenen Monaten ähnlich gewesen. Eine Weile hatten sie Fortschritte gemacht, echte Fortschritte. Nadia hatte sich ihm gegenüber geöffnet, und gleichzeitig war es mit seinem Buch, es war sein zweites, rapide vorwärtsgegangen. Das Buch würde mehr oder weniger ihre Geschichte erzählen, mit geänderten Namen, versteht sich. Tatsachen, keine Erfindung. Schließlich war er Wissenschaftler. Aus diesem Grund war sein erstes Buch ein Bombenerfolg geworden. Er hatte das Thema klinisch behandelt, sachlich und wissenschaftlich. Dennoch hatte das Thema die Öffentlichkeit fasziniert.

Und das Thema seines zweiten Buches, eines Buches, für das er bereits einen kräftigen Vorschuß erhalten hatte, würde eine noch größere Sensation darstellen. Wieder mit Seriosität, Takt und Objektivität abgehandelt, gleichzeitig aber auch allgemeinverständlich. Dieser Umstand hatte mitgeholfen, die Bücher gut zu verkaufen, wie sein Verleger ihm erklärt hatte. Dazu der Vorschuß und die Ermahnung, man solle das Eisen schmieden, solange es noch heiß wäre... solange nämlich sein Name, Dr. Markus Collier, noch bekannt wäre. Er mußte das Buch so schnell wie möglich fertigstellen. Doch das konnte er nicht ohne die im Unterbewußtsein geleistete Mitarbeit Nadia Donners.

Und was die andere Seite betraf, nämlich seine Affäre mit ihr, so war das gar nicht selten. Wahrscheinlich hätte er sich professioneller geben müssen. Aber die Frau war attraktiv, sie verbrachten viel Zeit miteinander, und es hatte mitgeholfen, daß sie sich ihm öffnete und der Wahrheit, die er bereits ahnte, ganz nahekam. Sie hatte in gewisser Weise recht gehabt. Liebe konnte Dinge bewirken, die moderne Wissenschaft nicht vermochte. Außerdem war ihr Mann ein Rüpel, rechtfertigte Markus Collier sich. Ein reicher, selbstzufriedener, herrschsüchtiger, aufgeblasener, arroganter Rüpel. Geschah ihm also ganz recht. Nadia war schön und zart besaitet. Sie hatte etwas Besseres verdient als diesen Karl Donner.

Jemand rief seinen Namen und riß ihn aus seinen Gedanken. Er sah auf und erblickte vor sich auf dem Gang die formvollendete Gestalt von Dr. Anita Borden, einer Kollegin... nun ja, vielleicht ein wenig mehr als nur Kollegin.

»Ach, Dr. Collier...« Als er sich umdrehte, sagte sie hastig und gedämpft: »Mark, ich dachte mir, Sie müßten es unbedingt wissen... im Forschungslabor fehlen uns einige Präparate. Ein paar hundert Einheiten Amobarbiturate und Xylothin.«

Er wollte achselzuckend weitergehen. »Dann machen Sie eben noch mal eine Bestandsaufnahme«, sagte er in einem Ton, der ihr bedeutete, daß er die Sache für erledigt hielt. »Wahrscheinlich haben Sie sich geirrt.«

Sie ließ sich nicht abwimmeln. Ruhig sagte sie: »Ich dachte, Sie hätten vielleicht für Ihre Arbeit etwas gebraucht.«

Er blieb stehen und drehte sich wieder um. »Ach?«

Sie war ihm gefolgt und blieb jetzt dicht vor ihm stehen. »Sieh mal, Mark, ich weiß ja, daß es mit dem Buch nicht recht weitergeht, aber die Anwendung von Drogen — dieser Drogen —, um die Hypnose von Mrs. Donner zu vertiefen, ist eine gefährliche Abkürzung des Verfahrens... wir haben die Drogen noch nicht genügend ausprobiert... und wissen nicht, welche Wirkung sie auf einen Menschen in chemischer oder psychologischer Hinsicht haben.«

»Anita, stell bloß nicht Vermutungen über meine Methoden an.« Erneut wandte er sich zum Gehen.

Sie aber war entschlossen, ihre Meinung anzubringen. »Du bist ein guter Arzt... du brauchst diese Methode nicht.

Die Patientin ist von dir ohnehin total abhängig... es könnte schlimmer werden...«

»Wirklich? Und jetzt werde ich Ihnen sagen, was ich wirklich brauche, Dr. Borden. Ich brauche dringendst die Auswertung der Rattenexperimente... und zwar bald.«

»Ich habe Ihnen die Ergebnisse gezeigt... und Sie haben sie abgelehnt...«

»Weil der Versuch nicht sachgemäß durchgeführt wurde. Hätten Sie ihn auf meine Art gemacht, wären die Ergebnisse anders ausgefallen.« Sein Ton wurde schärfer. »Hören Sie, hinter mir lauert wie ein Aasgeier ein Verleger und...«

»Ich denke nicht daran, Testergebnisse vorzutäuschen, nur damit Ihr Buch endlich in Druck gehen kann, Mark, ... ich werde die Experimente sachgemäß abschließen...«

»Dr. Borden, ich habe nie verlangt, daß etwas erschwindelt werden soll — aber ich verlange, daß Sie eine Spur mehr Phantasie und sehr viel mehr Fleiß einsetzen. Anstatt hier herumzuschnüffeln, wieviel Kubik Jod fehlen, sollten Sie sich lieber an Ihre Arbeit machen — an die Versuche!«

Sie war im Begriff, sich zu einer wütenden Antwort hinreißen zu lassen, als sie sich eines Besseren besann und sich beherrschte. Es waren nicht nur die Drogen, das wußte sie. Auch nicht die Experimente oder das Buch. Es war Nadia Donner. Egal, wie sie die Sache betrachtete, wenn sie sich die Wahrheit eingestand, wußte sie immer: »Anita Borden, du bist eifersüchtig — mehr steckt nicht dahinter.«

Sie begnügte sich mit einem Kopfschütteln und ging. Er wollte ihr etwas nachrufen, als die Dame vom Empfang ihn erblickte. »Ach, da sind Sie ja, Dr. Collier. Mr. Donner erwartet Sie in Ihrem Büro. Er sagte, er müßte dringend mit Ihnen reden, also habe ich ihn gebeten, er solle drinnen warten. Das tut er seit etwa zehn Minuten.« Als Dr. Collier knapp vor ihrem Schreibtisch angekommen war, der fast genau vor der Tür zu seinem Büro stand, fügte die Empfangsdame im Flüsterton hinzu: »Und ich glaube, der hat es nicht gern, wenn man ihn warten läßt.«

Beunruhigt bedankte er sich und rief ihr im Gehen zu: »Stellen Sie keine Anrufe für mich durch.«

Am Fenster stand Karl Donner und sah hinaus auf das Gelände des »Institutes für Verhaltensforschung« der Universität. Colliers Gefühle ihm gegenüber waren nicht ungewöhnlich. Jeder, der Karl Donner hätte beseitigen wollen, hätte sich am Ende einer langen Reihe von Anwärtern einordnen müssen. Er war in der Geschäftswelt weder respektiert noch beliebt, nur gefürchtet. Von Angestellten, Geschäftspartnern und Rivalen. Scharfes Profil, um die Fünfzig, leichter europäischer Akzent — ein körperlich starker Mann, dessen Körperkraft sich aber nicht mit jener Macht messen konnte, über die er in Form seiner Kapitalbeteiligungen, seines Vermögens und seines Erfolges verfügte. Er war ein Herrscher und wußte es, ja, er schwelgte sogar in dieser Rolle.

Humorlos und tödlich wie eine Kobra war dieser Riesenkerl, der keine Zeit mit Liebenswürdigkeit, Höflichkeit, Händeschütteln oder Lächeln verlor.

Trotz seiner Bestürzung und seiner Antipathie gegen diesen Menschen zwang sich Collier zu einem warmen Lächeln, als er das Zimmer betrat.

»Karl, wie schön, Sie zu sehen. Nadia ist heute schon fertig. Sie hat sich nur eine Weile ausgeruht und müßte jetzt bereit sein.«

Er streckte ihm die Hand entgegen, die Donner ignorierte. »Nadia kann warten.«

Nach einem Augenblick des Zögerns, so als fürchte er, daß Donner bei einer zu schnellen Bewegung zuschlagen könnte, nickte Collier und ging an seinen Schreibtisch. »Wie ich sehe, regnet es draußen.«

Karl Donner ging auf diese Bemerkung nicht ein. Statt dessen nahm er eine Schachtel vom Schreibtisch des Arztes, öffnete sie und schnüffelte daran. Er nahm eine Zigarre heraus, rollte sie zwischen den Fingern und beschnüffelte sie nochmals, ehe er sie zurücklegte.

»Bedienen Sie sich«, sagte Collier im Hinsetzen.

»Sie lassen es sich gut gehen, Doktor. Sie leben sehr gut. Havannas...«

Collier unterbrach ihn. »Wenn man nicht gut leben kann, warum dann überhaupt leben? Als Geschäftsmann, der einiges Vermögen angehäuft hat, müßten Sie sich diese Theorie eigentlich auch zu eigen machen.«

»Nicht ganz das, was ich von einem Mann erwarte, der der Wissenschaft dient.«

»Dienen ist ein armseliger Ersatz für Erfolg. Nehmen Sie Platz, Karl.«

Aber Donner blieb stehen. Er starrte Markus Collier unverwandt an. Mit tonloser, beherrschter Stimme sagte er: »Meine Frau trifft sich mit einem anderen Mann. Ich möchte seinen Namen wissen.«

Collier gelang es, Ruhe zu bewahren. Mit gleichgültigem Achselzucken sagte er: »Tut mir leid, Karl...«

»Hören Sie mit dem gönnerhaften Getue auf. Sie behandeln Nadia seit mehr als einem halben Jahr... zweimal pro Woche... Sie wissen alles... alles von ihr...«

»Karl, selbst wenn ich es wüßte, könnte ich dergleichen nicht preisgeben. Ein Psychoanalytiker ist ähnlich wie ein Priester. Er muß das uneingeschränkte Vertrauen des Patienten besitzen. Andernfalls würden die Patienten nicht alles erzählen. Dazu kommt das Berufsethos... falls ich es täte und es herauskäme... ich wäre als Arzt erledigt, ich wäre hier im Institut erledigt...«

»Sie werden hier am Institut auch erledigt sein, wenn Sie es mir nicht sagen. Als Kuratoriumsmitglied dieser Universität bin ich in der Lage, Sie zu vernichten, Collier, und ich würde nicht zögern, es zu tun... Heute will ich noch mal Milde walten lassen. Gut, Sie wissen es also nicht. Aber morgen... morgen nachmittag komme ich aus San Franzisko zurück. Ich werde um Punkt vier Uhr hier sein, und Sie werden um diese Zeit die Antwort auf meine Frage parat haben.«

Donner ließ den Deckel der Zigarrenschachtel zuklappen und ging zur Tür. »Ich weiß, Sie werden mich nicht enttäuschen. Sie haben sehr passend bemerkt, Hingabe an die Wissenschaft sei nur ein armseliger Ersatz für Erfolg. Guten Tag.«

Markus Collier blieb lange Zeit still sitzen. Obwohl Gesicht und Körper reglos waren, rasten seine Gedanken dahin. Langsam zog er die Schreibtischlade auf und nahm einen Stapel Papiere heraus. Das da ist die Ursache von allem, dachte er. Mit dem halbfertigen Manuskript in der Hand stand er auf und trat ans Fenster. Unter seinem Bürofenster lag der Parkplatz. Durch Dunst und starken Regen konnte er zwei Gestalten über die Betonfläche laufen sehen. Die kleinere, eine Frau, wurde von der größeren, einem Mann, geführt. Es waren Karl und Nadia Donner. Er sah, wie sie einstiegen und losfuhren. Collier runzelte die Stirn.

Als der Wagen außer Sicht war, blickte er auf die Papiere in seiner verkrampften Hand. Er sah, daß er sie zerknüllt hatte. Sorgfältig strich er sie glatt und legte sie auf den Schreibtisch. Er betrachtete die Titelseite, auf der geschrieben stand:

Geschlecht und abhängige Persönlichkeit
von
Dr. Markus Collier.

3 Die Fahrt zum Strandhaus der Donners dauerte nicht lange. Da Markus Collier mit der Arbeit zeitig Schluß gemacht hatte und ihm jetzt für die Fahrt reichlich Zeit blieb, trödelte er im Büro herum und versuchte, seine Gedanken auf die vorliegenden Probleme zu konzentrieren. Sie waren einfach, aber dennoch vielschichtig. Er hatte sich mit Nadia Donner eingelassen. Fast war er geneigt zu sagen, gegen seinen Willen und gegen sein besseres Wissen. Dabei wußte er, daß dies nicht ganz zutraf. Er hatte den eingeschlagenen Weg gewählt, ganz absichtlich gewählt. Ja, er hatte ein Liebesverhältnis mit ihr begonnen, nur zu dem Zweck, sein Buch zu schreiben — doch hatte das alles durchaus seine angenehmen Seiten.

Sie war attraktiv, lebensfroh und sehr verführerisch.

Und jetzt mußte er die Zeche dafür bezahlen. Es sah jedenfalls ganz danach aus. Er war verloren, wenn er es tat, und er war ebenso verloren, wenn er es nicht tat. Er konnte Karl Donner wohl kaum eröffnen, daß er selbst Nadias Geliebter war. Wenn er Karl aber nicht sagte, wer es war, würde er sehr bald ohne Beruf dastehen. Es hatte keinen Zweck, sich bezüglich Donner irgendwelchen Illusionen hinzugeben. Der Mann würde erbarmungslos zuschlagen, wenn man seine Forderung nicht erfüllte, und er würde erbarmungslos gegen den Nebenbuhler vorgehen... natürlich hätte er ihm jemanden anderen nennen können, aber Donner würde in seiner methodischen, geschäftsmäßigen, europäischen Art jeden angegebenen Namen überprüfen.

Und dann war da auch noch das Buch, das fertig werden sollte. Er mußte es zu einem Ende bringen und konnte es nicht, ehe er den endgültigen Durchbruch bei Nadia nicht schaffte. Die Ironie bestand darin, daß sie sich, falls er den Durchbruch schaffte, viel besser fühlen würde. Donners »Investition« in die Psychiatrie hätte sich bezahlt gemacht. Seine Frau würde, wenn schon nicht völlig geheilt, doch auf dem Weg der Besserung sein.

Und schließlich war da noch Anita Borden. Als er sich mit Nadia Donner einließ, hatte er ihr ziemlich rüde den Laufpaß gegeben. Schlimm daran war, daß er wußte, daß er ihr noch immer nicht gleichgültig war — und umgekehrt. Und das alles, sagte er sich mit einem Blick auf das unfertige Manuskript auf dem Schreibtisch, wegen dieses elenden Buches. Und es gab scheinbar keinen Ausweg aus dem

Dilemma. Halbherzig spielte er mit dem Gedanken, mit Nadia Schluß zu machen. Damit hatte er ihren Mann vom Hals und konnte Anita wiedergewinnen. Aber auf diese Weise würde er sein Buch nicht fertigstellen können.

Sich Nadia vom Hals zu schaffen, würde also keine Lösung bringen.

Sich andererseits Karl Donner vom Hals zu schaffen, würde einen Großteil der Probleme bereinigen. Doch dieser Fall war nicht sehr wahrscheinlich. Und um der Wahrheit die Ehre zu geben, mußte er sich seufzend sagen, »man ist schließlich kein Mörder«. Außer in der Phantasie. Aber wer ist das nicht von Zeit zu Zeit? Wir alle töten im Geiste — als Ausweg aus dem Dilemma. Aber ich werde Karl Donner nicht töten — oder jemanden anderen... auch wenn ich unentdeckt davonkommen könnte. Ich weiß nicht, wie...

Und zu allem Überfluß machte Anita Schwierigkeiten wegen der verschwundenen Drogen. Nicht etwa, daß er Angst gehabt hätte. Mit Sicherheit konnte er, falls man Rechenschaft von ihm forderte, für sein Tun eine Rechtfertigung finden. Gewiß würde sein Wort mehr gelten als ihres. Und doch war die ganze Sache beunruhigend, selbst wenn sie nur ganz kleine Wellen schlagen und nur ein paar Erklärungen nötig machen würde. Er mußte Anita herumkriegen und eine Erklärung für sie finden. Doch in der Zwischenzeit hatte er ein »Stelldichein« mit Nadia. Eines, das ihm sehr ungelegen kam. Was, wenn Karl sie beobachten ließ? Wenn Privatdetektive vielleicht sogar beide Häuser überwachten?

Wenn das tatsächlich der Fall ist, bin ich erledigt, dachte er bei sich. Ich war zwar diskret, aber nicht übertrieben diskret. Wie ich Karl einschätze, wird dieser außerdem versuchen, Informationen gratis zu bekommen — von mir —, ehe er eine Meute von Detektiven anheuert. Und er ist zu stolz, um sich an eine Agentur zu wenden, die seine Frau beschattet... es sei denn, er muß es tun. Nein, das ist nicht das Problem. Das Problem besteht darin, daß ich sie heute abend einfach nicht sehen will. Heute abend möchte ich meine Sorgen vergessen, und wenn ich mich mit Nadia treffe, werde ich unweigerlich daran erinnert.

Aber ich muß mich mit ihr treffen. Eine zusätzliche Komplikation. Falls ich mit ihr breche — wer garantiert mir, daß sie in ihrem Zorn nicht zu Karl läuft und ihm erzählt, wer der andere Mann ist? Und würde er mich dann nicht vernichten wollen?

Er griff nach dem Buch und hätte es am liebsten angewidert in den Papierkorb geschleudert — im Bewußtsein, daß er es Sekunden später wieder herausziehen würde —, als das Telefon schrillte.

Vielleicht ist es Nadia . . . und sagt ab.

Sie war es nicht. Es war der Verleger, dem er aus dem Wege gehen wollte, es war Charles Whelan. Mit geheuchelter Liebenswürdigkeit sagte er: »Chuck, wie geht's? Lange nicht mehr gesehen. Natürlich bekomme ich laufend diese reizenden kleinen Merkzettel mit dem Ablieferungstermin und dergleichen. Wie wär's, wenn wir mal zusammen essen gingen?« Die Stimme am anderen Ende der Leitung war fast ebenso herzlich wie seine. Nicht umsonst hatte Charles Whelan den Ruf, ein Verleger zu sein, der die Sterne vom Himmel herunterlocken und widerspenstige Autoren an die Schreibmaschine treiben konnte. »Genau das hatte ich vor, Mark. Wie gedeiht die Arbeit?«

»Langsam, aber sicher.«

»Gut. Wenn das Essen Sie von der Arbeit ablenkt . . .«

»Nein . . . eine Pause brauche ich dringend. Um ehrlich zu sein, habe ich im Moment eine Art kleine Ladehemmung . . . liegt nicht an mir übrigens. Das Thema ist greifbar nahe. Es ist überaus kompliziert, aber sobald die Patientin ihren Durchbruch hat, kann ich das Buch in zwei Wochen fertig haben. Der Entwurf liegt vor — jetzt brauche ich nur noch die Mithilfe der Patientin.«

»Ja, gibt es denn keine Möglichkeit, sie auf Touren zu bringen? Ich möchte Sie ja nicht drängen, Mark. Ich weiß, wie schwierig es manchmal ist, aber wir müßten das Buch bald in Produktion geben. Es hängt sehr viel davon ab. Wenn wir zu lange damit warten, laufen wir Gefahr, daß wir an die Popularität des ersten Buches nicht mehr anknüpfen können – und ehrlich gesagt, die Finanzfritzen jammern dem schönen Geld nach, das wir Ihnen als Vorschuß gegeben haben. Das Jahr war für die Verlagsbranche ziemlich mager. Ich hatte eigentlich damit gerechnet, daß Sie jetzt fertig sind.«

»Ich doch auch. Wirklich. Und ich entschuldige mich in aller Form deswegen ... daß Sie jetzt in der Luft hängen. Wenn ich aber zuviel Dampf dahinter mache, laufe ich Gefahr, daß überhaupt nichts daraus wird. Glauben Sie mir, wenn ich die Sache richtig in Schwung bringe, wird es sich als pures Gold erweisen.«

»Na, wie dem auch sei, wir essen zusammen. Vielleicht können wir uns im Gespräch einigen, wie man ... die Sache vorantreiben könnte.«

»Ausgezeichnete Idee. Warum kommen Sie nicht her und ...«

»... und essen Institutsverpflegung? Nein, danke. Wir wollen wenigstens stilvoll speisen wie Delinquenten, die noch mal was Herzhaftes vorgesetzt kriegen.«

»Okay. Eigentlich hätte ich Sie gern hier gehabt und Ihnen unser Institut vorgeführt. Ich möchte, daß Sie sehen, wie hier Forschung betrieben wird ... das könnte Ihnen auch gegenüber den Geldleuten mehr Standfestigkeit verleihen. Vielleicht könnten Sie nach dem Essen kurz vorbeikommen?«

»Liebend gern, aber ein andermal. Vielleicht gegen Ende der Woche. Meine Sekretärin wird Sie vorher anrufen.«

»Fein. Mir ist jeder Tag recht – zum Essen. Wir sehen uns also.«

»Ganz recht.«

Nachdem Whelan aufgelegt hatte, blieb Markus Collier nachdenklich stehen. Dann warf er einen Blick auf die Uhr.

Höchste Zeit. Kein Zweifel, er steckte knietief in Schwierigkeiten. Er würde mit Nadia reden müssen, ganz offen reden müssen. Sie mußte ihm helfen. Als erstes mußten sie für Karl eine Antwort finden. Was ihn zu der Frage brachte, wie Karl zu dem Schluß gekommen war, Nadia hätte sich mit einem anderen eingelassen. Mark Collier war sich sicher, daß Nadia auch während eines Zornausbruches nichts verraten und nicht mal eine Andeutung gemacht hatte. Und wenn, dann brauchte sie alles nur zu leugnen und zu behaupten, sie hätte sich die Geschichte zurechtgebastelt, um Karl zu ärgern.

Wenn auch das nicht zutraf, und wenn er Nadia nicht schon durch Detektive überwachen ließ, bestand die einzige Erklärung darin, daß Karl Donner auf den Busch geklopft hatte. Reine Vermutung also. In diesem Fall mußte man ihn überzeugen, daß er auf dem Holzweg wäre. Kein leichtes Unterfangen. Collier bezweifelte, daß es schon vielen geglückt war, Karl Donner zu überzeugen, daß er sich geirrt hatte. Ja, das war die logische Erklärung. Donner war mißtrauisch, wußte aber nichts. Sein Instinkt sagte ihm nur, daß etwas im Gange war, er war aber nicht sicher. Und er erwartete nun, daß der Analytiker seinen Verdacht bekräftigte.

In diesem Fall mußte er, Collier, das Unschuldslamm mimen, das war alles — und die Zusammenkünfte mit Nadia einstellen. Auch das war kein einfaches Unterfangen. Besonders deswegen, weil er den Durchbruch brauchte, damit er endlich sein Buch fertigschreiben konnte.

Angenommen, sie hört bei mir auf und sucht sich einen anderen Arzt, fragte er sich. Was soll ich dann tun? Keine Frage, er war auf ihre Mithilfe voll und ganz angewiesen. Er war ihr auf Gedeih und Verderb ausgeliefert — und hoffte, daß sie Verständnis bewies und endlich den Durchbruch schaffte.

Er legte das Manuskript zurück in die Schreibtischlade, versperrte sie und verließ das Büro.

Eins hübsch nach dem anderen, sagte er sich. Zuerst mal

Nadia. Ein wenig Leidenschaft, gefolgt von massiver Schmeichelei ... und einer gehörigen Portion Glück.

4 Es hörte zu regnen auf, ehe Markus Collier das Strandhaus erreichte, doch war die Straße noch naß und ebenso die Zufahrt hinunter zum Haus. Bei der Abzweigung von der Hauptstraße standen noch ein paar Bäume, dahinter aber war nichts mehr als ein Zaun, Sand, Ozean, das Haus und die Zufahrt. Und kein Mensch wird mich sehen, sagte er sich ... es sei denn, ich werde von einem Fischerboot aus mit einem starken Feldstecher beobachtet.

Nadias Wagen stand hinter dem Haus, und er parkte seinen daneben. Er stieg aus und sah sich um. Eigentlich albern, weil ihn kein Mensch beobachtete. Und wenn schon, setzte er insgeheim hinzu. Karl verlangt von mir gewisse Informationen, und ich kann immer noch behaupten, das wäre der Grund für mein Kommen.

Er ging den schmalen Pfad hinauf, der von der Zufahrt zur Haustür führte. Nach einem letzten prüfenden Blick klopfte er laut an die Tür. Sie wurde sofort geöffnet, und dann stand Nadia vor ihm – mit entsetzter Miene.

Er begrüßte sie. »Liebling!« aber sie streckte die Hand abwehrend aus.

Mit zitternder Stimme sagte sie: »Mark, bitte nicht ...« In ihrem Ton lag Flehen und – Angst.

Er hatte bereits den Arm um ihre Schulter gelegt, doch sie wandte sich ab und wich vor ihm zurück in den Wohnraum. Sein Blick folgte dieser Richtung, und nun sah er den steif und aufrecht dastehenden Karl Donner neben dem Kamin. Donners Gesicht war eine starre Maske bis auf die Andeutung eines selbstzufriedenen Lächelns um den Mund.

»Aber liebe Nadia. Wie unfreundlich, deinen Gast nicht hereinzubitten. Ja, Mark. Bitte, treten Sie ein. Das schlechte Wetter ... es wäre ungastlich, wenn wir Sie im Eingang stehen ließen... wie einen unwillkommenen Besucher. Treten Sie ein.«

»Es tut mir leid«, sagte sie. »Er hat nicht zugelassen, daß ich dich anrufe.«

Markus Collier schloß behutsam die Tür hinter sich und sah sich im Raum um. »Natürlich nicht. Warum hätte er sich den Spaß verderben sollen? Sich die berühmte Konfrontationsszene entgehen lassen, entsprechend dem Syndrom: ›Ich wußte es ja immer schon, wollte dich aber zappeln lassen.‹ Du mußt wissen, Nadia, daß Männer wie Karl...«

Er griff in seine Tasche und holte eine Zigarette heraus, als Karl sagte: »Ja? ›Männer wie Karl‹, was, Mark?«

Collier versuchte mit seinem goldenen Feuerzeug die Zigarette anzuzünden und sagte: »... brauchen das Gefühl der Überlegenheit. Sie müssen sich selbst glauben machen, daß sie allwissend sind — und allmächtig.«

Das Feuerzeug wollte nicht funktionieren. Er ließ es wieder in seiner Tasche verschwinden, nahm eine Packung Streichhölzer vom Tisch, strich eines an und hielt die Flamme an die Zigarette. Erstaunt nahm er zur Kenntnis, daß seine Hände leicht zitterten. Dann verstaute er die Schachtel in seiner Tasche.

»Immer der Analytiker, Mark? Immer die einleuchtende psychologische Erklärung für jedes menschliche Verhalten. Simplifizierend, selbstzufrieden und ziemlich verzweifelt, finden Sie nicht? In Anbetracht der Umstände.«

Collier zuckte die Achseln. »Also, was soll es sein? Pistolen auf zehn Schritte oder Säbel? Als beleidigte Partei dürfen Sie die Waffen wählen, glaube ich.«

»Bravo, Doktor. Nie um die passenden Worte verlegen. Fast könnte ich Sie amüsant finden. Fast. Bei einer anderen Gelegenheit würde ich tatsächlich lachen.«

»Abgesehen von dieser reichlich melodramatischen kleinen Szene — was wollen Sie eigentlich, Karl?« Colliers Gedanken überstürzten sich. Er versuchte sich vorzustellen, was Karl Donner im Schilde führte. »Ein Geständnis, rechtskräftig beglaubigt. Daß Ihre Frau und ich ein Verhältnis haben...?«

»Das wird kaum nötig sein, da es klar zutage liegt — und das schon seit einiger Zeit. Aber Sie sagen das mit so viel Stolz. Warum? Etwa eine Flucht nach vorne? Oder vielleicht wegen Ihrer Niederlage? Sicher hat Nadia Ihnen bei einem ihrer weitschweifigen Geständnisse erklärt, daß Sie nicht der erste sind.« Donner grinste schadenfroh. »Oder der zweite ... oder — mein lieber romantischer Herr Doktor — auch nur der fünfte. Nadia ist — wie lautet der korrekte medizinische Fachausdruck? Nadia ist eine...«

»Karl«, sagte sie, bevor er ein weiteres Wort äußern konnte. »Mußt du...? Bitte!«

»Aber Schätzchen, du weißt, daß ich muß. Dr. Collier hat dir meine Psychose erklärt. Das Bedürfnis, allwissend und allmächtig zu sein. Vermutlich, um alle in meiner Umgebung zu verletzen und zu demütigen, sie klein erscheinen zu lassen, damit ich um so größer wirke. Habe ich recht, Doktor? Habe ich, wie heißt es richtig... wie ist der Ausdruck dafür?«

»Sie sind nahe dran, Karl. Und was Ihre Frage betrifft — ja, natürlich wußte ich von meinen Vorgängern. Sie vergessen eines, Karl — nach mehr als einem halben Jahr gibt es sehr wenig, was ich noch nicht von Nadia weiß... oder von Ihnen. So weiß ich zum Beispiel — und diese kleine Konfrontation beweist es —, daß es Sie freut, wenn Sie Schmerz zufügen können. Das ist nicht weiter ungewöhnlich. Eine ganz gewöhnliche Neurose. Sie tun sich zuviel Ehre an, wenn Sie es ›Psychose‹, nennen. Das würde Sie zu einem Sonderfall stempeln. Sogar bei Krankheiten wollen Sie was Besonderes. Eine gewöhnliche, alltägliche Neurose genügt Ihnen nicht. Sie müssen sich unbedingt zum Psychopathen hochloben. Und was werden wir jetzt tun?«

Collier war mit sich zufrieden. Bis auf die Tatsache, daß seine Hand zitterte, fühlte er sich entspannt und ganz Herr der Lage. Aber er hätte zu gerne gewußt, was Donner eigentlich wollte, und deswegen fuhr er in seiner stichelnden verbalen Attacke fort.

»Ich glaube, in einem Punkt werden Sie wohl zurückstecken müssen, nämlich, daß Sie genau zu wissen glauben, daß der gegenwärtige Liebhaber nicht bereit ist, die Verantwortung für Nadia zu übernehmen — womit Sie mich in Nadias Augen und auch vor mir selbst herabsetzen.«

Donner ging vom Kamin zu einem kleinen Beistelltischchen neben dem Sofa, auf dem ein halbvolles Glas Sherry stand. Er hob es wie zu einem Trinkspruch.

»Ich kenne meine Frau, Doktor... ich weiß, wie ihre Reaktion auf einen solchen Vorschlag ausfallen würde... ich kenne auch den Mist, mit dem sie sich unweigerlich einläßt. Verlierer, allesamt Verlierer.«

»Vorsicht, Karl... ich könnte eine Überraschung für Sie bedeuten.«

»Glaube ich nicht.« Donner stellte das Glas hin.

Ganz ruhig sagte Collier: »Nadia, hol deinen Mantel.«

Erstaunt fragte Nadia mit einer Stimme, die Hoffnung und Angst verriet: »Mark? Wie meinst du das?«

»Deinen Mantel. Wir gehen. Dein Mann scheint in dem Glauben befangen zu sein, daß ich unter seinem Blick eingehe. Stimmt's, Karl? Nadia, hol deinen Mantel, du verläßt deinen Mann für immer.«

Wie in Trance wollte sie zu einem Schrank gehen und seine Anweisung befolgen, hätte ihr Mann nicht gesagt: »Sei keine Närrin, Nadia! Ich verbiete dir, dieses Haus zu verlassen!« Und zu Collier gewandt, zischte er: »Warum tun Sie das?«

»Um Ihnen zu beweisen, daß ich kein ›Mist‹ wie die anderen bin. Ich weiß, daß Sie das nicht begreifen können, da es sich um ein Gefühl handelt, von dem ich bezweifle, daß Sie es je gehabt haben — außer wenn Sie sich selbst im Spiegel bewundern. Aber haben Sie überhaupt in Betracht gezogen, daß ich anders bin als Sie — und anders als die anderen, über die Sie so geringschätzig sprechen — daß ich Nadia lieben könnte? Sie sehr lieben könnte?«

»Nein, das habe ich nicht. Noch halte ich es überhaupt für wahrscheinlich. Es muß ein anderer Grund dahinterstecken.« Er machte einen Schritt auf den Arzt zu. »Was ist es? Das Buch? Ja, natürlich. Ohne meine Frau wird es kein Buch geben. Wie bereitwillig Sie Menschen benützen, Doktor, um Ihre handfesten Pläne zu verwirklichen.«

Mark Collier ignorierte ihn und sagte nur: »Nadia, bist du fertig?«

Wieder wollte sie zum Schrank, und wieder hielt die Stimme ihres Mannes sie auf.

»Collier, gehen Sie durch diese Tür hinaus, gehen Sie mit meiner Frau, und ich werde Sie ruinieren. Ich gehe zur Universität. Ich werde denen oben von Ihrer intimen Beziehung zu meiner Frau, Ihrer Patientin, berichten, ich werde sagen, daß Sie Nadia ausgenutzt haben, daß Sie ihr Vertrauen mißbraucht haben, daß Sie versucht haben, Nadias Seele und ihren Körper in die Gewalt zu bekommen, daß Sie ungesetzliche Methoden und bis jetzt unerforschte Drogen angewandt haben, daß Ihr ganzes Verhalten gegen Ihr Berufsethos verstößt und einfach abscheulich ist...«

»Nein, das werden Sie nicht!« rief Collier aus. Karl Donner stand jetzt ganz nahe vor ihm. Ohne Überlegung packte Collier Karl Donner an der Kehle. Nadia schrie auf. Donner, der den Arzt um ein ganzes Stück überragte, riß Colliers Hände herunter und schob ihn so kräftig von sich weg, daß dieser gegen den Kamin taumelte. Mit zornfunkelnden Augen stürzte Donner ihm hinterher.

Nadia schrie: »Karl! Vorsicht, Mark!«

Collier, der mit dem Rücken zur Wand stand, griff nach hinten und bekam den Feuerhaken zu fassen. Als Donner gegen ihn die Faust erheben wollte, holte Collier mit dem Feuerhaken aus und ließ ihn mit voller Wucht niedersausen.

Ein entsetzter Aufschrei entrang sich Nadias Kehle, als ihr Mann auf dem Boden vor Colliers Füßen zusammenbrach.

Wie betäubt blieb Collier über dem Zusammengesunkenen stehen und hielt den Schürhaken noch immer verkrampft in der Hand. Nadia begann zu schluchzen und zitterte mehr aus Furcht als aus Trauer, als Collier neben dem leblosen Donner niederkniete. Mit der freien Hand fühlte er seinen Puls, legte dann ein Ohr an Donners Brust und horchte den Herzschlag ab.

Um sein Gleichgewicht zu halten, legte er den Feuerhaken hin und verlagerte sein Gewicht auf die rechte Hand. Er spürte etwas Klebriges und besah sich die Hand.

Die Hand war blutig.

Schließlich sah er auf zu Nadia Donner und sagte: »Er ist tot.«

5 Es trat eine längere Stille ein, die nur von einem gelegentlichen Schluchzen Nadias unterbrochen wurde. Schließlich richtete Collier sich auf. Vorsichtig faßte er mit der trockenen Hand in die Tasche und zog ein Taschentuch heraus. Damit wischte er das Blut von der anderen Hand. Er sah zu Nadia hinüber. Sie wirkte ziemlich beherrscht, doch konnte er sich nicht darauf verlassen. Von nun an würde sehr viel von ihrer Stabilität abhängen.

»Nadia, hör gut zu...«

»Er ist tot. Tot... tot...«

Er merkte, daß sie an der Schwelle zu einem hysterischen Anfall stand und trat schnell an ihre Seite. Er nahm sie in die Arme und drückte die zitternde Frau an sich. Beruhigend sagte er: »Ist schon gut, beruhige dich, Nadia. Beherrsch dich bitte. Sei ganz ruhig. Schon gut. Ich bin bei dir. Ich bin ja hier... mein Schatz.«

Während er so auf sie einredete, ließ er seinen Blick im Raum umherschweifen und begann sich stirnrunzelnd die Chancen auszurechnen, aus dieser bösen Klemme herauszukommen, in der er jetzt steckte.

Er führte Nadia an Karl Donners Leichnam vorbei zur Couch. »Ich möchte, daß du dich hinsetzt... da drüben... richtig... ganz ruhig. Hol tief Luft und beruhige dich. Es wird alles wieder gut. Ja, so ist es recht. Setz dich. Sieh nicht ... sieh nicht da hinüber, sieh lieber mich an. Ja? Geht es wieder besser?«

Sie antwortete mit einem Kopfnicken. »Ja, danke. Wir ... sollten die Polizei rufen. Gleich jetzt.«

»Sofort. Natürlich. Das wollte ich eben tun.« Er ließ eine Pause eintreten, setzte sich neben sie und nahm ihre Hand. »Und was sollen wir den Leuten sagen?«

»Sagen? Na, wie das passiert ist, natürlich. Daß es einen Kampf gab ... daß Karl ... mein Mann versuchte ... und du dich ... o Gott, Mark.«

»Versuchte was? Denk darüber nach, Nadia. Was versucht hat? Mich zu hindern versuchte, mit seiner Frau durchzubrennen? Siehst du, das ist das Problem. Das alles klingt so merkwürdig. Was wird die Polizei ... was werden die Leute denken und sagen ... was werden sie alle glauben, Nadia?«

Ganz benommen sagte sie: »Ja, ja ... ich verstehe ... was werden die glauben. Aber was können wir sonst tun?«

»Ich weiß nicht. Laß mich eine Minute lang nachdenken. Ich weiß nur, daß ... daß ich dich nicht verlieren möchte ... all die Jahre habe ich gesucht ... die Richtige gesucht ... und endlich dich gefunden. « Er machte wieder eine Pause und überlegte angestrengt. Dann fuhr er fort: »Und du möchtest mich doch auch nicht verlieren, nicht wahr, mein Schatz?«

»Nein, nein! Nein, Mark, ohne dich könnte ich das alles nicht ertragen!«

»Dann überleg dir mal folgendes: Wir haben eigentlich nichts Schlechtes getan. Ich liebe dich, und du liebst mich. Karl hat uns beide gehaßt. Es war doch Notwehr ... du hast mir zugerufen, ich solle aufpassen ... er wollte mich töten ... unser Leben vernichten ... unser gemeinsames Leben. Ich mußte mich verteidigen ... du hast es gesehen. Wir haben nichts Schlechtes getan. Aber das wird man uns nicht glauben. Wir müssen ihnen also etwas anderes erzählen ... stimmt's?«

»Ja, ja, du hast ganz recht. Man könnte sonst glauben ...

es ist zu schrecklich... wir haben nichts... es war ein Unfall... Notwehr... er wollte dir etwas antun... Ja, wir müssen ihnen etwas anderes sagen...«

Als er aufstand, stieß er insgeheim einen Seufzer der Erleichterung aus. »Gut. Gut. Und jetzt wollen wir das gemeinsam ausarbeiten. Wer wußte, daß ihr beide hier seid?«

Ohne seine schützende Nähe begann sie wieder zu zittern. »Ich weiß nicht. Niemand. Vielleicht der Portier in unserem Apartmenthaus, glaube ich. Ich kann mich nicht erinnern. Das alles ist so verwirrend.«

Collier dachte kurz nach. Nach einigem Zögern ging er zu dem Toten.

Vorsichtig nahm er ihm die Brieftasche weg, dazu Uhr und Ringe. »Der ganze Teppich ist blutig, deswegen können wir die Leiche nicht von der Stelle bewegen...« Er richtete sich auf und fing an, auf und ab zu laufen, während er einen Plan entwickelte. »Hör jetzt gut zu, Nadia. Ihr seid um halb sechs hier angekommen... mit der Absicht hier gemeinsam eine Weile zu bleiben... nur ihr beide ganz allein. Karl war in letzter Zeit geschäftlich viel unterwegs, und du wolltest ein paar Tage mit ihm allein sein, damit er ausspannen kann. Ihr habt hier gemütlich vor dem flackernden Kamin gesessen, als es an der Tür klopfte. Karl ging öffnen, und zwei Männer drangen gewaltsam ein... das muß so um sieben Uhr herum passiert sein. Nadia, hörst du mich?«

»Sieben Uhr, jawohl. Zwei Männer um sieben.«

»Richtig. Zwei, das ist wichtig... um sieben. Ungefähr sieben, du bist deiner Sache nicht ganz sicher, aber ihr hattet hier schon eine ganze Weile gesessen... die zwei Männer verlangten Geld, Schmuck, alles. Karl hat sich widersetzt...«

Er blieb plötzlich vor dem Tischchen stehen und bemerkte seinen Zigarettenstummel und das Streichholz. Er wußte gar nicht, wann er das Zeug dort hingelegt hatte. Er nahm den Aschenbecher und ging damit in die Küche, wo er ihn in den

Müllschlucker ausleerte und unter der Wasserleitung reinigte. Nachdem er den Aschenbecher trockengewischt hatte, ging er wieder in den Wohnraum und stellte ihn auf das Tischchen. Nadia hatte sich weder gerührt noch ein Wort verlauten lassen.

Nachdenklich sah er sie an, ehe er seine improvisierte Erzählung wieder aufnahm. »Du hast Karl gebeten, er solle sich fügen ... er wollte nicht auf dich hören ... er haßte es, wenn man ihm etwas vorschreiben wollte, wenn man ihm Angst einzujagen versuchte ... seine Zornausbrüche waren furchtbar ... das wußtest du ... du wolltest ihn davon abhalten, etwas Drastisches zu tun ...«

Sie unterbrach ihn. »Mark, ich habe solche Angst.«

»Das ist doch klar. Zwei Männer sind hier eingedrungen — haben deinen Mann getötet. Du bist mit gutem Grund verängstigt.« Er ging hin zu ihr, während er einen Blick auf seine Uhr warf. »Es wird schon klappen, Liebling. Du wirst sehen.«

Er setzte sich und faßte nach ihrer Hand. »Und jetzt wollen wir die ganze Geschichte sorgfältig wiederholen. Wir haben nämlich nicht mehr viel Zeit.«

Er ging jede Einzelheit mit ihr durch und probte mit ihr, genau wie mit einem Kind, das bei einer Klassenaufführung mitspielt, bis sie alles fast auswendig konnte. Dann versah er sie mit einigen letzten Instruktionen, nahm sie in die Arme und küßte sie leidenschaftlich. Sie stand im Eingang und sah ihm nach, als er ging. Sobald er im Wagen saß, gewendet hatte und die Auffahrt hinaufgefahren war, drehte sie sich um und schloß die Tür hinter sich. Langsam ging sie ans Telefon.

Gegen Ende des Zufahrtsweges gab er Gas. Hier machte die Straße eine Biegung, und die Bäume nahmen ihm die Sicht, so daß er den Mann kaum sehen konnte, der mit einem Hund genau vor ihm am Straßenrand entlangging.

Wie wahnsinnig trat er auf die Bremse und drehte das Steuer so weit nach links als möglich. Er verfehlte den Mann wie durch ein Wunder, doch die Stoßstange des Wagens krachte gegen einen Pfosten des Zaunes, der die Straße von der kleinen Baumgruppe trennte.

Dieses Pech brachte ihn zur Weißglut, denn Mann und Hund hatten sich umgedreht und sahen zu ihm herüber. Er zögerte unentschlossen. Sollte er etwas sagen oder einfach weiterfahren und darauf bauen, daß der Mann sich die Zulassungsnummer nicht merkte. Dann warf er noch einen Blick hinüber und wurde plötzlich von Erleichterung überflutet. Der Mann war mit einer dunklen Jacke und grauen Hose bekleidet. Er war bärtig und trug dunkle Gläser. Der Hund war mit Führungsgeschirr und Leine versehen. Ein deutscher Schäferhund. Der Mann war blind.

»Ist etwas passiert?« fragte der Blinde.

Als Antwort schaltete Markus Collier den Rückwärtsgang ein und rückte von dem zersplitterten Zaunpfahl ab. Dann wandte er sich scharf nach links und kam auf die Straße. Er schaltete wieder und fuhr rasch an Mann und Hund vorbei. Er gab Gas und bog auf die Hauptstraße ein, während der Mann stehenblieb und mit geneigtem Kopf lauschte. Der Hund winselte leise.

Noch eine ganze Weile konnte der Mann das Geräusch des sich entfernenden Wagens hören, bis es sich endlich in der Ferne verlor. Erst dann drehte er sich um und drängte den Hund zum Weitergehen. Die beiden befanden sich auf ihrem Abendspaziergang. Sie wanderten hügelauf, dann zurück über eine Wiese zu dem Haus, in dem der Mann, sein Bruder und der Hund wohnten.

6 Anita Borden arbeitete heute länger. Während sie an ihrem Schreibtisch saß und über Zahlen grübelte, schweiften ihre Gedanken ab. Bei dem Versuch, sich zu konzentrieren, sagte sie sich schließlich, daß es ihr nichts nützte, wenn sie über Markus Collier nachdachte. Eine Zeitlang, nachdem er mit ihr Schluß gemacht hatte —

es war sinnlos, stolz zu tun und vorzugeben, daß die Trennung in beiderseitigem Einverständnis erfolgt war —, hatte sie ihn im Geiste vor sich gesehen und sich vorgestellt, er würde sie anrufen oder auf wunderbare Weise an ihrer Tür auftauchen. Natürlich blieb alles nur ein Traum, ein Wunsch, der nie in Erfüllung ging.

Und es hat keinen Sinn, dieses Spiel auch weiterhin zu betreiben, dachte sie bei sich. Mein Wunsch, er möge erscheinen, trägt nicht dazu bei, daß es tatsächlich eintritt. Was immer der Grund sein mag, es ist vorüber. Und jetzt mach dich über diese Zahlen her. Wenn du schon nicht seine Liebe besitzt, kannst du wenigstens durch gute Arbeit seine Achtung erringen.

In logischer Hinsicht hatte sie recht, aber Logik spielte in der Liebe keine große Rolle, wie sie sehr wohl wußte. Sie mochte die Ziffern vor ihr die ganze Nacht über anstarren — es bedeutete noch lange nicht, daß ihr Verstand dort war, wo er hätte sein sollen.

Mit Aufbietung aller Willenskraft beugte sie sich wieder über ihre Unterlagen und begann die Daten aus ihren Versuchsreihen mit den Ratten zu registrieren. Bis jetzt hatte sich hierbei noch nichts Beweiskräftiges ergeben... die Zeit war zu kurz gewesen — aber sie mußte zugeben, daß Colliers Gespür ihn nicht getrogen hatte und seine Vermutungen sich bis jetzt durch die Ergebnisse bestätigt hatten. Falls er recht hatte... dann konnte es einen bedeutenden Durchbruch ergeben. Wenn nicht... nun, dann war es eben das, was das Wesen jeder Forschungsarbeit ausmachte: Versuche und Irrtümer. Und immer wieder Experimente. Seine Verfahrensverkürzung störte sie zwar bei ihren methodischen Forschungsarbeiten, aber sie mußte zugeben, daß er hierbei wirklich brillant war. Jetzt hatte sie nur mehr dafür zu sorgen, daß der Erfolg eintrat. Nein — das war nicht richtig. Sie mußte nur beobachten, ob ein Erfolg eintrat. Bei ihrer wissenschaftlichen Forschungsarbeit durfte sie keine so willkürlichen Gedankengänge aufkommen lassen. Reine Fakten...

Objektivität. Sie seufzte. Fakten und Objektivität waren genau das, was sie auch in ihrem persönlichen Leben gebraucht hätte... anstatt der Wunschvorstellung, daß er eines Tages zu ihr zurückkehren würde. Und doch hoffte sie, dieser Fall würde eintreten. Manchmal betete sie sogar darum. Nicht gerade die bombensichere wissenschaftliche Methode, mußte sie sich eingestehen.

Aus diesem Grunde war sie erstaunt und auch ein wenig atemlos, als sie auf ein Geräusch hin von der Arbeit aufsah und Markus Collier lächelnd in der Tür stehen sah.

»Ach Mark. Du hast mich erschreckt.«

»Tut mir leid. Das wollte ich nicht. Denkst du gar nicht an Feierabend?«

»Ich wollte nur ein paar Daten für dein Buch überprüfen. Wie gewünscht. Wie befohlen, sollte ich wohl besser sagen.«

»Es ist dir sicher aufgefallen — heute morgen war ich nicht mein gewohntes charmantes Ich. Ich muß mich entschuldigen — und mildernde Umstände geltend machen. Der Tag hat scheußlich begonnen, aber ich hätte es nicht an dir auslassen dürfen.«

»Ja, ich habe es bemerkt, aber entschuldigen brauchst du dich nicht. Das gehört einfach dazu. Gleiches Recht für alle. Warum sollten Ärzte nicht demselben... Druck unterworfen sein, wie gewöhnliche Sterbliche.«

»Darf ich dich auf eine Tasse Kaffee in die Kantine einladen — sozusagen als Friedensangebot? Ich gebe zu, es ist nicht so toll wie Champagner und Rosen, die ich normalerweise für alle Waffenstillstandsverhandlungen wählen würde, für die großen und kleinen. Aber leider hat unser zweites Zuhause hier keine Weinhandlung — und der Blumenladen hat geschlossen.«

»Kaffee tut es auch.«

»Wir können uns über Nadia Donner unterhalten.«

Sie nahm den Papierstapel und ging an den Aktenschrank. »Ich glaube nicht, daß es da viel zu reden gibt... oder daß ich überhaupt an sie denken möchte.«

Er durchquerte den Raum und stand jetzt neben Anita Borden, die eifrig vorgab, die Unterlagen einzuordnen und ihm dabei den Rücken zuwandte. Er faßte über ihre Schulter und schob behutsam die Schublade zu. Er drehte Anita um und nahm sie in seine Arme. Ihr Herz klopfte wild, und sie sah ihn mit einem kleinen erstaunten Lächeln an.

»Hat es nicht genauso angefangen? Vor einem Jahr?«

»Mir kommt es viel länger vor. Glaubst du, daß es ein Irrtum war?« fragte er.

»Ich versuche, nicht zurückzuschauen ... ich möchte nur aus Erfahrungen lernen. Es hat ein halbes Jahr gedauert ... wie soll ich wissen, was in den folgenden sechs Monaten ...? Ach, was macht das schon aus. Es ist vorbei, hast du damals gesagt. Erinnerst du dich?«

Statt einer Antwort küßte er sie. Sie behielt ihre Fassung und gestattete sich nicht, den Kuß zu erwidern, obwohl sie es sich verzweifelt wünschte. Schließlich löste er seine Lippen von den ihren. »Das hast du schon besser gekonnt.«

»Und ich dachte, du wärest derjenige, der ein erloschenes Feuer nicht neu entfachen möchte — oder wie immer diese Phrase damals lautete?«

»Das hatte ich selbst geglaubt. Ich muß mich getäuscht haben. Wie wär's, wenn wir jetzt Kaffee trinken und uns darüber eingehend aussprechen?«

»Ja, mir ist nach Kaffee zumute. Ich bin schon ganz erledigt von den vielen Forschungsdaten ... außerdem öden mich weiße Ratten langsam an.«

Er lachte. »Kaffee mit einem rosa Exemplar wäre also annehmbar, ja?«

»Gewiß. Schon wegen der Änderung in ihrer Gangart. Die weiße läuft immer in die falsche Richtung ...«

»Und ihr menschliches Gegenstück tut dasselbe? Früher oder später werden alle beide heimfinden.«

»Das ist bloß eine Vermutung, Doktor. Ich hingegen habe mich an Tatsachen zu halten.«

»Sie sind ja eine steinharte Dame, Frau Doktor.« Markus Collier grinste.

»Und gemein«, ergänzte sie lächelnd. »Und grausam. Und aus Erfahrung mißtrauisch.«

»Wie wär's jetzt mit dem Kaffee in der Kantine?«

»Ach ja, jetzt hast du mich. Ich muß dich aber darauf aufmerksam machen, daß diese Art von Bestechung dich...«

»...mich in keiner Weise weiterbringt?« fragte er stirnrunzelnd.

Sie lächelte. »Wir werden sehen.«

»Das nenne ich sehr anständig. Gehen wir.«

Sie waren bei der zweiten Tasse Kaffee angelangt, als er sagte: »Du siehst wirklich müde aus. Zuviel Arbeit. Das trifft auf uns beide zu. Mir kommt jeder neue Tag länger vor. Hast du nicht auch manchmal das Gefühl, du würdest aus diesem Institut nie wieder rauskommen?«

»Und ob. Besonders die letzten Wochen. Du kannst wenigstens zu Hause weiterarbeiten.«

»Das ist eine komische Sache — ich bringe es nicht fertig. Ich nehme an, du meinst meine Schreibarbeit. Aber wenn ich erst zu Hause bin, finde ich tausend Entschuldigungen, meine Schreibmaschine nicht anzurühren. Hier in meinem Büro habe ich nicht so viele Ablenkungen. Wenn ich genügend lang die Wände anstarre, gewinnt der eingespannte Papierbogen sichtlich an Attraktivität. Zu Hause kann ich mir die Bilder an der Wand ansehen, Bücherregale... alles mögliche. Oder aus dem Fenster blicken. Wenn ich hier aus dem Fenster sehe, gibt es nur einen Parkplatz zu beobachten.«

»Ich weiß, was du meinst, aber du hast zumindest die Wahl.«

»Du könntest dir die Forschungsergebnisse auch mit nach Hause nehmen — ich hätte nichts dagegen. Kein Mensch hätte etwas dagegen.«

»Vermutlich nicht. Aber ich hätte auch unter Ablenkungen zu leiden. Durch Wände ... Bücherregale und die Aussicht.« Daß sie es seit dem Ende ihrer Romanze kaum noch in den eigenen vier Wänden aushielt, verschwieg sie geflissentlich.

»Du solltest dich jedenfalls mehr schonen. Das sage ich als Arzt.«

»Darauf kann ich nur sagen: schone dich selbst und bringe den Forschungsauftrag zu einem Ende.«

»Mach' ich.« Er lächelte. »Man braucht die Arbeit nur zu überschlafen.«

»Du meinst, die Arbeit im Schlaf schaffen? Da könnten mir zu viele Fehler unterlaufen.«

»Glaub mir, ich weiß ohnehin schon, was dabei herauskommen wird. Dafür verwette ich meinen letzten Dollar.«

»Ich habe es mir gedacht. Und ich glaube auch, daß du recht behältst. Aber ich muß es auf irgendeine Art beweisen.«

»Natürlich mußt du das. Es wird auch dazu kommen ... aber ich möchte nicht, daß du dich zugrunde richtest ... bei diesem Vorhaben.«

»Nun, um die Wahrheit zu sagen — ich schwöre, daß es die letzte ›düstere‹ Enthüllung dieses Abends sein soll, ich hätte sonst nicht viel anderes zu tun.«

»Dagegen müssen wir etwas unternehmen.« Wieder lächelte er sie an. »Ich verschreibe dir ... ein Dinner, leise Musik, Cocktails ... Gesellschaft.«

»Ich bin froh, daß du die angenehme Gesellschaft nicht vergißt. Ich dachte schon, ich müßte Dinner und Musik allein über mich ergehen lassen.«

»Das wird nie mehr der Fall sein«, sagte er mit sanfter Stimme.

»Ach, Mark, woher soll ich wissen, daß du es ehrlich meinst? Ich bin so durcheinander.«

»Schenk mir Vertrauen. Ich habe einen großen Fehler

gemacht... und ich werde ihn nicht ein zweites Mal machen.«

»Und... deine Patientin?« fragte Anita Borden vorsichtig.

»Genau das ist sie. Meine Patientin. Ich habe sie heute morgen behandelt und beinahe einen Durchbruch erzielt. Bei der nächsten Sitzung werden wir sicher... ach was, reden wir nicht zuviel von ihr. Ich will nur sagen, daß... es aus ist. Natürlich komme ich mit ihr zusammen... in meiner Praxis. Und wenn wir alles geschafft haben, dann wird sie endlich von ihrer Vergangenheit erlöst sein. Das wird für uns alle eine große Erleichterung sein. Auch für ihren Mann.«

»Der Mensch gefällt mir nicht.« Anita Borden sah ihn ernst an.

»Um ehrlich zu sein — ich finde Karl auch nicht übertrieben sympathisch. Aber man muß Verständnis für ihn haben. Er hat das Bedürfnis, Macht auszuüben, um einen Mangel seiner Persönlichkeit auszugleichen. Na, ich verspreche jedenfalls, daß ich bei ihm nie eine Analyse machen werde. Das ginge zu weit. Außerdem würde er nie zugeben, daß er Hilfe braucht — und solange er es sich selbst gegenüber nicht zugibt, wird er sich nicht soweit erniedrigen und Hilfe suchen. Kurz gesagt, meine Beziehung zum Ehepaar Donner ist so gut wie beendet. Sobald Nadia mir alles gesagt hat.«

»Und in der Zwischenzeit...?«

Er verstand ihre unausgesprochene Frage und antwortete: »Nein, in der Zwischenzeit werde ich mich mit Nadia nur in der Praxis während der Arbeitszeit treffen. Ich werde... ich werde nichts tun, was gegen das Berufsethos verstößt. Das verspreche ich. Gib mir nur noch eine Chance, Anita, Liebling!«

Bevor Anita antworten konnte, wurde sie von einer Durchsage aus der Lautsprecheranlage unterbrochen, die meldete, daß für Dr. Collier ein dringender Anruf gekommen wäre.

7

Das Strandhaus der Donners war hell erleuchtet. Lichter kamen aus dem Hausinneren und von dem Streifenwagen vor dem Haus, der neben einem leicht zerbeulten Peugeot stand. Die Lichter des Peugeot brannten nicht, doch das machte der Einsatzwagen mit seinen Scheinwerfern und dem rotierenden Blaulicht wieder wett.

Zwei Polizeibeamte standen im Freien, ein Streifenpolizist und ein Sergeant. Der Sergeant setzte sich in Richtung Streifenwagen in Bewegung, als das Radio zu quäken begann.

Eine Stimme aus dem Äther übertönte das Rauschen des Radios: »Baker — eins vier! Baker — eins vier! Kommen! Hören Sie? Baker eins vier — Kommen!«

Sergeant Kramer stieg in den Wagen und setzte sich hinters Steuer. Er nahm das Mikrofon zur Hand und drückte den Knopf.

»Hier Baker eins vier. Wir sind nach 311 Malibu Drive gerufen worden. Wir haben einen Toten hier. Wir bitten um Einsatz der Spurensicherung und um einen Krankenwagen. Verstanden?«

»Roger, Baker eins vier. Spurensicherung benachrichtigt, Krankenwagen unterwegs. Bleiben Sie an Ort und Stelle. Wir schicken ein Ersatzfahrzeug in ihren Bereich. Ende.«

»Roger. Wir bleiben.« Sergeant Kramer legte das Mikrofon weg und bedeutete dem anderen: »Bleib draußen. Die Ambulanz ist unterwegs. Ich melde es inzwischen dem Inspektor.«

Er kletterte aus dem Wagen und ging zum Haus.

Drinnen saß die bleiche Nadia Donner auf dem Rand ihres Bettes. Ein Arzt fühlte ihren Puls, während ein kleingewachsener Detektiv in einem alten Regenmantel in gebeugter Haltung danebenstand. Er hieß Columbo und arbeitete bei der Polizei von Los Angeles.

So behutsam wie nur möglich verhörte er sie. »Und die beiden waren maskiert?«

Sie nickte und antwortete mit ängstlicher Stimme: »Das stimmt. Sie hatten sich Strümpfe übers Gesicht gezogen... es sah gräßlich aus... so, als ob sie... gar nicht wirklich wären.«

Der Arzt warf Inspektor Columbo nervöse Blicke zu. »Inspektor, es wäre mir lieber... vielleicht könnten Sie bis morgen warten... Mrs. Donner hat einen schweren Schock erlitten... ihr Blutdruck ist ziemlich hoch. Der Puls ist nicht normal...«

Nadia unterbrach ihn. »Nein, nein, Dr. Hunt... mir geht es tadellos. Wirklich. Morgen könnte es schon zu spät sein.«

Columbo gab ihr recht. »Ja, Gnädigste — je mehr Informationen wir gleich jetzt haben, desto besser stehen die Chancen, daß wir die Typen erwischen... bevor sie zu weit kommen. Und jetzt schießen Sie einfach los und erzählen mit eigenen Worten, ganz von Anfang an, wie das alles passiert ist. Ich werde Sie nach Möglichkeit nicht unterbrechen...«

»Ja, mit eigenen Worten. Wie ich schon sagte, ist Karl sehr beschäftigt — ach —, war sehr beschäftigt — in den letzten Wochen, und wir sahen einander kaum. Er machte den Vorschlag, wir sollten hier heraus fahren... um auszuspannen. Um diese Jahreszeit ist es hier am Wasser sehr einsam. Wir fuhren also los und kamen hier um... ach, ich weiß nicht, fünf oder halb sechs ins Haus. Wir ruhten uns aus, nahmen einen Drink. Die Stereoanlage war eingeschaltet, und wir hörten Musik... als... als es an der Tür klopfte.«

Columbo nickte und wartete schweigend auf die Fortsetzung.

»Karl ging an die Tür, machte aber nicht auf, sondern fragte nur, wer draußen wäre. Eine Männerstimme meldete sich, sagte etwas von einer Panne oben an der Straße und ob er unser Telefon benutzen dürfe. Karl öffnete die Tür. Sogleich verschafften sich die zwei gewaltsam Eintritt — es waren zwei, und sie waren bewaffnet. Sie schlugen die Tür zu, richteten die Revolver auf uns und verlangten Geld. Karl sagte, er hätte keines bei sich. Sie glaubten ihm nicht. Einer der beiden — der Große — ging ins Schlafzimmer. Ich glaube... ich glaube... jetzt war nur mehr einer im Wohnzimmer. Karl muß geglaubt haben... jedenfalls packte er den Feuerhaken... sie kämpften... und der Mann konnte Karl den Feuerhaken entreißen... ich weiß nicht, wie. Karl ist... war sehr stark. Der Fremde schlug ihm damit über den Kopf und...« Sie hielt inne und begann zu schluchzen.

»Schon gut, Mrs. Donner«, sagte Columbo. »Lassen Sie sich Zeit. Wenn Ihnen wohler ist, erzählen Sie weiter.«

»Danke, ich bin gleich soweit.« Sie tat einen tiefen Atemzug, schluckte schwer und wischte sich mit dem Ärmel die Tränen weg. Dann konnte sie weiterreden. »Als sie sahen, was passiert war, was der Mann angerichtet hatte, nahmen sie Karls Brieftasche und Uhr... ich glaube, sie hatten auch Schmuck im Schlafzimmer gefunden... und rannten hinaus und fuhren weg. Ich lief zu Karl, und als... als... ich rief Dr. Hunt an, und er hat... Sie verständigt.«

»Ja. Verstehe. Also noch einmal von vorne, Mrs. Donner. Hm — Sie sagten, sie hätten den Wagen wegfahren gehört?«

»Das stimmt.«

»Dann hatten die Burschen ihn draußen — in der Zufahrt abgestellt?«

»Natürlich. Ich sagte doch, daß ich sie wegfahren hörte.«

»Aber Sie haben nicht gehört, wie der Wagen gekommen ist?«

»Nein... ich glaube nicht... nur das Klopfen an der Tür. Ich weiß nur, wir hörten Musik. Die Stereoanlage war eingeschaltet. Daneben kann man nichts hören.«

»Nein. Vermutlich nicht. Außerdem wäre es möglich, daß sie mit abgestelltem Motor bergab gerollt sind. Ein rollender Wagen macht nicht viel Geräusche. Ich verstehe, was Sie meinen... nur...«

Der Arzt sagte: »Inspektor, ich muß protestieren. Sie ist

jetzt nicht in der Verfassung, weitere Fragen zu beantworten.«

»Sicher, ich verstehe. Tut mir leid, Mrs. Donner, daß ich Sie belästigen mußte. Haben Sie vielen Dank. Wir werden uns sofort auf die Suche nach diesen Männern machen.«

Nadia Donner nickte. Sie legte sich zurück auf ihr Kissen und schloß die Augen. Columbo wartete noch einen Augenblick, warf einen Blick in sein Notizbuch und ging dann ins Wohnzimmer. Er kratzte sich nachdenklich am Kopf, als er las, was er sich aufgeschrieben hatte. Die Haustür ging auf, und Sergeant Kramer räusperte sich.

»Entschuldigung, Inspektor. Die Zentrale gibt eben durch, daß die Jungs vom Labor unterwegs sind. Auch der Krankenwagen wird gleich da sein.«

»Hm, ja, großartig.« Kramer trat näher, und Columbo reichte ihm das Notizbuch.

Kramer warf einen Blick hinein und sagte: »Ist das die Beschreibung der Männer? Ziemlich dürftig, aber ich gebe sie trotzdem durch.«

»Danke. Ich weiß, die Beschreibung ist mager ausgefallen. Zwei Kerle mit Skimützen und Strumpfmasken ... schade, daß wir nicht Karneval haben. Können Sie meine Handschrift entziffern?«

»Klar doch. Ich gehe jetzt raus zum Wagen und gebe die Sache über Funk durch.«

Als Kramer sich umdrehte und hinausging, rief Columbo ihm noch nach: »Verlieren Sie bloß nicht mein Büchlein.«

Der Sergeant lächelte und schloß die Tür hinter sich.

Als der Sergeant draußen war, griff Columbo in seine Tasche und brachte eine Zigarre zum Vorschein. Er kramte nach einem Streichholz, fand schließlich eines und zündete es an. Bald glühte die Zigarre, und er mußte nach einem Aschenbecher Ausschau halten. Auf dem Kaffeetischchen stand einer, und er wollte das Streichholz dort deponieren, als ihm auffiel, daß der Behälter makellos sauber war. Deshalb steckte er das Streichholz in die Tasche seines Regenmantels. Nachdem er sich im Zimmer umgesehen hatte, ging er zur Stereoanlage, die in einer Ecke neben zwei Armsesseln installiert war. Auf dem Tischchen neben dem einen Sessel stand ein halbvolles Glas. Er nahm das Glas, roch daran und stellte es wieder hin. Dann zog er ein Taschentuch aus seiner Tasche und drehte den Schalter der Stereoanlage auf ›An‹.

Sogleich ertönte laute Instrumentalmusik, die er ein paar Takte lang mitsummte, ehe er wieder abstellte. Der Raum wirkte jetzt um so stiller, bis der Arzt aus Nadia Donners Schlafzimmer hereinkam.

Columbo sah auf. »Wie geht's ihr, Doktor?«

»Schwer zu sagen. Um ehrlich zu sein, Inspektor, sie ist nicht die ausgeglichenste und stabilste Person. Ich werde ein viel besseres Gefühl haben, wenn erst Dr. Collier hier ist. Er müßte schon unterwegs sein.«

»Dr. Collier? Wer ist das?«

»Nadia Donner ist schon jahrelang in Behandlung. In psychiatrischer Behandlung. In ihrem gegenwärtigen Zustand ist sie bei Dr. Collier in besseren Händen als bei mir.«

Dr. Hunt war während des Sprechens auf Columbo zugekommen. Der Inspektor sah ihn an und kniff dann die Augen zusammen, als der Arzt plötzlich zwischen ihn und das nach vorn hinausführende Fenster trat.

»Ist was mit Ihren Augen, Inspektor?«

»Oh, mir ist etwas aufgefallen. Ich mußte blinzeln, weil mich die Schweinwerfer des Wagens, der gerade den Hügel runterkam — vielmehr die Zufahrt herunterkam — blendeten. Das müssen die Labor-Leute sein. Und komisch — einen Augenblick waren Sie —, wie sagt man doch — wie ein Schatten.«

»Eine Silhouette? Ja, weil das Licht hinter mir war. Und das Licht muß sehr stark gewesen sein, so daß meine Vorderseite im Vergleich dazu schwarz aussah. Was ist denn, Inspektor?«

Ohne eine Antwort zu geben, ging Columbo an die Tür,

öffnete sie und sah hinaus. Ein Polizeiwagen war vorgefahren, und vier Mann stiegen aus. Zwei davon erkannte er als Leute von der Spurensicherung, auch die beiden anderen waren — ihrer Ausrüstung nach zu schließen — ein Fotograf und ein Experte für Fingerabdrücke. Während Sergeant Kramer im ersten Einsatzwagen saß und die äußerst dürftige Beschreibung der Eindringlinge über Polizeifunk an die Zentrale weitergab, übertönte Columbo Kramers Stimme und rief: »Seid ihr eben die Zufahrt heruntergekommen?«

»Das ist ja der einzige Weg, Inspektor«, antwortete der nächststehende Polizeibeamte, der sich nun an seinen Kollegen wandte: »Eddie, warum fängst du nicht an, ... und du, Lou, mach schnell ein paar Aufnahmen von dem Toten ... der Fleischwagen ist schon unterwegs. Zuerst suchen wir an der Tür nach Abdrücken und dann drinnen. Los jetzt, Jungs!«

Während sie an Columbo vorbei ins Haus schlenderten, blieb dieser mit verwunderter Miene stehen. Sergeant Kramer stemmte sich aus dem Wagen, ging auf den Inspektor zu und gab ihm das Notizbuch zurück.

»Wie versprochen, Inspektor. Sie haben recht, mit dieser Beschreibung werden wir keine weiten Sprünge machen. Was ist mit dem Wagen? Vielleicht ... aber nein, wahrscheinlich hat sie das Auto gar nicht gesehen — oder ja?«

Columbo, der den Zufahrtsweg prüfend betrachtet hatte, sah erstaunt auf, und Kramer mußte seine Frage wiederholen. »Was ist mit dem Wagen der Täter — sie hat ihn wohl nicht gesehen — oder?«

»Nein. So hat sie ausgesagt.«

Columbo drehte sich um und ging zurück ins Haus.

8

Als Columbo und Sergeant Kramer das Wohnzimmer betraten, ging es darin hektisch wie in einem Bienenstock zu. Der Fotograf nahm den Toten von allen Winkeln aus auf, und das Blitzlicht verlieh dem gedämpft erleuchteten Raum für kurze Sekunden Schärfe. Dr. Hunt half dem Fotografen und zeigte ihm die Wunde, so daß der Mann den Befund des Pathologen mit einem einwandfreien Bild würde ergänzen können. Der Experte für Fingerabdrücke bestäubte eben die Klinke der Schlafzimmertür und machte Columbo Platz, als dieser durchgehen wollte.

Der Inspektor warf einen schüchternen Blick ins Schlafzimmer. Nadia Donner lag mit offenen Augen im Bett und starrte zur Zimmerdecke. Er räusperte sich, sie drehte sich zu ihm und sah ihn an.

»Ach, Inspektor...«

»Entschuldigen Sie die Störung, Mrs. Donner. Nur noch eine Frage. Sie sagten, Sie und Ihr Mann hätten eben einen Drink genommen, als... hm, darf ich fragen, was Sie getrunken haben?«

»Ja — warum... ich weiß nicht... ist das so wichtig? Ich glaube, es war Martini. Ein trockener Martini.«

»Und Ihr Mann?«

»Sherry. Da bin ich ganz sicher. Er hat immer nur Sherry getrunken. Warum wollen Sie das wissen?«

»Ich möchte nur alle Details beisammen haben. Ich muß einen ausführlichen Bericht verfassen, und da möchte ich gleich alles... wissen Sie... wer was getrunken hat und dergleichen. Für die Akte. Nur, damit der Bericht möglichst genau ausfällt. Tut mir leid, wenn ich Sie gestört habe.«

Er ging wieder hinaus und schloß die Tür. Als er draußen war, wandte sie den Kopf und starrte wieder zur Decke hoch.

Der Inspektor durchquerte das Wohnzimmer und ging zu dem Sessel vor der Stereoanlage. Er setzte sich. Das Martiniglas war weg, sein Inhalt wurde von den Laborleuten analysiert, während der Spezialist für Fingerabdrücke vom Glas einen kristallklaren Abzug von Nadias Fingerabdrücken abnahm. Also hier hatte sie gesessen, es sei denn, sie hatte das Glas nach dem Überfall woanders hingestellt — doch er bezweifelte, daß sie das getan hatte. Minutenlang saß er ganz still in dem Sessel und starrte aus dem Fenster, wo vor wenigen Minuten ein Polizeiwagen den Zufahrtsweg heruntergefahren war. Er schüttelte wiederholt den Kopf, als arbeite er an einem Laubsäge-Puzzle, bei dem ein Stückchen einfach nicht passen wollte. Vom anderen Ende des Raumes her konnte er die Stimme des Arztes und von Kramer hören, als der Sergeant sich über den Toten informieren ließ.

»Donner. Karl Donner. Mit K. Ich kenne die Familie seit Jahren. Als Hausarzt. Heutzutage haben wir das Zeitalter der Spezialisten. Dieses Wort wird nicht mehr gebraucht – aber ich glaube, ich kann mich wirklich als Hausarzt bezeichnen. Ich habe die Donners bei allen Gelegenheiten behandelt – außerdem war natürlich Nadias Psychiater da.«

»Okay. Vielen Dank. Das war sehr gut, Dr. Hunt. Übrigens – es lag bei den beiden doch nichts Besonderes vor – oder?«

»Gesundheitlich nicht. Beide waren in guter Verfassung. Karl schleppte zwar ein wenig Übergewicht mit sich herum, aber das ist in seinem Alter ganz normal. Er war groß und bei gutem Appetit, nehme ich an. Nein, die beiden ließen sich im letzten Halbjahr gründlich untersuchen. Es war alles in Ordnung.«

»Nochmals – vielen Dank. Entschuldigen Sie mich.« Kramer wandte sich an den Fotografen. »Lou, hast du noch nicht genug?«

»Noch zwei Aufnahmen. Dann kannst du ihn fortschaffen lassen und das Haus versiegeln.«

Der Mann, der die Fingerabdrücke nahm, bemerkte: »Ziemlich staubige Bude hier.«

»Sie sagt, das Haus habe seit Monaten leergestanden. Sie sind im Winter sehr selten hier.«

»Na, dann haben sie sich für die Zusammenkunft einen großartigen Tag ausgesucht«, antwortete der Mann. Er deutete auf den Feuerhaken und sagte: »Wie gefällt dir das da?

Es muß die Waffe sein. Niedlich, was? Jede Wette, daß das Ding blitzblank ist?«

»Was willst du denn? Warum einfach, wenn es kompliziert geht? Du willst nichts weiter als hübsche Abdrücke, die du in den Karteien sofort finden kannst. Dann schnappst du dir den Burschen um Mitternacht, während er gemütlich zu Hause in Unterwäsche vor dem Fernseher hockt und Bier trinkt, neben sich die Waffe. Und dazu trägt der Knabe womöglich noch Uhr und Ring des Opfers bei sich. Na, wie wäre das?«

»Ist doch nichts Böses, wenn man ab und zu mal auf einen Glücksfall hofft.«

»Red keinen Unsinn.«

Von draußen hörten sie die Stimme des zweiten Kollegen vom Labor. »He, Sergeant, kommen Sie mal und sehen Sie sich an, was wir hier entdeckt haben.« Kramer ging hastig hinaus. Columbo sah sich im Zimmer genau um.

Nach gründlichem Absuchen von Tischen, Sesseln und Couch ließ er sich auf Hände und Knie nieder und begann den Boden und die Teppiche zu untersuchen. Auf dem dickflorigen Teppich vor der Couch, genau unterhalb des Kaffeetischchens stießen seine Finger auf etwas Winziges, auf etwas Hartes und Metallisches. Er hob es hoch und hielt es gegen das Licht. Ein winzigkleines Stückchen Stahl oder Metall irgendeiner Art, mit einem Anflug roter Tönung.

Sergeant Kramer kam wieder herein, sah sich um, konnte aber den auf dem Teppich knienden Columbo zunächst nicht sehen. »Inspektor«, rief er. »He, Inspektor!«

»Ja, was gibt es?«

»Könnten Sie einen Augenblick herauskommen?«

»Sicher.« Während er Kramer zur Tür folgte, sagte er: »Kramer — sagen Sie mir eines: Haben Sie einen Schimmer, was das da sein könnte?«

Kramer blickte auf ihn hinunter. »Was soll was sein?«

Columbo balancierte das Metallding auf einem Finger und

hielt es dem Sergeanten zur Inspektion unter die Nase. Blinzelnd sagte Kramer: »Weiß nicht — ein Stückchen Metall?«

»Da drüben unter dem Tischchen hat es gelegen. Und jetzt sehen wir uns mal an, was Sie entdeckt haben.« Er steckte das Metallstück in die Tasche und folgte Kramer hinaus ins Freie.

»Da herüber, Inspektor. Vorsicht. Es ist noch immer ein wenig feucht.«

Am entferntesten Ende der Zufahrt stand der zweite Labormann und erwartete sie schon. »Na, was habt ihr entdeckt?« fragte Columbo.

Der Mann zeigte auf den Boden. »Genau da, Inspektor. Hier auf dieser Seite in Hausnähe. Ein Reifenabdruck im Schlamm. Man kann ihn im Licht, das aus dem Fenster kommt, sehr gut ausmachen.«

Columbo bückte sich umständlich. »Ist der Abdruck frisch?«

»Die Erde ist noch feucht. Der Abdruck ist wunderbar. Sehen Sie das Reifenprofil? Aus Europa. Wahrscheinlich Michelin. Einer der großen europäischen Reifenhersteller. Ich schätze, die Kerls fuhren einen ausländischen Wagen. Wahrscheinlich eine Limousine, weil die Spur sehr breit ist. Es ergibt nicht viel Sinn — zwei Räuber, die einen teuren Wagen fahren.«

»Wenn er nicht gestohlen war«, entgegnete Columbo.

»Könnten wir davon ein Bildchen bekommen, Sergeant?«

»Sicher. Ich hole gleich Lou. Der müßte mit dem Toten längst fertig sein. So, wie der losgeblitzt hat, müßte er aus den Aufnahmen ein ganzes Buch machen können.«

Als Kramer fort wollte, hielt Columbo ihn fest. »Hm, hören Sie zu, Sergeant. Warum fangen Sie mit der Suche nicht hier in der Gegend an... vielleicht hat einer der Nachbarn etwas gesehen oder gehört. Sie wissen schon — etwas Ungewöhnliches. Einen Wagen, den sie nicht kannten oder dergleichen.«

»Um diese Zeit gibt es hier nicht viel Nachbarschaft. Die

meisten Häuser hier werden nur den Sommer über bewohnt. Oder an Wochenenden. An einem Wochentag...«

»Na ja, fragen Sie ein bißchen herum, ja? Vielleicht gibt es doch ein paar Leute, die das ganze Jahr über hier sind. Vielleicht ist uns das Glück hold. Wenn jemand den Wagen gesehen hat... Farbe, Typ, Modell, vielleicht sogar die Zulassungsnummer... was auch immer.«

»Na gut. Ich mache mich gleich an die Arbeit. Ich brauche einen zweiten Wagen. Muß ihn über Funk anfordern.«

»Klar.«

Kramer entfernte sich. Plötzlich wurden die drei Männer durch näherkommende Scheinwerfer in helles Licht getaucht. Sie drehten sich um, blickten hügelaufwärts und hörten jetzt erst Motorengeräusch. Ein Ford Pinto kam den Weg herunter. Am Steuer saß Anita Borden, und neben ihr saß Markus Collier.

Sergeant Kramer wartete, bis der Wagen angehalten hatte und ging dann zu seinem Sender in seinem eigenen Fahrzeug. Columbo ging auf den Mann zu, der sich aus dem Beifahrersitz hochstemmte.

»Sie... Sie sind Dr. Collier?«

»Ja, das bin ich. Und wer sind Sie?«

»Inspektor Columbo.« Er ließ seinen Dienstausweis aufklappen. »Von der Polizei in Los Angeles.«

»Das hier ist Anita Borden, meine Kollegin.«

»Sehr erfreut.«

»Guten Abend, Inspektor.«

»Was geht hier vor? Dr. Hunt hat mich in der Uni angerufen. Frau Dr. Borden und ich hatten noch zu tun... und waren eben bei einem Kaffee in der Kantine, als ich ans Telefon geholt wurde. Karl Donner soll verletzt sein...«

»Es tut mir leid, Sir. Sie müssen entschuldigen, daß wir Sie behelligt haben. Und was Mr. Donner betrifft... er ist tot.«

Anita reagierte als erste. »Tot?«

»Wie ist das geschehen?« fragte Collier erstaunt.

»Zwei Männer... die sind hier eingedrungen und wollten die Donners berauben. Es kam zu einem Kampf...«
Collier fragte hastig: »Mrs. Donner? Ist sie...?«
»Ihr ist nichts passiert. Bis auf einen kleinen Schock. Deswegen hat man Sie...«
Collier förderte eine Packung Zigaretten zutage, nahm eine heraus, steckte sie in den Mund und fingerte dann in der Tasche nach einem Streichholz.
Nach dem ersten tiefen Zug sagte er: »Gott sei Dank, daß ihr nichts zugestoßen ist. Schlimm genug, daß...«
»Dr. Hunt ist drinnen im Haus. Er macht sich ihretwegen große Sorgen. Sie ist natürlich außer sich... das ist klar. Aber er sagte... sie wäre außerdem noch Ihre Patientin, und da dachte er...«
»Ja, ich verstehe. Ich werde mit ihr reden. Wo ist sie?«
»Im Schlafzimmer.«
»Anita, ich brauche vielleicht Ihre Hilfe. Können wir hinein?«
»Aber sicher. Gehen Sie ruhig ins Haus. Ach, Sir, könnten Sie mir mit einem Streichholz aushelfen?«
Collier zögerte, griff dann aber in seine Tasche und gab dem Inspektor die Streichholzpackung. Er und Anita gingen ins Haus, während Columbo die Zigarre wieder in Brand setzte, die ihm ausgegangen war, als er den Boden im Wohnzimmer abgesucht hatte. Er wollte die Streichhölzer zurückgeben, aber Collier und Anita waren bereits im Haus verschwunden und betraten eben das Schlafzimmer Nadia Donners.
Achselzuckend steckte Columbo die Streichhölzer zu sich und ging zurück zu dem Reifenabdruck, an dem der Fotograf sich eifrig zu schaffen machte. Unter Mithilfe des Mannes vom Labor und von Sergeant Kramer wurden Nahaufnahmen geschossen.

9 Im Hausinnern angelangt, überlegte Collier, daß es vielleicht klüger wäre, zunächst mit Nadia unter vier Augen zu reden — nur, um herauszubekommen, wie sie sich gehalten und was sie der Polizei erzählt hatte. Daher bat er Anita, ob sie so gut wäre und Kaffee machen wollte.

»Natürlich, Mark. Wie wird sie das alles bloß ertragen?«

»Sie ist widerstandsfähiger, als sie tut. Und sie hat Karl wirklich gehaßt, obwohl sie es sich nie eingestanden hat. Ich vermute, sie dürfte sogar ziemlich erleichtert sein. Aber das kommt erst später. Im Augenblick wird sie sich so verhalten wie die Durchschnittsehefrau, deren Mann ermordet wurde. Deshalb brauche ich den Kaffee. Trotz des Coffeingehaltes wird die Wärme wie Medizin wirken. Später kann ich ihr dann eine Spritze geben ... ach nein, ich habe meine Tasche nicht mit. Na ja, sie hat ohnehin jede Menge Tabletten bei sich. Da kann sie eine zur Beruhigung nehmen, wenn erst die Gesetzeshüter von der Szene verschwunden sind. Wahrscheinlich haben die ihr ordentlich zugesetzt. Ich werde sehen, was ich für sie tun kann. Während du Kaffee kochst, werde ich mal meinen Kollegen, Dr. Hunt, konsultieren. Hallo, Dr. Hunt!«

»Hallo, Collier! Es tut mir leid, daß ich Sie hier hinauszitiert habe, aber ...«

Während Anita in die Küche ging, unterbrach Collier Dr. Hunt: »Schon gut. Ich bin froh, daß Sie mich geholt haben. Wie geht es ihr?«

»Übernervös. Knapp an der Grenze zur Hysterie, nehme ich an. Wenn sie nicht in Behandlung wäre ... nun ja, ihr Verhalten ist eigentlich normal, bloß dachte ich, daß Sie ...«

»Ganz richtig. Na, ich sehe jetzt rein zu ihr. Entschuldigen Sie mich. Wenn Anita ... ich meine Dr. Borden den Kaffee fertig hat, soll sie anklopfen.«

Er ging hinein und schloß die Tür hinter sich. Nadia sah auf. »Mark ... !«

»Pst!« Er legte den Finger an die Lippen, drückte dann das Ohr an die Tür, an der er sekundenlang horchte, ehe er an ihr Bett trat.

Er beugte sich über sie und flüsterte: »Na, wie geht es dir ... mein Schatz?«

»Mir ... geht es tadellos, Mark. Aber ich habe solche Angst ...«

»Alles wird sich in Wohlgefallen auflösen.«

»Aber was machst du hier?«

»Dr. Hunt hat mich rufen lassen. Ich saß eben in der Kantine bei einer Tasse Kaffee ... also kein Grund zur Beunruhigung. Ich mußte kommen, als er mich anrief. Und ich muß mit dir reden ... es ist alles ganz natürlich. Gar kein Problem. Und jetzt hör auf, dir Sorgen zu machen.«

»Es ist nicht nur das, Mark. Ich kann nichts dafür, aber ich sehe dauernd sein Gesicht vor mir ... ich sehe ihn daliegen ...«

»Das ist auch ganz normal. Meine Assistentin hat mich begleitet. Dr. Borden — du erinnerst dich sicher. Sie macht jetzt Kaffee. Und ich möchte, daß du davon trinkst. Nur einen Schluck, dann kannst du eine Tablette nehmen und dich ausschlafen ... Ich werde der Polizei sagen, daß du meiner Ansicht nach keine Fragen beantworten solltest und Ruhe brauchst. Hunt wird mir den Rücken stärken.«

»Es war schrecklich, Mark. Allein im Haus ... mit ihm. Und dann ... die vielen Menschen ... die Fragen ...«

»Was haben sie gefragt? Was wollten sie wissen?«

»Ach, das Übliche. Wie erwartet. Wie die Männer aussahen.«

»Was hast du ihnen gesagt?«

»Der eine war größer, sie hatten Strümpfe übers Gesicht gezogen und trugen Ski-Mützen.«

»Gut. Was sonst?«

»Der Kampf — sie wollten alles über den Kampf wissen.

Der Kleine, der im Regenmantel, der stellte die Fragen. Eigentlich ist er sehr nett . . . aber ich habe das Gefühl, daß er mir nicht glaubt.«

»Unsinn, mein Schatz. Er tut nur seine Pflicht. Er muß von Berufs wegen jeden einzelnen verdächtigen. Besonders eine Witwe, der ein Erbe von . . . ach, mach dir bloß seinetwegen keine Sorgen. Er ist ein kleiner Beamter, der seine Arbeit so schnell wie möglich hinter sich bringen und nach Hause abdampfen möchte. Der wird weiter keine Schwierigkeiten machen, das verspreche ich dir. Diesen Typ erkenne ich schon eine Meile gegen den Wind. Was wollte er sonst noch wissen?«

»Nichts von Bedeutung. Ich mußte ihm alle Einzelheiten über den Kampf erzählen und wie Karl . . . wie er erschlagen wurde . . .« Die Erinnerung daran bewirkte, daß ihre Augen sich vor Entsetzen weiteten.

»Ja, was sonst?« Er war entschlossen, sie über dieses Stimmungstief hinwegzubringen und ihre Gedanken auf andere Dinge zu konzentrieren. Anita würde bald mit dem Kaffee kommen, und dann mußte Nadia sich ausruhen. In dieser Verfassung war sie zu allem fähig.

»Nichts Wichtiges, ich kann mich nicht mal erinnern. Er fragte mich, ob ich das Heranfahren des Autos gehört hätte, und ich sagte nein, weil wir die Stereoanlage eingeschaltet hatten . . .«

»Gut.«

»Und dann sagte ich, natürlich hörte ich den Wagen wegfahren.«

»Natürlich.«

»Und er fragte mich, was ich getrunken hätte.«

»Was du getrunken hättest?« fragte Markus Collier erstaunt.

»Wir beide. Ich weiß nicht, warum. Er sagte, es wäre wichtig für seinen Bericht. Ich sagte, ich hatte einen Martini und Karl einen Sherry getrunken.«

»Was ja der Wahrheit entspricht — stimmt's?«

»Ja, das... wenigstens... das entsprach der Wahrheit.«
»Nadia, es hat keinen Sinn, sich damit aufzuhalten. Glaub mir doch, wenn ich dir sage, daß es der einzig mögliche Ausweg ist. Nicht nur meinetwegen... egal was geschehen ist, du würdest wie eine Komplizin dastehen... man würde uns vernichten. Wir beide könnten hinter Gittern landen — und wenn es ein verschuldeter tödlicher Unfall war, dann verlierst du deine Erbschaft. glaub mir, mein Schatz, es ist der einzige Ausweg. Glaube mir und vertraue mir.«

»Das tue ich ja, Mark. Ich könnte es nicht ertragen, dich zu verlieren — aber ich habe solche Angst.«

»Du wirst sehen, alles wird wieder gut. Das verspreche ich dir. Waren außerdem noch Fragen?«

»Nein, ich glaube nicht... sie... sie taten so, als glaubten sie mir, aber ich weiß nicht recht...«

»Siehst du, du schaffst dir ein Problem, das in Wirklichkeit gar nicht existiert. Natürlich glaubt man dir. Warum auch nicht? Die Geschichte ist logisch... solche Dinge passieren wirklich. Du darfst nur den Glauben an dich nicht aufgeben, Nadia, das ist das Allerwichtigste. Alles wird wieder gut... und dann, in ein paar Monaten... na, darüber wollen wir uns jetzt nicht unterhalten. Ich möchte, daß du dich jetzt ausruhst. Ich sehe zu, daß wir die Polizei loswerden.«

Ein Klopfen an der Tür ertönte. Er stand auf und rief: »Wer ist draußen?«

»Anita... Dr. Borden. Ich bringe Kaffee.«

»Warten Sie einen Augenblick. Ich komme an die Tür.« Als er öffnete, stand sie mit dem Tablett vor der Tür. »Anita, hören Sie zu, Mrs. Donner möchte jetzt schlafen, und ich halte es ebenfalls für das beste. Sie bekommt ein Schlafmittel. Dr. Hunt wird mir sicher recht geben...« Er rief durch das Wohnzimmer: »Meinen Sie nicht auch, Dr. Hunt, daß Mrs. Donner Ruhe braucht?«

»Absolut.«

»Ich schlage aber vor, daß wir das Tablett mit Kaffee den Polizeibeamten anbieten, die es möglicherweise nötiger haben als wir. Trotzdem — vielen Dank, Anita. Ich gebe Nadia nur das Schlafmittel mit einem Schluck Wasser und bin gleich wieder da. Sehen Sie nach, ob die Leute Kaffee wollen.«

»Da bin ich ganz sicher«, antwortete sie, warf ihm aber einen seltsamen Blick zu, als er die Tür schloß. Sie zuckte die Achseln und trug das Tablett zum Kaffeetischchen.

Collier sollte recht behalten. Die Männer wußten den heißen Kaffee richtig zu würdigen. Während sie dasaßen und tranken, tauchte Collier aus Nadias Zimmer auf.

»Sie schläft jetzt«, sagte er zu dem Sergeanten. »Wo ist dieser Kerl . . . der Inspektor, wie heißt er doch gleich?«

»Sie meinen Inspektor Columbo, Sir? Er leitet die Ermittlungen. Er ist mit einigen Männern draußen. Soll ich ihn holen? Ich glaube, er versucht herauszubekommen, ob einer der Nachbarn etwas Verdächtiges bemerkt hat.«

»Sehr gute Idee. Ein wahrer Trost, daß die Polizei so gründlich vorgeht. Nein, stören Sie ihn nicht. Frau Dr. Borden und ich wollen aufbrechen. Würden Sie ihm bitte ausrichten, daß Mrs. Donner jetzt schläft. Wahrscheinlich wird sie bis morgen früh schlafen und nicht ansprechbar sein. Dann wird sie vermutlich in ihre Stadtwohnung zurückwollen . . . ich würde es sehr zu schätzen wissen, wenn er sie heute abend in Frieden ließe. Sie steht kurz vor einem Zusammenbruch, und ich möchte nicht . . .«

»Natürlich nicht. Ich glaube, wir sind ohnehin fertig, Sir.«

»Lassen Sie jemanden hier?«

»Jawohl, Sir. Einer der Männer wird über Nacht bleiben. Sie kann ganz beruhigt sein. Diese Halunken sind inzwischen längst in einen anderen Bundesstaat abgehauen.«

»Gar kein Zweifel. Ja, ich glaube, sie wird sich sicherer fühlen, besonders wenn sie erwacht. Aber bitte — keine Fragen. Sie will sich ausruhen. Morgen oder übermorgen . . .«

»Keine Angst. Wir werden sie in Ruhe lassen, Doktor.

Sollte der Inspektor noch etwas auf dem Herzen haben, kann das sicher bis morgen warten.«

»Gut. Gehen wir, Anita. Dr. Hunt — haben Sie vielen Dank!«

»Ich stehe jederzeit zur Verfügung, Collier.«

»Sehr angenehm. Ich bezweifle zwar, daß es nötig sein wird, aber trotzdem danke ich für Ihr Angebot. Guten Abend.«

Überzeugt, daß alles wie gewünscht lief, führte er Anita Borden aus dem Haus. Als sie im Wagen waren, schlug er vor, sie sollten zu ihrer Wohnung fahren.

10 Am nächsten Morgen fuhr Markus Collier zu Nadia Donners Wohnung, nachdem er im Strandhaus angerufen und sich vergewissert hatte, daß sie nicht mehr dort war. Er traf sie auf dem Balkon an, der einen Blick über die Stadt gewährte. Sie saß in einem metallenen Gartenstuhl und starrte unverwandt hinauf in den blauen Himmel.

»Die Witwenschaft bekommt dir ausgezeichnet, mein Schatz.«

»Mark? Ach, komm heraus.«

»Sicher hast du eine schlaflose Nacht verbracht. Man merkt dir aber nichts an«, log er.

Sie überhörte das falsche Kompliment und sagte: »Ich bin seit sechs Uhr wach und bin gleich hergekommen. Ich konnte das Haus nicht mehr ertragen. Ich hörte Radio und habe ferngesehen. Hast du die Nachrichten gehört?«

Er setzte sich ihr gegenüber und nahm eine Zeitung zur Hand, die aufgeschlagen auf dem Kaffeetischchen lag. Natürlich lautete die Schlagzeile: »Industrieller erschlagen.«

In kleineren Lettern stand dann über der linken Spalte: Suche nach maskierten Eindringlingen.

Er überflog den Artikel und sagte dann: »Sicher wird der Inspektor die armen Teufel noch heute in Eisen legen. Als betroffener Bürger, der an Gesetz und Ordnung glaubt, hoffe ich es jedenfalls.«

Sie verzog das Gesicht und sagte: »Wie kannst du nur darüber Witze machen, Mark?«

Er zeigte auf die Kaffeekanne auf dem Tisch und fragte: »Darf ich?«

Dann schenkte er sich eine Tasse voll ein. Er schlürfte den dampfenden Kaffee, ehe er ihr antwortete.

»Siehst du denn nicht, wie herrlich abgeschmackt das alles ist? Die gramgebeugte Witwe ... der gute treue Freund, der nicht von ihrer Seite weicht. Die Öffentlichkeit aufgebracht, bis die Polizei endlich die Schurken faßt, die an einem unserer hervorragendsten Mitbürger eine so ruchlose Tat begangen haben, an einem Mann, der seiner Geschäftserfolge wegen bekannt ist, sich aber auch einen Namen als Förderer der Wissenschaften und Künste gemacht hat, als Förderer der medizinischen Forschung ... wie gern würde ich diese Lobeshymne bei seiner Beerdigung loswerden.«

»Nicht, Mark, bitte ...« flehte sie mit zitternder Stimme.

»Tu doch nicht so, als hättest du dir etwas aus ihm gemacht, Nadia. Ich weiß es besser. Du hast ihn abstoßend gefunden, warst angeekelt von seinen körperlichen Begierden ...«

Sie explodierte fast, als sie ausrief: »Hör auf!«

»Nadia, ich versuche doch nur, die Dinge in die richtige Perspektive zu rücken.«

»Er ist tot ...« sagte sie tonlos.

»In ein paar Tagen ist alles vorbei ... man wird die Akten über den Fall schließen. Und du bist von ihm befreit. Für immer. Und das alles durch einen Unfall, Nadia. Nicht durch Absicht. Du brauchst kein Schuldgefühl mit dir herumzuschleppen. Es wird keine Anklage geben ... du brauchst nur abwarten – und dich zusammenzunehmen.«

»Ich kann es nicht, Mark. Ich schaffe es nicht. Bitte, Mark, verlang nicht mehr, daß ich weiter lügen muß.«

»Aber ich will dir doch nur helfen, Nadia. Ich habe dir

doch geholfen, nicht wahr? In all diesen Monaten. Schatz, sieh mich an. Ja, das ist schon viel besser, ich bin derselbe wie gestern, als du mir sagtest, du müßtest mich allein sehen. Ich habe mich nicht geändert. Es hat einen scheußlichen Unfall gegeben, das ist alles. Wir werden ihn gemeinsam überleben.«

Er nahm sie an ihren Händen und hob sie zu sich hoch. Dann zog er sie an sich, und ihre Lippen fanden sich, als der Summer an der Tür ertönte. Nadia machte vor Schreck einen Satz nach hinten.

Verärgert sagte er: »Erwartest du jemanden?«

»Nein, niemanden.«

»Irgendein verdammter Wicht von der Presse. Ich werfe ihn raus.« Er wollte an die Tür, doch sie lief ihm nach und wollte ihn zurückhalten. Barsch meinte er zu ihr: »Geh und setz dich wieder. Man muß dich nicht sehen. Ich werde ihn abwimmeln, habe ich gesagt.«

Demütig tat sie, wie ihr geheißen wurde, während er an die Wohnungstür ging. Er war darauf gefaßt, von einem Reporterschwarm belagert zu werden und war um so erstaunter, einen einzelnen Menschen zu sehen, klein, in einem abgetragenen Regenmantel steckend. Der Mann stand schüchtern im Eingang.

»Ach ja ... Inspektor ... ich kann mich leider nicht an Ihren Namen erinnern ...?«

»Guten Morgen. Inspektor Columbo, Sir. Nett von Ihnen, daß Sie sich wenigstens an mein Gesicht erinnern. Ich muß mich entschuldigen ... weil ich mich nicht telefonisch angemeldet habe. Aber ich hätte nicht erwartet, Sie hier anzutreffen.« Columbo versuchte, an Collier vorbei, einen Blick in die Wohnung zu werfen. »Ich wollte Mrs. Donner sprechen ... vielleicht ist der Zeitpunkt nicht geeignet. Ich kann ein anderes Mal kommen.«

»Aber gar nicht, Inspektor. Kommen sie herein, bitte. Ich bin selbst eben erst gekommen. Als ich entdeckte, daß sie nicht mehr draußen im Strandhaus war ... da machte ich mir Sorgen und bin gleich hierher ... leisten Sie uns Gesellschaft beim Kaffee ... draußen auf der Terrasse?«

»Ich werde Sie nicht lange aufhalten ... ich wollte bloß ... ach, guten Morgen, Mrs. Donner.« Nadia Donner war vom Balkon ins Wohnzimmer gekommen, als sie Columbos Stimme hörte.

Collier sagte: »Ich hatte das Gefühl, Mrs. Donner sollte heute morgen nicht allein sein — Sie verstehen.«

»Gewiß, gewiß.«

»Inspektor, ich hole Kaffee für Sie.« Nadia ging hinaus auf den Balkon und schenkte eine Tasse voll.

Columbo rief ihr nach: »Schwarz, wenn ich bitten darf. Ich möchte abnehmen.«

Sie kam mit der Tasse in der Hand zurück und sagte: »Hier, bitte.«

Er balancierte die Tasse samt Untertasse in der Hand und nahm einen Schluck. Dann sah er sich um und setzte sich vorsichtig auf einen antiken steiflehnigen Sessel.

»Na, haben Sie Glück gehabt und die Männer gefaßt?« fragte Markus Collier.

»Nein, Sir. Keine Spur. Ja, ja, außerdem hatten wir nicht viel Material, auf das wir uns stützen konnten.«

Er stellte die Tasse auf ein Beistelltischchen und holte sein Notizbuch hervor.

Collier bemerkte: »Sehr wahrscheinlich sind die längst in ein anderes Revier hinübergewechselt.«

Der Inspektor nickte. »Mal nachsehen. Ach ja. Ich wollte Sie fragen, Mrs. Donner ... ja, wegen des Strandhauses. Seit vergangenem Herbst haben Sie und Ihr Mann das Haus kaum bewohnt, stimmt das?«

»Ja, das ist richtig. Die Wintermonate sind draußen am Wasser ziemlich rauh und einsam. Außerdem sehr kalt.«

»Ich frage mich folgendes, Mrs. Donner ... können Sie mir sagen, warum Sie und Ihr Mann sich ausgerechnet an diesem bestimmten Abend plötzlich entschlossen haben, hinauszufahren?«

Mark Collier steckte sich eine Zigarette an. Er zog das Feuerzeug aus der Tasche und ließ es aufschnappen. Eine Flamme schoß hoch, und er hielt sie an die Zigarette. Columbo sah ihm zu, während er auf Nadia Donners Antwort wartete.

Sie sagte: »Ich dachte, ich hätte es Ihnen gestern abend schon gesagt.«

»Nun, Sie waren gestern ziemlich außer sich ... vielleicht habe ich vergessen, es aufzuschreiben.«

»Karl und ich wollten ausspannen. Er hatte in letzter Zeit viel zu tun und war viel unterwegs. Und wenn er mal zu Hause war, dann schrillte in einem fort das Telefon, und dauernd kam Besuch. Draußen am Wasser haben wir Ruhe, weil um diese Jahreszeit kein Mensch da ist. Ist das so schwer verständlich?«

»Aber gar nicht, Mrs. Donner. Ich — ich liebe die See um diese Jahreszeit besonders, nur kann ich mir kein solches Haus wie Ihres leisten.« Er bemerkte, daß seine Zigarre kalt war und suchte angestrengt nach einem Streichholz, ehe er Collier bat: »Dürfte ich wohl Ihr Feuerzeug haben?«

»Aber bitte.« Collier holte es aus seiner Tasche und reichte es Inspektor Columbo.

»Ich weiß gar nicht, warum ich diese Dinger schon so früh am Morgen rauche. Sie schmecken scheußlich.«

Collier nickte. »Und ehrlich gesagt, sie riechen auch nicht viel besser.«

Columbo brachte die Zigarre wieder zum Glühen und inspizierte dann das goldene Feuerzeug. »In Liebe für Mark von Bibbi«, las er laut die Inschrift. Er sah zu Collier hinüber. »Bibbi? Ist das Ihre Frau oder so was Ähnliches?«

Collier nahm sein Feuerzeug in Empfang und sagte kühl: »Meine Schwester, Inspektor. Sie hat mir das Ding geschenkt, als ich frischgebackener Doktor war. Ich hüte es wie einen Schatz.«

»Ja, das kann ich gut verstehen.«

Nach einer Pause fragte Collier: »Sind Sie aus einem bestimmten Grund gekommen?«

»Ach ja«. Wieder zog Columbo sein schwarzes Büchlein zu Rate. »Sie müssen entschuldigen. Ich bin noch nicht ganz aufgewacht. Ja, sehen wir mal nach. Da steht es. Der Kampf.«

Er studierte seine Aufzeichnungen und schüttelte den Kopf. »Hm. Ja, das stimmt.«

»Gibt es Ungereimtheiten, Inspektor?« fragte Collier leichthin mit einem hilfreichen Lächeln zu Nadia.

»Nein, hm, ja ... ich weiß nicht. Ich versuche nur, mir etwas ganz bildhaft vorzustellen ... äh, Mrs. Donner ... gestern sagten Sie, einer der Männer wäre ins Schlafzimmer gegangen ... und in diesem Augenblick packte Ihr Mann den Feuerhaken ... stimmt das?«

»Ja, das stimmt.«

»Und zwischen dem Fremden und Ihrem Mann kam es zum Kampf?«

»Ja.«

Columbo kratzte sich am Kopf. »Sehen Sie, das ist es. Warum hat er ihn nicht erschossen? Der Mann mit dem Revolver ... als Ihr Mann den Feuerhaken zu fassen kriegte? Sie sagten, er wäre bewaffnet gewesen, beide hätten Waffen gehabt, warum hat er ihn nicht einfach erschossen?« Columbo sah sie neugierig an, und sie zögerte mit der Antwort.

»Und als sie um den Feuerhaken kämpften, was geschah mit der Waffe? Hat der Mann sie weggelegt? Oder hielt er sie noch immer in der Hand?«

Collier bemerkte, daß Nadia beunruhigt war. Er stand hinter Columbo und steckte hastig die flache Hand mit weggestrecktem Daumen in den Gürtel, als stecke er eine Waffe zu sich.

»Ja, ich verstehe, was Sie meinen«, sagte sie. »Der Mann steckte die Waffe in den Gürtel. Damit er die Hände frei hatte, um die Laden zu durchsuchen oder so ... und als er

Karl den Rücken zuwandte, erwischte der den Feuerhaken und ging auf ihn los.«

Nicht ganz überzeugt sagte Columbo. »Ach, verstehe.«

»Ich dachte, ich hätte das schon gesagt.«

»Nein ... da bei mir steht es nicht ... in meinen Aufzeichnungen.«

»Dann entschuldigen Sie, bitte.« Nadia Donner wirkte in diesem Augenblick etwas hilflos.

»Schon gut, Mrs. Donner. Ist ja nichts passiert.«

Er stand gemächlich auf, vollführte eine Pantomime aufgrund ihrer Geschichte, indem er sein schwarzes Büchlein als Waffe benutzte. Nachdem er seine Vorstellung beendet hatte, nickte er offenbar befriedigt.

»Ja, ich kann mir jetzt vorstellen, wie es vor sich gegangen ist. Ach, übrigens — hatte er Handschuhe an?«

»Handschuhe?«

»Sie müssen wissen, daß wir keine fremden Fingerabdrücke im Haus gefunden haben ... nur Ihre eigenen — und die Ihres Gatten.«

Sie warf einen verstohlenen Blick zu Collier hinüber, der ein Taschentuch aus der Tasche zog, sich die Hände wischte und es schnell wieder verschwinden ließ.

»Er hatte ein Taschentuch ... warten Sie, ich muß überlegen ... ja, er zog ein Taschentuch heraus und wischte die Abdrücke weg. Ich meine, das muß es wohl gewesen sein, denn im Augenblick wußte ich nicht, was er eigentlich wollte.«

»Verstehe.« Schon im Gehen begriffen, sagte der Inspektor: »Ich danke Ihnen. Ich werde Sie nicht länger belästigen.« Er tastete seine Taschen ab.

»Etwas verloren?« fragte Collier.

»Mein Büchlein.« Columbo sah sich um, dann fiel ihm ein, daß er es im Gürtel stecken hatte. »Ah, da ist die kleine Gedächtnisstütze, ich bin heute morgen wirklich noch nicht ganz wach. Na denn, leben Sie wohl.«

Als er endlich draußen war und Collier die Tür geschlossen und versperrt hatte, sank Nadia auf der Couch zusammen. »Guter Gott, Mark...«

Er setzte sich neben sie.

»Ich habe solche Angst«, sagte sie. »Wir müssen ihm die Wahrheit sagen. Ich kann nicht mehr...«

»Selbst wenn wir wollten, wäre es jetzt zu spät. Stell dir mal vor, wie das jetzt klingen würde? Nachdem wir ihnen diese ganze Geschichte aufgetischt haben... das mußt du doch einsehen, Schätzchen.«

Als er den Arm um sie legte, sagte sie: »Ich sehe es ein, aber ich halte ein weiteres Verhör einfach nicht mehr aus... es sind so viele Einzelheiten... hilf mir, Mark.«

»Nadia, du mußt stark sein. Nimm dich zusammen. Das Schlimmste haben wir hinter uns. Er kommt bestimmt nicht wieder. Und er weiß überhaupt nichts. Ist ja anders gar nicht möglich. Sei tapfer, Nadia.«

»Ich werde es versuchen«, sagte sie. Doch ihrem Gesichtsausdruck sah er an, daß sie die Fähigkeit, die Situation zu meistern, gänzlich verloren hatte, und daß sie unter einer weiteren intensiven Befragung, besonders ohne seine hilfreiche Gegenwart, sich in einer Tränenflut, in Hysterie — und in der Wahrheit auflösen würde.

11 Collier hatte die bevorstehende Verabredung zum Essen mit Chuck Whelan, seinem Verleger, total vergessen. Als er daher in seinem Büro den Anruf Whelans beantworten mußte, versuchte er, seine Aufmerksamkeit von Nadia Donner und den möglichen Folgen weg auf das unmittelbare Problem hin zu lenken. Er mußte jetzt einen nervösen Geschäftsmann beruhigen, der das Gefühl hatte, daß er seine Investitionen sinnlos verpulverte.

»Tut mir leid, daß ich nicht anrufen konnte, Chuck. Stecke bis über beide Ohren... im Buch. Sieht ganz gut aus. Ich weiß, wir wollten zusammen essen...«

»Ich will ja niemanden drängen, Mark. Aber wir hatten

heute morgen eine Konferenz. Sie ging eben erst zu Ende ... und es war nicht die angenehmste meines Lebens. Na, wir müssen uns unterhalten. Können Sie sich heute mittag freimachen?«

»Hm, ich unterbreche meine Schreibarbeit höchst ungern ... aber okay. Gut. Wo und wann?«

Er bekam den Namen eines schicken französischen Restaurants am anderen Ende der Stadt zu hören und wurde gefragt, ob er um halb eins dort sein könne.

»Aber ja. Sicher. Halb eins. Hoffentlich finde ich einen Parkplatz. Und was ist mit Ihnen? Fahren Sie nachher wieder zurück in die Stadt?«

»Unbedingt. Ich muß einen ausführlichen Bericht abliefern ... ach, das erkläre ich Ihnen bei einem Martini. Der wird alles mildern.«

»Mildern?«

»Nichts Ernstes, Mark. Auf Vorstandsebene findet momentan ein Drängen und Schieben statt. Aber nichts, was ich nicht im Griff hätte ... trotzdem muß ich Sie um Ihre Hilfe bitten. Jetzt aber Schluß, ich erwarte einen Anruf aus New York. Dort ist es Mittag vorbei, und die haben ihre Martinis schon hinter sich. Und das macht ihnen bestimmt Mut, uns telefonisch die Hölle heiß zu machen. Wir sehen uns also um halb eins.«

»Gut. Im ›Biarritz‹!«

Von außen hätte man nie vermutet, daß es sich um eines der teuersten Lokale der Stadt handelte. Collier mußte lachen, während er vorfuhr und seinen Wagen dem Parkplatzwächter überließ. Nicht mal die beste Lage der Stadt. Aber das war typisch, sagte er sich. Er ging essen, damit ein Geschäftsmann sich über seinen Geldmangel bei ihm ausweinen konnte — und das alles in einem Restaurant, in dem sie von Glück reden konnten, wenn die Rechnung fünfzig Dollar nicht überschritt.

Eigentlich würde er eines Tages gern selbst einen Verlag haben, sagte er sich. Er allerdings würde das Geld dort ausgeben, wo man es ausgeben sollte. Wenn alle leitenden Angestellten ihr Mittagessen in einer einfachen Imbißstube einnehmen würden, gäbe es keinerlei Probleme bei den Autorenvorschüssen. Andererseits würde es bedeuten, daß man ihn nicht so nobel ausführen würde. Und er mußte zugeben, daß man ihn immer gut behandelt hatte — besonders nach dem Erfolg von »Die sechs Leben der Martha Pollock«. Die Einladungen wurden großzügiger, und die Lokalitäten immer schicker, je weiter das Buch von Woche zu Woche auf der Bestsellerliste vorrückte. Sie hatten in ihm eine Goldmine entdeckt und verhielten sich entsprechend. Auch heute, da er genau wußte, daß er sich eine Standpauke würde anhören müssen, damit das verdammte Buch endlich fertig wurde — als ob er es absichtlich hinauszögerte —, auch heute würde alles höchst stilvoll über die Bühne gehen.

Und warum auch nicht? Immer nur Erster Klasse reisen. Was hatte er zu Karl Donner gesagt? »Warum überhaupt leben, wenn man nicht gut leben kann?« Wie prophetisch diese Phrase doch war! Donner mit seinem puritanischen Geschmack hatte trotz seines Reichtums nicht gut gelebt — und jetzt lebte er überhaupt nicht mehr. Ein Unfall. Ganz gewiß gedachte er, Markus Collier, wegen eines Aktes reiner Notwehr nicht in Schuldgefühle zu verfallen. Und was die Lügen vor der Polizei betraf, was sonst hätte er denn tun sollen? Man hätte die Kompliziertheit des Falles nie verstanden. Die hätten sich unbeirrt durch den Fall durchgeackert, und er wäre des Mordes angeklagt worden — und dabei war es doch ein Unfall gewesen.

Gedämpftes Halbdunkel herrschte im Restaurant. Es füllte sich langsam. Sehr viel Atmosphäre, dachte er. Und bei spärlicher Beleuchtung konnte man die Rechnung schwerer lesen.

Whelan war schon da und trank bereits einen Aperitif. Er

machte seinem Martini den Garaus und bestellte für jeden ein neues Glas, als Mark sich zu ihm setzte.

»Eigentlich sollte ich nicht... Muß klaren Kopf behalten...«

»Genau das sage ich mir auch immer. Obwohl mein Kopf heute morgen ganz klar war, hat es mir nicht viel genützt.«

Mark lächelte und sagte sich, wenn der glaubt, ich würde ihm zu Hilfe kommen, hat er sich geschnitten. »Ach, es kann den Kopf nicht kosten. Solange die Ratten nichts riechen.«

»Ratten? Sie haben auch Ratten im Institut?«

»Versuchsratten, keine Managerratten, Chuck. Die werden speziell präpariert. Das macht einen Teil des Buches aus, müssen Sie wissen. Na, ich möchte trotzdem nicht, daß die Biester meinen Atem riechen und in Streik treten.«

»Nein, das wäre höchst ungünstig. Ehrlich gesagt, Mark...«

»Ja?«

Und dann legte Chuck Whelan los. Die Konferenz war nach seinen eigenen Worten »gottsjämmerlich« verlaufen. Die Finanzabteilung lechzte nach Blut. Sie litten an akutem Bargeldmangel. Zu viele Vorauszahlungen, die bis jetzt kein Werk ergeben hatten, das in Druck gehen konnte. Das Geschäft mit Büchern lief gut, aber so gut auch wieder nicht. Besonders dann nicht, wenn man nichts in den Läden hatte. Collier hatte in diesem Jahr dem Verlag nicht das erwartete Geld eingebracht, und man mußte jetzt kürzer treten. Mit einem Wort, die meisten Vertragsautoren waren ihren Verpflichtungen, zu einem bestimmten Termin ein Manuskript zu liefern, nicht nachgekommen. Entweder die Autoren lieferten baldmöglichst veröffentlichungswürdige Werke, oder es würden Köpfe rollen.

»Der Kopf, den man dabei im Auge hatte, war meiner, Mark. Deswegen brauch ich Ihre Hilfe. Mehr noch. Ich muß sie sogar ein bißchen in den Schwitzkasten nehmen. Liefern Sie das Manuskript, oder wir lösen den Vertrag und klagen den Vorschuß ein. Tut mir leid, alter Freund. Noch einen Drink?«

Inspektor Columbo saß auf einer harten Holzbank vor dem SID-Labor. Es war ein langer schmaler Gang, ein Gang, wie er in den meisten Polizeistationen anzutreffen war. Jeder Vorübergehende hätte den Inspektor für einen Verdächtigen gehalten. Er sah nämlich gar nicht aus wie ein Polizeibeamter. Besonders, während er in einem Buch las und auf Dr. Koenig wartete, der seinem Bericht das letzte Detail hinzufügen sollte.

Das Buch, in dem er las, hieß »Die sechs Leben der Martha Pollock«.

Während des Lesens kaute er intensiv an seiner Zigarre und schien gar nicht zu merken, daß der Tabak schon längst nicht mehr glühte. Er war von seiner Lektüre so fasziniert, daß er überhörte, wie die Tür geöffnet wurde. Er sah und hörte nicht, daß Dr. Koenig herauskam und über den Gang ging. Er überhörte zunächst sogar, daß er gerufen wurde.

»Inspektor?« Als er keine Antwort bekam, sagte Dr. Koenig diesmal lauter: »Inspektor Columbo?«

»Hm?«

»Das muß aber ein hochinteressantes Buch sein.«

Columbo drehte es um, so daß der Doktor den Umschlag sehen konnte. Koenig nickte: »Ach, Martha Pollock.«

»Ja, dieser Psychiater hat es geschrieben, dieser Markus Collier. Sie kennen das Buch?«

»Kennt es nicht jeder? Es ist ein Bestseller. Oder war es vielmehr. Faszinierend für Fachleute, aber so geschrieben, daß es auch für Laien verständlich bleibt. Das ist nicht einfach. Der Autor hat ordentliche Arbeit geleistet.«

»Jetzt werde ich Ihnen eines sagen, Doc — das ist ein verrücktes Buch. Diese Frau da — die ist doch wie sechs verschiedene Menschen... einmal ist sie ein mausgraues kleines Ding, das im Kirchenchor singt, plötzlich läßt sie sich in einer Bar in der Innenstadt vollaufen... und kann sich von einem Tag zum anderen an nichts mehr erinnern... weiß nicht, daß sie in allen diesen verschiedenen Menschen steckt. Wie kann das passieren? Ich meine, es muß ihr doch auffallen, daß sie sich an gewisse Tage nicht mehr erinnern kann...«

»Reziproke Amnesie, verschiedene Persönlichkeiten in einem Körper, enthüllt in einem hypnotischen Zustand. Das geht über einfache Schizophrenie weit hinaus, wie Sie klar sehen können... für gewöhnlich handelt es sich um eine doppelt angelegte Persönlichkeit, aber dieser Fall ist noch viel komplexer. Ein sehr interessanter Fall.«

»Ja.« Columbo hatte seine Zweifel. »Sie haben ganz recht.«

»Hier haben Sie Ihren Bericht. Längst nicht so kompliziert wie Martha Pollock, Gott sei Dank.«

Columbo nahm die Mappe entgegen und bedankte sich bei dem Arzt.

»Tut mir leid, daß ich Sie enttäuschen muß, Inspektor.«

»Weswegen?«

»Einige der Jungs hatten das Gefühl, daß Sie die Geschichte der Frau nicht ganz geglaubt haben... und daß Mrs. Donner ihn vielleicht selbst getötet hat.«

»Ich? Das habe ich nie gesagt.«

»Na ja, die waren eben der Meinung. Aber Sie können hier deutlich sehen — es geht klar daraus hervor... Donner wurde von einer Person mit beträchtlicher Körperkraft getötet. Sehr wahrscheinlich von einem Mann. Dem Winkel nach zu schließen, aus dem der Hieb geführt wurde, mindestens einsachtzig groß... das sieht mir nicht nach seiner Frau aus.«

Columbo las sich das Blatt Papier durch und gab die Mappe dem Doktor zurück. Den Bogen behielt er und steckte ihn in die Tasche, nachdem er ihn säuberlich zusammengefaltet hatte. »Mir auch nicht. Und was ist mit diesem kleinen Stückchen Metall?«

»Sie meinen den Feuerstein?« Koenig griff in seine Tasche und zog ein kleines Zellophansäckchen heraus, das er Columbo übergab.

»Dann ist das also ein Feuerstein aus einem Feuerzeug?«

»Ohne Frage. Aber er kann aus jedem beliebigen Feuerzeug stammen. In allen Typen werden dieselben Steine benutzt. Sie sind untereinander auswechselbar. Anders wäre es bei einem anderen Bestandteil eines Feuerzeugs. Aber die Feuersteine sind überall gleich, ein oder zwei Typen sind im Handel, aber nicht voneinander zu unterscheiden.«

»Na, dann bedanke ich mich herzlich, Doc. Vielen Dank für Ihre Hilfe.«

»Jederzeit wieder, Inspektor.«

Aber Columbo war schon weg und lief den Gang entlang zu seinem Büro. Er brauchte dringend die Adresse des Universitätsinstitutes, an dem Markus Collier arbeitete.

12 Die Ratte befand sich in einem Glaskäfig. Sie hatte sich auf die Hinterbeine gestellt, stützte sich mit den Vorderbeinen auf das Glas und schnüffelte neugierig. Daneben stand Dr. Anita Borden mit einer Anzahl Kollegen und kontrollierte eine Tabelle, die neben einem langen Labortisch hing. Auf anderen Tischen standen verschiedene Apparate, und in der Decke des Raumes war eine Computeranlage. In der Nähe des Käfigs, in dem die weiße Ratte aufgeregt nach dem in der Luft liegenden vertrauten Geruch schnupperte, befand sich eine weitläufige Labyrinthanlage.

Collier führte Chuck Whelan ins Labor. Trotz der drei genossenen Martinis nahm Whelan jede Einzelheit in dem Raum wahr, einschließlich Anita Borden. Mark Collier war entschlossen, dem jungen energischen Verleger gründlichen Einblick in die Anlage zu gestatten – und entschlossen, ihn zu überzeugen, daß die Arbeit an dem Buch schnelle Fortschritte mache.

Er sagte: »Chuck, hier sehen Sie unseren Zoo. Die erlesenste Sammlung von weißen Ratten, Kaninchen, Rennmäusen und Meerschweinchen, die unsere Stadt zu bieten hat. Ob Sie es glauben oder nicht, wir haben eigens einen Wärter als vollberufliche Arbeitskraft eingestellt — einen jungen Mann, der früher in einem echten Zoo gearbeitet hat ... eigentlich platzen die Räumlichkeiten hier aus allen Nähten. Wenn wir für unsere Forschungen nicht bald großzügigere finanzielle Zuschüsse bekommen, müssen wir die Versuche in den Waschräumen durchführen.«

»Sehr eindrucksvoll, Mark. Ich schätze, heutzutage ist das Geld dafür sehr rar. Ich will gar nicht so tun, als verstünde ich viel davon ... wir bekommen keine Zuschüsse, noch geben wir welche, alter Freund, also kann ich Ihnen hier nicht helfen. Außerdem verstehe ich auch nicht viel von den Vorgängen hier. Ich nehme an, daß alles seine Berechtigung hat. Aber ich bringe nur Bücher heraus — dem Himmel sei Dank, daß ich sie nicht alle lesen muß.«

Er schlenderte zu dem Tisch, an dem Anita Borden arbeitete. Genau hinter ihr befand sich das Labyrinth. Collier blieb ihm auf den Fersen und sagte: »Das ist die Dame, die Ihnen alles genau erklären kann, Chuck. Sie leitet die Arbeiten an diesem Projekt. Hallo — Anita.« Als sie aufsah, fügte er hinzu: »Dr. Anita Borden — Charles Whelan.«

»Schönen guten Tag«, sagte Whelan artig.

»Sehr erfreut, Mr. Whelan. Willkommen in Hampton Court.«

»Hampton Court? Was soll das?«

»So heißt unser kleines Labyrinth. Entschuldigen Sie mich einen Augenblick ...« Sie griff in den Käfig, holte die neugierige weiße Ratte heraus und setzte sie vorsichtig an ein Ende des Irrgartens. Es war ein Gewirr von Mauern, aber jede hatte eine Öffnung. Etwa in der Mitte befand sich ein kleiner Behälter voll Käse. Die verschiedenen Wege waren mittels roter, weißer und grüner Linien markiert. Die Ratte raste sofort los, bog um eine falsche Ecke und kam dann zurück zum Ausgangspunkt.

Whelan besah sich das eine Weile, ehe er sagte: »Faszinierend. Das Vieh sieht aus wie einer meiner Mitarbeiter – und bewegt sich auch so.«

»Wir nennen ihn ›Willie‹.«

»Schade. Ich habe keinen Willie. Worin besteht der Zweck dieses speziellen Spielchens?«

Mark Collier hatte sich unauffällig davongeschlichen, als er bemerkte, daß sich Whelan auf ganz persönlicher Ebene für Anita Borden interessierte. Für gewöhnlich hätte ihn das geärgert, aber im Augenblick war er geneigt, alles zu tun, um Whelan ein paar Tage lang zu besänftigen, bis er selbst mit seinen Gedanken wieder zu seinem Buch zurückfand – und Nadia Donner wieder in den Zustand voller Experimentierbereitschaft versetzt hatte. Während die beiden sich in ein Gespräch vertieften, wandte er sich zum Laborfenster, aus dem man – wie aus dem Fenster seines Arbeitszimmers – auf den Parkplatz hinausblickte.

Er konnte Anitas Stimme hören. Das hielt ihn aber nicht davon ab, darauf zu reagieren, was draußen geschah.

»Wir messen die Lernfähigkeit der Ratte«, sagte sie sachlich. »Sie kann nur auf einem einzigen Weg zu ihrem Futter gelangen.«

»Die wird meinem Mitarbeiter immer ähnlicher.«

Unten auf dem Parkplatz kniete Inspektor Columbo hinter Markus Colliers Wagen und begutachtete ihn eingehend. Nachdem er sich die Reifen genau angesehen hatte, stand er auf und ging nach vorne, wo er ebenfalls die Reifen untersuchte und dann die Stoßstangen unter die Lupe nahm. Collier zuckte zusammen. Er holte tief Luft, um seine Erregung zu verbergen.

Aus dem Hintergrund hörte er Anitas eintönige Stimme. »Letzte Woche hat es Willie in dreiunddreißig Sekunden geschafft, auf der korrekten, rot bezeichneten Route. Heute haben wir die Route geändert und sie mit grün markiert. Bis jetzt hält er sich aber an die rote und kommt dabei nicht weit.«

Collier drehte sich um und runzelte die Stirn, als er Whelan sagen hörte: »Und das alles für ein Stückchen Käse. Nicht sehr fair. Aber ein guter Test. Wenn man das Gewünschte nicht auf dem alten, vertrauten Weg erreichen kann, muß man Phantasie und Erfindungsgabe entwickeln und einen neuen Weg ausprobieren. Ich sehe jetzt, worauf Sie hinauswollen.«

»Genau. Menschliche Wesen sind Gewohnheitstiere. Ratten ebenso. Ich vermute, Ihr junger Mitarbeiter hält Ihre Methoden für einen alten Hut und den Käse am Ende des langen Weges kaum der Mühe wert.«

Whelan lächelte. »Vielleicht. Als ich in der Branche anfing — vor tausend Jahren etwa —, hatte ich jedenfalls das gleiche Gefühl — das weiß ich genau. Ich hätte am liebsten jeden Tag einen neuen Weg eingeschlagen. Und am Ziel angelangt, wollte ich eine Unmenge Käse. Wahrscheinlich hatte ich mehr Glück als dieser Willie hier ... oder ich war klüger. Es hat mich sehr gefreut, Ihre Bekanntschaft zu machen, Dr. Borden. Hoffentlich sehen wir uns bald wieder. Mark — ich muß jetzt gehen. Ich danke Ihnen für den informativen Rundgang. Jetzt habe ich einen viel besseren Einblick ...«

»Das dachte ich mir. Es hat mich gefreut, Chuck. Und vielen Dank für das Essen. Ich bringe Sie zum Wagen. Anita — bis auf später.«

Im Hinausgehen schenkte Whelan Anita ein kleines Lächeln und wurde dafür ebenfalls mit einem Lächeln belohnt. Der Blickwechsel blieb Mark Collier nicht verborgen. Es freute ihn, wenn auch nicht so sehr, daß er darüber seine Besorgnis wegen des um seinen Wagen herumschnüffelnden Inspektor Columbo vergessen hätte.

Als sie ins Freie traten, sagte Whelan: »Mark, ich möchte nicht zu großen Druck auf Sie ausüben ... wenn Sie aber den Rohentwurf sobald als möglich fertigstellen könnten ... auch wenn noch einiges fehlen sollte ...«

»Das braucht seine Zeit, Chuck... aber es wird schon werden.«

Während sie zu Whelans Wagen gingen, sah Collier zu seinem eigenen hinüber, der auf einem für die Angestellten des Instituts reservierten Platz stand. Aber Inspektor Columbo blieb unsichtbar.

Whelan machte die Tür auf und sagte: »Je schneller wir nach dem Pollock-Buch herauskommen, desto besser stehen unsere Chancen für einen großen Vorverkauf... desto mehr Exemplare werden von den Buchhändlern gefordert... Sie wissen, was ich meine.«

»Ich weiß. Und ich werde es Ihnen bald liefern können. Das verspreche ich.«

»Sehr schön. Ich weiß, daß ich mich auf Sie verlassen kann, Mark. Ich würde Sie nicht drängen — aber ich stehe auf der Abschußliste, falls es nicht klappt, und ich kann nicht zulassen, daß ich in der Versenkung verschwinde... und etliche andere mitreiße.«

»Ich werde pünktlich liefern. Nochmals danke für den Lunch! Ich melde mich wieder.«

»Gut, Mark. Sehr bald, hoffe ich.«

Whelan fuhr los, und Collier sah dem Wagen nach, bis er außer Sicht war. Dann drehte er sich um und warf einen letzten Blick auf seinen Wagen, ehe er ins Gebäude ging.

Es ließ sich nicht feststellen, wohin der Polizeiinspektor gegangen war, aber Collier hegte den Verdacht, daß der Mann namens Columbo sich im Institutsgebäude herumtrieb. Ohne Frage hatte Columbo irgendeinen Verdacht. Ach was, beruhigte sich Collier, es bestand kein Grund zur Besorgnis. Es gab mit Sicherheit keinen Beweis — nichts, was ihn direkt mit dem Tod Karl Donners in Verbindung brachte. Und doch war es beunruhigend, wenn man sich vorstellte, daß die Polizei Nadias Version von den zwei maskierten und bewaffneten Männern nicht geschluckt hatte.

Natürlich war Nadia der schwache Punkt. Das wußte er

— er hatte es seit dem Augenblick gewußt, als der Unfall passierte. Ja, es handelte sich wirklich um einen Unfall. Notwehr. Aber ein nicht zu beweisender Fall von Notwehr unglücklicherweise. Und außerdem der Karriere sehr abträglich.

Nadia war schwach und unzuverlässig. Er mußte sie eine Weile fest unter Kontrolle halten. Nein — es keimte bereits eine andere Idee in ihm. Er mußte sie dauernd im Auge behalten. Egal, wie gut oder schlecht sie lügen konnte, egal, ob der Polizist, der sich jetzt irgendwo im Hause herumtrieb, sich schließlich von ihrer Geschichte überzeugen ließ oder nicht, er selbst würde immer an sie gekettet sein. Es gab keine maskierten Räuber, und der Fall würde als ungelöst zu den Akten gelegt werden. Und Nadia würde ihn für immer im Griff haben.

Das war es, was ihm Sorgen bereitete. Sie würde ihn trotz ihrer großen Abhängigkeit für immer verletzlich machen. Und sollte er einst versuchen, mit ihr zu brechen, würde sie zu allem fähig sein. Jetzt war Karl tot, und ihre Lage eine völlig andere. Vorher war sie eine ehebrecherische Frau gewesen, die ihrem Mann Hörner aufgesetzt hatte — ihrem reichen Mann. Früher hatte sie nichts sagen oder tun können aus Angst, Karls Wut zu erregen, aus Angst vor einer ungünstigen Scheidung, bei der ihr nichts geblieben wäre — vor allem keinerlei finanzielle Vorteile.

Jetzt aber war sie eine reiche Witwe. Und Markus Collier brauchte sie nicht nur, um sein Buch fertigzustellen, er brauchte ihre Gunst, brauchte sie als Fall. Und er mußte sichergehen, daß sie nicht verriet, was sie wußte. Das bedeutete, daß sie ihm ihren Willen aufzwingen und ihn nach ihrer Pfeife tanzen lassen konnte. Er gab sich keinen Illusionen hin, was die endgültige Heilung ihrer Psyche betraf. Wenn er sie heiratete, dann bedeutete dies keineswegs, daß sie keine Affären mehr mit anderen Männern haben würde. Es bedeutete auch nicht, daß sie nicht einen anderen Mann finden und diesem alles verraten konnte. Nein — Markus Collier würde für den Rest seines Lebens wie dressiert durch einen Reifen springen müssen.

Ganz gleich, ob es sich herausstellte, daß man sie wegen Beihilfe anklagen und verurteilen konnte. Denn erstens konnte sie wahrscheinlich Unzurechnungsfähigkeit geltend machen. Sie war diesem Zustand jedenfalls sehr nahe. Und ein geschickter Anwalt würde die Geschworenen leicht davon überzeugen können, daß Markus Collier sie beherrschte und sie gezwungen hatte, vor der Polizei eine falsche Aussage zu machen. Bei ihrem Reichtum konnte sie sich den allerbesten Anwalt leisten — und der würde sie mit Sicherheit freibekommen. Und er selbst hatte kein Gegenmittel, nichts, womit er sie wegen Mitwisserschaft an der Kandare halten konnte.

Und außerdem, sagte er sich, während er den Gang zu seinem Büro entlangging, war sie so ungefestigt, daß sie mit der Wahrheit — ungeachtet ihrer möglichen Mittäterschaft — herausplatzte, ohne Rücksicht darauf, daß man auch sie dafür zur Verantwortung ziehen könnte. Nein, es bestand kein Zweifel, man durfte ihr nicht trauen. Er mußte etwas unternehmen. Etwas Drastisches. Und der Situation Entsprechendes.

Etwas, das Nadia Donner betraf.

13 Collier hatte in einigen Punkten recht. Besonders hatte er in diesem Augenblick mit der Annahme recht, daß Inspektor Columbo in den heiligen Hallen des Instituts herumirrte. Tatsächlich hatte er minutenlang regungslos vor einem komplizierten Orientierungsplan gestanden, der in der Nähe des Eingangs an der Wand hing, und hatte ihn eingehend studiert. Der Plan leuchtete in vier Farben, und die Legende erklärte, daß jede einzelne Farbe — Rot, Blau, Grün, Schwarz — einen der Bereiche des Gebäudes darstellte und identifizierte: Versuch, Forschung, Verwaltung und Klinik. Er blieb noch eine Weile davor stehen, ehe er die Eingangshalle durchquerte und sich an die Dame im Empfang wandte.

»Entschuldigen Sie... ich bin auf der Suche nach Dr. Collier. Dr. Markus Collier...«

»Ich glaube, der ist momentan im Labor, Sir.«

»Oh, großartig... aber auf dem Plan dort erscheint das Labor nicht. Es könnte sich im Versuchstrakt befinden, aber auch im Forschungtrakt — stimmt's?«

Die Dame lächelte. »Ja, Sir. Wir haben in beiden Bereichen Laboratorien. Aber Sie möchten in die Forschungsabteilung.«

»Und wie finde ich dorthin?«

»Sie sehen die blaue Linie hier auf dem Boden. Folgen Sie dieser Linie, sie führt in den Ostflügel, in dem die Forschungsabteilung untergebracht ist.«

»Blaue Linie?« Columbo sah auf den Boden und nickte. »Verstehe. Eine sehr gescheite Idee. Man sollte sie im Gebäude der Stadtverwaltung verwerten — auch dort kann man verlorengehen, wenn man nicht genaue Ortskenntnisse hat. Na, dann halte ich mich an die blaue Linie. Haben Sie vielen Dank!«

»Keine Ursache. Sie dürften ohne Schwierigkeiten hinfinden. Wenn nicht, dann fragen Sie einfach die erstbeste Person, die Ihnen über den Weg läuft. Die Angestellten hier sind es gewohnt, auf Besucher zu stoßen, die verloren herumirren.«

Columbo ging mit wehendem Regenmantel den Gang entlang. Er hielt den Blick stur auf die blaue Linie gerichtet und vermied mehrere Male nur knapp Zusammenstöße mit Angestellten, die aus Quergängen in den Hauptgang einbogen.

Plötzlich blieb er stehen. Er hatte das Ende des Korridors erreicht, und die blaue Linie hörte hier auf. Jetzt konnte er sich entweder für rechts oder für links entscheiden. Aus seiner Unentschlossenheit wurde er durch eine stattliche Schwester befreit, die eben vorbeiging.

»Entschuldigen Sie — bin ich hier im Osttrakt? Ich suche Dr. Collier. Man hat mir gesagt, er könnte hier sein.«

Die Schwester zögerte, weil Columbos äußere Erscheinung ihr Mißtrauen hervorrief. Schließlich aber zeigte sie nach links und sagte: »Vielleicht ist er in einem der Beobachtungsräume.«

»Ja. Danke. Diese Richtung?« Columbo machte eine entsprechende Handbewegung.

»Ja, diese Richtung.«

Sie drehte sich um und entfernte sich. Als sie eben um eine Ecke biegen wollte, rief er ihr nach: »Soll ich mich wieder an eine bestimmte Farbe halten?« Aber sie war schon weg, und seine Frage blieb ungehört und unbeantwortet. Wieder machte Columbo sich in der angegebenen Richtung auf den Weg. Keine der Türen, an denen er vorbeikam, trug eine Aufschrift. Nach kurzem Zögern öffnete er kurzentschlossen eine Tür. Sie ging leicht auf, und er spähte hinein. Es war ein Putzschrank. Komplett eingerichtet mit Spülen, Eimern, Besen und Bürsten. Er schloß die Tür und blieb unschlüssig stehen, als Anita Borden aus einer Tür neben dem Schrank auf den Gang heraustrat. Er erkannte sie sofort.

Erleichtert sagte er: »Ach, Dr. Borden?«

Sein Gesicht kam ihr bekannt vor, doch fiel ihr im Moment nicht ein, zu wem es gehörte. »Ja?«

»Inspektor Columbo. Wir haben uns gestern abend kennengelernt. Im Hause der Donners. Sie waren mit Dr. Collier dort. Und jetzt suche ich ihn... könnten Sie mir sagen, wo ich... wo ich ihn finden könnte?«

»Vor einigen Minuten habe ich ihn im Labor gesehen. Er ging eben hinaus und ist mit jemandem hinunter auf den Parkplatz gegangen.«

»Nicht zu glauben! Spaß beiseite. Genau von dort komme ich eben. Ich muß ihn verfehlt haben. Wahrscheinlich bin ich zu der einen Tür herein, während er durch die andere das Haus verließ. Das kann öfter vorkommen, besonders in einem Riesenkomplex wie diesem.«

Er schloß sich ihr an, als sie weitergehen wollte.

»Hören Sie«, sagte er, »da ich Sie jetzt erwischt habe... ich möchte nur etwas überprüfen. Sie haben hier mit Dr. Collier noch nach Arbeitsschluß gearbeitet?«

»Gearbeitet eigentlich nicht. Ich will sagen, ich war zunächst noch beschäftigt... aber dann waren wir zusammen.«

»Und Dr. Hunt hat Dr. Collier in der Kantine erreicht, als er anrief. Stimmt das?« Auf ihr Nicken fuhr er fort: »Wann war das?«

»Ach, so um acht Uhr. Ich war in seiner Gesellschaft, als der Anruf kam. Wir tranken Kaffee. Er bat mich, ich solle ihn fahren. Er meinte, er könnte da draußen helfen... Mrs. Donner helfen.« Sie blieb vor einer Tür mit der Aufschrift »Beobachtungsraum« stehen und fragte: »Sonst noch etwas?«

»Nein. Das heißt, ja. Könnten Sie mir eines sagen?« Er sah sich vorsichtig nach beiden Seiten um, ehe er fortfuhr: »Was ist das hier für ein Betrieb? Ich meine, was wird hier eigentlich gemacht?«

»Ach, wir sind teils Krankenhaus, teils Forschungszentrum. Im Grunde beschäftigen wir uns mit der Meßbarkeit und Beeinflussung von menschlichem Verhalten auf allen Stufen... mit Dingen wie Gruppenanpassung, Angstbeseitigung durch hypnotische Suggestion, mit verschiedenen Anomalien...«

»Ach, Hypnose! Darüber habe ich gelesen.« Er griff in seine Tasche und zog »Die sechs Leben der Martha Pollock« heraus. »Das hat doch Dr. Collier verfaßt.«

Höflich antwortete sie: »Ja, ich weiß. Ich habe geholfen, die Fakten zusammenzutragen. Hat es Ihnen gefallen?«

»Ja, sicher, nur... es ist ziemlich schwer verständlich. Ich will damit sagen, ihr Leben war so kompliziert...« Columbo sah an ihr vorbei und erblickte den auf sie zukommenden Dr. Collier.

Auch Collier bemerkte den mit Anita Borden eifrig ins

Gespräch vertieften Columbo, was nicht dazu beitrug, das Gefühl des Unbehagens zu zerstreuen, das sehr schnell sein gesamtes Nervensystem erfaßt hatte. Mit großer Willensanstrengung ließ er ein Lächeln aufleuchten und sagte in herzlichem Ton: »Ach, da sind Sie ja.«

Columbo trat beiseite und begrüßte ihn. »Guten Tag, Sir.«

»Guten Tag. Meine Sekretärin sagte mir eben, daß wir einander knapp verfehlt hätten. Ich habe einen Freund zum Parkplatz begleitet. Tut mir leid, daß Sie mich nicht angetroffen haben.«

»Ach, das macht nichts, Sir. Ich störe nicht gern. Frau Dr. Borden war sehr liebenswürdig und hilfsbereit ... ich bin eben dabei, einige Punkte zu kontrollieren. Eigentlich doppelt zu überprüfen. Ich möchte sichergehen, daß ich alles richtig in meinem Kopf habe. Sie hat mir von dem Anruf erzählt.«

»Dem Anruf von Dr. Hunt? Während wir Kaffee tranken? Danke, Ani ... Dr. Borden!«

»Keine Ursache.«

»Ich möchte wetten, der Inspektor wird mir noch weitere Fragen stellen. Wir wollen Sie, Dr. Borden, deshalb nicht weiter von Ihrer Arbeit abhalten.«

Columbo wandte sich an sie: »Haben Sie vielen Dank, Frau Doktor.«

»Es freut mich, wenn ich Ihnen helfen konnte. Ich bin jetzt im Beobachtungsraum«, sagte sie zu Mark Collier, »falls Sie mich brauchen sollten.«

»Falls der Inspektor Sie brauchen sollte, lasse ich Sie holen. Ich komme später. Es wird doch nicht allzulange dauern, Inspektor?«

»Nein, gar nicht, Sir. Es tut mir leid, daß ich Sie behelligen muß. Es gibt da noch ein paar Kleinigkeiten, die unerledigt sind. Und ich muß Ihnen leider mitteilen, daß wir von den zwei Männern noch nicht die geringste Spur haben.«

»Zu schade.«

»Ja, Sir. Wir haben die Fahndungsmeldung durchgegeben.

Aber Sie wissen, wie das ist ... die magere Beschreibung ... und man kann ja nicht davon ausgehen, daß die beiden noch immer Masken tragen. Vielleicht haben sie sich sogar getrennt. Wir können nicht jeden einzelnen Wagen mit zwei Männern anhalten.«

»Ist doch klar. Und was gedenken Sie jetzt zu tun?« fragte Markus Collier uninteressiert.

»Wir müssen abwarten, bis jemand einen Fehler begeht.«

»Jemand?«

»Wer immer es getan hat, Sir. Nehmen wir einmal diese zwei Männer. Die versuchen vielleicht einen zweiten Raubüberfall. Auf dieselbe Weise. Wir sagen dazu abgekürzt ›M.O.‹ Das ist der Polizeijargon und heißt ›modus operandi‹ — auf Latein.«

»Ja, Inspektor. Ärzte haben auch eine Ahnung von Latein.«

»Ja, richtig, Sir. Für die Rezepte und dergleichen. Wo war ich nur stehengeblieben? Ach ja. Nun, sie versuchen es vielleicht wieder mit demselben Verbrechen. Und wir könnten Glück haben und die Burschen wegen beider Straftaten hoppnehmen. Und sollte irgend jemand wegen eines anderen Verbrechens in den nächsten Tagen festgenommen werden, dann werden wir ihn fragen, wo er gestern abend war. So auf diese Art.«

»Faszinierend. Sie können also nichts tun, als abwarten?«

»Ganz recht, Sir. Wir warten auf irgendeinen Fehler.«

Columbo lächelte und schien einen Moment nachzudenken.

»Wollten Sie mich wegen einer bestimmten Sache fragen?«

»Hm — nein, eigentlich nicht. Ich muß erst in meinem Büchlein nachsehen.«

»Kommen Sie mit in mein Büro, Inspektor — auch wenn Sie mir keine Fragen zu stellen haben, muß ich Sie etwas fragen. Ich möchte etwas klarstellen. Damit die Luft gereinigt wird — drücken wir es mal so aus.«

»Die Luft gereinigt, Sir?«

»Kommen Sie mit in mein Büro. Dort können wir uns unter vier Augen — und ganz offen unterhalten.«

14 Nachdem er die Tür geschlossen hatte, ging Markus Collier an seinen Schreibtisch. Ehe er sich hinsetzte, sagte er: »Ich habe Sie vom Laborfenster aus gesehen. Wir zeigten einem Freund das Institut. Eigentlich einem Geschäftsfreund. Ich stand am Fenster und sah hinunter auf den Parkplatz... und ich sah, daß Sie meinen Wagen sehr genau in Augenschein nahmen. Jetzt bin ich natürlich neugierig.«

»Ach, ich verstehe. Ja, das ist wegen der Reifen, Sir.« Columbo kramte in verschiedenen Taschen, ehe er ein Bild zutage förderte, das er Dr. Collier unter die Nase hielt.

»Wir entdeckten gestern beim Strandhaus der Donners einen Reifenabdruck in der feuchten Erde. Man sieht das Reifenprofil ganz deutlich.«

Collier nahm das Bild zur Hand und sah es genau an, ehe er es wieder zurückgab. »Ja, der Fünfzigtausend-Meilen-XKL-Reifen. Es ist die Standardausrüstung an einem halben Dutzend Typen von Importwagen der Luxusklasse. Wie bei meinem eigenen.«

»Ja, Sir... das wußte ich... ich habe sie auch... an meinem Wagen.«

»Was, Sie fahren einen ausländischen Wagen?«

»Ja, Sir. Natürlich sind meine Reifen schon...« — Columbo senkte vertraulich die Stimme — ... sind meine Reifen schon abgefahren... ich wollte mir also die Reifenmarke genau ansehen. Ihr Wagen konnte es nicht gewesen sein, Sir. Weil Dr. Borden Sie hinaus zum Strandhaus gefahren hat.«

Columbo schob das glänzende Bild in den Umschlag, den er in die Tasche steckte. Inzwischen war Collier hinter dem Schreibtisch aufgestanden und an die in einer Ecke des Raumes untergebrachte kleine Bar gegangen.

Columbo sagte: »Ich weiß gar nicht, wie Sie das schaffen, Sir, wie Sie sich in diesem Bau zurechtfinden.«

»Ach, so kompliziert ist das nun auch wieder nicht«, erwiderte Collier. »Darf ich Ihnen etwas anbieten, Inspektor?«

Columbo schüttelte den Kopf. »Nein, danke, Sir. Aber lassen Sie sich nicht abhalten.«

Collier mixte sich einen schwachen Scotch mit Wasser, bevor er antwortete: »Wissen Sie, Inspektor ... Inspektor Columbo, Sie sind ein Mensch, der einen anderen wunderbar täuschen kann.«

»Wie das, Sir?« Columbo zog die Augenbrauen hoch.

»So wie Sie zur Sache kommen, ohne eigentlich zur Sache zu kommen. Ich bin der festen Meinung, Sie glauben, daß an Karl Donners Tod etwas faul ist. Stimmt's?«

»Ich, Sir? Mache ich diesen Eindruck?«

Collier seufzte und nickte. »Sie machen.«

Columbo ging an die Bar und sagte: »Können wir offen reden? Nur von Mensch zu Mensch?«

»Wir sind allein. Und ich nehme nichts auf Tonband auf, Inspektor. Reden Sie frisch von der Leber weg.«

»Ich werde Ihnen reinen Wein einschenken, Sir. Diese Mrs. Donner ... eine sehr schöne Frau. Sehr schön und sehr liebenswürdig. Aber um ehrlich zu sein, Sir, ich habe mit ihrer Version eine Menge Schwierigkeiten.«

»Wie kommt das, Inspektor?«

»Es besteht für mich kein Zweifel, Dr. Collier: Entweder hält sie mit etwas hinterm Berg, oder sie lügt mit Absicht. Ich weiß, das klingt scheußlich, aber es ist so.«

»Was meinen Sie damit, Inspektor?« fragte Mark Collier interessiert.

»Erstens glaube ich, daß sie weiß, wer diese Männer waren. Vielleicht hat sie die Burschen sogar gekauft.«

»Das sind melodramatische Worte, Inspektor. Oder handelt es sich dabei um müßige Spekulationen?«

»Nein, Sir, keine Spekulationen.« Columbo schüttelte den Kopf. »Es ist ihre Geschichte, Sir. Die kann ich ihr nicht abnehmen. Erstens — die Sache mit der Schußwaffe und dem Feuerhaken ...«

»Aber das hat sie doch erklärt, Inspektor. Ich war dabei. Mir erschien ihre Erklärung eigentlich logisch.« Mark Collier blickte einen Augenblick zum Fenster hinaus.

»Da ist noch etwas. Sie sagte, sie und ihr Mann hätten Musik gehört und die zwei Männer wären an die Tür gekommen und hätten sich gewaltsam Eintritt verschafft...«

Markus Collier sah wieder Columbo an.

»Ja. Das scheint mir sehr gut möglich...«

»Möglich — das schon. Aber es ergibt keinen Sinn — überhaupt keinen Sinn —, wegen der Scheinwerfer.«

»Scheinwerfer? Ich verstehe nicht... Inspektor, wovon reden Sie?« fragte Collier schnell.

»Die Scheinwerfer des Wagens. Sie saß in dem Sessel neben der Stereoanlage... und trank Martini. Sie saß mit dem Gesicht zum Ostfenster. Wenn ein Wagen die ungepflasterte Zufahrt herunterkommt, leuchten die Scheinwerfer direkt in dieses Fenster... man kann sie gar nicht übersehen... und sie hätte das Licht sehen müssen.«

»Worauf wollen Sie hinaus, Inspektor? Vielleicht hat sie einen Moment weggesehen oder ist aufgestanden, um etwas anderes zu tun...?« Colliers Gedanken überstürzten sich, während er nach einer passenden Antwort auf diese neue Wendung der Dinge suchte.

»Sie behauptet, eine Männerstimme sagte etwas von einer Panne auf der Hauptstraße. Aber später — nachdem der Mann erschlagen worden war und sie aus dem Haus liefen — fuhren sie weg. Das bedeutet, daß sie die Zufahrt heruntergefahren sein mußten. Sie muß die Scheinwerfer gesehen haben. Warum also hat man die Tür geöffnet? Warum die Burschen hereingelassen? Verstehen Sie das Problem, Sir?«

»Ehrlich gesagt, nein, Inspektor. Vielleicht ist sie in diesem Augenblick aufgestanden. Das alles könnte viele Ursachen haben.«

»Selbst wenn sie aufgestanden ist, das Licht hätte sie sehen müssen; dafür war es zu stark.«

87

»Vielleicht sind sie mit abgeblendeten Scheinwerfern hinuntergefahren?«

Columbo hatte an dem Arzt vorbeigesehen. Jetzt warf er ihm einen hastigen Blick zu und schüttelte den Kopf.

»Daß ich daran nicht gedacht habe... Sie haben recht, Sir. Das ist sehr gut möglich.«

»Möglich und wahrscheinlich. Sicher haben Sie Hunderte von Fällen bearbeitet, Inspektor. Und Sie wissen sicherlich um eine Tatsache Bescheid, die mir ein Rätsel ist: Die meisten Geschichten sind doch nicht hieb- und stichfest. Das menschliche Verhalten ist so beschaffen, daß immer kleine Einzelheiten ungeklärt bleiben. Die Menschen haben eben kein genaues Erinnerungsvermögen. Je länger und weiter sie sich von einem bestimmten Ereignis entfernen, desto mehr färbt die Phantasie das, was sie glauben, gesehen zu haben. Das geht uns allen so. Wir glauben, daß etwas auf bestimmte Weise geschehen ist, und ehe man es merkt, hält man es für Wirklichkeit. Man wiederholt es wie ein Dogma. Ich bin Wissenschaftler, Inspektor, und befasse mich mit Verhaltensforschung. Ich weiß daher, wovon ich rede. Na, sagen Sie schon — habe ich nicht recht? Geben Sie doch zu, daß es immer wieder Kleinigkeiten gibt, die ein wenig seltsam wirken, sogar fehl am Platze... und doch gelingt es Ihnen immer wieder, den Fall zu lösen.«

»Sie haben recht, Sir. Das stimmt natürlich. Wir bekommen die Fälle nicht perfekt serviert, aber wir müssen unterscheiden lernen, was menschlicher Irrtum sein kann — und was auf Absicht zurückzuführen ist. In Mrs. Donners Fall mögen Sie recht haben. Aber wir haben sie ziemlich unmittelbar nach dem Vorfall verhört. Ihre Phantasie kann doch wohl nicht so flink gearbeitet haben — oder?«

»Vielleicht, vielleicht auch nicht. Aber wahrscheinlich konnte sie sich an gewisse Dinge nicht mehr erinnern... vielleicht waren sie wie weggewischt. Vielleicht hat ihr Mann sie genau in diesem Augenblick geküßt, als der Wagen herunterfuhr ... vielleicht waren die Scheinwerfer schon abgestellt. Es gibt Tausende Erklärungen.«

»Das stimmt, Sir. Dennoch...« Columbo wollte einen Einwand machen, aber Markus Collier unterbrach ihn.

»Darf ich einen Vorschlag machen, Inspektor?«

»Natürlich.«

»Warum bitten Sie Mrs. Donner nicht, sie möge in eine Untersuchung mittels Polygraph einwilligen?«

Columbo schüttelte den Kopf. »Mit einem Lügendetektor? Aber das wird vor Gericht nicht zugelassen...«

»Ich rede nicht vom Gericht. Ich rede von Ihrer Untersuchung. Wenn Sie sich selbst davon überzeugen würden, daß Mrs. Donner unbeteiligt ist, dann könnten Sie sich mit Ihrer ganzen Energie auf die Verfolgung des wirklichen Mörders — oder der Mörder — werfen, statt lächerliche Kleinigkeiten zu überprüfen. Ich glaube doch, beide Männer sind schuldig, auch wenn nur einer den Hieb ausgeführt hat. Habe ich recht?«

»Ja, Sir, das stimmt. Und der Test mit dem Lügendetektor ist eine gute Idee. Natürlich kann ich sie zu diesem Test nicht zwingen. Sie muß es freiwillig tun ... ihr Anwalt...«

Collier unterbrach ihn. »Ich werde mit ihr reden.« Er trank einen Schluck und fuhr fort: »In den letzten Monaten ist sie in eine große Abhängigkeit von mir geraten. Wenn ich ihr zu dem Test rate, wird sie einverstanden sein. Ich werde ihr sagen ... der Test würde ein für allemal beweisen, daß sie an der Sache nicht beteiligt war und daß Sie dann aufhören werden, sie zu belästigen ... na ja, vielleicht ist dieses Wort zu drastisch — sagen wir, daß Sie sie nicht mehr beobachten werden. Unter diesen Umständen wird sie meiner Meinung nach in den Test einwilligen. Ihren Anwalt wird sie gar nicht erst zu Rate ziehen.«

»Sie glauben also, daß Mrs. Donner den Test bestehen wird, Sir?«

Collier stellte das Glas ab und nahm das Zigarettenetui heraus. Er bediente sich und bot Columbo eine Zigarette an, der aber dankend ablehnte. Collier steckte das Etui wieder weg, zog das Feuerzeug heraus und zündete sich die Zigarette an. Dann erst gab er zur Antwort: »Dafür stehe ich mit meinem Ruf ein.«

15 Da Nadia Donner an Schlaflosigkeit litt, wurde sie auch tagsüber nur selten von Schlaf übermannt. Aber an jenem Tag, am Spätnachmittag, trank sie in nervösem Zustand mehrere Martinis und legte sich nachher auf die Couch, um, wie sie sich sagte, zu ›ruhen‹. Im Handumdrehen war sie fest eingeschlafen.

Weil es sie so sehr belastete, träumte sie als erstes von jenem schrecklichen Abend im Strandhaus. Doch in ihrem Traum vermischten sich die Ereignisse — wie schon in so vielen Träumen vorher —, büßten ihre logische Reihenfolge ein, verliefen nicht einmal parallel zu den wirklichen Geschehnissen.

Diesmal befand sie sich mit Karl zusammen in dem Raum, und die Musik spielte. Sie stritten wegen Mark Collier. Dieser Teil hatte sich in Wirklichkeit zugetragen. Sie hatten gestritten, und Karl war in Wut geraten und hätte sie beinahe geschlagen.

»Nadia, deine Lügen haben keinen Zweck! Wofür hältst du mich eigentlich? Offenbar für einen totalen Dummkopf? Es ist nicht das erstemal, daß du ... wie soll ich es ausdrücken ... dich deinem Psychoanalytiker völlig hingegeben hast.«

»Aber Karl ...«

»Bitte, protestiere jetzt nicht, meine Liebe. Es kränkt mich, daß du glaubst, ich würde deine Lügen glauben. Du hast die Absicht, dich hier mit deinem Liebhaber zu treffen — heute nachmittag. Und dieser Mann ist Collier. Ich hege diesen Verdacht schon seit einiger Zeit, und dein heutiges Benehmen hat meine Vermutung nur bestärkt. Du glaubtest, ich wolle geschäftlich verreisen und hast das Stelldichein arrangiert... du hast dich verabredet, mit ihm irgendwo zusammenzutreffen. In dem Moment, als ich vorschlug, wir sollten hier herausfahren, wußte ich, daß hier der Ort der Zusammenkunft sein sollte... wenigstens kein schäbiges Motelzimmer. Dafür bin ich dir dankbar. Ich verachte alles Schmutzige. Andererseits bin ich nicht allzu glücklich, daß du mein Bett entehrst. Nadia – du bist eine Närrin! Wo wärst du heute ohne mich? Und ohne mein Geld? Ich bin der einzige, der dich wirklich versteht, der für dich sorgt.«

Sie sah auf und wandte den Blick vom Feuer ab, voller Angst, seinem Zorn zu begegnen... sie sah auf, weil sein Ton sich gewandelt hatte. Nicht mehr Karl Donner stand vor ihr – sondern ihr Vater.

»Papi! Warum sagst du das alles? Du liebst mich doch!«
»Ja, Nadia. Ich habe dich am liebsten. Aber du darfst mich nicht enttäuschen. Das ist nicht richtig. Du mußt ein braves Mädchen sein. Du warst zu deiner Schwester nicht nett. Was du getan hast, war gar nicht nett von dir.«
»Es war ein Unfall!«

Jetzt stand wieder ein anderer Mann vor ihr, ein Dicker mit einem Bart, ihr erster Psychiater... sie wußte seinen Namen nicht mehr, irgendwas Bulgarisches... Gaza... er sprach mit Akzent und sagte: »Es gibt keine Unfälle, mein liebes Kind. Alles passiert, weil wir wollen, daß es passiert.«
»Nein, nein, es war ein Unfall. Mark wollte ihn nicht töten.«

Ihr Vater sprach jetzt ruhig auf sie ein. »Nadia, ich rede nicht von Mark. Ich rede von dir und deiner Schwester... du warst ungehorsam, und ich muß dich strafen.«
»Nein, Karl, bitte tu das nicht...«
»Ja«, sagte Karl, »zu schade, daß dein Freund und Arzt nicht zusehen kann. Vielleicht wäre es für ihn ein Hochgenuß... zuzusehen was ich dir antue... tu doch nicht so, als ob es dir nicht Spaß machen würde... dein ganzes Leben lang wolltest du bestraft werden... aber wofür nur, teures

Weib? Das ist der Grund, warum wir Tausende von Dollars an Männer wie Collier gezahlt haben ... um herauszufinden, was du getan hast ... warum du bestraft werden willst.«

»Nein ... ich will es nicht wissen ... verlange nicht, daß ich das tue ... ich hasse ...«

»Du haßt mich, Nadia?« fragte ihr Vater überrascht.

»Nein, Karl, dich nicht. Ich hasse ... es.«

»Kind, du mußt bestraft werden. Papi weiß das am besten.«

»Aber Papi, es war ein Unfall ... ich habe nicht ...«

»Ja, du hast ... du hast sie gehaßt ... deswegen mußt du bestraft werden. Die Schwester hassen, ist eine Sünde. Was du getan hast, war schlecht ... aber wegen des Hasses in deinem Herzen mußt du bestraft werden.«

»Nein, ich werde es nicht zulassen, daß du das mit mir noch einmal machst ... ich werde dich töten!«

Karl lachte. »Du? Mich töten? Wie absurd, meine Liebe. Ich bin es, der dich töten sollte ... weil du mir Hörner aufgesetzt hast — und das mehr als einmal. In Europa ... wäre das keine Angelegenheit, ich würde deswegen nicht mal vor ein Gericht kommen. Nein, ich werde mit dir machen, was ich will — und du wirst nichts dagegen tun. Ja, es wäre noch interessanter, wenn wir deinen Geliebten zum Zusehen überreden könnten ... das wäre für euch beide höchst unterhaltsam. Aber ich bin sicher, er wird nicht lange bleiben ... nicht, wenn ich ihm sage, daß alles aus ist. Eure Beziehung — und seine Karriere. Wie alle schwachen Männer wird er dich mir überlassen, auch wenn ich ihm sagen sollte, was ich mit dir vorhabe ... was du zweifellos in deiner Analyse erwähnt hast ... er wird dich deinem Schicksal überlassen, meine Liebe ... und er wird gehen und seine Sorgen irgendwo in Alkohol ertränken ... genau wie du. Schwäche — meine teure Nadia — kann ich nun mal nicht ertragen. Und dann wird er vielleicht eine befreundete Dame anrufen ... zum Trost ...«

»Nein, Karl... sag das nicht...« Nadia Donner schrie fast.

»Siehst du, wie du dich verrätst, meine Liebe? Du kannst es nicht ertragen, daß dein Geliebter andere Interessen hat. Wie dumm du bist. Und Dummheit muß bestraft werden.«

»Papi! Ich wollte es nicht tun. Ich konnte mir nicht anders helfen.«

»Was konntest du nicht, mein Kind? Sag mir nur, was du getan hast. Bekenne deine Sünde, und nimm die Strafe an.«

»Ich... ich... es war ein Unfall«, stammelte sie hilflos.

»Nein. Absicht! Sag mir, was du getan hast!«

Sie wollte eben antworten, als Mark anklopfte. Sie stürzte in seine Arme, doch er schwang einen Feuerhaken hoch über dem Kopf. »Sag es mir!« schrie er. »Sag mir, was du getan hast, Nadia. Ich muß es wissen.«

»Ich... ich kann mich nicht erinnern.« Sie hob abwehrend die Hände und blickte ihn verzweifelt an.

»Versuch es. Versuche es, Nadia.«

»Wenn ich dir nur vertrauen könnte... wenn ich nur jemandem vertrauen könnte.«

»Du kannst mir trauen, Nadia. Ich liebe dich.« Nadia Donner hörte die beruhigende Stimme von Markus Collier.

»Aber warum hältst du den Feuerhaken in der Hand?«

»Um Karl zu töten. Aus diesem Grund bin ich gekommen.« Jetzt wurde sein Gesicht ernst und verzerrte sich.

»Nein... nein, du bist gekommen, weil du mich liebst. Es waren die zwei Männer.«

»Du meinst deinen Vater und den anderen Mann?« fragte er ruhig.

»Ja, Vater... aber er trug eine Maske. Ich habe seine Stimme erkannt. Er hat es getan, weil Karl mich bestrafen wollte und Papi mich immer beschützt hat. Auch nach... hat er mich beschützt, so daß man mir nicht die Schuld geben konnte.«

»Vor wem hat er dich beschützt, Nadia? Die Schuld woran?« Seine Stimme wurde lauter und eindringlicher.

Sie kicherte wie ein kleines Mädchen. »Das ist ein Geheimnis. Ich versprach, es niemandem zu sagen. Papi hat mir das Versprechen abgenommen.«

»Aber du möchtest es jemandem sagen, nicht wahr? Jemandem, der dich liebt. Jemandem, dem du vertrauen kannst. Damit du dich nicht mehr mit Schuldgefühlen plagen mußt.«

»Nein... ich habe Angst... Mark, bitte leg den Feuerhaken weg.« Ihre Stimme erstarb fast.

»Nein, erst wenn du mir alles sagst. Wenn du mir nichts sagst, werde ich...«

»Mark, bitte, tu es nicht«, unterbrach sie ihn.

»Ich muß. Um mich zu schützen. Karl will mich ruinieren. Deinetwegen. Sieh doch, er legt die Hände um meine Kehle, und ich muß mit dem Feuerhaken ausholen, um ihn davon abzuhalten.«

»Aber... er steht doch gar nicht in deiner Nähe. Du willst mich töten.« Wieder streckte sie die Hände abwehrend hoch.

»Nein, Nadia. Es wird ein Unfall sein. Ich möchte niemanden töten. Aber ich muß meine Haut retten.«

Karl stand grinsend vor dem Kamin und verhöhnte Mark Collier, der sie eben gebeten hatte, mit ihm durchzubrennen. Dann packte Karl Mark an der Kehle und Mark sagte, er solle aufhören. Sie wollte davonlaufen... konnte aber nicht. Der Polizeiinspektor stand genau vor der Tür und verlangte eine Erklärung von ihr, doch sie konnte sich nicht erinnern, was geschehen war... nur was Mark ihr erzählt hatte, wußte sie. Dann hob Mark den Feuerhaken, und Karl lag auf dem Boden. Als sie ihn anfaßte, fühlte er sich kalt an — sehr kalt.

Aus einiger Entfernung waren Sirenen zu hören, und Mark beruhigte sie, daß alles in bester Ordnung wäre. Die Sirenen waren immer deutlicher zu hören, bis sie so laut waren, als wären sie im gleichen Raum mit ihr, nur war es nicht das Wohnzimmer im Strandhaus, sondern die Stadtwohnung, und sie hatte sich hingelegt und wollte ausschlafen. Die Polizei kam, um sie festzunehmen, sie konnte die Türklingel hören, aber sie wollte überhaupt nicht mehr wach werden.

Und dann schüttelte Mark sie sanft und sagte ihr, sie solle aufwachen.

»Nadia, du hast mir einen ordentlichen Schrecken eingejagt. Ich dachte schon, du hättest etwas sehr Dummes gemacht. Der Portier sagte mir, du seist zu Hause, aber auf mein Klingeln hast du nicht reagiert. Da habe ich mit meinem Schlüssel geöffnet... und als ich dich hier sah... so auf der Couch liegen... war ich sehr erschrocken. Gott sei Dank fehlt dir nichts.«

»O Mark, mein Liebling«, sagte sie. »Ich hatte einen gräßlichen Traum, aber es war nur ein Traum, und jetzt bist du da, und alles ist in bester Ordnung.«

»Ja, mein Schatz, alles wird wieder gut... nur mußt du genau das tun, was ich dir sage. Dann wird alles wieder gut.«

Es war eine brillante Idee, sagte er sich, ein Geniestreich. Damit würde er zwei Fliegen mit einer Klappe schlagen.

16 Draußen war es bereits dunkel. Sie hatten ein leichtes Abendessen zu sich genommen, ehe er es ihr sagte.

Sie antwortete: »Lügendetektor, Mark? Das kann ich nicht. Man würde sofort merken... wie kannst du nur so einen Vorschlag machen?«

»Du kannst es, Nadia... und du mußt. Man glaubt deine Geschichte nicht...«

»Aber der Lügendetektor macht es doch nur noch schlimmer. Ich kann einen Lügendetektor nicht hinters Licht führen...« Verbittert fügte sie hinzu: »Ich kann überhaupt niemanden hinters Licht führen. Warum hast du das alles von mir verlangt, Mark? Wir müssen ihnen die Wahrheit sagen. Es ist der einzige Ausweg.«

»Nein, Nadia, das ist nicht der einzige Ausweg. Du sagtest, du wolltest mir vertrauen. Jetzt hör gut zu, was ich dir zu sagen habe. Dann erst kannst du beurteilen, ob ich nicht doch recht habe. Der Polygraph tut nicht mehr, als deine Reaktionen auf eine Anzahl von Fragen registrieren. Wenn du fest daran glaubst, daß du die Wahrheit sagst, dann zeigt das auch der Test. Eine Maschine kann gar nicht wissen, was die Wahrheit ist. Sie kann nur aufzeigen, ob dein Herz schneller schlägt − zu gewissen Zeiten, wenn du Fragen beantwortest. Dann würde man vermuten, daß du lügst. Aber dein Herz wird nicht schneller schlagen, wenn du das, was du sagst, auch glaubst.«

»Aber wie kann ich das glauben? ... Ich weiß, was geschehen ist. Ich war dabei. Ich weiß, warum wir lügen ... und wir haben gelogen, Mark. Wir haben gelogen.«

»Na gut. Wir haben die Wahrheit nach Belieben gestreckt. Und du verstehst auch warum. Und jetzt kannst du dir selbst helfen, wenn du den Test machen läßt. Mit Hilfe der Hypnose kann ich bewirken, daß du deine Geschichte glaubst, so daß der Polygraph nichts anzeigt, wenn du sie erzählst ... und deswegen wird keiner mehr deine Version in Zweifel ziehen können. Das Ganze ist eine Sache der posthypnotischen Suggestion. Ich werde dich hypnotisieren und dir bestimmte Dinge suggerieren. Wenn dann die gewissen Fragen kommen, wirst du aufgrund der Vorstellungen antworten, die ich dir eingab ... und du wirst, während du antwortest, auch daran glauben. Das wird der Polizei ein für allemal beweisen, daß deine Aussage den Tatsachen entspricht. Und wenn du dein Einverständnis zu dem Test gibst, wird es sie in der Überzeugung bestärken, daß du nichts zu verbergen hast.«

Noch immer unsicher, fragte sie: »Wird das auch wirklich klappen?«

Er wußte, daß er log, aber er wußte auch, daß man sie überzeugen konnte ... und in Wahrheit gab es auch keinen anderen Ausweg, er mußte sie überzeugen. Es würde klappen. Sein Plan nämlich. Es mußte einfach klappen.

»Natürlich, mein Schatz. Und jetzt mußt du mir wieder

ganz fest vertrauen, Nadia. Habe ich je dein Vertrauen mißbraucht? Dich in die Irre geführt, dich im Stich gelassen? Natürlich nicht. Vertraue mir auch jetzt, meine geliebte Nadia. Sieh mal«, fuhr er beschwörend fort, als er merkte, daß sie skeptisch blieb, ».... du warst immer sehr empfänglich für Hypnose. Deshalb sind wir ja auch bei unserer Behandlung so weit gekommen. Denk an die anderen, die dich analysiert haben. Gute Männer. Solide Männer in ihrem Beruf... kein Wort gegen sie. Nicht nur deswegen, weil sie Kollegen sind, sondern auch, weil ich ihre Arbeit achte. Du hattest die besten Ärzte — und die teuersten, Nadia. Und sie sind an dir gescheitert. Warum? Weil sie nicht versuchten, was ich versuchte... sie sind gescheitert, und ich hatte Erfolg. Weil ich Hypnose und Medikamente angewendet habe. Der Durchbruch ist da. Ich habe es dir nach der letzten Sitzung nicht gesagt — aber einen Teil der Geschichte habe ich endlich aus dir herausholen können. Du bist bereit, jetzt alles zu sagen. Und warum? Als Ergebnis meiner Methoden. Ich hatte Erfolg, wo andere versagten. Und wenn ich dir etwas sage, weißt du, daß es auch so ist.«

Er sah ihr während des Sprechens in die Augen, sah, daß sie schwankte, und sah auch ihr Nachgeben. »Mark, es ist so furchteinflößend...«

»Nein. Kein Grund zu Befürchtungen.« Er sagte sich, daß er das Ende seines Buches bereits kannte. Zuvor hatte er noch zugewartet, aber jetzt wußte er, was Nadia Donner eines Tages verraten würde. Nun, das Buch konnte er jedenfalls schreiben. Das Publikum würde nie erfahren, daß er den Durchbruch nicht geschafft hatte. Nein — das würde niemand erfahren. Es würde auch niemanden mehr geben, der das beurteilen konnte. Prüfend sah er sie an.

Neben der Couch auf dem Boden stand eine schwarze Tasche. Er sagte: »Ich habe mir erlaubt, das Medikament gleich mitzubringen.« Vorsichtig machte er die Tasche auf und entnahm ihr eine Phiole mit der Flüssigkeit, die er in Nadias Arm injizieren wollte. Mit beruhigendem Lächeln sagte er: »Nach dem Test wird Inspektor Columbo nichts übrigbleiben, als dich in Ruhe zu lassen und nach unseren Eindringlingen zu fahnden. Du wirst ihn ein für allemal los sein, Nadia. Überleg doch, wie du dich jedesmal fühlst, wenn er auftaucht. Es sollte dir jede Anstrengung wert sein, diese Angst endlich loszuwerden. Und das da wird dir helfen.«

»Ach, Mark, bist du ganz sicher...?«

»Natürlich bin ich ganz sicher.«

»Und du tust es wirklich nur deswegen?«

»Mir liegt daran mehr, als an allem andern auf der Welt, Liebling. Ich tue es für uns. Deswegen bitte ich dich, denselben Entschluß zu fassen. Tu es nicht für mich. Tu es für dich. Tu es für uns.«

»Gibt es keine andere Möglichkeit...?« fragte sie zaghaft.

»Welche Möglichkeit bleibt uns denn, Nadia? Überleg doch mal. Je länger dieser Inspektor Columbo seine Nase in die Sache steckt, desto größer ist das Risiko. Wir müssen ihn jetzt zu der Überzeugung bringen, daß er sich, was dich betrifft, getäuscht hat und dir unrecht tut. Vertraue mir, Liebling.

Sie zögerte noch und sagte dann mit gesenktem Kopf: »Also gut, Mark. Mir ist alles recht, was du willst.«

Genau das, was ich erwartet habe, dachte er. Möchte wissen, ob sie so verständnisvoll und voll Vertrauen wäre, wenn sie ahnte, was in meinem teuflischen kleinen Hirn vor sich geht. Arme Nadia, mindestens die Hälfte ihres Problems besteht darin, daß sie bei Männern einen gräßlichen Geschmack beweist. Es war zweifellos der Versuch, den Verlust der Liebe ihres Vaters wieder wettzumachen. Diese lächerlichen Ärzte, die sie vor mir hatte, waren ausnahmslos Scharlatane. Und Karl war ein absolutes Ungeheuer. Und ich bin eigentlich kaum besser. Ja, es fehlt ihr an Urteilsvermögen. Schade. Er warf einen Blick auf die ruhig und mit geschlossenen Augen auf der Couch sitzende Nadia. Ja, die freut sich noch auf die Droge. Sie zappelt am Haken. Sie mag es — weil sie einschläft. Ja, das bewirkt die Droge, meine liebe Nadia. Diesmal ganz besonders gründlich.

Er baute das Gestell auf, steckte die Nadel in den Schlauch, dessen anderes Ende er mit der Flasche verband. Schließlich hängte er die Flasche in den Ständer ein und bat Nadia, den Ärmel hochzustreifen und sich hinzulegen.

Fast dankbar tat sie, wie er ihr befahl. Nachdem er ihren Arm mit Alkohol abgerieben hatte, führte er die Nadel in die Vene ein und sah zu, wie sich Bläschen in der Flasche bildeten, während die Flüssigkeit tropfenweise in ihren Blutkreislauf eindrang.

»Nadia, entspanne dich«, sagte er. »Du möchtest dich ausruhen, nicht? Also entspanne dich. Schlaf ruhig ein.«

Er ging im Zimmer umher, schloß seine Tasche, rauchte eine Zigarette und trat dann an die Couch und sah auf Nadia nieder. Sie war beinahe eingeschlafen. Vorsichtig sammelte er das Geschirr ein und stellte es in die Geschirrspülmaschine. Er stellte den Waschgang ein. Bevor er ging, wollte er die Sachen noch einräumen. Es sollte nicht so aussehen, als hätte sie an diesem Abend einen Gast gehabt, es sollte vielmehr aussehen, als ob sie allein gewesen wäre... sehr, sehr allein. Nachdem er den Aschenbecher geleert und blankgewischt hatte, was ihn an den Abend im Strandhaus erinnerte, kam er zu ihr zurück und setzte sich an den Rand des Couchtisches.

»Kannst du mich hören, Nadia?« fragte er leise.

Er bemerkte, daß die Flasche fast leer war. Das bedeutete, daß sie jetzt tief schlief... aber alles hörte, was er sagte.

»Ja«, antwortete sie benommen.

»Und jetzt hör gut zu...«

»Ja«, sagte sie folgsam.

Er öffnete die schwarze Tasche und nahm Karl Donners Brieftasche, seine Uhr und etwas Schmuck heraus. Während er sprach, sah er sich im Zimmer um: »Hör gut zu, Nadia. Du wirst meine Stimme hören... nur meine Stimme. Du wirst nur meiner Stimme gehorchen. Verstehst du?«

»Ich verstehe«, antwortete sie leise.

»Gut.« In einer Zimmerecke fiel ihm eine Keramikvase ins Auge. Er ging hin und sah hinein. Leer. Er legte Brieftasche, Uhr und Schmuck hinein und stellte sie, nachdem er sie mit dem Taschentuch gründlich abgewischt hatte, wieder auf den Tisch. Von dort aus sagte er: »Es ist jetzt sieben Uhr.«

»Ja. Sieben Uhr.«

»Du hast dich wegen Karls Tod sehr aufgeregt. Nachdem ich gegangen bin, wirst du aufstehen, die Tür versperren und von innen verriegeln. Heute abend wirst du hier in der Wohnung bleiben. Niemanden sehen ... mit niemandem sprechen ... verstehst du?«

»Ja. Niemanden«, antwortete sie fast unhörbar.

»Um zehn Uhr wird das Telefon läuten. Sollte es vor zehn Uhr läuten, wirst du nicht abheben. Aber um zehn Uhr wird es läuten, und dann wirst du meine Stimme hören. Ich werde den Namen eines Mannes nennen. Charles Whelan. Hörst du diesen Namen? Charles Whelan.«

Es dauerte einen Augenblick, bevor sie antwortete. »Charles Whelan.«

»Genau. Wenn du diesen Namen hörst, wird dir plötzlich ganz heiß ... du wirst in Schweiß ausbrechen. Es wird dir so heiß sein, so drückend heiß, daß du ein unbezähmbares Verlangen verspürst, schwimmen zu gehen.«

»Schwimmen. Mir wird heiß sein, ich werde mich abkühlen wollen.«

Collier ging hinaus auf den Balkon und sah hinunter. Er sah die Tiefe. »Ja, du schwimmst doch sehr gern, nicht?« Sein Blick wanderte hinunter zum Schwimmbassin im Innenhof des teuren Wohnkomplexes.

»Ja, ich schwimme gern. Ich bin eine gute Schwimmerin. Sehr gut ...«, bestätigte sie tonlos.

»Und eine gute Springerin. Du hast es mir gesagt. Kannst du dich erinnern, daß du in deiner Jugend am liebsten vom höchsten Sprungbrett ins Bassin gesprungen bist?«

»Ja, das war schaurig... aber ich war immer die Mutige in unserer Familie.«

»Ja. Dein Vater wußte das. Weißt du noch, wie gern er dir bei deinen Sprüngen zusah?« Seine Stimme klang fordernd und eindringlich.

»Ja, weil ich so mutig war.«

»Und weil du es so gut konntest. Heute wirst du wieder schwimmen gehen. Du mußt schwimmen gehen... weil dir so heiß sein wird. Nichts anderes kann dir helfen, kein Bad, keine Dusche — nichts. Und nichts mehr wird von Bedeutung sein — nur der Sprung ins Bassin... endlich das wunderbar erfrischende Wasser zu spüren. Nachdem du meine Stimme gehört hast, nachdem du gehört hast, wie ich nach Charles Whelan frage... wirst du auflegen und hinaus auf den Balkon gehen... es wird dir so heiß sein, daß du es kaum aushalten kannst... du wirst einen Sprung in das Bassin unter deinem Fenster machen. Dein Vater wird dir dabei zusehen. Der Sprung wird perfekt ausfallen und wird ihn sehr stolz machen. Verstehst du?«

»Ja, ich verstehe«, bestätigte sie mit gleichförmiger Stimme.

Collier stand jetzt wieder neben der Couch. Für ihn gab es hier nicht mehr viel zu tun, sagte er sich. Beim Einräumen des Geschirrs mußte er wegen der Fingerabdrücke vorsichtig sein, die Wohnung nochmals durchkontrollieren, seinen Apparat abbauen, in der Tasche verstauen und dann gehen, wobei er noch darauf achten mußte, daß ihn niemand sah. Er hatte sich absichtlich ein wenig mit dem Tagportier unterhalten. Aber der war jetzt weg, und der Nachtportier brauchte nicht zu wissen, wie spät er fortging. Er hatte genug Zeit zur Heimfahrt. Dann mußte er seine Freunde zu einer Party empfangen und sein Alibi aufbauen — deswegen durfte er hier nicht so spät gesehen werden. Er würde der Polizei sagen, daß er Nadia am Nachmittag gesehen hätte, bei ihr gewesen wäre, daß sie erregt, aber erschöpft gewesen wäre und er ihr ein Schlafmittel gegeben hätte. Die Autopsie würde es bestätigen. Dann wäre er fortgegangen. Zweifellos hätte die ständige Belästigung durch die Polizei sie zum Selbstmord getrieben. Sie hatte gefürchtet, daß man der Wahrheit bereits sehr nahe wäre. Nun, sie waren der Wahrheit tatsächlich sehr nahe. Aber sie würden es ab jetzt nicht mehr sein!

Er sah auf sie nieder. Ein kaltes Lächeln umspielte seine Lippen. »Ja, du verstehst es, Nadia. Natürlich verstehst du. Natürlich.«

17 Anita Borden war voller Unruhe. Der Anruf war am Spätnachmittag gekommen, und der Mann hatte gesagt, er wolle mit ihr allein sprechen... und zwar nicht im Institut. Schließlich hatte sie sich dazu bereit erklärt, ihn in ihre Wohnung einzuladen. Sie hatte erklärt, daß sie später am Abend noch auf eine Party müsse, sich aber freuen würde, wenn er so um sechs, wenn sie von der Arbeit heimkäme, kommen würde... daß sie ihm aber leider nicht viel Zeit widmen könne.

»Ich werde Sie nicht lange aufhalten«, hatte Inspektor Columbo am Telefon versprochen. Die Zeit bis zu seinem Kommen machte sie nervös. Seine Stimme hatte so ernst... so förmlich geklungen.

Kaum hatte sie die Wohnung betreten und sich die Schuhe abgestreift, als er auch schon klingelte. Sie ließ ihn mit einer Entschuldigung ein. »Hier sieht es furchtbar aus. Ich habe heute sehr lange gearbeitet, Inspektor. Nicht mal was Eßbares habe ich da und kann Ihnen leider nichts anbieten. Ich wollte eben Tee machen. Möchten Sie eine Tasse?«

»Ich möchte Sie nicht unnötig aufhalten... wenn Sie es eilig haben.«

»So eilig auch wieder nicht, Inspektor. Zwei Tassen brauchen ebensolange wie eine.«

»Aber müßten Sie nicht etwas essen?« fragte Columbo besorgt.

»Ach, das geht schon. Der Tee wird mich entspannen.«

»Sind Sie nervös, Dr. Borden?« Seine Stimme klang ruhig, und er blickte sie lächelnd an.

»Wie ich schon sagte ... zuviel Arbeit.«

»Sonst nichts?«

»Nein, Inspektor. Sonst nichts.« Anita Borden schüttelte den Kopf. »Außer vielleicht der normalen Beklommenheit, die jeder Bürger spürt, wenn ein Polizist ihn ausfragen möchte. Das ist eine große Anspannung. Sicher ist Ihnen schon aufgefallen, daß auch völlig unschuldige Menschen nervös und beklommen werden, wenn Sie ihnen Fragen stellen.«

»Ja, sicher. Aber Sie brauchen keine Angst zu haben. Ich bin nicht gekommen, um über Sie zu sprechen.«

Sie lächelte. »Das ist eine große Erleichterung. Ich stelle nur eben Wasser auf.«

»Okay. Machen Sie ruhig weiter. Ich setze mich inzwischen, wenn ich darf. Ich bin nämlich selbst ein wenig müde.« Columbo blickte sich im Zimmer um.

»Aber natürlich. Entschuldigen Sie, daß ich nicht daran gedacht habe. Bin gleich wieder da.«

»Lassen Sie sich ruhig Zeit.«

Als Anita Borden wiederkam, trug sie ein Tablett, auf dem eine Kanne, zwei Tassen mit Untertassen, Milch und eine Zuckerdose standen. »Wie trinken Sie Ihren Tee, Inspektor?«

»Mit einer Spur Milch, ohne Zucker.«

»Also englisch?« fragte sie lächelnd.

»Ach, heißt das so? ... Eigentlich verzichte ich auf Zucker, weil ich ein wenig abnehmen möchte.«

Sie goß Tee ein und reichte ihm eine Tasse. »Okay, Inspektor, jetzt ist der Austausch von Höflichkeiten vorbei, wie man so schön sagt. Kommen wir zur Sache. Was wollen Sie von mir wissen?«

»Wissen Sie, Sie sind sehr intelligent. Ich meine, ich glaube, Sie wissen, über wen ich mich mit Ihnen unterhalten möchte.«

»Über Mark Collier?« fragte sie, aber es klang eher nach einer Feststellung.

»Richtig.« Columbo nickte und rührte seinen Tee um.

»Ich nehme an, Sie wissen es.«

»Was soll ich wissen?« fragte er ruhig.

»Daß Mark und ich ... einmal das waren, was man beschönigend als ›gute Freunde‹ bezeichnet.« Sie sah fragend auf.

»Nein, Dr. Borden. Das wußte ich nicht mit Sicherheit. Ein klein wenig habe ich es vermutet. Aber ich habe Ihr Privatleben nicht näher unter die Lupe genommen. Seines übrigens auch nicht. Ehrlich gesagt, hatten wir noch keine Zeit dazu. Wahrscheinlich hätten wir es herausbekommen ... haben Sie vielen Dank, daß Sie es mir sagen und mir die Mühe des Nachforschens ersparen.«

»Um was handelt es sich also?«

Columbo kratzte sich am Kopf. »Eigentlich nur eine Kleinigkeit. Aber ich muß in meinem Kopf alles fein säuberlich geordnet haben. Und Sie können mir dabei helfen, weil Sie bei ihm waren, als der Anruf kam.«

»Sie meinen den Anruf wegen Karl Donner? Ja, wir waren in der Kantine. Das Gespräch habe ich nicht mitangehört ... aber er sagte mir, es wäre Dr. Hunt gewesen. Es besteht kein Grund zu der Annahme, daß Mark gelogen hat.«

»Nein, nein. Er hat die Wahrheit gesagt.« Columbo schüttelte den Kopf. »Dr. Hunt hat es bestätigt. Und die Telefonzentrale des Institutes ebenfalls. Ich meine, die Dame, die damals Dienst hatte. Wir befragten sie deswegen, und sie konnte sich erinnern, daß sie Collier holen ließ und daß Dr. Hunt der Anrufer war. Nein, das ist es nicht. Es handelt sich vielmehr um den Zeitpunkt.«

»Den Zeitpunkt? Es war so um sieben herum. Ich weiß es sicher.«

»Ja. Ich meine, wieviel Zeit hat er mit Ihnen verbracht? Wie lange war er mit Ihnen zusammen?«

»Ach, wir waren ein paar Minuten im Büro. Er kam in

mein Büro, als ich im Weggehen begriffen war. Ich glaube, er wollte auch schon gehen. Am Morgen hatten wir einen kleinen Zusammenstoß – wegen der Forschungsarbeiten, die ich durchführe ... und er kam und wollte sich entschuldigen. Dann gingen wir in die Kantine auf eine Tasse Kaffee.«

»Haben Sie ihn vorher schon gesehen?« fragte Columbo und blickte ihr ins Gesicht.

»Nein ... ich glaube nicht.«

»Also könnte er weg gewesen und eben erst gekommen sein ... ich meine, im Gegensatz zu dem, was Sie eben sagten, daß er gerade nach Hause wollte? Wäre das nicht möglich?«

»Ich ... ich glaube, ja, Inspektor.« Anita Borden wurde unruhig. »Aber ich verstehe nicht ... Sie glauben offenbar, daß Mark mit Donners Tod zu tun hat?«

»Ach, es ist nur ... nun, wir versuchen, alle Einzelheiten zu einem Ganzen zusammenzusetzen. Sie gingen mit ihm, nachdem er den Anruf bekam?«

»Ja, er bat mich, mitzukommen. Ich nehme an, er dachte, daß eine Frau ... oder vielleicht, daß er Hilfe brauchen würde. Wir fuhren in meinem Wagen.«

»Warum das?« wollte Columbo sofort wissen.

»Ach, es hätte doch keinen Sinn gehabt, zwei Wagen zu nehmen, und meiner stand näher ... dem Ausgang näher. Was macht das schon aus?«

»Nichts, nehme ich an. Ich stelle nur Fragen. Haben Sie mit Mrs. Donner gesprochen?«

»Nein, sie war ziemlich erregt. Sie war im Schlafzimmer, und Mark meinte, ich sollte schnell Kaffee machen.« Achselzuckend fügte sie hinzu: »Manchmal führt Mark sich wie ein männlicher Chauvinist auf und schickt das Weibsbild in die Küche, so auf die Art. Ich glaube zwar nicht, daß er sich dabei etwas dachte. Er ist eben so.«

»Und Mrs. Donner? Hat sie Kaffee getrunken?«

»Nein. Den haben die Polizeibeamten getrunken. Ich

hoffe... das geht in Ordnung.« Anita Borden hatte sich wieder gefangen.

»Natürlich. Das war sehr gut gemeint. Glauben Sie mir, die Männer wußten das zu schätzen. Aber warum hat sie nicht getrunken... wenn Sie den Kaffee schon fertig hatten?«

»Mark meinte, er würde sie zu munter machen. Er gab ihr ein Beruhigungsmittel, weil er der Meinung war, sie brauchte nach dem Schock dringend Ruhe. Eine Diagnose, die ich voll und ganz billige, Inspektor.«

»Ja, natürlich... Sehen Sie... es ist seltsam, mehr nicht. Er sagt, er würde sie vielleicht brauchen. Sie fahren ihn hin, dann schickt er sie weg zum Kaffeekochen, und dann kommt er zu der Ansicht, daß Mrs. Donner gar keinen Kaffee braucht. Was sagen Sie dazu? Kommt Ihnen das nicht auch merkwürdig vor?« Columbo rührte wieder in seiner Tasse und sah zu, wie der Tee sich in Kreisen drehte.

»Wenn Sie es so darstellen... aber ich messe diesen Dingen keine Bedeutung bei. Was macht das schon aus?«

»Er hatte erstens die Möglichkeit, mit ihr allein zu reden.«

»Das hätte er ohnehin tun können, indem er mich zum Beispiel nicht mitgenommen hätte«, sagte sie schnell.

»Es sei denn, er wollte seinen Wagen nicht benutzen.«

»Und warum das?« fragte sie erstaunt.

»Das weiß ich nicht.«

»Inspektor, ich gebe zu, daß ich bezüglich Mark vielleicht Vorurteile habe und nicht objektiv bin. Aber er ist ein feiner Kerl. Ein guter Arzt. Kreativ und phantasiebegabt. Er hat sehr viel für seine Patienten getan, für die Welt der Psychiatrie. Manchmal bin ich mit seinen Methoden nicht einverstanden... aber wenn er recht behält, erweist er sich beinah als Genie. Vielleicht geht er manchmal unkonventionell vor — vielleicht aber sind wir diejenigen, die altmodischen Ideen huldigen —, denn er erzielt gute Resultate. Inspektor, er ist ein namhafter Bürger. Er zahlt seine Steuern und leistet etwas für unsere Gesellschaft. Warum sollte ein Mensch wie er...?« Sie unterbrach sich und hielt die Luft an.

»Was denn?« Columbo setzte die Tasse ab. »Was wollten Sie eben sagen?«

»Nein, das möchte ich nicht mal denken. Sie können doch nicht glauben, daß Mark Collier... einen Mord begehen würde?«

»Ich weiß nicht. Die Menschen machen alles mögliche. Vielleicht gibt es Tatsachen, die Ihnen unbekannt sind. Ich behaupte ja nicht, daß er schuldig ist. Sie haben ein hübsches Bild entworfen. Von Ihnen würde ich mir gern eine Empfehlung schreiben lassen. Aber manchmal passieren eben Dinge, denen nicht mal ehrenwerte Leute gewachsen sind.« Er stand auf und sagte: »Ich bedanke mich für den Tee und die Unterhaltung. Vielleicht haben Sie recht. Vielleicht hat er nicht... aber es bleiben Tatsachen, die sich nicht erklären lassen.«

»Geben Sie ihm eine Chance, Inspektor. Mark ist ein ehrenwerter Mann. Erzählen Sie ihm von Ihrem Verdacht, und geben Sie ihm die Chance zu beweisen, daß Sie im Irrtum sind. Das wäre nur fair, meinen Sie nicht?«

»Ja, Dr. Borden. Das wäre fair. Ich werde ihm eine Chance geben. Das werde ich wirklich.«

18 Die Wanduhr in Markus Colliers Wohnung zeigte auf Viertel vor zehn. Trotz der noch frühen Stunde hatte die Party eine gewisse Lautstärke erreicht. Musik spielte, doch war sie über dem Stimmengewirr der Unterhaltung und dem gelegentlich schallenden Gelächter kaum zu hören. Im Wohnzimmer stand etwa ein Dutzend Menschen herum, meist Ärzte samt weiblichem Anhang, Frauen oder Freundinnen. In einer Hand ein Glas, die Zigarette in der anderen, war Mark der aufgeräumteste in der Runde, während Anita etwas abseits saß und niedergeschlagen wirkte.

Wie üblich artete die Unterhaltung in Fachsimpelei aus.

Collier stand mit Arnold und Brenda Sternback und Garry und Sue Keppler beisammen. Er merkte, daß Anita sich nicht sonderlich amüsierte und wollte sich von der Gruppe losreißen, doch Arnold legte ihm eine Hand auf die Schulter und fuhr in seiner Geschichte fort, so daß er unmöglich wegkonnte.

»... deswegen kam ich zu dem Schluß, daß das Kind an Unsicherheit leidet, weil seine Mutter unsicher ist. So einfach hat sich der Fall gelöst.«

Seine Frau sagte lachend: »Bei Arnold klingt immer alles so einfach. In Wahrheit hat er sich mit dem Balg ein halbes Jahr lang geplagt. Der Vater hat das Kind immer angeschleppt ... und als wir schließlich die Mutter kennenlernten ... da hatte Arnold endlich die rettende Idee.«

Dieser ignorierte seine Frau und fuhr fort: »Diese Unbeständigkeit hat das Trauma verursacht. Die Kluft zwischen einer erstickenden blinden Liebe, die sie in einem Moment, und dem irrationalen Verlangen, durch Bestrafung die Oberhand zu behalten, das sie im nächsten Moment fühlte.«

Als Anita Borden an die Bar ging, sah Collier, der zusammen mit den anderen über Sternbacks Geschichte gelacht hatte, auf. Er ging auf sie zu, wurde aber von Garry und Sue Keppler aufgehalten, die sich von der ursprünglichen Gruppe abgesondert hatten.

»Mark, hast du Dobermans Bericht gelesen?«

»Hm, habe ihn kurz durchgesehen ... viel Zeit hatte ich nicht ...«

»Unglaublich! Eigentlich ein Skandal. Man sollte ihn aus unserem Berufsstand hinausprügeln.«

Sue meinte: »Aber Garry, so schlimm kann es doch nicht gewesen sein.«

»Es konnte und es war. Ich hätte mit Sicherheit meinen Namen nicht daruntergesetzt.«

»Aber Liebling, man muß doch irgendwas veröffentlichen. Veröffentlichen oder untergehen, wie das alte Sprichwort sagt. Doberman will nicht untergehen. Er hat so viele Jahre damit zugebracht, die Forschungsergebnisse anderer zurechtzubiegen, daß er wahrscheinlich das Gefühl bekam, er müßte selbst was veröffentlichen. Wie ein Kritiker, der schließlich selbst ein Buch schreibt. Habe ich recht, Mark?«

»Absolut. Und meist sind die von Kritikern verbrochenen Bücher ziemlich zweitrangig.« Markus Collier grinste selbstgefällig.

»Das ist Dobermans Buch mit Sicherheit auch. Die einzigen Werke, an die er sich herantrauen sollte, sind Comics«, sagte Garry.

»Ach was«, sagte Sue, »soviel Stil und Fingerspitzengefühl hat der doch gar nicht. Comics mögen zur Pop-Art gezählt werden, aber sie verfügen über einen ureigenen unverwechselbaren Stil. Dieser Bericht aber war eine Collage aus sieben Stilrichtungen. Stimmt's, Mark?«

»Aus acht. Entschuldige bitte.«

Alle lachten, und er ging an die Bar, an der Anita saß und an ihrem Highball nippte. Collier ging hinter die Bar und mixte sich auch einen Drink. Er beugte sich über die Theke und sagte: »Entschuldigen Sie, mein Fräulein. Sie sind so einsilbig. Wir Barkeeper sind für unsere Fähigkeit bekannt, Depressionen zu diagnostizieren. Und außerdem sind wir gute Zuhörer. Um die Wahrheit zu sagen, die Gewerkschaft hört es nicht gern, aber wir sind besser als Psychiater. Wenn Sie daher Ihren Kummer mit jemandem teilen möchten, schießen Sie los. Das spart Ihnen außerdem viel Geld. Alle Welt weiß, daß diese läppischen Schrumpfkopf-Erzeuger überbezahlt sind.«

Sie lächelte matt über seinen Versuch, witzig zu sein. »Ich dachte eben an diesen Polizeiinspektor.«

»An Columbo? Warum, um alles in der Welt?« Seine Stimme klang auf einmal gereizt.

»Ehrlich gesagt, Mark, ich glaube, er verdächtigt dich des... Ach, ich weiß nicht... er glaubt, daß du nicht ganz aufrichtig bist. Vielleicht glaubt er, du verbirgst etwas, um deine Patientin zu decken.«

»Glaubst du das auch?« wollte er schnell wissen.

»Ich ... er wollte wissen, wie lange du an jenem Abend in der Uni warst ... er hat mich angerufen ... und mir kam es so vor, als stecke mehr als nur bloße Routine dahinter. Verbirgst du etwas, um Mrs. Donner zu schützen?«

»Ich möchte sie vor sich selbst schützen.« Mark Collier machte eine kleine Pause. Dann fuhr er fort: »Sie war in den letzten Tagen sehr nervös. Aber ich tue nichts Kriminelles. Was hast du ihm gesagt, als er dich fragte ... wo ich an jenem Abend war?«

Sie lächelte. »Was ich weiß. Die Wahrheit, die ganze Wahrheit, und nichts als die Wahrheit. Ein Pech, daß ich nicht sehr viel weiß. Oder vielleicht sogar ein Glück. Was ist es, Mark?«

»Da gibt es nichts zu wissen. Glaub mir. Ich möchte nicht zusehen müssen, wie sie umkippt. Karls Tod war für sie ein echter Schock. Du kannst dir sicher denken, warum.«

»Weil sie ihn insgeheim herbeigewünscht hat?« fragte sie erstaunt.

»Ja, sicher. Du kennst doch das Trauma, das eintritt, wenn wir, aus welchem Grund auch immer, jemanden hassen und ihm den Tod wünschen. Und wenn der Betreffende dann einen Autounfall hat — irgendwo weit weg —, bilden wir uns ein, daß wir für seinen Tod verantwortlich sind. Wir sind in mancher Hinsicht trotz all der modernen Technik und unseres hohen Wissensstandes fast noch wie Wilde. Wir sind sehr primitiv, wenn es darum geht, etwas angeblich Übernatürliches zu glauben. Der kleinste Zufall reicht aus, und schon beginnen uns Gewissensbisse zu plagen. Bei den meisten von uns jedenfalls und bis zu einem gewissen Grad. Auf Nadia, die überempfindlich und neurotisch ist, trifft es natürlich stärker zu als auf einen Durchschnittsmenschen. Vermutlich glaubt sie, sie trüge die Schuld, weil nichts passiert wäre, wenn sie nicht hinaus ins Strandhaus gefahren wären. Die Tatsache, daß Karl diesen Ausflug vorgeschlagen hat — das sagt sie jedenfalls —, spielt dabei keine Rolle. Sie hätte ›nein‹ sagen können, bleiben wir in der Stadt, gehen wir abends essen, sehen wir uns eine Show an, alles mögliche. Aber sie fuhr mit. Deswegen trifft sie die Verantwortung. Deswegen fühlt sie sich schuldig. Schuld muß bestraft werden. Die Polizei kann sich diese Schuldgefühle zunutze machen. Auch wenn keine Absicht dahintersteckte, auch wenn man dafür keinen Grund anführen kann, jeder Fehler, den sie begeht, wird zu ihren Ungunsten ausgelegt. Vergiß nicht, daß man eine Festnahme braucht, irgendeinen Sündenbock. Besonders, da es sehr unwahrscheinlich ist, daß man die echten Mörder zu fassen kriegt.«

»Du glaubst also nicht . . . daß man dich zum Sündenbock stempeln will, Mark?« Sie blickte ihn ängstlich und sorgenvoll an.

»Nein, das glaube ich nicht. Keine Angst, das wird man sicher nicht. Und ich werde Nadia schützen. Ich selbst bin nicht einmal annähernd so verwundbar wie sie. Ich bin nicht verantwortlich für das Geschehene — und spüre nicht die Spur eines Schuldgefühls.«

Sie faßte nach seiner Hand, als die Türklingel erklang, ein scharfer Summerton, der das Gedröhn von Unterhaltung und Gelächter übertönte.

»Entschuldige mich. Ein später Gast. Und ich dachte, wir wären längst vollzählig. Vielleicht sind es die Nachbarn, die sich wegen des Lärms beschweren wollen.«

Als er die Tür aufriß, verwandelte sich sein echtes Lächeln in ein erstauntes Stirnrunzeln. »Ach, Inspektor. Welchem Umstand verdanke ich diese Ehre? Oder sind Sie heute dem Sonderkommando für überlaute Parties zugeteilt? Nein, das kann ich mir nicht vorstellen.«

»Guten Abend, Sir. Hoffentlich entschuldigen Sie mein Eindringen. Der Zeitpunkt ist nicht sehr günstig, aber . . .«

»Aber gar nicht. Ja, wir haben da eine kleine Zusammenkunft. Aber wenigstens bin ich aus diesem Grunde noch wach. Kommen Sie rein.«

Er trat beiseite, und Columbo betrat die Diele. Er blieb stehen, bevor er in den großen Wohnraum weiterging, wo die Party auf ihrem Höhepunkt angelangt war.

»Ach, das tut mir leid. Ich hatte keine Ahnung, daß Sie Gäste haben. Der Zeitpunkt ist wirklich schlecht gewählt...« Columbo wollte fast wieder gehen, aber Markus Collier hielt ihn am Arm fest.

»Nein. Das ist kein Problem. Nur ein kleines Beisammensein. Ein paar Kollegen. Eine ganz spontane Sache. Darf ich Ihnen einen Drink anbieten?«

»Nein, danke. Da wären noch ein paar Dinge, die ich mit Ihnen besprechen möchte. Vielleicht könnten wir irgendwo ungestört...«

Collier faßte ihn jetzt am Ellbogen und dirigierte ihn ins Wohnzimmer. Er unterbrach den Redeschwall des Inspektors, indem er das Partygedröhn übertönte und rief: »Hört mal alle her. Ich möchte euch einen Freund vorstellen. Inspektor Columbo von der Polizei von Los Angeles. Er untersucht den Mord an Karl Donner.« Er deutete in schneller Folge auf jeden der Anwesenden und schnurrte die Namen herunter. »Meine Kollegen: Arnold und Brenda Sternback. Garry und Sue Keppler. Ach, Dr. Borden kennen Sie bereits.«

Anita war ein Stück von der Bar abgerückt, als sie Columbo hereinkommen sah. »Hallo, Inspektor.«

»Guten Abend, Dr. Borden. Ich habe in etwa Ihren Rat befolgt. Aber ich hatte nicht mit... einer Feier gerechnet.«

»Ach, das kann man wohl kaum so nennen, Inspektor. Höchstens eine Art Party... Menschen kommen zusammen...«

Von der Bar her rief Collier: »Wie wär's mit einem Soft Drink, Inspektor? Etwas Kaltes, Kalorienarmes und Alkoholfreies?«

»Na ja... wenn Sie ein Creme-Soda oder ähnliches hätten.«

»Schon da.« Er ging hinter die Bar, öffnete den kleinen Kühlschrank, nahm eine Dose heraus und schüttete den Inhalt in ein hohes Glas. In der Zwischenzeit hatte Arnold Sternback sich an Columbo herangemacht.

»Ihre Arbeit muß hochinteressant und gefährlich sein, Inspektor... tagein, tagaus mit Menschen zu tun haben, die zur Gewaltanwendung neigen...«

»Gefährlich? Nein, eigentlich nicht.« Columbo sah ihn schmunzelnd an.

Garry Keppler sagte: »Ich habe Mord immer als allerletzten Protest angesehen... eine Art letzte Enthüllung der dem Menschen innewohnenden Bestialität... wenn nichts mehr funktioniert oder wenn alles andere versagt, sucht er Zuflucht bei seinem primitiven Ich, in dem er sich durch physische Gewalt verschafft, was er will. Je näher der Mensch diesem primitiven Zustand steht, desto einfacher fällt es ihm, ganz dazu zurückzukehren. Glauben Sie nicht, Inspektor...«

Seine Frau unterbrach ihn: »Eines wundert mich. Wurde Karl nicht von Einbrechern getötet... oder so ähnlich?«

»Von Eindringlingen«, bestätigte Columbo. »Zumindest hat es so ausgesehen. Wir haben nicht viel Beweise dafür... unglücklicherweise.«

»Bringen Sie es immer fertig, Inspektor«, fragte Keppler, »einen Killer zu stellen? Ich meine, aufgrund seines Typs oder Verhaltens?«

»Nein, Sir. Nicht immer. Sehen Sie, sehr viele Morde werden von ganz gewöhnlichen Menschen verübt, die noch nie Gewalttaten begangen haben. Sie sind wie wir alle. Das, was Sie gesagt haben, daß sie sich etwas verschaffen wollen, das stimmt, meiner Meinung nach. Sie wollen etwas oder brauchen es so dringend, daß sie alle Konsequenzen auf sich nehmen.«

»Was sie zu Primitiven werden läßt...«

Collier kam mit dem Creme-Soda und reichte Columbo das Glas. »Wer ist primitiv?« fragte er sofort.

»Killer«, erwiderte Arnold. »Garry meint, es hängt damit zusammen, daß man seinem primitiven Instinkt nachgibt, wenn man sich sonst nicht mehr zu helfen weiß.«

»Das klingt sehr sinnvoll, finden Sie nicht auch, Inspektor?«

Columbo nahm das Glas mit Creme-Soda und sagte: »Danke. Ja, Sir, ich stimme Ihnen zu.«

Sternback meinte: »Faszinierend, was Sie da eben sagten. Ist das so üblich bei der Polizei, oder gibt es da wirklich noch Zweifel?«

»Woran, Sir?« fragte Columbo und zog die Augenbrauen hoch.

»Sie sagten, es sieht danach aus. Haben Sie irgendwelche Zweifel?«

»Ach, Raum für Zweifel besteht immer.«

»Polizisten müssen Skeptiker sein«, sagte Brenda zu ihrem Mann. »Dafür werden sie bezahlt. Die trauen keinem von uns. Wir zum Beispiel parken zu nahe bei einem Hydranten... jeder von uns verstößt mal gegen das Gesetz, nicht wahr, Inspektor?«

»Ja, das passiert vielen hin und wieder. Aber ein Strafzettel bedeutet Überführung und schnelle Verurteilung gleichzeitig.«

»Brenda, jetzt läuft der Inspektor gleich los und guckt nach unserem Wagen. Ist das die berühmte Polizeimethode, Inspektor? Sie haben von meiner Frau das Eingeständnis der Schuld ohne Verhör erreicht.«

»Um wieder zu dem Fall Donner zurückzukehren«, sagte Collier, »so sind die Verdachtsmomente des Inspektors sehr spezifisch. Dahinter steckt mehr als bloße Skepsis, nicht, Inspektor? Und es klingt ja ganz so, als würden Sie Nadia Donners Geschichte nicht glauben?«

»Ja, hm, ich habe da einige Probleme...« Columbo fingerte sich eine Zigarre heraus und kramte in seinen Taschen, indem er das Glas von einer Hand in die andere schob. Dann wandte er sich an Collier und sagte: »Würden Sie mir wohl Ihr Feuerzeug borgen, Sir?«

19

Collier spürte, wie er rot anlief, spürte, wie ihm die Wärme den Nacken hochkroch. Momentan wünschte er, er hätte auf den letzten Drink verzichtet, wünschte, daß er nicht schwitzen würde – und hoffte gleichzeitig, daß der Polizeibeamte es nicht bemerkt hatte. Sicher, er hatte nichts zu befürchten – sein Feuerzeug hatte mit dem Fall nichts zu tun, und doch rief ihm die unschuldige Art, wie Columbo davon sprach, den Abend von Donners Tod ins Gedächtnis, als sein Feuerzeug versagt hatte. Strandhaus und Feuerzeug schienen irgend etwas miteinander zu tun zu haben – oder vielleicht war es wieder nur so ein Polizeitrick, um ein Geständnis zu bekommen, so wie Arnold es angedeutet hatte, als Columbo Mrs. Arnold die Bemerkung über den unvorschriftsmäßig geparkten Wagen entlockt hatte.

So gelassen wie nur möglich griff er in die Tasche. »Natürlich, Inspektor.«

Columbo nahm das goldene Feuerzeug und hielt die Flamme an seine Zigarre. Nach ein paar Zügen hielt er das Feuerzeug für alle sichtbar in die Höhe und sagte: »Sehen Sie zum Beispiel... das hier ist ein Problem. An jenem Abend hielt sich im Strandhaus ein Raucher auf... das Opfer oder seine Frau können es nicht gewesen sein, weil beide Nichtraucher sind.«

Brenda meldete sich mit ihrer schrillen Stimme: »Dann war es offensichtlich einer der Eindringlinge.«

»Nein, Ma'am, das ist nicht der Fall.«

»Wie kommt es, daß Sie so viel von den Einbrechern wissen, Inspektor – und ihrer doch nicht habhaft werden können?« meldete sich Collier zu Wort, der ängstlich darauf bedacht war, seinen Tonfall zu entschärfen.

»Nach Mrs. Donners Behauptung trugen sie Strumpfmasken. Wenn das stimmt, dann konnten sie unmöglich rauchen.«

Sue Keppler fragte: »Woher wollen Sie wissen, daß ein Raucher da war?«

Vorsichtig griff Columbo in seine Tasche und holte ein kleines Zellophansäckchen hervor. Er hob es hoch und ließ den Feuerstein in die offene Handfläche fallen.

»Wegen dieses Feuersteins, Mrs. Keppler. Ein winziges Stückchen Feuerstein, das schon so dünn geworden war, daß es aus dem Feuerzeug sprang, als dieses benutzt wurde.« Er hielt das Feuerzeug in die Höhe und sagte zu Collier: »Darf ich das mal aufmachen, Sir?«

Amüsiert und mit übertrieben britischem Akzent antwortete Collier: »Es ist Ihr Fall, Inspektor!« Alles lachte.

»Würde jemand so nett sein und mein Glas halten?« fragte Columbo. »Sie, Dr. Borden?«

Sie nahm ihm das Glas ab, und Columbo fiel auf, daß sie in das von Colliers Bemerkung hervorgerufene Gelächter nicht mit einstimmte.

Der Inspektor machte das Feuerzeug auf, um den beinahe neuen Feuerstein in die Hand neben den abgenützten gleiten zu lassen. Aus den Augenwinkeln sah er, daß Collier gleichmütig rauchte, trotzdem aber merkwürdig angespannt wirkte.

»Der Feuerstein muß an jenem Abend dort zu Boden gefallen sein, weil das Haus ein paar Wochen vorher gründlich saubergemacht und bis zum Abend des Mordes verschlossen gewesen war. Wir konnten die Putzfrau ausfindig machen. Sie wohnt in der Nähe. Sie sagte, Karl Donner wäre übertrieben pingelig gewesen, was das Saubermachen betraf und wäre ständig auf der Suche nach Staub gewesen. Alles hätte makellos sauber sein müssen, und deshalb gab sie sich doppelt Mühe, wenn sie in seinem Haus arbeitete. Er zahlte gut, und sie brauchte das Geld. Überdies hatte sie ein wenig Angst vor ihm. Sie schwört, daß sie das Stückchen Feuerstein nicht übersehen hätte.«

Das winzige Metallstückchen fiel auf seine Hand, und er sagte: »Ach, da haben wir's. Ja, es war jemand mit einem Feuerzeug da. Jemand hat sein Feuerzeug benutzen wollen, und das Stückchen fiel heraus. Aus diesem Grunde wechselte er den Feuerstein später aus, zu Hause oder im Büro, sehr wahrscheinlich gleich am nächsten Tag. Natürlich kann es auch eine Frau gewesen sein.«

Er hielt inne und sah Markus Collier an. »Nach der Größe zu schließen, würde ich sagen, daß dieser Feuerstein, der Stein aus Ihrem Feuerzeug, ebenfalls ziemlich neu ist.«

Collier zuckte die Achseln. »Ja, ich habe ihn heute morgen hineingetan.«

»Das dachte ich mir, Sir. Im Strandhaus benutzten Sie nämlich Streichhölzer, als Sie sich eine Zigarette ansteckten. Sicher hätten Sie das nicht getan, wenn Ihr Feuerzeug funktioniert hätte.«

Arnold Sternback sagte: »Gütiger Gott, Inspektor — Sie verdächtigen doch nicht etwa Mark?«

»Denken Sie daran, was Brenda sagte«, erwiderte Collier gleichmütig. »Die Polizei muß jeden verdächtigen. Habe ich recht, Inspektor?«

»Hm, ja, Sir. Ich glaube, wir müssen schon von Natur aus mißtrauische Typen sein. Ich meine, es könnte ja ein Zufall sein, aber . . .«

Collier warf einen Blick empor zur Wanduhr und sagte: »Inspektor . . . mein lieber Freund, Inspektor Columbo, es gäbe sicher ein Dutzend Erklärungen für das Vorhandensein des Feuersteins auf dem Boden. Die Putzfrau kann sich irren, einer Ihrer Beamten könnte ein Feuerzeug benutzt haben, er könnte lose in der Tasche eines der Mörder gelegen haben und herausgerutscht sein, als er sein Taschentuch hervorzog, um Fingerabdrücke abzuwischen, und tausend andere Gründe. Warum machen wir nicht ein Spiel daraus? Ich bin neugierig, wer die ausgefallenste Erklärung finden kann. Los! Bühne frei für die Diskussion. Los jetzt, ich muß noch einen Drink mixen und . . .«

Er stand jetzt an der Bar, wo er sein Glas abstellte und zum Telefonhörer griff.

Über das Stimmengewirr hinweg hörte er, wie Garry Keppler sagte: »Wir haben es hier, wie mir scheint, mit einem fehlerhaften Syllogismus zu tun. Wenn A dann B, wenn B dann C. Aber A ist nicht unbedingt gleich C.«

Seine Frau sagte: »Ach, Garry, der springende Punkt ist nicht der Feuerstein, sondern die Putzfrau, siehst du das nicht? Vielleicht ist sie die Anstifterin, auf deren Idee das alles zurückzuführen ist. Wenn die Polizei ihr Haus durchsucht, wird man wahrscheinlich den Keller voller Diebesbeute finden. Das habe ich in Krimis schon oft gelesen. Geben Sie mir recht, Inspektor?«

»Nun ja, wir haben sie überprüft. Sie arbeitet nur in drei Häusern. Bei wohlhabenden Leuten, die sich große Häuser draußen an der Küste leisten können. Sie ist Rentnerin und verdient sich auf diese Weise etwas dazu. Keine der anderen Familien wurde jemals beraubt.«

»Deine Theorie taugt nichts, liebe Sue«, sagte Brenda. »Und was glauben Sie, Anita?«

Collier konnte Anita Bordens Antwort nicht mehr hören, denn er hatte die letzte Ziffer gewählt und hörte nun das Summen am anderen Ende der Leitung, wo Nadia Donner mit geschlossenen Augen zusammengesunken in einer Ecke des Zimmers kauerte. Die Uhr setzte zu zehn Schlägen an und Nadia schlug die Augen auf. Ihr Gesicht nahm einen seltsam erwartungsvollen Ausdruck an. Sie war noch benommen von der Droge, hörte aber ganz deutlich, trotz des Schlagens der Uhr, das Schrillen des Telefons.

Sie stand auf und ging, indem sie sich mit einer Hand weitertastete, ans Telefon, das auf dem Schreibtisch stand. Schwankend vor Benommenheit hob sie schließlich ab.

Mit verschlafener Stimme fragte sie: »Ja?«

Eine Stimme, die sie undeutlich erkannte, sagte: »Könnte ich Mr. Whelan sprechen... Mr. Charles Whelan?«

Ihr ganzer Körper reagierte auf diese Worte. Sie faßte mit

der Hand nach ihrem Gesicht, an den Hals, wo ihre nervösen Finger den Seidenschal loszuzerren versuchten.

Sie glaubte in Schweiß auszubrechen, und sie versuchte, sich die Tropfen wegzuwischen, von denen sie überzeugt war, daß sie sich auf der Stirn bildeten. Dann drehte sie sich um und sah zu der Glastür hin, die auf den Balkon führte, der hoch über dem Innenhof des vielstöckigen Apartmenthauses lag.

Behutsam legte sie den Hörer auf den Schreibtisch und ging schlafwandlerisch zur Doppeltür. Sie schob die Türflügel zur Seite und schwankte hinaus auf den Balkon, verzweifelt nach kühler Luft schnappend, nach irgend etwas, was das Hitzegefühl lindern könnte, das ihren ganzen Körper erfaßt hatte.

Collier blickte sich an der Bar des Wohnzimmers um und bemerkte, daß Columbo ihn die ganze Zeit hindurch beobachtet hatte. Gelassen sprach er in den Hörer, obwohl er wußte, daß am anderen Ende niemand seine Worte hörte: »Ach, das tut mir aber leid. Ich muß mich verwählt haben.« Er wartete noch einen Augenblick, drückte dann den Knopf, ließ los, wartete auf das Freizeichen und wählte die gewünschte Nummer.

Auf dem Balkon vor ihrer Wohnung hätte Nadia Donner am liebsten laut aufgeschrien. Ihr war, als hätte man sie in einen flammenden Ofen gestoßen. Sie spürte wie ihr Fleisch schmolz, war der festen Überzeugung, sie würde zerfließen, wenn sie nicht sofort Abkühlung fand. Sie ging in Trance auf und ab und hoffte auf eine kühle Brise, die nicht kommen wollte. Vom Balkon aus blickte sie hinunter und sah das kühle, klare blaue Wasser des Schwimmbassins.

Verzweifelt riß sie Armbanduhr, Ringe und Schal herunter, schließlich den Morgenrock und legte alles fein säuberlich in eine Ecke.

Zögernd warf sie noch einen Blick nach unten, doch die Hitze wurde mit jedem Augenblick schlimmer. Wenn sie nicht sofort etwas unternahm, würde sie ersticken.

Schwankend und betäubt machte sie einen Schritt auf die Balkonbrüstung zu. Ja, das wär's... ein vollendeter Kopfsprung in das kalte, eisige Wasser. Das würde sie erfrischen und Papi Freude bereiten!

Von irgendwoher sieht er zu, sagte sie sich. Es wird ihn freuen. Kühle, ich muß mich abkühlen. Ich brenne.

Sie kletterte auf die Brüstung. Ein vollendeter Kopfsprung, gekonnt, elegant, einen weiten Bogen beschreibend und dann hinein ins Wasser, in das erfrischende kühle Wasser, während Papi ihr Beifall klatscht und sie lobt und ermutigt.

Ihre Augen waren geschlossen, und doch konnte sie ihren Vater dort stehen sehen. Er stand dort unten und sah herauf, rief ihr zu, sie solle springen. Sie solle keine Angst haben und ins Wasser springen... ja, es würde ihm Freude machen.

Sie atmete tief ein und öffnete die Augen. Sah zu spät, daß sie nicht auf dem Sprungbrett stand, daß sie hundert Fuß über dem Bassin war, daß das Bassin viel zu weit entfernt lag, daß sie auf den harten Boden aufprallen würde. Also kein vollendeter Kopfsprung, der Papi gefallen würde. Noch viel schlimmer war, daß er gar nicht da war. Es war Nacht, das Bassin war verlassen, und Papi war nicht da. Niemand war da.

Plötzlich merkte sie, daß man ihr einen üblen Streich gespielt hatte, und sie kam zu sich. Sie versuchte einen Schritt nach rückwärts, aber es war zu spät. Sie hatte das Gleichgewicht verloren, weil sie sich zu weit vorgebeugt hatte, und sie konnte es nicht wiedererlangen. Sie glitt aus und stürzte in die Tiefe. Ein Schrei entrang sich ihrer Kehle, während sie immer tiefer fiel — dem grausamen harten Betonboden entgegen.

20 Sie standen draußen auf der Terrasse von Colliers Wohnung. Durch die halboffene Tür hörte man die Geräusche der Party. Collier hielt eine Zigarette in der Hand — er sagte sich, daß er zuviel rauche und daß dies in Verbindung mit Alkohol ihm am nächsten Morgen, wenn schon keinen Kater, so doch Kopfschmerzen einbringen würde — und Columbo paffte an seiner fast heruntergebrannten Zigarre. Die Terrassenbeleuchtung war nicht eingeschaltet.

In der Dunkelheit waren die zwei Gestalten kaum auszumachen, nur das Glühen von Zigarette und Zigarre verriet ihren Standort.

»Warten Sie«, sagte Collier, »ich mache Licht, damit sie hinausfinden.«

»Nicht nötig. Ich habe gleich da drüben geparkt.«

»Ich möchte nicht, daß Sie hinfallen, Inspektor.«

Er knipste das Licht an, und Columbo sagte: »Danke, Sir. Hm, es tut mir leid, daß ich in die Party einfach so hineingeplatzt bin.«

»Schade, daß Sie nicht bleiben können«, erwiderte Markus Collier. »Sie waren ein Volltreffer und haben Schwung in die Fete gebracht. Ja, es stimmt, ein neues Gesicht, eine neue Idee — das bringt die Dinge in Bewegung. Wir haben uns alle so häufig getroffen und uns so ausgiebig miteinander unterhalten, daß es da keine Überraschungen mehr geben kann. Einer meiner Freunde sagt immer, man solle mindestens zwei neue Menschen auf jede Party noch zusätzlich einladen. Kommen Sie, Inspektor — lassen Sie sich überreden, und bleiben Sie noch eine Weile. Auch ein Polizist muß mal feiern dürfen.«

»Ich kann wirklich nicht, Sir. Ich wünschte, ich könnte es.« Columbo machte eine Pause, ehe er in vertraulichem Ton fortfuhr:

»Jetzt können die anderen nicht zuhören... die Sache mit dem Polygraphen will mir nicht aus dem Sinn. Ich meine den

Test mit dem Lügendetektor. Sie sagten, Sie wollten sich mit Mrs. Donner besprechen.«

Collier warf die ausgerauchte Zigarette weg und angelte sofort wieder nach einer zweiten, die er sich anzündete, während er Columbos Frage beantwortete: »Ach ja, Inspektor. Um die Wahrheit zu sagen... hm, leider muß ich Ihnen reinen Wein einschenken. Ich habe sie tatsächlich gefragt. Heut nachmittag. Ich sah kurz bei ihr vorbei und sagte ihr, was Sie wollten. Ich war meiner Sache wohl zu sicher, ich glaubte, sie zu kennen. Leider muß ich jetzt sagen, daß sie sich weigerte. Ich sagte ihr, daß ihre Weigerung die Lage nur verschlimmert, aber sie blieb hart und meinte, sie würde den Test nicht einmal annähernd in Betracht ziehen. Sie wollte ihren Anwalt anrufen. Deswegen habe ich dann den Rückzug angetreten... tut mir leid... versucht habe ich es zumindest. Ich sagte ihr auch, man würde ihre Weigerung als Eingeständnis...«

Columbo unterbrach ihn. »Nein, nein, Sir. Sie ist mit ihrer Weigerung voll im Recht. Ähnlich wie ein Angeklagter, der nicht in den Zeugenstand will. Die Geschworenen dürfen aus einer verweigerten Zeugenaussage keine Schlüsse ziehen. Ja, es hätte die Sache für uns wahrscheinlich einfacher gemacht. Aber ich muß jetzt so tun, als hätten Sie sie nie gefragt. Sehen Sie — dem Gesetz nach...«

»Gesetz? Natürlich ist mir die Gesetzeslage klar, Inspektor«, erwiderte Mark Collier hastig. »Aber in Wahrheit ist es doch so — und ich habe versucht, es ihr klarzumachen —, daß dadurch Ihr Verdacht erhärtet wird, nicht wahr?«

»Nun, ich versuche dagegen anzukämpfen. Aber vermutlich haben Sie recht.« Columbo schüttelte traurig den Kopf. »Zu schade. Ich hoffte nämlich, sie würde uns einen Hinweis geben, der uns zu dem Mann hinführt.«

»Zu welchem Mann denn?« fragte Collier sofort.

»Zu dem Mann, den sie deckt.« Columbo fingerte in seiner Tasche und zog einen Streifen Kaugummi hervor. Seine Zigarre war erloschen, und er besah sich den Stummel prüfend, ob er ihn wegwerfen oder woanders deponieren sollte. Die Kaugummipackung war bereits offen, und er hielt sie Collier hin: »Kaugummi?«

»Was?« fragte Mark Collier gedankenverloren.

»Kaugummi. Gut für die Kieferknochen.« Columbo steckte die Packung zurück in die Tasche seines Regenmantels, behielt aber ein Stück, das er aufwickelte. »Außerdem hält er das Zahnfleisch gesund, und man raucht weniger.«

Collier beachtete den Kaugummi nicht und fragte: »Inspektor – was verleitet Sie zu der Annahme, daß jemand beteiligt war, ganz zu schweigen davon, daß es ein Mann war?«

»Die Reifenabdrücke, Sir. Diese ausländischen Reifen... genau wie die Ihren. Sie sind der Beweis dafür, daß an jenem Abend ein Wagen draußen war... ein Wagen, der ankam und wegfuhr.«

»Die können zu einem anderen Zeitpunkt entstanden sein.«

Columbo schüttelte den Kopf. »Ich fürchte, nein. Sie entstanden an jenem Abend. Sie erinnern sich sicher, es hatte geregnet. Regen hätte die Spuren ausgewaschen. Am Rande der Hauptstraße, oben am Ende der Zufahrt steht ein weißer Pfosten... der vor kurzem angefahren wurde und abgesplittert ist. Die Wucht des Anpralls stammt von einem Wagen, der die Zufahrt hinauffuhr – in Richtung Hauptstraße... nicht umgekehrt. Die Laborleute behaupten, das Innere des Pfostens wäre trocken gewesen... es muß also passiert sein, als es schon aufgehört hatte zu regnen. Der Wagen war nach dem Regen da, ein ausländischer Wagen, der mit großer Wahrscheinlichkeit die Zufahrt hinauffuhr und es sehr eilig hatte... und zufällig traf er den Zaunpfahl. Aus diesem Grund muß jemand zur fraglichen Zeit dagewesen sein.«

Columbo kaute eine Weile an seinem Gummi, ehe er fortfuhr: »Noch etwas, Sir. Was passierte mit Uhr, Brieftasche und Schmuck? Wer den Wagen steuerte, muß die Sachen mitgenommen haben.«

Collier lächelte. »Und ich nehme an, daß Ihre ›Laborleute‹ eine Zigeunerin konsultiert haben, die aus Teeblättern die Zukunft liest, und dann zu der Ansicht gelangt sind, daß ein Mann hinter dem Steuer saß.«

»Nein, Sir. Das ist anders. Wir schließen aus dem Winkel und aus der Wucht des Hiebes auf Mr. Donners Kopf, daß es nur ein Mann gewesen sein kann — ein Mann, der etwa einsachtzig groß sein muß... so wie Sie«, setzte er nachdenklich hinzu.

Columbo ging den Weg entlang zu seinem Wagen, und Collier blieb ihm widerwillig auf den Fersen. Bevor er einstieg, drehte Columbo sich um und sagte: »Gute Nacht, Sir. Entschuldigen Sie noch mal. Ja, und danke für das Creme-Soda-Getränk! Ich wäre wirklich gern länger geblieben. Nette Leute, Ihre Freunde. Aber vor mir liegt noch viel Arbeit... das kennen Sie ja selbst. Beinarbeit, Herumjagen, Verfolgen von allen möglichen Spuren und Hinweisen. Aber wahrscheinlich macht es sich bezahlt — früher oder später. Gute Nacht!«

Er schlug die Tür des Peugeot zu und startete den Motor. Dann legte er den Gang ein, fuhr los und ließ Mark Collier stehen, der ihm nachsah und sich erbittert der Tatsache bewußt wurde, daß der Kreis sich enger um ihn zu schließen begann und daß ihm immer weniger Raum zum Handeln und Improvisieren blieb.

»Mark?«

Collier, der in seine Gedanken über Nadia Donner und den Detektiv versunken war, fuhr erschrocken zusammen. Vor ihm stand Anita Borden.

»Ach? Oh — Anita! Ich habe eben unseren Überraschungsgast verabschiedet. Zweifelsohne hat er noch etliche Besuche ähnlicher Art zu absolvieren.«

»Was wollte er eigentlich? Ich meine in Wirklichkeit.« Anita Borden sah ihn nachdenklich an.

»Was er wollte? Er wollte mir einen Schrecken einjagen, nehme ich an. Er wollte meine Reaktion beobachten. Jetzt geht er hin und wird versuchen, Nadia Angst einzujagen. Das sollte gesetzlich verboten werden... Für mich stehe ich ja ein, aber...«

»Wirklich, Mark?« unterbrach sie ihn.

»Natürlich. Nur Nadias wegen mache ich mir Sorgen.« Mark Collier blickte sie ernst an.

»Er glaubt also, daß sie es getan hat?« fragte Anita Borden.

»Er glaubt, sie decke jemanden. Daraus schließe ich, daß er der Meinung ist, sie decke mich. Das Ganze ist absurd. Warum hätte ich Karl Donner töten sollen? Oder überhaupt jemanden? Komm — gehen wir hinein, Anita. Meine Gäste werden sich schon fragen, was aus mir geworden ist — aus uns vielmehr.«

»Warte, Mark«, sagte sie schnell und blieb abrupt stehen.

»Ja — was gibt es?«

»Ich weiß nicht... du bist so anders... ich bin mir nicht im klaren, was da vor sich geht.«

»Du siehst doch, was diese Kerle wollen. Sie wollen Zweifel säen. Das gehört zu ihren Spielregeln. Sie verunsichern dich, du verunsicherst mich, und ich verunsichere Nadia.«

»Vielleicht...« fing sie wieder zaghaft an.

»Los — raus damit —, vielleicht was?«

»Vielleicht gibt es diesen anderen Mann — nicht dich, Mark, einen Mann, den sie deckt.«

»Möglich ist alles, Anita«, sagte er schnell. »Aber Nadia ist eine Dame mit angeknackstem Seelenleben... Wenn er sie nicht endlich in Ruhe läßt, schnappt sie über. Und angenommen, er irrt sich! Angenommen, ihre Geschichte stimmt? Nur weil ein paar Einzelheiten nicht zusammenpassen — ein paar alberne Kleinigkeiten, wie ein Stück Feuerstein und ein matter Reifenabdruck... und inzwischen wird Nadia derart verstört, daß man die Konsequenzen nicht mehr absehen kann.«

Er legte den Arm um sie. »Aber das soll uns nicht bekümmern, Liebling. Wir sind wieder beisammen.«

Sie rückte ab und sagte: »Nicht, Mark.«

»Bitte entschuldige. Ich wollte dir nicht zu nahe treten.«

»Mark – das ist es nicht. Im Augenblick... bin ich so durcheinander. Ich weiß nicht, was ich glauben soll. Vielleicht sollte ich lieber nach Hause...«

»Und ich habe gehofft, du würdest bleiben... bis die Party aus ist.«

»Heute nicht, Mark«, sagte Anita Borden schnell. »Ich muß allein sein... und mir einiges überlegen. Außerdem bin ich im Moment schlapp wie ein nasses Handtuch.«

»Ein sehr reizvolles nasses Handtuch, wenn ich mir die Bemerkung gestatten darf.«

»Wenn du mir nicht böse bist, möchte ich mich gleich jetzt unauffällig empfehlen... ich möchte nicht wieder hinein.«

»Ja, ich habe schon bemerkt, daß du deine Tasche mitgenommen hast.«

»Ich wollte warten, bis...« Sie holte einen Moment Luft. »Du warst eben ins Gespräch mit ihm vertieft... da wollte ich mich nicht verabschieden.«

»Du wolltest mich vor dem Auge des Gesetzes nicht in Verlegenheit bringen? Wie lieb von dir. Danke, daß du so überlegt gehandelt hast!«

»Mark, bitte... sei mir nicht böse. Die Sache hat mich so aufgeregt...«

»Glaubst du denn, mich etwa nicht?« fragte Mark Collier nervös zurück. »Was würdest du dazu sagen, wenn dieser kleine Schnüffler die ganze Zeit über in deinem Leben herumschnüffelt?«

»Er ist kein kleiner Schnüffler«, erwiderte Anita Borden und schüttelte den Kopf. »Er ist ein sehr anständiger, empfindsamer Mensch, der versucht, seine Pflicht zu tun. Und außerdem hat er in meinem Leben herumgeschnüffelt. Aber ich kann das verkraften... ich kann es ertragen, daß er etwas weiß... es gibt nichts, dessen ich mich schämen müßte.«

»Was soll das heißen?« Mark Collier blickte sie ernst an.

»Ich habe ihm... von uns erzählt. Er hätte es ohnehin herausbekommen. Ich sagte es ihm, weil ich wollte, daß er weiß, daß du mir etwas bedeutest... daß es Menschen gibt, die dich achten — und lieben.«

»Und jetzt schämst du dich?«

»Das habe ich nicht gesagt.« Sie schüttelte den Kopf und sah ihn von der Seite an.

»Nein. Vielleicht wolltest du eher andeuten, es gäbe etwas, dessen ich mich schämen müßte? Stimmt das?«

»Ach, Mark, ich will keinen Streit. Wir beide sind übermüdet und nervös. Deswegen möchte ich weg. Wir sehen uns morgen. Es wird uns guttun, wenn wir uns gründlich ausschlafen.«

»Schlafen? Möchtest du hier...?« machte er einen zaghaften Versuch.

»Ich gehe, Mark. Endgültig. Ich möchte mit dir nicht streiten oder kämpfen. Wir sehen uns morgen.« Sie stieg in ihren Wagen, und er sagte: »Okay, Anita, du hast gewonnen.«

Zum Henker mit ihr, dachte er bei sich. Aber im Augenblick paßt es mir gar nicht, wenn sie zu diesem Bullen überläuft. Also, kühlen Kopf bewahren. »Vielleicht hast du recht. Tut mir leid, daß ich vorhin die Beherrschung verloren habe.«

»Vergiß es. Wir beide sind überreizt. Geh nicht zu spät zu Bett!«

»Erst muß ich diese Trunkenbolde loswerden...«

»Sag ihnen, daß du arbeiten mußt... an dem Buch.«

»Gute Idee.« Er beugte sich zu ihr hinein und gab ihr einen flüchtigen Kuß auf die Wange. »Schlaf dich aus. Ich habe das Gefühl, alles wird sich in kürzester Zeit aufklären. Zerbrich dir dein hübsches Köpfchen nicht mehr darüber. Columbo wird zur Vernunft kommen, wenn er einsieht, welchen Riesenfehler er gemacht hat.«

21

Von den Dächern der zwei Einsatzfahrzeuge blinkten die roten Lichter und warfen unheimliche Schatten auf die Gesichter der Umstehenden, die sich um das Schwimmbassin drängelten. Einige in Schlafanzügen und Morgenröcken, andere förmlicher gekleidet. Blau uniformierte Polizisten versuchten die Schar zurückzudrängen, die nicht lockerließ und unbedingt einen Blick auf das Geschehen erhaschen wollte – damit man am nächsten Morgen im Büro oder Waschsalon mit einer tollen Geschichte auftrumpfen konnte.

Die Türen des Ambulanzfahrzeuges standen offen, die Ambulanzmannschaft wartete geduldig, man rauchte, unterhielt sich und ignorierte die Voyeure in der Menschenmenge, die unbedingt einen Blick in das dunkle Innere dieses Mini-Hospitals tun wollten. Sie wußten, daß kein Grund zur Eile vorlag. Der Frau, die zu holen sie gekommen waren, war nicht mehr zu helfen. Auf der Karteikarte würde der Kurzvermerk T B A stehen.

Tod bei Ankunft.

Einer der Männer in Blau übertönte die Stimmen der erregten Neugierigen und rief: »Zurücktreten bitte! Alles zurück! Dieser Raum muß frei bleiben. Zurück... bitte!«

Nicht weit von der Schar der Neugierigen gab es am nierenförmigen Schwimmbassin einige Aktivität. Hinter den Zuschauern war ein Wagen stehengeblieben. Der Mann, der jetzt ausstieg, schlängelte sich durch die Menschenmenge bis zu dem Polizisten durch, der die Schar im Zaum zu halten versuchte und der ihn sogleich erkannte.

»Hierher, Inspektor. Da drüben«, rief er. »Sergeant Kramer ist schon da.«

Columbo bedankte sich bei dem Polizisten und drückte sich zwischen den zwei ihm am nächsten stehenden Zuschauern hindurch. Er strebte dorthin, wo Kramer mit drei anderen beisammenstand: einem Fotografen, einem

Mann vom Labor und einem Detektiv in Zivil. Kramer sah Columbo und sonderte sich von dem Grüppchen ab.

»Ach, Inspektor!«

Columbo deutete auf die Umrisse eines auf dem Betonboden liegenden Körpers, der mit einem Laken bedeckt war.

»Ist sie das?« fragte Columbo ruhig.

Kramer nickte. »Sieht nicht sehr hübsch aus ... was übrig ist.«

»Von wo ist sie gefallen?« wollte Columbo wissen.

Kramer sah empor und deutete auf den Balkon. Columbo folgte mit seinem Blick dem Arm des Sergeanten. Er schüttelte den Kopf, als er sah, wie viele Etagen über dem Boden die Wohnung der Donners lag.

»Sie ist übrigens nicht gefallen, Inspektor.«

»So? Wie kommen Sie darauf?«

»Sie sehen ja, daß in der Wohnung Licht brennt. Und dann — die Brüstung! Die Balkonbrüstung ist über einen Meter hoch. Wir haben bereits nachgemessen. Darüber kann man unmöglich fallen ... besonders nicht, wenn man ihre Körpergröße hat. Glauben Sie mir, die ist gesprungen.«

»Oder wurde gestoßen«, sagte Columbo.

»Unmöglich.«

»Wieso unmöglich? Wovon reden Sie?« Columbo war müde und niedergeschlagen. Nicht nur wegen ihres sinnlosen Todes, sondern auch deswegen, weil das bedeutete, daß er von vorne anfangen mußte. Es war zweifelhaft — überaus zweifelhaft —, daß der Mann, den er im Verdacht hatte, nämlich Markus Collier, in ihrer Wohnung gewesen war und ihr einen Stoß versetzt hatte. Und jetzt war sie tot ... und es würde ihm sehr schwerfallen, irgend etwas zu beweisen.

»Entschuldigen Sie, Inspektor. Die Wohnung ... sie war versperrt und der Riegel von innen vorgeschoben. Es gibt nur einen Eingang. Wir mußten die Tür mit einer Axt einschlagen ... und die Wohnung war leer. Menschenleer.«

Columbo starrte noch immer hinauf zur Balkonbrüstung.

Schließlich wandte er den Blick ab und sagte zu Kramer: »Hat es jemand gesehen?«

»Der Kerl von 219 wollte sich gerade da drüben aus dem Automaten Zigaretten holen. Der Automat liegt im Dunkeln, und er mühte sich ab, die richtige Sorte zu finden und die Taste zu drücken und hat deswegen nicht weiter auf das Bassin geachtet. Aber den Schrei hat er gehört und sich sofort umgedreht. Er sagt, er hätte den Aufprall des Körpers gesehen, aber es könnte auch eine halbe Sekunde nach dem Aufprall gewesen sein. Sie war entweder im Fallen oder Aufprallen, als er hinsah. Wahrscheinlich hat sie erst im Fallen, in der Luft, den Schrei ausgestoßen.«

Matt fragte Columbo: »Und wann war das?« Dabei war er fast sicher, die Antwort würde anders ausfallen, als er es sich wünschte.

»Einige Minuten nach zehn. Der Mann war sich seiner Sache ziemlich sicher. Er hat sich nämlich im Fernsehen etwas Spannendes angesehen, und das war um zehn Uhr aus. Er wartete das Ende ab, weil er auf den Ausgang gespannt war. Dann schaltete er ab und ging Zigaretten holen. Also kann es nicht vor zehn passiert sein. Vielleicht eine oder zwei Minuten danach, höchstens fünf Minuten später.«

»Na, wenigstens haben wir den Zeitpunkt einwandfrei festgestellt.«

»Ja. Und dazu einen verschlossenen Raum. Sie ist gesprungen. Ein einfacher Fall.«

»Vielleicht. Sonst noch was?« fragte Columbo.

»Nur, was ihre Bekleidung anbelangt.«

»Was denn?«

Kramer führte den Inspektor zu der Toten. »Sehen Sie selbst.« Columbo bückte sich und hob das Laken an einem Zipfel hoch. Erstaunt drehte er sich um.

»Sie hat ja gar nichts am Leib.«

Schweigend ging er ins Haus und fuhr im Lift zur Wohnung der Donners hoch. An der offenen Tür hatte ein Streifenbeamter in Uniform Posten bezogen. Drinnen war ein

Mann in Zivil dabei, Schränke, Laden und Tabletts nach einem Abschiedsbrief abzusuchen oder einen Hinweis darauf zu finden, was Nadia Donner eigentlich zugestoßen war.

»Ach ... hat jemand hier etwas angefaßt?«

Kramer wandte sich an den Mann in Zivil. »Hendryx, wie steht's damit?«

»Nur das Telefon, Inspektor. Der Hörer war abgehoben. Ich legte ihn auf. Mit einem Taschentuch. Bis jetzt habe ich nur alles durchgesehen und alles wieder an den Platz gestellt. Der Spezialist für die Fingerabdrücke müßte jeden Augenblick kommen. Wir machen dann unsere Fotos, und er kann mit dem Einstauben für die Fingerabdrücke beginnen. Nachher können wir an alles gründlicher rangehen.«

»Okay. Hm – das Telefon! Der Hörer war nicht aufgelegt?«

Hendryx nickte, und Columbo fragte weiter: »Also auf dem Boden oder auf dem Tisch? Wo war er?«

»Der Hörer lag auf dem Tisch neben dem Apparat. Man hörte den Summerton – Sie wissen ja, das Geräusch, wenn die Leitung nur an einem Ende frei ist ... ich hörte hinein und legte wieder auf.«

Columbo nickte. »Okay, ich glaube nicht, daß Sie viel finden werden, aber sehen Sie sich ruhig um. Man kann nie wissen.« Gefolgt von Sergeant Kramer trat er hinaus auf den Balkon, ging an die Brüstung und überprüfte die Höhe. Er drehte sich zu Kramer um. »Ja, hier fällt man schwer darüber. Sie haben recht, Sergeant. Jemand von ihrer Größe fällt nicht über die Brüstung.«

»Der Center-Stürmer von der Lakermannschaft – vielleicht. Dem reicht die Brüstung knapp übers Knie – aber ihr reicht sie über die Körpermitte.«

Sie sahen sich auf dem Balkon um und entdeckten ihre Kleidungsstücke, ordentlich zusammengelegt in einer Ecke nahe der Schiebetür.

»Ihr Zeug, denke ich«, sagte Kramer. »Ich wollte nichts anfassen, bevor nicht die Abdrücke sichergestellt sind. Es könnte sich möglicherweise eine Nachricht oder etwas Ähnliches dazwischen befinden.«

Columbo nahm einen Bleistift aus der Tasche, kniete nieder und hob damit den Schal noch, der zuoberst auf dem Kleiderhaufen lag. Darunter befand sich, sehr ordentlich zusammengefaltet, der Morgenrock, darauf die goldene Uhr, Ohrringe und einige Diamantringe. Er hob die Uhr mit Hilfe des Bleistiftes an und fragte Kramer: »Warum, glauben Sie, hat sie es getan?«

»Was denn, Inspektor?«

»Uhr, Ohrgehänge, Schmuck abgelegt, ihre Kleider ordentlich zusammengelegt ... wenn sie zum Selbstmord entschlossen war? Warum hat sie sich vorher die Mühe gemacht und sich bis auf die Haut ausgezogen?«

Er stand auf und ging wieder an die Brüstung. Nachdenklich spähte er hinunter. Die Uhr hatte ihn auf eine Idee gebracht. Er starrte durch die offene Tür hinein ins Wohnzimmer und sagte schließlich: »Los, kommen Sie, Sergeant, gehen wir rein.«

Sie betraten das Zimmer, und Columbo rief nach Hendryx. »Hendryx – fangen Sie auf dieser Seite an. Sergeant, Sie beginnen drüben.«

Kramer erlaubte sich die Frage: »Suchen wir etwas Spezielles?«

»Wenn wir es sehen, werden wir es sofort wissen«, lautete Columbos Antwort.

Er ging an den Schreibtisch, während Kramer und Hendryx in den entfernten Winkeln des Wohnzimmers mit der Suche begannen.

Columbo rief Kramer zu: »Schon Glück gehabt – ich meine dort unten am Strand? Einen Zeugen aufgetrieben?«

»Noch nicht, Inspektor. Wir sind noch dabei. Dort draußen gibt es nur wenige, die ständig da wohnen. Jedenfalls nicht in unmittelbarer Nähe. Es ist mehr oder weniger eine exklusive Gegend. Na, wir haben es an einigen Häusern versucht. Leider war niemand da, obwohl die Häuser bewohnt wirken. Wir werden es noch mal versuchen.« Und während er die Suche fortsetzte, fragte er: »Was halten Sie davon, Inspektor ... die Sache mit den Kleidern?«

»Weiß nicht ... vielleicht hat sie doch nicht Selbstmord begangen.« Columbo suchte unbeirrt weiter.

»Wie das?«

»Ich habe da in einem Buch gelesen ... da kommt man auf allerhand verdrehte Ideen.«

»Was für ein Buch? Ein Krimi um ein verschlossenes Mordzimmer? Davon gibt es eine Unmenge. Der Detektiv kann sich dann zusammenreimen, wie der Mörder hineinkam, den Mord verübte, wieder verschwand und alles so herrichtete, daß es aussah, als könnte er gar nicht hineingekommen sein. Meist an den Haaren herbeigezogen.«

»Ja, irgendwie ist es ein Krimi. Na, ich schätze, es gibt tatsächlich Mittel und Wege, wie man das bewerkstelligen könnte.«

Er wurde in seinen Überlegungen von Hendryx unterbrochen, der ausrief: »Inspektor!«

Columbo sah auf, und Kramer drehte sich um. Hendryx hielt eine Vase in der Hand und hatte seinen Blick auf das Innere des Gefäßes konzentriert. »Suchen Sie etwa das da?« fragte er. Beide liefen zu ihm. Columbo warf einen Blick in das Gefäß, in dem Brieftasche, Uhr und Ring von Karl Donner lagen!

»Ins Schwarze getroffen!« sagte er tonlos.

Kramer sagte: »Donners Brieftasche ... sie müßte es sein. Woher wußten Sie das, Inspektor?«

Columbo kratzte sich am Kopf. »Eine glückliche Ahnung, Sergeant. Nur eine glückliche Ahnung.« Er warf noch einen Blick in die Vase, ehe er sagte: »Hendryx, gehen Sie mit dem Zeug vorsichtig um. Es steht zwar nur eine Million zu eins, daß sich darauf Abdrücke befinden. Aber wir müssen es trotzdem probieren.«

»Wessen Abdrücke suchen wir, Inspektor? Von der Frau?«

»Ja, vielleicht finden wir ihre, Hendryx. Aber das wird uns nicht viel nützen. Nein — wir brauchen seine.«

»Seine? Wessen?«

»Die des Mörders. Ihres Geliebten. Jenes Mannes, der ...« Columbo sah zu Kramer hinüber. »... des Mannes, der den Mord im verschlossenen Zimmer ausgeklügelt hat, Sergeant!«

22 In jener Nacht fand Anita Borden kaum Schlaf. Von Zeit zu Zeit nickte sie ein, aber etwas im Unterbewußtsein, ein Traum, an den sie sich nachher nicht mehr erinnern konnte, ließ sie immer nach wenigen Minuten unruhigen Schlafes in kalten Schweiß gebadet erwachen. Als schließlich Licht durch ihr Fenster drang, verfiel sie in eine halbbewußte Benommenheit, aus der sie wiederum durch die Beharrlichkeit ihres Weckers gerissen wurde. Sie duschte und kleidete sich an, während der Kaffee in der Maschine brodelte.

Nach zwei Tassen, als sie schon weggehen mußte, war sie endlich wach, aber noch immer matt und niedergeschlagen.

Sie hatte an Mark eine Veränderung wahrgenommen. Es war mit ihnen nicht mehr dasselbe — und er war nicht derselbe — wie früher.

Sie versuchte sich einzureden, der unglückliche Vorfall mit Karl Donner trüge daran die Schuld — er hatte bei allen seine Spuren hinterlassen, Markus Collier miteingeschlossen. Sei nicht unfair, sagte sie sich. Er steht wegen seines Buches unter ungeheurem Druck, und dann muß das noch passieren. Kein Wunder, daß er sich merkwürdig benimmt. Das würde ich sicher auch.

Und doch wußte sie, daß darin nicht die ganze Antwort lag. Etwas stimmte nicht, etwas, das sie nicht zu fassen vermochte. Als sie sich endlich eingestand, daß sie es gar nicht fassen wollte, kam ihr die Erleuchtung.

Es war so klar, daß sie ein Frösteln überlief. Er hatte ihre

Beziehung an jenem Abend wiederaufgenommen, als Karl Donner getötet wurde!

»Und das«, sagte sie sich, »ist ein verdammt mieser Zufall.«

Anita Borden hatte vor dem Weggehen noch einen Blick in den Spiegel geworfen und diese Worte zu ihrem Spiegelbild gesprochen, dem Bild einer jungen Frau, die in wenigen Tagen um Monate gealtert war — war sie auch klüger geworden?

Die Straßen waren verstopft, und sie brauchte länger als gewöhnlich bis zum Institut. Zum Glück war der Verkehr so stark, daß sie sich eisern auf das Fahren konzentrieren und Mark während der Fahrt aus ihrem Bewußtsein verdrängen mußte — so gut es eben ging.

Doch als sie auf der für sie reservierten Stelle des Parkplatzes angehalten und den Zündschlüssel herumgedreht hatte — tauchte alles wieder auf. Dort stand nämlich Inspektor Columbo und wartete offensichtlich auf sie.

Langsam stieg sie aus.

Er wartete, bis sie ganz nahe war, ehe er sie ansprach. »Entschuldigen Sie, Dr. Borden... ich belästige Sie sehr ungern...«

Mit einem Blick auf die Uhr sagte sie: »Kommen Sie, Inspektor. Mein Arbeitszimmer ist zwar sehr klein, aber dort sind wir ein paar Minuten ungestört... wenn Sie das wollen.« Er nickte, und sie fuhr fort: »Sie sind heute aber früh auf den Beinen.«

»Ich war gar nicht im Bett. Das war wieder eine Nacht...«

»Warum? Ich meine... was hat Sie vom Schlafen abgehalten?«

»Sie haben noch nichts gehört, Dr. Borden?« fragte Columbo vorsichtig.

»Gehört? Nein... ich habe schlecht geschlafen und das Radio... ich höre zu Hause nie und im Wagen eigentlich selten Radio. Ich glaube, ich war... ganz in Gedanken.«

Schnell gingen sie den Gang des Gebäudes entlang, dann blieb sie vor einer Tür stehen. Der Raum war klein. Zwei Schreibtische, Stühle und ein paar Aktenschränke bildeten die karge Einrichtung.

»Also los, Inspektor. Was ist passiert?«

»Äh... also... Mrs. Donner hat gestern abend Selbstmord begangen.«

»Mein Gott!« Anita Borden sah fassungslos auf Inspektor Columbo.

»Sie sprang vom Balkon... oder wurde gestoßen.«

»Das ist schrecklich... einfach schrecklich.« Sie hielt inne. »Gestoßen? Sie sagten Selbstmord... Ich begreife nicht... Ach, entschuldigen Sie, nehmen Sie bitte Platz, Inspektor.«

»Danke! Ich wollte damit sagen, es sieht nach Selbstmord aus. Die Tür war von innen verschlossen. Ein Unfall kann es aber nicht gewesen sein.«

»Wenn aber die Tür von innen verschlossen war... wie ist das mit dem Stoß möglich?« fragte sie verwirrt.

»Darüber wollte ich mit Ihnen sprechen, Dr. Borden.«

»Mit mir? Sie meinen wohl mit Dr. Collier. Er war ihr Analytiker... und Freund. Es tut mir leid. Heute morgen wird er nicht kommen. Er hat mir gestern abend noch gesagt, er hätte heute eine Verabredung mit einem Verleger... draußen auf dem Boot Mr. Whelans.«

»Nein. Ich möchte nicht mit ihm sprechen... noch nicht. Ich bin zu Ihnen gekommen... und bitte Sie um Ihre Meinung – als Arzt. Sie waren die wissenschaftliche Mitarbeiterin an diesem Buch – über Martha Pollock. Und Sie arbeiten auch jetzt an Dr. Colliers Buch mit... ich dachte mir, vielleicht... nun ich wußte nicht, wen ich fragen sollte und dachte... Sie würden mir vielleicht helfen.« Columbo blickte sie an, als könnte er in ihrem Gesicht eine Antwort finden.

»Hm... ein ärztliches Gutachten ist... aber sicher, wenn ich kann, helfe ich Ihnen. Aber ich weiß nicht, wie...«

Er unterbrach sie. »Also, das alles mag ziemlich dumm klingen... sehr wahrscheinlich sogar... weil ich eigentlich gar nicht weiß, wovon ich rede. Ich habe da so eine Idee... und möchte Sie fragen... wäre es möglich, daß jemand Mrs. Donner so hypnotisiert hat, daß sie vom Balkon und damit in den Tod sprang?«

Sie spürte ein Gefühl der Übelkeit im Magen. Sie rief sich zur Ruhe und sagte: »Nein, das ist nicht möglich, Inspektor. Und das sage ich als Arzt... es hat mit persönlichen Gefühlen nichts zu tun. Ein Hypnotisierter wird normalerweise nie etwas begehen oder tun, was er nicht auch in bewußtem Zustand tun würde. Besonders einen Akt der Selbstzerstörung nicht. Ja, wenn man hypnotisiert wird, hüpft man vielleicht auf und ab wie ein Affe, weil dieses Verhalten einem nicht völlig fremd ist. Aber man würde niemanden töten, nicht mal sich selbst. Und Nadia Donner hätte es auch nicht getan. Ich weiß genug über sie und ihr Leiden... aber Selbstmord läge nicht in ihrer Natur begründet.«

Columbo wartete geduldig, bis Dr. Borden fertig war. Dann fragte er: »Aber angenommen, sie glaubte... sie war nicht der Meinung, Selbstmord zu begehen, sondern nur — sagen wir mal — in ein Schwimmbassin zu springen? Nehmen wir an, sie war der Meinung, sie würde bloß baden gehen?«

Anita Borden saß still da und überdachte alle Möglichkeiten. Columbo sagte nichts, er wartete ab und behielt sie genau im Auge.

Schließlich sagte sie: »Sie gehen in Ihrer Annahme sehr weit.«

»Nein, eigentlich nicht. Nehmen wir den Gerichtsmediziner zum Beispiel: er muß die Todesursache feststellen. Jemand springt von hoch oben herunter — dann ist die Todesursache ja klar. Trotzdem nimmt man eine Autopsie vor. Nur sicherheitshalber sozusagen.«

»Inspektor, ich bin vielleicht nicht ganz so müde wie Sie, weil ich doch ein wenig schlafen konnte... aber so besonders munter bin ich auch nicht. Sagen Sie mir also, was der Gerichtsmediziner gefunden hat.«

»Ja. Entschuldigen Sie. Das passiert mir manchmal. Ich rede zuviel. Er fand Spuren von Amobarbitol und Xylothin in Mrs. Donners Kreislauf. Ja, ich dachte mir, daß Ihnen das einen ordentlichen Schock versetzen wird. Ich natürlich, ich weiß nicht, was das für Dinger sind, deswegen muß ich fragen. Und natürlich fragte ich ihn — das heißt den Arzt, der die Untersuchung leitete. Er sagte, daß diese Präparate manchmal verwendet werden, um damit den Willen eines Menschen zu brechen... fast wie ein Wahrheitsserum. Er sagte mir, daß diese Präparate manchmal in der Psychoanalyse angewandt werden... obwohl es gesetzlich eigentlich nicht erlaubt ist. Die Lebensmittel- und Drogenkommission will sie nicht freigeben. Na, jedenfalls — hat Dr. Collier ihr diese oder ähnliche Präparate verschrieben?«

Anita Borden wich seinem Blick aus.

»Hat er?« fragte Columbo nach.

»Ich... Mrs. Donner war eine reiche Frau, Inspektor Columbo. Ihr Mann war reich und dazu mächtig. Diese Menschen... die verschaffen sich, was sie wollen. Sie sagten vorhin ›angenommen, daß‹. Nun, nehmen wir also an, sie hat es sich aus einer unbekannten Quelle verschafft...?«

»Dr. Borden... möglich ist alles. Aber Sie haben meine Frage eigentlich nicht beantwortet. Es gibt alle möglichen Wege, auf denen sie es sich verschafft haben könnte. Glauben Sie mir, wir werden der Sache so gründlich wie möglich nachgehen. Aber ich muß jetzt nur eines wissen: Hat ihr Dr. Collier diese Präparate verschrieben?«

»Ich glaube nicht, daß er je...« Sie unterbrach sich und blickte ihn unsicher an.

»Hat er sie je bei ihr angewendet? Hatte er Zugang zu diesen Drogen? Könnte er sie nicht angewendet haben, um zu erkennen, was für eine Wirkung sie haben?«

»Es tut mir leid, Inspektor... ich fürchte, diese Fragen müssen Sie Dr. Collier stellen.«

Columbo sah sie einen Moment an. Dann stellte er eine Frage. Der Ton seiner Stimme überraschte sie. Bisher war er ruhig und beinahe zurückhaltend gewesen. Nun aber war seine Stimme laut und scharf geworden.

»Ich frage Sie, Dr. Borden! Ich befrage Sie ... wegen eines Mordes!«

Eine ganze Weile starrte sie auf die Schreibtischfläche vor sich nieder, dann sah sie auf und begegnete verlegen seinem Blick.

23

Charles Whelan steuerte das Boot in den kleinen Hafen. Neben ihm stand Markus Collier. Sie waren frühmorgens aufgebrochen, hatten sich um sieben Uhr getroffen und waren vor acht schon draußen auf dem offenen Meer. Sie verbrachten zwei Stunden der Erholung und kamen zurück. Es war noch nicht zehn Uhr. Whelan hatte bei Collier erreicht, was er wollte. Die feste Zusage, nach zwei Wochen einen fertigen Entwurf abzuliefern.

Natürlich hatte er von Nadia Donners Tod gehört.

»Das spielt keine Rolle, Chuck. Nein, so kraß, wie es klingt, meine ich es doch nicht. Ich wollte damit nur sagen, daß ich den endgültigen Durchbruch erreicht habe. Ich habe eine Unmenge von Notizen und Tonbändern. Genau das, was ich brauche ... und jetzt kann ich das Buch fertigstellen.«

»Großartig, Mark. Damit nehmen Sie mir eine Riesenlast von den Schultern, das kann ich Ihnen versichern. Übrigens — Sie haben doch nichts damit zu tun?«

Als Collier ihn mit einem scharfen Blick bedachte, fügte er lachend hinzu: »Ich meine nicht direkt. Aber dieser Durchbruch ... könnte er nicht die Ursache ...?«

»Keinesfalls, Chuck. Der Durchbruch war auf jeden Fall zu erwarten. Ich glaube eher, es hängt mit dem Tod ihres Mannes zusammen. Ich schätze, sie war den Bullen gegenüber nicht ganz aufrichtig. Ganz im Vertrauen — die sind an mich herangetreten, ich sollte sie zu einem Test mit dem Polygraphen überreden, einem Lügendetektor-Test... ich habe es versucht, aber sie wollte nicht. Was meinen Verdacht erhärtet. Vielleicht hätte sie mir etwas gesagt... in der Analyse... aber ich hätte es der Polizei nie sagen können. Deswegen bin ich froh, daß mir sozusagen die Entscheidung abgenommen wurde. Was übrigens ein gutes Thema für einen Roman abgäbe. Sie können meine Idee mit meinen besten Wünschen einem Ihrer Romanschreiber überlassen. Ein Psychiater entdeckt in einem Mordfall die Wahrheit und gerät nun in Zwiespalt zwischen Berufsethos und dem Wunsch, der Polizei zu helfen — etwa so wäre die Themastellung.«

»Nicht schlecht... so was Ähnliches war schon mal da... mit einem Priester. Aber die Variante ist sehr interessant... mal was anderes. Der Patient weiß nicht, was er gestanden hat. Oder wenn es sich um eine Frau handelt... der Analytiker ist verliebt in sie. Ich werde mir die Idee durch den Kopf gehen lassen. Dann soll einer meiner Mitarbeiter eine Skizze machen und den Entwurf bei einer Lagebesprechung vorlegen. Manchmal geben wir eine Idee in Auftrag... es könnte klappen. Ach — da sind wir ja schon.«

Vorsichtig manövrierte er das Boot zu einem Anlegeplatz entlang eines Piers.

»Perfekte Landung, Chuck. Sie machen das großartig. Außerdem war es ein vollendet schöner Morgen. Der Kopf wird klar, und man geht mit frischen Kräften an die Arbeit.«

»Genau. Die meisten schleppen sich nur irgendwie durch den Morgen. Ich fahre hinaus aufs weite blaue Meer und hole mir Kraft für einen neuen Beginn. Eine Marter, den ganzen Tag am Schreibtisch zu sitzen — so lang, bis man sein Pensum erledigt hat. Ich würde Sie gern zu einem Lunch einladen, fürchte aber, daß ich damit einen Autor von der Arbeit abhalte.«

»Schon gut. Wahrscheinlich würde ich annehmen, deswegen bin ich froh, daß Sie keine Einladung aussprechen. Bin schon unterwegs zu Unterlagen und Schreibmaschine.«

»Ah, Doktor Collier«, rief eine vertraute Stimme, als die beiden über den Bootsrand kletterten und die Stufen zum Anlegesteg hinaufsteigen wollten. »Dr. Collier!«

Collier drehte sich zu Whelan um und sagte: »Jetzt sehen Sie selbst. Ich sage Ihnen, daß ich der Polizei geholfen habe, wo es nur ging. Glauben Sie, die Behörde würde es mir danken?« Im Flüsterton fügte er hinzu: »Wappnen Sie sich, Chuck. Das Auge des Gesetzes.«

»Kein Wunder, daß Sie das Buch nicht fertigbringen.«

»Einer meiner Fans. Er verfolgt mich überallhin. Guten Morgen, Inspektor!« Mark Collier versuchte seiner Stimme einen fröhlichen Klang zu geben.

»Morgen, Sir.«

»Inspektor Columbo — das ist mein Verleger, Chuck Whelan.«

»Guten Tag, Sir«, sagte Columbo und nickte.

»Guten Tag. Wie ich höre, halten Sie meinen Lieblingsautor gern von der Schreibmaschine ab. Hoffentlich nicht mehr lange.«

»Aber nein, Sir ... ich fragte mich nur ... Dr. Collier, könnten wir uns hier irgendwo ungestört unterhalten?«

Whelan lachte. »Inspektor, mich können Sie sich wegdenken. Ich muß schleunigst an die Arbeit und bin praktisch schon unterwegs. Mark — wir sprechen uns später noch. Halten Sie ihn nicht zu lange auf, Inspektor, er hat auch zu arbeiten.«

»Ja, Sir, das werde ich.« Wieder nickte Columbo.

»War nett, Sie kennenzulernen.«

»Ganz recht«, sagte Columbo. »Ganz meinerseits, Sir.« Er winkte ihm nach, als Whelan die Stufen hinaufging und die Mole entlanglief.

»Und welche Probleme wälzen Sie momentan, Inspektor?«

»Das ist er?« fragte Columbo leicht verdutzt.

»Wer?«

»Ah — hm, der Kerl, den Sie gestern abend anrufen wollten. Ich sehe, daß Sie ihn schließlich doch erreicht haben.«

Collier spürte, wie ihm das Blut zu Kopf stieg. »Inspektor — ich bin ein wenig müde und hungrig... und ich weiß nicht, worauf Sie hinauswollen.«

»Also gestern, während der Party, haben Sie versucht, ihn zu erreichen. Erinnern Sie sich — Sie haben zunächst eine falsche Nummer gewählt. Ich hatte mich gefragt, warum Sie wohl anriefen — das ist alles.«

»Um unsere Verabredung für heute morgen zu fixieren. Also — was wollen Sie heute wissen, da Sie den langen Weg nicht gescheut haben... von Nadia oder von mir? Oder von Whelan?«

»Und ich dachte, Sie hätten es bereits gehört?« fragte Columbo sofort.

Collier seufzte übertrieben. »Was jetzt, was gehört? Müssen Sie so umständlich sein, Inspektor?«

»Nein — also haben Sie noch nichts gehört. Von Mrs. Donner?«

Verdutzt sagte Collier: »Ja?«

»Sie ist tot.«

Erschrocken wiederholte Collier: »Tot? Nadia? Aber wie...? Was ist geschehen? Wann?«

»Gestern abend. Sieht aus wie Selbstmord. Sieht aus, als wäre sie vom Balkon ihrer Wohnung in das darunterliegende Schwimmbecken gesprungen... und hat es verfehlt.«

Collier schüttelte langsam den Kopf. »Ich kann es nicht glauben, Inspektor. Sie war... nicht gesund... aber...« Er ging die Stufen hinauf und wandte sich dann zu Columbo um. »Es sei denn...«

Columbo ließ die Worte eine Weile in der Luft hängen, ehe er sagte: »Was denn, Sir?«

»... es sei denn, sie hat Karl tatsächlich selbst getötet. Das wäre mit ihrer Persönlichkeit eher vereinbar, als — sagen wir — Selbstmord...«

»Sie glauben also, sie hat ihn auf dem Gewissen?«

»Ich weiß es nicht, Inspektor. Oberflächlich betrachtet scheint es unvorstellbar. Und doch. Psychiatrie ist keine exakte Wissenschaft. Da kommt es viel auf die Hintergründe an. Sie ist kein Fach wie die Pathologie, bei der man es mit meßbaren Werten zu tun hat. Und wir alle sind fehlbar...«

Columbo schritt an seiner Seite, und sie gingen in Richtung Parkplatz. »Wenn Sie mich fragen, so suchen wir noch immer nach einem Mittäter... nach jemandem, der an jenem Abend auch dort war.«

»Ja, das nehme ich an.«

Schweigend gingen sie zu Colliers Wagen. »Sie behaupten, sie hätten an der Uni gearbeitet... im Institut... am Abend des Mordes an Karl Donner?«

Collier fuhr ihn an. »Ich behaupte es nicht nur, Inspektor, es ist eine Tatsache. Doktor Borden kann es bestätigen.«

»Nun, sie kann es und kann es wieder nicht, Sir, wenn Sie wissen, was ich meine.«

»Nein, ich kann Ihnen nicht folgen«, erwiderte Collier eisig.

»Dr. Borden kann bestätigen, daß Sie um sieben im Institut waren. Aber wir haben nur Mrs. Donners Aussage, daß ihr Mann um sieben getötet wurde. Im medizinischen Bericht steht, daß sein Tod auch früher eingetreten sein kann. Wenn das stimmt, dann steht Ihr Alibi auf schwachen Beinen, Sir. Um ehrlich zu sein, kann ich niemanden auftreiben, der sich erinnert, Sie früher am Nachmittag auf der Uni gesehen zu haben. Vielleicht fällt Ihnen jemand ein, jemand, den Sie sahen und der Sie sah. Das wäre eine große Hilfe.«

Vorsichtig zündete sich Collier eine Zigarette an und achtete darauf, daß seine Hände nicht ins Zittern gerieten.

»Ich war allein... in meinem Büro... arbeitete an meinem Buch. Wenn ich mich allein zu einer Arbeit zurückziehe, werde ich nicht gestört... und ich suche auch nicht Gesellschaft zu dem Zweck, mir ein Alibi zu verschaffen«, fügte er sarkastisch hinzu.

»Nein, Sir. Das kann ich mir denken. Aber es bedeutet — und Sie geben mir da sicher recht —, daß Ihr Alibi nicht sehr gut ist.«

Collier zögerte, ehe er sagte: »Dann darf ich wohl annehmen, daß ich Ihr gegenwärtiger Hauptverdächtiger bin?«

»Ich bin nicht sicher, ob das Wort ›Verdächtiger‹ ausreicht, Sir.«

»In diesem Fall sollte ich wohl festgenommen werden — nicht? Aber das werde ich nicht. Und warum nicht, Inspektor?«

Als Columbo die Achseln zuckte, fuhr Collier fort: »Weil es absurd ist, Inspektor. Sie versuchen krampfhaft, einen Fall aus bloßen Spekulationen zu konstruieren. Oder aus Ihrer sehr lebhaften Phantasie. Donners Tod hat mir keinen Vorteil gebracht. Ich kann Ihnen versichern, daß ich durch den Selbstmord der armen Nadia nicht zum Alleinerben der Donner-Millionen avanciere. Tatsächlich verlor ich in ihr eine so gut wie geheilte Patientin. Außerdem war sie Gegenstand meines nächsten Buches, und obwohl ich das Buch beenden kann, wird meine Arbeit durch ihren Tod erheblich erschwert. Ich habe also kein Motiv, und trotz der Annahme Ihres medizinischen Gutachters bezüglich der Todeszeit von Karl Donner hat Mrs. Donner gesagt, es wäre gegen sieben Uhr gewesen, und um sieben hatte ich nicht die Spur einer Möglichkeit ihn zu ermorden. Dafür haben Sie Dr. Bordens Wort. Ich hege nämlich den Verdacht, daß Sie mich auch dann verfolgen würden, wenn ich Beweise für meinen Verbleib von Mittag bis sieben Uhr erbringen könnte. Dann wäre Ihnen mein Alibi wieder zu gut, zu glatt. Ich bin auf jeden Fall der Verlierer. Meiner Meinung nach haben Sie Mrs. Donner selbst in den Tod gehetzt, und ich werde nicht zulassen, daß Sie dasselbe mit mir machen. Außerdem werde ich Nadias Tod nicht einfach unter den Tisch fallen lassen. Zwar wird eine formelle Beschwerde, wegen Ihres Verhaltens meiner Patientin gegenüber, nicht viel nützen — aber ich gedenke, sie trotzdem einzureichen.«

»Ja, Sir. Das ist Ihr gutes Recht.«

»Meine Pflicht ist es, Inspektor! Und da ich nicht unter Arrest stehe, werde ich jetzt losfahren. Es sei denn, Sie haben einen Beweis, auf Grund dessen...«

Als Columbo ihm darauf die Antwort schuldig blieb, grinste Collier. »Also nicht? Daher darf ich annehmen, daß Sie keinen haben! Nicht die Spur eines Beweises!«

»Noch nicht, Sir.«

»Aber Sie werden es mich wissen lassen, nicht wahr, wenn Sie einen gefunden haben?«

Collier trug ein dünnes Lächeln zur Schau, und Columbo erwiderte das Lächeln. »Sie werden es als erster erfahren — mein Wort darauf.«

Collier stieg in seinen Wagen und knallte die Tür zu. Er startete und brauste davon, während Columbo sich nachdenklich eine Zigarre ansteckte.

24 Minuten nachdem Collier weggefahren war, fuhr auf dem Parkplatz des Yachtklubs ein Wagen vor. Ein Mann begrüßte Inspektor Columbo, der noch immer in Gedanken versunken dastand und an seiner unvermeidlichen Zigarre kaute, die ebenso unvermeidlich erloschen war.

»Inspektor!« rief Sergeant Kramer. Sein Ton verriet gehobene Stimmung.

Columbo drehte sich um, während Kramer ausstieg und über den Parkplatz lief. »Habe Sie überall gesucht, Inspektor. Schließlich erwischte ich Dr. Borden, und sie sagte, Sie wären vielleicht hier draußen in einem der Yachthäfen. Dann mußte ich Whelans Büro anrufen, und dort hat man mir gesagt in welchem Hafen.«

»Was gibt es?«

»Gute Nachrichten, Inspektor. Wir haben einen Zeugen. So eine Art Zeugen jedenfalls. Er heißt Morris. Das war Schwerarbeit. Wohnt mit seinem Bruder etwa eine halbe

Meile vom Strandhaus der Donners entfernt. Er war ein paar Tage nicht da, deswegen hat es so lange gedauert. Na, jedenfalls ging er in der Nähe der Straße spazieren — am Abend, als Donner ermordet wurde.«

»Hat er Collier gesehen — oder seinen Wagen?«

»Das ist das Problem. Ja, der Wagen kam die Zufahrt herauf. Genauso, wie Sie sagten. Er hat es gehört. Und der Wagen rammte den Holzpfosten. Morris stand an dieser Stelle. Wie gesagt, er hat alles gehört.« »Er hat es gehört?« fragte Columbo und betonte jedes Wort einzeln.

»Er ist blind, Inspektor. Das ist unser Problem. Er kann uns nur die genaue Zeit angeben. Er hat eine Blindenuhr und kann die Ziffern ertasten... seiner Aussage nach kam der Wagen so um halb sechs die Zufahrt herauf — nicht um sieben. Er ist sehr zuverlässig und sagte, er hätte, kurz bevor der Wagen kam, die Uhr befühlt, weil er sich zum Abendessen nicht verspäten wollte, da sein Bruder immer in Sorge ist, wenn er zu lange ausbleibt. Und als der Wagen den Pfosten rammte, tastete er wieder nach der Uhr.«

»Er ist seiner Sache ganz sicher?« fragte Columbo sofort.

»Ganz sicher, Inspektor.«

»Hat er eine Stimme gehört, die er eventuell identifizieren könnte?«

»Nichts. Gar nichts, bis auf den Anprall des Wagens und das schnelle Davonfahren. Dieser Morris fragte noch laut, ob der Fahrer unverletzt sei — aber wer immer am Steuer saß —, er machte den Mund nicht auf, beschleunigte nur und brauste davon. Morris wartet in der Zentrale. Ich dachte mir, Sie wollen sicher mit ihm reden?«

»Und wie! Wir treffen uns dort. Noch etwas, Sergeant — kannte er die Donners?«

»Nein, nicht richtig. Er wußte zwar, daß da Leute wohnten, die im Sommer viel draußen waren, er hat sie aber nie persönlich kennengelernt. Er wußte aber, daß es ihr Haus war und hörte, daß der Wagen aus ihrer Zufahrt in die Straße einbog — mehr nicht.«

»Und der Bruder?« wollte Columbo wissen.

»Dasselbe. Die beiden leben sehr zurückgezogen. Sie sind mit irdischen Gütern nicht gesegnet – ihr Haus ist klein und einfach ausgestattet. Wahrscheinlich hatten sie nicht viel Kontakt mit dem Sommer-Publikum.«

»Los dann, ich möchte den Mann sehen. Wir treffen uns in der Zentrale. Das Schwierige ist, daß wir immer mehr Punkte zusammenbekommen, die beweisen, daß ich recht habe – aber kein einziger ist darunter, mit dem ich Dr. Collier festnageln kann. Wir haben einen Zeugen – der ist blind, und wir haben eine Zeugin – und die ist tot. Beide helfen uns nicht viel weiter. Wir müssen jemanden finden, der...« Er blieb stehen und grinste Kramer an. »Morris hat einen Bruder, sagen Sie?«

»Aber der war nicht dabei.«

»Nein, nein, daran dachte ich nicht... ich sagte, wir brauchen einen Zeugen. Vielleicht wird der gewünschte Zeuge auftauchen. Vielleicht werden wir ihn auftauchen lassen. Sergeant – vielleicht wird sich Dr. Markus Collier als unser Kronzeuge entpuppen! Los – gehen wir!«

Der nächste Tag war trüb und strafte sämtliche farbenfrohen Prospekte Lügen, weil er sich mit grauem, bedecktem Himmel präsentierte, dazu mit einer Feuchtigkeit, die die Luft kälter machte, als sie war. Über dem Pazifik lagerte Nebel – ein Nebel, der sich lichtete, ehe er die Küste erreichte, der aber über dem Land hängenblieb – über dem Strandhaus der Donners und den drei Wagen, die dort geparkt waren. Zwei davon trugen die Polizeikennzeichen von Los Angeles, der dritte war ein Peugeot älteren Jahrganges.

Es war acht Uhr morgens, doch die Sonne war noch immer hinter Nebel und Wolken verborgen.

Es war nicht der trübe Tag, die kalte Luft und das Fehlen der Sonne, die Schuld trugen an Mark Colliers schlechter Laune. Verärgert, ja sogar wütend, mußte er sich eingestehen, als er die Zufahrt hinunterfuhr, daß seine Angst das Normalmaß überschritten hatte. Columbo war allgegenwärtig. Der Mann hatte keinen Beweis und schien entschlossen, Collier fertigzumachen. Höchste Zeit, sagte sich der Arzt, daß ich diesem Vorhaben ein Ende setze.

Er hielt neben Columbos Wagen an und stieg aus. Noch ehe er die Haustür erreicht hatte, wurde sie geöffnet, und Inspektor Columbo erschien auf der Treppe und begrüßte ihn.

»Guten Morgen, Doktor«, sagte er fröhlich.

»Was soll das? Ich habe langsam die Nase voll! Was bedeutet das alles, Columbo? Diese kleine Spazierfahrt – soll das ein Scherz sein? Wenn ja, dann schlage ich Krach, das kann ich Ihnen versichern. Wegen Ihres idiotischen Anrufs mußte ich zwei Besprechungen sausen lassen. Das muß aufhören! Ich bin sehr gern hilfsbereit, aber irgendwann kommt ein Punkt, an dem ich nicht mehr mitmache. Begreifen Sie endlich?«

Columbo nickte voller Mitgefühl. »Tut mir leid, Sir. Es ist nur so, daß ich endlich alle Einzelteile zusammensetzen kann – und ich dachte, Sie sollten dabeisein. Kommen Sie herein, Sir.«

Columbo trat zur Seite. Collier zögerte. Dann ging er an dem Polizeiinspektor vorbei ins Haus.

Columbo folgte ihm und schloß die Tür. Im Wohnzimmer waren Officer Hendryx, Kramer und ein Beamter in Zivil versammelt. Collier verspürte leises Unbehagen, als er sie sah. Schließlich sagte er: »Ein berühmtes Komikertrio? Wollen die uns einen Gag vorführen?«

»Sergeant Kramer kennen Sie ja, Sir. Und das sind Officer Hendryx und Officer O'Brien.«

Die drei Beamten begrüßten Collier höflich, und er ließ ein flüchtiges »Guten Morgen« hören, ehe er sich an Columbo wandte. »Sie haben den Fall also gelöst – wie? Und jetzt bekommen wir eine Szene zu sehen. Der brillante Detektiv zeigt, wie klug er ist! Da ich der einzige ›Verdächtige‹ hier bin, nehme ich an, daß Sie mir Karls Tod noch immer in die Schuhe schieben wollen — trotz Nadias Selbstmord. Gestern hörte ich im Fernsehen, daß Sie den Beweis in Nadias Wohnung gefunden haben wollen. Aber so ein Beweis reicht natürlich nicht aus. Man darf außerdem ja nicht zulassen, daß irgendein Punkt Ihre Lieblingstheorie zunichte macht — so ist es doch, Inspektor?«

Columbo überhörte den Sarkasmus in Colliers Worten und sagte: »Ja, wir haben einen Beweis gefunden. Aber Sie haben recht, dieser Beweis bedeutet nicht viel. Wir haben aber außerdem einen Beweis entdeckt, der schwerer wiegt. Wir haben den Beweis, daß Mrs. Donner sich nicht selbst getötet hat. Sie wurde ermordet. Die Autopsie brachte Spuren von Amobarbitol und... hm.« Er warf einen Blick in sein Notizbüchlein: »... Xylothin. Spricht man das so aus?«

»Fast richtig. Aber ich lache nicht Ihrer Aussprache wegen, Inspektor. Berichtigen Sie mich, wenn ich mich irre. Es gibt doch einen anderen Beweis. Einen Beweis, der klar zeigt, daß Nadia Donner nicht an Barbituraten gestorben ist. Wie ich weiß, war ihr Tod doch weit dramatischer — ein Sprung vom Balkon im vierzehnten Stock — oder nicht?«

»Richtig, Sir. Physisch wurde der Tod von dem Sturz und ihrem Aufprall auf den Beton verursacht. Aber sehen Sie, Sir, sie ist nicht aus freiem Willen gesprungen. Sie wurde gestoßen.«

»Aber, aber, Inspektor... Die Wohnung war von innen verschlossen!«

»Ja, Sir, aber lassen Sie mich doch ausreden. Mrs. Donner war der Meinung, in ein Schwimmbecken zu springen... Sie haben ihr das suggeriert. Sie haben Sie mit Drogen so präpariert, daß sie posthypnotischer Suggestion zugänglich wurde — und dann haben Sie ihr eingeredet, sie solle kurz nach zehn ins Schwimmbassin springen. Oder es versuchen. Sie wußten ja, sie würde das Bassin verfehlen — und es würde wie Selbstmord aussehen.«

»Guter Gott, Inspektor! Sie haben den Verstand verloren! Das ist eine faszinierende, aber absurde und an den Haaren herbeigezogene Theorie.«

Columbo überhörte diese Bemerkung und fuhr fort: »Sie haben Karl Donners Schmuck und Brieftasche versteckt, um das Bild abzurunden. Der Anruf war dann das auslösende Moment. Sehr einfallsreich, Sir.«

»Welcher Anruf?« Collier spürte, wie die Muskeln in seiner Kehle sich verkrampften. Er hatte das überwältigende Verlangen zu schlucken, doch wußte er, daß dies seine Angst verraten würde. Deswegen hatte er die Worte so atemlos hervorgestoßen.

»Der Anruf bei Charles Whelan. Ich habe Sie dabei beobachtet. Wohlgemerkt — es war nicht seine Nummer, die Sie wählten. Das Aussprechen seines Namens sollte bei ihr den Auslösungseffekt hervorrufen. Sie hatten Mrs. Donners Nummer gewählt und fragten nach ihm. Ihre Worte versetzten sie in den Zustand posthypnotischer Suggestion, den Sie ihr eingegeben hatten. Sein Name tat die Wirkung und war das auslösende Moment, das sie in den Tod trieb. Der Hörer lag neben dem Apparat, als unsere Leute die Wohnungstür endlich aufgebrochen hatten.«

Wieder stieß Collier ein Lachen aus und bekämpfte damit die Enge in seiner Kehle. »Entschuldigen Sie, Inspektor, aber Ihre Melodramatik macht einem Groschenroman alle Ehre und hört sich amüsant an. Ich belehre Sie sehr ungern, möchte Sie aber doch darauf hinweisen, daß Nadia Donner eine Apotheose darstellte — ist Ihnen das Wort nicht zu hoch? Es bedeutet nämlich nur, daß sie ein Idealfall war — die vollkommenste Verkörperung einer abhängigen Persönlichkeit. Sie war nicht imstande, selbst zurechtzukommen, unfähig zu funktionieren. Der Tod ihres Mannes ließ sie mutterseelenallein zurück... in einer Welt, die sie als feindlich ansah. Sie war zu Tode erschrocken. Nicht zuletzt Ihretwegen. Sie hat sich umgebracht. Und wenn Sie unbedingt wollen, daß jemand an ihrem Tod schuld ist, jemand, der ihr solche Ideen in den Kopf setzte — dann beginnen Sie gefälligst bei sich selbst.«

»Ja, Mrs. Donner war abhängig«, bestätigte Columbo. »Aber nicht von ihrem Mann. Sie war von Ihnen abhängig.« Wieder sah er in seinem Notizbuch nach. »Ich glaube, man nennt das ›Positive Transferenz‹.« Er steckte das Büchlein wieder weg und fuhr fort: »Sie waren das Objekt ihrer Liebe und ihres Vertrauens. Nicht ihr Mann.«

Matt antwortete Collier: »Inspektor — Sie und ich könnten den ganzen Tag lang Vermutungen über Nadias Geisteszustand anstellen —, aber das würde zu nichts führen. Das Problem bei Ihrer absurden Theorie ist die Tatsache, daß Sie einen Beweis brauchen — und ich bin ganz sicher, daß Sie keinen haben, weil es keinen geben kann. Wenn das alles ist...« Er wollte zur Tür.

Columbos Stimme gebot ihm Einhalt. »Sie haben recht. Ich habe keinen Beweis dafür, daß Sie Mrs. Donner ermordet haben, aber ich kann beweisen, daß Sie ihren Mann getötet haben. Ich habe dafür einen Zeugen, Sir.«

Als Collier sich zu ihm umdrehte, wiederholte Columbo: »Ja, einen Zeugen. Ganz richtig. Ich weiß, das bedeutet für Sie eine Enttäuschung, aber ich habe einen Zeugen.«

»Einen Landstreicher, der zufällig zum Fenster hereinsah? Einen Poltergeist, der sich gemeldet hat? Einen Elf, der unter der Treppe haust? Wirklich, Inspektor...«

»Einen Augenblick, Sir.« Columbo ging an die Schlafzimmertür und machte auf. »Mr. Morris?«

Columbo ließ David Morris ins Wohnzimmer treten. Ein grauhaariger Mann mittlerer Größe mit gepflegtem Kinn- und Schnurrbart. Der Mann blieb zögernd in der Tür stehen. Columbo wies auf einen Sessel und sagte: »Bitte, nehmen Sie hier Platz, Sir.«

Colliers Gesicht blieb maskenhaft, doch sein Blick hastete von Columbo zu dem Mann, dessen Gesicht er nur zu gut erkannte. Es war ein Trick — das wußte er, und insgeheim lächelte er und sagte sich, daß es zumindest der letzte sein würde. Er würde diese Prüfung grandios bestehen. Columbo war ein Schafskopf. Er wußte nicht, daß er es diesmal mit einem haushoch überlegenen Gegner zu tun hatte.

25

David Morris lächelte Collier zu, während Columbo wiederholte: »Möchten Sie sich setzen, Sir?«

»Ja, danke, Sir.« Er ging behende am Tisch vorbei auf einen grünen Lehnsessel zu, in den er sich setzte. Erwartungsvoll sah er den Inspektor an.

Columbo sagte: »Sie — Sie leben hier in der Gegend, ja?«

David Morris nickte. »Ein kurzes Stück die Straße entlang. Wenn man die Küste entlanggeht, ist es weiter. Der Weg macht dort Kurven.«

»Verstehe.« Columbo griff in seine Tasche und zog eine Zigarre hervor. Dann kramte er nach einem Streichholz, bis Morris sagte: »Feuer gefällig, Inspektor?«

Auf dem Tisch neben dem grünen Sessel stand ein Behälter, und Morris griff hinein, entnahm eine Streichholzschachtel und reichte sie Columbo. »Vielen Dank!«

»Keine Ursache.«

Während Collier David Morris beobachtete, zündete Columbo seine Zigarre an. Er sah, daß Collier näher zum grünen Sessel trat und auf Morris hinuntersah, der gelassen seinen Blick erwiderte.

»Dr. Collier... erkennen Sie diesen Mann?«

Collier schüttelte langsam den Kopf. Dann drehte er sich zu Columbo um. »Nein, ich erkenne ihn nicht, Inspektor.«

»Sind Sie ganz sicher?«

»Natürlich. Ich habe ihn noch nie zuvor im Leben gesehen. Columbo — welches billige Spiel wollen Sie jetzt mit mir treiben?«

Columbo überhörte diese Bemerkung. Er nahm die Zigarre aus dem Mund und sagte zu David Morris: »Mr. Morris... von mir abgesehen — haben Sie eine der Personen in diesem Raum schon mal gesehen? Ich meine vor... heute morgen?«

Morris sah die zwei Polizeibeamten an. Sein Blick glitt über Collier hinweg, ohne dessen Augen zu begegnen. Mit schnellem Kopfnicken sagte er: »Ja, Sir.«

»Würden Sie uns bitte die näheren Umstände erläutern? Ich meine, was hat sich wann und wo zugetragen?«

»Ich ging die Küstenstraße entlang«, begann Morris. »Oben an der Zufahrt zu diesem Haus. Es war am letzten Montag. Ich wollte ein wenig Abendluft schöpfen und zur Entspannung und Appetitanregung spazierengehen. Plötzlich schoß ein Wagen aus der Zufahrt der Donners. Ich stand eben an der Kurve, und der Fahrer bemerkte mich im letzten Moment. Er trat auf die Bremse, um einen Zusammenstoß zu vermeiden, und der Wagen geriet ins Schleudern... dann raste er davon.«

»Und dieser Fahrer — konnten Sie ihn genau sehen?«

»Ja, doch. Es war dieser Mann hier, der genau vor mir steht.« Er zeigte auf Markus Collier.

Collier schnaubte, aber Columbo fuhr mit der Befragung fort. »Und wann war das?«

»Um halb sechs. Ich habe auf die Uhr gesehen.«

»Und sind Sie sicher, daß es dieser Mann war?« fragte Columbo schnell.

»Ganz sicher. Hundertprozentig. Er fuhr eine neue Mercedes-Limousine. Grün.«

Colliers Augen wurden schmal, die Andeutung eines Lächelns umspielte seine Mundwinkel. »Sehr schön, Inspektor. Wirklich wunderschön. Das muß ich Ihnen lassen. Sie haben eine üppigere Phantasie, als ich Ihnen zugetraut habe. Ein tapferer, letzter Versuch. Schwerarbeit, Hartnäckigkeit... und eine Falle mit einem hübschen Köder. Aber Ihre Falle ist leider zum Scheitern verurteilt.«

»Ich verstehe nicht ganz?« Columbo sah ihn erstaunt an.

»Ach was, Inspektor. Dieser Mann hat mich nicht gesehen. Ich verstehe, was Sie bezwecken wollten. Ein Augenzeuge wird mit dem Verdächtigen konfrontiert. Besagter Verdächtiger zieht die Notbremse, gesteht alles und bittet den gutherzigen Inspektor um Gnade. Ein albernes Rührstück, Inspektor! Aber wie gesagt, dieser Mann hat mich nicht gesehen. Er hat auch meinen grünen Mercedes nicht gesehen. Tatsächlich hat er nämlich überhaupt nichts gesehen. In Wahrheit ist dieser Mann nämlich blind.«

»Aber nein, Sir...« Columbo wollte etwas sagen, aber Collier ließ sich nicht stoppen.

»Ich muß zugeben, daß Ihr kleines Rührstück sehr sauber in Szene gesetzt war. Sehr geschickt, wie Sie ihn hereinkommen und sich setzen ließen, wie er Ihnen Streichhölzer gab und am Klang meiner Stimme meinen Standort erkannte und mich identifizierte.«

»Sir — warum glauben Sie, daß er blind ist? Weil Sie am Tage von Karl Donners Tod am Ende der Zufahrt einen Blinden sahen? Einen Blinden, den Sie beinahe überfuhren, als Sie überstürzt losbrausten?«

Collier, der bemerkte, daß er einen Fehler begangen hatte, faßte sich schnell. »Natürlich nicht. Wie Sie sehr gut wissen, war ich meilenweit entfernt, als Karl Donner starb. Aber schließlich bin ich Arzt. Und ich kann es beurteilen — das kann übrigens fast jeder —, am Blick, an den Bewegungen... für mich ist es ganz klar. Einer Ihrer sauberen kleinen Tricks. Sie sollten endlich aufhören, mich zu belästigen... und Ausschau nach dem wirklichen Mörder halten.«

»Sie sagen, dieser Mann sei blind, Sir?« fragte Columbo überrascht.

»Ja; verdammt noch mal — er ist blind. Aber Sie brauchen sich auf mein Wort nicht zu verlassen. Eine ärztliche Diagnose gilt heutzutage ohnehin nicht viel.«

Collier nahm eine Illustrierte vom Tisch, blätterte wahllos eine Seite auf und steckte sie David Morris in die Hand, nachdem er sich herablassend vergewissert hatte, daß dieser sie fest im Griff hatte.

»Hier, lesen Sie uns ein Stück daraus vor... Mr. Morris.

Falls Sie wirklich so heißen. Los! Fangen Sie irgendwo an. Ein paar Sätze genügen.«

Collier lächelte Columbo zu, wandte sich von David Morris ab und ging ans Fenster. Gleichmütig zog er eine Zigarette heraus. Dann wandte er sich in behaglicher Sicherheit wieder um. »Na, Mr. Morris? Lesen Sie uns vor!«

Columbo sagte: »Okay. Tun Sie, was Dr. Collier verlangt.«

David Morris sah in die Zeitschrift und begann zu lesen. ».... Vergessen Sie ja nicht, eine kuschelige Jacke und warmes Unterzeug mitzunehmen. Auch im Frühling kann es in den Bergen abends ziemlich kalt werden. Und falls es regnet, wären auf den zahlreichen Wanderpfaden der Sierra feste Schuhe sehr zu empfehlen...«

Collier sah in fassungslosem Unglauben von Columbo zu David Morris.

»Das ist unmöglich, dieser Mann ist blind, sage ich Ihnen!«

Columbo schüttelte betrübt den Kopf. Dann ging er an die Schlafzimmertür und öffnete sie. Er rief: »Mr. Morris?«

Ohne den Blick von Collier zu wenden, trat Columbo beiseite, als ein zweiter Mann das Zimmer betrat. Er war fast gleich groß wie der andere, mit grauem Kinn- und Schnurrbart und dunklen Gläsern. Und Daniel Morris war offensichtlich blind. Er streckte tastend die Hand aus, bis Columbo ihm den Arm bot und ihn in die Mitte des Raumes geleitete, so daß er knapp vor Markus Collier zu stehen kam.

»Das war richtig, Sir«, sagte er. »Der Mann, den Sie sahen, war blind — ist blind. Das ist Mr. Daniel Morris, der Mann, der Montag abend mit seinem Hund unterwegs war. Der Mann, den Sie beinahe überfahren hätten. Dieser andere da, der hier sitzt, ist sein Bruder David.«

Collier machte ein verdutztes Gesicht. Sein Blick flog hastig durch den Raum, von Kramer und Hendryx zur Haustür, während David Morris den falschen Bart, den er getragen hatte, ablöste.

Columbo wartete, bis der Mann damit fertig war, ehe er fortfuhr: »Ich bin sicher, Sie erkennen das Problem, Dr. Collier. Sie konnten unmöglich annehmen, daß dieser Mann hier — dieser Zeuge — blind ist. Er kam ins Zimmer, ging zu einem Sessel, setzte sich, unterhielt sich, reichte mir eine Schachtel Streichhölzer — all das, was eine normalsichtige Person tun würde. Weil er sein Augenlicht besitzt. Aber Sie, Dr. Collier, hatten einen Blinden gesehen, der genauso aussah, wie Mr. David Morris, nämlich Mr. Daniel Morris. Sie sahen ihn an dem Abend, als Karl Donner getötet wurde. Sie haben ihn beinahe umgefahren. Aber Sie nahmen an, er würde Sie nie erkennen, weil sie erkannten, daß er blind war. Und Sie können nur wissen, daß er blind ist, weil Sie ihn an jenem Abend gesehen haben. Habe ich recht, Sir?«

»Verdammt, Columbo!«

»Ja. Ich sagte Ihnen, ich hätte einen Augenzeugen, und Sie nahmen an, ich meinte den Mann im Sessel, den Sie mit Sicherheit für einen Blinden hielten. Ja, ich habe einen Augenzeugen, Dr. Collier. Einen Augenzeugen, der Sie um halb sechs an jenem Nachmittag oben an der Zufahrt gesehen hat... nur ist dieser Augenzeuge nicht David Morris — und nicht Daniel Morris... dieser Augenzeuge sind Sie selbst!«

Sprachlos starrte Collier zur Tür hin, als könnte er sich durch langes Hinsehen aufraffen, davonzulaufen — davonzulaufen vor dem kleinen Detektiv mit den höflichen Umgangsformen, der schüchtern, mit erloschener Zigarre in der Hand dastand. Er sah aber auch die Umrisse von Sergeant Kramer und Officer Hendryx, die sich unauffällig in jene Richtung bewegten, in die er blickte — und die ihn aufhalten würden, falls er auf die absurde Idee käme, einen Fluchtversuch zu wagen.

»Was ich doch für ein Narr war«, sagte Markus Collier. Seine Schultern sackten nach vorn, er mußte sich setzen. »Es war Notwehr. Karl Donner hätte mich getötet. Er hatte mich an der Kehle gepackt, und ich mußte mich wehren. Aber ich wußte, daß kein Mensch mir glauben würde. Ich wußte, daß ich ruiniert war. Columbo — auch Sie hätten mir nicht geglaubt. Sie hätten die Beziehung zwischen mir und Nadia aufgedeckt... Sie hätten mich verfolgt. Ich wäre ruiniert gewesen. Mein Buch... meine Praxis... meine Forschungsarbeiten... Sie hätten mir nicht geglaubt, nicht wahr, Columbo?«

»Doch, Sir. Ich hätte Ihnen geglaubt. Wenn Sie mir die Wahrheit gesagt hätten. Ich hätte Beweise gesammelt und sie dem Staatsanwalt übermittelt. Jedes Wort. Ich hätte Ihnen geglaubt. Vielleicht hätte auch der Staatsanwalt Ihnen geglaubt. Und wenn nicht, dann vielleicht die Geschworenen... es tut mir sehr leid, Sir, aber ich schätze, dafür ist es jetzt zu spät.«

»Ja«, gab Collier zurück. »Zu spät!«

ENDE

Die tote Sängerin

von
Lee Hays

1 Die Sonne schien strahlend herunter auf die SUN PRINCESS, einen stattlichen Vergnügungskreuzer von siebzehntausend Tonnen, der eben bereit war, von einem Pier abzulegen, auf dem es von Betriebsamkeit wimmelte. Begleitpersonen gingen von Bord, während eilige Passagiere die Gangway hinaufhasteten und die Schiffssirene lautstark und ununterbrochen das Abfahrtssignal tutete. Überall herrschte Aktivität, und es kam sogar zu einem kleinen Auflauf oben an der Gangway, wo der Zahlmeister und der Kapitän jeden einzelnen Passagier, männlich oder weiblich, beim Betreten des Schiffes höchstpersönlich begrüßten und willkommen hießen.

Alles lächelte und zeigte sich in Ferienlaune, während der Schiffsfotograf das Lächeln für die Nachwelt festhielt. Und wer lächelte nicht, wenn eine Fahrt in tropisches Wetter und tropische Häfen bevorsteht, wenn man alle Mühen und Plackereien einige Wochen hinter sich lassen kann?

Am unteren Ende der Gangway stand ein kleiner Mann in abgetragenem Regenmantel und versuchte, gegen die Flut der von Bord gehenden Besucher anzukämpfen, wobei er nur sehr langsam vorwärtskam und nur mit Mühe Höflichkeit bewahrte, während er, gelinde gesagt, in Panik geriet.

Am oberen Ende der Gangway, genau hinter Zahlmeister und Kapitän, verkündete eine Aufschrift in Goldlettern, daß dies das ›Aurora-Deck‹ sei. Der Mann im schäbigen Regenmantel aber, der für gewöhnlich seiner Umgebung große Aufmerksamkeit widmete, bemerkte diese Aufschrift nicht, während er direkt auf den Zahlmeister zuhielt. Dieser war ein leutseliger, lässiger Engländer, dessen wichtigstes Talent darin bestand, im Umgang mit steinreichen Passagieren den richtigen Ton zu finden. Eben begrüßte er ein Ehepaar in mittleren Jahren, als ihm jemand auf die Schulter klopfte.

»Entschuldigen Sie bitte, Herr Kapitän...«

Er drehte sich um, sah den unauffälligen, ramponiert wirkenden Mann und antwortete in höflichem, aber leicht herablassenden Ton: »Ich bin der Zahlmeister, Sir. Mein Name ist Preston Watkins.« Mit einem abschätzenden Blick auf den Regenmantel fragte er, obwohl seine Miene erkennen ließ, daß er die Antwort bereits kannte: »Nehmen Sie an der Kreuzfahrt teil, hm, Mister...?«

»Columbo. Ja, ja, ich nehme teil. Ich hörte eben das Signal...« Als hätte es darauf gelauert, dröhnte es in diesem Augenblick wieder los, und der Mann namens Columbo machte fast einen Luftsprung, sah in die ungefähre Richtung, aus der das Gedröhne gekommen war und wandte sich dann wieder an den stattlichen Zahlmeister mit dem britischen Akzent, einen Mann in den Dreißigern: »Sie müssen wissen — ich kann meine Frau nirgends finden... Sie ist wie vom Erdboden verschluckt... Sie...« Er sah sich wieder um, konnte aber niemanden entdecken, der Mrs. Columbo auch nur im entferntesten ähnlich sah. Er hielt die Hand in Schulterhöhe des Zahlmeisters und sagte: »... ist etwa so groß... dunkles Haar... und trägt ihr Haar heute... hm... hinten zusammengebunden... hm. Dutt nennt man das wohl...«

Der Kapitän hatte im Moment etwas Ruhe vor den anderen Passagieren und beobachtete Columbo von hinten. Schließlich gewann er den Eindruck, daß sein Zahlmeister der Hilfe bedürfe, und er rückte näher zu den zwei Männern hin.

Der Zahlmeister sagte eben: »Tut mir sehr leid, Sir. Wir haben fünfhundert Passagiere an Bord... es wäre mir wirklich ganz unmöglich...«

Der Mann namens Columbo unterbrach ihn mit kaum verhüllter Ungeduld: »Ja, der Kahn ist ziemlich groß geraten.«

»Das Schiff, Sir.«

Mit einem Kopfnicken wiederholte er Mr. Watkins' Ausdruck: »Schiff. Ganz richtig.«

Der Kapitän räusperte sich diskret. »Watkins, um was

geht es eigentlich? Haben Sie ein Problem?« Er erwartete, daß der Zahlmeister ihm die Mitteilung machen würde, daß der Mann, der zwischen ihnen beiden stand, versucht hätte, sich heimlich als Passagier an Bord zu schleichen, vielleicht sogar mit der Ausrede, er hätte sein Ticket verloren oder dergleichen Unsinn. Vor dem Auslaufen zu fast jeder Kreuzfahrt trat dieser Fall mindestens einmal ein. Für gewöhnlich glückte es ihm, ohne unliebsames Aufsehen und ohne Verärgerung der zahlenden Passagiere solch einen Kerl abzuwimmeln ... und so lächelte der Kapitän dem Mann, der sich beim Klang der anderen Stimme umgedreht hatte, liebenswürdig zu.

»Ich bin Kapitän Gibbon. Ich heiße Sie willkommen an Bord der SUN PRINCESS. Vielleicht könnten wir Ihren Namen und Ihre Kabine anhand der Passagierliste feststellen?«

»Nein, danke. Darum geht es nicht. Ich habe eben meine Frau beschrieben und Ihrem ... Ihrem Zahlmeister gesagt, daß ... sie abgängig ist.«

Über Columbos Schulter hinweg bemerkte Watkins mit unmerklichem Achselzucken: »Ah ... eine Mrs. Columbo, Sir.«

Der Kapitän antwortete nicht ohne Schroffheit: »Ja, das dachte ich mir. Ich vergesse Namen niemals und kann mich sehr gut erinnern, Ihre Frau begrüßt zu haben. Sicher finden Sie sie in Ihrer Kabine oder auf dem Aussichtsdeck.«

Damit wollte der Kapitän sich umdrehen und entfernen, wurde jedoch von einer Hand an seinem Arm daran gehindert.

»Danke, Sir«, sagte der Mann im Regenmantel, sichtbar und hörbar erleichtert. »Wenn sie an Bord ist, ist auch mein Problem gelöst. Sehen Sie — ich hätte mich hier mit meiner Frau treffen sollen ... da unten ... und ich habe mich verspätet ... Arbeit in allerletzter Minute — sicher wissen Sie, wie das so kommt ... und ich fürchtete schon, sie wäre verlorengegangen oder so ... aber wenn sie an Bord ist, Sir ...

haben Sie vielen Dank! Tut mir leid, daß ich Sie behelligt habe... kann mir denken, daß Sie überaus beschäftigt sind...«

»Da haben Sie ganz recht, Mr. Columbo.«

»Eigentlich Inspektor Columbo, Sir.«

Der Kapitän machte ein leicht erschüttertes und ungläubiges Gesicht. »Sind Sie von der Polizei, Mr. ... hm... Inspektor Columbo?«

»Ja, Sir. Polizeimann, Angehöriger der Polizei von Los Angeles.«

Der Kapitän schien nicht weiter beeindruckt und nickte bloß. Mit einem Blick auf den zerknitterten Regenmantel fragte er: »Sagen Sie... erwarten Sie in mexikanischen Gewässern etwa schlechtes Wetter? In dieser Jahreszeit...«

»Ich, keine Spur. Nein, man hat mir gesagt, das Wetter wäre grandios dort unten. Nein, vielen Dank.«

Der Kapitän war heilfroh, als er ein bekanntes Gesicht sah und sein erstes — und hoffentlich letztes — Gespräch auf der Kreuzfahrt mit einem höchst unbedeutenden Polizeibeamten beenden konnte. Er wandte sich ab und begrüßte ein gutgekleidetes Ehepaar, das sich gemessen und selbstsicher die Gangway heraufbewegte.

»Oh, Mr. Danziger — wie schön, Sie wiederzusehen, Sir.«

Schnell ging Preston Watkins ebenfalls in Stellung und bot der attraktiven, grauhaarigen Mittfünfzigerin, die hinter ihrem Mann die Gangway heraufkam, den Arm. Sie war zwar in keiner Weise gebrechlich oder behindert — weit davon entfernt —, doch sie hatte etwas an sich, das umfassende Aufmerksamkeit forderte. Gut betucht und mit einem Auftreten, das sich jegliche Vertraulichkeit verbat, war Sylvia Danziger auf den ersten Blick als Dame der besten Gesellschaft einzustufen. Sie erwartete Aufmerksamkeit und bekam sie auch, ohne sich offen darum bemühen zu müssen.

Ihr Mann war mehr als zehn Jahre jünger. Ein sehr gutaussehender, männlicher Typ, ein Mann, der Eindruck machte und eine Aura von Macht verbreitete. Das rührte teils von seiner eigenen Befähigung als Geschäftsmann her, teils vom Reichtum seiner Frau. Dynamisch und selbstsicher, war er – gleich seiner Frau – gewohnt, daß man auf ihn hörte, ja ihm sogar nacheiferte. Auch auf dieser Kreuzfahrt, die in die Ferien führen sollte, trug er einen schweinsledernen Koffer der allerfeinsten Ausführung. Das war sein geheimes Abzeichen, der Beweis für Erfolg und Macht in der Gesellschaft, in der er sich bewegte.

Mit fast übertriebener Aufmerksamkeit geleitete er seine Frau zum Kapitän, nachdem der Zahlmeister ihr über das letzte Stück der Gangway heraufgeholfen hatte.

Während Inspektor Columbo sich entfernte und das ›Aurora-Deck‹ des Schiffes inspizierte, sagte Hayden Danziger: »Kapitän Gibbon, ich glaube, Sie kennen meine Frau noch nicht.«

»Es ist mir eine Ehre, Madam. Ich habe für Sie die Grosvenor-Suite reserviert. Ich bin sicher, Sie finden alles zu Ihrer vollsten Zufriedenheit vor. Es ist die beste Suite hier auf dem Schiff – besser gesagt, Sie können auf keinem anderen Schiff eine bessere finden. Hoffentlich ist alles so, wie Sie es gewohnt sind... sollte es nicht der Fall sein...«

Sie unterbrach ihn knapp: »Sicher ist alles bestens, Kapitän.«

Danziger lächelte. »Gar kein Zweifel. Sind meine Gäste vollzählig an Bord, Kapitän?«

»Hundertvier Herren samt Ehefrauen.« Der Kapitän lächelte. Ein außergewöhnlich seltener Fall, daß eine Person für soviel Gäste Plätze auf der SUN PRINCESS gebucht hatte! »Ich habe einige meiner Offiziere eigens dafür abgestellt, daß sie sich um das Wohl der Gäste kümmern.«

»Gut. Sie kennen ja diese Autohändler... lauter Geschäftsleute, die sich in bezug auf Kundendienst nichts vormachen lassen. Die können guten Service beurteilen... sie erwarten das Beste, und ich weiß, daß sie es auf der SUN PRINCESS bekommen. Ich verstehe nicht viel von Schiffen, Kapitän. Aber ich erkenne einen erstklassigen Betrieb auf den ersten Blick. Meine Gäste kennen sich auf Schiffen nicht aus... aber sie sind kritisch, und ich möchte ihnen Ferien bieten, die alles in den Schatten stellen. Für einige ist es die erste Schiffsreise — die erste Kreuzfahrt. Sehen Sie zu, daß sie das Leben auf dem Schiff genießen... mehr will ich nicht.«

»Mr. Danziger, Ihre Gäste werden sich nicht beklagen. Als stilvollen Beginn werden sie in den Kabinen von einer Flasche Champagner erwartet.«

Sylvia Danziger lächelte. »Kapitän, das ist sehr aufmerksam. Sie wissen genau, was mein Mann will. Komm jetzt, Hayden.«

Mr. und Mrs. Danziger machten sich auf den Weg zu ihrer Suite, und der Kapitän rief ihnen nach: »Ich wünsche Ihnen eine angenehme Reise. Wenden Sie sich an mich, falls...«

»Mach ich — die angenehme Reise«, rief Danziger zurück. »Und außerdem komme ich sicher, wenn ich etwas brauche.«

Die Schiffssirene stieß ein letztes Signal aus. Der Kapitän ging Richtung Brücke, und etliche Mann der Besatzung machten sich an den Winden zu schaffen, die die Gangway einholen. An Bug und Heck des Schiffes wurden Taue gelöst und auf den Pier geworfen, und die Maschinen begannen zu stampfen. Gemessen glitt das Riesenschiff aus seinem Anlegeplatz, während die Menschen an Deck den an Land Gebliebenen zuwinkten und diese zurückwinkten.

Inspektor Columbo befand sich noch immer auf dem ›Aurora-Deck‹. Er stand an eine Wand gelehnt, während er sich über das Schiffstelefon mit seiner Frau unterhielt, die er endlich in ihrer Kabine ausfindig gemacht hatte.

»Was glaubst du denn, wo ich bin? Auf dem Kahn. Und wo bist du genau?« Er hörte ihr zu, ehe er sagte: »Ich ging in Nummer 53, und da war dieser Knabe und machte gymnastische Übungen wie ein Stehaufmännchen... Welches Deck? Ich bin auf dem obersten Deck, dort wo der Landungssteg mündete.« Er lauschte, nickte erstaunt und sagte dann: »Wo hinunter?« Sie gab genau Auskunft, und er sagte brummend: »Okay, okay, ich komme gleich runter. Bin schon unterwegs.«

Ehe er auflegte, hatte sie noch etwas zu sagen. Dann war sie endlich fertig, und er antwortete: »Es tut mir so leid, Schätzchen, daß du allein die Koffer packen mußtest. Ich weiß, daß ich mich verspätet habe... aber ich bin eben erst vom Gericht gekommen. Habe es knapp geschafft.«

Sie gab eine verärgerte Antwort. Dann sagte er: »Okay, ich komme sofort!«

Er hängte auf und sah sich nach einer Treppe um.

Auf der Brücke stand der Kapitän mit zwei Offizieren und dirigierte die SUN PRINCESS durch den Hafen hinaus auf die sonnengetränkte, schimmernde, offene See.

Der Kapitän war froh, daß das Wetter sich so prächtig machte. Die Fahrt würde sich angenehm gestalten. Sicher, Hayden Danziger war ein Passagier, der hohe Anforderungen stellte, aber mit schönem Wetter war die Schlacht schon halb gewonnen. Bei strahlendem Sonnenschein würden die Autohändler, die Danziger zu der Kreuzfahrt eingeladen hatte, sich glücklich fühlen wie Schneekönige. Und Danziger würde ebenfalls beglückt sein. Wenn überhaupt, dann würde es wenig Beschwerden geben – das hoffte er jedenfalls. Und so sollte eine Kreuzfahrt schließlich auch verlaufen. Unbelastet und erholsam. Spaß, Spiele, jede Menge Unterhaltung, ein wenig Romantik – und alle würden sonnengebräunt und glücklich wieder zu Hause ankommen.

Die Besatzung und das übrige Bordpersonal waren gut, und er würde dafür sorgen, daß alles wie am Schnürchen klappte.

Alle wußten, was sie zu tun hatten – und alle wußten auch, daß man Hayden Danziger und seiner Frau alle Wünsche von den Augen ablesen mußte.

2 Bis auf ein paar persönliche Dinge, die Sylvia und Hayden Danziger nun selbst im Schlafzimmer verstauten, hatte man für sie die Koffer ausgepackt. Danziger suchte verwundert nach etwas. Er sah auf und sagte zu seiner Frau: »Sylvia, ich kann nirgends meine Golfhandschuhe finden.«

»Wahrscheinlich hat das Mädchen vergessen, sie einzupacken.«

»Und ich dachte, ich hätte dir gesagt... dienstags habe ich nämlich mit den Jungs von Bakerfield ein Spiel.« Unwillkürlich erhob er seine Stimme und bezwang nur mühsam seinen Zorn: »Ich verstehe nicht, warum dieses Ding... Gott weiß, wo sie ihre Gedanken bei der Arbeit hat...«

»Hayden, sei nicht albern. So wichtig ist das auch wieder nicht. Die Zivilisation hat Acapulco längst erreicht. Im *Country Club* kannst du sicher jede Menge Handschuhe kaufen.«

Er zwang sich zu einem Lächeln. »Du hast natürlich recht. Tut mir leid, Liebes. War ich sehr unwirsch? Das wollte ich nicht — dir gegenüber nicht.« Er kam auf sie zu und drückte sie liebevoll an sich.

Sie sah zu ihm auf und sagte voller Wärme: »Hayden, manchmal führst du dich wie ein verwöhnter kleiner Junge auf.«

»Richtig — du hast mich schließlich verwöhnt und hast Gefallen daran.«

»Und du nicht minder«, erwiderte sie und gab ihm einen Kuß. »Mein verwöhnter kleiner Junge! Und jetzt — abgesehen von den Golfhandschuhen — ist alles zu eurer Zufriedenheit, mein Herr und Gebieter?«

»Zur vollsten Zufriedenheit! Besonders du.« Er drückte sie wieder an sich.

»Du schlimmer Junge du! Was würden alle die Autohändler sich denken. Es ist heller Mittag!«

Er lachte. »Liebe fragt nicht nach der Zeit.«

»Klingt wie der Titel eines Liedes. Trotzdem, Geliebter, bin ich auf dem Weg zu einem Imbiß mit dem Kapitän und ein paar Ehefrauen. Wo wirst du sein?«

»Im Schwimmbassin — meine Sorgen ertränken.«

»Solange du dich nicht selbst ertränkst... du würdest mir sehr fehlen«, sagte sie mit Wärme in der Stimme.

»Sei ohne Sorge, meine Liebe. Und — du würdest mir auch sehr fehlen. Nein, nein — ich möchte ein bißchen braun werden, bevor wir unter die Sonne Mexikos kommen. Ich möchte mich nicht mit einem Sonnenbrand zu Bett legen müssen. Und während ich mich sonne, arbeite ich ein wenig... und leiste mir einen Drink.«

»Und siehst dir ein paar hübsche Mädchen an...«

»Natürlich, liebe Sylvia. Ich seh' sie an, und dann muß ich an dich denken, und die Mädchen lösen sich vor meinen Augen in nichts auf.«

»Schön hast du das gesagt, Liebling.« Sie lächelte ihn glücklich an.

»Es ist die Wahrheit. Du weißt es.«

»Ich weiß. Nur manchmal... nun ja, dann fühle ich den Altersunterschied... zu meinen Ungunsten...«

Er legte ihr einen Finger auf die Lippen. »Nicht, Liebling. Es gibt keinen Unterschied. Das Alter spielt keine Rolle. Wir denken in gleichen Bahnen... haben dieselben Interessen... kurz gesagt, wir passen ideal zusammen. Und übers Alter möchte ich nicht sprechen. Ich liebe dich, Sylvia.«

»Und ich liebe dich, Hayden... bring nicht mein Haar durcheinander.« Sie machte sich los und sagte: »Ich möchte so gern bleiben... den Nachmittag mit dir verbringen... aber wir haben ja noch zwei volle Wochen vor uns.«

»Das werden unsere zweiten Flitterwochen.«

»Ich werde unsere ersten nie vergessen«, antwortete sie zärtlich.

»Geh jetzt!« sagte er mit gespieltem Zorn. »Geh und lauf

zum Kapitän, ehe ich mich so weit vergesse, daß ich ... ich liebe dich.«

Glücklich ging sie aus dem Schlafzimmer und warf ihm noch von der Tür her einen Kuß zu. Er folgte ihr hinaus in den Salon und vergewisserte sich, als sie wegging, daß die Tür zu war. Er horchte und hörte sie den Gang entlanggehen und hörte auch, daß sie vor sich hinsummte. Als er sicher war, daß sie weg war und nicht wiederkommen würde, nahm er den auf dem Schreibtisch bereitliegenden Kabinenschlüssel, sah sich suchend um und schleuderte ihn dann schwungvoll unter die Couch.

Er mußte lachen und nahm die Melodie auf, die sie eben gesummt hatte, wandte sich dann um und verließ die Kabinenflucht.

Er lief den Gang an seiner Suite entlang zur Treppe, die vom Promenadendeck zum ›Aurora-Deck‹ führte, als plötzlich die Lautsprecher zu tönen begannen.

»Hier spricht der wachhabende Offizier. In drei Minuten wird Feueralarm gegeben. Alle Mann der Besatzung müssen zwei Minuten nach Beginn des Alarms auf ihren Posten sein. Die Passagiere sollen sich nicht stören lassen. Es handelt sich bloß um eine Übung der Besatzung. Danke.«

Der Lautsprecher wurde mit einem Klicken abgestellt, als Danziger gerade vor dem Schwarzen Brett angelangt war, auf dem das Tagesmenü und andere Informationen angeschlagen waren. Er nahm kaum von dem Mann Notiz, der in die Betrachtung einer Juwelenkollektion in einem Schaufenster vertieft war, von jenem Mann, der mit dem Kapitän gesprochen hatte, als er an Bord kam. Danzigers Aufmerksamkeit galt nämlich jetzt den Ankündigungen und der Passagier- und Besatzungsliste, mit den jeweiligen Kabinennummern. Er fuhr mit dem Finger die Liste entlang, bis er zur Rubrik ›Personal‹ kam und dann zu der Unterteilung ›Unterhaltung‹, in der er den Namen Lloyd Harrington fand und die Kabinennummer C 40.

Er drehte dem Schwarzen Brett den Rücken, ging den

Gang entlang und durchschritt die Tür mit der Aufschrift ›Zahlmeister‹.

Watkins saß an seinem Schreibtisch und kontrollierte eine Vielzahl von Listen. Als er sah, daß es Danziger war, der eintrat, schob er, obwohl wütend über die Störung, die Papiere beiseite und stand auf. Er begrüßte den geehrten Gast überaus freundlich. »Alles in Ordnung, Mr. Danziger?«

»Ja, ja, alles in bester Ordnung. Nun ja, fast. Watkins — ich behellige Sie äußerst ungern, aber in meiner Kabine gibt es nur einen Schlüssel.«

Erstaunt und ziemlich verärgert, weil einer der Stewards auf der SUN PRINCESS so nachlässig gewesen war, aber dankbar, daß er und nicht der Kapitän davon erfahren hatte, erwiderte Watkins: »Es müßten zwei da sein... auf dem Schreibtisch.«

»Der Kabinensteward muß sich wohl geirrt haben.« Danziger lächelte. »Da war nur ein Schlüssel.«

»Kein Problem, Sir«, antwortete Watkins. »Wir haben jede Menge Reserveschlüssel. Wie in einem Hotel, Sir. Die Leute gehen und vergessen oft, den Schlüssel zurückzugeben.« Er ging an das Schlüsselbrett an der Wand und suchte eine Weile, ehe er einen fand, der in die Tür der Grosvenor-Suite passen würde. Er reichte ihn Danziger, der neben ihn getreten war.

Mit einem Blick auf die Stelle am Brett mit der Aufschrift ›Hauptschlüssel‹ sagte Danziger, während er den Reserveschlüssel vom Zahlmeister in Empfang nahm: »Wie ich sehe, haben Sie an Bord lauter Ving-Schlösser?«

»Ja. Das Schiff wurde in Norwegen gebaut.«

Danziger nickte und sah auf den Hauptschlüssel am Schlüsselbrett. Deutlich konnte er die Seriennummer ablesen — V 2894732. Genau in diesem Augenblick ertönte das Signal für Feueralarm, und beide Männer hielten inne und hörten andächtig zu, bis der Lautsprecher sich meldete und verkündete, es handle sich um den Alarm.

»Zum Zweck der Übung«, fuhr die Stimme fort, »wird

angenommen, daß das Feuer im Speisesaal ausgebrochen sei. Sie haben zwei Minuten Zeit, Ihre Plätze einzunehmen.«

»Das wär's, Sir«, sagte Watkins. »Ihr Schlüssel. Es tut mir leid, aber ich muß auf meinen Posten.« Er lief durch den Raum und nahm eine Schwimmweste vom Haken, die er sich überstreifte, während er hinaus auf den Gang trat.

Danziger folgte ihm und machte lächelnd Platz, als der Zahlmeister sein Büro absperrte. Draußen auf dem Gang drängelten Besatzungsmitglieder, die sich Schwimmwesten anzogen und auf ihre Posten liefen. Danziger arbeitete sich an ihnen vorbei und schaffte es bis zu seiner Kabine. Er bog um die Ecke, als ein Mann der Besatzung einen Wasserschlauch aus dem Schränkchen riß und am Ende des Ganges Aufstellung nahm.

»Guten Morgen, Sir«, rief der Mann gutgelaunt. »Kein Grund zur Beunruhigung. Nur eine Übung. Alles läuft nach Plan.«

Danziger nickte und ging in seine Kabine. Dabei sagte er sich, daß die Übung tatsächlich genauso verlief, wie er es geplant hatte und daß bis jetzt überhaupt alles wie am Schnürchen klappte.

Auf dem ›Aurora-Deck‹ wurde ebenfalls Alarm gegeben, und Inspektor Columbo, der bekümmert vor einem Spielautomaten stand, in den er eine gewisse Geldmenge investiert hatte, hörte wieder die Stimme aus dem Lautsprecher.

»Alle Besatzungsmitglieder auf ihren Posten! Neben den Rettungsbooten Aufstellung nehmen – diese aber nicht ins Wasser lassen! Ich wiederhole: Rettungsboote nicht hinunterlassen!«

Ein Besatzungsmitglied lief in Schwimmweste vorüber, und Columbo hielt den Mann auf: »Entschuldigen Sie bitte... ich spielte hier am Automaten. Die Stimme sagte eben etwas von Rettungsbooten...?«

»Gehört zur Übung, Sir. Dabei gibt es an Bord so wenig

Holz, daß es hier kaum brennen kann. Diese Übungen sind ein Unfug — verpfeifen Sie mich aber bloß nicht beim Käpt'n.«

Der Mann sah auf, als wieder das Alarmsignal ertönte. Er lief eilig den Gang entlang, und Columbo widmete sich wieder dem Spielautomaten.

Während sich Columbo mit dem Automaten beschäftigte, war Hayden Danziger ebenso eifrig in seinem Salon tätig. Nachdem er aus dem Büro des Zahlmeisters zurückgekehrt war, hatte er seinen abgesperrten Aktenkoffer geöffnet und ihn auf den Schreibtisch gestellt. Er entnahm ihm ein Handbuch im Zeitungsformat, dann einen flachen ungeprägten Schlüssel und schließlich ein seltsames Metallgerät, das einer Schere oder Drahtzange glich.

Er legte das Heft mit dem schlichten Titel ›Schlüsselhandbuch‹ auf den Schreibtisch neben den Aktenkoffer und begann es durchzublättern, bis er das Kapitel ›Ving-Schlösser‹ gefunden hatte. Er fuhr mit dem Finger die Nummernserie entlang, bis er zu der Nummer V 2894732 gekommen war. Daneben war der Schlüssel abgebildet, und Danziger ging nun fachmännisch daran, die Umrisse aus dem Handbuch auf den ungeformten Metallschlüssel, den er mitgebracht hatte, mit der Schere nachzuschneiden. Das dauerte eine gewisse Zeit, denn er mußte vorsichtig vorgehen, um nichts zu verderben. Währen der Arbeit pfiff er vor sich hin und rief sich die Ereignisse ins Gedächtnis, die in ihm den Entschluß hatten reifen lassen, Rosanna Wells zu ermorden.

Er hatte sie vor fast einem Jahr kennengelernt und nicht lange gebraucht, um sie zu erobern ... tatsächlich war sie innerhalb einer Woche seine Geliebte geworden — wenn man diesen altmodischen Ausdruck auf sie anwenden wollte.

Es hatte als stürmische Affäre begonnen — auf beiden Seiten. Er hatte dafür gesorgt, daß sie in vernünftigen Grenzen glücklich war, indem er ihr von Zeit zu Zeit ein kostbares Schmuckstück verehrte. Dabei gab er sich Rosannas wegen keinen Illusionen hin. Sie war ein weiblicher Glücksritter — Menschen aus dem Show-Geschäft mußten das sein. Und er war genau das, wonach sie gesucht hatte.

Seit seiner Heirat hatte er sich mit einer Vielzahl junger Damen eingelassen. Keine Affäre hatte länger gedauert. Mit Rosanna war es anders. Obwohl er genau wußte, daß sie eine geldgierige Abenteurerin war — er mußte lachen: wieder so ein altmodisches Wort, offenbar auf Sylvias Einfluß zurückzuführen —, fand er sie faszinierend und machte keinen Versuch, die Beziehung abzubrechen. Und sie auch nicht.

Vor kurzem aber hatte sie ausgespielt, was sie offenbar für ihren Trumpf hielt. Natürlich wußte sie eine Menge über ihn und seine Frau — er mußte sich eingestehen, daß er ihr vieles erzählt hatte, aber klug genug gewesen war, um zu wissen, daß sie das alles auch auf eigene Faust hätte herausbekommen können. Als sie ihm daher eines schönen Tages mit der Drohung kam, sie würde zu Sylvia gehen und ihr über die Liebesaffäre die Augen öffnen, wenn er ihr nicht einen Haufen Geld zahlte, kam er zu dem Entschluß, es sei höchste Zeit, die Beziehung abzubrechen. Vollständig und für immer.

Er lachte auf. Die Affäre hatte mitten in der Wüste begonnen, nämlich in Las Vegas — und würde mitten auf dem Ozean ihr Ende finden — allerdings mit einer in Las Vegas gekauften Waffe.

Der Schlüssel war fast fertig. Danziger warf einen Blick auf die Uhr. Kein Grund zur Hast. Er hatte ausreichend Zeit und konnte beruhigt sein.

Es hatte in Las Vegas begonnen und aufgehört — vor ein paar Wochen. Aber schon lange vorher hatte sie ihn um Geld gebeten. Sie hatte ihm gesagt, sie würde Sylvia alles verraten, und er hatte ihr, um Zeit zu gewinnen, geantwortet, er wollt sich die Sache überlegen und zusehen, wie er ohne Sylvias Wissen soviel Bargeld auftreiben könne. Eine Weile konnte er sie hinhalten, allein Urlaub machen — auf der SUN PRINCESS, wo er auf die Lösung seines Problems gestoßen war —, und als er in sein Büro zurückgekehrt war, hatte er ihren Brief beantwortet, jenen Brief, in dem sie ihm schrieb, er solle sich mit ihr schleunigst in Verbindung setzen. Er flog in die Wüste, um einen Händler aufzusuchen, wie er Sylvia sagte.

»Du hast mich an der Nase rumgeführt, Hayden, Baby«, sagte Rosanna bei einem Drink in der Bar des mittelgroßen Hotels, in dem sie mit der Band auftrat. »Du hast behauptet, du brauchst Zeit ... und die hast du dir genommen — ausreichend. Das wird dich teuer zu stehen kommen, Hayden.«

»Tut mir leid, aber an Bargeld zu kommen, ist nicht einfach — an soviel Bargeld schon gar nicht.«

»Das ist dein Problem, mein Schatz. Verhökere eben deinen Swimmingpool.«

»Sylvias Geld läuft unter ihrem Namen. Mein Geschäft geht zwar gut, aber zwanzigtausend Dollar kann ich auch nicht so einfach lockermachen.«

»Und ich kann nicht mehr länger warten. Ich muß endlich aus dieser Tretmühle raus, in der ich momentan stecke. Das Trio ist zwar in Ordnung, aber nicht weiter umwerfend. Ich brauche neue Kleider, neue Arrangements, einen ganz neuen Auftritt. Dann werde ich groß herauskommen und dem lieben alten Hayden nicht mehr auf die Nerven fallen.«

»Das sagst du ... aber woher soll ich wissen ...«

»Das weißt du nicht, gewiß. Aber dir bleibt keine andere Wahl. Und jetzt Schluß mit den Ausflüchten. Hast du das Geld, oder soll ich eine gewisse Nummer wählen ...?«

»Ich werde das Geld beschaffen. Ich mußte zu den Geld-Haien — Kredit aufnehmen. Nicht sehr angenehm — bei diesen Wucherzinsen —, aber ich habe es. Oder zumindest hat man es mir versprochen. Man will noch ein paar Sicherstellungen. In zwei Wochen ...«

»Huch! In zwei Wochen spielen wir schon auf irgendeinem Vergnügungskahn.«

»Auf der SUN PRINCESS. Ich werde dir das Geld an Bord übergeben. Auf dem Schiff. Ich veranstalte nämlich für meine Händler eine Kreuzfahrt. Das habe ich schon längst geplant, weil ich glaube, daß man auf einer Kreuzfahrt leichter Kontakte vertiefen kann. Und so wird es auch sein — und das Geld werde ich mitbringen.« Sie trank aus und stand auf. »Das würde ich dir dringend raten ... und nur um sicherzugehen, daß du es nicht vergißt ... habe ich für dich eine kleine Überraschung.«

Sie entfernte sich, und er dachte bei sich: Und ich habe eine kleine Überraschung für dich, Rosanna — Schätzchen!

3 An einem Ecktisch, von dem aus man das Deck und gleichzeitig das Meer bis zum Horizont überblicken konnte, saßen zwei Schiffsmusiker, Artie Podell und Lloyd Harrington, bei ihren Drinks. Der Raum, in dem sie saßen, hieß ›Union Jack‹, nach dem wichtigsten Dekorationsstück, einem riesigen Union Jack, der hinter der Bar hing. Die raffiniert angestrahlte Fahne verlieh dem ansonsten dunklen Raum eine gewisse Helligkeit und Heiterkeit. Diese und der Sonnenschein draußen bildeten einen starken Kontrast zu Harringtons Stimmung. Er war ein junger Mann Anfang Zwanzig und trotz einiger Jahre als Berufsmusiker ein wenig verträumt, naiv und romantisch.

Zwischen ihnen saß Arties Frau Melissa und sah aus dem Fenster. Zufällig war sie die Schiffskrankenschwester. Ihr Dienst begann in Kürze, und sie hatte sich bereits entsprechend angezogen, wobei ihre weiße Schwesterntracht einen scharfen Gegensatz zu Lloyds düsterer Stimmung bildete. An der Bar herrschte ziemlicher Betrieb, da die meisten Passagiere sich hier zu einem Drink vor dem Lunch versammelt hatten. Eine Weile schwiegen die drei am Ecktisch, als lauschten sie den gutgelaunten Passagieren, die die Neuankömmlinge jeweils lautstark willkommen hießen oder Getränke nachbestellten.

Artie, der ein wenig älter war als Lloyd und als Leader der Band fungierte, die auf der SUN PRINCESS und anderen Vergnügungskreuzern spielte – gelegentlich auch in kleineren Clubs in den Städten, inklusive Las Vegas –, sah Lloyd verärgert an und sagte: »He, Lloyd, laß nicht die Nase hängen. Acht Tage lang dieses Gesicht – das halte ich einfach nicht aus.«

Lloyd zwang sich zu einem Lächeln und sah sich suchend im Raum um, wobei er besonders die verschiedenen Eingänge der Union-Jack-Bar im Auge hatte. Ein- oder zweimal sah er aus dem Fenster. Draußen tummelten sich Urlauber in Badeanzügen, bauten Lehnsessel auf oder rieben sich mit Sonnenöl ein.

Melissa lächelte Lloyd verständnisvoll zu und sagte: »Sie kommt gleich.«

Er war mit seinen Gedanken woanders und fragte: »Was?«

»Rosanna. Ich habe sie vor etwa zwanzig Minuten gesehen. In der Nähe des Wandelganges. Keine Angst, sie hat das Schiff nicht versäumt.«

Artie meinte: »Lloyd – es geht mich ja nichts an, aber...«

Lloyd fuhr den Bandleader scharf an: »Nein, ganz recht.«

»Sie wird dir bloß weh tun, Kamerad...«

Lloyd geriet in Hitze. »Warum kümmerst du dich nicht um deinen Kram, die Band. Mein persönliches Leben überlaß ruhig mir!«

Er stand so plötzlich auf, daß er fast sein Glas umstieß. Rosanna Wells hatte eben die Bar vom anderen Ende des Raumes her betreten und erweckte die Aufmerksamkeit bei mehr als nur einem Mann. Sie war etwa sechsundzwanzig, groß, hatte tiefrotes Haar, das von dem kurzen Spaziergang an Deck malerisch zerzaust war. Sie wußte, wie man einen Auftritt gestaltete und hatte diesen besonders gut inszeniert. Keine Frage – sie erregte Aufmerksamkeit, wo immer sie auftauchte, und die Männer bewunderten sie und fanden sie überaus begehrenswert. Die meisten Männer waren Wachs in ihren Händen. Bei Hayden war es zwar nicht ganz leicht gewesen, aber er machte sich jetzt ganz gut. Der junge Mann, der eben auf sie zukam, dieser Lloyd Harrington, war ein ganz einfacher Fall — sie hatte sich ein Wochenende lang mit ihm amüsiert, um Hayden zu ärgern.

»Entschuldigt mich«, rief Lloyd zu seinem Tisch zurück. Artie und Melissa sahen ihm nach. Artie schüttelte den Kopf. »Er spielt für sie den Hampelmann. Sie wird ihn in Stücke reißen.«

»Warum auch nicht? Die richtigen Klauen hat sie. Schade, er ist ein so netter Junge. Ich glaube, alle müssen sich mal die Nase anschlagen und es auf die harte Tour lernen.«

»Ja, aber in diesem Fall ist es nicht hart, sondern brutal«, antwortete Artie.

Rosannas Gesicht war bildhübsch, aber irreführend. Aus ihrem reizenden Lächeln schlossen die meisten Menschen auf ein großes Herz. Ja, groß war es. Aber es war aus Stein.

»Hi, Roe«, sagte Lloyd und mimte den Gleichgültigen, wobei ihn seine Miene Lügen strafte.

Sie lächelte süß, während sie hastig den Blick durch den Raum schweifen ließ. »Hallo, Lloyd — Wie geht's?«

»Ach gut. Hm ... ich habe mir Sorgen um dich gemacht. Nach unseren tollen Tagen in Las Vegas ... bist du so mir nichts, dir nichts verschwunden ...«

»Ich hatte etwas vor«, sagte sie gleichmütig.

»Aber so plötzlich ... dabei stellte ich mir vor — wir beide ein paar Tage an einem stillen Plätzchen ...«

»Das war allein deine Idee. Nicht meine«, sagte sie schnippisch.

»Und ich dachte mir ...«

Ihr Lächeln war wie weggewischt. Sie rückte näher an ihn heran, damit diejenigen, die sie noch immer anstarrten, nicht ihren harten Blick bemerkten, als sie sagte: »Lloyd, du bist ein reizender Junge. Wir wollen es dabei belassen. Wir haben uns amüsiert ... alle Beteiligten hatten ihren Spaß ...

nur keine große Sache daraus aufbauschen...! Damit hat sich's. Es war ein schönes Wochenende. Du hast bekommen, was du wolltest, also kannst du dich nicht beklagen. Was mich betrifft... ich beklage mich auch nicht — aber es ist aus. Das war's also, Schätzchen... es ist aus!«

»Nein, das kann ich nicht...« stammelte Lloyd verwirrt.

Eiskalt fuhr sie ihn an: »Laß mich gefälligst in Frieden —ja? Kapierst du denn nicht? Es ist aus und vorbei. Ich habe einen größeren Fisch an der Angel zappeln. Wenn ich was Festeres möchte, dann sehe ich mich nach einem richtigen Mann um. Und jetzt hau ab! Mir paßt es nicht, daß du hinter mir herschnüffelst. War das jetzt deutlich genug?«

An den Tischen, die in der Nähe waren, konnten die Gäste den Streit mitanhören. Sie beobachteten das hübsche Paar ganz genau. Aus der Entfernung konnten auch Artie und Melissa mitbekommen, daß für Lloyd Harrington die Sache nicht nach Wunsch verlief, denn der junge Mann, der seiner Wut kaum Herr werden konnte, stürmte zur Tür hinaus, durch die Rosanna eben hereingekommen war.

Er lief den Gang entlang und streifte dabei Inspektor Columbo, der den Spielautomaten unverdrossen mit Münzen fütterte — ohne Erfolg.

Enttäuscht durchforstete Columbo seine Tasche und entdeckte seinen letzten Vierteldollar. Er warf ihn in den Schlitz, zog die Kurbel und behielt das Glasfenster im Auge, hinter dem drei Räder in rasende Bewegung versetzt wurden. Als sie anhielten, sah er, daß er wieder den kürzeren gezogen hatte. Mit einer wegwerfenden Handbewegung zur Maschine hin drehte er sich um und ging.

Um diese Zeit war Hayden Danziger mit dem Zuschneiden des Hauptschlüssels fertig, jenes Schlüssels, den er brauchte, wenn er seinen Plan erfolgreich in die Tat umsetzen wollte. Er lächelte und inspizierte das Ergebnis seiner Handfertigkeit. Dann ließ er den Schlüssel in die Tasche gleiten und entnahm ihr gleichzeitig ein Taschentuch. Er griff mit dem Taschentuch in seinen Aktenkoffer und zog eine Rechnung heraus, die er in seine Brusttasche steckte. Noch immer mit dem Taschentuch in der Hand griff er wieder in den Aktenkoffer und zog eine Pistole heraus — eine britische Weatherby Nummer 5 —, nicht zu groß, und mit einem Griff, der das Ding aussehen ließ wie eine Spielzeugpistole.

Er ließ die Weatherby in der Tasche verschwinden. Dann schloß er den Aktenkoffer, sperrte ihn ab und ging hinaus. Gleich darauf kam er wieder und nahm das ›Schlüssel-Handbuch‹ und die Schere an sich.

Wieder ging er hinaus und begab sich auf das Promenadendeck. Es war zum Glück nicht sehr bevölkert. Danziger schlenderte gemächlich zu einem der Rettungsboote und tat so, als sähe er sich das Boot genau an. Als er sicher sein konnte, daß ihn niemand beobachtete, trat er an die Reling und warf das Schlüsselhandbuch samt Eisenschere über Bord. Dann kehrte er auf den Gang zurück, blieb vor einem Lift stehen und drückte den Knopf. Er stieg ein und fuhr nach unten zum ›Capri-Deck‹.

In der Krankenstation des Schiffes versorgte Melissa Podell eben eine ältere Dame mit Pillen, während Lloyd Harrington, ungeduldig von einem Fuß auf den anderen tretend, darauf wartete, daß die Dame endlich abdampfte.

»Eine am Morgen«, hörte er Melissa sagen, »und eine abends — dann werden Sie von der Seekrankheit verschont bleiben, Mrs. Wilkinson.«

Die Dame bedankte sich und ging. Melissa wandte sich nun an Lloyd, wobei sie ihn mit einem Kopfschütteln bedachte, als ermahne sie ein ungezogenes Kind.

Er machte ein schafsdummes Gesicht und sagte: »Vermutlich habe ich mich wie ein Trottel aufgeführt?«

»Dabei hat sie dir tatkräftig geholfen«, antwortete Melissa und ging an ein medizinisches Tablett. Sie nahm eine Injektionsspritze zur Hand. Dann trat sie vor einen Schrank und entnahm ihm eine kleine Phiole mit einem Präparat, das sie in die hypodermische Injektionsspritze aufzog.

Inzwischen hatte Lloyd seinen Ärmel aufgerollt. »Ja, sie war nicht sehr feinfühlig.«

Mit einem geringschätzigen Lächeln antwortete Melissa: »Das ist sie niemals.«

Dann stach sie die Nadel in Lloyds bloßen Arm.

Der Aufzug blieb in der Halle vor dem ›Capri-Deck‹ stehen, und Danziger stieg mit einigen anderen Passagieren aus. Er orientierte sich, in welcher Richtung Kabine C 40 liegen mochte. Der Gang war menschenleer, er wartete jedoch noch einen Augenblick, ehe er den Schlüssel aus der Tasche zog und Lloyd Harringtons Kabine betrat.

Die Kabine war leer, Danziger zog, sein Taschentuch benützend, die Quittung aus der Tasche und sah sich suchend um. Nachdem er eine Reihe von Kommodenladen aufgezogen hatte, stieß er in einer Lade auf eine kleine Metallbox, die unversperrt war. Er öffnete sie und lächelte grimmig, als er persönliche Dokumente und Rechnungen darin entdeckte. Vorsichtig plazierte er die Quittung, die er in der Hand hielt, mitten unter die anderen Papiere, klappte den Deckel zu und stellte die Box wieder in die Lade.

An der Tür hielt er inne und horchte. Von draußen war kein Laut zu hören. Vorsichtig spähte er hinaus. Mit dem Taschentuch wischte er seine Fingerabdrücke von der Klinke, trat auf den Gang hinaus, zog die Tür zu und versperrte sie.

Dann ging er weiter zu einer anderen Kabine. Wieder benutzte er den Hauptschlüssel und verschaffte sich so Zugang — diesmal zu Rosanna Wells' Kabine.

Schnurstracks ging er zu ihrem Schrank und öffnete ihn. Er wühlte sich durch eine Kollektion von Abendroben und Kleidern und versteckte die mitgebrachte Waffe sorgfältig im

Inneren einer Schwimmweste, die griffbereit auf dem oberen Ablagebord lag.

Er hörte ein Geräusch vom Gang her und trat hastig aus dem Wandschrank. Eben konnte er noch den Schrank schließen — als Rosanna die Kabine betrat.

Erschrocken sah sie Danziger an, blieb einen Augenblick in der Tür stehen. Erst dann trat sie ein und zog die Tür hinter sich zu.

»Was machst du da?«

Danziger lächelte. »Und ich dachte, du würdest dich freuen, wenn du mich siehst!«

»Das hängt davon ab. Vielleicht ... wenn du ein kleines Etwas mitgebracht hast.« Als er keine Antwort gab, fuhr sie fort: »Ich nehme an, deine Frau weiß, daß du hier bist.«

Sie ging an den Frisiertisch und setzte sich. Dabei behielt sie ihn durch den Spiegel im Auge. Wieder gab er keine Antwort, und sie fuhr fort: »Nein? Soll ich sie etwa anrufen und einladen? Wir könnten dann zusammen plaudern. Wir drei.«

»Bitte tu das«, sagte er. »Bloß bitte ich dich, diesmal am Telefon deinen Namen anzugeben. Du mußt nämlich wissen, daß Sylvia seit unserem letzten Wochenende in Vegas durch mysteriöse Anrufe beunruhigt wird.«

Rosanna nahm ihr Halsband ab und sagte: »Ach, was du nicht sagst?«

»War das die kleine Überraschung, die du mir versprochen hast?« fragte Hayden ruhig.

Als sie mit einem Achselzucken reagierte, kam er näher, legte ihr die Hand auf die Schulter. Seine Stimme verriet Härte, als er sagte: »Baby, eines laß dir gesagt sein: Du bist bei mir an den Falschen geraten! Ich habe zwanzig Jahre gebraucht, bis ich mein Verteilernetz aufgebaut hatte ... und die richtige Frau zum Heiraten fand. Ich lasse mir das alles nicht von einem gerissenen Weibsstück aus Pittsburgh wieder wegnehmen.«

»Das gerissene Weibsstück läßt sich nicht so leicht abwimmeln ... zumindest werde ich mir nehmen, was ich brauche.

Und du tust mir weh. Nimm die Finger weg. Spiel bloß nicht den starken Mann vor mir, Hayden. Ich wurde schon von durchtriebeneren Experten vermöbelt, das hat mit meinem alten Herrn angefangen. Und ich habe gelernt, ebenso Hiebe auszuteilen... aber dieses sinnlose Geschwätz führt zu nichts. Wo ist das Geld?«

»Ich habe es. Ich habe dir ja gesagt, daß dir ein Wiedersehen mit mir Freude bringen wird. Aber es ist das erste- und letztemal, Rosanna!«

»Klar doch. Her mit dem Geld!«

»Nicht so hastig, schönes Kind. Das Geld liegt sicher im Safe des Schiffes. Du kriegst es, ehe wir in Mazatlan anlegen... sobald ich sicher sein kann, daß du dichtgehalten und niemandem ein Wort gesagt hast.«

»Vertrau mir, Geliebter«, versuchte sie ihn einzuschmeicheln.

»Das war ja mein größter Fehler.«

»Ach, überleg doch mal. Wenn es jemand wüßte, dann hätte ich keine Neuigkeit mehr zu bieten. Dann hätte ich keine Exklusivität.«

»Und dieser Musiker, dieser Harrington?«

Rosanna stand auf und herrschte ihn wütend an: »Hör auf, mich hinzuhalten, Hayden! Es ist mein voller Ernst! Wenn du nicht bald mit den blanken Scheinen rausrückst, bin ich leider gezwungen, die traurigen Einzelheiten des vergangenen Jahres über den Schiffslautsprecher zu verbreiten... was würde deine alte Dame dazu sagen?«

Wütend schlug er ihr ins Gesicht. Sie war so überrascht, daß sie einen Schritt zurücktrat. Dann lachte sie aus vollem Hals.

»Du siehst so unbeschreiblich albern aus. Sieh dich doch an — du hast solche Angst, sie könnte herausbekommen, was du wirklich von ihr hältst —, ach, du zitterst ja wie ein kleiner Junge, den man mit der Hand in der Keksdose erwischt hat. Wie gesagt — ich könnte dich ordentlich reinlegen. Aber diesmal tue ich es noch nicht. Und jetzt nichts wie raus!« Er wurde merklich entspannter und ging leise an die Tür.

»Los, Süßer... sieh bloß zu, daß dich keine Menschenseele sieht... was würde Mami bloß sagen!« Er verließ ihre Kabine.

»Ich möchte das Geld, bevor wir an Land gehen«, rief sie ihm nach.

Draußen auf dem Gang war ihm wieder nach Lachen zumute. »Keine Angst, Süße, du kriegst alles. Viel eher, als du glaubst.«

4 Kaum war er weg, schlüpfte Rosanna aus dem Kleid. Sie blieb vor dem Spiegel stehen und bewunderte ihre makellose Figur ausgiebig. Dann ging sie an den Wandschrank. Sie war entsetzt, als sie entdecken mußte, daß die Kleider nicht ordentlich hingen, sondern achtlos zusammengeschoben waren. Dabei konnte sie sich erinnern, daß sie sie selbst eingeräumt hatte, und zwar ganz ordentlich, weil sie zerdrückte Kleider haßte. Die Garderobe einer Künstlerin war überaus wichtig, lautete einer ihrer Sprüche.

Wieder mußte sie lachen, denn plötzlich kam sie auf den Gedanken, daß Hayden Danziger ihren Schrank durchwühlt haben konnte, ohne Zweifel auf der Suche nach irgend etwas Belastendem. Was für ein Dummkopf er ist, dachte sie. Und ein Kind obendrein. Wie habe ich ihn jemals für einen Mann halten können? Er ist der gleiche Schlappschwanz wie Lloyd Harrington. Wieder lachte sie und fügte in Gedanken hinzu: dafür aber reicher. In wenigen Tagen wird er um Zwanzigtausend ärmer sein... wenn nicht, dann wird er sich wünschen, mich nie kennengelernt zu haben. Sollte ich mich gezwungen sehen, Sylvia Danziger die Augen darüber zu öffnen, was ihr Kleiner auf seinen ›Geschäftsreisen‹ getrieben hat, dann bekommt sie kalte Füße.

Endlich fand sie das Gesuchte — ein zweiteiliges Kleid, das

die Männer blenden würde, die ihr zufällig über den Weg liefen. Auf Kreuzfahrten trieben sich immer reiche Männer herum, reiche Männer, die ständig auf der Pirsch waren... und vielleicht war einer darunter, der reich genug war... jaja, ein Mädchen durfte nichts unversucht lassen. Das war seit jeher ihr Motto. Ein Mädchen darf nicht träumen, sonst wird es was versäumen.

Sie selbst war nie ein scheues Reh gewesen... und würde es nie sein. Sie würde bekommen, was sie wollte, und wer sich ihr in den Weg stellte... Achtung, Hayden, sonst überrolle ich dich wie eine Dampfwalze...

Und was diesen Jungen betraf, diesen Lloyd... der machte ihr sicher keinen Ärger mehr. Hart für ihn. Hart von ihr, daß sie es ihm so deutlich sagen mußte — aber damit war sie ihn ein für allemal los. Das Wochenende mit Lloyd hatte ohnehin nur dazu gedient, Hayden zu reizen. Lloyd war nur ein junges, einigermaßen anziehendes Spielzeug für sie gewesen. Sie hatte sich ihn geangelt, das wußte sie. Ja, das konnte sie sehr gut. Auch bei Hayden hatte sie es so gemacht. Nur hatte es bei ihm, anfangs zumindest, auf Gegenseitigkeit beruht. Schließlich war sie eine Frau und hatte ganz normale Wünsche und Begierden. Später dann war es nur noch Getue. Er hatte ihr nichts mehr bieten können... abgesehen von materiellen Dingen natürlich. Doch am Anfang... sie seufzte. Schade, daß diese Dinge nicht von Bestand waren.

Lloyd war ein großes Nichts. Sie hatte ihn glauben gemacht, es wäre eine Riesensache, dabei war es nur ein Spiel. Schauspielerei... das war's, nur Schauspielerei! Sie konnte schauspielern. Wenn ihre Karriere als Sängerin erst einmal auf dem Höhepunkt war, würde sie sich dem Theater zuwenden. Zuerst ein Broadway-Musical, dann Hollywood. Filme... es würde nicht mehr lange dauern.

Die Karten hatten es ihr gesagt... sie würde ein großer Star werden, ihr Name würde täglich in der Presse auftauchen. Sie war ihrer Sache ganz sicher.

5 Hayden Danziger rieb sich, bildlich gesprochen, die Hände, als er dem Lift entstieg. Fast hätte er den Mann übersehen, der total verloren dastand. Es glückte ihm gerade noch auszuweichen, nachdem er um die Ecke gebogen war.

Der läuft einem überall über den Weg, dachte Danziger, als Inspektor Columbo sagte: »Ach, Entschuldigung.«
»Schon gut!«
Er wollte hastig vorbei, doch der Mann fuhr fort: »Entschuldigen Sie, Sir – vielleicht können Sie mir helfen.«
Unsicher und unwillig darüber, daß man ihn belästigte, ließ Danziger sein professionelles Lächeln aufleuchten, ein Lächeln, das er sich vor vielen Jahren beim Verkauf von Autos zugelegt hatte und das er sich für seine Händler vorbehielt.
»Ja?«
»Eigentlich ist es peinlich... meine Frau... es ist kaum zu glauben. Die Kreuzfahrt hat eben begonnen, und sie ist beinahe schon verhungert... Ich... mir ist das Essen nicht so wichtig, aber sie hat einen Bärenhunger.«
Geduldig bemerkte Danziger: »Ja, manche Menschen werden an Bord hungrig... das macht die frische Luft... oder vielleicht verlangt der Magen einfach Nahrung. Warum gehen Sie nicht zu Tisch?«
»Das ist es ja... wir sind beim Lunch für die letzte Partie eingeteilt worden... bis dahin ist es noch eine ganze Stunde... ich möchte nicht hingehen und mich beschweren, aber ich dachte mir, vielleicht gibt es hier einen Zimmerservice – oder so was –, vielleicht könnten wir ein Sandwich bestellen oder Kaffee?«
Insgeheim schüttelte Danziger ungläubig den Kopf. Wie kam dieser Mann und seine hungrige Frau an Bord eines Schiffes wie die SUN PRINCESS? Wahrscheinlich mußte man hier jeden nehmen, der das Geld aufbrachte, aber eigentlich...

»Gehen Sie in Ihre Kabine zurück«, sagte er und bemühte sich redlich, jegliche Schärfe beiseite zu lassen, »und drücken Sie den roten Knopf am Telefon – dann kommt der Steward.«

»Herrje, vielen Dank! Und ich fragte mich schon, wozu der rote Knopf dient. Sie müssen wissen, ich habe noch nie eine Seefahrt gemacht... Meine Frau hat diese Reise gewonnen... bei einer Verlosung in unserer Kirchengemeinde und ich... nun ja, es war eine Reise für zwei Personen, also mußte ich meinen Urlaubstermin ändern...«

Danziger nickte und machte sich davon. Columbo verstummte enttäuscht, als er merkte, daß der Mann kein Interesse hatte.

Er wollte ihm noch eine Frage stellen, doch da kam ein Mann in weißem Hemd, schwarzem Schlips und kurzer weißer Jacke vorbei.

»Entschuldigen Sie«, sprach Columbo ihn an, während Danziger die Flucht um die Ecke antrat, »sind Sie der Steward?«

»Ich bin der Erste Offizier, Sir! Wenn Sie einen Steward wünschen, gehen Sie in Ihre Kabine und läuten Sie nach ihm... der rote Knopf am Telefon, Sir... nicht zu übersehen.«

»Ja... ich weiß... in meiner Kabine. Von dem Knopf weiß ich schon, aber um die Wahrheit zu sagen – ich kann meine Kabine nicht finden, Nummer C 53 – aber...«

»Steuerbord, ›Capri-Deck‹.«

»Steuerbord?« fragte Columbo irritiert.

»Die rechte Seite, Sir. Mit dem Gesicht zum Schiffsbug ist die rechte Seite steuerbord. Die linke heißt backbord.«

»Rechts? Rechte Seite? Ja, ich habe verstanden.« Columbo drehte sich in Richtung Bug und hielt die rechte Hand hoch. Der Erste Offizier nickte zustimmend und sagte: »Sehr gut, Sir. Wenn Sie mich jetzt entschuldigen wollen...«

»Haben Sie vielen Dank! Ich bin zum erstenmal auf einem

Boot. Entschuldigen Sie meinen Irrtum... nämlich, daß ich Sie für einen Steward gehalten habe.«

»Keine Ursache, Sir.« Der Mann war schon im Gehen, drehte sich jedoch noch einmal zu Columbo um: »Ach ja, Sir... wir sprechen von einem Schiff – und nicht von einem Boot.«

»Richtig! Ein Schiff!« Columbo sah auf, aber der Mann war bereits weg. Während er die Treppe hinunterging, zündete Columbo sich eine Zigarre an.

Als Hayden Danziger Columbo endlich abgeschüttelt hatte, lief er eilig in seine Suite, wo er sich im Schlafzimmer in Schwimmhose und Bademantel warf. Den Hauptschlüssel steckte er in die kleine Tasche der Badehose und knöpfte sie zu. Er sperrte den Aktenkoffer auf und nahm zwei gelbumhüllte Kapseln aus einem winzigen Umschlag. Vorsichtig steckte er diese in die Tasche des Bademantels. Er hatte den Aktenkoffer kaum abgeschlossen, als er seine Frau den Vorraum betreten hörte.

Verdammt, dachte er, während er gleichmütig rief: »Bist du es, Syl?«

»Warst du noch nicht draußen beim Schwimmen? Hier drinnen wirst du nicht braun, Schätzchen.«

»Bin schon unterwegs. Ich habe mich von ein paar lästigen Einzelheiten aufhalten lassen.«

»Ich sagte dir doch, du solltest die Arbeit daheim lassen.«

»Mit hundert Händlern an Bord? Unmöglich, Liebling. Außerdem bin ich fertig. Wie steht es mit dir?«

»Schnell umziehen und dann nichts wie zum Friseur. Ich weiß, wie mein Haar unter der mexikanischen Sonne leidet...«

Er lächelte gezwungen, und sie spürte eine Veränderung an ihm. »Was ist denn, Hayden?«

»Nichts. Warum?«

»Du bist nervös«, sagte Sylvia beunruhigt.

»Sei nicht albern, Liebes. Ich bin nur müde. Die Überprüfung aller Arrangements war eine Riesenarbeit. Ich könnte das ja der Schiffahrtslinie überlassen, aber du weißt, daß ich mich auch um die kleinsten Einzelheiten kümmere. Das ist mein Gütezeichen.«

»Aber es soll für dich doch eine Erholung sein! Ich möchte nicht, daß du total erschöpft zu Hause ankommst...«

»Keine Angst. Ich fange noch in dieser Minute mit der Erholung an. Jetzt kommt die Entspannung.«

»Dann sieh zu, daß du deine Geschäftsmiene ablegst. Wenn du für alle diese Händler draußen ein Lächeln übrig hast, könntest du mir auch eines schenken.«

Er tat wie verlangt und gab ihr einen zärtlichen Kuß auf die Wange.

»Ich mache mir deinetwegen Sorgen«, sagte sie.

»Das gefällt mir, Syl. Aber nicht zuviel Sorgen. Mir geht es wirklich gut. Bin nur müde von diesen tausend Details. Aber jetzt will ich schwimmen und mich entspannen.«

»Gut. Lauf los... wir sehen uns nachher.«

»Komm dann auch raus — nach dem Friseur«, sagte er und versuchte ein Lächeln.

»Gut. Aber versuch ja nicht, mich ins Wasser zu locken.«

»Du weißt, daß Schwimmen dir guttut.«

»Mir schon — aber nicht meinem Haar«, sagte Sylvia.

»Mir genügt es, wenn ich in der Sonne sitze und zusehe.«

»Also, bis dann«, sagte er und ging hinaus.

Jetzt war die Zeit für Spiele an Deck, und die Aktivitäten waren auch voll im Gange. Man hörte die Geräusche von allen möglichen Deckspielen, während die Stewards von der Bar auf das Deck, das unter dem riesigen Kamin mit dem aufgepinselten Union Jack lag, eilten und Drinks, Appetitanreger und Sandwiches für die Sonnenanbeter, für alle Shuffleboardspieler, Kartenspieler und Zaungäste heranschleppten. Es herrschte rege Betriebsamkeit, allerdings in gemächlicher Gangart, ja sogar von einer gewissen Trägheit. Es machte den Eindruck, man wolle sich durch nichts aus der Ruhe bringen lassen.

Hayden kam mittschiffs durch die Doppeltür und schritt vorsichtig zwischen den in der Sonne bratenden Leibern hindurch, klopfte einem auf die Schulter, wechselte ein paar Worte mit dem nächsten. Er lehnte zahllose Einladungen zu einem Drink oder zum Platznehmen ab. In der Nähe des Bassins gesellte er sich zu den Angehörigen seines engeren Kreises, die an einem niedrigen Tisch saßen.

Eine Frau sagte: »Na, wie wär's mit einem Drink, Hayden? Diese Margaritas sind ausgezeichnet.«

»An sich mein Lieblingsgetränk, Fran, aber heimtückisch. Außerdem ist es zu früh für mich. Amüsiert sich alles richtig? Seid ihr gut aufgehoben?«

Die mit ›Fran‹ angesprochene Frau erwiderte: »Ich möchte überhaupt nie wieder nach Hause.«

Danziger lächelte und ließ sich in einen leeren Liegestuhl fallen, nachdem er sich seiner Sandalen und des Bademantels entledigt hatte. Er hielt den Mantel auf dem Schoß und holte die zwei Pillen aus der Tasche. Während er den Mantel über die Beine drapierte, hielt er die Pillen in der geschlossenen Hand. Er sah sich um, bis er sicher sein konnte, daß sein Kommen keinen Besucher oder Fragesteller angelockt hatte. Dann zerbrach er die Kapseln in der Hand und führte sie an sein Gesicht, als wolle er sich die Nase reiben.

Er inhalierte tief und stand dann auf, indem er den Mantel wegschob. Dann trat er an den Rand des Pools. Mit einem Kopfsprung tauchte er unter und berührte beinahe den Boden. Als er wieder an die Oberfläche kam, hob er wild gestikulierend die Hand und schrie verzweifelt: »Hilfe! Helft mir!«

Ein Rettungsschwimmer, der am anderen Ende des Beckens postiert war, sprang auf und war innerhalb weniger Sekunden im Wasser. Mit einigen Stößen hatte er Danziger erreicht, seinen Körper im festen Griff und fachmännisch an den Rand des Wasserbeckens gezogen.

Der Mann rief: »Schnell den Arzt!« und hievte Danziger auf den Rand des Beckens, während einer der Stewards sein Tablett abstellte und durch die Bar zur Krankenstation lief. Menschen umdrängten die reglose Gestalt, doch der Rettungsschwimmer verscheuchte sie, während er den nach Luft ringenden und keuchenden Danziger aufrichtete.

Als schließlich der Arzt sich durch die Schar Neugieriger hinduchgearbeitet hatte, brach Danziger endgültig zusammen.

6 Hayden Danziger, der noch immer in seiner nassen Badehose steckte, lag auf dem Untersuchungstisch, während Melissa Podell an seinem Arm ein Blutdruckgerät anbrachte und August Pierce, der Schiffsarzt, mit dem Stethoskop die Herztöne abhorchte. Im Hintergrund wartete nervös Sylvia Danziger und beobachtete die medizinische Teamarbeit, wobei ihr die Besorgnis anzumerken war, die beiden könnten nicht kompetent sein.

Danziger atmete schwer. Die Augen waren geschlossen, doch er war bei Bewußtsein und merkte, was um ihn herum vorging. Als der Blutdruckmesser angebracht war, pumpte Melissa den daran befindlichen Schlauch auf. Der Arzt las Danzigers Blutdruck ab, wobei er leise vor sich hinbrummelte.

Danziger schlug die Augen auf und fragte: »Wie steht es?«

»Bitte nicht sprechen, Liebling«, mahnte Sylvia und wagte sich näher an den Tisch heran.

Die Antwort des Arztes galt gleichermaßen ihr wie ihm: »Der Blutdruck ist eine Spur zu hoch, und das Herz flattert. Es wäre möglich — obwohl ich das hier nicht feststellen kann —, daß Sie einen kleinen Herzanfall erlitten haben, Sir.«

»Einen Herzanfall!« rief Sylvia hektisch aus.

Danziger wollte sich aufsetzen. »Sie sind verrückt, Doktor!«

191

»Nur keine Aufregung, Sir. Melissa, bereiten Sie ein Bett für Mr. Danziger vor. Nur eine Vorsichtsmaßnahme, Mr. Danziger. Sie verstehen sicher...«

Die Angst war Danziger deutlich anzumerken, als er sich der Einhalt gebietenden Hand des Arztes entziehen wollte und hervorstieß: »Ich habe eine Schiffsladung von Gästen und Geschäftsfreunden an Bord... alle sind auf meine Einladung hin gekommen, um sich zu amüsieren. Ich kann unmöglich...«

»Aber, aber, Mr. Danziger – kein Grund zur Beunruhigung«, sagte Dr. Pierce in seinem beruhigendsten und professionellsten Ton. »Folgen Sie dem Onkel Doktor. Ihre Gäste werden sich in ihrem Vergnügen sicher nicht stören lassen. Wir werden niemandem sagen, daß es ernst ist – außerdem ist es vielleicht gar nicht so ernst. Wir werden nur bekanntgeben, daß Sie vor Überarbeitung einen kleinen Zusammenbruch erlitten haben – was der Wahrheit sehr nahekommt. Eine Nacht hier auf der Station und morgen noch ein Ruhetag... falls es wirklich nichts Ernstes ist, dann können Sie wieder unbesorgt zu Ihren Gästen, als wäre nichts geschehen... aber Sie müssen jetzt Ruhe bewahren. Mrs. Danziger, erklären Sie Ihrem Gatten...«

»Sicher hat der Herr Doktor recht«, begann Sylvia. Sie schnappte erschrocken nach Luft, als ihr Mann benommen auf den Tisch zurücksank und sich dabei den Kopf anschlug, obwohl der Arzt den Aufprall zu mildern versucht hatte. »Melissa«, rief er, und die Schwester war sofort an seiner Seite. Gemeinsam halfen sie Danziger vom Untersuchungstisch herunter und schafften ihn in das Krankenzimmer, während Sylvia verängstigt und hilflos zusah.

Danziger konnte sich zwischen ihnen kaum aufrecht halten, aber durch vorsichtiges Bewegen brachten sie ihn schließlich zum Bett, auf das er sich schwer fallen ließ.

»Ich fühle mich wie von einem Pferd getreten...«

Der Arzt wandte sich an Melissa: »Bitte kontrollieren Sie Mr. Danzigers Puls und Blutdruck jede halbe Stunde.«

»Ja, Doktor.« Melissa nickte gehorsam.

»Ich komme gleich wieder. Mrs. Danziger, ich glaube, Sie können Ihren Mann jetzt beruhigt hier lassen, er braucht in erster Linie Ruhe und ist bei uns in guten Händen.«

Sie hatte sich inzwischen gefaßt und sagte zu ihrem Mann: »Hayden, du mußt tun, was der Arzt sagt. Ruh dich jetzt aus: Ich komme später noch mal herunter...«

»Kommen Sie, Mrs. Danziger...«

Pierce und Sylvia gingen hinaus. Hayden Danziger sah Melissa Podell an. Sie lächelte und sagte: »Können Sie stehen?«

»Ich denke schon. Warum?«

»Sie sollten die nasse Schwimmhose ausziehen. Hier — nehmen Sie das Nachthemd.«

Er belächelte innerlich ihre Prüderie und zog das Nachthemd über den Kopf. Dann stand er auf und streifte jetzt erst die Badehose herunter. Da er sich ein wenig wackelig fühlte, setzte er sich wieder auf das Bett und sagte: »Umgezogen.«

»Gut! Jetzt legen Sie sich hin und ruhen sich aus!«

»Okay. Vermutlich bin ich der einzige Patient.«

»Ja. Unsere ganze Aufmerksamkeit konzentriert sich also auf Sie. Wir haben hier unten eigentlich selten jemanden — immer erst auf der Rückfahrt... wenn einige Passagiere unter der Rache Montezumas zu leiden haben.«

»Das ist ja reizend. Jetzt weiß ich wenigstens, worauf ich mich freuen darf.«

»Im Augenblick freuen Sie sich auf die Ruhe!«

Melissa lächelte Danziger an. »Wenn Sie mich brauchen...« sie zeigte auf den Knopf neben seinem Bett, »drücken Sie diesen Summer. Ich sitze drüben, quer über dem Korridor.«

Er bedankte sich mit einem Kopfnicken und sah ihr nach. Als er sicher sein konnte, daß sie weg war, stand er auf und ging auf Zehenspitzen zu seiner nassen Badehose. Er öffnete den Taschenverschluß und nahm den selbstgefertigten Schlüssel heraus. Er führte den Schlüssel an die Lippen und küßte ihn, wobei ein strahlendes Lächeln seine Miene erhellte.

Das Publikum amüsierte sich großartig bei der abendlichen Show. Der Reiseleiter, ein jugendlicher Mann mit breitem Lachen, vollführte auf der kleinen Bühne seine Zauberkunststücke. Als Höhepunkt zog er eine Pistole aus seiner Tasche und drückte ab. Ein Blumenstrauß schnellte hervor, und alles lachte und applaudierte begeistert.

Der zaubernde Reiseleiter trat von der Bühne ab. Während seine Assistentin die Requisiten abräumte, überreichte er den Strauß einer Dame in der ersten Reihe. Die Musiker nahmen ihre Plätze ein und begannen mit gedämpften Klängen, während der Reiseleiter das Handmikrophon von seiner Assistentin in Empfang nahm und ankündigte: »Und nun, meine Damen und Herren . . . die Artie-Podell-Combo mit der reizenden Rosanna Wells als Sängerin. Zum Tanzen und Zuhören. Wir bitten um Ihre geschätzte Aufmerksamkeit für die Artie-Podell-Combo . . .«

Prasselnder Applaus setzte wieder ein. Als der Reiseleiter von der Tanzfläche ging, standen viele auf und tanzten, während Rosanna, die in ihrer blauen Robe hinreißend aussah, das Mikrophon nahm und sang, wobei sie Lloyd Harrington, dem Saxophonspieler, den Rücken kehrte.

Der ins Bett verbannte Danziger hörte entfernt Musikfetzen und konnte sogar Rosanna Wells' Stimme deutlich erkennen. Verstohlen stand er auf. Er nahm ein kleines Handtuch von einem Bord und schlich in den Untersuchungsraum hinaus, der an sein Krankenzimmer anschloß.

Im Arztzimmer, auf der anderen Seite des Ganges, saß Melissa Podell und las in einem Buch. Sie rührte sich nicht, als er hinter ihr in den Untersuchungsraum ging. Nach einem Blick auf die Uhr vertiefte sie sich wieder in ihr Buch. Danziger ging an einen verglasten Wandschrank und öffnete ihn, indem er mit dem Handtuch hinfaßte. Er nahm ein Paar chirurgische Handschuhe heraus und ging dann wieder ins Krankenzimmer.

Melissa rückte sich ihren Stuhl zurecht, warf wieder einen Blick auf die Uhr und sah, daß es kurz von elf war. Sie legte ein Lesezeichen in das Buch und ging quer über den Gang ins Krankenzimmer. Danziger war wieder im Bett und sah ihr mit einem Lächeln entgegen.

»Fühlen Sie sich besser, Mr. Danziger?« fragte sie zögernd.

»Ein wenig. So ein Anfall jagt einem einen schönen Schrecken ein. Mir ist das nie zuvor passiert. Ich glaube, es drängen sich einem gewisse Fragen auf. Werde ich leben?« sagte er mit einem schwachen Lächeln.

Sie faßte nach seinem Arm und kontrollierte den Pulsschlag anhand des Sekundenzeigers auf ihrer Armbanduhr. Dann befestigte sie den Blutdruckmesser an seinem Arm und betätigte die Pumpe. Als die Nadel in die Mitte der Skala hüpfte, trug sie die Zahl in die Kartei am Fuße des Bettes ein. »Ihre Lebenszeichen sind völlig normal. Eigentlich eine bemerkenswert schnelle Genesung. Sie müssen kerngesund sein.«

»Ich führe ein sauberes Leben«, antwortete er im Scherzton, worauf sie die Brauen hob. »Trotz harter Arbeit«, fuhr er fort, »bleibe ich im Training. Mit Maßen tue ich alles, was man tun soll. Ich bin froh, daß meine Lebenszeichen wieder gut sind. Um die Wahrheit zu sagen — ich fühle mich noch nicht ganz auf dem Damm.«

»Auch das ist ganz normal«, sagte Melissa lächelnd. »Vielleicht morgen...«

»Ganz sicher. Aber es geht nichts über eine ungestörte Nachtruhe. Um halb zwölf komme ich wieder. Danach werden wir Sie in Ruhe lassen. Schlafen Sie jetzt!«

»Danke, Schwester«, sagte Hayden Danziger. »Ich werde Ihre Anweisungen befolgen. Trotz der verlockenden Musik werde ich nicht aufstehen und tanzen.«

»Ach — stört Sie die Musik?« fragte sie sofort.

»Aber gar nicht. Im Gegenteil — sehr beruhigend.«

»Gut. Und nun — gute Nacht.«

»Gute Nacht.«

Als sie gegangen war, wartete er ab, bis sie im Arztzimmer saß. Dann stand er leise auf. Er faßte hinter das Kissen und holte die chirurgischen Handschuhe hervor, die er sich fachmännisch überstreifte. Dann steckte er das Kissen so unter die Decke, daß es bei flüchtigem Hinsehen einem Schlafenden ähnlich war. Er schaltete die Bettlampe aus und ging auf Zehenspitzen hinaus auf den Gang. Melissa Podell saß auf ihrem Stuhl und hatte ihm den Rücken zugewandt. Er schlich durch die Tür und zog sie leise hinter sich zu.

Draußen, auf dem Gang, öffnete er mit dem Hauptschlüssel einen Raum, auf dessen Tür ›Vorräte‹ stand. Dort suchte er sich eine weiße Uniform, die er über sein Krankenhemd anzog.

Es waren eine frischgewaschene Stewardjacke und -hose, die ihm einigermaßen paßten. Jetzt nur noch eine Mütze, dachte er. Er kramte im Schrank und fand das Gesuchte. Sie paßte ihm zwar nicht wie angegossen, beschattete aber ausreichend sein Gesicht — obwohl er sich nicht vorstellen konnte, daß man einem Steward überhaupt Beachtung schenkte. Und doch, sagte er sich, falls einer der Händler... er wollte vorsichtig sein.

Er lächelte, als er Rosannas Stimme das Treppenhaus heraufwehen hörte. Vorsichtig schlich er aus der Kammer. Draußen auf dem Gang war niemand. Und das alles deinetwegen, mein Schatz, dachte er. Deine Nachtigallenstimme klingt so lieblich, daß die Zuhörer sich nicht losreißen können. Ich habe dir in aller Freundschaft geraten, du sollst dich nicht mit großen Jungs anlegen... zu schade, daß du so ehrgeizig bist, meine Liebe. Dein Ehrgeiz trübt deinen Verstand, und jetzt mußt du die Zeche bezahlen. Ich wünschte aus ehrlichem Herzen, es gäbe eine andere Lösung. Aber da du dich nicht der Vernunft beugen willst...

Er war so sehr in sein Selbstgespräch vertieft, daß er beinahe mit einer angesäuselten Frau zusammenstieß, die gottlob nicht die Frau eines Geschäftsfreundes war.

Sie fragte ihn, wo es zur Damentoilette ginge, und da er es nicht wußte, deutete er einfach in die Richtung, aus der sie kam. Sie dankte ihm überschwenglich und ging in die angegebene Richtung, während er eilig die Treppe hinunterlief.

7 Sylvia Danziger hatte sich beinahe zu dem Entschluß durchgerungen, auf das Vergnügen des Kabaretts zu verzichten, wurde aber schließlich von einigen Bekannten überredet, sie solle sich ein kleines Vergnügen gönnen, da ihr Gatte doch gut aufgehoben und außer Gefahr sei. Es hatte keinen Zweck, die Einsiedlerin zu spielen, damit würde sie nur die Spekulationen schüren.

In Wahrheit wollte Sylvia zum Ausgehen überredet werden. Sosehr sie sich um ihren Mann Sorgen machte, sowenig schätzte sie die Aussicht auf einen einsamen Abend in ihrer Suite, den sie mit Lesen — oder vielmehr flüchtigem Durchblättern einer Unmenge von Zeitschriften — verbringen würde. Sie holte noch den Rat von Dr. Pierce ein, der ihr ebenfalls zuredete.

»Mrs. Danziger, es besteht überhaupt keine Gefahr. Es handelte sich allerhöchstens um eine leichte Attacke. Und jetzt ruht der Patient. Mrs. Podell ist äußerst versiert, und ich bin telefonisch jederzeit erreichbar. Sollten wir Sie brauchen, können wir Sie im Saal ebenso einfach erreichen, wie in Ihrer Suite. Sie sollten auf jeden Fall ausgehen und sich amüsieren. Mr. Danziger ist nicht geholfen, wenn Sie herumsitzen und Trübsal blasen.«

Damit war der Fall erledigt. Sie zog sich überaus sorgfältig an, ging zur improvisierten Cocktailparty der Händler und nahm dann mit ihnen gemeinsam am Dinner und Vergnügungsprogramm teil. Sylvia gönnte sich sogar das Vergnügen eines Tanzes, denn sie tanzte sehr gern und war gesellig, und die Musik war ganz nach ihrem Geschmack. Das alles gehörte zu den Freuden einer Kreuzfahrt, sagte sie sich.

Sogar die Sängerin gefiel ihr, obwohl schöne Frauen sie im allgemeinen nervös machten, auch wenn sie in einiger Entfernung auf einer Bühne agierten. Ein- oder zweimal schweiften ihre Gedanken zu ihrem Mann ab, doch der Zusammenklang von Wein, gutem Essen und Musik verhinderte, daß ihre Besorgnis zu groß wurde.

Eine Weile glückte es ihr sogar, die Telefonanrufe zu vergessen, die sie in den letzten Wochen so stark beunruhigt hatten.

Ja, es waren einige Anrufe gewesen. Aber erst der letzte war ihr richtig in die Knochen gefahren. Die vorhergehenden waren nur unangenehm gewesen. Die ersten zwei Anrufe lauteten kurz und bündig: »Was hat Ihr Mann in Las Vegas gemacht?« — und dann war sofort aufgelegt worden. Sie hatte den Anruf ignoriert, obwohl es eine Frauenstimme war, die sich gemeldet hatte. Es gab mehr als eine Frau, die auf ihre Ehe mit Hayden eifersüchtig war, mehr als eine sogenannte gute Freundin, die sich einen solch üblen Trick ausgedacht haben konnte. Auch der dritte Anruf kam von einer Frau — Sylvias Ansicht nach dieselbe Stimme —, aber der Abstand zwischen den Anrufen war so groß, daß sie ihrer Sache nicht sicher war: »Fragen Sie ihn mal, welche Musik er am liebsten hört?« Eine Pause und dann: ». . . wenn er auswärts ist.« Und dann wurde wieder der Hörer mit offenbarem Nachdruck aufgelegt.

Sie nahm an, die Anrufe sollten andeuten, Hayden hätte etwas mit einer anderen Frau und nicht etwa, daß er spiele oder trinke — oder in geschäftlicher Hinsicht eine krumme Sache gedreht hätte. Und doch waren die Anrufe so zweideutig, daß sie sich nicht sicher sein konnte. Zunächst hatte sie Hayden nichts davon gesagt, aber als der letzte Anruf kam, war er zufällig zu Hause, und da mußte sie es ihm sagen — und auch die früheren Anrufe eingestehen.

»Ach, du lieber Himmel«, sagte er. »Eine Irre!«

»Ich weiß nicht recht, Hayden, ich bin ein wenig erschrocken.«

»Wir sollten die Polizei verständigen. Zwar könnten die auch nicht viel machen... oder die Telefongesellschaft, damit unser Telefon überwacht wird... aber das ist die Sache kaum wert... das alles ist nur ein schlechter Scherz.«

»Ja... es steckt doch nichts dahinter — oder?« hatte sie zögernd gefragt.

»Syl — Liebling... wie kannst du so etwas glauben? Natürlich nicht. Glaubst du nicht, daß der Anrufer sich dann genauer ausgedrückt hätte? Warum diese geheimnisvollen Bemerkungen über Musik? Was soll das heißen? Im Hotel gibt es Musik, in der Halle, beim Dinner, sogar am Spieltisch — aber wer hört schon hin? Man wollte dir einen Schrecken einjagen, das ist alles! Vielleicht sollten wir wirklich die Polizei einweihen, damit du dich beruhigst. Gelegentlich bekomme ich auch solche Anrufe...«

»Wirklich?«

»Na ja, nicht auf diese Art, aber hin und wieder kauft jemand einen Wagen, der sich als Mist entpuppt — vielleicht sogar einen Gebrauchtwagen —, aber er schiebt uns die Schuld in die Schuhe und ruft an und plappert dummes Zeug daher... das ignorieren wir einfach. Aber dieser Fall ist natürlich anders — persönlicher. Hör zu, wir gehen doch nächste Woche auf die Kreuzfahrt... warten wir bis zu unserer Rückkehr ab. Sollte es vor unserer Abfahrt oder gleich nach unserer Rückkehr noch Anrufe geben, dann gehen wir zur Polizei. Viel wahrscheinlicher ist es, daß die Anruferin die Sache aufgibt.«

»Ja«, hatte sie geantwortet, »das erscheint mir als das beste. Ach, Hayden, du bist so vernünftig, so praktisch... ich komme mir sehr albern vor.«

»Keine Angst, mein Schatz, ich verspreche dir, daß alles wieder gut wird.«

Und so war es auch — bis zu dem Tag vor der Abfahrt, als die Frau wieder anrief. Obwohl sie ihre Stimme irgendwie verstellte, erkannte Sylvia Danziger, die sich inzwischen fürchtete, ans Telefon zu gehen, sie sofort.

»Was... was wollen Sie?« hatte sie gefragt, nachdem die Frau sich mit den Worten gemeldet hatte: »Guten Tag, Mrs. Danziger – können Sie sich an mich erinnern?«

»Ich rufe Sie als Freundin an, das ist alles. Haben Sie ihn gefragt?«

»Warum lassen Sie mich nicht in Ruhe?« hatte Sylvia in die Muschel geschrien.

»Ach, wir Frauen müssen zusammenhalten, Mrs. Danziger. Eigentlich... nun ja, ich werde Sie nicht mehr belästigen... falls... fragen Sie ihn doch, ob ich Sie noch belästigen werde. Sagen Sie nur, ich hätte angerufen und wollte wissen, ob ich Sie weiterhin belästigen solle. Das ist alles. Können Sie das behalten?«

»Ich weiß nicht, wovon Sie reden!«

Als sie Hayden sie Sache erzählte, hatte er praktisch dieselbe Antwort parat: »Ich weiß nicht, wovon sie redet. Offenbar ist sie nicht bei Trost.«

Natürlich hatte er recht. Die Anruferin war sicher nicht ganz normal – aber die ganze Sache war zweifellos sehr beunruhigend. Sie hatte ihn an sein Versprechen, er wolle die Polizei verständigen, erinnert. »Nein, ich habe es nicht vergessen, Syl. Sobald wir zurück sind. Wir sollten warten und unsere Reise nicht unnötig belasten. Wenn sie wieder anruft, lasse ich meine Verbindungen an höchster Stelle spielen, im Büro des Staatsanwaltes... ich halte mich lieber gleich an die höheren Ränge. Auf diese Weise wird wenigstens schnell etwas unternommen. In der Zwischenzeit kannst du die Sache vergessen. Du kannst sicher sein: Auf der Reise wirst du von dieser Person – wer immer sie sein mag – nichts hören. Wenn ja, dann dürfte es nicht schwer sein, sie in unserem Bekanntenkreis festzunageln. Aber so dumm wird sie nicht sein, deine Anruferin, daß sie an Bord mit dir Kontakt aufnimmt... damit müßte sie sich zu erkennen geben. Nein – denk nicht mehr dran, mein Schatz und komm schön her zu mir...«

»Ach, Hayden...« hatte sie gesagt und war ihm um den Hals gefallen.

Bis zu diesem Augenblick war sie seinem Rat gefolgt und hatte die Sache vergessen. Und sie erholte und amüsierte sich tatsächlich. Gut, dachte sie, hoffentlich trugen diese Anrufe die Schuld an... aber nein! Hayden hatten sie nicht weiter beunruhigt. Sie schob die Möglichkeit von sich, daß diese Anrufe etwas mit seinem Anfall zu tun haben könnten. Nur wunderte sie sich, warum sie plötzlich mitten im Trubel des fröhlichen Abends an sie erinnert worden war. Nie wäre sie auf die Idee gekommen, daß die Musik sie darauf brachte und der Gesang der attraktiven jungen Frau, während sie — Sylvia Danziger — tanzte. Und während sich ihr Mann verstohlen die Treppen zum C-Deck hinunterstahl.

In der ›International Lounge‹ — so hieß der große Saal des Schiffes — trat Inspektor Columbo, der verlegen vom Rand der Tanzfläche aus die Tanzenden beobachtete, im Rhythmus der Musik von einem Fuß auf den anderen.

Preston Watkins, der Zahlmeister, stellte sich neben ihn und sagte mit einem Lächeln: »Ich nehme an, Sie konnten Ihre Frau finden?«

Columbo nickte: »Ja, danke.« Er zeigte auf die Tanzfläche: »Sie amüsiert sich großartig... da — mittendrin in dem Gewühl irgendwo...«

»Und Sie schwingen nicht das Tanzbein, Inspektor?« Als Columbo ein verständnisloses Gesicht machte, sagte der Zahlmeister: »Sie tanzen nicht?«

»Ach, höchstens Tarantella — und das nicht besonders — meist auf Hochzeiten —, aber um die Wahrheit zu sagen...«, er senkte die Stimme, obgleich ihn auch sonst außer Watkins niemand hätte hören können, »... ich spüre ein wenig die Seekrankheit. Aber nicht weiter beunruhigend.«

»Warum gehen Sie nicht auf die Krankenstation? Die

Schwester bringt Sie im Handumdrehen wieder auf Vordermann. Das passiert sehr häufig ... bei der ersten Seereise ... wie Sie ganz richtig gesagt haben. Aber kein Grund zur Beunruhigung — nicht wahr?«

»Nein, nein, ich schaffe das schon. Ich glaube, ich lege mich jetzt aufs Ohr. Meine Frau ist in großartiger Stimmung ... und ich bin froh, wenn ich mich ausruhen kann.«

»Na, aber bis zur Ziehung müssen Sie unbedingt bleiben, Inspektor«, sagte der Zahlmeister mit ernster Miene.

»Ziehung? Ach, Sie meinen die Verlosung?«

»Ja. Die Lotterie wird ohnehin schon den ganzen Tag angekündigt. Sowie die Musik Pause macht, ist es soweit. Einer der Höhepunkte der Reise. Alle haben eine Chance ...«

»Ich gewinne nie etwas«, warf Columbo ein. »Ich gewinne weder bei Spielautomaten noch beim Pferderennen ... Sie können sich denken, daß wir in unserem Beruf eine Menge Tips kriegen ... die Buchmacher versuchen es immer wieder. Damit sie bei der Polizei gut angeschrieben sind, rufen sie jemanden an, und der gibt dann den Tip weiter. Einmal habe ich auf einen solchen Klepper gesetzt — und das Biest ist als letzter durchs Ziel. Der arme Buchmacher, der kann sich in Los Angeles nirgends mehr blicken lassen. Nein, meine Frau ist der Glückspilz der Familie. Sie geht zu einer Karnevalsveranstaltung, setzt eine Kleinigkeit — gewinnt einen Kuchen. Setzt wieder — gewinnt ein Spielzeug. Sie wird schon überall schief angesehen, wenn sie kommt. Sogar diese Reise hat sie gewonnen. Eine Verlosung in unserer Pfarrei. Nein — ich lege mich ins Bett. Wenn es etwas zu gewinnen gibt, wird sie es gewinnen. Na — dann gute Nacht!«

»Gute Nacht, Inspektor Columbo!«

Etwas schwankend ging Columbo zu seiner Kabine, während ganz in der Nähe Hayden Danziger beinahe an seinem Ziel angekommen war.

Kurz nach Columbos Weggehen beendete Rosanna Wells die letzte Nummer der Liedfolge, eine Ballade, und bedankte sich für den beträchtlichen Applaus. Die Musiker, die sie begleiteten, setzten ihre Instrumente ab und gingen. Lloyd Harrington sah Rosanna nach, wie sie von der Bühne abging und den Saal verließ. Er stand auf und ging in die gleiche Richtung, während Artie Podell ins Mikrophon sprach:

»Meine Damen und Herren, bitte behalten Sie Platz. Die Tanzunterhaltung geht bis in die Morgenstunden weiter... nach einer Pause von zwanzig Minuten, damit wir ein wenig zu Atem kommen. Und jetzt übergebe ich das Mikrophon an Kapitän Gibbon, der Ihnen ein paar Worte zu sagen und ein paar Preise zu vergeben hat.«

Es wurde lebhaft applaudiert, als Kapitän Gibbon das Mikrophon von Artie übernahm, es einstellte und sagte: »Amüsieren sich alle?«

Der Applaus wurde noch lauter und zustimmender. Er bat mit einer Handbewegung um Ruhe und sagte: »Alle sollten wissen, daß Sie sich auf dem sichersten Schiff aller Weltmeere befinden, und zwar aus dem Grund, weil Ihr Kapitän Nichtschwimmer ist.«

Während laut gelacht und geklatscht wurde, betrat Rosanna Wells den Aufzug und fuhr zum ›Capri-Deck‹. Knapp hinter ihr verfehlte Lloyd den Lift. Er lief zur Treppe und nahm zwei Stufen auf einmal. Er hätte sie nicht eingeholt, wäre der Lift nicht auf der Höhe des ›Ascot-Decks‹ stehengeblieben, um Passagiere aufzunehmen, die eben aus dem Bordkino kamen. Rosanna wurde in den Hintergrund gedrängt und verließ, auf dem ›Capri-Deck‹ angekommen, als letzte den Lift.

Lloyd hatte das untere Ende der Treppe erreicht und sah sie vor sich, wie sie zu ihrer Kabine eilte.

Er rief ihr nach und holte sie ein, als der letzte der Liftpassagiere um die Ecke in einen anderen Gang einbog.

»Rosanna...«

»Lloyd, ich muß mich umziehen«, sagte sie hastig.

»Ich weiß... ich auch... aber ich kann die Sache nicht so auf sich beruhen lassen, Rosanna. Ich muß...«

»Lloyd, zum letztenmal... laß mich in Ruhe!«

Sie drehte sich um und ging in ihre Kabine. Er zögerte, und es sah aus, als wolle er ihr nachgehen. Dann drehte er sich mit einer Verwünschung auf den Lippen um und ging in seine eigene Kabine. Rosanna ahnte nicht, daß sie ihr Leben gerettet hätte, wenn sie geblieben wäre und mit Lloyd, den sie unsanft abgewiesen hatte, gesprochen hätte. Rosanna versperrte die Tür hinter sich und öffnete den Reißverschluß ihres Kleides.

8 Hayden Danziger hörte, wie sich Rosanna draußen auf dem Gang mit jemandem unterhielt. Er selbst hockte im Wandschrank, hatte die chirurgischen Handschuhe übergestreift und zog die Pistole aus der Schwimmweste, wo er sie vorsorglich versteckt hatte. Als er hörte, wie der Schlüssel im Schloß umgedreht wurde, zog er die Schranktür zu und verdrückte sich in den hintersten Winkel. Reglos stand er da und wagte kaum zu atmen. Er war so ruhig, daß er hörte, wie Rosanna sich den Reißverschluß aufzog und eine Melodie summte, die er als Abschlußnummer ihres Auftritts wiedererkannte.

Noch immer summend, machte sie die Schranktür auf. Sie faßte hinein, suchte nach dem Abendkleid, das sie sich griffbereit hingehängt hatte, um sich schnell umziehen zu können. Ohne sich weiter im Schrank umzusehen, schob sie die Tür wieder zu.

Auf dem Bord, neben der Schwimmweste, lag ein Reservekissen. Danziger hielt es vor die Mündung der Waffe, während er die Schranktür langsam aufmachte. Rosanna, die vor dem Frisiertisch stand und selbstzufrieden ihren halbbekleideten Körper im Spiegel musterte, bemerkte, daß die Tür aufschwang. Zunächst glaubte sie, sie hätte nicht richtig zugeschlossen und die Tür wäre durch das Schlingern des Schiffes wieder aufgegangen. Ihr nächster Gedanke galt aber Danziger, den sie schon einmal in der Kabine ertappt und der ihr einen gehörigen Schrecken eingejagt hatte.

Sie drehte sich in dem Augenblick um, als er aus dem Schrank hervortrat. Noch ehe sie etwas sagen konnte — daß sie in Lebensgefahr schwebte, kam ihr nicht klar zu Bewußtsein —, feuerte er die Pistole durch das Kissen ab. Das Kissen dämpfte zwar den Knall, hinderte die Kugel aber nicht daran, ihr Ziel zu erreichen.

Ein paar Federn wirbelten auf und fielen zu Boden, während Rosanna über dem Frisiertisch zusammensank.

Danziger vergewisserte sich, daß sie tot war. Dann wischte er mit einem Handtuch, das auf dem Frisiertisch lag, alle Fingerabdrücke weg, die er bei seinem Besuch in der Kabine möglicherweise zurückgelassen hatte. Vor dem Weggehen blieb er noch einmal stehen und sah sie an. Auf dem Frisiertisch lag ein Lippenstift, und das brachte ihn auf eine glänzende Idee. Er trat an die Tote heran und steckte ihr den Lippenstift zwischen die Finger. So kritzelte er ein unbeholfenes ›L‹ auf den Spiegel. Dann ließ er ihre Hand fallen. Er stäubte ein paar weiße Federn von seiner weißen Uniformjacke, ehe er vorsichtig auf den Gang hinausspähte und sich davonstahl.

Danziger achtete darauf, daß er mit gesenktem Kopf ging, obwohl keine Menschenseele sich blicken ließ. Er schlug die entgegengesetzte Richtung ein, weg vom Aufzug und der Treppe.

Er hielt auf eine Tür mit der Aufschrift ›Wäschekammer‹ zu. Wieder trat der selbstgefertigte Hauptschlüssel in Aktion. Er öffnete die Tür zur Wäschekammer und steckte die Pistole, die er im Gürtel getragen hatte, in ein Bündel Schmutzwäsche. Nach einem hastigen Blick auf die Uhr lief er aus der Kammer zu der Treppe, die der Besatzung vorbehalten war, ganz wie ein echter Steward — allerdings einer, der chirurgische Handschuhe trug. Danziger konnte sein Zittern nicht verbergen und spürte, daß er unter der Uniform in Schweiß geraten war. Aber er machte sich Mut und sagte sich, daß er es geschafft hätte und nur noch ein Punkt zu erledigen wäre. Dann war er endgültig in Sicherheit, und kein Mensch würde ihn auch nur im entferntesten verdächtigen.

Als er Stimmen auf der Treppe hörte, sah er sich erschrocken um. Sicher waren es Angehörige der Besatzung. Er wollte vermeiden, daß sie ihn sahen und sich womöglich fragten, wer er wohl sei. Von einem Servierwagen, der auf dem Treppenabsatz stand, nahm er ein Tablett und hielt es in Gesichtshöhe vor sich hin, während er weiter die Treppe hinaufging, an einem Steward vorbei, der ihn grüßte. Mit einem undeutlichen Gemurmel beantwortete er den Gruß. Oben angelangt, stellte er das Tablett ab und lief vom ›Baja-Deck‹ zu jenem Deck, auf dem die Krankenstation untergebracht war.

Inzwischen hatte sich Lloyd Harrington in seiner Kabine fertig umgezogen. Er hatte den schwarzen Smoking gegen einen weißen Anzug getauscht. Mit einem Blick auf die Uhr verließ er seine Kabine und warf im Vorbeigehen einen sehnsüchtigen Blick auf Rosannas Tür. Er überlegte, ob er hingehen und sie bitten sollte, ihm noch eine Chance zu geben, doch die Zeit drängte. Die Musikpause war fast um, und sowohl Artie Podell als auch Kapitän Gibbon sahen es nicht gern, wenn die vergnügungssüchtigen Gäste zu lange ohne Musik blieben.

Ohne anzuhalten ging er an ihrer Tür vorbei und gesellte sich zu einer Gruppe von Passagieren, die auf dem ›Capri-Deck‹ auf den Lift warteten, der sie in den großen Saal bringen sollte.

Zur gleichen Zeit, als Lloyd ungeduldig auf den Lift wartete, ging Danzigers Wettlauf mit der Zeit seinem Ende entgegen. Auch Artie Podell auf seinem Podium sah auf die Uhr. Nur mehr wenige Minuten, und sie mußten wieder spielen. Die Preisverteilung war vorüber, und die fröhlichen Feriengäste würden bald unruhig werden. Wo steckten bloß der Saxophonspieler und die Sängerin, fragte er sich ungeduldig. Dann fiel ihm ein, daß Lloyd es vermutlich bei Rosanna noch immer nicht aufgegeben hatte und sich im Moment wieder eine demütigende Abfuhr holte.

Er klopfte ungeduldig mit dem Fuß.

Inzwischen hatte Danziger atemlos das Deck erreicht, auf dem die Krankenstation lag. Mit seinem Hauptschlüssel sperrte er die Kleiderkammer auf, in der die Stewarduniformen aufbewahrt wurden und versteckte sich darin.

Am ›Capri-Deck‹ war mittlerweile der Lift gekommen, und Lloyd Harrington schaffte es gerade bis zum Podium, als die zwanzig Minuten nach Arties Uhr abgelaufen waren.

»Wo steckt Rosanna?« fragte Artie ungeduldig.

»Woher soll ich das wissen?« flüsterte Lloyd. »Sie zieht sich um, macht sich kunstvoll zurecht, beguckt sich im Spiegel ... vielleicht ist sie sogar ... ach, wen kümmert das schon?«

»Na schön — fangen wir mit Stück Nummer 221 an«, sagte Artie und dachte bei sich, daß die Antwort auf Lloyds rein theoretische Frage ›Wen kümmert das schon?‹, zweifellos lautete: »Dich, lieber Lloyd. Dich ganz bestimmt. Und was dich betrifft, Rosanna« — fuhr Artie in Gedanken fort —, »so habe ich dir einiges zu sagen, meine Liebe! Du wirst immer schwieriger — aber du bist nicht unersetzlich.«

Er gab das Zeichen für den Einsatz, und die Musik begann zu spielen, gerade als Hayden Danziger die Kleiderkammer verließ. Er trug jetzt wieder sein Krankenhemd und schlüpfte hastig und noch immer atemlos ins Krankenzimmer und ins Bett, als Melissa Podell auf die Uhr sah. Ja, es war elf Uhr dreißig und Zeit, sich um ihren Patienten zu kümmern.

Während er ins Bett sprang, riß er sich die Handschuhe ab und steckte sie unters Kopfkissen. Da kam auch schon Melissa herein. Er konnte sich nicht mehr schlafend stellen und sah mit leicht gehetztem Blick zu ihr auf.

»Wie fühlen Sie sich?« fragte sie besorgt.

»Ich war eben eingenickt.«

»Ach, das tut mir leid. Ich werde Sie nicht wieder aufwecken. Nur noch eine Kontrolle — zur Sicherheit. Geben Sie mir bitte Ihren Arm.«

Danziger, der seine Atemlosigkeit mühsam verbergen

mußte, lächelte gezwungen, als sie den Blutdruckmesser an seinem Arm anbrachte. Er war mit sich sehr zufrieden. Er hatte es geschafft — perfekt. Tüchtigkeit, ja, das war es. Sein Leben lang hatte er vor Tüchtigkeit gestrotzt. Seine ganze Karriere hatte er darauf aufgebaut — und wieder einmal hatte sich seine Tüchtigkeit bezahlt gemacht. Jetzt gab es keinen Grund, sich Sorgen zu machen — er hatte wieder Oberwasser, stand mit weißer Weste da. Und in Zukunft wollte er mehr Diskretion walten lassen. Er hatte seine Lektion gelernt. Mädchen wie Rosanna würde es nicht mehr geben. Andere vielleicht — aber nicht von der Art, die eine Bedrohung darstellten. Er hatte es geschafft, aber es war trotzdem nur sehr knapp zu seinen Gunsten ausgegangen. Viel zu knapp, als daß er es noch einmal darauf hätte ankommen lassen.

Ja, es würde andere Frauen geben — es mußte sie geben. Aber es würde nie wieder dazu kommen, daß er an der Angel zappelte, wie es bei Rosanna der Fall gewesen war. Man muß aus seinen Fehlern lernen, hatte er seinen Mitarbeitern immer gepredigt — und das war ein guter Rat, den er beherzigen wollte. Er sah Melissa an, die den Blutdruck ablas. Ganz attraktiv, das Mädchen, sagte er sich ... vielleicht lohnte es, sich den Namen zu merken — für künftige Verwendung. Na ja, vielleicht sollte er doch mehr Vorsicht walten lassen. Wenn er erst mal von Bord der SUN PRINCESS gegangen war, würde er nie wieder herkommen. Das alles würde er weit hinter sich lassen. Es gab da so eine alte Redensart vom Verbrecher, der an den Tatort zurückkehrt. Ihm würde das nie passieren. Da war es besser, man ließ sich mit der Besatzung nicht ein. Nein, es würde andere geben. Er hatte ja Zeit — aber nicht während der Seereise. Auf dieser Reise würde er seine ganze Aufmerksamkeit seiner eigenen, reizenden Frau widmen ... sie die Anrufe vergessen lassen ... ihr Mißtrauen einlullen. Immer mit der Ruhe, Hayden! Zu Hause ... es hatte keinen Zweck, das Glück zwingen zu wollen.

Er schloß die Augen und lauschte den Klängen der Musik. Dabei sagte er sich, daß er eigentlich Instrumentalmusik jedem Gesang vorzog.

Ja, die Musiker spielten, aber ohne ihren Bandleader. Das machte aber nichts aus. Sie spielten das gewohnte Repertoire und beherrschten den Rhythmus so vorzüglich, daß Artie eigentlich nur dastehen und leicht mit dem Kopf nicken mußte. Und er hatte seinen Platz schon öfter verlassen.

Im Augenblick klopfte er wütend an Rosanna Wells' Kabinentür. »Rosanna!«

Im Geiste belegte er sie mit unaussprechlichen Namen, während er immer wieder nach ihr rief: »Rosanna!« Keine Antwort und keine Reaktion auf sein herrisches Klopfen. Stirnrunzelnd probierte er an der Klinke herum. Die Tür war versperrt.

Er war wütend. Diesem Frauenzimmer wollte er ordentlich den Kopf waschen. Das Engagement auf dem Schiff war für alle eine blendende Sache, und für Musiker waren gute Jobs dünn gesät, verdammt noch mal! Ein Engagement, das gut bezahlt war und außerdem zwei Wochen Sonnenschein einbrachte, war nicht zu verachten. Der Kapitän mochte sie, mochte vor allem ihn, und sie durften so lange mit einem Engagement rechnen, solange Gibbon zufrieden war. Die Agentur würde sie wieder vermitteln, wenn es keine Beschwerden gab. Und bis jetzt hatte es keine gegeben. Eigentlich ein Idealfall. Seine Frau arbeitet als Krankenschwester, und er führte die Band. Sie konnten beisammen sein, hatten auf diese Weise eine Art Urlaub und machten eine Menge Geld, das sie auf die Bank tragen konnten. Das wollte er sich von keinem Möchtegern-Star verderben lassen. In New York würde er sich schleunigst nach einem Ersatz umsehen. Das wollte er Rosanna gleich jetzt sagen... wenn er sie nur endlich aufgetrieben hätte!

Er wollte schon in den Saal zurückgehen, weil er annehmen mußte, daß sie sich unterwegs verfehlt hatten, doch da kam ein Kabinensteward den Gang entlang, der Artie dem Namen nach kannte.

»Guten Abend, Mr. Podell! Was gibt es denn?«

»Ich weiß nicht, Harry. Rosanna ist nach der Pause nicht erschienen. Ich dachte, sie hätte sich verspätet, aber sie antwortet nicht. Vielleicht ist ihr nicht wohl ... ich weiß jetzt nicht, was ich tun soll.«

»Ich kann die Tür für Sie öffnen, und wir können nachsehen.«

»Ach ... wenn das möglich wäre? Ich möchte nicht gern gegen irgendwelche Vorschriften verstoßen oder ...«

»Keine Rede. Wir verstoßen gegen gar nichts. Wenn ein Passagier nicht antwortet, und die Tafel ›Bitte nicht stören!‹ nicht an die Tür gehängt hat, können wir hinein. Wir müssen es ja, um Betten zu machen, Aschenbecher zu leeren, gebrauchte Gläser mitzunehmen — um aufzuräumen.«

Der Mann war älter als Artie, er war sehr höflich und entgegenkommend, und das gefiel Artie. »Sie sind also so eine Art ›gehobenes Zimmermädchen‹, hm?«

»So ungefähr. Natürlich ist die Arbeit viel besser. Gute Trinkgelder, viel Sonne und frische Luft. Tausendmal besser als in einem Hotel in einer dreckigen Stadt.«

»Das sage ich auch. Tausendmal besser als in einer verräucherten Bar zu spielen. Haben Sie einen Schlüssel?«

»Ja, hier, sehen Sie. Aber ich möchte zuvor noch einmal anklopfen.«

Als wieder keine Antwort aus der Kabine drang, sperrte der Steward auf. Er rief ihren Namen in die dunkle Kabine und trat dann ein.

»Miß Wells? Ich bin der Steward ... ist alles in Ordnung?«

Als er Licht machte, sahen beide gleichzeitig, daß bei ihr nichts in Ordnung war. Ein einziger Blick genügte, um festzustellen, daß Rosanna Wells tot war — obgleich keiner der beiden auf diesem Gebiet über Erfahrungen verfügte.

9 Preston Watkins war wütend, weil man ihn aus dem Bett geholt hatte. Der Tag war lang und anstrengend gewesen — wie immer, wenn sie in See stachen. Und er wußte, daß er nun eine lange Nacht vor sich hatte. Jetzt war er dabei, sehr lautstark an eine Kabinentür zu trommeln. Von dort keine Antwort. Wild entschlossen, klopfte er wieder, noch lauter. Schließlich öffnete ein Mann mit schläfrigem Blick die Kabinentür einen winzigen Spalt breit.
»Ja?«
»Inspektor Columbo? Der Kapitän möchte Sie sofort sprechen, Sir. Ein Notfall. Sehr unangenehm.«
»Der Kapitän? Möchte mich sprechen? He, es handelt sich doch nicht etwa um meine Frau — oder? Sie amüsiert sich zu gern und läßt sich manchmal hinreißen ... ich meine, sie hat doch hoffentlich nicht ... sie hat doch nicht ...«
Watkins unterbrach ihn müde. »Nein, es geht nicht um Ihre Frau. Es ist ... bitte kommen Sie mit!«
Columbo nickte nach einigem Zögern und sagte dann: »Ich brauche eine Minute. Muß mir was anziehen.«
Er schloß die Tür und angelte nach ein paar Kleidungsstücken, die er sich schnell anzog. Dann ging er hinaus und folgte Watkins, der es sehr eilig hatte.
Columbo, der gegen seine Schlaftrunkenheit ankämpfte, konnte mit dem Zahlmeister nur sehr schwer Schritt halten.
Vor der Kabine von Rosanna Wells angelangt, klopfte der Zahlmeister und meldete sich im Flüsterton. Der Kapitän persönlich ließ sie ein. Im Raum befanden sich außerdem noch Artie Podell und Dr. Pierce. Der Arzt stand über Rosanna gebeugt, Artie saß voller Nervosität auf dem Bett. Columbo ging sofort zu der Toten, bückte sich und sagte nach kurzem Blick: »Ist ja gräßlich ... ist das nicht ... die Sängerin ...?«
»Richtig«, antwortete der Arzt.

Der Kapitän übernahm es, ihn mit den Anwesenden bekanntzumachen. »Inspektor Columbo, das ist Dr. Pierce. Er ist übrigens der Schiffsarzt – nicht Passagier. Und Mr. Podell, einer unserer Musiker...«

Columbo nickte nur kurz. Ohne viel Zeit zu verlieren, machte er sich an die Arbeit. Er zog ein Taschentuch heraus und öffnete damit vorsichtig die Tischlade unter der Toten, während der aufs äußerste erregte Kapitän sich nicht in seinem Redefluß unterbrechen ließ.

»Sie ist nach der Pause nicht zurückgekommen. Sie mußte sich umziehen, deshalb ging sie in ihre Kabine. Den Umkleideraum wollte sie nicht benützen – hatte Angst um ihre Kleider. Die Musiker gehen eigentlich immer in ihre Kabinen. Es ist genügend Zeit zum Umziehen. Wie gesagt, Mr. Podell, der Bandleader, kam herunter und suchte sie. Die Tür war versperrt, einer unserer Stewards hat sie aufgeschlossen. Sie haben Miss Wells so vorgefunden.«

»Wann war das?« fragte Columbo, ohne ihn dabei anzusehen.

»Ach – erst vor fünfzehn oder zwanzig Minuten... sie haben mich holen lassen, ich schickte nach dem Arzt und... nach Ihnen.«

»Der Körper ist noch warm«, sagte Columbo zum Arzt.

»Mr. Podell sagt, die Band hätte das Podium um elf Uhr fünfzehn verlassen. Dann war eine Pause von zwanzig Minuten, während der ich die Gewinne verteilte«, warf der Kapitän ein.

Dr. Pierce sagte, zu Columbo gewandt: »Ich könnte mir vorstellen, daß ihr jemand zur Kabine gefolgt ist.«

Columbo nickte. »Hm, Kapitän... hier sollte nichts angefaßt werden. Könnte man den Raum versperren... und jemand als Wache vor der Tür postieren?«

»Sehr gut, Inspektor. Das läßt sich natürlich machen... Aber der nächste Hafen ist weit... wir können die Tote hier nicht einfach liegenlassen...«

»Ist mir klar«, antwortete Columbo und schnalzte nachdenklich mit den Fingern. »Wir sind mitten auf dem Ozean. Und haben es mit einem Mord zu tun. Weit und breit kein Mensch für die Spurensicherung und keine Techniker, nichts, rein gar nichts. Doktor, haben Sie zufällig Paraffin?«

»Nein.« Der Arzt schüttelte resignierend den Kopf. Columbo bückte sich und hob etwas vom Boden auf, das er untersuchte und als Feder identifizierte. Dann fragte er: »Wie steht es mit Diecetymaline?«

Der Arzt schüttelte abermals verneinend den Kopf, und der enttäuschte Columbo sagte: »Na, dann können wir zumindest ein paar Fotos machen, bevor die Tote weggeschafft wird. Da muß einer dieser Fotofritzen herhalten, die überall herumlungern und alle möglichen Leute knipsen... überall auf diesem Kahn habe ich diese Burschen gesehen...«

»Es ist ein Schiff, Inspektor«, sagte der Kapitän betont, »und ich möchte die ganze Angelegenheit so geheim wie möglich halten. Schließlich befinden sich die Passagiere auf einer Urlaubsreise...«

»Sir, ich kann Ihre Besorgnis gut verstehen. Aber wir brauchen die Bilder unbedingt... der Fotograf wird zum Stillschweigen verpflichtet...«

Watkins mischte sich ein. »Kapitän — ich könnte Forbes holen lassen. Er arbeitet schon jahrelang für unsere Reederei und ist sehr diskret.«

»Sehr gut. Aber lassen Sie ihn bitte nicht holen — holen Sie ihn lieber selbst. Ich möchte nicht mehr Mitwisser haben, als unbedingt notwendig...«

»Ganz recht, Sir«, sagte Watkins im Hinausgehen.

Columbo, der gegen eine Übelkeit ankämpfte, ging ins Bad, drehte den Wasserhahn auf und befeuchtete seine Stirn. Der Kapitän, der ihm dabei zusah, sagte: »Und ich dachte, Detektive wären daran gewöhnt...«

»Nein, Sir, das ist es nicht...« Columbo sah, während er dies sagte, zu Boden und entdeckte das Kissen. Er hob es auf und untersuchte es gründlich. Er steckte zwei Finger durch das vom Geschoß verursachte Loch. Dabei blieben ein paar Federn an der Hand hängen, die er hastig wieder ins Kisseninnere stopfte.

Columbo legte das Kissen weg. Er ging an die Kommode und öffnete die oberste Lade mittels eines Federmessers, griff dann mit dem Messer in die Lade und hob ein kostbar aussehendes Halsband heraus, das er dem Kapitän und dem Arzt zeigte.

»Na, wie gefällt den Herren das da? Ein Raubmord ist auszuschließen. Dieses Ding da ist kostbar... und noch dazu praktisch offen greifbar gewesen...«

Artie Podell stand auf. »Kapitän, ist es gestattet, daß ich jetzt zu meinen Leuten gehe? Ich bin schon lange weg, und das fällt dem Publikum mit der Zeit auf... und den Musikern natürlich auch... Die werden sich wundern, wo...«

Der Kapitän sah Columbo fragend an, und dieser nickte: »Ja, sicher, gehen Sie ruhig.«

Bevor Artie ging, fragte Columbo: »Eines noch — Ihre Musiker —, ich nehme an, die machten Pause, als das passierte? Oder bleiben ein paar da und spielen weiter?«

»Nein. Wir machen gemeinsam Pause. Knapp nach elf. Aber Sie werden doch nicht jemanden von meiner Band verdächtigen...«

»Aber nein. Mir kommt aber merkwürdig vor, daß der Täter die Zeiteinteilung der Band genau im Kopf hatte... wie die abendliche Routine abläuft... wann die Band Pause macht... und so fort.«

Artie nickte benommen, und der Kapitän sagte: »Ich hoffe, Sie sagen Ihren Leuten nichts von dem Unglück, Podell... oder überhaupt jemandem. Im Augenblick, meine ich.«

»Natürlich nicht, Kapitän, aber früher oder später...«

»Ja, ich verstehe schon. Man muß es ihnen sagen. Sonst stellen sie abenteuerliche Vermutungen an... und doch bitte ich Sie um Ihr Schweigen — solange als möglich.«

»Ja, Sir... wenn Sie mich jetzt entschuldigen wollen.«

Der Kapitän nickte, und Artie Podell ließ die drei Männer mit der Leiche seiner Sängerin in der Kabine zurück.

Der Kapitän wandte sich an Columbo und sagte: »Inspektor, haben Sie den Lippenstift gesehen?«

»Lippenstift? Ach ja, ich habe ihn gesehen. Das Geschmiere auf dem Spiegel. Sieht aus wie ein ›L‹.« Nach einigem Nachdenken fragte Columbo: »Kapitän, wo liegt die Krankenstation?«

»Auf dem ›Riviera-Deck‹. Ist Ihnen nicht wohl, Inspektor?«

Da der Arzt sofort an seiner Seite war, versicherte Columbo: »Nein, Sir. Ich fühle mich ein wenig... seekrank. Ich glaube, ich werde den Rat Ihres Zahlmeisters befolgen und der Krankenstation einen kurzen Besuch abstatten.«

»Laufen Sie gleich los. Wir kümmern uns hier um alles. Nehmen Sie den Lift. Soll Dr. Pierce Sie begleiten?«

»Nein, nein, keineswegs. Außerdem gehe ich lieber zu Fuß. Ein Lift gehört zu meinen speziellen Problemen.«

Er ging hinaus und hielt auf die Treppe zu.

Der Kapitän sagte zum Arzt: »Ich muß die Reederei verständigen – können Sie hier ohne mich weitermachen?«

»Ich brauche ein paar Leute, die mir helfen, die Leiche wegzuschaffen, sobald Forbes die Bilder gemacht hat, die der Inspektor benötigt. Ich glaube, wir müssen die Tote auf die Krankenstation legen und einen Raum abschließen. Das ist die beste Lösung. Außerdem muß ich wohl eine Autopsie vornehmen. Seit meiner Studienzeit habe ich keine mehr gemacht – aber das verlernt man wohl nicht.«

»Meiner Ansicht nach ist der Fall klar. Sie wurde von einem Geschoß getroffen.«

»Ja, ja, zweifellos.« Der Arzt nickte und sah den Kapitän ernst an. »Aber die Polizei braucht mehr Beweise, als mein Wort oder Ihres. Es tut mir leid. Es tut mir sehr leid. Ich werde darauf achten, daß nicht zu viele von der Sache Wind bekommen.«

»Danke. Das weiß ich sehr zu schätzen«, erwiderte der

Kapitän. »Aber lange werden wir es nicht geheimhalten können. Der Bandleader weiß es, Watkins weiß es, dann Harry Graff, der Steward. Und die Männer, die die Leiche wegschaffen. Die Schwester werden wir auch einweihen müssen. Und die Band wird es sehr schnell rausbekommen. Nicht zu reden von dem Polizisten.«

»Ja, das gebe ich zu«, entgegnete Dr. Pierce. »Wir können es nicht lange geheimhalten. Es mag sogar ratsam sein, die Passagiere in Kenntnis zu setzen ... damit wir eventuellen Gerüchten entgegentreten können. Manchmal ist es besser, sie wissen die Wahrheit, als daß absurder Unsinn geklatscht wird.«

»Ja, vielleicht. Aber eine schlechte Nachricht verdirbt die Ferienlaune.«

»Fügt aber auch ein Quentchen Würze hinzu. Viel Aufregung ...«

»Das dachte ich mir auch. Man muß aus einem Laster manchmal eine Tugend machen können. Aber nicht die Tote an Bord wird unsere Passagiere beunruhigen. Nein, etwas anderes ... wie würden Sie sich fühlen, wenn Sie wissen, daß sich an Bord ein Mörder befindet? Das ist eben die Frage. Wir müssen unbedingt herausbekommen, wer der Täter ist. Und zwar schnell. Vielmehr — unser kleiner, schmieriger Detektiv muß den Fall für uns klären. Und für meinen Geschmack sieht er weder sehr helle noch sehr fähig aus. Wie soll er außerdem einen Mörder jagen, wenn er im Moment auf der Krankenstation sein Dinner von sich gibt? Dr. Pierce — ich fürchte, die ganze Angelegenheit bietet nur betrübliche Aspekte!«

10 Columbo fand ohne Schwierigkeiten und Hindernisse die Krankenstation des Schiffes und auch die diensthabende Schwester, Melissa Podell. Die sanfte Bewegung, die das Unbehagen in seinem Magen hervorrief, hatte nicht nachgelassen und folglich auch nicht das

Gefühl, daß in seinen unteren Regionen etwas nicht stimmte.

»Ich glaube, mich hat die Seekrankheit gepackt, Gnädigste«, verkündete er gleich beim Eintreten.

Sie führte ihn in den Ordinationsraum und bot ihm Platz an. »Bin gleich wieder da«, sagte Melissa Podell.

»Voriges Jahr passierte mir das gleiche — meine Frau und ich übernachteten in einem Motel —, leider hat es dort ein Wasserbett gegeben. Ich dachte, mein letztes Stündlein hätte geschlagen. Dabei gelten diese Dinger im allgemeinen als Gipfel der Bequemlichkeit, stimmt's? Man entspannt sich, schläft leicht ein — was man so hört. Und ich lag die ganze Nacht über wach. Meine Frau aber, die schlief wie ein Murmeltier . . .«

Melissa Podell war hinausgegangen, und Columbo sprach lauter, damit sie ihn im Behandlungsraum noch hören konnte. Als sie keine Antwort gab, stand er auf, ging auf die Tür zu und bückte sich, da er etwas auf dem Boden entdeckt hatte. Vorsichtig hob er es auf, denn er fühlte sich beim Bücken sehr unsicher. Eine Feder! Er warf einen zögernden Blick zum Krankenzimmer, ging dann zu seinem Platz und wartete, bis die Schwester kam. Dabei befühlte er die Feder.

Im Nebenraum hatte Melissa eine Flasche aus dem Wandschrank geholt. Die brachte sie nun mit einem Glas. Sie goß ein paar Finger breit von der dunklen Flüssigkeit ins Glas und reichte es ihm mit den Worten: »Trinken Sie das aus!«

Er tat wie befohlen und reagierte sofort, als hätte man ihm eine Ladung ranziges Rizinusöl eingeflößt. Er hustete krampfartig und rang nach Atem.

»Was ist das für ein Zeug?«

»Um die Wahrheit zu sagen — wir wissen es nicht genau. Aber für gewöhnlich hilft es prompt.«

Er schnitt eine Grimasse und fragte: »Gibt es ein Gegenmittel?«

»Bleiben Sie hier sitzen und entspannen Sie sich. Die Wirkung ist garantiert ... aber Sie müssen ruhig sitzen bleiben, bis es zu wirken anfängt.«

»Ich könnte mich ohnehin nicht rühren, selbst wenn ich wollte.«

Lachend sagte sie: »Das ist das Schöne an dem Mittel. Man denkt nur mehr an den Geschmack und vergißt dabei den kranken Magen.«

»Na, ich weiß nicht ... jetzt ist es in meinem Magen gelandet, und der reagiert ähnlich wie mein Gaumen.«

»Bleiben Sie ruhig sitzen.« Melissa lächelte Columbo an.

»Muß ich ja. Hm, was ich mich eben fragte — sind Sie ständig hier? Haben Sie immer Dienst?« fragte Columbo und sah sie an.

»Dr. Pierce und ich müssen vierundzwanzig Stunden am Tag einsatzbereit sein. Aber wir brauchen uns nicht ständig hier aufzuhalten. Wenn natürlich jemand im Krankenzimmer liegt, dann ist immer einer von uns da ... wenn wir einen Patienten haben, wachen wir über ihn.«

»Ein Patient? Ach — Sie meinen den Mann, der im Schwimmbecken einen Herzanfall hatte. Habe davon gehört. Ist er wirklich krank ... ich meine, ist es ernst?«

Bevor sie ihm antworten konnte, brachte der Arzt mit Hilfe von Zahlmeister Watkins und einem anderen Besatzungsmitglied eine Tragbahre herein. »Kommen Sie bitte mit, Schwester«, bat man sie.

Als sie fort war, griff Columbo in seine Tasche und besah sich die Feder, die er in Rosannas Kabine aufgelesen hatte. Er verglich sie mit jener, die er auf dem Boden des Ordinationszimmers gefunden hatte.

Columbo stand auf und ging zur Tür des anschließenden Raumes. Die Federn steckte er wieder in die Tasche.

Aus dem Behandlungszimmer hörte er leises Stimmengewirr, während Dr. Pierce dort mit der Untersuchung der Leiche begann. Vorsichtig stieß Columbo die Tür zum Krankenzimmer auf. Hayden Danziger saß aufrecht da und sah den Detektiv fragend an. »Wer sind Sie?« fragte er unwirsch.

»Ach — entschuldigen Sie vielmals, Sir. Ich wußte nicht, daß hier drinnen jemand liegt. Ich wollte nur sehen...«

»Wer sind Sie eigentlich? Was geht im anderen Raum vor? Da draußen ist ja ein Riesenwirbel. Ich soll mich ausruhen...«

Columbo fingerte lange in seiner Manteltasche herum und fand schließlich seine Dienstmarke, die er Hayden Danziger präsentierte.

»Ja, es tut mir richtig leid, Sir. Ich wollte Sie nicht stören. Inspektor Columbo — von der Polizei in Los Angeles. Ich glaube, wir haben uns heute nachmittag schon kennengelernt.«

»So? Na, ich kann mich jedenfalls nicht erinnern. Macht nichts. Was treibt ein Polizeibeamter an Bord eines Schiffes? Jagen Sie einem berühmten Juwelendieb nach?«

»Nein, nein, Sir«, erwiderte Columbo schnell. »Ich mache zufällig Urlaub. Meine Frau... Sie müssen wissen, sie hat immer ein Mordsglück... ich glaube, ich habe Ihnen das schon erzählt, Sir. Erinnern Sie sich? Die Verlosung in unserer Pfarrei... sie gewann die Kreuzfahrt für zwei Personen mit allem Drum und Dran... und ich mußte daraufhin meinen Dienst...«

Er wurde von Dr. Pierce unterbrochen, der jetzt hereinkam und sagte: »Aber Inspektor — Mr. Danziger ist ein kranker Mann!« Das klang fast wie eine Rüge.

»Ja, ja, ist mir klar. Es tut mir auch schrecklich leid, Sir. Ich wollte nur sehen... ich bin irrtümlich hier hereingeplatzt und wollte eben Mr. Danziger erklären, warum — na, jedenfalls wünsche ich Ihnen baldige Besserung!«

»Kommen Sie jetzt, Columbo«, sagte der Arzt voller Ungeduld. Er führte den Inspektor hinaus. »Mr. Danziger ist ein Herzpatient, Inspektor. Man muß auf ihn Rücksicht nehmen. Wir können uns nicht leisten, daß er sich beschwert.«

»Ja, Sir. Wie gesagt — es ist mir riesig peinlich... habe mich wieder mal verirrt —, mein Orientierungssinn, müssen Sie wissen — noch dazu auf einem Kahn, wie diesem...«

»Na, ist schon gut — kommen Sie da rein.« Im Behandlungsraum sagte der Arzt zu Melissa: »Bitte kontrollieren Sie noch mal den Puls bei Mr. Danziger... und den Blutdruck. Dann wäre es natürlich gut, wenn er wieder einschlafen könnte.«

Als sie draußen war, zeigte Dr. Pierce auf ein Metalltablett. »Das ist die Kugel.«

Columbo nahm das Geschoß zur Hand und besah es sich gründlich. Er rollte es zwischen Daumen und Zeigefinger und hielt es gegen das Licht, während Dr. Pierce an den Wandschrank ging und ein Paar chirurgische Handschuhe herausholte, die er überstreifte.

Verärgert, weil er die Kugel nicht genauer untersuchen konnte, fragte Columbo: »Sie haben nicht zufällig ein Vergrößerungsglas? Das Ding da sieht ganz nach einem 38er Kaliber aus, aber ich bin nicht so sicher.«

»Nein, ich glaube nicht. Vielleicht der Kapitän... oder jemand anders an Bord.«

Columbo nickte zerstreut und wandte den Blick nicht von der Kugel. »So, wie sie direkt ins Herz geschossen wurde... würden Sie sagen, daß der Tod sofort eintrat?«

Dr. Pierce, der vor der Leiche stand, sagte über die Schulter: »Ja, das würde ich sagen.«

»Das dachte ich mir... und haben Sie Anzeichen eines Kampfes entdecken können — irgendwelche Verletzungen am Körper?«

»Nein, keine Verletzungen. Inspektor — was macht Ihnen denn Kopfzerbrechen? Warum sollte es einen Kampf gegeben haben?«

»Aus gar keinem Grund. Nur — dieser Lippenstift... Sie wissen ja.« Columbo machte einen Moment Pause. »Wenn sie damit das ›L‹ gemalt hat... wie ist das möglich, wenn der Tod sofort eintrat? Falls es zuvor einen Kampf gab, ja, dann könnte sie sich den Lippenstift geschnappt und das Zeichen hingeschmiert haben, während der Mörder die Waffe zog... aber ansonsten...«

»Falls sie den Stift in der Hand hielt — es kann eine oder zwei Sekunden gedauert haben —, eine Art Reflexhandlung... der Körper hat vielleicht ganz automatisch reagiert... auch wenn man durch das Herz erschossen wird...«

Columbo schüttelte bedächtig den Kopf. Schließlich meinte Dr. Pierce noch: »Wie sonst hätte das ›L‹ entstehen können?«

»Das ist eine sehr berechtigte Frage, Doc. Ich schätze, wir müssen herausfinden, wer von ihren Bekannten einen Namen hat, der mit ›L‹ beginnt... dabei besteht natürlich immer die Möglichkeit, daß das ›L‹ nicht einen Namen, sondern etwas anderes bedeutet... aber zumindest haben wir einen Ausgangspunkt.«

»Ein faszinierender Aspekt, Inspektor — ich meine, daß Miss Wells noch imstande war, nach ihrem Tod etwas zu schreiben. Falls es so war. Wissen Sie, ich verlebte meine Kindheit in Schottland auf einer Farm, und da kam es häufig vor, daß mein Vater draußen auf dem Hof ein Huhn tötete — indem er ihm den Kopf abschnitt. Und das Tier lief ohne Kopf herum — nachdem es eigentlich schon tot war. Wir waren als Kinder natürlich herzlos und konnten uns vor Lachen ausschütten. Aber ist das auch bei einem Menschen möglich? Auf diese Weise einen Hinweis zu geben? Bei den Hühnern ist es eine rein motorische Reaktion. Die Nerven behalten ihre Funktionsfähigkeit noch eine ganze Weile. Aber das, was die Hühner tun, kann man keineswegs als bewußte Handlungen ansehen. Jetzt frage ich mich, ob es bei Miss Wells als solche bewußte Handlung einzustufen ist? Konnte ihr Körper noch reagieren und eine Handlung vollführen, die vom Bewußtsein stimuliert wurde? Und auf diese Weise einen Hinweis hinterlassen? Ja, wenn es ein langsamer Tod gewesen wäre — dann schon. Das Sterben kann sich in verschiedenen Stufen vollziehen. Aber als eine unbewußte

Handlung? Na, ich möchte von einem geschickten Staatsanwalt in diesem Punkt nicht in die Zwickmühle eines Kreuzverhörs gebracht werden.«

»Ja... nur glaube ich nicht, daß ein Staatsanwalt auf einer so wackligen Sache wie diesem ›L‹ überhaupt einen Prozeß aufbaut. Er könnte es höchstens als Bestätigung verwenden... aber für mich liefert es einen Ausgangspunkt.«

»Ich weiß schon, was Sie meinen. Das ist wie in der medizinischen Forschung. Irgendwo muß man anfangen. Auch wenn es das falsche Ende ist.«

In diesem Augenblick betrat Kapitän Gibbon den Untersuchungsraum vom Gang her. »Ach, da sind Sie ja. Ich habe mit der Reederei gesprochen... die sagen, daß ich mich genau richtig verhalte, wenn ich die Sache geheimhalte.« Als der Arzt nickte, fügte er hinzu: »Rücksicht auf die Passagiere kommt ganz selbstverständlich an allererster Stelle.«

»Ganz recht, Sir«, sagte Dr. Pierce. »Wenigstens bis übermorgen, wenn wir Mazatlan erreicht haben.«

Inspektor Columbo räusperte sich, und beide Männer sahen ihn an. An den Kapitän gewandt, sagte er: »Sir, ich bin nur Passagier und deswegen vielleicht nicht berechtigt, Ihnen zu widersprechen... aber wir haben an Bord einen Mörder, und ich halte es für richtig, wenn das Schiff unverzüglich durchsucht wird.«

»Aber Inspektor! Wir können doch nicht damit beginnen, alle unsere Gäste nach einer Waffe zu durchsuchen.« Der Kapitän sah ihn entsetzt an. »Sie würden sicher auch nicht daran denken — daheim in Los Angeles — in einem großen Häuserkomplex jede einzelne Wohnung zu durchsuchen, nur weil in einem Apartment ein Mord begangen wurde? Erstens haben Sie nicht das Recht dazu — und selbst wenn Sie das Recht hätten, und sich die nötigen Leute dazu verschaffen könnten, wäre es ein fruchtloses Unterfangen. Der Täter hätte sich der Waffe längst entledigt und sie in den Müllschlucker geworfen, bevor Sie mit der Durchsuchung beginnen. Da draußen haben wir den größten Müllabladeplatz der Welt — den Ozean. Sehr wahrscheinlich ist die Waffe weg. Oder sie wird weg sein, wenn wir mit der Suche beginnen. Sie würden damit nur eine ganze Anzahl harmloser Bürger total verärgern — und aus verärgerten harmlosen Bürgern werden im Handumdrehen wütende Passagiere.«

»Ja, Sir, ich gebe Ihnen recht.« Columbo nickte bestätigend. »Aber in dem bewußten Gebäudekomplex würden wir versuchen, mit den Menschen zu sprechen, die das Opfer kannten. Wir würden nach etwas Ungewöhnlichem Ausschau halten — nach einem abgewiesenen Freund, nach einem Streit mit der Nachbarin oder so etwas. Eigentlich hatte ich eher an die Mannschaft gedacht. An jemanden, der vielleicht das Opfer oder die Musiker kannte. Um einen Raubmord handelt es sich nicht, also können wir annehmen, daß sie ihren Mörder kannte. Und daß er sie gut kannte... sogar intim kannte. Natürlich könnte es auch irgendein Psychopath sein, der seine Opfer wahllos tötet... aber es sieht eher so aus, daß es ein Bekannter war, der wußte, wann sie in die Kabine ging und sich zwischen den Auftritten umzog. Das deutet auf ein Mitglied der Besatzung oder auf einen Musiker. Ein Passagier... nun ja, ein Passagier kennt die tägliche Routine nicht —«

»Das ist sehr interessant, Inspektor. Ich muß sagen, sehr vieles spricht für Ihre Theorie. Solange es nicht in einer Durchsuchung sämtlicher Kabinen ausartet und einen Haufen Unannehmlichkeiten für die Passagiere bringt, bin ich jetzt sogar dafür. Natürlich wird die Mannschaft Ihnen zur Hand gehen. Aber ich glaube, Sie fangen am besten bei der Band an.«

»Und warum das, Sir?« fragte Columbo überrascht.

»Hm, ja, offenbar ist da ein Junge in der Band, mit dem Miss Wells eine Auseinandersetzung hatte. Meine Information ist aus zweiter Hand, und ich möchte niemanden beeinflussen. Aber offenbar hatte sie sich mit einem Musiker eingelassen... sie bekamen Krach... mehr oder weniger in der Öffentlichkeit. Sie hat ihn heute vor einer ganzen Anzahl von Passagieren gedemütigt. Der Bursche heißt Harrington, spielt Saxophon in der Band. Harrington. Lloyd Harrington.«

11 »Lloyd? Das ist purer Wahnsinn!« Artie Podell stand mit Inspektor Columbo und Kapitän Gibbon im großen Saal. Im Hintergrund spielte die Band weiter. Auf der Tanzfläche waren nur noch wenige Paare, einige weitere saßen an ihren Tischen. Der Schluß des Vergnügungsprogramms rückte näher, und Artie war schon müde.

»Warum ist es Wahnsinn?« fragte Columbo.

»Er ist doch nur ein netter Junge, der ein bißchen aus der Rolle gefallen ist. In unserer Branche ein sehr häufiger Fall — wahrscheinlich in anderen Berufssparten ebenso. Er hat sich die Finger verbrannt, die Flügel versengt, aber überleben wird er es — und daraus hoffentlich eine Lehre ziehen und in Zukunft klüger sein. Aber deswegen tötet man nicht — wenigstens würde Lloyd Harrington das nie tun.«

»Hm, ja, verstehe, wie Sie die Sache sehen... sehr vernünftig übrigens. Aber damit ich das fein säuberlich in meinem Hirn einordnen kann — könnten Sie mir alles genau über die Pause erzählen? Von elf Uhr zehn bis halb zwölf, wenn ich nicht irre?«

»Richtig«, sagte Artie Podell sofort.

»Jeden Abend?« fragte Columbo, und als Artie Podell nickte, fuhr Columbo fort: »Und wie spielt sich das ab — als kleine Kaffeepause?«

»Nein, eigentlich nicht, in einem Nachtclub — ja, da wäre es eine kleine Verschnaufpause. Aber auch dort müßten wir uns umziehen. Aber hier an Bord der SUN PRINCESS haben wir unsere Kabine unten auf dem ›Capri-Deck‹, und wir brauchen sehr lange, bis wir hinkommen, uns umziehen und wieder rechtzeitig zurück sind. Für Kaffee bleibt da keine Zeit, soviel steht fest.«

Columbo kratzte sich nachdenklich am Kopf. »Und seit der Pause um elf Uhr zehn hat es keine Unterbrechung mehr gegeben?«

»Noch nicht«, entgegnete Artie Podell. »Wir sind bald fertig. Dann hauen wir ab. Manchmal, wenn noch viele Gäste da sind, machen wir noch eine Pause, kommen zurück und spielen noch mal eine Runde.«

»Hm. Und nach der Pause kamen um halb zwölf alle rechtzeitig? Umgezogen und spielbereit?« Columbo sah ihn nachdenklich an.

»Alle — bis auf Rosanna.«

»Mr. Harrington — war er pünktlich da?«

»Ja. Wir fingen ohne Rosanna an. In der ersten Nummer singt sie nämlich nicht.« Artie Podell machte eine kurze Pause, dann fuhr er fort: »Als sie später auch nicht kam, mußten wir unser Programm umstellen. Wir spielten weiter nur Instrumentalnummern. Schließlich habe ich mich auf die Suche nach ihr gemacht — na und alles Weitere kennen Sie ja ...«

»Mit diesem Harrington werden wir uns näher unterhalten müssen«, sagte der Kapitän mit einem Blick zum Musikpodium.

»Sicher, Kapitän. Wir machen Schluß, sobald die Nummer gespielt ist. Aber Sie verschwenden mit ihm Ihre Zeit.«

Der Kapitän nickte, und Artie Podell ging verdrossen zum Podium. Als er außer Hörweite war, sagte der Kapitän zu Columbo: »Ich habe Leute losgeschickt, die das Schiff durchsuchen. Ganz diskret natürlich. Meiner Meinung nach werden wir vielleicht nicht mehr lange suchen müssen ...«

»Das ist sehr gut, Sir«, bestätigte Columbo. »Ach übrigens — als mir übel war, haben Sie mich auf die Krankenstation geschickt. Ja — und als ich hinaufkam, war die Tür versperrt. Ist das immer so?«

»Natürlich. Da drinnen sind ja eine ganze Menge Drogen und Arzneimittel. Ich weiß zwar nicht, warum das nun von Bedeutung sein soll — jedenfalls halten wir die Sachen die ganze Zeit über unter Verschluß. Die Türen sind von innen zu öffnen, und wenn sie zuschwingen, sind sie automatisch geschlossen. Und versperrt — das nur als Vorsichtsmaßnahme, falls es einmal jemand vergessen sollte.«

Kopfschüttelnd sagte Columbo: »Verstehe. Ich glaube, die Band ist jetzt fertig. Sieht ganz danach aus.«

»Ja, Inspektor. Sie scheinen sich übrigens ein wenig besser zu fühlen.«

»Ich weiß ja nicht, was für ein Zeug man mir verpaßt hat — es war jedenfalls grauenhaft. Schmeckte lausig, aber ich fühle mich tadellos.«

»Sehr gut.«

Zögernd näherte sich ihnen Lloyd Harrington, und der Kapitän winkte ihm zu. »Hier rüber, Harrington.« Und mit grimmiger Miene sagte er: »Das hier ist Inspektor Columbo von der Polizei in Los Angeles. Wir würden uns gern mit Ihnen unterhalten.«

»Ja, natürlich. Ist es wegen Rosanna?« fragte Harrington leise.

»Hm — warum fragen Sie das, Sir?«

»Ja, wissen Sie — sie kam nach der ersten Nummernfolge nicht wieder und auch dann nicht, als Artie sich auf die Suche machte. Er sagte nichts — aber wissen sie, man hat das im Gefühl ... ich mache mir Sorgen, daß es einen Unfall oder sonst was ...«

»Es tut mir leid, Sir. Sie ist tot.«

Lloyd Harrington war so schockiert, daß er kaum flüstern konnten: »Tot? Ich verstehe nicht, wie ...«

»Ich glaube«, sagte der Kapitän, während einige Paare an ihnen vorüberschwankten, »es ist das beste, wenn wir uns irgendwo unter vier Augen unterhalten. Dürfen wir in Ihre Kabine mitkommen? Wenn es dem Inspektor recht ist.«

»Mir? Aber sicher doch. Und Mr. Harrington, ist es Ihnen recht?« fragte Columbo freundlich.

»Meine Kabine ist nicht sehr geräumig, trotzdem — kommen Sie mit.«

Sie gingen zum Aufzug und warteten in Gesellschaft einiger Passagiere, die begeistert auf den Kapitän einredeten und kundtaten, wie sehr sie sich amüsierten und sich auf die Rückreise freuten. Er versuchte, ihnen freundlich zu antworten, doch merkte man ihm an, daß es ihm einige Mühe machte. Aber es glückte ihm, die leutselige Miene zu bewahren, bis sie in Lloyd Harringtons kleiner, ordentlicher Kabine angelangt waren. Hier fiel die freundliche Maske von ihm ab. Columbo, dem es geglückt war, vom Zahlmeister ein Vergrößerungsglas zu ergattern, bat darum, Lloyds Hand untersuchen zu dürfen. Als der Saxophonist dafür eine Erklärung verlangte, war es der Kapitän, der sie ihm gab.

»Mr. Harrington, ich will ganz offen zu Ihnen sein. Es besteht Grund zu der Annahme, daß Sie mit dem Tod von Miss Wells etwas zu tun haben. Rundheraus gesagt — Sie können sich als Verdächtiger betrachten. Auf See haben Sie nicht dieselben Rechte wie ein gewöhnlicher Bürger an Land, trotzdem halte ich es für meine Pflicht, Sie darauf aufmerksam zu machen, daß alles, was Sie sagen, gegen Sie verwendet werden kann und daß...«

»Ich habe Rosanna nicht getötet!« stieß Harrington heftig hervor.

»Das bleibt abzuwarten. Denn wir haben etliche Zeugen für die Tatsache, daß Sie Streit mit ihr hatten — einen sehr unangenehmen Streit.«

»Ja, schon — aber das bedeutet doch nicht, daß ich sie getötet habe. Wahrscheinlich bin ich ein Dummkopf, aber ich habe sie geliebt... ja, ich war wütend, das stimmt. Aber nie hätte ich...«

Columbo unterbrach den Wortschwall. Es war klar, daß der Junge, obwohl man ihn über seine Rechte belehrt hatte, sich in den Augen des Kapitäns nur noch verdächtiger machte. Der Kapitän war nur zu bereit, eine einfache Lösung seines Problems anzupeilen — nämlich schnell jemanden zu finden, dem man das Verbrechen aufhalsen konnte, damit die Ungewißheit der Passagiere nicht unnötig verlängert wurde — der zahlenden Gäste, deren Wohlbefinden sein oberstes Interesse sein mußte.

»Es hat keinen Sinn«, sagte Columbo. »Ich kann an seinen Händen keinerlei Spuren von Rückständen entdecken...«

»Rückstände...?« fragte der Kapitän.

»Pulverspuren. Wenn er erst vor einer Stunde eine Waffe abgefeuert hat, müßte es Rückstände an den Händen geben...« Columbo hielt dem Kapitän Lloyd Harringtons Handflächen zur gefälligen Überprüfung unter die Nase. »Da! Es sei denn, er trug Handschuhe.« Zu Lloyd sagte er: »Dürfen wir Ihre Kabine durchsuchen?«

Der Kapitän belehrte ihn: »Inspektor, auf hoher See fragen wir nicht lange. Ich gebe den Befehl. Der Erste Offizier wird in Kürze hier sein und die Durchsuchung überwachen.«

Harrington war fassungslos. »Was erwarten Sie zu finden? Ich habe keine Handschuhe mit. Wir steuern warme Gefilde an. Warum hätte ich Handshuhe mitnehmen sollen? Ja — sicher können Sie meine Kabine durchsuchen. Ich habe nichts zu verbergen.«

Der leicht pikierte Kapitän überhörte Harringtons Worte geflissentlich und wandte sich an Columbo: »Ich möchte mit Ihnen allein sprechen. Kommen Sie mit vor die Kabine?«

Ohne das Einverständnis Columbos abzuwarten, ging er hinaus.

Der Detektiv folgte ihm achselzuckend, wandte sich im Vorbeigehen zu Lloyd um und sagte zu ihm: »Sie müssen klaren Kopf bewahren, Sir. Es handelt sich bloß um routinemäßiges Vorgehen. Sicher können Sie die Erregung des Kapitäns verstehen. Schließlich gibt uns Ihr Streit mit Rosanna ein Problem auf... aber wir werden das sicher hinkriegen, Sir. Entschuldigen Sie mich jetzt...«

Damit klopfte er Harrington tröstend auf die Schulter und trat hinaus auf den Gang, wo der Kapitän ihn ungeduldig erwartete.

Kapitän Gibbon sah sich verstohlen um. Er senkte die Stimme, obwohl sie allein waren. »Inspektor, ich möchte mir nicht anmaßen, Ihnen vorzuschreiben, was Sie zu tun haben. Aber meiner Meinung nach sollte ich Mr. Harrington sofort unter Arrest stellen und ihn dann den mexikanischen Behörden überstellen.«

»Sir – das können Sie tun –, aber in Wirklichkeit haben wir gegen ihn keinen Beweis. Nur Gerede über seinen Streit, keine Pulverspuren an den Händen – übrigens ein ausgezeichnetes Vergrößerungsglas.«

»Aber Sie sagten selbst, es gäbe keine Pulverspuren, wenn er Handschuhe anhatte. Das hat er sicher gewußt und...«

»Richtig«, entgegnete Columbo ruhig. »Wenn er den Mord geplant hat, hätte er Handschuhe getragen... und der Mord sieht aus wie geplant. Sehr sogar.«

»Was meinen Sie damit?« fragte der Kapitän nervös.

»Wenn er spontan erfolgt wäre, hätten zu viele Zufälle mitspielen müssen. Raubmord war es nicht – ich meine, etwa so: Sie geht in ihre Kabine und überrascht jemanden, der ihre Sachen durchwühlt. Nein. Denken sie an den genauen Zeitplan. Genau in der Zeit, als sie sich umziehen ging – also war es jemand, der wußte, was sie tun würde...«

»Um so mehr ein Grund, dabei an Harrington zu denken.«

»Oder an ein anderes Mitglied der Band – oder der Besatzung«, schränkte Columbo sofort ein. »Ich gebe zu, im Moment deutet wegen des Streites alles auf Harrington... aber viele wußten von dem Streit. Es war eigentlich ganz nützlich, die Beweise auf Harrington hinzulenken. Wäre doch immerhin möglich, nicht?«

»Ich sehe mal nach, wie weit das Durchsuchungskommando ist. In der Zwischenzeit muß ich darauf bestehen, daß Mr. Harrington unter Arrest gestellt wird – bis sich der Verdacht als haltlos erwiesen hat. Meinen Sie nicht auch, Inspektor?«

»Sir, Sie sind der Kapitän. Nur noch eines – das dort ist die Kabine von Miss Wells, nicht wahr?«

Kapitän Gibbon folgte seinem Blick. »Ja. Dort wo der

Posten steht. Übrigens könnte der diese Kabine hier auch im Auge behalten.«

»Eine ausgezeichnete Idee.«

»Und was werden Sie jetzt unternehmen, Inspektor?«

»Ach, ich gehe jetzt rauf und sehe mich oben um. Das Podium, auf dem sie stand, vielleicht ist dort etwas — und dann möchte ich noch etwas überprüfen. Entschuldigen Sie mich, Sir.«

»Na, dann nichts wie vorwärts, Inspektor. Überprüfen Sie, was immer sie für richtig halten. Suchen sie alle nur erreichbaren Beweise zusammen — obwohl ich wette — und ich wette nie —, daß alles auf diesen Harrington deuten wird. Ich muß jetzt nur dem Posten sagen, was er tun soll.«

»Ja, Sir, sehr gut.« Columbo nickte.

»Verständigen Sie mich, sobald Sie etwas gefunden haben, Inspektor. Ich rede mit den Jungs, die die Durchsuchung machen sollen, und werde Sie es wissen lassen, falls die etwas aufgestöbert haben.«

Der Kapitän ging auf den Posten zu, während Columbo in die entgegensetzte Richtung zum Lift schlenderte, der ihn zu den oberen Decks bringen sollte. Die Passagiere lagen bereits friedlich in ihren Betten, so daß die Fahrt mit dem Lift relativ schnell verlief.

Im dunklen, großen Saal angekommen, zündete Columbo sich eine Zigarre an und sah sich um. Neben dem Musikpodium entdeckte er einen Schalter, knipste ihn an, worauf das Podium in strahlendes Licht getaucht wurde.

Auf der Bühne war überhaupt nichts zu sehen. Er ging nach hinten in eine Nische, wo er eine Vielzahl von Musikinstrumenten entdeckte, ferner Ersatzmikrophone und Verstärker, sogar die Requisiten des Zauberkünstlers. Aber keine Spuren.

Columbo ging an den Schalter, sah auf die Uhr, knipste dann das Licht aus und lief, so schnell es seine Kräfte erlaubten, hinaus und die Treppen hinunter.

12 Lloyd Harrington verfluchte sein Pech, verfluchte zugleich auch seine eigene Dummheit.

Er war allein in seiner Kabine. Der Kapitän hatte ihn davon benachrichtigt, daß er den Raum nicht verlassen durfte und daß ein Posten vor seiner Tür stünde. Harrington war sehr beunruhigt — bei der Durchsuchung seiner Habseligkeiten war etwas aufgetaucht, wovon er keine Ahnung gehabt hatte. Unruhig lief er in dem schmalen Raum auf und ab zwischen Bett, Schreibtisch, Kommode und Lehnstuhl. Niedergeschlagen mußte er sich eingestehen, daß die Kabine einer Gefängniszelle nicht unähnlich war. Der Größe nach. Was die Einrichtung betraf, war er hier natürlich besser dran. Aber das Gefühl der Enge und des Eingeschlossenseins war da.

Langsam wurde ihm klar, wie schwierig seine Lage war. Da war jener schreckliche Augenblick gewesen, als er von Rosannas Tod erfahren hatte, wobei er den Anschein erweckte, als fühle er sich dafür irgendwie verantwortlich. Um die Ratschläge der anderen hatte er sich nicht gekümmert. Zu sehr hatte ihn das Gefühl des Verlustes beherrscht, obwohl er wußte, dieses Gefühl würde nicht anhalten. Denn so klug war er bereits geworden, um zu wissen, daß es ihm vom Schicksal nicht bestimmt gewesen war, seine Gefühle von Rosanna Wells erwidert zu sehen. Sie hatte mit ihm gespielt und ihn ausgenützt, doch wirklich geliebt hatte sie ihn nicht.

Es war aus — und wäre auch aus gewesen, wenn sie nicht ermordet worden wäre.

Ja, das war der richtige Ausdruck dafür. Noch war keiner gekommen und hatte dieses Wort ausgesprochen, aber es stand im Raum. Ganz einfach — bei einem Unfalltod gab es keine Verdächtigen. Jemand hatte Rosanna getötet, und er, Lloyd Harrington, war zum Schuldigen gestempelt. Aber wer hatte es getan? Hatte man ihn, Lloyd Harrington, mit voller Absicht zum Sündenbock gemacht, oder hatte der

Zufall es so gewollt? War er nur zufällig zur Hand gewesen, als Hauptverdächtiger eines Verbrechens, an dem er völlig unschuldig war?

Ja, völlig unschuldig. Denn er hatte es nicht nur nicht begangen, er konnte auch nicht glauben, daß er selber auf irgendeine Weise Anlaß hierzu gewesen wäre. Der Streit in aller Öffentlichkeit, die nicht gehaltenen Versprechungen — das alles war unerheblich. Rosanna wäre auf jeden Fall getötet worden.

Aber wer war es? Und warum? Lloyd Harrington zermarterte sein Hirn und versuchte krampfhaft, sich an etwas zu erinnern, das sie gesagt oder angedeutet hatte — aber ihm wollte nichts einfallen. So lief er weiter auf und ab und überlegte. Er würde bald erfahren, was die Leute bei der Durchsuchung gefunden hatten und wie es ihn mit der Toten in Verbindung brachte — offenbar weit mehr, als eine Wochenendaffäre oder die Auseinandersetzung eines eifersüchtigen Liebhabers in aller Öffentlichkeit.

Sehr bald würde er es wissen. Und in der Zwischenzeit, sagte er sich, werden wir es uns so gemütlich und amüsant wie möglich hier einrichten: Wenn man Aufundablaufen, Schweißausbrüche, Ängste, das Verlangen zu heulen und wild um sich zu schlagen als Amüsement betrachten konnte.

»Verdammtes Weibsstück!« sagte er laut und ohne zu bedenken, daß er von einer Toten sprach. Er fühlte sich gleich besser und wiederholte deshalb den Ausdruck: »Verdammtes Weibsstück!«

Er hörte Schritte kommen und vor der Tür anhalten, warten und weitergehen. Gleich darauf vernahm er Stimmengemurmel draußen auf dem Gang. Gern hätte er einen Blick hinausgeworfen, wagte es aber nicht. Es würde aussehen... würde womöglich den Eindruck erwecken... alles, was er jetzt unternahm, konnte man ihm als Schuldbekenntnis auslegen, sogar seine Unruhe, seine Schweißausbrüche und die Übelkeit.

Möchte wissen, wann sie endlich kommen, fragte er sich,

um mich in aller Form zu beschuldigen? Oder was immer in einem Fall wie diesem, an Bord eines Schiffes üblich war.

»Verdammtes Weibsstück«, flüsterte er und fürchtete, man könne ihn belauschen und seine aus Enttäuschung und Angst geborene Äußerung mißverstehen.

Inspektor Columbo war es, der an seine Tür gekommen war und angehalten hatte, um einen kurzen Blick auf die Uhr zu werfen. Dann war er zu Rosannas Kabine gegangen, wo er wieder auf die Uhr sah und mit dem Posten sprach. Das war das leise Gemurmel, das Lloyd Harrington in seiner Kabine gehört hatte.

»Ist dies die Kabine von Miss Wells?«

Als der Posten nickte, griff Columbo in seine Tasche und zog seinen Ausweis heraus. »Inspektor Columbo – von der Polizei von Los Angeles. Hat der Käpt'n Ihnen gesagt, daß ich ihm in diesem Fall zur Hand gehe?«

»Nein, Sir«, sagte der Posten.

»Ich habe vom großen Saal bis hierher acht Minuten gebraucht«, sagte er, und als der Posten ein perplexes Gesicht machte, fuhr er fort: »Gibt es einen kürzeren Weg, den ich nicht kenne?«

»Den Lift, Sir. Unseren Aufzug.«

»Sonst noch einen anderen Weg?« fragte Columbo.

»Nein, Sir.«

»Na, dann war es das Bestmögliche. Danke!«

»Nichts zu danken.«

Columbo ging weiter, an Rosannas Kabine vorbei, und folgte damit der Route, die einige Stunden zuvor Hayden Danziger zurückgelegt hatte – obwohl sich Columbo dessen nicht bewußt war. Er versuchte sich auszumalen, was im Augenblick des Mordes und gleich danach geschehen war und blieb im Gang stehen, um seine Zigarre in Brand zu setzen. Als er in Gedanken versunken dastand, kam Watkins, der Zahlmeister, den Gang entlang. Er winkte Columbo zu und schwenkte einen Zettel in der Hand.

»Da sind Sie ja, Inspektor! Der Kapitän hat mich auf die

Suche nach Ihnen geschickt.« Er reichte Columbo das Blatt Papier. »Diese Quittung haben wir unter Harringtons persönlichen Papieren gefunden, Sir.«

Columbo studierte das Papier und sagte zum Zahlmeister: »Er hat eine British Weatherby Nr. 5 gekauft?«

»Vor zwei Wochen — in Las Vegas.« Watkins bemerkte Columbos Stirnrunzeln und meinte noch: »Der Kapitän ist hocherfreut. Er sagt, damit wären nun hoffentlich Ihre letzten Zweifel endgültig beseitigt.«

»Hm ja, entschuldigen Sie mich.«

»Möchten Sie den Kapitän sprechen, Sir?« fragte der Zahlmeister mit eifriger Miene.

»Ja, gleich ... in einer Minute ... aber zuerst möchte ich mich mit Mr. Harrington unterhalten.«

»Dann sage ich dem Kapitän, daß Sie in Kürze kommen, Sir«, sagte Watkins lächelnd und lief zur Treppe. Nachdenklich starrte Columbo einen Augenblick lang Harringtons Kabinentür an, drückte dann die Klinke nieder und trat ein. Lloyd hockte niedergeschlagen auf seiner Koje, als die Tür aufging. Er sah auf und blickte gleich wieder weg.

»Mr. Harrington — entschuldigen Sie mein Eindringen. Ich belästige Sie sehr ungern. Dieser Bursche in Uniform — er nennt sich Zahlmeister —, nun, der sagt, man hätte hier drinnen eine Quittung für eine Waffe gefunden.«

»Also das war es? Ich war schon neugierig.« Harrington wirkte ziemlich erregt.

»Die Quittung beweist, daß Sie eine Pistole gekauft haben — eine British Weatherby Nr. 5 —, vor zwei Wochen in Las Vegas.«

»Hab' ich nicht!« brauste Harrington sofort auf. »Ich hatte nie im Leben eine Waffe, weiß gar nicht, wie man damit umgeht. Ich weiß nicht, wie die Quittung ...«

»Wo hat er das Papier gefunden?« unterbrach Columbo seinen Redefluß.

Harrington zeigte auf eine kleine Metallbox auf der Kommode, neben der einige Papiere verstreut lagen.

»Das muß jemand gesehen haben«, sagte Harrington erregt. »Ich schwöre, daß ich die Quittung noch nie im Leben gesehen habe.«

Columbo sah hastig die Papiere auf der Kommode durch. »Was haben wir da? Lebensversicherungspolice. Arztrechnung... Einzahlungsbelege für Bankdarlehen... Quittungen für... und was ist das? Fünfundsiebzig Dollar für... ein Arrangement.«

»Ein musikalisches Arrangement, Inspektor. Noten, Liednoten. Darauf sind Texte, Melodie und verschiedene Akkorde verzeichnet. Danach spielt eine Band, wenn sie nicht improvisiert. Nach Arrangements.«

Columbo nickte. »Hm. Reparatur eines Saxophons... Hotelrechnung... ziemlich viel.« Mit einem Blick zu Lloyd sagte er: »Sie sind ein sehr ordentlicher Mensch. Es sieht aus, als würden Sie Quittungen für alles mögliche aufheben.

»Ja. Sieht wohl merkwürdig aus bei einem Musiker. Vielleicht hätte ich Buchhalter werden sollen. Wenigstens würde ich dann nicht in diesem Schlamassel stecken...«

»Hm ja, Sir. Aber heben Sie alle alten Rechnungen auf? Es sieht wie eine Manie aus...« Columbo blickte nachdenklich auf die Papiere.

»Nein, eigentlich mache ich es für die Steuer. Die meisten Quittungen haben mit meinem Beruf zu tun. Ich hebe sie auf, damit ich sie als Geschäftsunkosten von meinem Einkommen absetzen kann...«

»Eine Waffe ist sicher kein Abzugsposten.«

»Ich kann Ihnen nur eines sagen — ich hatte nie eine Waffe und nie ein Quittung über den Kauf einer Pistole. Hier drinnen habe ich nie eine Quittung gesehen. Ich kann Ihnen zwar nicht mit Bestimmtheit sagen, wann ich die Papiere zuletzt durchsah, aber es war knapp bevor wir an Bord gingen — vielleicht gestern oder vorgestern. Ich weiß nichts von dieser Quittung.«

»Wäre es möglich, daß sie drinnen lag... und Sie sie nicht bemerkten?« fragte Columbo ruhig.

»Gewiß, ganz unten. Wenn ich in der Box nicht etwas Bestimmtes suche, kann alles mögliche drin sein, ohne daß ich es bemerke.«

»Und Sie haben nie eine Waffe in Las Vegas gekauft?«

»Nein, Sir. Niemals.« Harrington schüttelte den Kopf.

Columbo blickte ihn nachdenklich an. Er bedankte sich bei Harrington und ging hinaus.

Als der Inspektor gegangen war, erhob sich Harrington langsam von seiner Koje und trat an die Box. Er ging die herumliegenden Papiere durch, ordnete sie und kontrollierte jedes einzelne. Als er alles feinsäuberlich beisammen hatte, legte er sie in die Box und klappte den Deckel zu.

Von einer Manie besessen, dachte er. Ja, vielleicht bin ich das. Ordentlich bis zur Manie, durchorganisiert bis in die Fingerspitzen. Aber nicht besessen... so daß ich... ich weiß nicht, was ich glauben soll. Wie kann er in so etwas hereingeraten sein? Wer will mir eine Grube graben? Irgend jemand muß über das vergangene Wochenende Bescheid wissen... aber wer? Bis dahin hatte Rosanna ihn kaum eines Blickes gewürdigt. Nein, es mußte jemand sein, der wußte, daß wir zusammen waren, jemand, der sie kannte... ja. Vielleicht hat es der andere aus Eifersucht getan. Vielleicht hat sie mir deswegen den Laufpaß gegeben — weil sie sich vor dem anderen fürchtete. Aber die Tatsache blieb bestehen, daß sie ihn ja hatte loswerden wollen und der andere damit keinen Grund hatte, sie zu töten. Verdammt. Ich wünschte, ich hätte nie ein Auge auf sie geworfen.

Ich wünschte, ich könnte jetzt einen klaren Gedanken fassen. War da nicht jemand, der sich in unserer Nähe herumtrieb, der uns beobachtete?

Ein paarmal hatte sie... nein, eigentlich hatte sie nie etwas gesagt. Und ich war so glücklich, daß ich es gar nicht erwartete... aber in der Bar... da hat sie richtig voll aufgedreht... als ob sie eine Szene spielen wollte.

Und jetzt war Rosanna tot.

Ach was, besser du als ich, mein Schatz.

Trotz seiner Niedergeschlagenheit, der Sorge wegen der unterschobenen Quittung, der Angst, daß man ihn fälschlich des Mordes bezichtigen könnte, erholte sich Lloyd Harrington langsam, aber sicher.

13 Am nächsten Morgen begab sich Columbo nach einem üppigen Frühstück zur Krankenstation. Dr. Pierce war anwesend und hatte Hayden Danziger bereits untersucht, während Columbo sich noch auf dem Promenadendeck herumtrieb und versuchte, sich auf den verschiedenen Etagen des Decks des Schiffes, den Ecken und Treppen zurechtzufinden – alles nur, um zur Krankenstation zu gelangen.

Dr. Pierce sagte eben: »Ich glaube, Mr. Danziger, Sie verbringen am besten noch einen Tag hier – damit wir sicher sein können...«

»Aber Doktor, ich fühle mich viel besser« protestierte Danziger. »Eigentlich ganz normal. Und ich habe über hundert Gäste an Bord. Händler samt Ehefrauen, um die ich mich kümmern muß. Ich muß wieder in Gesellschaft... alle werden sich Sorgen um mich machen und noch mehr wegen dieses unglücklichen Zwischenfalles. Ein Mord auf einem Kreuzfahrtschiff ist kein alltäglicher Fall, und die Leute brauchen außer dem Kapitän jemanden, der sie beruhigt und ihnen versichert, daß alles in Ordnung sei. Jemanden, den sie kennen und dem sie vertrauen, jemanden, der kein offensichtliches Interesse hat, die Geschehnisse der vergangenen Nacht zu verharmlosen.«

»Mr. Danziger, ich kann Ihnen versichern, daß der Kapitän um das Wohlergehen der Passagiere ebenso besorgt ist wie Sie oder ich. Er hat den Vorfall nicht beschönigt. Man hat alle nötigen Maßnahmen ergriffen, eine Untersuchung ist in vollem Gange. Er ist Spekulationen und Klatschereien entgegengetreten — und das halte ich auch für ratsam.«

Danziger fing an, sich anzuziehen. »Ich eigentlich auch, Doktor. Das ist aber auch der Grund, warum meine Anwesenheit erforderlich ist. Damit wird gewissen Gerüchten der Boden entzogen. Nichts gegen den Kapitän — keine Rede davon. Ein tüchtiger Mann, den ich respektiere. Wenn ich jetzt aus dem Bett steige, dann nur, um ihm zu helfen — und meinen Geschäftsfreunden.«

»Mir gefällt nicht, daß Sie Ihre bemerkenswerte Genesung aufs Spiel setzen«, erwiderte der Arzt sofort.

»Ich gehöre zur Gattung der Kerngesunden, Dr. Pierce. Würden Sie so gut sein und mir das Hemd reichen?«

»Na schön, Mr. Danziger — aber versuchen Sie, sich nicht zu übernehmen. Ich stehe noch immer zu meiner Ansicht, daß sie eine leichte Coronarverengung erlitten haben.«

»Sobald wir wieder in Los Angeles sind, lasse ich mich auf Herz und Nieren untersuchen«, versprach Hayden Danziger. »In der Zwischenzeit werde ich kurztreten, das verspreche ich, Dr. Pierce. Und ich weiß Ihre Besorgnis sehr zu schätzen. Normalerweise würde ich mit Vergnügen Ihren Anordnungen folgen und noch gemütlich einen Tag im Bett verbringen. Aber in den nächsten Stunden muß ich einiges von Bedeutung erledigen — wenn Sie mich jetzt entschuldigen wollen ...« Danziger trug jetzt Hose, Sporthemd und geflochtene Sandalen.

»Also gut, Sir«, sagte Dr. Pierce. »Sollten jedoch Probleme auftauchen, lassen Sie mich sofort holen!«

»Natürlich! Und vielen Dank!«

Kaum war Dr. Pierce draußen, ging Danziger an sein Kissen und griff nach den chirurgischen Handschuhen und dem Hauptschlüssel. Beides verstaute er in der Tasche. Er war eben im Begriff zu gehen, als Columbo hereinkam. Beim Anblick des Inspektors erstarrte Danziger kurz, hatte sich schnell gefaßt und bedachte Columbo mit einem gelassenen Lächeln.

Columbo erwiderte das Lächeln, ehe er sagte: »Ach, guten Morgen, Mr. Danziger. Ich suche eigentlich den Arzt. Sie sehen ja großartig aus, Sir. Freut mich zu sehen, daß Sie wieder auf den Beinen sind.«

»Danke. Ich fühle mich viel besser«, erwiderte Danziger ruhig.

»Hm... ja... Sir...«

»Ja?«

»Ich möchte mich noch wegen der Störung gestern abend entschuldigen.« Columbo sah ihn verlegen an.

»Schon gut. Ehrlich gesagt, hat mich mehr gestört, wie man die Tote auf der Bahre hereingeschafft hat.«

»Dann wissen sie also...«

Mit einer wegwerfenden Handbewegung auf die Trennwand des Zimmers erwiderte Danziger: »Das läßt sich kaum vermeiden. Die Wand ist papierdünn. Man kann praktisch alles durchhören.«

»Ja, wissen Sie, Sir, der Kapitän würde es vor den Passagieren gern noch eine Weile geheimhalten...«

»Ich verstehe, Inspektor. Aber das wird kaum möglich sein, fürchte ich. Meiner Meinung nach ist es die beste Lösung, wenn man die aufgeregten Gemüter beruhigt. Wer war das Mädchen eigentlich? Die Sängerin der Band – stimmt's?«

»Miß Rosanna Wells. So hieß sie.«

»Stimmt es, daß einer der Musiker sie erschossen hat?« fragte Danziger und bemühte sich, seine Stimme ruhig klingen zu lassen.

»Jemand hat sie erschossen. Wer – das wissen wir nicht. Hoffentlich erzählen Sie es nicht zu vielen Passagieren. Der Kapitän war schon sehr verstimmt, weil ich heute die Besatzung verhört habe.«

»Und mit Recht! Inspektor, ich weiß, es geht mich nichts an, aber... irgendwie doch, weil eine beträchtliche Anzahl der Passagiere als meine Gäste hier sind. Ich möchte jetzt wissen, ob Sie wirklich die Ermittlungen in diesem Fall führen. Ich bin nur neugierig. Ich kann mir nicht vorstellen, daß Sie hier draußen dazu befugt sind.«

»Ich versuche nur zu helfen, Sir«, erwiderte Columbo lächelnd.

»Aber wenn man ohnehin weiß, wer es war! Ist es dann noch notwendig, daß man alle nervös macht? Inspektor, Sie unternehmen eine Kreuzfahrt und müssen entdecken, daß Sie wieder mitten in der Arbeit stecken! Und warum? Wie ich gehört habe, haben Sie Ihren Mann — der Fall ist also gelöst.«

»Wissen Sie, Sir... wir haben einige Beweise... aber es wäre nicht fair, wenn wir nicht jede Möglichkeit durchdenken würden. Und die Behörden — nun, denen ist es auch lieber. Wenigstens in Los Angeles. Kein Staatsanwalt will einen Prozeß führen, wenn vorher nicht alle Möglichkeiten in Betracht gezogen wurden. Er möchte während des Prozesses keine Überraschungen erleben. Und außerdem ist es natürlich viel fairer gegenüber dem Angeklagten.«

»Ich bezweifle, ob die mexikanischen Behörden so bedachtsam vorgehen.« Danziger wiegte nachdenklich den Kopf. »Aber ich kann Ihren Standpunkt verstehen. Klar. Nun, wenn ich Ihnen irgendwie von Nutzen sein kann... dann wenden Sie sich an mich.« Er nickte Columbo zu und ging an dir Tür, als ihn Columbos Stimme aufhielt.

»Ja, Sir... Sie könnten etwas für mich tun. Sehen Sie, eigentlich wollte ich Sie darum bitten...« Columbo zögerte und holte aus seiner Tasche zwei Bogen Papier hervor, die er Danziger aushändigte. »Von diesen Leuten sind viele Ihre Gäste — das sagten Sie eben. Und ich wußte es schon — na jedenfalls diese Leute, diese... Gebrauchtwagenhändler... habe ich recht...?«

»Sie sprechen das Wort aus, als wäre es eine Seuche, Inspektor. Ich bin der Verkaufsleiter für die gesamte Westküste, und wir vertreiben Wagen der gehobenen Klasse — und diese ›Gebrauchtwagenhändler‹, wie Sie sie nennen, sind sehr erfolgreiche Geschäftsleute.«

»Ich wollte niemanden beleidigen, Sir«, wandte Columbo schnell ein.

»Ich habe es nicht so aufgefaßt, Inspektor. Also — was kann ich für Sie tun?«

»Es handelt sich darum — nun, an Bord dieses Kahns wurde ein Mord begangen, und der Kapitän...«

»Schiff — Inspektor!« korrigierte Danziger ironisch.

»Wer bitte, Sir?«

»Wir sind auf einem Schiff.«

»Ach ja, richtig! Immer unterläuft mir dieser dumme Fehler. Danke. Ein Mord wurde also hier auf diesem Schiff begangen, und der Kapitän hat mich inoffiziell gebeten, den Fall zu übernehmen — bis wir in mexikanische Gewässer kommen oder in Mexiko an Land gehen. Nun möchte ich Ihre Gäste nicht mehr als nötig behelligen und...«

»Hoffentlich glauben Sie nicht, daß einer von ihnen mit dem Tod des armen Mädchens zu tun hat?« fragte Danziger und konnte den Ärger in der Stimme nicht unterdrücken.

»Ach, ich glaube gar nichts... im Moment gar nichts, Sir. Aber ich dachte, Sie könnten mir an die Hand gehen, soweit es Ihre Gäste betrifft. Das ist besser, als wenn ich diese selbst belästige... nun, Sie könnten mir sagen, welche Passagiere auf der Liste Ihre Gäste sind, die Sie kennen. Dann lasse ich diese Leute in Ruhe. Aber Sie könnten außerdem ein wenig Augen und Ohren offenhalten — Ihnen wird man mehr sagen als einem Polizisten — Sie verstehen?«

»Natürlich.« Danzigers Interesse war geweckt. »Ich verstehe vollkommen. Ja wirklich. Und ich übernehme die Sache gern. Sicher ist es das beste. Sehr überlegt von Ihnen, Inspektor. Genau das werde ich tun. Und ich werde die Namen meiner Gäste abhaken und Ihnen die Liste durch einen Steward bringen lassen. Freut mich, wenn ich Ihnen einen Gefallen tun kann. Wenden Sie sich jederzeit an mich.«

»Ja, Sir. Das werde ich tun. Vielen Dank. Wie schön, daß Sie sich besser fühlen.« Columbo nickte bestätigend.

Danziger lächelte und ging hinaus. Kaum war er draußen,

stürzte Columbo sich in eine gründliche Durchsuchung des Krankenzimmers. Er sah unter die Matratze, in die Nachtkastenschublade, unter das Kissen, in den Schrank — einfach überall, wo er ein Versteck vermutete.

Er fand nichts und runzelte nachdenklich die Stirn, obwohl er eigentlich nicht überrascht war, daß seine Suche nicht von Erfolg gekrönt war. Nein, der Fall würde nicht einfach sein, sagte er sich im Hinausgehen.

Danziger ging den Gang entlang und dann über die kurze Treppe auf das Schwimmdeck. Da das Frühstück noch im Gange war, war es hier ziemlich ruhig, und er kam ungehindert an die Reling. Er sah lange hinunter ins Wasser. Dann drehte er sich um und lehnte sich an die Reling. Gelassen beobachtete er ein paar Shuffleboardspieler.

Die Beharrlichkeit dieses Polizeibeamten aus Los Angeles war ihm zunächst sehr unangenehm gewesen, bis der Kerl — wie hieß er doch gleich, er konnte sich den Namen nicht merken — Columbo, ja —, bis dieser Columbo ihn zu seinem Vertrauten gemacht hatte. Der Kerl war ein ausgemachter Dummkopf. Ja, ich werde tun, was er verlangt, sagte sich Danziger. Polizist spielen. Herumschnüffeln — und nichts finden.

Während die Spieler am anderen Ende des Decks eifrig die Weite eines Wurfes maßen, zog er ruhig die Handschuhe, die zu einem Ball zusammengerollt in der Tasche steckten, heraus, sah sich noch einmal um und ließ die Hand unauffällig über die Reling hängen. Dann öffnete er die Faust und ließ die Handschuhe in die schaumgekrönte See fallen.

Er sah den Spielern noch eine Weile zu, blendend gelaunt und stolz, daß alles geklappt hatte. Daraufhin ging er übers Deck und begrüßte die Spieler. »Schöner Morgen, nicht?«

Alle gaben ihm recht und widmeten sich wieder ihrem Spiel. Danziger wartete einen Augenblick und ging dann durch eine Glastür ins Innere des ›Riviera-Decks‹, ohne zu ahnen, daß Columbo ihm, vom darüberliegenden Deck aus, mit düsterer Miene nachstarrte.

14

Das vom Kapitän abkommandierte Durchsuchungskommando hatte schließlich doch noch einen Erfolg zu verzeichnen. Es hatte lange gedauert, und die Männer waren schon hundemüde, verbiestert und ein wenig nachlässig. Sie waren der festen Meinung, daß es nichts zu finden gäbe. Offen aufbegehren konnten sie nicht, durften sich auch nicht zu oberflächlich zeigen, und dennoch machten sie sich die Suche so leicht wie möglich. Und hätten dabei fast die Waffe in der Wäschekammer übersehen, die Hayden Danziger dort so sorgfältig verborgen hatte.

Als sie die angehäufte Schmutzwäsche flüchtig durchsuchten, fiel die Waffe zufällig zu Boden, und einer der Männer bemerkte es. Sofort wurde nach dem Kapitän geschickt. Er lief eilig den Gang entlang, im Kielwasser des Mannes, der ihn geholt hatte. Watkins hatte inzwischen bei der belastenden Waffe Wache gehalten. Als der Kapitän im Eingang der Wäschekammer auftauchte, deutete der Zahlmeister auf die Pistole. Kapitän Gibbon zog einen Bleistift aus der Tasche, hob damit die Waffe vorsichtig hoch und plazierte sie auf einem frischgewaschenen, zusammengefalteten Laken.

Zu Watkins gewandt, sagte er: »Inspektor Columbo soll sich bei mir im Ruderhaus melden.«

»Ja, Sir. Wird sofort geschehen.«

Watkins lief eilig hinaus. Kapitän Gibbon hob vorsichtig das zusammengefaltete Laken, auf dem die Pistole lag, auf und brachte es hinaus. Er trug Laken und Pistole wie einen neugeborenen Kronprinzen, den er vom Balkon aus der wartenden Menge zeigen sollte. Sein Gesicht zierte ein zufriedenes Lächeln.

Inspektor Columbo traf nur wenige Sekunden nach dem

Kapitän im Ruderhaus ein. Gibbon hatte Waffe und Laken auf einen Tisch gelegt, der für gewöhnlich Landkarten und Kaffeetassen vorbehalten war.

»Kommen Sie herein, Inspektor. Da ist sie! Der Erste Offizier und seine Leute haben sie in der Wäschekammer gefunden, die der Kabine der Ermordeten benachbart ist.«

Zahlmeister, Erster Offizier und Kapitän standen über den Tisch gebeugt, als erwarteten sie jeden Augenblick, daß die British Weatherby vom Kaliber 32 sich in Luft auflösen würde.

Mit dramatischer Geste hob Kapitän Gibbon die Waffe mittels des in den Lauf gesteckten Bleistifts hoch und zeigte sie dem Inspektor. Columbo schüttelte den Kopf.

»Hm, ich hätte selbst dort nachsehen sollen...« Er nahm den ihm entgegengereichten Bleistift, auf dem die Waffe steckte. »Wenn Sie gestatten...« Er legte die Waffe hin und zog den Bleistift vorsichtig aus dem Lauf. »Damit könnte man die Schrunden im Lauf verändern, und wenn dies der Fall ist, kann man mit dem Geschoß sehr schwer einen Vergleich anstellen.«

»Aber Inspektor«, antwortete Kapitän Gibbon mit kaum verhohlener Erregung, »das da ist eine British Weatherby... das erkenne ich... und die Quittung, die wir in Harringtons Kabine fanden, war für eine...«

»Ja, Sir — ich weiß... für eine British Weatherby. Aber das heißt nicht unbedingt, daß ein Schuß aus ihr abgegeben wurde — oder daß daraus jenes Geschoß abgefeuert wurde, das Miss Wells tötete. Deswegen müssen wir auf das Innere des Laufs achten. Übrigens möchte ich Ihrer Besatzung mein Kompliment aussprechen — sehr tüchtig! Hoffentlich haben die Jungs keine Fingerabdrücke hinterlassen.«

Der Kapitän richtete sich zur vollen Größe auf und erwiderte: »Ich kann Ihnen versichern, daß kein Mitglied der Besatzung Fingerabdrücke hinterlassen hat — das werden sie bei einer fachmännischen Untersuchung selbst feststellen können.«

»Ja, Sir. Ich danke Ihnen. Ich möchte zu gern die Waffe untersuchen — aber ohne... nun, ich werde das Bestmögliche unter den gegebenen Umständen tun.« Columbo griff in seine Tasche und zog ein Taschenmesser hervor. Dann nahm er den Bleistift zur Hand, mit dessen Hilfe man die Waffe hochgehoben hatte. »Dürfte ich wohl ein Blatt Papier haben?« Als man ihm das Papier gegeben hatte, schabte er die Graphitspitze des Stiftes auf den Papierbogen.

Die Männer sahen ihm zu, bis er schließlich fragte: »Wäre es möglich, eine Matratze hierherzuschaffen — eine möglichst dicke?«

»Eine Matratze? Wollen Sie sich hinlegen?«

»Aber nein, Sir. Aber ich brauche jetzt eine Matratze — egal was für eine, aber eine dicke ist besser.«

Mit einem Achselzucken wandte sich der Kapitän an Watkins und flüsterte ihm etwas ins Ohr. Der Mann ging gleich hinaus, und Columbo fuhr fort, den Bleistift abzuschaben. Er splitterte das Holz ab und ließ weiter Graphit auf das Papier rieseln.

Am Schwimmbassin erhielt Hayden Danziger eine Nachricht, die ihn aufs höchste verwirrte. Ein Steward teilte ihm mit, daß Inspektor Columbo ihn im Ruderhaus zu sprechen wünsche. Das ärgerte ihn, nicht zuletzt deswegen, weil er momentan von einem Gefühl des Unbehagens erfaßt wurde. Ein Unbehagen, das albern war, wie er sich einredete. Und doch ließ es sich nicht wegleugnen. Er hatte es nie gemocht, wenn die Dinge nicht nach seinem Kopf gingen — und unter den gegenwärtigen Umständen schon gar nicht. Einen Augenblick spielte er mit dem Gedanken, den Wunsch des Inspektors zu ignorieren, dann aber sagte er sich, daß mit arrogantem Benehmen kein Blumentopf zu gewinnen war. Und überdies war es besser, man wußte, was dieser kleine Spaßmacher vorhatte. Nur um sicherzugehen.

Danziger nickte dem Steward zu und verabschiedete sich

von seinem Bekannten. Er folgte dem Steward aufs oberste Deck, das hoch über dem Schiffsrumpf lag. Watkins begrüßte ihn vor der Tür.

Er wollte Watkins fragen, was da los sei, entschied sich aber dann, daß die Rolle des völlig Ahnungslosen ihm besser passe. Er machte die Tür auf und verzog sofort sein Gesicht. Kapitän, Erster Offizier und Columbo umstanden einen Tisch. Kapitän Gibbon sah auf, als die Tür aufging. »Ach, Mr. Danziger! Fühlen Sie sich schon besser, Sir?«

»Ja, ich...« stammelte Danziger verwirrt.

»Ich möchte nicht unhöflich sein, aber Sie müssen uns noch für ein paar Minuten entschuldigen...«

»Man hat nach mir geschickt. Ein Steward meldete mir, ich würde hier im Ruderhaus gebraucht. Ihr Zahlmeister, Mr. Watkins, da draußen...«

Columbo, der Danziger den Rücken zukehrte, wandte sich nun um und sagte: »Ja, Sir. Es war meine Idee.« Und zum Kapitän gewandt: »Mr. Danziger arbeitet bei den Ermittlungen mit mir zusammen — damit wir keinen seiner Gäste belästigen müssen. Er ist aus begreiflichen Gründen um deren Wohlergehen sehr besorgt. Hoffentlich ist es Ihnen recht, Sir.«

Ein wenig verlegen antwortete Gibbon: »Ja... ja, doch. Die Gäste sollen sich nicht belästigt fühlen.«

Und zu Danziger sagte er: »Wir haben die Mordwaffe entdeckt.«

Columbo unterbrach ihn. »Sir, eine Gewißheit haben wir nicht. Wir entdeckten zwar eine Waffe, wissen aber nicht, ob sie...«

»Sehr gut, Inspektor. Sie mit Ihrer Gewißheit... aber ich darf Mr. Danziger doch wenigstens sagen, daß wir eine Waffe gefunden haben und es wahrscheinlich die Mordwaffe ist?«

»Ja, Sir. Das geht in Ordnung.« Columbo machte sich wieder an seine Arbeit. »Jetzt versuche ich einen Trick. Den hat mir seinerzeit ein alter Sergeant verraten. Es war in meinem ersten Dienstjahr. Heutzutage wird diese Methode nicht mehr oft angewandt... die Jungs von der Spurensicherung wären damit nicht einverstanden... die würden doch glatt behaupten, daß ich Beweise ruiniere. Aber hier draußen muß man zusehen, wie man ohne Labor am besten zurechtkommt. Im Labor verwendet man auch Graphit, aber verfeinert. Die müssen nicht erst Bleistifte schaben —«

Er legte Bleistiftstummel und Messer weg, zog einen anderen Bleistift aus der Tasche und dirigierte die Waffe damit so, daß der Griff im Graphit zu liegen kam. Vorsichtig drehte er sie um, so daß beide Seiten mit Graphitstaub bedeckt waren. Dann hob er mit Hilfe des Bleistifts die Waffe hoch und blies das Graphit vom Metall weg. Mit der freien Hand holte er das Vergrößerungsglas aus der Tasche und untersuchte den Griff sorgfältig. Dann sagte er: »Nichts. Keine Abdrücke.« Und zum Ersten Offizier: »Haben Sie die Handschuhe gefunden?«

»Nein, nur die Waffe, Sir.«

»Vielleicht sollten wir Harringtons Kabine noch einmal durchsuchen«, schlug der Kapitän vor.

»Ach, dort finden wir sie nicht«, sagte Columbo.

»Wir sollten es trotzdem versuchen.« Er bellte den Ersten Offizier an: »Sorgen Sie dafür!« Als ihm bewußt wurde, daß sein Ton barscher als nötig ausgefallen war, fügte er freundlicher hinzu: »Würden Sie so nett sein?«

»Gewiß, Sir.« Der Offizier ging. Columbo stand da, starrte die Waffe an und kratzte sich am Kopf.

Danziger wollte schon gehen, als ihm auffiel, daß Columbo, der ihn hatte holen lassen, noch keine Frage an ihn gerichtet hatte. »Inspektor, wollten Sie von mir etwas Besonderes? Oder wollten Sie mich nur wissen lassen, daß Sie eine Waffe entdeckt haben?«

»Sir, ich wollte Sie auf dem laufenden halten«, erwiderte Columbo.

Danziger sagte trocken: »Danke! Sie wissen, Inspektor...«

»Ja, Sir?«

»Ich habe das unbestimmte Gefühl, Sie glauben nicht, daß Harrington den Mord begangen hat.«

»Nun ja, Sir, es ist so verwirrend«, gestand Columbo freimütig. »Warum bewahrt ein Mensch die Quittung für eine Waffe auf, mit der er einen Mord begeht?«

»Vielleicht wußte er zu dem Zeitpunkt noch nicht, was er damit anstellen würde.«

»Vielleicht, aber ich möchte das bezweifeln, Sir. Meist kauft man aus einem bestimmten Grund eine Handfeuerwaffe.«

Der Kapitän sagte mit erzwungener Gemütsruhe: »Ganz recht, Inspektor. Das mag bei den meisten der Fall sein. Aber Harrington ist noch jung und handelt unüberlegt. Ein junger, heißblütiger Liebhaber, der in aller Öffentlichkeit mit seinem Mädchen Streit anfängt. Ich möchte sehr bezweifeln, ob er überhaupt noch einen klaren Gedanken fassen konnte.«

»Ja, sicher — aber das war nach dem Kauf der Waffe. Wenn er es überhaupt war, der sie gekauft hat.«

»Aber als er die Waffe kaufte, bewahrte er die Quittung auf. Dann kam es zum Streit. Dann erschoß er sie und dachte dabei nicht mehr an die Quittung.«

»Ja, Sir. Sie haben recht — das wäre eine Erklärung.«

Vom Zahlmeister hereingeführt, kam nun ein Mann der Besatzung und schleppte eine schwere Matratze ins Ruderhaus. Watkins fragte: »Wollten Sie so was, Inspektor?«

»Ja. Legen Sie das Ding da rüber. Vielen Dank! Genau das habe ich mir vorgestellt.«

»Möchten Sie sich aufs Ohr legen, Inspektor?« fragte Danziger ironisch.

»Genau das dachte ich mir auch«, meinte der Kapitän.

»Nein. Dazu ist es zu früh. Kapitän, haben Sie etwas dagegen, wenn ich die Matratze durchlöchere?«

Der Kapitän machte eine Handbewegung, die bedeutete, daß er nach Belieben verfahren könne. Columbo nahm die Waffe und reichte sie Danziger.

»Wären Sie so gut, Sir?«

»So gut? Was soll ich tun?« fragte Danziger verwirrt.

»Die Pistole in die Matratze abfeuern. Ich bin ein miserabler Schütze. Ich fürchte, ich würde gar nicht treffen.«

Mit einem belustigenden Blick zum Kapitän hin, nahm Danziger die Pistole. Er sah zur Matratze hin, entsicherte mit dem Daumen die Pistole und gab mitten in die Matratze einen Schuß ab. Der Knall war ohrenbetäubend, und alle wichen vor Schreck einen Schritt zurück. Danziger gab Columbo die Waffe zurück, und dieser sagte: »Vielen Dank, Sir. Sie haben mir aus großer Verlegenheit geholfen.«

Columbo kniete nun nieder und tastete die Polsterung ab, bis er das Geschoß gefunden hatte. Er förderte es zutage und legte es auf den Arbeitstisch neben das Papier mit dem Graphit. Während er seine Taschen durchsuchte, sagte er: »Irgendwo muß ich doch das andere Geschoß haben. Ach ja, da ist es.«

Er legte es neben die Kugel, die Danziger eben abgeschossen hatte und betrachtete beide eingehend durch das Vergrößerungsglas.

Nach einer Schweigeminute fragte der Kapitän: »Na, wie steht's?«

»Ach, es scheint sich in der Tat um die Mordwaffe zu handeln. Ein Ballistikfachmann kann die endgültige Feststellung vornehmen... aber ich würde sagen... ja, es ist die Waffe.«

»Dann ist der Fall gelöst.«

»Nein, Sir — eigentlich nicht. Es handelt sich nur um ein weiteres Beweisstück. Wir haben jetzt zwar die Mordwaffe, das heißt aber noch nicht...«

Hayden Danziger, der seiner Erregung nicht ganz Herr werden konnte, sagte: »Ich verstehe nicht, Inspektor. Sie haben die Waffe, die Kugel, die Quittung und einen jungen Mann, der eine schmähliche Abfuhr erlitten hat...«

»Genau das ist es. Eine Abfuhr, um einem anderen Platz zu machen!« sagte Columbo ruhig.

»Vielleicht niemandem.«

»Sie mögen da recht haben, Sir. Aber der Schmuck in der Kabine! Sehr, sehr kostbar. Von ihrer Gage konnte sie sich das nicht leisten — und Harrington auch nicht. Wer hat ihr den Schmuck geschenkt? Vielleicht hatte sie einen Freund, von dem niemand etwas wußte. Wenn ja, dann müssen wir ihn unter die Verdächtigen einreihen, nicht wahr?«

»Dann müßte er sich aber an Bord befinden, Inspektor. Mir scheint, Sie wollen mit aller Gewalt einen komplizierten Fall konstruieren. Es ist doch sonnenklar, daß es der Musiker getan hat — wie hieß er doch gleich... Harrington.«

»Vielleicht«, erwiderte Columbo und blickte die Anwesenden an. »Vielleicht sollten wir aber die Passagiere kontrollieren. Ausfindig machen, ob einer Rosanna persönlich kannte. Und herausfinden, wie viele schon einmal auf der SUN PRINCESS gefahren sind — wie Mr. Danziger.«

Kapitän Gibbon war damit nicht einverstanden. »Es hat keinen Sinn, die Passagiere zu beunruhigen, wenn wir den Mörder ohnehin schon haben.«

»Sir, ehrlich gesagt glaube ich, die Passagiere wissen inzwischen, was passiert ist. Einige Angehörige der Besatzung wissen es, die Band weiß es. Außerdem mußte man die Leiche über vier Treppen hoch transportieren.«

Der Kapitän schüttelte, verärgert wegen der Begriffsstutzigkeit Columbos, bekümmert den Kopf. »Wir benutzten dabei natürlich nur die Treppe, die von den Passagieren nicht begangen wird.«

»Eine Treppe nur für die Besatzung? Wie dumm von mir, daß ich davon keine Ahnung hatte. Also noch eine Treppe auf diesem Boot?«

»Schiff — Inspektor!« korrigierte der Kapitän verzweifelt.

Columbo schüttelte entschuldigend den Kopf. In diesem Moment läutete das Telefon. Gibbon nahm ab und sagte: »Hier spricht der Kapitän.« Er lauschte und meinte dann: »Sehr gut.« Er legte auf und wandte sich an Columbo: »Man hat keine Handschuhe gefunden.«

Der Detektiv nickte: »Gut, Sir — ich werde Sie jetzt nicht

mehr daran hindern, das Boot — ach ja —, das Schiff zu steuern. Sie und Ihre Mannschaft haben fabelhafte Arbeit geleistet — und ich möchte mich dafür bedanken.«

Als er gehen wollte, rief ihm der Kapitän warnend nach: »Inspektor...!«

»Keine Angst, Sir.« Columbo hob beschwichtigend die Hand. »Ich werde nur ein paar diskrete Fragen stellen, einen Bericht verfassen und mich dann endlich dem Genuß der Kreuzfahrt hingeben.«

Er ging aus dem Ruderhaus, war aber gleich wieder da. »Ach, fast hätte ich es vergessen... meine Frau... die will doch unbedingt wissen, wann die nächste Verlosung stattfindet.«

»Ja, ganz recht. Die Passagiere sollen diesmal abschätzen, welche Strecke das Schiff täglich zurücklegt. Zu Mittag — täglich in der Union-Jack-Bar.«

»Großartig. Um diese Zeit ist sie sicher schon aus den Federn. Sie hat sich gestern ausgiebig und fabelhaft amüsiert, deswegen schläft sie sich heute aus.«

Als er draußen war, wechselte der Kapitän einen ungläubigen Blick mit Hayden Danziger.

15 Nach dem Essen unternahm der Inspektor einen Spaziergang im Schlenderschritt auf dem ›Lido-Deck‹. Es steckte mehr dahinter, als das bißchen ›Deck umrunden‹, wie er seiner Frau erklärt hatte, denn er hatte etwas ganz Bestimmtes im Sinn. Er wollte Hayden Danziger ›zufällig‹ über den Weg laufen.

In Gedanken begann ein bestimmtes Bild Formen anzunehmen. Das Bild eines Mörders. Es war zwar bei weitem noch nicht vollständig, aber in einem Punkt war er sich sicher: Sollte das Bild fertig sein, dann würde es gar nicht wie Lloyd Harrington aussehen.

Sicher, es waren einige Beweise aufgetaucht, von denen man behaupten konnte, sie belasteten den jungen Musiker —

aber diese Beweise wirkten so gestellt, daß es beinahe sicher war, Harrington sollte als Sündenbock dienen. Das alles war zu glatt, zu gekonnt – so als wäre jeder einzelne Schritt genau geplant. Nein, er wollte sich nicht in seine Idee verbohren, aber er bezweifelte ernsthaft, daß Lloyd Harrington der gesuchte Mörder war, ungeachtet Kapitän Gibbons Meinung, der bloß ein Amateur war, der es gut meinte, dabei aber nichts anderes im Sinn hatte, als den Ruf der SUN PRINCESS und ihrer Reederei.

Mit größter Wahrscheinlichkeit konnte man davon ausgehen, daß es ein anderer getan hatte, jemand, der reich war und Rosanna Schmuck geschenkt hatte – nicht nur reich, sondern auch so gerissen, daß er sich diesen beinahe narrensicheren Plan zurechtgelegt hatte. Beinahe. Aber nicht ganz. Eine Kleinigkeit – nämlich eine Feder – hatte den Ausschlag gegeben und den Verdacht in Inspektor Columbo von der Polizei in Los Angeles erweckt. Diese Kleinigkeit hatte ihn zu dem Entschluß gebracht, die Ermittlungen fortzusetzen, obwohl Harrington der offensichtliche und scheinbar einzige Verdächtige war.

Columbo hatte keine Eile. Das Schiff würde erst in sechsunddreißig Stunden Mexiko erreichen. Also kein Grund zur Hast. Er hatte ausreichend Zeit, sich auf dem ›Lido-Deck‹ zu ergehen – und nachzudenken.

Er brauchte nicht lange zu suchen. Hayden Danziger spielte mit einer Gruppe seiner Autohändler auf der Steuerbordseite des Decks ein Wurfspiel und genoß die würzige Brise und die Sonne, die bereits im Westen stand. Columbo blieb in angemessenem Abstand stehen und sah Danziger zu, der mit einer Seilschlinge nach einem Ziel werfen mußte.

Nach einigen Minuten war das Spiel beendet, und Danziger, der Columbo natürlich bemerkt hatte, verabschiedete sich von seinen Bekannten und kam zum Inspektor an die Reling geschlendert.

»Wirklich ausgezeichnet, Mr. Danziger«, sagte Columbo.

»Sie haben ein Wurfgefühl — man könnte richtig neidisch werden.«

»Möchten Sie es einmal versuchen?« fragte Danziger und wollte ihm ein Wurfseil reichen.

»Nein, nein. Deckspiele sind nicht eben meine Stärke — irgendwo hapert es mit meinem Koordinationsgefühl. Der Arzt sagte mir, daß meine Augen und Arme nicht richtig zusammenarbeiten... oder so ähnlich.«

»Keine falsche Scham. Machen Sie schon!« Danziger machte es ihm vor. »Ganz einfach.«

»Na schön.« Columbo nahm ein Seil zur Hand, schätzte die Entfernung und warf es zum Pflock hin. Der Wurfring flog weit über die Begrenzung der Spielfläche, flog sogar über die Reling und fiel ins Wasser. Columbo lief zu der Stelle hin, wo das Ding über Bord gegangen war und sah hinunter ins Wasser. Dann drehte er sich mit einer entschuldigenden Geste zu Danziger um. »Na, habe ich es nicht gesagt?« sollte die Geste andeuten.

»Tut mir schrecklich leid, Sir. Schon weg. Wenn etwas über Bord geht, versinkt es sofort im Wasser. Hat keinen Sinn, daß ich mich im Werfen versuche...« Er kam wieder zu Danziger.

»Meine Handgelenke machen nicht mit. Das Ding ist natürlich weg. Ich leiste gern Ersatz...«

»Ach, lassen Sie das, Inspektor. Wir haben jede Menge Ringe. Sicher ist es nicht der erste, der unabsichtlich in die See befördert wurde.«

Columbo schüttelte bedauernd den Kopf. »Ich bin nicht sehr sportlich.« Er seufzte. »Na ja... ein Gutes hat die Reise jedenfalls gehabt. Und es freut mich ehrlich.«

»Und das wäre?« fragte Danziger lächelnd.

»Daß Sie sich so schnell erholt haben. Erstaunlich!«

»›Erholt‹ ist nicht das richtige Wort. Wovon hätte ich mich erholen sollen? Der Arzt ist ein Bangemacher, wie die meisten Schiffsärzte. Die haben eine höllische Angst, daß ein Passagier sich beschweren könnte. Und wenn es ein Herzanfall gewesen wäre — würde ich etwa die Schiffahrtsgesellschaft dafür verantwortlich machen?«

»Nein, das ist nicht anzunehmen«, erwiderte Columbo.

»Natürlich nicht. Außerdem war es nichts dergleichen. Ich gehe selbstverständlich kein Risiko mehr ein und lasse mich gründlich untersuchen, sobald ich zu Hause bin. Von meinem Hausarzt. Aber meine Diagnose ist viel einleuchtender als die von Dr. Pierce.«

»Und wie lautet sie, Sir?«

»Der plötzliche Wechsel von Arbeitshektik zu einer Kreuzfahrt in die Tropen — in den letzten Wochen war ich ganz schön auf Trab. Dann machte ich diesen Kopfsprung ins Wasser. Dadurch wurde mein Blutdruck enorm gesenkt — durch das kalte Wasser. Der Kreislauf brach zusammen, und ich wurde bewußtlos. Gründlich ausschlafen und entspannen — und ich bin wieder auf dem Damm. Aber jetzt wird mir die Sonne doch zuviel. Gehen wir in den Schatten.«

»Ja, Sir, eine gute Idee. Mir reicht es auch. Gehen wir da hinüber. Ja, das ist vielleicht die Erklärung.«

»Was?« fragte Hayden Danziger überrascht.

»Die Erklärung für Ihre Ohnmacht. Meine Frau hatte gestern auch Probleme... hat sich aber heute wieder erholt.«

»Sie müssen Ihre Frau einmal auf einen Cocktail in meine Suite bringen.«

»Oh, sie wird begeistert sein.« Columbo lächelte bei dem Gedanken. »Ich übrigens auch. Auf Cocktailpartys ist sie in ihrem Element. Ich — wenn Sie mich fragen, so kann ich gern darauf verzichten. Aber trotzdem ist es reizend, daß Sie uns einladen — sicher werde ich mich gut unterhalten. Um ganz ehrlich zu sein, hatte ich schon ein bißchen Angst.«

Gleichmütig fragte Danziger: »Warum?«

»Ach, ich fühlte mich auch nicht besonders. Gestern. Wir sind uns ja auf der Krankenstation begegnet. Seekrank, vermutlich. Ich fürchtete schon, ich würde von der ganzen Reise nichts haben. Aber jetzt ist alles bestens... in meinem

Magen, meine ich. Und wir lernen eine ganze Menge netter Leute kennen, meine Frau und ich... alles tadellos... zu schlimm, daß die Sache mit dem Mädchen passieren mußte.«

»Ja, nicht wahr. Offen gesagt, Inspektor... nun, ich habe mich über die Art gewundert, wie Sie die Ermittlungen geführt haben. Eines wundert mich besonders... Sie wußten heute morgen, daß ich schon einmal Passagier auf diesem Schiff war — ohne die Passagierlisten kontrolliert zu haben.«

»Ach, daran ist nichts verwunderlich. Es ist ganz einfach. Als wir an Bord gingen, hörte ich, wie der Kapitän sie namentlich begrüßte. Daher habe ich angenommen... und außerdem machen Sie den Eindruck, als hätten Sie schon mehrere Kreuzfahrten hinter sich. Sie sehen überhaupt nicht aus, als gehörten Sie auf ein Schiff. Für diese Dinge entwickelt man einen Blick...«

»Nur um meine Neugier zu stillen, Inspektor Columbo — warum halten Sie nach Passagieren Ausschau, die zum zweitenmal an Bord sind?«

»Ja — nun... wissen Sie — behalten Sie es bitte für sich —, es handelt sich um den Zeitplan bei diesem Mord«, Columbo machte eine kurze Pause, dann fuhr er fort: »Der Mörder Rosannas wußte genau, daß sie während der Pause in die Kabine gehen würde. Es war kein Raubmord oder dergleichen. Deswegen muß es sich um einen Täter handeln, der sie mit voller Absicht töten wollte und wußte, daß sie zu dieser Zeit dort sein würde. Das läßt an ein Mitglied der Besatzung denken — oder an einen der Musiker. Ein Passagier kennt die abendliche Routine nicht — jedenfalls nicht am ersten Abend. Ja, wenn jemand schon mal an Bord war und das Abendprogramm kannte! Es muß also jemand sein, der das Schiff und den Ablauf eines Abends auf dem Schiff kennt. Verstehen Sie?«

»Das nenne ich gute Gedankenarbeit, Inspektor.« Danziger verzog das Gesicht und nickte anerkennend.

»Danke, Sir. Da fällt mir ein — gibt es unter Ihren Geschäftsfreunden Namen, die mit ›L‹ beginnen?«

»›L‹? Vor- oder Familienname?« fragte Danziger sofort.

»Das ist es eben. Ich weiß es nicht. Sehen Sie — vor ihrem Tod konnte das Mädchen noch mit einem Lippenstift ein ›L‹ auf den Spiegel schreiben. Sie könnten mir einen Riesengefallen tun, wenn Sie die Namen Ihrer Leute dahingehend überprüften — anhand der Liste.«

»Guter Gott, ich hätte Ihnen die Liste längst zukommen lassen sollen, nicht?«

»Schon gut, Sir«, sagte Columbo lächelnd. »Sie waren sicher sehr beschäftigt — manchmal vergißt man eben...«

»Ich kann mich rühmen, Inspektor, daß ich Kleinigkeiten nie vergesse. Ich muß mich wirklich entschuldigen.«

»Schon gut, Sir.«

»Aber sagen Sie eines — dieser Musiker, der Hauptverdächtige, heißt der nicht Lloyd Harrington?«

»Ja, stimmt — das ›L‹ in seinem Namen ist mir auch schon aufgefallen.«

»Na, dann...« Danziger machte eine wegwerfende Handbewegung.

»Wenn ich aber einen Passagier entdecke, der die Kreuzfahrt schon mal mitgemacht hat und dessen Name obendrein mit einem ›L‹ beginnt, dann habe ich einen zweiten Verdächtigen.«

»Und warum nicht ein Angehöriger der Besatzung?«

»Der Schmuck, Sir. Der Schmuck war zu kostbar. Ich glaube da eher an einen Passagier...«

»Wissen Sie, Inspektor, die meisten meiner Leute sind persönliche Bekannte von mir. Mir gefällt der Gedanke nicht, daß es einer meiner Händler sein sollte.«

»Vielleicht irre ich mich, Sir«, entgegnete Columbo ruhig. »Außerdem macht mir noch eine Sache Kopfzerbrechen. Der Täter muß einen Schlüssel zur Wäschekammer haben. Die ist nämlich ständig versperrt...«

»Vielleicht war sie einmal offen — irrtümlich.«

»Das wäre möglich, aber an einen solchen Zufall glaube ich nicht. Falls es Mr. Harrington nicht getan hat, muß es einen Schlüssel zu diesem Raum geben... und vielleicht auch zu der Kabine von Miß Wells. Falls sie den Mörder nicht selbst hineinließ. Entweder hat der Kerl sich einen ganzen Schlüsselbund verschafft, oder...«

»Oder einen Hauptschlüssel, Inspektor?« fragte Danziger schnell.

»Genau! Einen Hauptschlüssel. Wer aber hat einen Hauptschlüssel? Kapitän, Erster Offizier, Zahlmeister, Sicherheitsoffizier, die Stewards...«

»Lauter Besatzungsmitglieder.«

Columbo fuhr in seinen Überlegungen fort: »... und dann kam mir die Erleuchtung.«

»Erleuchtung?«

»Es ist so, Sir. Mein Schwager — er hat eine Karosserie-Reparaturwerkstatt oben im Norden... übrigens ein gutes Geschäft, aber das wissen Sie sicher selbst... na, jedenfalls, wenn der seine Wracks angeliefert bekommt, sind meist keine Schlüssel dabei. Zu diesem Zweck hat er ein Werkzeug... man nennt das eine Curtis... Sowieso...«

»Eine Curtis-Eisenschere?« fragte Danziger und versuchte ruhig zu bleiben.

»Ja, richtig. Ich wußte doch, daß Sie das Ding sicher kennen. Er sagte mir, Autohändler brauchen dieses Schneidwerkzeug andauernd... um die Wagen wieder gebrauchsfertig zu machen. Man verschafft sich ein Bild des Schlüssels und fertigt einen Nachschlüssel an... ganz einfach. Mein Schwager macht das sehr häufig. Er hat ein Handbuch, in dem alle Schlüsseltypen angeführt sind...«

»Verstehe.« Danziger nickte kurz.

Columbo senkte die Stimme und tat ganz vertraulich. »Als ich die vielen Autohändler hier an Bord sah, da kam mir der Gedanke... wir sollten uns lieber einmal mit einem von ihnen unterhalten.«

»Genial, Inspektor. Aber an den Haaren herbeigezogen, finden Sie nicht?«

»So?« Columbo sah ihn erstaunt an.

»Ja, sicher. Jedermann mit ein wenig Erfindungsgabe hätte den Hauptschlüssel nachmachen können — sogar Harrington. Und haben Sie nicht selbst gesagt, seine Pistole wäre die Tatwaffe?«

»Ja, aber er streitet ab, daß die Pistole ihm gehört.«

»War da nicht die Quittung, die man bei ihm fand?«

»Ja, schon — aber ich habe den Eindruck, daß sie ihm untergeschoben wurde — vielleicht vom tatsächlichen Mörder.«

»Inspektor — das sind aber viele Spekulationen auf einmal. ›Vielleicht‹ vom tatsächlichen Mörder? Meinen sie nicht auch?«

»Nein, das sind nicht nur Spekulationen«, beharrte Columbo nachdrücklich. »Sehen Sie — Harrington bewahrte alte Quittungen auf, schön. Aber ich habe bei den anderen Musikern nachgefragt — er bewahrt nur solche auf, die er beim Absetzen von der Steuer braucht. Das machen sie alle. Sie wissen ja. Musiknoten, Reparatur von Instrumenten, Hotelrechnungen. Aber die Rechnung für den Kauf einer Waffe? Die könnte ich als Inspektor von der Steuer absetzen, aber doch nicht ein Saxophonspieler.«

Danziger überlegte. In seinem Kopf ging es drunter und drüber. Das beste war, er zeigte nicht zu viel Interesse. Und doch war es unbedingt nötig, daß er der Beharrlichkeit dieses Spürhundes energisch entgegentrat.

»Inspektor, ich verstehe Ihren Standpunkt — aber ist es nicht immer so, daß bei einem Verbrechen ein oder zwei unerklärliche Dinge übrigbleiben? Warum hat er das und das gemacht und nicht etwas anderes? Kleine Abweichungen, die im wirklichen Leben vorkommen. Vielleicht hat er sich nichts dabei gedacht, als er die Quittung aufbewahrte.«

»Möglich. Aber da ist noch etwas, das ich nicht begreife.« Columbo zeigte auf den blauen Pazifik. »Da draußen — das ist der größte Müllabladeplatz der Welt. Warum hat er die Waffe nicht einfach über Bord befördert?«

»Vielleicht wollte er es, hatte aber keine Zeit mehr.« Danziger merkte, wie seine Hände langsam feucht wurden.

»Ich kann Ihnen nicht folgen, Sir.«

»Sie verstehen nicht viel von Schiffen, ist es nicht so? Wahrscheinlich hatte er keine Zeit.«

»Wieso?« fragte Columbo zurück.

»Der Mord wurde während der Pause begangen, stimmt's?«

»Richtig.«

»Ein Schiff ist viel größer, als die meisten Menschen sich vorstellen können. Eigentlich ist es wie ein großes Wohnhaus... sehr hoch und in gewisser Beziehung sogar größer als ein ganzer Block in einer Stadt. Kleine Wohneinheiten, große Räumlichkeiten für Unterhaltung und die Mahlzeiten — und dazu die Läden... eine eigene Welt auf begrenztem Raum. Aber sehr geräumig, Inspektor. Ein Mensch könnte hier glatt verlorengehen. Jetzt stelle vielleicht ich pure Spekulationen an. Aber nehmen wir an, er verließ das Podium, zog sich um und verbrachte ein paar Minuten bei dem Mädchen. Dann mußte er schleunigst zurück zur Band. Sowohl Aufzug als auch Passagiertreppe liegen gegen Mitte des Schiffes und nicht zur Außenseite hin. Ihm blieb keine Zeit, an die Reling zu laufen, die Waffe wegzuwerfen und rechtzeitig zur Musik zu kommen.«

Columbo ließ sich Danzigers Version durch den Kopf gehen. »Ja, das hört sich sehr plausibel an, Sir.«

»Also versteckte er die Waffe im nächstbesten Versteck. Entweder die Tür zur Kammer war offen, und die Kammer bot sich geradezu an, oder er hatte einen Schlüssel, und die Kammer war ein Bestandteil seines Planes. Die Wäschekammer — nicht wahr?«

»Warum hat er die Waffe nicht aus dem Bullauge der Kabine geworfen?« fragte Columbo und blickte Danziger nachdenklich an.

»Die Bullaugen in den unteren Bereichen des Schiffes, wo die Besatzung und die Band untergebracht sind, sind reine Dekoration! Sie lassen nur Licht herein, aber öffnen lassen sie sich nicht.«

»Nicht? Eines muß ich Ihnen lassen. Mr. Danziger – Ihre Theorie ist sehr gut – und dabei sind Sie nicht mal vom Fach! Wahrscheinlich hat sich alles so zugetragen.« In vertraulichem Ton fuhr er fort: »Sie müssen wissen – ich war noch nie auf einem Boot.«

»Einem Schiff, Inspektor!« korrigierte Danziger lächelnd.

»Ich meine ja Schiff.«

»Nein, Inspektor, das hätte ich nie angenommen. Aber jetzt muß ich in meine Kabine zurück. Ich muß schließlich die Liste für Sie durchsehen. Warum bleiben Sie nicht hier und üben mit den Wurfringen? Eine sehr entspannende Übung. Bewegung macht klaren Kopf!«

»Danke, Sir. Vielleicht trainiere ich ein bißchen. Ich danke Ihnen für Ihre Hilfe – ich weiß es sehr zu schätzen, daß Sie mir soviel Zeit widmen.«

»Ach, keine Ursache.« Erleichtert, daß das Gespräch endlich beendet war, und ungeduldig, sich endlich auf den Weg machen zu können, wollte Danziger zur Tür, als Columbo seinen Namen rief.

»Ach, Mr. Danziger! Ihre Theorie – eine sehr gute Theorie, wirklich –, aber wissen Sie, wo das Problem liegt? Ich habe auf der Waffe keine Abdrücke gefunden.«

»Wieso ein Problem? Er hat sie weggewischt.«

»Nein, Sir, es sieht gar nicht so aus, als wäre die Waffe blankgewischt. Es bleibt immer eine Spur Faser daran hängen.«

»Dann trug er eben Handschuhe«, folgerte Danziger.

»Ja, aber warum hat er die Handschuhe nicht zusammen mit der Waffe versteckt?«

»Woher soll ich das wissen? Außerdem wären Handschuhe kein Beweis, oder?«

»Im Gegenteil – die Außenseite der Handschuhe trägt

sicher Pulverspuren vom Abfeuern der Pistole.« Danziger tat so, als überlege er. »Vielleicht hat er das nicht gewußt.«

»Aber das beantwortet meine Frage nicht. Was passierte mit den Handschuhen? Begreifen Sie nicht? Sicher hat er sie nicht auf das Podium mitgebracht. Das wäre jemandem aufgefallen. Handschuhe zeichnen sich unter einem engen Jackett ab... in einem Mantel nicht, aber er trug ja seinen weißen Anzug, und da hätte man die Handschuhe sehen müssen.«

Danziger formulierte vorsichtig. »Ich verstehe. Und über Bord kann er sie nicht geworfen haben — denn wenn er Zeit hatte, die Handschuhe wegzuwerfen, hätte er auch die Waffe wegwerfen können.«

»Genau, Mr. Danziger. Das gibt mir ein Rätsel auf. Warum sollte er eines tun und das andere...«

»... dann hatte er eben keine Handschuhe«, sagte Danziger und unterbrach Columbo, ehe dieser seinen Satz zu Ende bringen konnte.

»Keine Handschuhe?« fragte Columbo überrascht.

»Nein. Verstehen Sie nicht? Die Waffe wurde in der Wäschekammer gefunden. Vielleicht verwendete Harrington kein Handtuch zum Reinigen — denn dieses hätte Faserspuren hinterlassen. Aber Wäschekammern enthalten noch andere Dinge: Papierhandtücher, Cleenex, Toilettenpapier, Papierhüllen, die man nach dem Sterilisieren eines Glases braucht — all das könnte man zur Reinigung verwenden, so daß keine Spuren bleiben. Falls ich für meine Brillen keinen Glasreiniger habe, nehme ich Papier, weil es nicht schmiert und keine Rückstände hinterläßt — wie Stoff.«

»Ein sehr guter Gedanke, Sir. Das muß ich mir überlegen. Papierhandtücher oder Hüllen. Hm.« Und nach einer Pause fuhr Columbo fort: »Wir sehen uns dann später Sir. Haben Sie vielen Dank!«

»Aber ich bitte Sie, Inspektor! Unterhalten Sie sich gut.« Hayden Danziger hatte sein Selbstvertrauen wiedererlangt, wollte aber Vorsicht bewahren. Er ließ Inspektor Columbo mit dem Rätsel zurück, wie man einen Wurfring richtig wirft und dabei das Ziel nicht verfehlt.

16 Die Kombüse der SUN PRINCESS war größer als eine Durchschnittswohnung und gewiß so groß wie die größte aller Küchen im schicksten französischen Restaurant — sei es nun in New York oder Paris. Und ebenso eifrig bemüht, dem verwöhntesten Gaumen gerecht zu werden. Es ging sehr geräuschvoll zu in dieser Schiffsküche — ein Getöse, wie immer in Restaurantküchen —, als Inspektor Columbo hereinkam. Kein Mensch schenkte ihm auch nur die leiseste Beachtung, während er sich einer der vielen Hilfskräfte näherte und sich von ihm den Chefkoch zeigen ließ.

Der Mann — stattlich war das mindeste, was man von ihm behaupten konnte — inspizierte eben ein Tablett voll kalten Bratens und zeichnete es mit schweigender Anerkennung aus, während er gleichzeitig ein Auge auf den Assistenten hatte, der das Gemüse schneiden sollte. Er nahm dem Mann das Messer aus der Hand und vollführte ein paar kräftige Schnitte, die zeigen sollten, wie er es haben wollte. Dann sah er ihm zu, bis der Mann die Arbeit zu seiner Zufriedenheit ausgeführt hatte.

Schließlich konnte er seine Aufmerksamkeit dem unscheinbaren Mann widmen, der abwartend neben einem Schneidebrett Aufstellung genommen hatte.

»Oui, Monsieur?«

»Ach, es handelt sich um meine Frau, Sir. Letzte Nacht hat sie sich ausgiebig amüsiert, und da dachte ich mir, ob Sie uns wohl etwas Spezielles auf die Kabine schicken könnten... heute konnte ich mich nämlich nicht viel um sie kümmern — hatte zu tun für — na, ich war in Trab —, es soll meinerseits eine Art Friedensangebot darstellen.«

»Verstehe. Sie möchten also für Madame ein ganz besonderes Frühstück bestellen... oui?«

»Ja, genau das. Ihr gefällt hier alles wunderbar, und das Essen ist natürlich umwerfend. Aber leider leidet sie ein wenig unter dem Klima, und da dachte ich, daß etwas Besonderes, ein Leibgericht...«

»Was möchten Sie für das Frühstück von Madame, Sir?«

»Wissen Sie — sie ist so scharf auf Anchovis«, sagte Columbo verlegen. »Ich kann mich da sehr beherrschen — ich mag sie auf einer Pizza, oder auch als Vorspeise —, aber meine Frau hat sie am liebsten mit Eiern. Da dachte ich, ob Sie vielleicht ein kleines Omelett zaubern könnten — scharf gewürzt, belegt mit Mozzarella und Pilzen, darüber eine pikante Marinara-Sauce.«

Der Chefkoch machte in indigniertes Gesicht und fragte mißtrauisch. »Marinara-Sauce?«

»Ja. Das Ganze heißt Suprezio Sicilianer... ein sizilianisches Surprise. Sicher haben Sie davon schon gehört.«

»Eigentlich nicht«, sagte der Koch kopfschüttelnd. »Aber natürlich werden wir alles tun, um Sie zufriedenzustellen.« Er wandte sich an einen Helfer, der danebengestanden und ungläubig gelauscht hatte: »Albert, würden Sie sich darum kümmern, daß das Frühstück für — wie war doch Ihr Name?«

»Columbo.«

»... das Frühstück für Mrs. Columbo gemacht wird. Eine sizilianische Surprise.«

Der ›Albert‹ genannte Koch nickte und zog ab.

Columbo bedankte sich bei dem Chefkoch: »Es ist für mich ungeheuer wichtig... wenigstens wird sie merken, daß ich sie nicht vergessen habe.« Er zeigte auf ein Tablett mit Kleingebäck. »Darf ich?«

»Sicher.«

Columbo nahm eine der appetitlichen Köstlichkeiten und biß hinein. Dabei war nicht zu verhindern, daß ein Klecks Sahne auf seinem Kinn landete. Verlegen wischte er sich ihn mit dem Handrücken ab: »Das schmeckt einfach toll! Sicher gehen die Dinger weg wie warme Semmeln.«

»Ja, dieses Gebäck ist ungemein beliebt. Besonders bei denen, die Diät halten sollten, oui?«

»Hm, ja, kann mir denken, daß da drinnen eine Menge Kalorien stecken. Aber auf einer Kreuzfahrt... da soll man sich schon ein paar Genüsse leisten können.«

»Ganz richtig, Monsieur. Aber wenn Sie mich jetzt bitte entschuldigen wollen — ich muß mich jetzt diesem speziellen Imbiß widmen.«

»Oh, für wen ist er bestimmt?« fragte Columbo beiläufig.

»Für Mr. Hayden Danziger.«

»Mr. Danziger? Oho — dem würde ich diese Mehlspeise aber nicht geben. Viel zuviel Cholesterin. Ich würde ihm überhaupt nichts Fetthaltiges geben. Wußten Sie nicht, daß er gestern einen Herzanfall hatte?«

»Nein, davon habe ich nichts gehört. Aber er bekommt ja einen Mixed Grill. Das hat er sich bestellt. Eines seiner Leibgerichte.«

»Mixed Grill? Ist das nicht Lammkotelett plus Wurst und Leber — oder irre ich mich? Ich kann mir nicht denken, daß ein Mensch mit Herzbeschwerden Wurst essen...«

»Mr. Danziger hat nie die Kost eines Herzkranken bestellt, das kann ich Ihnen versichern. Er bestellt immer nur das Beste vom Besten, und das ist, der Tradition entsprechend, immer sehr üppig.«

»Hm, das nenne ich eine Überraschung. Na, ich denke, er wird sich ordentlich Bewegung verschaffen als Ausgleich. Es heißt ja, daß man nach Herzenslust schlemmen kann, wenn man genügend Bewegung hat. Ich habe leider dazu nicht viel Gelegenheit... deshalb muß ich beim Essen vorsichtiger sein. Ich habe schon den Ansatz zu einem Bauch, behauptet meine Frau.«

»Ja, Sir, das trifft für viele zu.«

Der Chefkoch wollte ihm endlich entkommen, doch Columbo hielt ihn zurück. »Wissen Sie, was ich mir dachte — diese vielen Menschen —, der Kerl muß ja eine gewaltige

Zeche machen. Hat er immer soviel Gäste, wenn er auf dem Boot ist?«

»Schiff — Sir!« korrigierte ihn der Koch.

»Ach ja, Schiff. Nun — hat er immer soviel Gäste?«

»Immer. Bis auf letztes Mal. Vor einigen Monaten. Da war er allein... wollte ausspannen. Nahm meist die Mahlzeiten in der Kabine ein. Damals habe ich öfters eigens für ihn kochen müssen.«

»Jetzt aber Spaß beiseite! Der Kerl muß Geld wie Heu haben.«

»Ja, ich glaube, er ist sehr wohlhabend«, bestätigte der Koch.

»Hm ja, vielen Dank. Meine Frau wird sich sehr freuen.«

»Keine Ursache, Sir. Wir möchten, daß unsere Gäste sich wohl fühlen. Guten Tag!«

Inzwischen traf Hayden Danziger, der sich im Glauben wiegte, es wäre alles in bester Ordnung, Vorbereitungen für seine Gäste, die er zum Lunch erwartete. Sylvia, seine Frau, paradierte vor dem Spiegel, während er sich anzog.

»Ach, ich entspanne mich jetzt. Die frische Luft, Sonne...«

»Ich weiß, Schatz. Vor der Abreise war ich auch angespannt bis aufs äußerste... diese Telefonanrufe... jetzt scheint mir das alles so weit entfernt.«

»Das ist der Sinn des Urlaubs«, sagte Hayden Danziger lächelnd. »Es ist wirklich alles weit weg. Ich schätze, die Anruferin wird sich nicht mehr melden. Eine arme Irre — nichts weiter.«

»Ja. Der Urlaub ist fast perfekt.«

»Fast?« fragte er erstaunt.

»Ach, dieses arme Mädchen — diese Sängerin. Das hat die Reise wirklich getrübt — ein wenig jedenfalls.«

»Ja, ein schreckliches Unglück. Aber ich glaube, man hat den Täter bereits. Unser Kapitän Gibbon ist sehr tüchtig —

trotz des Handicaps, daß ein echter Polizeiinspektor zufällig an Bord ist.«

»Ein Handicap?« Sylvia Danziger sah ihren Mann verwundert an.

»Ja. Irgendein kleiner Inspektor aus Los Angeles spielt sich groß auf. Will sich mit diesem Fall wohl einen Namen machen — oder sich hier an Bord in Szene setzen. Na, jedenfalls hat man den Täter, man hat die Waffe, aus der der Schuß abgegeben wurde — aber dieser Columbo kann es nicht lassen, weiter herumzuschnüffeln.«

»Schrecklich.«

»Ist er gar nicht — ehrlich«, erwiderte Hayden Danziger. »Nur allgegenwärtig. Nicht direkt lästig, aber immer da, wenn man ihn am wenigsten brauchen kann. Na, du kennst ja die Sorte.«

»Heutzutage kann man von der Polizei wohl nicht mehr erwarten.«

»Ja. Unglücklicherweise kenne ich ihn inzwischen recht gut. Leider mußte ich daher ihn und seine Frau auf einen Drink einladen. Irgendwann — ich habe mich noch nicht festgelegt. Vielleicht erst auf der Rückreise. In der riesigen Gästeschar wird er nicht weiter auffallen. Aber darüber mache ich mir jetzt keine Gedanken.«

»Wie du willst, mein Lieber«, erwiderte sie nachgiebig. »Wer hat es übrigens getan? Wer war der Mörder?«

»Ein Musiker. Harrington heißt er. Er spielt Saxophon, glaube ich. Ein abgehalfterter Liebhaber.« Er lachte. »Vielleicht wird die Band jetzt besser. Eigentlich mochte ich Saxophon niemals.«

»Es war Tagesgespräch auf dem Schiff ... ich bin froh, daß man ihn hat. Einige Damen fühlten sich schon bedroht.«

»Keine Ursache. Der Mörder wird nicht mehr zuschlagen. Erstens hat man ihn festgenommen, zweitens war es so offenkundig ein Verbrechen aus Leidenschaft, daß nicht die Gefahr besteht, er könnte es wiederholen. Eigentlich schade um ihn. Ein junger, unreifer Mensch, der seine Gefühle nicht in der Hand hatte. Man wird ihn einsperren und den Schlüssel wegwerfen, schätze ich.« Er lachte auf und fügte leise hinzu: »Den Hauptschlüssel.«

»Was sagst du?« fragte Sylvia Danziger verwundert.

»Nichts. Ich murmle nur so vor mich hin. Na — amüsierst du dich?«

»Wunderbar. Und es wird immer schöner.«

»Natürlich«, sagte Hayden Danziger. »Von nun an wird alles perfekt.«

»Und du glaubst wirklich, daß keine Anrufe mehr kommen?«

»Ganz sicher.« Er schüttelte energisch den Kopf.

»Aber Hayden — wie kannst du deiner Sache so sicher sein?«

»Man kann es auch Intuition nennen. Wenn man auf diese Anrufer nicht reagiert, geben sie es auf und versuchen es woanders. Diese Verrückten sind alle gleich — feige. Deswegen benutzen sie das Telefon. Keinen Mumm. Denk nicht mehr dran. Du wirst nie mehr ein Wort von ihr hören. Wenn ja, dann gehen wir sofort zur Polizei. Aber es wird nicht nötig sein. Ich kann es dir garantieren.«

»Na gut. Wie sehe ich aus?« fragte sie schmeichelnd.

»Was möchtest du hören? Hinreißend?«

»Hayden! Du machst dich lustig über mich!«

»Du solltest nicht so verführerisch sein...« Er lächelte sie an.

»Unsere Gäste können jeden Augenblick da sein...«

»Ach was!«

»Hör auf, Hayden!« Sylvia Danziger kicherte wie ein Teenager.

»Es ist mein voller Ernst... na ja. Wir werden uns großartig unterhalten und dann gepflegt zu Mittag essen. Aber heute nachmittag... gib bloß acht, meine Liebe! Mir ist heute nicht zu trauen...«

»Aber Hayden...!«

267

17 Von der Kombüse aus ging Columbo zu jener Treppe, die der Besatzung des Schiffes vorbehalten war. Hier stellte er die Uhrzeit fest und lief dann so schnell wie möglich hinunter. Er wählte dabei ein Tempo, das keine Aufmerksamkeit erweckte. So kam er immer tiefer, vorbei am Promenadendeck, an den Decks ›Baja‹ und ›Aurora‹, bis er schließlich, leicht außer Atem, das ›Capri-Deck‹ erreichte.

Im Vorübergehen bedachte er die Wäschekammer mit einem flüchtigen Blick und lief weiter, bis er vor der Tür der Rosanna Wells ankam, die noch immer von einem Seemann bewacht wurde.

Mit einem knappen Lächeln zu dem Mann hin, sah er auf die Uhr und lief dann denselben Weg zurück, während ihm der Mann verblüfft nachblickte. Der Inspektor lief wie verrückt den Gang entlang und dann wieder die Treppe für das Besatzungspersonal hinauf.

Er nahm denselben Weg am ›Baja-‹, ›Aurora-‹ und Promenadendeck vorbei und erreichte außer Atem den Gang, der zur Krankenstation des Schiffes führte. Noch immer im Laufschritt, und jetzt schon ganz außer Atem, drückte er die Klinke nieder. Die Tür war versperrt. Er klopfte laut und rief: »Schnell, lassen sie mich hinein!«

Melissa Podell stand neben dem Schreibtisch des Arztzimmers, und Dr. Pierce ging eben eine Rezeptliste durch, als sie den Lärm an der Tür hörten. Melissa Podell ging an die Tür und öffnete sie so heftig, daß Columbo ihr beinahe in die Arme taumelte.

Gestenreich bedeutete er ihr, sie möge ihm folgen und lief keuchend und nach Luft ringend ins Untersuchungszimmer voraus, wo er den Ärmel hochrollte und den Arm ausstreckte. Dr. Pierce und Melissa blieben ihm fassungslos auf den Fersen. Columbo stieß mühsam hervor: »Schnell! Messen Sie Puls und Blutdruck — bevor ich mich wieder erhole!«

Mit einem Blick, der die Meinung kundtat, Columbo hätte nicht alle Tassen im Schrank, faßte der Arzt nach Columbos Handgelenk, während er nach der Uhr sah und zu Melissa sagte: »Legen Sie ihm den Blutdruckmesser an, und pumpen Sie. Inspektor — was wollen Sie eigentlich?«

»Nichts Besonderes — nur eine Kontrolle. Das war... innerhalb einer Minute — puh... ich kriege kaum Luft. Wirklich... bin total aufgelöst...«

»Inspektor, Ihr Puls ist auffallend hoch... über hundert. Was haben Sie denn gemacht?«

Als hätte ihm diese Neuigkeit Auftrieb verliehen, lächelte Columbo, sagte aber nichts, während Melissa ihm die Manschette des Blutdruckmessers anlegte und pumpte. Dr. Pierce ließ jetzt seine Hand los und betrachtete die Skala des Geräts.

»Auch der Blutdruck ist beachtlich. Ist etwas passiert, Inspektor? Wo waren Sie? Fünfmal das Deck umrundet?«

Ohne darauf zu antworten, fragte Columbo: »Hatte Mr. Danziger seine Badehose an, als Sie ihn hierherschafften... nach dem Zwischenfall im Schwimmbecken... als er beinahe ertrank?«

»Als er herkam, steckte er in der Badehose, glaube ich«, sagte Dr. Pierce.

»Und er hatte hier auf der Station keine trockenen Sachen?«

Melissa wußte Bescheid. »Er bekam sie erst am nächsten Morgen. Warum fragen Sie?«

»Ach, ich mache eben ein kleines Experiment und versuche ein paar Dinge zu klären. Warten Sie, bis ich wieder meine Puste habe. Junge, Junge — das waren Treppen! Einmal besuchte ich meinen Neffen in New York. Der wohnt im obersten Stock eines uralten Hauses — mit seiner Familie, vier Treppen hoch —, und ich glaubte, ich würde es leicht schaffen. Also ein Bergsteiger wird keiner mehr aus mir — soviel steht fest.«

»Sie sind zu Fuß all die Treppen heraufgelaufen?« fragte Dr. Pierce, der es nicht fassen konnte.

»Schnell runter, noch schneller rauf... nie wieder, das schwöre ich Ihnen! Ja, jetzt geht's mir schon besser. Ich möchte mich mal umsehen... er hatte also seine Badehose an, keinen Platz zum Verstecken...«

Columbo begann den Untersuchungsraum zu durchsuchen. Er ging an den Wandschrank und öffnete ihn. »Ist der immer offen?«

»Ja. Da drinnen sind völlig ungefährliche Dinge — keine Arzneien und Drogen. Nichts Verlockendes jedenfalls. Warum?«

Columbo griff hinein und zog eine Pappschachtel heraus, die er aufmachte. Er zog ein Paar chirurgische Handschuhe heraus. »Wissen Sie, wieviel Paar Sie an Bord haben?«

»Auswendig nicht«, antwortete der Arzt.

»Könnten Sie das überprüfen? Es wäre wichtig... herrje, das dauert, bis man seinen Atem wieder unter Kontrolle hat!«

Dr. Pierce ging in sein Zimmer und holte aus seiner Schreibtischschublade ein großes Vormerkbuch. »Das ist das Inventar-Verzeichnis. Einen Moment — dann haben wir's hoffentlich.« Er blätterte in dem Buch und überflog die Seiten. Schließlich sagte er: »Ja — da wäre es. Beim Auslaufen hatten wir drei Dutzend — in der Schachtel, die Sie eben in der Hand hatten. Ein Paar wurde benutzt — von mir —, vorgestern. Melissa — haben Sie ein Paar gebraucht?«

»Nein.« Die Krankenschwester schüttelte den Kopf.

»Dann müßten drei Packungen zu je zwölf vorhanden sein — minus eins. Sie werden dutzendweise abgepackt.«

»Dann müßten in dieser Packung elf Paar sein«, sagte Columbo. Er begann mit dem Zählen, »... es sind aber nur zehn!«

»Zählen Sie die anderen durch... vielleicht sind sie durcheinandergeraten.«

Er zählte die anderen Packungen, von denen jede genau ein Dutzend enthielt.

»Das heißt, daß ein Paar fehlt.«

»Vielleicht ist die Firma schuld. Wir zählen die Handschuhe niemals nach.«

»Freilich — es könnte ein Zufall sein... aber...«

»Sie glauben wohl, der Mörder könnte ein Paar benutzt haben?« fragte Dr. Pierce.

»Wäre immerhin möglich.«

»Wenn das der Fall wäre, erhöht sich die Beweislast gegen Harrington. Er ist Diabetiker und bekommt hier täglich seine Insulin-Injektion. Meist macht das Melissa.«

»Das wußte ich nicht«, erwiderte Columbo. »Schwester — ist er wie gewöhnlich hiergewesen?«

»Ja, aber Inspektor — ich kenne Lloyd Harrington gut. Und ich kann mir beim besten Willen nicht vorstellen, daß er dazu imstande wäre. Sehen Sie — mein Mann ist der Bandleader, und Lloyd arbeitet schon sehr lange mit ihm zusammen. Wir beide kennen ihn. Wissen Sie, ich plaudere jetzt wohl aus der Schule, aber...«

»Nein. Los, erzählen Sie ruhig weiter...«

»Nun ja, ich weiß, daß es dumm aussieht... wegen der toten Rosanna... aber Lloyd ist ein anständiger Kerl. Er ist kein Mörder, das weiß ich genau.«

»Die Beweise gegen ihn sind nicht von der Hand zu weisen, und doch bin ich geneigt, Ihnen recht zu geben. Doktor — darf ich mir ein Paar Handschuhe ausborgen?«

»Sie können ein Paar behalten. Chirurgische Handschuhe werden nur einmal benutzt.«

Columbo zerrte den Gummihandschuh über seine Hand. »Danke, Dr. Pierce. Sie haben mir sehr geholfen. Sie auch, Mrs. Podell!«

Er zog den zweiten Handschuh an und empfahl sich. Arzt und Krankenschwester ließ er über seine offenbar dunklen Motive im unklaren zurück.

Columbo wies den Gedanken, die Treppe zu Fuß hinunterzugehen, diesmal entschieden von sich, ging zum Lift und ließ sich aufs ›Capri-Deck‹ befördern. An Rosannas Zimmer vorbei ging er zur Tür, hinter der Lloyd Harrington festgehalten wurde.

Er legitimierte sich gegenüber der Wache und klopfte an. Schon die Stimme des jungen Mannes verriet Ängstlichkeit. Columbo versuchte ihn zu beruhigen. »Entschuldigen Sie, Sir... hoffentlich störe ich nicht?«

»Ach, Sie sind es, Inspektor. Kommen Sie rein. Sie können sich vorstellen, daß man auf so kleinem Raum fast überschnappt, wenn man andauernd hin und her läuft — und wartet. Ich werde zwar gut behandelt, aber trotzdem...« Er lachte. »Das Essen ist wenigstens gut — außerdem es es nett, wenn man es hier serviert bekommt. Trotzdem möchte ich bald heraus. Langsam kann ich mir unter ›Klaustrophobie‹ etwas vorstellen.«

»Ja, Sir. Ich wünsche Ihnen ebenfalls, daß Sie hier rauskommen. Aber der Kapitän... Sie wissen ja, ich habe hier keine Befugnisse... ich bin bloß eingesprungen...«

»Das dachte ich mir«, erwiderte Harrington. »Auf See ist der Kapitän wie der Herrgott persönlich. Er ist Richter, Staatsanwalt und Geschworenenbank gleichzeitig — und wenn es nach ihm ginge, auch noch Henker.«

»Nein, so schlimm ist es nicht. Er versucht nur zu tun, was er für das Beste hält. Und Sie müssen zugeben, daß es etliche Kleinigkeiten gibt... Sie verstehen sicher, warum er glaubt... daß Sie...«

Harrington, der sich nach dem Eintreten Columbos beruhigt hatte, kam wieder in Fahrt. Er unterbrach den Inspektor: »Jemand hat mir die Schlinge um den Hals gelegt! Ich weiß zwar nicht warum... aber irgendwer hat es getan!«

»Wissen Sie was, Mr. Harrington? Ich teile Ihre Meinung.« Columbo griff in die Manteltasche und zog eine Zigarre heraus. Als er sie in den Mund gesteckt hatte, begann die Suche nach dem Streichholz. »Darf ich rauchen?«

»Klar. Reden Sie weiter! Sie sagten, Sie bearbeiten den Fall... gehen dem Kapitän zur Hand. Was haben Sie entdeckt? Haben Sie überhaupt etwas entdeckt?«

»Ein wenig. Ein paar Kleinigkeiten, die nicht ins Schema passen. Aber viel helfen die mir nicht weiter. Es sind bloße Indizienbeweise. Es ist fast zu auffallend, wie alles auf Sie hindeutet, Mr. Harrington.«

»Ich verstehe das nicht. Wer könnte mich hereinlegen wollen? Ich habe keine Feinde...«

»Sie schießen am Ziel vorbei! Es geht nicht um Sie — oder um etwas, das Sie getan haben. Sie haben dem Täter nur zufällig in den Kram gepaßt. Die Person, die Sie den Sündenbock spielen läßt, wußte genau, daß zwischen Ihnen und Rosanna Wells ›etwas war‹ — wie es so schön heißt. Sie geben einen ganz natürlichen Verdächtigen ab. Dieser ›Jemand‹ sorgt dafür, daß wir alle über Sie und Rosanna gut Bescheid wissen. Und außerdem werden ein paar Beweise so griffig hingelegt, daß alles auf Sie deutet. Das alles ist nicht persönlich gegen Sie gerichtet — der Täter braucht jemanden, der die Suppe auslöffelt, und da Sie und das Mädchen etwas miteinander hatten, sind Sie der ideale Verdächtige.«

»Eigentlich hatten wir gar nichts miteinander. Es hat jedenfalls nicht lange gedauert — und war gar nicht viel —, sicher hat es nicht lange genug gedauert — ich meine, woher konnte er das alles wissen?«

»Es gab also einen anderen. Wußten Sie...?«

»Ja, ich glaube, da war jemand«, sagte Lloyd verbittert.

»Wissen Sie, wie er heißt? Wissen Sie irgend etwas über ihn?«

»Sie sagte nie etwas«, begann Harrington zögernd. »Sie sagte nicht mal, daß da es da jemanden gäbe. Deswegen kam ich auf die Idee, ich könnte bei ihr echte Chancen haben. Er schenkte ihr viele teure Sachen — wenigstens glaube ich das. Sie hatte nämlich wunderbaren Schmuck. Ich hätte ihr das nie bieten können, aber ich dachte mir, vielleicht gehört der Betroffene zu den Typen, die gern hübsche Mädchen mit

Schmuck behängen, und sie ließ sich die Gelegenheit eben nicht entgehen. Kurz — ich dachte, ich hätte Chancen bei ihr, weil ich sie liebte. Sie sagte mir nie — und auch sonst niemandem —, wer der Mann ist. Wenn wir mit der Band spielten, setzte sie sich niemals zu einem Mann oder ging mit jemandem raus... falls sie sich mit jemandem traf, dann wahrscheinlich nur, wenn wir alle weg waren. Sogar in Las Vegas, als ich mit ihr ausging, hat sie ihn nie erwähnt.«

»Was mir echte Sorgen bereitet, ist die Quittung für die Waffe aus Las Vegas. Die wirft ein ganz schlechtes Licht auf Sie...«

»Ich sagte schon, daß ich nie eine Waffe kaufte, weder in Las Vegas noch sonstwo. Ich hatte nie eine Waffe. Ich wüßte gar nicht, wie man damit umgeht. Ich mag die Dinger einfach nicht...«

Columbo blickte ihn eine Weile an. Dann sagte er: »Aber Sie waren zu der Zeit dort, als die Waffe erworben wurde. Ich habe das anhand des Datums auf der Quittung nachgeprüft.«

»Das leugne ich nicht«, erwiderte Harrington sofort. »Viele andere waren auch dort. Sie spielen sehr häufig in Las Vegas. In den Hotels. So wie auf den Kreuzfahrtschiffen. Zwischendurch ist die Band fast nie arbeitslos. Artie organisiert die Sache gut und hat einen geschickten Agenten. Wir sind zwar andauernd auf Achse, dafür haben wir mehr Engagements als andere. Ja, ich war in Las Vegas. Das sagte ich Ihnen von Anfang an. Warum sollte ich es leugnen? Aber ich kaufte dort keine Waffe, Inspektor.«

»Haben Sie schon mal was von einem Knaben namens Danziger gehört? Hayden Danziger? Hat Rosanna jemals diesen Namen erwähnt?«

»Nein.« Harrington schüttelte den Kopf.

Columbo reichte Harrington ein Bild. Ein Foto, das einer der Bordfotografen geschossen hatte, als Danziger samt Frau an Bord der SUN PRINCESS gegangen war. Er trug eine Aktenmappe und lächelte strahlend in die Kamera. »Hat mich drei Scheine im Fotoladen gekostet«, sagte Columbo, »und ob Sie es glauben oder nicht — der Kerl hat mir dafür keine Quittung gegeben.«

Lloyd ging auf den halbherzigen Spaß nicht ein und betrachtete das Bild sorgfältig. »Nie gesehen. Wenigstens erkenne ich ihn nicht. Sie müssen wissen, daß wir die Menschen meist nur in dunklen Räumen sehen ... da sehen sie ganz anders aus.«

Columbo nahm das Bild wieder an sich und zog dann sein Notizbuch zu Rate. »Vor sechs Wochen hat er auch eine Kreuzfahrt gemacht. Kam an zehnten Januar zurück.«

»Ja — diese Fahrt machten wir mit ... nach der Rückkehr ging es direkt nach Las Vegas. Dann kam die jetzige Fahrt. Man wechselte auf dem Schiff die Kapelle. Jedenfalls — an diesen Mann kann ich mich nicht erinnern.«

»Sind Sie sicher?« fragte Columbo mit ernstem Gesicht.

»Wahrscheinlich habe ich ihn gesehen. Aber wir sehen uns die Gesichter nicht näher an. Es sei denn, jemand kommt und bittet um eine bestimmte Nummer — oder man wird an den Tisch gebeten oder zu einem Drink an der Bar eingeladen —, aber dieser da war nicht darunter. Wir bekommen hier so viele Menschen zu Gesicht, aber ich kann mich an den Mann wieder von hier noch von Las Vegas her erinnern.«

»War Rosanna damals an Bord? Im Januar?«

»Ja, sicher. Sie war länger bei der Band als ich. Aber sie ließ sich damals nicht häufig blicken, weil sie krank war. Sie blieb die meiste Zeit in der Kabine. Erst als wir in den Süden kamen, wurde es wärmer an Deck, und sie konnte ins Freie. Vorher hatte sie Angst wegen ihrer Erkältung. Sie blieb meist in ihrer Kabine und kam nur zu Proben und Auftritten. Wir sahen sie damals kaum.«

»Wissen Sie sicher, daß sie die ganze Zeit über — wenn sie nicht zu sehen war — in ihrer Kabine gewesen ist? Haben Sie mal nachgesehen?«

»Nein«, sagte Harrington verblüfft. »Damals waren sie

und ich — na ja, ich bewunderte sie bloß aus der Ferne, aber sie hatte von mir nicht mal Notiz genommen. Erst in Las Vegas erwachte ihr Interesse an mir. Aber hier an Bord — nein, da klopfte ich nicht ein einziges Mal bei ihr an. Ich möchte bezweifeln, daß ein anderer von der Band es tat. Rosanna war nämlich sehr zurückhaltend. Wenn sie sagte, sie wolle sich in der Kabine ausruhen, dann wagte es niemand, sie zu wecken oder auch nur zu stören.«

»Sie wissen diesbezüglich also nichts mit Bestimmtheit?«

»Nein, aber ich nehme doch an, daß sie immer in ihrer Kabine war.«

»Ach so! Na — dann Kopf hoch, junger Mann! Wir werden schon noch etwas finden... keine Bange!«

Das Lächeln des jungen Mannes fiel trübe aus. »Inspektor?«

»Ja?« fragte Columbo und verzog das Gesicht zu einem Grinsen.

»Der Mann auf dem Bild, das Sie mir zeigten — ist es der, den Sie für den Täter halten?«

Columbo nickte. »Ja, aber sagen Sie niemandem ein Wort davon. Ich möchte nicht, daß er vorsichtig wird. Benehmen sie sich so, als hätten Sie keine Hoffnung mehr. Ich habe ihn leider noch nicht ganz, aber ein paar Fehler sind ihm schon unterlaufen — und er muß noch mindestens einen weiteren Fehler machen.«

Inspektor Columbo überließ es Lloyd Harrington, sich Gedanken darüber zu machen, welche Fehler der Mann auf dem Foto wohl begangen hatte. Er selbst ging hinaus und fand, daß es höchste Zeit zum Essen war, ehe er den nächsten Zeugen unter die Lupe nahm.

18 Sylvia Danziger genoß die Sonne. Sie hielt ein Buch in der Hand und hätte auf eine entsprechende Frage sicher geantwortet, sie läse. Aber in Wahrheit gab sie sich Tagträumen hin, während sie ölglänzend dasaß und das flimmernde, reflektierende Weiß des Buches anstarrte, das sie zu lesen glaubte. Sie blätterte immer wieder um, las Worte und Sätze, nahm aber davon nichts auf. Ihre Gedanken waren woanders — bei ihrem Mann.

Wie jede sensible Frau wurde sie von Zeit zu Zeit von Unruhe erfaßt, wenn sie daran dachte, daß ihr Mann beträchtlich jünger war als sie. Sie hatte Angst, ihn an eine jugendliche, anziehende Frau zu verlieren, denn so dumm war sie nicht, daß sie nicht an diese Möglichkeit gedacht hätte.

Und als damals der erste anonyme Anruf kam, fürchtete sie tatsächlich, es wäre soweit.

Sie hatte sich dann aber von der Harmlosigkeit der Anrufe überzeugen lassen und hatte versucht, die häßlichen Gedanken zu verdrängen, denen sie zeitweise nachgehangen hatte. Sie mußte zugeben, es möge wirklich so sein, wie ihr Mann es darstellte.

Aber jetzt machte sie Ferien — und dennoch dachte sie noch immer an die Anrufe. Ja, Hayden hatte recht. Es hatte keinen Sinn, sich im Urlaub noch Sorgen zu machen. Dazu war nach der Heimkehr ausreichend Zeit, falls die Anrufe wiederkommen sollten... aber Hayden war so sicher und überzeugt gewesen, daß es damit endgültig vorbei war, daß sie sich keine Gedanken zu machen brauchte. Fast war es, als ob er wüßte... nein, das war zu albern. Er hatte ganz recht... eine eifersüchtige Irre, die Andeutungen über Haydens angebliche außereheliche Aktivitäten äußerte. Eines nämlich hatte sie sich bei ihrer Heirat fest vorgenommen — sie würde sich nicht für dumm verkaufen lassen. Egal, was kommen mochte. Sie würde ihn verlassen, wenn sie entdeckte, daß es eine andere Frau gab. Der Gedanke war nicht angenehm, sogar sehr beunruhigend. Deshalb versuchte sie es wieder mit dem anspruchslosen Roman, den sie eigentlich lesen wollte.

Sie bemerkte zunächst nicht den Mann, der sich — an einem Brot kauend — neben ihr am Rand der Fußstütze eines Liegestuhls niederließ und ehrerbietig das Wort an sie richtete.

»Ach, entschuldigen Sie vielmals – sind Sie Mrs. Danziger?« fragte er.

Sie sah auf. »Ja.« Ihre Antwort kam freundlich, ließ aber auf Distanz schließen.

»Ich bin Inspektor Columbo.« Er zog die Brieftasche hervor und ließ Mrs. Danziger einen Blick auf seinen Dienstausweis werfen. »Polizei von Los Angeles. Ich bearbeite gemeinsam mit Ihrem Mann den Todesfall des Mädchens. Sicher hat er Ihnen schon davon erzählt, und sicher haben Sie schon gehört ...«

»O ja ... Schrecklich, diese Sache«, erwiderte Sylvia Danziger.

»Ich komme eben von dem Essen, das Ihr Mann seinen Gästen gab. Ich habe Sie dort nicht gesehen.«

»Ja, wir hatten ein paar Leute eingeladen, aber ich blieb nur, bis das Büfett serviert wurde. Ich halte nämlich Diät.«

»Dabei haben Sie sicher Ihr Idealgewicht! Ihr Mann übrigens auch – ich habe selten einen so gesund aussehenden Menschen gesehen. Und so fit ist er! Ja, ja, manche Leute haben es gut, sie können essen, was sie wollen und setzen nicht an und bleiben dabei auch noch gesund.«

»Er war nicht einen einzigen Tag im Leben krank. Jedenfalls war er nie krank, seit ich ihn kenne.«

»Bis vorgestern«, erwiderte Columbo ruhig.

»Ach ja, das habe ich ganz vergessen. Sie haben recht.«

Columbo rückte Liegestuhl samt Fußstütze näher. Er balancierte ein Ei auf einer Serviette und biß nachdenklich hinein, während er sich auf dem ruhigen Deck umsah und den hinter ihnen befindlichen verglasten Raum fixierte.

Mit der freien Hand deutete er dorthin: »Sehen Sie den Kerl da drinnen – im Greenwich-Raum?«

»Ja, was ist mit ihm?« fragte Sylvia Danziger irritiert.

»Er bearbeitet den Spielautomaten. Sehen Sie ihn?«

»Ja.«

»Rausgeworfenes Geld«, sagte Columbo kauend. »Ich habe hier an Bord sicher schon dreißigmal gespielt und nicht ein einziges Mal gewonnen.«

»Inspektor — diese Maschinen sind kaum zu schlagen. Wahrscheinlich überhaupt nicht zu schlagen. Warum versuchen Sie es dann immer wieder?«

»Mrs. Danziger, Sie sind sicher keine Spielerin?«

»Ich ziehe ruhigere und vernünftigere Aktivitäten vor. Nein — ich hatte nie das Bedürfnis... Geld zu gewinnen.«

»Komisch — ich hatte eigentlich den Eindruck, Sie und Ihr Mann wären recht häufig in Las Vegas.«

»Nein. Hayden ist zwar sehr oft in Las Vegas. Es gehört zu seinem Geschäftsbereich. Aber ich fahre nie mit. Für meinen Geschmack zu grell und künstlich. Ich mag das alles nicht. Hayden fährt nur hin, weil er muß, aber immer ohne mich. Ich glaube, er wagt auch manchmal ein Spielchen. Schon aus Langeweile.«

»Na, da sind Sie aber sehr großzügig — ihn einfach so wegfahren zu lassen. Und in Vegas warten die vielen schönen Mädchen.«

»Inspektor, sicher kommt es Ihnen merkwürdig vor, daß eine Frau meines Alters mit einem Mann wie Hayden verheiratet ist.«

»Merkwürdig?« fragte Columbo schnell. »Nein, Mrs. Danziger. Nein, das finde ich nicht.«

»Alle sagten, ich wäre eine verliebte Närrin — meine Freundinnen. Sie sagten, ein Mann wie Hayden würde mich allein wegen meines Geldes heiraten. Aber Sie sehen ja, wie sehr sie sich geirrt haben. Die waren nur eifersüchtig, sonst gar nicht. Ich sagte damals, daß überhaupt nichts dabei wäre. Und ich hatte recht. Er betet mich an. Jetzt sogar noch mehr als früher. Er ist so liebevoll und aufmerksam, ich kann mich über nichts beklagen. Inspektor — ich bin eine glückliche Frau. Deswegen brauche ich nicht mein Glück an Spielautomaten zu versuchen. Ich habe alles, was ich mir wünsche — alles, was ich mir je gewünscht habe.«

»Das sehe ich, Mrs. Danziger.« Columbo nickte und sah sie lächelnd an.

»Ja, ich bin ein wenig altmodisch, vielleicht — was ihn betrifft — zu egoistisch. Das muß ich zugeben. Die heutige Generation ist da ganz anders, viel großzügiger. Ich könnte meinen Mann niemals mit jemandem teilen — nicht daß ich dies befürchten müßte. Aber wenn ich mir manchmal die anderen Frauen ansehe! Ich komme aus ganz anderen Verhältnissen — sagen wir —, ich mißbillige die Freizügigkeit, von der man heute soviel redet. Hayden ist ein wunderbarer Mensch und hat mich nie enttäuscht.«

»Ja, Mrs. Danziger.« Columbo wuchtete sich aus dem Liegestuhl, in den er zu versinken drohte, und sagte noch: »Mrs. Danziger, das war eine reizende Begegnung. Da ich Ihren Mann kenne, wollte ich Sie unbedingt auch kennenlernen. Jetzt muß ich aber gehen, und Sie möchten sich sicher wieder Ihrer angenehmen Lektüre widmen. Entschuldigen Sie bitte, daß ich Ihre Zeit so lange in Anspruch genommen habe.«

»Keine Ursache, Inspektor«, sagte sie lächelnd. »Unser kleines Gespräch hat mich ebenfalls sehr gefreut. Hoffentlich halten Sie mich nicht für zu offenherzig.«

»Aber keineswegs!« Schon im Gehen begriffen, drehte er sich noch einmal um. »Ach, noch eines. Wann war Ihr Mann das letztemal in Las Vegas? Können Sie sich an das Datum erinnern?«

»Aber ja. Vergangene Woche — eigentlich vor eineinhalb Wochen. Freitag und Samstag. Ist es so wichtig?«

»Nein, gar nicht. Ich bin nur neugierig, mehr nicht. Danke!«

»Hoffentlich sehen wir uns bald wieder, Inspektor.«

»Ja, hoffentlich.« Columbo ging endgültig, und sie sah ihm nach. Jetzt war sie noch weniger imstande, sich auf das Buch auf ihrem Schoß zu konzentrieren.

Dr. Pierce war ein begeisterter Golfspieler. Das einzige, was ihm an seiner Position als Schiffsarzt mißfiel, war die Tatsache, daß immer wieder vier bis fünf Tage dazwischenkamen, an denen er keine grünen, welligen Rasenflächen, Fähnchen, Sandhügel, schwierige Wassergräben und ähnliches zu sehen bekam.

Natürlich gab es an Bord der SUN PRINCESS eine Trainingsanlage, wo man die Bälle in einen mit Zeltplanen abgedeckten Käfig schlagen konnte. Dort trieb Inspektor Columbo ihn endlich auf. Dr. Pierce holte eben beschwingt aus, um einen Ball in die Mitte des aufgemalten Bullauges zu plazieren.

Columbo blieb hinter dem Käfig stehen und sah dem Arzt zu, wie sich dieser — schon ein wenig in Schweiß geraten — auf den Ball und den bevorstehenden Schwung konzentrierte, wobei dann allerdings, wie Dr. Pierce sich eingestand, der Ball nicht ganz ins Schwarze traf.

»Sie haben einen sehr eleganten Schlag«, sagte Columbo, als der Arzt eine kleine Pause machte. »Aber mit Ihrer Schulterhaltung scheint etwas nicht zu stimmen.«

»Inspektor, Sie dürfen nicht vergessen, daß wir Schotten das Spiel erfunden haben!«

»Sie haben recht, Sir. Entschuldigen Sie meine vorlaute Bemerkung. Trainieren Sie ruhig weiter. Wenn ich darf, sehe ich Ihnen zu.«

Der Arzt beachtete ihn nicht weiter und holte wieder aus. Diesmal glückte ihm der Schlag, denn der Ball landete genau im Mittelpunkt des Bullauges.

»Schon besser«, lobte Columbo. »Darf ich Ihnen eine persönliche Frage stellen, Dr. Pierce? Nicht über Golf.«

Der Arzt, der zu einem neuen Schlag ausholen wollte, hielt inne und fragte leicht ermattet: »Was gibt es, Inspektor?«

»Sehen Sie, ich möchte Ihnen nicht nahetreten, weil ich weiß, wie empfindlich die Ärzte reagieren können...«

»Ich bin gar nicht empfindlich, Inspektor. Es sei denn, es

geht um Golf. Sie können also jegliche Art von Erklärungen abgeben, mir jede Frage stellen, und ich werde nicht beleidigt sein.«

»Wie gesagt, es handelt sich nicht um Golf. Ich möchte wissen, ob es möglich ist, daß jemand Ihnen mit voller Absicht einen Herzanfall vorspielen könnte und Sie darauf hereinfallen?«

»Sie meinen Mr. Danziger?« fragte der Arzt.

»Ach... momentan verfolge ich die Sache rein hypothetisch.«

»Hypothetisch ist alles möglich. Mit einem kräftigen Mittel wäre es möglich. Eine große Dosis Amphetamin... es gibt eine Unmenge Drogen, welche die Herztätigkeit beeinflussen. Zum Beispiel Amylnitrate.«

»Amylnitrate?« Columbo sah ihn irritiert an.

»Kristalle, die man zerbricht und sich unter die Nase hält. Dem Herzen wird Blut zugeführt, die Herztätigkeit gesteigert. Das Präparat wird oft bei Angina pectoris angewendet, wenn man die Pumpe wieder in Gang bringen will.« Er trat ganz nahe an Columbo heran, behielt dabei den Golfschläger in der Hand. »Ja, um Ihre Frage zu beantworten — es ist möglich. Mit einem Mittel wie Amylnitrat ist es sehr gut möglich.«

»Ich verstehe. Wie schnell wirken diese Kristalle? In wenigen Minuten oder so?«

»In wenigen Sekunden, Inspektor. Andernfalls wären sie bei einem Herzanfall wirkungslos. Bei Herzkranken muß man blitzschnell Hilfe leisten können.«

»Ich verstehe. Kleine Kapseln, sagten Sie?«

»Sie kommen gewöhnlich in Kapselform auf den Markt. Man zerdrückt sie einfach und rasch.«

»Hm.« Columbo fuhr sich mit dem Handrücken über das Kinn.

Dr. Pierce machte sich wieder an sein Golfspiel, während Columbo nachdenklich neben dem Käfig stehenblieb. Sorgfältig legte der Arzt den Ball zurecht und holte sehr konzentriert zum Schlag aus. Er traf den Ball ganz sauber, dieser flog jedoch weit am Ziel vorbei.

»Der Schwung war schon besser, Dr. Pierce. Aber ich glaube, Sie halten den Schläger falsch.«

Pikiert antwortete der Arzt: »Danke, Inspektor. Vielleicht könnten Sie mir selbst zeigen, was ich falsch mache.«

»Wer? Ich? Aber nicht doch. Ich spiele nicht Golf.«

»Sie spielen gar nicht Golf?« fragte der Arzt verblüfft zurück.

»Nein. Ich bin überhaupt nicht sportlich. Ich habe es einige Male versucht. Mein Schwager, ja, der ist ein Golfnarr. Täglich ist er draußen und spielt. Der hat immer Nachtschicht. Ein- oder zweimal nahm er mich mit, aber mir wollte nicht eingehen... na ja, für mich hätte es keinen Sinn. Man muß häufig trainieren...«

Columbo winkte dem verblüfften Arzt zu und entfernte sich. Pierce legte einen Ball auf das Abschlagmal und verfehlt ihn diesmal total — zum erstenmal seit zwanzig Jahren.

19

Das Ruderhaus war der ideale Aussichtspunkt, wenn man den gesamten Bug des Schiffes und besonders das Sonnendeck überblicken wollte, auf dem sich das Schwimmbecken befand. Kapitän Gibbon stand da und sah den sich im Wasser tummelnden Passagieren zu. Dabei überlegte er, wie absurd es eigentlich war, inmitten eines riesigen Ozeans ein Schwimmbecken zu installieren. Ein Besatzungsmitglied trat an ihn heran und meldete, daß Mr. Danziger ihn sprechen wolle.

Gibbon war nicht sehr erfreut darüber, obwohl er sich nichts anmerken ließ. Danziger war ein zahlender Gast — und auf dieser Kreuzfahrt ein Gast, der eine gewaltige Rechnung bezahlen mußte. Trotzdem war er für ihn ein kleines Ärgernis. An Bord lief alles glatt — das nahm der Kapitän jedenfalls an, und er konnte sich nicht vorstellen, daß Danziger gekommen war, um ihn deswegen zu beglückwünschen.

Im Gegenteil. Sicher hatte er irgendeine Beschwerde auf Lager.

Und ich kann mir auch denken, worüber er sich beschweren wird, sagte sich Kapitän Gibbon. Er wußte nicht, wer ihm mehr Ärger machte — Hayden Danziger oder Inspektor Columbo. In diesem Augenblick wünschte er, er hätte die beiden Namen noch nie gehört. Sein Ziel war immer ein reibungsloser Ablauf der Kreuzfahrt, und diese beiden Männer machten immer schlechten Wind. Und jetzt wird mit Sicherheit Sturm aufkommen, dachte Gibbon, der eine Vorliebe für nautische Metaphern hatte.

Als Danziger bei ihm auftauchte, bedachte ihn Kapitän Gibbon mit einem breiten Lächeln. Dazu gesellten sich ein warmer Händedruck und eine überschwengliche Begrüßung — nichts davon war echt.

»Hallo, Mr. Danziger, schön, Sie zu sehen! Hoffentlich haben Sie keine Probleme? Ist Ihr Empfangsessen zu Ihrer Zufriedenheit ausgefallen?« Natürlich, sagte er sich. Deswegen ist er nicht hier.

Er sollte recht behalten. Danziger erwiderte: »Perfekt, Kapitän Gibbon! Wie immer. Ihre Küche kann es mit jedem Drei-Sterne-Restaurant aufnehmen — mein Wort darauf. Mich wundert eigentlich, daß der Michelin Passagierschiffe nicht aufzählt... na, jedenfalls ist das nicht der Grund...«

»Das freut mich. Der Küchenchef wird sich geschmeichelt fühlen.«

»Ich habe dem Küchenchef bereits meinen Dank und mein Kompliment bestellen lassen.«

»Und was kann ich also für Sie tun?« fragte der Kapitän vorsichtig.

»Es handelt sich um diesen Menschen — diesen Columbo. Ich muß jetzt wirklich dagegen Protest einlegen...«

»Was hat er denn jetzt angestellt, Sir?«

»Ich weiß gar nicht, wie ich es Ihnen sagen soll — es ist so albern und an sich eine unwichtige Sache. Aber er hat unbedingt meine Frau sprechen wollen. Also wirklich! Was weiß denn die arme Sylvia von der unglücklichen Affäre? Dabei hat er nichts erreicht und sie bloß beunruhigt. Ehrlich, Kapitän, ich mache mir schon lange Sorgen um meine Frau — und das war einer der Gründe für die Kreuzfahrt. In letzter Zeit war sie so merkwürdig — gereizt und nervös. Deshalb brachte ich sie mit, weil ich dachte, die Ruhe und das alles... und dann kommt dieser Columbo und setzt ihr zu...«

»Zusetzen?« Der Kapitän sah ihn nachdenklich an.

»Ach, eine Redensart. Sicher war er sehr höflich. Aber jetzt macht sie sich Gedanken... völlig grundlos. Dabei bin ich zur Mitarbeit mit der Polizei nach wie vor bereit... und ich habe diesem Columbo auch schon viel weitergeholfen. Aber das finde ich unpassend, daß er meine Frau zu dem Mord befragt — finden Sie nicht auch?«

»Er ist also allen im Wege?«

»Vorsichtig ausgedrückt.« Danziger nickte und machte eine kleine Pause. »Sie haben Ihren Täter... der sitzt in seiner Kabine fest. Die Beweislage ist klar, und ich schätze, der Fall könnte abgeschlossen werden.«

»Natürlich, sobald wir in Mexiko sind und Harrington den Behörden...«

»Und in der Zwischenzeit läuft dieser Columbo herum und bringt die Leute durcheinander. Wozu, frage ich Sie?«

Der Kapitän mußte sich eingestehen, daß Danziger irgendwie recht hatte. Wenn nur die Frau dieses Columbo nicht den Preis der Pfarrgemeinde gewonnen hätte. Aber das kommt davon, wenn man Freifahrten zur Verfügung stellt — wenn auch in der minderen Preisklasse. Er wollte sich eben in diesem Sinne gegenüber Hayden Danziger äußern, als sein Blick auf das Schwimmbecken fiel. Es war menschenleer — so, als wären die Passagiere vor einem Haifischschwarm geflüchtet. Sogar der Rand des Beckens war menschenleer — nur Inspektor Columbo stand da und starrte ins Becken.

»Was, um alles in der Welt...« rief der Kapitän aus.

Danziger folgte dem Blick des Kapitäns.

Das Becken wurde geleert. Das Wasser stand nur mehr so hoch, daß man es durchwaten konnte. Inspektor Columbo zog Schuhe und Socken aus und rollte die Hosenbeine hoch. Die zwei Männer im Ruderhaus sahen wortlos zu. Danziger spürte, wie sich sein Magen bemerkbar machte, wußte aber nicht, was er sagen sollte.

Langsam kletterte Columbo die Sprossen des Schwimmbeckens hinunter und planschte durchs Wasser zum Beckenmittelpunkt, wo Abschluß und Filter installiert waren. Er zog die Hosenbeine noch höher und bückte sich. Er tastete den Filterbehälter ab, löste ihn aus der Halterung und zog ihn heraus.

»Ein seltsamer Mensch«, sagte Kapitän Gibbon vor sich hin.

Danziger, der sich dem Kapitän so ruhig und gelassen wie möglich präsentieren wollte, brachte zwischen zusammengebissenen Zähnen hervor: »Kapitän – ich brauche wohl nichts eigens zu betonen, daß Sie hier an Bord das Sagen haben.«

»Genau. Aber in diesem Fall bleibt mir nicht viel zu tun übrig. Ich werde mir aber den Mann vorknöpfen, das kann ich Ihnen versichern. Es wird für ihn ein unangenehmes Gespräch!«

»Das hoffe ich wirklich«, sagte Danziger zähneknirschend. »Ich beklage mich nicht gern und bin sicher auch kein Querulant – aber wenn diesem Burschen nicht endlich das Handwerk gelegt wird, muß ich leider nach meiner Rückkehr eine formelle Beschwerde einreichen. Ich kann nicht zulassen, daß meine Frau und meine Gäste diesem Unfug länger ausgesetzt werden.«

»Nein, Sir. Ich gebe Ihnen recht. Sie werden keine Ursache mehr haben... ich werde mich persönlich um Inspektor Columbo kümmern.«

»Je schneller, desto besser, Kapitän.«

»Ja, Mr. Danziger, so schnell wie möglich.«

Wieder machte sich Columbo auf den Weg zur Krankenstation des Schiffes. Der Arzt hatte inzwischen sein Golftraining beendet, und Melissa leistete ihm in frischgestärkter Schwesterntracht Gesellschaft, als der Inspektor anklopfte.

Als er eintrat, meinte Pierce: »Irgendwie hatte ich das Gefühl, daß Sie es sind. Sie machen sich bei Ihren Mitpassagieren nicht beliebt. In den letzten zwanzig Minuten bekam ich mehrmals zu hören, daß auf Ihre Anordnung hin das Schwimmbecken geleert wurde.«

Columbo ignorierte diese Bemerkung des Arztes und wandte sich sogleich an Melissa Podell.

»Dürfte ich Ihnen ein paar weitere Fragen stellen, Schwester?«

»Ja, sicher — fragen Sie.« Sie lächelte Columbo an.

»Als Mr. Danziger hier eingeliefert wurde — nach seinem Herzanfall — da hielten Sie bei ihm Wache?«

»Ja, mehr oder weniger. Ich hatte Dienst. Aber ich setzte mich nicht an sein Bett.«

»Sie waren aber da?« fragte Columbo nachdrücklich.

»Ja, ich durfte die Station nicht verlassen — für den Fall, daß etwas passiert.«

»Aber Sie waren nicht im gleichen Raum mit ihm. Sie saßen dort drüben im Büro jenseits des Ganges?«

Melissa nickte. »Ich las ein Buch.«

»Stand die Tür offen?«

»Ja.«

»Sahen Sie in seine Richtung?« wollte Columbo wissen und blickte sie ernst an.

»Nein, ich saß mit dem Rücken zur Tür.«

»Sie saßen mit dem Rücken zur Tür und waren in ein Buch vertieft? War es ein spannendes Buch?«

»Recht spannend«, sagte Melissa lächelnd.

»Dann hätte Mr. Danziger sich hinausstehlen können, ohne daß Sie es bemerkt hätten?«

»Ja, vielleicht. Aber er war immer da, wenn ich Puls und Blutdruck messen wollte — jedesmal.«

Jetzt stürmte Kapitän Gibbon in die Krankenstation und machte der feinfühligen Befragung ein jähes Ende.

»Inspektor! Warum hören Sie mit diesen lästigen Ermittlungen nicht endlich auf? Sie regen völlig grundlos die Passagiere auf, Menschen, die viel Geld dafür ausgeben, daß sie sich sorglos amüsieren können ... das muß endlich ein Ende haben! Wenn wir in Mazatlan ankommen, werden die zuständigen Behörden einen klaren Fall auch als solchen behandeln. Ich muß darauf bestehen, daß Sie meine Passagiere nicht weiter belästigen – besonders Mr. und Mrs. Danziger.«

»Sir, die Sache liegt so ... dürfte ich wohl die Tabelle haben, Dr. Pierce?«

Der Arzt nahm Hayden Danzigers Krankenblatt vom Schreibtisch und reichte es Columbo.

»Sehen Sie das, Kapitän?« fragte der Detektiv und hielt das Blatt in die Höhe.

»Natürlich, Inspektor. Ich bin doch nicht blind.«

»Das ist Mr. Danzigers Krankheitsdiagramm über seinen Aufenthalt hier auf der Station. Puls und Blutdruck wurden halbstündlich von der Schwester gemessen – vom Zeitpunkt seines Anfalls im Schwimmbecken beginnend, bis zu dem Zeitpunkt, als er am Abend des Mordes einschlief.«

»Inspektor – ich weiß, wie diese Tabellen aussehen und was sie anzeigen.« Der Kapitän blickte Columbo wütend an.

»Ja, Sir? Wissen Sie in diesem Fall wirklich, was sie anzeigt? Sehen Sie her. Am Beginn sehr hoch, dann pendelt sich die Kurve nachmittags ein, verläuft gleichmäßig bis halb zwölf Uhr. Dann springt sie wieder hinauf – aber nicht so hoch wie zu Beginn.«

»Und was soll das beweisen? Die Pulsfrequenz bei einem Herzkranken ...«

»Sehen Sie die letzte Eintragung«, unterbrach ihn Columbo. »Um zwölf Uhr zehn. Wieder normal.«

»Ich verstehe nicht, was ... Dr. Pierce, würden Sie die Güte haben, mir zu erklären, was da vorgeht?«

Der Arzt räusperte sich verlegen. »Ja, es ist ein wenig ungewöhnlich. Natürlich ist es ziemlich aufregend, wenn in der Nacht eine Bahre mit einer Toten an einem Patienten vorübergetragen wird... das könnte eine Erklärung sein.«

»Ich bin mit Ihrer Erklärung einverstanden, Doc«, warf Columbo ein, »nur wurde die Tote erst halb zwölf hier hereingeschafft. Sie sagten selbst, daß Sie um diese Zeit in Miss Wells' Kabine gerufen wurden. Die Tote kann also so früh nicht hiergewesen sein. Und ich bin sicher, die Schwester kann sich erinnern...«

Melissa Podell nickte. »Ja, das stimmt. Ich habe vorher nachgemessen — ich meine das vorletzte Mal um halb zwölf... das war, bevor die Tote...«

»Sie sehen also«, sagte Columbo, »es war nicht die Tote, die das Hochschnellen bewirkt hat. Ich glaube vielmehr, Mr. Danzigers hohe Pulsrate um halb zwölf hat ihren Grund darin, daß er die Treppe für das Besatzungspersonal, die ganze Strecke vom ›Capri-Deck‹, hochlief und wieder ins Bett kam, ehe die Schwester Puls und Blutdruck messen kam.«

Widerstrebend begann sich in Kapitän Gibbon verspäteter Respekt für die Hartnäckigkeit des Inspektors zu regen. Aber er war noch nicht bereit zuzugestehen, daß Columbo ihn überzeugt hatte.

»Aber wir haben doch die Quittung auf Harringtons Namen in dessen Kabine gefunden! Wenn ich nicht irre, muß man sich ausweisen, wenn man eine Handfeuerwaffe kauft.«

»Richtig, Sir... aber man braucht kein Foto und braucht keine Fingerabdrücke, was die einzig richtige Art einer Identifikation darstellt. Man braucht gewöhnlich nur den Führerschein. Und wer könnte sich leichter einen solchen verschaffen als Mr. Danziger, der in der Autobranche tätig ist? Ich kann mir nicht denken, daß es einem Mann wie ihm schwerfällt, sich die richtigen Dokumente zu verschaffen.«

Der Arzt warf ein: »Inspektor, wenn ich mir erlauben darf

— Sie vergessen eines! Mr. Danziger hat im Schwimmbecken einen Zusammenbruch erlitten — und die Anzeichen, die auf einen Herzanfall hinweisen, waren nicht mißzuverstehen.«

Columbo kramte in seiner Tasche. »Gewiß doch. Aber Sie sagten mir, ein Anfall ließe sich vortäuschen.« Schließlich fand er das Gesuchte. Zwei zerbrochene Kapseln, die er dem Arzt zur Begutachtung reichte. »Sie sind noch naß. Ich entdeckte sie im Beckenfilter — deswegen veranlaßte ich, das Wasser auszulassen.«

Dr. Pierce untersuchte die Kapseln. Seine Stimme verriet Überraschung, als er sagte: »Amylnitrat!«

»Ja, Sir.« Columbo wandte sich an Kapitän Gibbon. »Dr. Pierce sagt, man braucht sie nur zu zerbrechen und an die Nase zu halten — und Blutdruck und Puls steigen sofort an.«

Kapitän Gibbon sah Dr. Pierce an, der bestätigend nickte.

20

Auf der SUN PRINCESS war der ›Abend am tropischen Strand‹ in vollem Gange, und die Passagiere feierten am Schwimmbecken neben dem ›Sternen-Saal‹. Sie schwelgten in Köstlichkeiten vom kalten Büfett und lauschten der Musik, die aus dem gedeckten Saal drang. Der Koch hatte eine Mischung von kulinarischen Köstlichkeiten aus Mexiko, Hawaii und den USA zusammengestellt, die sehr verlockend aussah und duftete.

Inspektor Columbo, der seinem Magen nicht über den Weg traute, beschränkte sich auf den nordamerikanischen Teil des Büfetts — auf ein Würstchen. Er stand neben dem Grill, in der Hand ein Brötchen, und ließ sich von der Bedienung ein heißes Würstchen reichen. Er legte es auf das aufgeschnittene Brötchen und klappte dieses zusammen. Eine kleine Verfeinerung wollte er sich doch noch gönnen. »Eine Spur Ketchup, bitte.« Der Mann kam dem Wunsch nach, und Columbo wagte sich noch eine Spur weiter vor. »Und eine dünne Schnitte Zwiebel — das wäre alles. Macht sich wunderbar.«

Als Zwiebel und Ketchup sein Brötchen zierten, bedankte er sich und entfernte sich kauend, während er die Passagiere beobachtete. Er ging kauend zur Tanzfläche, umkreiste sie und hielt nach einer bestimmten Person Ausschau.

Als er endlich Hayden Danziger erspähte, der sich auf der anderen Seite der Tanzfläche befand, schlug er lässig diese Richtung ein, ohne mit dem Kauen aufzuhören, und schien größtes Wohlgefallen an dem Bild, das die tanzenden Paare boten, zu finden.

Danziger stand mit dem Rücken zur Tanzfläche und redete eifrig auf zwei aufmerksam zuhörende Männer ein, denen er eine Lektion über die hohe Kunst des Autoverkaufens erteilte.

»Charlie, unser Land steht und fällt mit den Pferdestärken. Wir brauchen das Auto und können ohne das Auto gar nicht leben. Sicher, es wird immer Hoch und Tiefs geben... wenn die Leute den Ankauf eines neuen Wagens aus verschiedenen Gründen zurückstellen müssen — aus Sparsamkeit zum Beispiel. Aber das dauert niemals lange... die Menschen brauchen Autos, sie lieben ihre Autos. Glauben Sie mir, diese Liebesaffäre ist noch lange nicht beendet. In einem halben Jahr, wenn die Leute draufkommen, daß sie neue Reifen, neue Ersatzteile brauchen und sie ihre alten Modelle und die ewig gleich Farbe satt haben, dann bringen wir die neuen Autos raus — so schnell, wie wir sie kriegen können.«

»Hoffentlich haben Sie recht, Hayden! Meine Verkaufszahlen sind ja nicht so stark zurückgegangen — gerade so, daß ich den Knick spüre. Ich habe zwar einen geringeren Kundenstamm in einer Kleinstadt, aber immerhin beschäftige ich zwölf Angestellte. Einen mußte ich entlassen. Das tut mir weh, nicht nur weil ich ihn mochte, und weil ich weiß, daß er Familie hat, sondern auch weil ich weiß, daß er sich keinen neuen Wagen kaufen wird. Oder vielleicht keinen neuen Kühlschrank oder Fernsehapparat — was wiederum bedeutet, daß der Mann, der diese Dinge verkauft, sich auch keinen neuen Wagen kaufen wird.«

»Sicher, das ist ein Circulus vitiosus — ein Teufelskreis.« Danziger wiegte den Kopf hin und her. »Sobald aber die Leute wieder mehr Geld ausgeben, läuft auch die Wirtschaft. Im Augenblick sind alle ängstlich und zurückhaltend. Bringt man aber Geld unter die Leute, fließt es zu einem selbst zurück. Ich wette, ihr habt auch keinen neuen Kühlschrank oder Fernsehapparat angeschafft... und das ist vielleicht das Problem dabei. Wenn man selbst den Gürtel enger schnallt, muß man damit rechnen, daß der andere es auch tut. Charlie... Sie müssen wieder anfangen, Geld auszugeben.«

Danziger hielt inne, als er ein Schulterklopfen spürte. »Entschuldigen Sie, Mr. Danziger — hoffentlich störe ich nicht...«

»Ach, Columbo... meine Herren, Sie müssen mich entschuldigen. Mr. Columbo möchte sich wieder mal mit mir unterhalten.«

Die zwei Männer nickten, heilfroh darüber, daß sie Danziger für den Augenblick loswurden. Sie nahmen direkt Kurs auf die Bar, während Columbo diskret sagte: »Sir — ich möchte mich entschuldigen — wegen des Gesprächs mit Ihrer Frau. Ich weiß, daß es Ihnen nicht recht war. Können wir uns irgendwo unterhalten?«

»Hat das nicht Zeit...?«

»Es ist wichtig, Sir. Es handelt sich um — na, Sie wissen schon —«

Danziger seufzte. Er winkte den zwei Händlern zu, die ihm glücklich entronnen waren und ergab sich resigniert in sein Schicksal. Wieder einmal mußte er das Geschwätz des Inspektors über sich ergehen lassen.

Während er Columbo in die Stern-Bar folge, spürte er deutlich, daß viele Passagiere — meist seine Geschäftsfreunde und Partner — seine Freundschaft mit dem Inspektor, wenn man dieses Wort auf ihre Beziehung anwenden konnte, einigermaßen belustigt betrachteten. Ja, es war wirklich unpassend, sagte er sich. Aber leider notwendig.

Er mußte sich diesem Menschen gegenüber freundlich geben, um ihn, der sich langsam, aber sicher als Widersacher entpuppt hatte, zu entwaffnen.

»Also Inspektor, was ist los?« fragte er und bemühte sich, freundlich auszusehen.

»Ich möchte wissen, ob Sie Fortschritte erzielt haben«, fragte ihn Columbo.

»Fortschritte?«

»Mit dem ›L‹.« So unschuldig wie möglich fragte Danziger: »L?«

»Ja, Sir.«

»Ach ja, ich weiß schon. Dreißig meiner Gäste haben einen Vor- oder Familiennamen, der mit ›L‹ anfängt. Aber keiner hat früher an einer Kreuzfahrt teilgenommen. Wir haben also danebengeschossen.«

Columbo zog sein Notizbuch hervor und antwortete: »Danke, Sir, das war eine große Hilfe. Ich danke Ihnen.«

Danziger wollte gehen. »Ist das alles?«

»Nein, da war noch etwas. Ich möchte wissen, ob Sie den Musiker — Mr. Harrington — vorgestern im Bereich der Krankenstation gesehen haben?«

Danziger schnaubte. »Ich? Ich weiß nicht mal, wie der aussieht.«

»Mr. Danziger — den hätten Sie nicht übersehen können. Ein netter Junge, langes blondes Haar — wie alle die jungen Leute.«

Danziger tat so, als denke er nach. »Nein, tut mir leid. Ich war gar nicht richtig bei Bewußtsein. Genau kann ich es nicht sagen... aber nein, ich habe ihn nicht gesehen. Jedenfalls erinnere ich mich nicht. Außer Arzt und Schwester — und Ihnen natürlich — habe ich niemanden gesehen.«

Columbo schien enttäuscht. »Schade.«

»Warum?« fragte Danziger irritiert.

»Ich hoffte, ich könnte jemanden finden, der ihn sah ... mit den Handschuhen.«

»Handschuhe? Welche Handschuhe? Ich dachte, wir wären zu der Auffassung gelangt — nach vielem logischen Hin und Her —, daß es keine Handschuhe gegeben hat?«

»Das stimmt eigentlich nicht. Wir spielten zwar mit dem Gedanken. Es hörte sich nicht schlecht an, bis ...«

»Bis was, Inspektor?«

»Bis ich auf der Krankenstation nachzählen ließ.«

»Krankenstation? Ich verstehe nicht, was das mit der Frage zu tun hat, ob Harrington Handschuhe trug oder nicht?«

»Sehen Sie — es fehlt da oben vielleicht ein Paar chirurgische Handschuhe. Ich dachte, Mr. Harrington könnte sie genommen haben. Wenn Sie ihn nicht zufällig sahen oder ...«

»Verstehe. Sie glauben, er könnte die Handschuhe getragen haben, als er Miss Wells tötete. Aber warum chirurgische Handschuhe? Genügen in einem solchen Fall nicht irgendwelche alte Handschuhe?«

»Sicher. Aber eines ist komisch daran.« Columbo machte eine kurze Pause.

»Ich fragte meine Frau — sie hat keine Handschuhe eingepackt. Schließlich wollen wir nach Mexiko. Jede Wette, daß auch Mrs. Danziger oder Sie selbst nicht an Handschuhe gedacht haben — wer nimmt schon Handschuhe mit, wenn es in die Tropen geht?«

»Falls man sie nicht für bestimmte Zwecke braucht«, ergänzte Hayden Danziger schnell.

»Ja, Sir. Möglich. Aber wenn der Musiker — Mr. Harrington — der Täter ist und wenn er keine Zeit mehr hatte, die Waffe in den Ozean zu werfen, dann konnte er sich auch der Handschuhe nicht auf diese Weise entledigen.«

»Dann müssen sie noch an Bord sein.«

»Ja, Sir, ich habe das Schiff durchsuchen lassen — bis in den hintersten Winkel ...« Columbo machte eine hilflose

Geste. »Nirgends Handschuhe. Ich stehe genau dort, wo ich anfing.«

Wieder wurde Hayden Danziger von leichter Übelkeit übermannt. Mit einiger Verspätung wurde ihm klar, daß Columbo sich nicht so leicht abschütteln ließ, wie er gedacht hatte.

»Inspektor, Sie verbohren sich in Details.«

»Hoffentlich langweile ich Sie nicht, aber...«

»Aber gar nicht«, sagte Danziger schnell.

»Es hilft einem richtig, wenn man darüber sprechen kann.« Columbo tippte an seinen Kopf. »Manchmal gibt es bei meinen Überlegungen eine richtige Verkehrsstockung.«

Danziger enthielt sich jeder Spur von Sarkasmus, als er sagte: »Das macht vielleicht die Seeluft.«

Columbo überhörte diesen Einwurf. »Sehen Sie, Harringtons Fingerabdrücke sind auf der Waffe nicht zu finden, und der Staatsanwalt wird ihm den Mord sehr schwer anhängen können. Sie wissen – ein geschickter Anwalt... er wird vielleicht freigesprochen. Und falls er freigesprochen wird, ist der Fall nicht abgeschlossen, und ich habe ihn weiter auf dem Hals, wenn ich mir die persönliche Bemerkung erlauben darf. Aber ich bearbeite trotzdem jeden Fall gern bis zum Schluß.«

»Bewundernswert.« Danziger zuckte gleichgültig mit den Schultern. »Sie verstehen also meine Lage«, sagte Columbo lächelnd.

»Aber ja. Ich bewundere Ihre Beharrlichkeit. Auch bei einem Geschäftsmann eine sehr nützliche Eigenschaft – wie bei einem Detektiv.«

»Ja, Sir. Der Geschäftsmann gibt nicht auf, bis er seinen Kunden mürbe gemacht hat.«

»Genau. Vorausgesetzt, er hat ein erstklassiges Produkt anzubieten. Dann sollte er niemals aufgeben.«

»Dachte ich mir's doch, daß Sie ein Einsehen haben. Deswegen also muß ich unbedingt die Handschuhe finden... mit Pulverspuren an der Außenseite – denn wenn ich sie finde, kann ich beweisen, warum Harringtons Abdrücke nicht auf der Waffe sind. Andernfalls haben wir keinen richtigen Fall.« Columbo warf einen Blick zur Tanzfläche. »Aber warum belästige ich Sie mit diesem Kram? Das alles ist schließlich mein eigenes Problem.«

»Ach, macht nichts, Inspektor.« Danziger bemühte sich, völlig gleichgültig zu wirken.

»Ich wollte Ihnen nur klarmachen, daß ich nicht grundlos herumschnüffle und Fragen stelle... Ihren Freunden und Ihrer Frau. Ich muß herausbekommen...«

»Ich verstehe, Inspektor.«

»Danke sehr, ich weiß Ihr Verständnis sehr zu schätzen.«

Columbo wollte gehen. Noch immer hielt er das halbverzehrte Würstchen in der Hand. Er winkte Danziger damit zu und machte sich daran, das Ding endgültig zu vertilgen. Ein Tropfen Ketchup kleckerte auf seinen Mantel.

Danziger starrte ihm nach. Er mußte sich setzen. Ein Steward kam eilig herbeigestürzt, und Danziger bestellte einen Scotch mit Soda. Es geht also doch nicht ganz ohne Komplikationen ab, sagte er sich.

Alles hatte so narrensicher, so hundertprozentig ausgesehen. Das Schicksal hatte es anders gewollt und zugelassen, daß ein lächerlicher, kleiner Detektiv an Bord war, weil seine Frau durch einen dummen Zufall zwei Freikarten für die Kreuzfahrt gewonnen hatte.

Im Augenblick war Hayden Danziger mit seinem Schicksal alles andere als zufrieden. Es war ihm andererseits klar, daß es in dieser Lage nichts nützte, wenn man sich gegen die Götter auflehnte oder sein Pech verfluchte. Es war wie im Geschäftsleben. Zwecklos, sich mit Spekulationen ›was wäre, wenn...‹ abzugeben. Er mußte einfach darangehen, seinen Fehler zu berichten. Das würde nicht zu schwierig sein. Columbo hatte ihm unbewußt einen Ausweg gewiesen. Die Handschuhe! Zu dumm, daß er sie über Bord geworfen hatte. Aber es war ihm damals als das Beste erschienen. Hätte er sie bloß versteckt, so daß sie zusammen mit der

Waffe gefunden wurden... dann wäre alles in schönster Ordnung. Kein Mensch hätte erfahren, wer sie wirklich getragen hatte, und da alles auf Harrington ausgerichtet war, hätte man den Fall abgeschlossen, und der Inspektor hätte sich zufriedengegeben.

Jetzt mußte einfach ein Paar Handschuhe auftauchen. Mit Pulverspuren dran. Nicht ganz einfach. Aber er würde eine Lösung finden.

Er mußte eine finden. Sein Leben hing davon ab.

21

Im Gang, der zur Krankenstation führte, war es fast ganz dunkel und völlig still. Hayden Danziger blieb stehen und horchte, während seine Augen sich an die Finsternis gewöhnen mußten. Als er sicher sein konnte, daß niemand in der Nähe war, ging er schnell an die Tür und öffnete sie mit Hilfe des Hauptschlüssels. Drinnen war es noch dunkler, und er mußte nochmals stehenbleiben, bis er die vor ihm liegende Tür zum Untersuchungsraum erkennen konnte.

Er zog ein Taschentuch aus der Tasche und öffnete die Tür. Dann öffnete er den Wandschrank und nahm ein Paar chirurgische Handschuhe heraus.

Er holte tief Luft und ging denselben Weg wieder zurück.

Auf dem Gang beschleunigte er sein Tempo. Bis auf das entfernte Stampfen der Turbinen war es still auf dem Schiff. Die Passagiere schliefen fest, beruhigt von dem Wissen, daß alles in Ordnung wäre.

Danzigers nächstes Ziel war der große Saal, wo er sich mittels seines Feuerzeuges zurechtfinden mußte und auf das Musikpodium zusteuerte.

Dabei tastete er sich dicht an der Wand entlang, bis er endlich die Stufen gefunden hatte.

Auf dem Podium ließ er abermals kurz das Feuerzeug aufleuchten, um den Requisitenraum zu finden. Er ging in diesen Raum, schloß die Tür hinter sich und machte Licht.

Nach hastigem Suchen fand er einen großen Holzkasten, den er mit dem Taschentuch öffnete.

Die Pistole, die der Zauberer für seinen Trick bei der Vorstellung gebraucht hatte, lag obenauf. Wie er gehofft hatte, war sie mit Platzpatronen gefüllt.

Er legte die Waffe weg, stopfte das Taschentuch in die Tasche und zog die Handschuhe an. Dann nahm er die Waffe, knipste das Licht aus und ging auf Zehenspitzen hinaus.

Hoffentlich begegnet mir jetzt kein Schlafwandler — oder Bummler. Er hatte Glück und kam ungesehen über die Treppe hinunter in den Maschinenraum.

Er spähte durch die Glastür hinein. Ein Mann hatte Nachtdienst. Er saß an einem Tisch vor einer Reihe von Computern und war gänzlich von den aufflackernden Lichtern und Zahlen in Anspruch genommen. Er hörte nicht, als Danziger sich hereinstahl, denn das Dröhnen der Maschinen war so laut, daß man nicht einmal einen Schuß gehört hätte.

Genau das war es, was Hayden Danziger erhoffte. Er kletterte die Eisentreppe zum eigentlichen Maschinenraum hinunter und bemerkte mit zynischer Belustigung die Tafel mit der Aufschrift: ›Ohrenschützer anlegen‹. Hinter dem Kessel, dessen ohrenbetäubender Lärm ihm Kopfschmerzen bereitete, nahm Danziger die Pistole heraus. Er hielt sie in der Rechten und gab einen Schuß ab. Sogar er, der in nächster Nähe war, konnte nichts hören, und er sah nur ein winziges Rauchwölkchen. Befriedigt überzeugte er sich, daß der Maschinist in seine Tätigkeit völlig vertieft war und stieg sodann die Treppenleiter hoch.

Er lief wieder die Treppe zum großen Saal hinauf, wo er ganz außer Atem ankam und hinten in die Requisitenkammer die Waffe wieder an ihren Platz legte.

Zum leeren Raum gewandt, sagte er: »Soweit, so gut.«

Draußen im Korridor sah er sich um. Kein Mensch war zu sehen. Er ging an den nächsten Wandschrank, in dem eine Feuerlöschanlage untergebracht war, zog die Handschuhe aus und versteckte sie sorgfältig in den untersten Falten des dort befindlichen Wasserschlauchs. Mit dem Ellenbogen schob er die Schranktür zu.

Seine Miene ließ auf sichtliche Erleichterung schließen, als er sich endlich auf den Weg zu seiner Kabine machen konnte.

Er hatte Inspektor Columbo das letzte Glied der Beweiskette besorgt. Jetzt konnte er sich zur Ruhe begeben. Morgen früh würde der Stein endgültig ins Rollen kommen — und er würde endlich von allem frei sein.

»Was ist denn los, Hayden?« fragte Sylvia Danziger.

Sie saßen in der Union-Jack-Bar beim Frühstück — wie üblich nur Kaffee und Brötchen —, und ihr Mann hatte zum drittenmal innerhalb von zehn Minuten nervös auf die Uhr gesehen. Danziger verglich die Zeit auf seiner Armbanduhr mit jener der Wanduhr. Es war drei Minuten vor neun. Die Sonne schien strahlend durch die Fenster, und Danziger antwortete mit einem Lächeln: »Gar nichts, Liebling. Absolut nichts. Ich dachte nur, mit meiner Uhr stimmt was nicht. Aber ich habe mich geirrt. Übrigens muß ich sie reinigen lassen, wenn wir zurück sind.«

Er wurde von einer Stimme aus dem Lautsprecher unterbrochen: »Hier spricht der Wachhabende Offizier. In genau drei Minuten wird das Signal zum Feueralarm gegeben. Alle Mitglieder der Besatzung haben zwei Minuten nach Ertönen des Signals auf ihren Posten zu sein! Die Passagiere sind nicht betroffen. Ich wiederhole — es handelt sich lediglich um eine Übung.«

Danziger sah durchs Fenster. Am Horizont zeichnete sich bereits der Hafen von Mazatlan ab. Das Alarmsignal hatte ihn aus seinen Überlegungen geschreckt.

Jetzt seufzte er zufrieden und faßte zärtlich nach der Hand seiner Frau.

Im ›Capri‹-Korridor öffnete ein Besatzungsmitglied den

Wandschrank und zog den Schlauch heraus. Ein Offizier sah ihm dabei zu. Der Schlauch wurde entrollt und schließlich fielen aus den letzten Windungen des Schlauches die Handschuhe. Der Offizier hob sie auf und lief eilig zum Zahlmeister. Dieser schickte sofort nach dem Kapitän, als er sah, was man ihm da gebracht hatte.

Eine halbe Stunde später wurde Hayden Danziger ins Ruderhaus zitiert. Er kam gutgelaunt und wurde von Kapitän Gibbon und Inspektor Columbo begrüßt.

»Sie wollten mich sprechen, Inspektor?« fragte Danziger.
»Ja, Mr. Danziger. Ich muß Ihnen etwas zeigen.« Columbo hielt die Handschuhe in die Höhe, indem er sie an der offenen Seite festhielt. »Das hier wurde während des Probealarms gefunden.«

»Das freut mich für Sie. Wenn auch noch Pulverspuren dran sind, haben Sie Ihren endgültigen Beweis.«
»Ja, Sir. Damit ist bewiesen, daß die ganze Sache sehr gut geplant war. Ein perfekter Fall von vorsätzlichem Mord.«

Columbo zog einen Bleistift aus der Tasche. Er legte die Handschuhe auf den Tisch und schabte mit einem Federmesser Graphit vom Bleistift auf ein Blatt Papier, das er aus seinem Notizbuch gerissen hatte.

Kapitän Gibbon bemerkte: »Ich dachte, Sie brauchen Paraffin zur Feststellung von Pulverspuren.«

»Ja, sicher — im allgemeinen schon. Und ich bin auch ganz sicher, daß sich Pulverspuren an der Außenseite des rechten Handschuhs befinden — und das ist natürlich auch wichtig. Aber eigentlich interessiert mich mehr, was im Inneren der Handschuhe los ist ...«

Während Danziger und der Kapitän zusahen, schabte er weiter und stülpte dann die Innenseite des rechten Handschuhs nach außen.

»Sehen Sie — falls der Mörder ein Paar Lederhandschuhe benutzt hätte, könnten wir nur auf die Pulverspuren hoffen — aber chirurgische Handschuhe sind anders beschaffen.«

Indem er den Graphit auf die Innenseite der Handschuhfinger streute, sagte er: »Dieses Material nimmt Finger- und Handflächenabdrücke auf — sehen Sie!«

Mit dem Fadenmesser drückte Columbo die Fingerspitzen der Handschuhe auf den Graphitstaub, hob sie dann auf und blies den überschüssigen Graphit weg. Als er den Handschuh gegen das Licht hielt, war ganz deutlich ein Fingerabdruck darauf zu sehen.

»Wer diese Abdrücke hinterlassen hat«, sagte er, »hat auch Rosanna Wells mit einem Schuß getötet. Harrington zum Beispiel...«

Columbo holte ein Kärtchen aus seiner Tasche. »Das hier sind seine Abdrücke. Die scheinen nicht zu passen. Ich habe mir gestattet, ihm heute morgen seine Fingerabdrücke abzunehmen.« Er sah nun Danziger an.

»Sir, würden Sie so gut sein, den rechten Zeigefinger hier aufzudrücken? Ich bin sicher, wir können die Angelegenheit ohne weitere Schwierigkeiten hinter uns bringen.«

Danziger stand stocksteif da. Seine Miene war erstarrt. Er hatte erkannt, daß der Inspektor ihn hereingelegt hatte. Mit beherrschtem Ton sagte er: »Angenommen, ich gestehe, daß ich die Handschuhe absichtlich dort versteckt habe?«

»Sie, Sir?«

Kapitän Gibbon mischte sich ein: »Aber Sie sagten doch, Inspektor, es wären sicher Pulverrückstände an den Handschuhen. Das heißt doch, daß sie der Täter trug, während er den Schuß abgab?«

»Ja, Sir«, antwortete Columbo und sagte, zu Danziger gewandt. »Das würde heißen, daß Sie eine Waffe finden mußten, mit der Waffe irgendwo hingingen, wo man den Schuß nicht hören konnte, und dort den Schuß abgaben! Und aus welchem Grund dies alles? Nein, Sir, das kann ich nicht glauben.«

»Ja, wahrscheinlich.« Danziger gab sich geschlagen. »Woher wußten Sie...?«

Wieder kramte Columbo in der Tasche. »Diese Feder fand ich auf dem Korridor der Krankenstation.«

»Sie könnte von dem Kissen eines Krankenbettes stammen.«

»Nein. In Krankenbetten werden heutzutage keine Federkissen verwendet. Sie könnten Allergien hervorrufen. Man verwendet in Krankenhäusern nur Schaumstoffkissen... ich bin der Sache nachgegangen.« Er zog eine zweite Feder aus der Tasche. »Sir, Sie haben die Feder aus der Kabine Rosanna Wells' auf die Krankenstation gebracht – unwissentlich. Ich glaube, wenn die Polizei dem Besitzer des Waffenladens Ihr Foto zeigt – und vielleicht noch in ein paar Hotels in Las Vegas –, dann steht Ihre Verbindung mit Miss Wells außer Zweifel... und ebenso, daß Sie der Käufer der Waffe waren.«

Der Zahlmeister kam herein. »Kapitän, das Polizeiboot ist in Sichtweite.«

»Begleiten Sie Mr. Danziger aufs Unterdeck und übergeben Sie ihn dem dort diensthabenden Offizier.«

»Jawohl, Sir.«

Draußen auf dem Gang zündete sich Columbo eine Zigarre an. Um ihn herum herrschte reges Treiben, da die Passagiere zur Gangway drängten.

Der Lautsprecher quäkte: »Die SUN PRINCESS wird in Kürze in Mazatlan anlegen. Wer an Land gebracht werden möchte, möge sich bitte in die Halle des ›Aurora-Decks‹ begeben. In dreißig Minuten werden die Passagiere an Land gebracht. Wir laufen um sechs Uhr abends wieder aus. Danke – und viel Spaß beim Landausflug!« Mit nachdenklich gesenktem Kopf stieß Columbo die Kabinentür auf und sagte zu der Frau, die sich vor dem Spiegel frisierte: »Komm jetzt, mein Schatz, wir gehen an Land – uns die Beine vertreten.«

Die Frau drehte sich um und sagte empört: »Wie bitte?«

Columbo faßte sich an den Kopf. »Ach, du liebe Zeit! Wo ist bloß meine Frau? Ist das hier nicht 53?«

»Das hier ist Backbordseite. Nummer 52!«

»Das kapiere ich nicht, ich bin doch rechts auf steuerbord... hm, muß mich falsch umgedreht haben. Tut mir sehr leid!«

Die Frau verfolgte Columbo mit drohendem Blick, bis er schließlich den Rückzug antrat.

Er lief zur Gangway, wo der Zahlmeister lächelnd die an Land gehenden Passagiere verabschiedete.

»Entschuldigen Sie«, wandte sich Columbo an ihn, »mir ist es höchst peinlich — aber haben Sie meine Frau gesehen?«

»Ach — Inspektor! Ja, ich glaube, sie sucht Sie bereits.«

»Sie sucht mich? Das soll wohl ein Scherz sein. Ich habe den ganzen Kahn nach ihr durchsucht.«

»Ist sie nicht — da drüben —, die Dame, die eben ins Landungsboot will?«

Columbo sah in die angegebene Richtung. »Ja, das ist sie! Ich schaffe es wohl auch noch aufs andere Schiff, ja?«

»Ja, sicher — aber es handelt sich in diesem Fall um ein Boot!«

»Das soll ein...« Columbo war so verdutzt, daß ihm die Worte fehlten. Dann sagte er ärgerlich: »Ach was, zum Teufel damit.«

Der Zahlmeister lächelte und sah amüsiert zu, wie Columbo sich zum Landungsboot und zu seiner Frau durchkämpfte.

ENDE

Der Weekend-Killer

von
Steven Bochko

1

James Ferris stieß einen Seufzer aus. Er war fast fertig und hatte Rückenschmerzen, weil er stundenlang die Schreibmaschine bearbeitet hatte. Es wurde Zeit für eine Atempause. Ferris freute sich auf eine Zigarette und wollte sich Bewegung verschaffen.

Sein Blick hing unverwandt an dem letzten Satz. Zu dumm, diese Tippfehler. Am besten, man brachte das sofort in Ordnung. Er übertippte ›Nitglieder‹, schrieb ›Mitglieder‹ darüber und tippte weiter.

»J'accuse«, sagte sie und zeigte auf den Franzosen. »Sie waren es, der die Tochter des Botschafters getötet hat.«

Ja, das war es. Das ›denouement‹, die Lösung des Knotens. Er mußte lachen. Mrs. Melville konnte man zwar ein ›J'accuse‹ unterschieben, aber ein Wort wie ›denouement‹ würde sie nie verwenden. Es war das Wort, das man einem Autor, nicht aber einem Detektiv in den Mund legen konnte. Und schon gar nicht einer Mrs. Melville. Es war geschafft. Jetzt fehlte nur noch das Ende der Geschichte. Er konnte seinen krummen Rücken strecken und sich eine Zigarette anstecken.

Nein, er wollte schnell fertig werden, der Rücken konnte ruhig warten. Ferris nahm Zuflucht zu einem Kompromiß. Er zündete sich eine Zigarette an und inhalierte tief. Mit der Zigarette im Mundwinkel machte er sich wieder an die Arbeit, ohne seinem sehr gut ausgestatteten Büro einen Blick zu gönnen.

So komfortabel war es natürlich nicht immer gewesen. Damals, als er gemeinsam mit Ken die Figur der Mrs. Melville geschaffen hatte, nagten sie beide am Hungertuch. Ihre Zusammenarbeit hatte in der Küche seiner schäbigen Wohnung begonnen. Das handgeschriebene Manuskript mußte mühsam in einer uralten Schreibmaschine getippt und vervielfältigt werden.

Jetzt arbeitete er sozusagen erster Klasse. Elektrische Schreibmaschine, Tonbandgerät, Mahagonischreibtisch, an der Wand Poster, auf denen die Schutzumschläge der höchst erfolgreichen Mrs.-Melville-Krimis abgelichtet waren. Und alle diese Bücher entstammten der Feder von James Ferris und Ken Franklin.

Zwischen den Postern hingen gerahmte Urkunden von Preisverleihungen, Zitate literarischer Klubs und Organisationen und als Clou ein TIME-Titelbild, auf dem er und Ken in unnachahmlicher TIME-Manier abgebildet waren.

In einem Bücherschrank, der mehrere Exemplare eines jeden Mrs.-Melville-Krimis enthielt und dazu noch Bücher der Konkurrenten mit handschriftlichen Widmungen, standen zwei ›Edgars‹, die ›Oskars‹ für Autoren von Kriminalromanen.

Die Couch war niedrig, bequem und aus echtem Leder, der Lehnsessel ebenso. Aus den Fenstern sah man von großer Höhe auf die Stadt. Es war ein steiler Aufstieg in große Höhen, wo auch die Mieten hoch waren, aber eben das war eines der Kennzeichen des Erfolges. Ja, sie hatten Erfolg. Mrs. Melville, deren Bild die Wand über der kleinen, aber kostspielig bestückten Bar beherrschte, sah wohlwollend auf ihn nieder. Sie hatte ihren Autoren zu Erfolg verholfen — und zu Reichtum. Jedesmal, wenn er zu ihrem viel zu perfekt ausgeführten Abbild aufsah, brachte er insgeheim einen Toast auf sie aus. Gott segne dich, du Geschöpf dichterischer Phantasie! Wo wären wir ohne dich?

James Ferris tippte unermüdlich weiter, ohne auf seine Umgebung zu achten. Und doch war er sich stets der Tatsache bewußt, daß er schon lange nicht mehr an einem wackligen Tisch in einem Raum saß, von dem aus man in einen Luftschacht hinaussah. Der Erfolg hatte ihn eigentlich nicht verändert. Er hatte ihn nur glücklicher gemacht, ihm zu einem schönen Haus verholfen, zu einer attraktiven Frau. Dazu kam der Ruhm als Buchautor und so viel Geld, daß er tun und lassen konnte, was ihm beliebte.

Und genau das hatte er vor, wenn die letzten paar Seiten seines allerletzten Buches beendet wären. Er wollte endlich etwas schreiben, das ihm persönlich mehr Befriedigung verschaffen würde. Nicht, daß er etwas gegen Detektiv- und Abenteuerromane gehabt hätte. Keine Spur. Er hatte diese Literaturgattung immer geschätzt und war überzeugt gewesen, einen Krimi schreiben zu können. Als es dann aber mit der Zeit fünfzehn wurden, hatte es für ihn doch eine echte Überraschung bedeutet.

Die Wörter ›er‹ und ›ihn‹ waren korrekt. Ken galt zwar als Mitautor, doch in Wirklichkeit schrieb James Ferris die Bücher und konstruierte den Handlungsablauf fast im Alleingang. Als sich das erste Buch zur Überraschung aller — auch der Autoren und Verleger — als Bestseller entpuppte und der Ruf nach immer mehr Mrs.-Melville-Romanen laut wurde, hatte Ken spontan die geschäftliche Seite und die Publicity in die Hand genommen — ganz besonders die Publicity. Er war es, der Mrs. Melville auf jede erdenkliche Weise vermarktet hatte, in Zeitschrifteninterviews, im Fernsehen und Rundfunk. Ken hatte sich auf diese Weise seinen Anteil redlich verdient. Jim konnte sich wirklich nicht beklagen und war eigentlich recht froh über diese Lösung, denn er schrieb lieber im Alleingang. Alles war wie am Schnürchen gelaufen. Aber jetzt hatte er Mrs. Melville satt — es war höchste Zeit, daß er endlich sein längst geplantes anspruchsvolles Werk in Angriff nahm.

Er verfügte über das nötige Geld, er hatte Zeit und die richtigen Kontakte. Und hoffentlich auch genügend Talent. Nun ja, das würde sich herausstellen. Wenn seine Begabung nicht ausreichte, brauchte er jedenfalls keinen versäumten Gelegenheiten nachzuweinen. Er hatte jetzt keine Ausrede mehr. Die Miete war dank Mrs. Melville lange im voraus bezahlt. Die Tantiemen flossen reichlich und würden weiterfließen, Tantiemen in Dollar, Pfund, Kronen und sehr bald auch in Rubel.

Er brauchte nur noch das eine Buch zu schreiben, und es juckte ihn schon in den Fingern. Dieses unterbewußte Verlangen ließ seine Finger geradezu über die Tasten fliegen.

Seine Konzentration und das eintönige Hämmern der Schreibmaschine waren schuld daran, daß er das Klopfen an der Tür zunächst überhörte.

Während James Ferris den künftigen Lesern des letzten Mrs.-Melville-Romans die Aufdeckung des Verbrechens durch Mrs. M. schilderte, war sein Partner Ken Franklin in seiner Neuerwerbung, einem schnittigen silbergrauen ausländischen Wagen, auf dem Weg zum Büro. Auf dem Parkplatz griff er vor dem Aussteigen hastig ins Handschuhfach und nahm einen .38er Revolver heraus, den er in den Gürtel steckte.

Er stieg aus und knöpfte seine maßgeschneiderte Jacke zu, die seiner drahtigen Tennisfigur wie angegossen paßte. Der fast zu hübsche, weltgewandte und charmante Ken Franklin sah einem Filmstar ähnlicher als einem Schriftsteller. Das war einer der Gründe, warum er im Fernsehen besonders gut ankam.

Seltsamerweise sah Jim Ferris wie ein typischer Schriftsteller aus oder zumindest so, wie nach Auffassung des Durchschnittslesers ein Buchautor aussehen sollte. Ken Franklin hingegen sah aus wie ein Filmstar oder ein Public-Relations-Mann. Und er war ein ausgezeichneter PR-Mann.

Jim und Ken waren für ihre jeweiligen Rollen bei der Schöpfung und Vermarktung der Mrs.-Melville-Kriminalromane wie geschaffen.

Franklin betrat mit einer Papiertüte auf dem Arm das Gebäude, nahm den Schnellaufzug ins oberste Stockwerk und ging dann den Korridor entlang. Er hörte schon von weitem das monotone Hämmern der Schreibmaschine. Vorsichtig stellte er die Tüte ab und klopfte an. Keine Antwort.

Er klopfte abermals, diesmal energischer.

Das Hämmern der Schreibmaschine hörte schlagartig auf, und er klopfte ein drittes Mal.

»Wer ist da?«

Ken Franklin gab keine Antwort.

»Ja? Hallo! Wer ist da?«

Ein Sessel wurde zurückgeschoben. Ken Franklin sah sich vorsichtig um, stellte fest, daß er unbeobachtet war und zog den Revolver aus dem Gürtel. Als der verwunderte Ferris die Tür öffnete, zielte die Revolvermündung direkt auf seine Brust. Für den Bruchteil einer Sekunde hielt er den Atem an, dann lachte er laut los.

Ken Franklin war enttäuscht. »Du bist also gar nicht verunsichert?«

»Durch dein Auftauchen? Als die eine Hälfte des größten Krimi-Autoren-Teams der Welt habe ich mich natürlich vergewissert, daß die Sicherheitskette eingehakt ist. Und du trägst keine Handschuhe. Sehr unvorsichtig übrigens. Und was das schlimmste ist — du hast nicht mal den Finger am Abzug!«

Franklin ließ die Waffe nach Cowboymanier um den Zeigefinger rotieren und ging an seinem Partner vorbei ins Büro. Mit breitem Grinsen drehte er sich um.

»Okay, Mrs. Melville, ich gestehe, daß meine Scherze lausig geplant sind.«

»Das Geständnis ist höchst überflüssig, weil ich diese Tatsache schon längst entdeckt habe.« Ferris schloß die Tür und fragte: »Was hast du mit dem Ding vor? Steck die Knarre lieber weg. Du weißt, daß ich Gewaltanwendung hasse.«

Franklin lachte und steckte den Revolver in den Gürtel. »Ich bin auf dem Wege zu meiner Hütte. Ich fühle mich dort mit einer Waffe sicherer.« Er ließ sich auf die Couch fallen. »Aber eigentlich bin ich gekommen, um mich zu entschuldigen.«

»Entschuldigen — wofür?«

»Für die Szene von gestern. Ich bin total aus der Rolle gefallen. Es war der Schock... und die Überraschung...«

»Vergiß es. Das alles kann schon mal passieren. Während all der Jahre...«

Franklin unterbrach ihn. »Uns beiden sollte das nicht passieren. Einen Augenblick.« Er sprang von der Couch hoch, lief zur Tür hinaus und kam gleich darauf mit der Tüte wieder. In der Tüte steckte eine Champagnerflasche, deren Korken er im Gehen mit der Rechten bearbeitete. Als der Korken knallte, sagte er: »Getroffen! Genau an die Decke. Das heißt, daß das Zeug gut ist. Ob du es glaubst oder nicht, wir lassen jetzt die Friedenspfeife kreisen.« Er ging an die Bar und schenkte zwei Gläser voll. Ein Glas reichte er Jim Ferris mit den Worten: »Mit einem Zug runter.«

Lachend nahm Ferris das Glas, in dem der Champagner perlte. »Um zehn Uhr morgens?«

»Ein altes Vorrecht der Kreativen. In der Seele des Dichters herrscht immer Mitternacht, wie du sehr wohl weißt.« Er hob sein Glas.

»Auf unsere Scheidung!«

Jim Ferris seufzte. Nach einigen Gläsern Champagner würde sich die Arbeit an den letzten Seiten in die Länge ziehen. Trotz seiner Bedenken hob er das Glas an die Lippen und trank. Ja, das war gut. Eines mußte man Ken lassen, bei ihm war immer alles erstklassig. Das traf beim Alkohol zu — und bei Frauen. Schließlich sagte er: »Na ja, eine Scheidung ist es eigentlich nicht.«

»Zumindest gehen wir nicht im Bösen auseinander. Jetzt nicht mehr ... seitdem ich mich beruhigt habe.«

»Komm schon, Ken. Vergiß es. Wir alle fallen hin und wieder mal aus der Rolle.«

»Du aber nicht, Jim. Du bist der ausgeglichenste Mensch, der mir je untergekommen ist. Trotzdem nenne ich es Scheidung. Jetzt sei mal ehrlich — es ist eine Scheidung. Du bist zwar nicht unterhaltspflichtig, aber unsere Zusammenarbeit hat ein Ende. Und die Pflichten den gemeinsamen Kindern gegenüber teilen wir uns.« Er ging an den Bücherschrank. »Unsere Kinder. Fünfzehn an der Zahl. Das nenne ich Bevölkerungsexplosion! Fünfzig Millionen Exemplare verkauft. Auf der ganzen Welt.« Er ging an die Bar und füllte sein Glas. Er sah zu dem Porträt auf, das gütig auf ihn niederlächelte. »Auf die liebe alte Mrs. Melville! Wir haben sie zum

Leben erweckt und tragen sie jetzt zu Grabe. Ich fühle mich dabei wie der Schöpfer Frankensteins.«

Jim Ferris lachte. »Mrs. Melville war doch kein Ungeheuer.«

»Bewahre! Sie war eine reizende alte Dame, die ihre Nase dauernd in Verbrechen stecken mußte — in die Verbrechen anderer, versteht sich. Eine Streiterin für das Gute sozusagen. Und jetzt sagen wir Ihnen Lebewohl, liebe Mrs. Melville. Sie haben Ihren Zweck erfüllt...«

»Hör auf, Ken. Ich bekomme sonst noch Schuldgefühle. Und dabei möchte ich doch nur Eigenes zu Papier bringen... Gehversuche auf neuem Gelände machen... Herausforderung annehmen.«

»Ich weiß schon. Und ich war egoistisch. Nur, weil ich nicht unter literarischem Ehrgeiz leide... tut mir leid, ich habe es nicht böse gemeint... ich verspüre eben nicht den Wunsch, etwas Bedeutendes zu schaffen. Von nun an kannst du es im Solo versuchen — ich gebe dir gern meinen Segen.«

Jim Ferris war erleichtert. »Danke, Ken. Ich weiß es zu würdigen. Wirklich. Außerdem bedeutet es nicht, daß wir uns nie wieder begegnen werden.«

»Eine Scheidung in beiderseitigem Einverständnis. Das ist gut so. Außerdem ist Freundschaft wichtiger als Partnerschaft, habe ich recht?«

»Na klar.«

»Komm, ich möchte dir nachschenken. Auf unsere Freundschaft. Trink aus, bevor ich dich entführe.«

Ferris war fassungslos. »Was?«

Ken Franklin goß den Rest des Champagners ins Glas seines Partners. Gleichzeitig holte er ein Feuerzeug aus der Jackentasche und legte es, nachdem er sich lässig eine Zigarette angezündet hatte, auf den Schreibtisch hinters Telefon.

»Meine eben erwähnte Hütte ist seit einem halben Jahr fix und fertig, und du warst nicht ein einziges Mal draußen, um sie zu besichtigen. Ich weiß, ich weiß... du warst schwer beschäftigt. Du trägst den Löwenanteil der Arbeit... und

Joanna hat am Abend ein Recht auf ihren Ehemann. Aber ich möchte dir die Hütte unbedingt zeigen.« Er lachte. »Ob du es glaubst oder nicht, du wirst mein erster männlicher Besucher sein.«

»Oh, das glaube ich dir aufs Wort. Aber es geht nicht, Ken. Nicht jetzt.«

»Warum nicht? Mrs. Melville muß auch mal ausspannen.« Er streckte die Hand aus und tippte auf die Schreibmaschine. »Und diese treue Klapperkiste auch. Die ist schon heißgelaufen und raucht vor Anstrengung.« Franklin beugte sich vor und blies Rauch auf die Maschine. »Siehst du. Gönn ihr eine Ruhepause. In den nächsten vier Monaten wirst du sie sicher eifrig klappern lassen. Sag mal, kannst du dich noch an unsere alte Royal erinnern?«

»Wie könnte ich die vergessen? Ich habe sie noch immer bei mir zu Hause.«

»Wir könnten sie einem Museum vermachen, samt den Urfassungen unserer Bücher.«

»Die Rohfassungen kannst du vermachen, wem du willst. Aber die alte Royal behalte ich. Und wenn sie nur dazu dient, mir ständig vor Augen zu führen, wieviel Glück ich gehabt habe...«

»Wir gehabt haben... und haben. Trotzdem waren es damals schöne Zeiten.« Er machte eine nachdenkliche Pause. »Glaube mir, ich möchte sie nicht missen. Und du doch auch nicht, oder?«

»Ach, hin und wieder werde ich von Gewissensbissen geplagt, und ich frage mich, ob wir das alles auch verdienen... aber diese Perioden dauern nie sehr lange.«

Beide lachten, und Ken erklärte: »Das könnte mir nicht passieren. Und wenn... dann rufe ich schleunigst eine schöne Blondine an – oder eine Brünette – oder Rothaarige. Los, komm schon. Wir fahren hinaus zur Hütte, lassen uns vollaufen und weinen uns im Gedenken an die alten Tage tüchtig aus. Genau die richtige Art und Weise, unter einer Ehe den Schlußstrich zu ziehen.«

»Ja, aber die lange Fahrt hinunter bis nach San Diego...«
»In die Umgebung von San Diego. Du hältst mich wohl für eine unverbesserliche Großstadtpflanze? Die paar Stunden Fahrt sind nicht der Rede wert. Ich setze dich noch vor Mitternacht vor deiner Haustür ab.«
»Ich habe Joanna versprochen, daß ich sie heute zum Dinner ausführe und nachher mit ihr ins Kino gehe...«
»Kino! Das kannst du nachholen. Denk doch an die alten Zeiten! Ruf Joanna an und sag ihr, daß du noch länger arbeiten möchtest. Das hast du schon oft gesagt, und es stimmte immer. Jim, du hast die ideale Frau gefunden. Sie glaubt dir, wenn du sagst, du müßtest abends noch arbeiten. Wenn ich eine Frau hätte, wüßte die es sicher besser...«
»Und wie recht sie damit hätte!« antwortete Ferris gutgelaunt.
»So wie Joanna recht hat, wenn sie dir vertraut. Komm schon. Einmal ist keinmal. Was hast du schon zu verlieren? Wir machen ein paar Flaschen auf und angeln ein paar Riesenfische...«
»Weißt du...«
»Weißt du, was mit dir los ist, alter Freund? Du kannst dich nicht mehr entspannen... nicht mal einen Tag lang.«
Franklin legte den Arm um die Schulter seines Partners.
»Und ob ich das kann.«
»Dann mußt du den Beweis dafür liefern. Na, wie wär's? Und falls du eine Rechtfertigung deinen Schuldgefühlen gegenüber nötig hast, dann kannst du das alles als einen Gefallen mir gegenüber einstufen, ja? Ich möchte das Kriegsbeil nach alter Sitte begraben. Du kannst mich nicht als Partner fallenlassen und auch noch meine Einladung ausschlagen — und das alles innerhalb einer Woche, stimmt's?«
Jim Ferris wußte, daß er an der Angel zappelte. Er blickte hinüber zur Schreibmaschine und dem ordentlichen Papierstoß rechts daneben. Leere Blätter, die nur darauf warteten, mit dem letzten Kapitel des letzten Mrs.-Melville-Romans vollgeschrieben zu werden. Er seufzte ergeben.

»Warum auch nicht? Meine dichterische Phantasie und mein Rücken können eine Ruhepause gebrauchen. Also, gehen Sie voraus, Mr. Franklin.«

Ken hielt ihm die Tür auf. »Aber nicht doch. Nach Ihnen, Mr. Ferris.«

2

Natürlich hatte der Wagen Klimaanlage. In Südkalifornien war das zwar nicht unbedingt nötig, doch hätte man sich einen Wagen wie diesen ohne Klimaanlage einfach nicht vorstellen können. Auch konnte Jim Ferris sich seinen ehemaligen Partner ohne diese Einrichtung nicht vorstellen — ebensowenig ohne die übrigen Extras im Wagen, im Haus und zweifellos auch in seiner ›Hütte‹.

Jim Ferris lehnte sich bequem zurück, lauschte der leisen Musik aus der Stereoanlage und ließ Ken fahren, während er schlief — oder es zumindest versuchte. Der Morgen war nämlich sehr merkwürdig verlaufen.

Kens schlechter Scherz hatte das seine dazu beigetragen. Den Bruchteil einer Sekunde hatte er Angst gehabt — ganz kurz nur. Sicher hatte man ihm nichts angemerkt. Ken gegenüber würde er es natürlich nie zugeben — aber eine kleine Sekunde lang war sein Magen abgesackt.

Und jetzt hatte er wieder so ein mulmiges Gefühl im Magen, doch das war dem Zusammenwirken von Champagner, schnellem Fahren — und Schuldgefühl zuzuschreiben. Er mußte Joanna sofort von der Hütte im Wald über dem See anrufen, die Ken sich dort hatte bauen lassen.

Ferris wäre gern eingeschlafen, damit die Zeit schneller verginge. Statt dessen dachte er an das eben Geschehene: Unten, auf dem Parkplatz hatte er Ken beruhigt, weil dieser ihn von der Arbeit hatte abhalten wollen: »Du hast genau den richtigen Zeitpunkt erwischt — ich wollte eben das letzte Kapitel zu einem vernünftigen Ende bringen.«

Ken hatte den Kopf geschüttelt. »Mrs. Melvilles letzter Fall. Wir sollten dem alten Mädchen eigentlich Blumen schicken.« Und beide hatten sie gelacht, als sie zum Wagen gingen. Ken war vor dem Einsteigen nachdenklich stehengeblieben. Dann hatte er ein zusammengefaltetes Blatt Papier aus der Tasche gezogen und es Jim überreicht. »Ehe ich vergesse ... ich habe da eine Liste der Dinge zusammengestellt, die ich aus dem Büro mitnehmen möchte. Sieh dir die Aufstellung mal an, ja?«

Jim hatte mit den Achseln gezuckt. »Aber das spielt doch alles gar keine Rolle ... nimm dir, was du willst!« Dann hatte er das Papier auseinandergefaltet. »Aber — ich verstehe nicht. Das ist ja eine Namensliste. Etwa Personen aus unseren Büchern? Wieder so ein alberner Scherz?«

Ken hatte ihm darauf das Papier aus der Hand genommen und nach einem kurzen Blick darüber kopfschüttelnd gesagt: »Ich muß den Verstand verloren haben. Das ist der falsche Zettel. Muß den anderen wohl zu Hause vergessen haben. Hatte es wieder einmal zu eilig. Na los, steig ein!«

Dann hatte Ken das Papier zu sich genommen und sich hinters Lenkrad gesetzt. »Schnall dich an. Ich kann nicht zulassen, daß unserem künftigen Träger des Pulitzerpreises etwas zustößt. Und jetzt aber schnell aus dem Smog heraus.«

Er drehte den Zündschlüssel um, steckte sich eine Zigarette in den Mund und klopfte suchend seine Taschen ab. »Ich habe tatsächlich den Verstand verloren.«

»Was ist denn?« fragte Jim Ferris.

»Ich habe mein Feuerzeug oben im Büro gelassen. Während ich Champagner eingoß, habe ich es auf den Schreibtisch gelegt...«

Ferris zeigte auf den Zigarettenanzünder auf dem Armaturenbrett. »Du brauchst dein Feuerzeug doch gar nicht.«

»Nicht zum Zigarettenanzünden. Das Motiv liegt tiefer. Es dient sozusagen als Sprungnetz. Bin gleich wieder da. Laß den Motor ruhig laufen.« Damit sprang er aus dem Wagen und lief den Weg zurück, den sie gekommen waren. Achselzuckend hatte Ferris das Stereogerät eingeschaltet und seine Aufmerksamkeit nun den verschiedenen Extras des Wagens gewidmet. Vermutlich hätte er sich auch einen so kostspieligen Wagen leisten können — aber ihm war nichts daran gelegen. Und jetzt, da er ein Buch schreiben wollte, das vermutlich nicht mal die Kosten für das Farbband der Schreibmaschine hereinbringen würde — jetzt konnte er ebensogut ganz darauf verzichten. Zwar würden er und Joanna sich auch in Zukunft nicht beklagen können, und sie würden imstande sein, ihren gewohnten Lebensstil aufrechtzuerhalten. Aber von teuren ausländischen Wagen würde keine Rede sein — bis er das Buch geschrieben hatte.

Vielleicht konnte er damit tatsächlich den Pulitzer-Buchpreis gewinnen? Warum auch nicht? Ken verfügte womöglich über die Gabe der Weissagung.

Während der Motor und Jims Gehirn im Gleichtakt zu den Musikrhythmen arbeiteten, fuhr Ken Franklin mit dem Lift hinauf in die Büroetage. Er hielt den Schlüssel schon parat, als er die Tür erreichte. Von innen sperrte er zu und ging wie vorprogrammiert an die Arbeit, während sein Partner, ohne zu ahnen, was hier vorging, friedlich in klimagekühlter Umgebung vor sich hindöste und die gedämpften Klangfetzen einer Jazzcombo an sein Ohr drangen.

Als erstes ging Franklin an die Aktenschränke und zog systematisch Papiere und Ordner heraus. Er verstreute sie wahllos auf dem Boden und ließ die Laden offen. Dann nahm er das Blatt Papier — die Namensliste — aus der Tasche und legte sie ganz hinten in die Schreibtischlade. Schließlich warf er den Schreibtischsessel um und riß noch rasch auf dem Weg zur Tür die Kissen von der Ledercouch.

Er hielt kurz inne und besah sorgfältig sein Werk. Ein Fingerschnalzen verriet, daß ihm etwas eingefallen war. Er lächelte der im Halbdunkel noch eindrucksvoller wirkenden Mrs. Melville zu und ging zurück an den Schreibtisch. Dann nahm er das hinter dem Telefon deponierte Feuerzeug und steckte es in die Tasche.

Ken Franklin sperrte die Tür auf, verließ den Raum und

vergewisserte sich vor dem Weggehen, daß die Tür nicht zugeklinkt war und einen Spalt offenblieb.

Pfeifend kehrte er zum Wagen zurück und weckte Jim auf.

Während sie jetzt inmitten der malerischen Szenerie Kaliforniens dahinfuhren, schlief Ferris fast wieder ein. Die Jazzcombo war von Frank Sinatra abgelöst worden, der seinerseits Dave Brubeck Platz machte. Das Schiebedach war offen, und Jim spürte undeutlich, daß die Sonne ihm auf den Kopf schien. Er strich sich mit der Hand durch das dichte Haar. Zwischen dem Geräusch des Luftzuges und den Tönen der Klaviermusik hindurch vernahm er Kens Stimme.

»Na, bist du nicht froh, daß ich dich überredet habe? Riechst du nicht die gute Luft?«

»Riecht genau wie jede andere Luft auch. Wie weit ist es bis zu deiner Hütte?« fragte Jim Ferris.

»Noch eine knappe Stunde. Wir umfahren Diego und sind dann gleich im Vorgebirge. Schlaf ruhig weiter.«

Was Jim Ferris auch sofort tat. Und ebenso prompt von Träumen umfangen wurde. Oder genauer gesagt, einen Alptraum durchlitt — einen Traum, der praktisch eine Wiederholung der Ereignisse darstellte, die sich vor einigen Tagen zugetragen hatten, als er seinen Partner Ken Franklin von seinen Zukunftsplänen in Kenntnis setzte.

Der Kampf — nein, es wäre unfair es so zu nennen — also: die Auseinandersetzung hatte in demselben Büro stattgefunden, in dem die allgegenwärtige Mrs. Melville ihnen von ihrem luftigen Platz an der Wand zugesehen hatte. Es war eine jener seltenen Gelegenheiten während der letzten Monate, daß Jim mit Ken zusammentraf, denn sie waren Schiffen vergleichbar, die in der Nacht aneinander vorübergleiten. Jim arbeitete eifrig an dem Buch, das ohne Kens Wissen Mrs. Melvilles letzter Fall werden sollte, während Ken die Werbetrommel für das zuletzt erschienene Buch schlug.

Es war vier Uhr nachmittags gewesen. Jim war müde — zu müde, wie ihm später klarwurde, um das Thema gerade jetzt aufs Tapet zu bringen. Er hatte aber das Gefühl, er sei es Ken schuldig. Außerdem wollte er sich des Problems entledigen und sich voll und ganz auf den letzten Fall von Mrs. Melville konzentrieren — auf die Aufklärung eines Mordes, der zwanzig Jahre zurücklag. Eine jener feinsäuberlich verübten Taten, deren man sich oft in Kriminalromanen bedient hatte, nie aber mit dem ganz gewissen ›Mrs.-Melville-Effekt‹.

Da war Ken eingetreten, makellos angezogen wie immer und warf sich in einen Sessel. »Hallo, Partner«, hatte er mit der ihm eigenen Leutseligkeit gesagt. »Na, wie entwickelt sich das Ende?«

Und Jim Ferris hatte geantwortet: »Joanna sagt den Leuten immer, daß ich das Schreiben liebe. Langsam beginne ich mich zu fragen, ob sie sich da nicht in einem Irrtum befindet.«

»Noch zehntausend Wörter, die du dir aus den Fingern ziehen mußt, hm?« war Kens nächste Frage.

»Woher weißt du das?«

»Das ist immer der Zeitpunkt für den üblichen Tiefpunkt. Erinnerst du dich an unser erstes Buch? Wir dachten schon, wir wären fertig und mußten entdecken, daß es zu kurz geraten war. Damals merkten wir, daß der letzte Teil der schwierigste ist, weil man schon ›ausgeschrieben‹ ist.«

»Hm, ja. Vielleicht liegt es daran, daß ich Mrs. Melville satt habe.«

»Daran besteht kein Zweifel. Wir beide haben sie satt. Da wir vom Sattsein sprechen — wie wär's mit einem Dinner? Ich möchte dir Bericht erstatten und erzählen, daß die Verkaufszahlen glänzend sind, daß ich ein fabelhaftes Interview gegeben habe, das nächste Woche gesendet werden soll und die Verkaufszahlen noch höherschnellen lassen wird, daß wir den Preis einer Schule bekommen haben — weißt du eigentlich, daß ›Mrs. M.‹ von Schülern höherer Schulen gelesen wird? Unsere Storys sind eben lupenrein. Die alte Dame ist keusch und zimperlich, und Onkel Sam hat allen Grund, stolz auf uns zu sein. Mit unseren Steuern finanzieren wir glatt eine Mondlandung.«

»Sehr gut... nehme ich an«, lautete Jims Kommentar dazu.

»Eine gute Annahme. Gut, besser, am besten! Jim, laß die Nase nicht so traurig hängen. Es sind lumpige zehntausend Wörter. Denk daran, was Dorothy Parker gesagt hat: ›Schriftsteller wollen nicht schreiben. Sie wollen geschrieben *haben!*‹«

Ken streckte sich behaglich aus und fügte hinzu: »Also wie steht's mit einem gemeinsamen Dinner? Heute ist einer der sehr seltenen Abende, an denen kein kleines Mädchen sich brüsten darf, mit dem berühmten, schönen, liebenswürdigen und über Sex-Appeal verfügenden Ken Franklin auszugehen. Tut mir leid, dir sagen zu müssen, daß du eigentlich nur zweite Wahl bist...«

Jim ging nicht darauf ein. »Ken — ich möchte mit dir sprechen.«

»Gut — das können wir auch während des Essens. Bei einem schönen Martini. Aber wenn wir schon davon reden — warum mixe ich uns nicht zwei Martinis — jetzt gleich? Damit du dich entspannst. Deswegen haben wir ja diese Bar hier einbauen lassen. Wir haben ein schickes Büro mit Bar und benutzen sie nie... Du wirst doch nicht wollen, daß sich der schöne Alkohol verflüchtigt?«

An dieser Stelle hatte Jim einen Fehler gemacht. Er hatte geglaubt, daß man bei einem Drink leichter ins Gespräch käme.

Das alles wäre nicht so schlimm gewesen, wenn Ken ihm nicht so nahegestanden hätte. Sie waren in all den Jahren mehr als bloße Geschäftspartner gewesen... sie waren Freunde geworden.

»Okay. Aber ganz trocken und mit viel Eis. Nur ein kleines Quantum.«

»Du willst damit wohl sagen, ich soll das Ganze mit einem ganzen Eiskübel servieren.«

»Genau. Halbe-halbe.«

»Also keinen Doppelten? Du hast recht. Verzeih mir, wenn meiner etwas größer ausfällt.«

»Dein Fassungsvermögen ist größer — weil deine Toleranzgrenze weiter gespannt ist.«

»Und das wiederum ist darauf zurückzuführen, daß ich über die größere Praxis verfüge. Ich bin an Alkohol gewöhnt. Und du solltest auch viel mehr Martinis trinken — sie verschönern die Welt. Für reiche Schriftsteller.«

Ja, er brauchte dringend einen Martini. Ken würde sicher Verständnis aufbringen, hoffentlich ... trotzdem würde die Trennung schwerfallen. Seine Sorgen drückten sich in seiner Miene aus, denn Ken fragte ihn, während er die Getränke mixte: »Was ist denn, Partner? Du siehst aus, als wärest du Augenzeuge bei einem Großbrand im Waisenhaus. Es wird doch zwischen dir und Joanna keinen Streit geben, oder?«

»Nein, natürlich nicht...«

»Sehr gut. Sie ist absolut großartig. Alles könnte ich aushalten, Jim. Auch wenn ich herausfinden sollte, daß du ein Spion im Dienste Chinas oder der Mörder mit der Axt wärest — das alles, nur nicht eine Kluft zwischen dir und Joanna...«

Als Ken ihm das Glas reichte, sagte Jim: »Nein, unsere Beziehung ist sehr harmonisch. Sicher bin ich der glücklichste Ehemann der Welt...«

»Und ich beneide dich darum. Wenn ich nicht so verwöhnt wäre... nun, einer der Gründe dafür, daß ich nicht heirate, ist der, daß ich mir keine zweite so glückliche Ehe vorstellen kann, noch dazu bei zwei Geschäftspartnern. Immer würde ich mein Leben mit deinem vergleichen — und empfinden, daß es meinem an etwas mangelt. Natürlich gibt es auch noch andere Gründe. Ich genieße mein flottes Junggesellenleben und dergleichen mehr. Ach was — auf glückliche Verbindungen!«

Er hob sein Glas und trank Jim zu, der den Toast flüchtig erwiderte und einen Schluck trank. Es schmeckte gut. Martinis schmeckten ihm immer. Zumindest der erste eiskalte Schluck.

Und Ken machte sie besonders gut. Aber er mußte auf der

Hut sein. Bei ihm wirkte Alkohol auch einschläfernd, und er mußte alle seine Sinne beisammen haben. Dieses eine Glas wollte er leeren, sich dabei unterhalten und dann, wenn er die entspannende Wirkung spürte, würde er die Katze aus dem Sack lassen. Punktum! Man mußte unangenehmen Dingen ins Auge sehen können. Zwar konnte von Schuldgefühlen bei ihm keine Rede sein. Es war während der Dauer des Bestandes ihrer Partnerschaft eine gute Zusammenarbeit gewesen — aber er war doch nicht so albern, eine Niedergeschlagenheit vorzuspielen, die er nicht spürte. Schließlich hatte er den Großteil der schriftstellerischen Arbeit auf sich genommen. Ken hatte zwar viel dazu beigetragen... aber Jim Ferris war der eigentliche Verfasser. Beide waren sie dabei reich geworden, und keiner konnte sich beklagen. Wäre es umgekehrt gekommen und hätte Ken ihre Verbindung gelöst und Mrs. Melville zu Grabe getragen, so hätte er, Jim, keinen Grund zur Bitterkeit gehabt. Er hoffte nur, Ken würde es auch so sehen.

Kens Stimme unterbrach seine Überlegungen. »Also, Partner, was ist los? Keine häuslichen Streitigkeiten, keine finanziellen Sorgen. Nach deinem Gesichtsausdruck zu schließen, ist es mehr als nur ein Leerlauf im Handlungsfaden. Komm schon! Heraus damit! Leg dich auf die Couch, und beichte dem guten Onkel Doktor. Ich spiele gern Psychiater, wenn es dir die Sache erleichtert.«

»Mir ist nicht zu helfen, Ken. Ich habe Angst«, sagte Jim.

»Raus damit! Noch einen Drink?«

»Nein, vielen Dank. Es hilft ja doch nichts, es muß heraus. Ich habe lange darüber nachgedacht und kann dir versichern, daß es sich nicht um eine überstürzte Sache handelt.«

»Was denn?«

»Ich habe mich entschlossen, etwas zu schreiben... etwas Besseres als Mrs. Melville. Die letzten paar Bücher waren für mich die Vorhölle, Ken. Es handelt sich nicht um Ideenarmut. Ich glaube, Ideen hätten wir beide immer. Das ist es nicht. Aber ich habe es satt, immer nur einen Handlungsfaden auszuspinnen. Ken, ich trage eine ernsthafte Idee in mir. Ich bin mir da sehr sicher, und ich weiß, daß es mir finanziell nicht viel einbringen wird. Vielleicht wird es ein völliger Versager, aber versuchen muß ich es. Ich werde schließlich nicht jünger... Das Haus ist bezahlt, Joanna und ich, wir können von Ersparnissen und Tantiemen leben, während ich schreibe. Schließlich werden sie noch eine ganze Weile hereinrollen... die Tantiemen meine ich.«

Er merkte, daß er ins Plädieren geriet, wußte, daß die Erwähnung der Tantiemen dazu dienen sollte, Ken Franklin zu besänftigen... Er versuchte, einen anderen und weniger gezwungenen Ton hineinzubringen und sagte: »Joanna weiß, was ich vorhabe, und sie billigt es, obwohl ihr bewußt ist, daß sich unser Lebensstil vielleicht ein wenig ändern wird. Aber sie steht hundertprozentig hinter mir.« Lahm setzte er hinzu: »Und du hoffentlich auch, Ken.«

Ken Franklins Stimme war unheilvoll leise und sarkastisch gefärbt, als er sagte: »Was denn? Soll ich etwa auch meinen Lebensstil ändern?«

»Ich hoffe, du billigst meinen Entschluß.«

»Und was soll mit mir geschehen? Wer steht hundertprozentig hinter mir?«

»Ich, natürlich. In allem, was du tun willst.«

»Dann hör gut zu: Was ich tun will, ist folgendes: Ich will weiterhin zwei Mrs.-Melville-Romane pro Jahr herausbringen. Zusammen mit Tantiemen, Neuauflagen und Taschenbuchausgaben ergibt das immer mehr. Wie du weißt, kommen alle paar Jahre die alten Romane wieder. Sieh dir mal Agatha Christie an. Oder Earley Stanley Gardner! Die bekommen immer noch Geld für Bücher, die sie vor dreißig Jahren geschrieben haben – oder die Vermögenstreuhänder bekommen es. Das ist wie bei der Versicherung. Die ersten Jahre macht der Vertreter nicht viel, wenn er aber weiter fleißig Policen verkauft, summieren sich die Prämien und damit auch seine Provision. Bei uns ist es ähnlich. Wenn wir mit dem Verkaufen und Schreiben aufhören, wird unser Einkommen geringer. Vielleicht schaffen wir in nächster Zeit sogar einen Vertrag mit dem Fernsehen. Das geht aber nur, wenn die Bücher im Gespräch bleiben.«

»Glaube mir, ich habe mir dieselben Argumente vor Augen gehalten. Joanna und ich leben in Saus und Braus, das wissen wir genau. Und wir könnten unser sorgenfreies Leben beibehalten, solange neue Bücher erscheinen. Aber an einem gewissen Punkt wurde mir klar, daß das Leben mehr bringen muß als nur Reichtum.«

»Was ist also? Schieß los!«

»Erstens habe ich eine Idee für ein Buch, für ein wirklich gutes Buch. Ich möchte dir kurz den Inhalt erzählen und dich um deine Meinung — und Hilfe bitten.«

»Ich möchte nichts davon hören! Du lieber Gott! Kein Wort mehr davon.«

Ken stand an der Bar. Er goß den Rest des Glasinhaltes in sich hinein, schnappte die Ginflasche und schüttete das unverdünnte Zeug über das im Glas verbliebene Eis. Dann nahm er einen tüchtigen Schluck und fing an, im Raum auf und ab zu laufen. Schließlich sagte er: »Jim, es ist lächerlich. Ich kann nachfühlen, daß du etwas wirklich Gutes schreiben möchtest. Aber sieh doch den Tatsachen ins Auge. Es ist nichts dabei, wenn man ein Gebrauchsschriftsteller ist. Wir leisten gute Arbeit. Wir bieten den Menschen Unterhaltung. Es kann doch nicht jeder ein Faulkner oder Hemingway sein.«

»Ich weiß, ich weiß! Und ich bedaure nicht, daß wir Mrs. Melville ins Leben gerufen haben. Ich hatte nie das Gefühl, daß ich mich für sie entschuldigen müßte.« Jim versuchte noch immer, Ken auf seine Seite zu bringen und sagte: »Ich habe doch die Talk-Shows gesehen, wenn irgendein intellektueller Neunmalkluger dir Mrs. Melville vorwerfen wollte. Du hast diese Typen alle erledigt... in Grund und Boden geredet. Es ist nichts Schlechtes, wenn man Spannungsliteratur schreibt und den Menschen Unterhaltung bietet. Ich erinnere mich, wie du im Fernsehen einmal gesagt hast, daß der

Zirkus weder erhebend noch veredelnd wirke, die Broadway-Musicals auch nicht, daß die meisten Filme, Theaterstücke und Bücher der puren Unterhaltung dienen und daß es seit den Anfängen der Literatur und des Geschichtenerzählens so gewesen sei. Gruselgeschichten, Abenteuergeschichten, Komödien und dergleichen sind beim Publikum am beliebtesten. Und außerdem bieten wir eine Moral, hast du damals gesagt. Verbrechen lohnt sich nicht! Es ist also nicht so, daß ich auf das herabschaue, was ich ... was wir geschaffen haben. Es ist aber Zeit für eine Veränderung geworden. Ich muß jetzt etwas anderes probieren. Vielleicht bin ich als ernsthafter Autor eine glatte Niete. Aber ich muß mir darüber Gewißheit verschaffen.«

Ken war außer sich und tat sich keinen Zwang an.

»Und in der Zwischenzeit schwimmt Mrs. Melville die Regenrinne runter und mit ihr ein schönes Jahreseinkommen für uns beide! Was soll ich deiner Meinung nach tun, während du deiner Muse folgst? Außer natürlich auf der Arbeitslosenliste zu stehen?«

Der Wagen sauste mit quietschenden Reifen um eine scharfe Kurve, und Jim erwachte schweißgebadet aus seinem Traum. Er sah zu Ken hinüber, der mit dem Fahren vollauf beschäftigt war.

Jim rekelte sich und schloß die Augen wieder. In Wahrheit wollte er lieber wach bleiben, als jenen schrecklichen Nachmittag nachzuerleben, aber der Champagner hatte ihn schläfrig gemacht. Außerdem war es ungewöhnlich, daß man einen unterbrochenen Traum an derselben Stelle fortsetzte. Er wollte aber noch ein paar Minuten dösen.

Und Ken war heute wieder ganz der Alte. Warum also machte er sich überhaupt Gedanken?

Jim Ferris hatte sich geirrt. Der Traum überfiel ihn erneut, so als wäre er zwischendurch gar nicht wach gewesen.

Sie befanden sich noch immer im Büro. Statt sich zu beruhigen, wurde Ken von Minute zu Minute wütender. Er hatte versucht, Jim durch Schmeicheln, Überreden und Bitten von seinem Plan abzubringen, aber ohne Erfolg. Und dann wurde die Szene häßlich.

Ken hatte gesagt: »Und jetzt laß dir eines gesagt sein: ich hänge an meinem Lebensstil. Ich bin ganz und gar nicht bereit aufzugeben, wie du und Joanna. Außerdem habe ich keine Ersparnisse, auf die ich mich stützen könnte. Ich habe hier in der Stadt ein großes Haus und jetzt auch eines draußen am See. Die zwei Häuser kosten eine schöne Stange Geld. Die Bank hat natürlich ihre Finger drin, obwohl keine der zwei Hypotheken sehr groß ist. Trotzdem könnte ich die Häuser nicht halten und auch viele andere Dinge nicht, die ich sehr schätze – Reisen, Vergnügungen, von allem das Beste. Mein Leben ist mit deinem eng verknüpft, Jim, ob es dir gefällt oder nicht. Verdammt noch mal – du kannst nicht einfach Reißaus nehmen und mich als Bettler zurücklassen!«

Jim wollte etwas sagen, während Ken sich einschenkte, doch bevor er ein Wort äußern konnte, fuhr sein ehemaliger Partner fort: »Ja, ich weiß, daß du die Schreiberei mehr oder weniger übernommen hast, aber so hat es sich eben über die Jahre ergeben. Es hat sich so entwickelt. Okay, du schreibst, ich veröffentliche – wenn du aber aufhörst zu schreiben, habe ich nichts zu verkaufen. Was verdammt unfair mir gegenüber ist.«

»Publicity ist deine Stärke, du kennst die Welt. Mach eine eigene Agentur auf oder arbeite für einen der großen Verlage. Du bist ein Naturtalent auf diesem Gebiet.«

»Genau, das müßte ich machen. Und weißt du, was diese Typen verdienen? Am Anfang dreihundertfünfzig pro

Woche! Vielleicht auch fünf Scheine. Ja, sicher, ich habe einen guten Namen. Vielleicht würde ich vierzig Tausender im Jahr herausschlagen. Aber das wäre ein verdammter Abstieg gegenüber meinem jetzigen Einkommen. Und ich müßte mich jeden Morgen um neun bei irgendeinem Idioten melden. Das kann ich nicht. Und ich kann auch nicht plötzlich selbst zu schreiben anfangen. Ich bin eingerostet, es würde nicht klappen.«

»Ehrlich, Ken, es tut mir ja auch leid. Alles. Aber ich habe mich nun mal zu diesem Entschluß durchgerungen. Was ich tun muß, das muß ich tun. Was du da vorbringst, stimmt natürlich. Aber du kannst mir nicht allein die Verantwortung zuschieben. Es geht nicht an, daß ich Mrs. Melville weiterschreibe, nur um deinen Lebensstil zu finanzieren. Eines Tages mußte ein Ende kommen. Und ich bitte dich jetzt um deinen Segen und um deine Hilfe.«

»Meine Hilfe brauchst du offenbar nicht. Es sei denn, du brauchst eines Tages wieder mal einen PR-Mann«, fügte Ken sarkastisch hinzu.

»Und was meinen Segen betrifft, wirst du mit meinen Verwünschungen vorliebnehmen müssen.«

Es hatte keinen Sinn, darauf einzugehen. Er kannte Kens Wutausbrüche und wußte, daß man ihnen durch Schweigen am besten begegnete.

Aber Ken war auch durch Schweigen nicht zu beruhigen. »Glaube ja nicht, ich wüßte nicht, was jetzt in dir vorgeht! Abwarten, bis dem alten Ken die Luft ausgeht — ist es nicht so? Aber dem alten Ken geht die Luft nicht aus! Im Gegenteil, als nächstes werde ich mich mit meinem Anwalt in Verbindung setzen. Wir wollen sehen, ob man eine Partnerschaft willkürlich lösen kann.«

»Man kann.«

»Das soll wohl heißen, daß du hinter meinem Rücken bereits Erkundigungen eingezogen hast?«

»Tom Morris war letzte Woche auf ein paar Drinks bei uns. Ich habe ihn gefragt — das geschah nicht hinter deinem

Rücken. Wir hatten dich ebenfalls eingeladen, wenn ich mich recht erinnere, aber du hattest etwas anderes vor. Du kannst mich jedenfalls nicht aufhalten. Wenn ich Mrs. Melville nicht mehr schreiben will, kann mich kein Gericht der Welt dafür zur Verantwortung ziehen. Aber darum geht es gar nicht... ich möchte nur nicht, daß wir in rechtlicher Beziehung einander in die Haare geraten...«

An dieser Stelle erwachte er erneut. Der Wagen hatte seine Fahrt verlangsamt und fuhr jetzt auf einer kleinen kurvenreichen Straße dahin.

Ken sagte: »Junge, du mußt aber einen Traum hinter dir haben! Hoffentlich war die Puppe hübsch! Wenn du willst, kannst du die Augen noch fünf Minuten zumachen.«

»Nein, jetzt bin ich hellwach. Du hattest ganz recht. Ich muß dringend ausspannen.«

»Und wie! Das ist das allerbeste. Immer nur arbeiten, ohne Seitenblick aufs Vergnügen — das macht einen schweren Kopf oder ähnliches. Du solltest mit Joanna eine Weltreise machen, wenn wir unsere Verbindung lösen. Nach Europa, nach Japan. Vielleicht wirst du auf diese Weise zu neuen Ideen angeregt...«

»An Ideen herrscht bei mir kein Mangel. Nein — jetzt kommt eine Reise nicht in Frage. Erst muß ich mir ein oder zwei ernsthafte Bücher von der Seele schreiben.«

»Weißt du, was ich tun werde?« fragte Ken.

Jim Ferris setzte sich so, daß er Ken ins Gesicht sehen konnte. »Sicher! Das, was du seit Jahren machst. Nur daß deine Frauen immer jünger werden.«

Ken grinste ihn an. »Unsinn! Ich werde immer älter. Wir beide werden älter. Zuviel Arbeit, meine ich... laß dir nicht zu viele Gelegenheiten durch die Lappen gehen, Partner! Sie bieten sich meist kein zweites Mal. Das oder ähnliches sage ich mir bei jedem hübschen jungen Ding, das auf berühmte Autoren scharf ist. Halt — hier müssen wir die Stadt umfahren. Außerdem steigt die Straße an. Sieh mal — das nenne ich einen Baum!«

»Baum? Ehrlich, ich bin von deinen naturkundlichen Kenntnissen sehr beeindruckt.«

»Das ist noch gar nichts. Ich war schließlich bei den Pfadfindern. Seit damals — allzeit bereit.«

»Also immer Kühlschrank voller Champagner...?«

»Genau.«

»Das sollte jeder Autor haben, der Gäste in seinem Bergnest empfängt. Da wieder — so ein Baum!«

»Ja, hier können sie sich ausbreiten. Wir müssen uns unterwegs noch mit Vorräten eindecken. In unserem kleinen Lebensmittelladen. Sehr putzig.«

»Und ich dachte, du wärst allzeit bereit...?«

»Ja, für weibliche Gäste. Aber für dich brauche ich nach Champagner und Sonne etwas Handfesteres. Wie wär's mit einem Steak auf Holzkohle gegrillt?«

»Mir läuft das Wasser im Mund zusammen.«

Als sie vor dem Laden an der Straßenkreuzung vorfuhren, fragte Jim: »Soll ich mit reinkommen?«

»Nein. Ich parke hier draußen. Bin gleich wieder da. Ach, sei so nett und gib mir das Buch aus dem Handschuhfach.«

Ferris öffnete das Fach und nahm einen Mrs.-Melville-Krimi heraus. »Natürlich einer von uns.«

»Natürlich. Die Inhaberin ist einer unserer Fans, und ich habe ihr seit Monaten ein Buch versprochen. Der Preis des Ruhmes.«

»Wieder eine Eroberung?«

»Keine Rede davon. Sie ist in mittleren Jahren. Mindestens dreißig.«

»Ich muß also nicht mitkommen, um deine Unschuld zu schützen?«

»Nein — ich fühle mich nicht gefährdet. Wir haben nicht Vollmond. Noch etwas — könntest du Kühlwasser nachfüllen? Wie der Temperaturanzeiger aussieht, ist der Motor richtig heißgelaufen.«

»Mach ich.«

»Das ist das große Problem bei ausländischen Autos —

und mit Damen aus dem Ausland. Sehr rasant!« Er lachte. »Ich komme gleich wieder.«

Er öffnete die Motorhaube. Dann lief er in den Lebensmittelladen, schlängelte sich zwischen Kisten und Fässern hindurch, die neben dem Seiteneingang gestapelt waren. Drinnen war es dunkel, und er mußte sich nach dem hellen Sonnenschein erst daran gewöhnen. Er sah, daß der hübsche und nach seinen Worten ›niedliche‹ Verkaufsraum leer war und rief laut: »Miss La Sanka?«

Aus dem Hintergrund, hinter einem Vorhang, der den Laden von der zu den Wohnräumen führenden Treppe abteilte, hörte er Lilly La Sankas Trillerstimme.

»Ich komme gleich runter.«

Er hatte, was ihr Alter betraf, ungefähr recht. Sie war vierunddreißig, eine attraktive, gutproportionierte und guterhaltene Vierunddreißigerin. Ein wenig zu auffallend gekleidet und zu stark geschminkt im vergeblichen Versuch, jene magische Grenze, die die Dreißig darstellen, zu verwischen. Sie sah in dem gedämpften Licht des Ladens recht ansprechend aus. Eigentlich schade, daß ich die Jüngeren vorziehe, dachte Ken bei sich. Er lächelte, als sie sich ihm näherte, bereit zu einem Flirt.

»Mr. Franklin! So wahr ich hier stehe! Erst letzte Nacht habe ich an Sie denken müssen. Meine Planeten müssen im richtigen Haus stehen!«

»Nicht nur das. Die guten Sterne machen auch Überstunden. Ich habe Ihnen ein kleines Geschenk mitgebracht.«

Er überreichte ihr das Buch, und sie fragte strahlend: »Pour moi?«

»Pour vous.«

»›Auf Rezept: Mord‹. Da müßte man Apotheker sein.« Sie las den Klappentext vor: »Ein Mrs.-Melville-Thriller ... von James Ferris und Ken Franklin. Wieso steht sein Name an erster Stelle? Das wollte ich Sie immer schon fragen.«

»Soweit ich mich erinnere, haben wir uns damals auf die alphabetische Reihenfolge geeinigt. Oder wir haben gelost.

Es bedeutet keinem von uns etwas. Schlagen Sie mal die erste Seite auf!«

»Sie haben eine Widmung hineingeschrieben, Sie süßer Mann!« Sie schlug das Buch auf. ›Meiner Lilly in Liebe, Ken‹. »Ich bin Ihnen sehr dankbar, Mr. Franklin — oder Ken? Natürlich wäre mir der Autor lieber als sein Werk.«

»Wenn Sie jetzt ein braves Mädchen sind und mir etwas Eßbares geben, werden Sie vielleicht eines Tages beides haben.«

»Leere Versprechungen, mehr nicht. Aber wir Frauen sind schon daran gewöhnt. Ich habe Geduld. Meine Sterne sagen mir, ich sollte mich in Geduld fassen. Was brauchen Sie — auf dem Lebensmittelsektor?«

Er lachte auf und reichte ihr eine Liste. »Ein paar Sachen, ich bleibe nur bis morgen.«

Während sie die Lebensmittel und Dosen aus den Regalen zusammensuchte, warf sie ihm einen vielsagenden Blick zu und fragte: »Wer ist es denn diesmal? Die Blonde oder die Rothaarige?«

»Weder noch. Dieses Wochenende verbringe ich allein. Nachdenken, Angeln, Erquickung des Geistes.«

»Hm... falls es Ihnen zu langweilig werden sollte... allein mit geistiger Erquickung... die Sterne stehen heute überaus günstig.«

Ken zog einen Dollar aus der Tasche und sagte: »Ich brauche Kleingeld fürs Telefon. Glauben Sie mir, nichts wäre mir lieber... aber ich muß allein sein. Ich... arbeite an einem Entwurf für ein neues Buch.«

Sie gab ihm die Münzen und meinte: »Vielleicht ändern Sie Ihre Absichten. Der Laden ist immer offen. Jetzt suche ich den Rest zusammen. Ich muß das Fleisch aus der Tiefkühltruhe holen.«

»Und ich erledige den Anruf.« Ken schob den Vorhang beiseite, der die Telefonnische am Fuß der Treppe verbarg. Nachdem er die Münze eingeworfen hatte, sah er sich vorsichtig um und stellte fest, daß er unbeobachtet war. Er sagte: »Vermittlung? Ich möchte ein Ferngespräch... ja, Los Angeles. Vorwahl... die wissen Sie sicher auswendig. Die Nummer ist Crestview 7—60 23. Vielen Dank!«

Er warf die erforderlichen Münzen ein, hörte das dreimalige Schrillen des Telefons am anderen Ende der Leitung und erkannte gleich darauf die Stimme von Joanna Ferris. »Hallo?«

»Joanna? Hier ist Ken.«

»Na, das nenne ich eine Überraschung! Ich dachte schon, du sprichst mit uns kein Wort mehr.«

»Alles wieder bereinigt. Ich habe vor ein paar Stunden Jim in seinem Büro besucht, habe mich entschuldigt, und wir haben einen Waffenstillstand geschlossen.«

»Wirklich? Ken — ich bin ja so erleichtert. Unendlich froh bin ich.«

»Und ich erst! Wir waren richtig albern. Erzähl Jim übrigens nichts davon. Er möchte dich überraschen.«

»Gut, wenn du willst. Komm doch zum Dinner rüber. Wir könnten richtig feiern bei einem Steak und einem Schluck Champagner.«

Ken lächelte vor sich hin, als er sagte: »Liebend gerne, aber ich rufe dich jetzt von der Hütte aus an. Ich verbringe das Wochenende hier unten bei San Diego.«

»Oho. Na, ich hoffe, daß sie hübsch ist. Dann eben ein anderes Mal!«

»Ich bin allein — ob du es glaubst oder nicht. Aber ich komme auf deine Einladung sicher zurück. Solltest du oder Jim mich brauchen, so habt ihr ja meine Nummer. Also dann — ich umarme euch beide!«

»Wir dich auch. Ich bin ja so froh, Ken.«

»Ich auch, Schätzchen... wir sehen uns bald. Bis dann!«

Er grinste zufrieden, als er auflegte. Dann ging Ken zurück in den Ladenraum, wo Lilly La Sanka eben die braune Einkaufstüte vollpackte.

»War sie sehr traurig?« fragte sie und lächelte.

»Wer denn?«

»Die junge Dame am Telefon — die Sie eben versetzt haben.«

»Das war ein geschäftlicher Anruf, obwohl es mit einer Frau zu tun hatte. Eine sehr attraktive Frau übrigens, aber gar nicht mein Typ.«

»Die sieht mir wohl ähnlich? Attraktiv — aber nicht Ihr Typ.«

»Na, na — das ist nur die halbe Wahrheit. Sie sieht Ihnen tatsächlich irgendwie ähnlich. Und Sie sind sehr attraktiv und möglicherweise mein Typ. Aber nicht dieses Wochenende.«

Er tätschelte ihre Wange, und sie hielt hastig seine Hand fest. »Mr. Franklin, Sie müssen sich auf Ihre Sterne verlassen. Ihr Horoskop sagt, daß jetzt die Zeit für ein neues Abenteuer besonders günstig ist.«

»Das freut mich zu hören. Das heißt, daß mein Romanentwurf glücken wird.«

»Ach was — Ihr Entwurf!«

»Sie haben eine ernsthafte Rivalin, müssen Sie wissen.«

»Und wer soll das sein?«

»Mrs. Melville, eine liebe alte Dame mit viel Charakterstärke.«

»Zum Henker mit Ihrem Entwurf und mit Mrs. Melville.«

»Sie sprechen von der Dame meines Herzens... während meine Eiskrem zerläuft. Setzen Sie den Einkauf auf meine Rechnung. Ich bezahle nächstes Mal.«

»Immer diese Versprechen...«

»Bei der Ehre Mrs. Melvilles! Und die besitzt massenhaft Ehre, das kann ich Ihnen versichern.«

Er nahm die Einkaufstüte und ging zum Seitenausgang hinaus. Sie hörte noch sein Pfeifen, als die Tür ins Schloß fiel.

4

Ferris saß bereits wieder im Wagen, als Ken mit den Lebensmitteln ankam.

»Das Wasser war in Ordnung«, sagte er durchs Fenster. »Möchtest du nicht doch bei einer Tankstelle haltmachen?«

»Nein... hier oben ist es kühler. Die letzten Meilen müßte es der Wagen klaglos schaffen.«

»Wie du willst.«

Jim blickte aus dem Fenster. Er sah, wie die zwei schmalen, sich kreuzenden Straßen in der Ferne verschwanden, während sie jetzt auf einer kurvenreichen Straße bergauf fuhren. Zu seiner Rechten erkannte er einen See, dessen blaues Wasser gelegentlich zwischen den Bäumen aufblitzte.

»Hast du jemals schon das Gefühl des ›Dejà vu‹ gehabt?«

»Was?«

»Du weißt schon. Man glaubt, man hätte vor langer Zeit etwas Bestimmtes gesehen. Manchmal betritt man einen Raum und ist überzeugt, man wäre schon mal dagewesen, obwohl man noch nie in diesem Haus, ja vielleicht nicht einmal in dieser Stadt war.«

»So viel Phantasie habe ich nicht. Warum fragst du?«

»Ich habe eben jetzt dieses Gefühl. Ist das nicht seltsam? Dabei war ich noch nie in meinem Leben hier.«

»Vielleicht in einer früheren Inkarnation?«

»Wahrscheinlich habe ich es geträumt.«

»Sicher erkennst du alles aus meinen Beschreibungen wieder. Da vorn ist bereits die Hütte.«

Jim Ferris sah auf. Sie hatten eine Weggabelung hinter sich und fuhren eine kiesbestreute Auffahrt entlang. Ferris stieß einen überraschten Pfiff aus. »Hütte nennst du das? Wo sind der Butler und das Dienstmädchen?«

»Ich habe ihnen über das Wochenende freigegeben. Du kannst dir vorstellen, daß ich ein musterhafter Arbeitgeber bin. Natürlich haben auch die Küchenmädchen frei, ebenso die Köchin und der Gärtner.«

»Und der Chauffeur ... weil du höchstpersönlich gefahren bist.«

»Klar. Sie alle sind mir heute im Weg. Und außerdem sind sie mir nicht geheuer. Du weißt ja, in allen Mrs.-Melville-Romanen hat der Butler es nie getan.«

»Das ist ein uraltes Klischee. Einmal habe ich es in Erwägung gezogen — in einem Roman, in dem alles auf den Butler hindeutet, und dann entpuppt er sich tatsächlich als der Mörder. Der Dreh eines Drehs. Aber Mrs. Melvilles Leserschaft war dafür nicht reif genug.«

»Kann ich mir denken. Trotzdem wäre es eine gute Pointe gewesen.«

»Das ist ja die Schwierigkeit. Die Lösung wäre zu paradox und würde ganz und gar nicht dem Charakter unserer Heldin entsprechen.« Sie stiegen aus, und Ferris äußerte voll unverhohlener Bewunderung: »Ken, das ist ja phantastisch. Richtig eindrucksvoll!«

»Dieses Haus hat Mrs. Melville gebaut. Warte, bis du erst das Innere siehst.«

»Das muß ja ein Vermögen gekostet haben.«

»Was ist schon Geld? Wenn ich es nicht ausgebe, nimmt es mir Onkel Sam weg — außerdem habe ich niemanden, dem ich es hinterlassen kann — anders als du. Komm jetzt rein. Putz dir bloß nicht stundenlang die Schuhe ab.«

»Ich möchte die Teppiche nicht schmutzig machen.«

»Die sind schmutzsicher. Eine nagelneue Erfindung. Auch Kurzsichtigkeit genannt.«

Ferris war überwältigt von dem Luxus. Der große Wohnraum wirkte urgemütlich mit seinen dunklen Deckenbalken, den Ledersesseln und den kostbaren, antiken Möbeln. Den Mittelpunkt bildete ein riesiger Kamin.

»Ich bin sprachlos! Kein Wunder ...«

»Dachte ich mir's doch, daß es dir die Sprache verschlägt. Kein Wunder ... was?«

»Daß dir in dieser Umgebung keine Frau widerstehen kann.«

Ken Franklin lächelte. »Nicht viele. Wie wär's mit einem Drink?«

»Nein – keinen Alkohol mehr. Ich lasse mich nicht von dir verderben. Junge, verglichen mit...«

Jim wurde ernst. »Ich hoffe sehr... ich hoffe sehr, daß mein nächstes Buch sich gut verkauft.«

»Du denkst an Joanna, nicht?«

»Hm ja. Ihr würde ein Haus wie dieses hier natürlich gefallen. Jetzt bekomme ich ein schlechtes Gewissen... daß ich mich einfach aus dem Staub mache... ohne ihr etwas zu sagen. Sie erwartet mich zum Essen. Und ich bin da... mitten im üppigen Luxus... das halte ich nicht aus.«

»Kann ich verstehen.« Franklin ging an die Bar und öffnete den kleinen Kühlschrank. Er nahm Eiswürfel heraus und verteilte sie in zwei Gläser. »Also gut, jetzt tritt Plan A in Aktion. Geh ans Telefon und ruf sie an.«

»Und was soll ich sagen?«

»Kaum zu glauben.« Ken hielt die Scotchflasche hoch. »Der Mann ist unbeschreiblich ehrlich.« Beim Einschenken sagte er: »Erzähl ihr, du rufst sie vom Büro aus an. Sie weiß, daß du bei dem Buch einen Tiefpunkt erreicht hast. Sag einfach, du wolltest noch weiterackern. Wie oft hast du ihr das schon sagen müssen?«

»Mehrere hundert Male«, antwortete Jim kläglich.

»Genau. Aus diesem Grund wird sie dir glauben.«

Als Ken die Gläser auf die Bar stellte, sagte Jim: »Ich möchte sie nicht belügen.«

»Du belügst sie nicht.« Ken legte ihm die Hand auf die Schulter. »Du ersparst ihr ein wenig Seelenschmerz. Bring den Anruf hinter dich, damit wir uns endlich dem Freizeitvergnügen widmen können.«

Jim machte ein ernstes Gesicht, als er an den Apparat ging. Ken blieb ihm auf den Fersen. »Ja, ich glaube, ich muß jetzt wohl.« Er wählte die Ziffer Null und sagte dann nach einer kleinen Pause: »Vermittlung — ich möchte... he, was ist denn los?«

Ken Franklin bewies rasches Reaktionsvermögen, indem er auf die Taste des Telefonapparates drückte. »Partner — es ist sonnenklar, daß du Joanna nie belogen hast. Wenn du sie glauben machen willst, daß du vom Büro aus anrufst, darfst du den Anruf nicht über die Vermittlung tätigen. Wie kommt es, daß du mit Krimis deinen Lebensunterhalt verdienst?«

Jim lächelte geistesabwesend. »Von jetzt ab nicht mehr. Du hast recht. Was ist die Vorwahl von Los Angeles. 2—1—4, stimmt's?«

»Genau. Also los!«

Jim Ferris wählte und wartete ab. Ein Ausdruck der Erleichterung huschte über sein Gesicht, und er hielt den Hörer an das Ohr seines Partners, damit dieser das Besetztzeichen hören konnte.

»Verdammt!« stieß Ken leise hervor. Laut sagt er zu Ferris: »Ich möchte endlich raus zum Angeln. Hoffen wir, daß sie sich kurz faßt. Hier — da hast du deinen Drink.«

»Mir ist der Geschmack darauf vergangen — nach dem Champagner. Eigentlich habe ich Hunger. Wie wär's mit einem Glas Milch?«

»Aber natürlich. Ich habe vorhin auch Milch besorgt. Ich räume rasch die Lebensmittel ein, während du wählst. Ach nein — komm gleich mit in die Küche und kippe dein Glas Milch. Es ist so aufreibend, wenn man zu lang vergeblich wählt. Möchtest du dazu etwas zum Knabbern?«

»Ich werde langsam alt und durchlebe meine zweite Kindheit. Kekse wären wunderbar.«

Franklin goß Milch in ein Glas und holte von einem Regal über der Spüle eine Schachtel voll Kekse. »Sie sind wahrscheinlich schon ranzig. Unter den weiblichen Gästen sind nicht viele, die ihre zweite Kindheit durchleben. Einige allerdings haben ihre erste noch nicht ganz hinter sich. Zumindest kommt es mir so vor.«

»Ken — warum kommst du nicht endlich zur Ruhe? Such dir eine nette Frau — und heirate sie.«

»Jawohl, Herr Doktor. Sie haben ganz recht. Aber ich weiß nicht — wahrscheinlich könne ich die Verantwortung nicht verkraften. Ich reiße zwar dauernd Witze darüber, aber mein jetziges Leben gefällt mir gut. Und ich bin viel zu selbstsüchtig, um zu teilen — mit Teilen meine ich Nachgebenmüssen, wenn die Gattin nach Disneyland möchte und man deshalb auf den Sportplatz verzichten muß. Vielleicht bin ich in Wirklichkeit noch ein Kind. Du kannst mir Milch und Kekse herüberreichen.«

»Ich bin der Meinung, du könntest es einmal ... versuchen. Bis du denn nie einer Frau begegnet, die — nun ja — mehr war als nur eine flüchtige Leidenschaft?«

»Wahrscheinlich schon. Im Alter von zwölf Jahren oder so. Seither aber nicht mehr. Jetzt aber genug mit dieser Analyse des Ken Franklin. Ran ans Telefon! Über meine Psyche können wir uns dann im Boot unterhalten, während wir unseren kapitalen Fang einholen. Los jetzt — ans Telefon!«

Während Ferris ins Wohnzimmer ging, nahm Ken Franklin hastig sein Glas und ließ in der Spüle Wasser hineinlaufen. Dann stellte er es zum Trocknen an den Rand. Er kam gerade rechtzeitig ins Wohnzimmer um mitzubekommen, wie sein Partner die letzte Ziffer der Telefonnummer wählte.

Eine Pause trat ein, und dann sprach Ferris: »Bist du es, Schatz? Wie geht es dir ... ja, genau ... ich bin beim letzten Kapitel angelangt und möchte durcharbeiten. Wahrscheinlich brauche ich eine ganze Weile ...«

Während Ken Franklin lauernd Jim Ferris beobachtete, trat er hinter die Bar und knöpfte seine Jacke auf. Langsam zog er den Revolver aus dem Gürtel und hob den Lauf.

Ferris sagte eben: »Ich weiß, ich weiß ... aber es ist das allerletzte Mal. Du kannst mich beim Wort nehmen.« Ferris drehte sich lächelnd zu seinem Partner um und sah die auf sein Herz gerichtete Waffe.

Joanna Ferris, die in ihrer Küche beim Telefon stand, hörte

den Knall und den gedämpften Aufschrei ihres Mannes. Sie schrie in die Sprechmuschel: »Jimmy! Jimmy!«

Leise drang seine Stimme an ihr Ohr: »Ein Schuß... hat... mich getroffen...«

Sie schrie erneut: »Jimmy!«, und dann hörte sie einen dumpfen Aufprall, als sein Körper zu Boden sank.

Ken Franklin nahm seinem Partner behutsam den Hörer aus der Hand und legte ihn auf. Er konnte also nicht mehr hören, wie Joanna in höchster Erregung die Taste auf und nieder drückte und wie verzweifelt schrie: »Hallo... Hallo... Jimmy!« Er hörte auch nicht mehr, daß sie die Vermittlung anrief und sagte: »Verbinden Sie mich mit der Polizei! Es wurde geschossen!«

In diesem Augenblick stand Ken Franklin schon an der Bar und trank gemächlich einen der beiden Drinks, die er gemixt hatte und begutachtete die Szene. Sein Partner lag zusammengesunken auf dem Boden. Tot. Die Waffe befand sich auf dem Tisch neben dem Telefon. Im Raum herrschte Stille. Ruhig schüttete er das zweite Glas in die kleine Spüle der Bar, nahm noch einen letzten Schluck aus seinem eigenen Glas und wusch dann sorgfältig beide Gläser aus.

Er ging in die Küche und reinigte auch das Glas, aus dem der Tote vorhin Milch getrunken hatte — ebenso sorgfältig, wie die zwei Gläser im Wohnzimmer.

Er verließ das Haus durch den Hinterausgang und ging über die Sonnenterrasse zu den Stufen längs der Seitenfront des Hauses. Ehe er hinunterging, sah er sich um. Kein Mensch war zu sehen und außer Vogelgezwitscher nichts zu hören. Er sperrte den Kofferraum des Wagens auf und zog eine schwere Zeltplane heraus, die er sorgfältig auseinanderbreitete und damit den Boden des Kofferraumes auslegte. Er hörte aus dem Inneren des Hauses das Schrillen des Telefons und ließ sich Zeit, bis er mit einem Lächeln auf den Lippen seelenruhig ins Haus ging. Er hatte den Anruf erwartet.

Im Wohnzimmer lag der Leichnam, und er sah, wie das Blut aus der Wunde rann — es brachte ihn zunächst ein wenig aus der Fassung. Während das Telefon weiter ungeduldig schrillte, nahm er ein Küchentuch von der Bar und preßte es gegen die Brust des toten Partners.

Er sagte sich, daß er wohl oder übel den Boden würde reinigen müssen, obgleich es aussah, als wäre noch kein Tropfen aus der Wunde des Toten auf den Boden gesickert. Schließlich ging er ans Telefon.

»Hallo? Joanna...? Was ist? Einen Augenblick, beruhige dich erst einmal. Ruhig. Sag das noch mal...« Er hörte zu und sah sich im Wohnzimmer um. Soweit er sich erinnern konnte, gab es hier außer dem Telefon und dem Glas nichts, was Ferris berührt hatte. Und das Telefon würde er nach dem Gespräch blankwischen... nur um sicherzugehen. Genauso wie er das Whiskyglas ausgewaschen hatte, obwohl Ferris es gar nicht berührt hatte. »Bist du ganz sicher? Hast du die Polizei verständigt...? Ja, ich fahre natürlich gleich los, Joanna, noch etwas... mach dir keine Sorgen. Vielleicht handelt es sich um einen idiotischen Witz... ja, einen richtig blödsinnigen Scherz. So wie die, die ich immer ausgeheckt habe. Vielleicht hat Jim... bitte, werde jetzt nicht hysterisch... ich komme so rasch wie möglich.«

Mit zufriedenem Lächeln legte er auf. Dann wischte er mit seinem Taschentuch das Telefon ab. Er nahm den Hörer wieder zur Hand und brachte mit Bedacht an diesem und am Apparat seine eigenen Fingerabdrücke an. Dann legte er auf und ging durchs Wohnzimmer, kontrollierte, ob alles seine Ordnung hatte.

Vor dem Toten blieb er stehen und sagte: »Bin ich aber froh, daß du dein Gewicht gehalten hast, Freund Ferris! Es wird ein hartes Stück Arbeit, wenn ich dich zum Wagen schleppe. Aber das ist nur recht und billig. Schließlich hast du mich all die Jahre geduldig mitgeschleppt. Jetzt werde eben ich dich befördern. Nicht so bequem wie auf der Fahrt hierher... aber was soll's... dich kümmert es ohnehin nicht mehr.«

Er bückte sich und hob den Toten hoch, wobei er ängstlich darauf bedacht war, die Wunde mit dem inzwischen blutdurchtränkten Tuch bedeckt zu halten.

5

Joanna Ferris stand verlassen da und sah zu dem Porträt Mrs. Melvilles auf. Sie versuchte krampfhaft, ihr Gehirn wieder zum Funktionieren zu zwingen, versuchte ihre Verwirrung und Furcht zu bezwingen, als könnte ihr das Bildnis der einzigartigen, aber leider fiktiven alten Dame wenn nicht Einsicht, so doch Kraft verleihen. Was würde Mrs. Melville in einer solchen Situation wohl unternehmen? In den Annalen des Kriminalromanes war dieser Fall nicht so selten — und er war tatsächlich mehr als einmal in einem Mrs.-Melville-Krimi vorgekommen.

Die betreffende Dame sah fast teilnahmslos auf die Aktivitäten der Polizei nieder. Überall wimmelte es von Spezialisten, sie stellten Fingerabdrücke sicher, untersuchten Schubladen, spähten unter Teppiche, hinter Kissen und stellten praktisch alles auf den Kopf. Gelegentlich flammte ein Blitzlicht auf, das bei Joanna, nicht aber bei der ehrfurchteinflößenden Mrs. Melville einen Schreck bewirkte. Die alte Dame ließ sich auch von den Schwaden Zigarren- und Zigarettenrauches, die dick in der Luft hingen, nicht stören. Sie blieb völlig ungerührt, während Joanna einem hysterischen Anfall nahe war.

»Es ist reiner Wahnsinn«, sagte Joanna zu den zwei Beamten neben ihr, die der ameisenähnlichen Geschäftigkeit ruhig zusahen. »Ich weiß gar nicht, wie ich meine Gefühle definieren soll. Über Gemeinplätze komme ich nicht hinaus. Jim und Ken haben diese Situation in ihren Büchern sicherlich hundertmal beschrieben. Beim Lesen ist mir eine solche Szene nie echt vorgekommen. Jetzt begreife ich warum. Alles, was ich sage oder tue, wird gezwungen und verkrampft wirken — wenigstens kommt es mir so vor. Ich bin nicht verrückt! O mein Gott, wie viele Heldinnen haben das gesagt, nachdem sie die Polizei gerufen hatten und dann entdecken mußten, daß keine Leiche da war – weil der Mörder sie geschickt aus dem Weg geschafft hat.«

»Mrs. Ferris – Sie müssen die Sache so sehen...« Der ältere der beiden Männer hatte dunkelblondes, grau werdendes Haar. Er war untersetzt und rauchte die unvermeidliche, billige Zigarre. Seine Augen blickten sanft, und sein Benehmen paßte dazu. »Vielleicht ist er gar nicht tot. Es gibt keine Leiche, wie Sie richtig gesagt haben... und keine Blutspuren.«

»Aber er wurde erschossen! Ich weiß es! Ich habe es durchs Telefon gehört! Und dann hat er gesagt: ›Ein Schuß hat mich getroffen.‹« Sie holte tief Luft und kämpfte um ihre Fassung. Heulen würde Jim nicht finden helfen. »Und dann war da etwas, das sich wie ein zu Boden fallender Körper anhörte. Dann wurde die Verbindung unterbrochen. Ich habe Sie sofort angerufen.«

Der zweite Detektiv, jünger als sein Kollege, auch größer und mit dunklem Bart, fragte: »Mrs. Ferris, dieser Raum wurde von jemandem durchsucht. Der Boden ist mit Papieren übersät. Haben Sie eine Ahnung, warum? Was hat man hier gesucht?«

»Keine Ahnung... es sei denn, man hat nach Geld gesucht. Jim hatte auf der ganzen Welt keinen Feind.«

»Fehlt etwas?« fragte der erste.

Am liebsten hätte sie losgeheult. Welche Rolle spielte es schon, wenn etwas fehlte? Jim fehlte! Wichtig war nur ihr Mann. Nur Jim. »Es ist mir völlig egal, wenn etwas fehlt. Ich möchte nur wissen, was mit meinem Mann geschehen ist.«

»Wir auch, glauben Sie mir. Sind Sie sicher, daß er Sie von hier aus angerufen hat?«

»Aber natürlich. Er hat heute im Büro gearbeitet. Er wollte ein Buch beenden. Er hat mich angerufen und mir gesagt, daß er das letzte Kapitel fertig machen wolle und spät nach Hause käme...«

»Hm ja, aber vielleicht... sehen Sie, ich möchte Ihre

Gefühle nicht verletzen, aber manchmal rufen die Männer an und sagen, sie hätten noch zu tun und... Sie wissen, was ich meine?«

»Ich weiß genau, was Sie meinen. Aber ich kann Ihnen versichern, daß Jim... nein, bei Jim kommt das nicht in Frage. Außerdem ergäbe es keinen Sinn.« Sie sah wieder auf zu Mrs. Melville. Das war einer der Lieblingssprüche der alten Dame. Nein – es hatte tatsächlich keinen Sinn. »Dann würde er nicht so gekonnt eine Szene inszenieren. Wenn er von anderswo anrief, könnte er natürlich auch dort erschossen worden sein – aber mit einer anderen Frau hat er sich nicht getroffen.«

Die zwei Detektive wichen ihrem Blick aus, sahen einander bedeutungsvoll an und zuckten die Achseln. Sie bemerkte es, war verärgert, wußte aber sofort, daß dies zu nichts führte. Jetzt mußte sie ruhig bleiben – so ruhig wie möglich.

»Hören Sie, könnte ich einen Schluck Wasser trinken?« fragte Joanna.

Der erste Detektiv, derjenige mit den sanften Augen, antwortete: »Sicher, Harry wird Sie...«

»Nein, ich gehe selbst, falls es gestattet ist. Draußen auf dem Gang ist die Wasserleitung. Ich möchte wieder einen klaren Gedanken fassen können.« Und mich wieder in die Gewalt bekommen, fügte sie insgeheim hinzu.

Der Detektiv nickte und trat zur Seite, damit sie das Zimmer durchqueren konnte. Sie bewegte sich durch die Rauchschwaden hindurch, vorbei an den Leuten der Spurensicherung und den Fotografen. Draußen brannte die Deckenbeleuchtung – ein fluoreszierender Leuchtkörper, doch schien der Korridor im Vergleich mit dem Büroraum viel dunkler. Dieser Gegensatz war so stark, daß sie es einen Augenblick lang mit der Angst zu tun bekam, ganz so, als lauere der Mörder an der nächsten Ecke – falls es in diesem Fall überhaupt einen Mörder gab. Sie betete darum, daß das alles nur irgendein unsinniger Scherz wäre, wie Ken gemeint hatte, und ertappte sich dabei, daß sie auf Zehenspitzen zur Wasserleitung ging.

In ihrem Kopf überstürzten sich die Gedanken. Joanna versuchte vergebens sich klarzumachen, was eigentlich — sie wagte nicht einmal in Gedanken das Wort auszusprechen — mit der Leiche ihres Mannes geschehen war.

Die Wasserleitung befand sich in einer Mauernische in der Ecke des Ganges. Als sie sich niederbeugte und trinken wollte, sagte eine Stimme: »Hm, die Leitung funktioniert nicht, Ma'am!«

Die Tatsache, daß hier jemand war — nicht die Stimme oder was diese Stimme sagte —, erschreckte sie so sehr, daß sie verstört zurücksprang und sich blitzschnell umdrehte.

Der Mann, der aus dem Schatten der Ecke hervortrat, trug einen ziemlich billigen Regenmantel, einen Regenmantel, dem jahrelanger Gebrauch anzusehen war und der vermutlich alles andere, nur kein Wasser abstieß.

Er kam auf sie zu und redete dabei leise und in freundlichem Ton auf sie ein: »In diesen riesigen Häuserkästen funktionieren die Wasserfontänen meistens nicht. Ich würde jederzeit ein altes Haus vorziehen, denn in den neuen Häusern geht mehr kaputt als in den alten. Moderne Installationen haben ihre Mucken. Tut mir leid, daß ich Sie erschreckt habe.«

Jetzt fiel ihr auf, daß sie zitterte. Und dabei war der Mann kaum größer als sie und wirkte dem Aussehen oder Auftreten nach keineswegs bedrohlich. Trotzdem war Joannas Ton nicht übermäßig höflich, als sie fragte: »Wer sind Sie?«

Er faßte in die Brusttasche, und sie trat unwillkürlich einen Schritt zurück. Der Mann zog eine abgegriffene Brieftasche hervor, ließ sie aufklappen und zeigte seinen Polizeiausweis. »Inspektor Columbo, Ma'am. Polizei.«

»Ach, da waren Sie wohl mit den anderen da drinnen? Ich bin noch immer ganz durcheinander. Ich habe Sie gar nicht gesehen.«

»Ich war schon vor Ihnen da. Aber da drinnen ist es mir

zu bevölkert. Und dazu dieser Rauch. Ich wollte hier ein wenig Luft schöpften — und einen Schluck Wasser trinken. Wie Sie. Und ein wenig nachdenken.«

»Ich glaube, ich gehe lieber wieder hinein.«

Sein Blick verriet Mitgefühl. »Sie müssen hundemüde sein. Habe ich recht? Das alles muß für Sie ein schreckliches Erlebnis sein. Darf ich Sie nach Hause fahren?«

»O nein — vielen Dank. Außerdem wird man mich vielleicht noch verhören wollen.«

»Ach, ich glaube, das spielt keine Rolle. Ich sage denen, daß Sie mit mir kommen... nein, nein, das geht schon in Ordnung. Ich nehme an, Sie haben ohnehin alles gesagt, was Sie wissen. Komisch, daß er nicht da ist.«

Er nahm ihren Arm und führte sie zu den Aufzügen.

»Sie meinen — mein Mann?« fragte sie bekümmert.

»Ja. Was dachten Sie denn... ich meine, wer sonst...?«

»Ich habe mich nämlich gewundert, daß Ken nicht da ist...«

»Ken? Etwa Mr. Franklin, die zweite Hälfte des Autorengespanns?«

Sie lachte auf — das erstemal seit Stunden, daß ihr nach einem Lächeln zumute war. »Ja, das ist die zweite Hälfte.«

»Ist er denn für gewöhnlich hier... so spät am Abend?« Sie waren jetzt vor dem Aufzug angekommen, und Columbo drückte den Knopf. »Diese Knöpfe gefallen mir riesig. Man berührt sie kaum, und sie funktionieren von alleine — fast nur durch die Körperwärme. Also — ist er oft so spät hier gewesen?«

Sie lächelte verloren, als die Tür aufglitt. »Nein. Ich wollte nur sagen, daß ich ihn sofort anrief, nachdem ich die Polizei verständigt hatte... er sagte, er wolle sofort kommen.«

Als sich die Tür hinter ihnen geschlossen hatte, meinte Columbo: »Jede Wette, daß Sie nichts gegessen haben...«

Ken Franklin wäre tatsächlich bereits da gewesen — er hatte es so geplant. Er hatte die Fahrt genau berechnet, fuhr vorsichtig und überschritt die Geschwindigkeitsbegrenzungen nur geringfügig. Eine Hand lässig auf der Rücklehne ausgestreckt, pfiff er zu den Klängen der Stereoweisen. Ruhig, kühl, gesammelt. Er fühlte sich selbstsicher in Anbetracht...

Plötzlich geriet der Wagen ins Schleudern, während gleichzeitig ein Krachen, gefolgt von einem Zischen ertönte. Der Wagen geriet über die Leitlinie, während Ken das Lenkrad mit beiden Händen umklammerte und den Wagen wieder unter Kontrolle zu bringen versuchte. Er trat dauernd auf die Bremse, während er dahinschlitterte. Endlich spürte er, daß das Fahrzeug ihm wieder gehorchte. Er fuhr an den Straßenrand und blieb stehen, heilfroh, daß ihm kein Wagen entgegengekommen war.

Der Wagen blieb windschief stehen. Mit zitternden Händen stellte Ken die Zündung ab. Schweißperlen schimmerten auf seinem Gesicht. Er spürte ein übles Gefühl in der Magengrube. Doch dann sagte er laut: »Wumm!« und mußte lachen. »Um ein Haar wäre es schiefgegangen.«

Er sah in den Rückspiegel und wurde aschfahl, obwohl das Wageninnere plötzlich in Rot getaucht war. Im Spiegel sah er die Umrisse eines Polizisten auf einem Motorrad, das hinter ihm anhielt. Der Mann stieg ab und kam langsam auf ihn zu. Es war ein großer Mann, der in Lederjacke, Helm und Stiefeln sehr kräftig wirkte. Ken kurbelte das Fenster herunter, als der Polizist den Wagen erreicht hatte.

Auf der Brust trug der Mann eine Plakette mit der Aufschrift: ›Lacey, T. C.‹

»Ihre Papiere, bitte.«

Wortlos langte Franklin in die Tasche und holte seine Brieftasche hervor, der er die gewünschten Papiere entnahm. Seine Finger zitterten merklich, als er dem Polizisten die Dokumente reichte.

»Na, Sie spüren es ja noch in allen Knochen. Gut gemacht, Sir.«

»Wie bitte?«

Officer Lacey gab ihm die Papiere zurück. »Sie haben sich am Steuer vorbildlich verhalten und den Wagen sicher von der Fahrbahn gebracht. Ich war immer ein Stück hinter Ihnen und habe gesehen, wie Sie ins Schleudern kamen. Alle Achtung!«

Der Polizist zeigte nach unten und sagte: »Links vorne... hätte böse ausfallen können.«

Langsam stemmte sich Franklin aus dem Wagen. Er war noch immer ein wenig nervös, doch jetzt überkam ihn eine Woge der Zuversicht, und er sagte: »Ja, das hätte gefährlich werden können. Gottlob ist nichts passiert. Trotzdem bin ich froh, daß Sie angehalten haben. Ehrlich — ich weiß es zu schätzen.«

Der Polizist ging nach hinten. »Machen Sie auf.«

»Was? Den Kofferraum?«

»Klar. Holen Sie den Schlüssel, und sperren Sie auf. Ich helfe Ihnen mit dem Reservereifen.«

»Natürlich...«

Während seine Gedanken auf Hochtouren liefen, griff er im Wageninnere nach den Schlüsseln. Gleich darauf warf er sie auf den Sitz und rief aus: »Ist das nicht lachhaft?«

»Was denn?«

»Mein Reservereifen ist nutzlos. Hat keine Luft. Ich wollte ihn aufpumpen lassen — aber Sie wissen ja, wie das ist. Hoffentlich ist das kein Verstoß gegen...«

»Unsinn. Reines Pech. Irgendwie rechnet man nicht mit einem ›Platten‹.«

»Wie recht Sie haben! Na, nächstes Mal werde ich mich vorsehen.«

»Soll ich Ihnen einen Abschleppdienst rufen? Die haben eine Pumpe bei sich.«

»Großartig. Das wäre einfach großartig. Haben Sie vielen Dank.«

Der Polizist ging an sein Motorrad und nahm sein Sprechfunkgerät zur Hand. Als das Signal ›Sprechen‹ kam, drückte er einen Knopf und sprach ins Mikrofon: »Officer Lacey... einen Abschleppwagen bitte auf die einssiebzig, Richtung Nord, eine Meile nach der Ausfahrt Coleby... gut. Nein, nur Platzer, die Jungs sollen eine Pumpe mitbringen; der Reservereifen ist leer. Richtig!«

Er wandte sich wieder an Franklin und sagte: »Alles in die Wege geleitet.«

»Das ist sehr liebenswürdig von Ihnen.«

»Keine Ursache.« Er bestieg sein Motorrad, ließ die Rotlichter ausgehen und meinte: »Der Abschlepper wird in zehn oder fünfzehn Minuten da sein. Schalten Sie die Rücklichter ein. Bleiben Sie am Straßenrand und denken Sie nächstens rechtzeitig an den Reservereifen.«

»Mache ich. Nochmals vielen Dank!« sagte Ken erleichtert.

»Merken Sie sich: Vorsicht ist besser als Nachsicht — und nun guten Abend!«

»Schön, gute Nacht!«

Lacey ließ den Motor aufheulen. Er sah sich um und fuhr hinaus auf die Highway, als er sicher war, daß hinter ihm niemand kam. Bald hatte er ein gutes Stück zwischen sich und Franklin und dessen bewegungsunfähigen Wagen gelegt.

Ken kam hinter seinem Wagen hervor, den Rat des Polizisten mißachtend, er solle sich von der Highway-Fahrbahn fernhalten. Er wollte sich vergewissern, daß der Kerl außer Sicht war, ehe er sich an die Arbeit machte. Während er aufmerksam die Straße im Auge behielt, holte er die Schlüssel aus dem Wagen und ging nach hinten. Als er sicher sein konnte, daß der Polizist nicht wiederkommen würde, öffnete er hastig den Kofferraum, schob das Zelttuch und seinen Inhalt beiseite, so daß er den Wagenheber und den Reifen herausholen konnte.

Schnell schloß er den Deckel wieder und versperrte den Kofferraum, zog seine Kaschmirjacke aus, warf sie auf den Fahrersitz und rollte die Hemdsärmel hoch. Er brachte den Wagenheber in Stellung und kurbelte, bis der linke Vorderreifen in der richtigen Höhe war. Mit dem Schlüssel lockerte er die Schrauben so weit, daß er sie mit den Fingern herunterschrauben konnte. Er streifte den Reifen herunter und hatte den Reservereifen schon angebracht, ehe er die Scheinwerfer des Abschleppwagens erspähte, der langsam die Straße heraufkam.

Jetzt galt es, die Burschen abzuschütteln, ehe er den geplatzten Reifen hinten verstaute.

Das würde nicht weiter schwierig sein. Ein paar Dollars konnten Wunder wirken. Die Männer würden froh sein, daß die Arbeit schon fix und fertig war.

Aber bei weitem nicht so froh wie er, Ken Franklin!

6 Inspektor Columbo sah, daß Joanna Ferris unter Schockwirkung stand. Es war nicht so, daß sie sich hysterisch benahm oder weinte, nein, ihr Zustand äußerte sich einfach dadurch, daß sie planlos in der Küche auf und ab lief, etwas in die Hand nahm, etwas anderes zurechtrückte und dabei ununterbrochen voller Nervosität über banale und sogar bedeutungslose Themen vor sich hinredete. Während seiner langen Dienstzeit hatte er erfahren müssen, daß dies ein ganz normales Verhalten war. Ein Amateur hätte vielleicht zu der Meinung gelangen können, die betreffende Person versuche etwas zu verbergen. Dieses typische Verhalten bedeutete nur, daß der Freund oder Angehörige des Opfers das Geschehen noch nicht verarbeitet hatte und ein Abwehrmechanismus alle Gedanken an das Unheil aus dem Kopf des Betreffenden verdrängte.

All das war natürlich, sagte er sich — und darüber hinaus mußte man noch etwas in Rechnung stellen: Mrs. Ferris hatte einen Schock erlitten — daraus folgte aber nicht unbedingt, daß ihr Mann wirklich tot war. Sein Verschwinden konnte sich immer noch als schlechter Scherz erweisen — als ein sehr übler Scherz. Es war daher am besten, man ließ die Frau eine Weile weiterreden, bis ihr sozusagen die Luft ausging. Außerdem entschlüpfte ihr auf diese Weise vielleicht unabsichtlich etwas, was darauf hindeutete, ob sie mit dem mysteriösen Verschwinden ihres Mannes oder sogar seinem möglichen Tod etwas zu tun hatte.

»Inspektor — es ist phantastisch. Das passiert doch nur in Büchern oder Filmen! Jim und ich gingen sehr häufig ins Kino, Ken übrigens auch. Uns gefielen auch die Krimis im Fernsehen und manchmal sahen wir uns sogar die Nachtfilme an, wenn ein alter Film aus den dreißiger Jahren auf dem Programm stand. Sie wissen schon — Charlie Chan und dergleichen. Oder William Powell als der ›Dünne‹. Wußten Sie übrigens, daß damit nicht der Detektiv, sondern das Opfer gemeint war? Das Drehbuch stammte von Dashiell Hammett, und der Film schlug so ein, daß man die Fortsetzungen ›Die Wiederkehr des Dünnen‹ nannte und den Detektiv mit diesem Namen belegte. Verrückt, nicht?«

»Ja, verrückt. Ich glaube, ich habe einen sogar gesehen. Es war sehr komisch. Hat dabei nicht ein kleiner Hund mitgespielt?«

»Ja! Das war Asta, der Hund des Detektivehepaares. Dashiell Hammett hat auch Sam Spade erschaffen. Aber Jims Lieblingsfilm war der ›Malteser Falke‹ mit Humphrey Bogart. Das war ein echter Klassiker. Haben Sie ihn gesehen?«

»Sicher. Im Fernsehen. Ausgezeichnet. Dieser Bogart war ein erstklassiger Schauspieler. Ich bin zwar kein Fachmann, aber ich hatte immer den Eindruck, daß er ganz echt wirkte, bei allem, was er tat. Keine dumme Angeberei — wenn Sie wissen, was ich meine.«

»Ja, sicher. Doch wir gehen kaum noch ins Kino. Aber ich quatsche in einem fort und habe Ihnen nicht mal Platz angeboten und Sie gefragt, ob Sie den Mantel ablegen wollen. Ich möchte wissen, was eigentlich passiert ist.«

»Das werden wir sicher bald wissen. Wenn Sie sich Sorgen machen, bringt uns das nicht weiter. Also setzen Sie sich, und beruhigen Sie sich. Ich mache uns inzwischen etwas zu essen.«

»Ich habe keinen Hunger, Inspektor.«

»Ich weiß. Sie müssen aber essen, damit Sie bei Kräften bleiben.« Columbo zeigte auf den Kühlschrank. »Darf ich?«

Als sie nickte, machte er die Eisschranktür auf und nahm einen Eierbehälter und die Butter heraus.

»Es wird nicht lange dauern. Sagen Sie, ist das schon mal passiert? Ich meine damit nicht, daß ein Polizist Ihren Kühlschrank benutzt. Ich meine vielmehr, ob Ihr Mann jemals etwas Ähnliches gemacht hat oder ihm etwas Ähnliches passiert ist? Ein Anruf, verbunden mit einem Schuß oder dergleichen?«

»Niemals. Das hätte er mir gesagt. Und für so handfeste Scherze hatte er nichts übrig. Er sagte immer..., daß sie gefährlich seien.« Fast hätte sie jetzt zu weinen begonnen. Aber Columbo sah, daß sie sich schnell wieder in der Gewalt hatte.

Inspektor Columbo stand in seinem Regenmantel neben der Spüle, zerbrach ein Ei und beförderte es in eine Schüssel. Es war das vierte. Dann nahm er eine Gabel zur Hand und begann das Ei zu quirlen, ohne der Frau, die nur wenige Fuß von ihm entfernt stand, einen Blick zu schenken.

Trotz ihrer Stimmung sagte Joanna Ferris belustigt: »Inspektor — das ist reizend von Ihnen, aber ich habe keinen Hunger.«

»Mrs. Ferris, ich bin der erbärmlichste Koch der Welt — aber es gibt ein Gericht, das ich gut hinkriege und das ist ein Omelett. Sogar meine Frau muß das zugeben... Haben Sie irgendwo Salz?«

Sie griff in einen Schrank und förderte Salz und Pfeffer zutage.

»Wirklich — ich habe keinen Hunger.«

»Na, dann kosten Sie wenigstens einen Happen. Das Geheimnis besteht darin, daß man nur Eier nehmen darf... keine Milch.« Er sah sich um. »Ich könnte eine Bratpfanne gebrauchen.«

Mit einem Aufseufzen nahm sie die Pfanne vom Haken.

»Sie sind ein Mensch mit Überzeugungskraft. Ich glaube, ich muß wohl meine Ehre retten und Kaffee machen.«

Der in seine Arbeit vertiefte Columbo nickte bloß. Joanna Ferris ging zum Herd und nahm den Kaffeetopf. Sie hielt inne, den Topf in einer Hand, während sie sich mit der anderen über die Augen wischte.

»Inspektor... was hat man bloß mit ihm gemacht?«

»Ich weiß nicht. Machen Sie lieber den Kaffee, sonst wird er nicht rechtzeitig fertig.«

»Ich komme nicht davon los, daß man seine Leiche nicht im Büro gefunden hat! Könnte es nicht sein, daß er gar nicht tot ist? Ich hoffe immer noch, daß es ein schrecklicher, grausamer Scherz ist.«

»Schwer zu sagen. Das macht mir auch Kopfzerbrechen. Es ergibt keinen Sinn... wenn es sich nicht doch um eine Entführung handelt. Und auch dann ergibt es nicht viel Sinn.«

»In diesem Fall tötet man sein Opfer nicht gleich, meinen Sie? Zumindest läßt man nicht laut werden, daß man es erschossen hat... wenn man Lösegeld kassieren möchte.«

»Ich brauche etwas Butter... für die Pfanne. Wie schaltet man das ein? Ein Elektroherd! Meine Frau sagt, sie kocht lieber auf Gas... es kocht gleichmäßiger oder so... sie behauptet, sie könne die Hitze besser regulieren. Das hier sieht toll aus. Die vielen Schalter... Wie für einen Mondflug.«

»Und dabei ist es ganz einfach. Stellen Sie diesen Schalter auf die gewünschte Hitzestufe. Für ein Omelett dürfte mittlere Hitze genügen. Da ist die Butter.«

»Hm, ich weiß nicht recht. Wenn ich ihr vielleicht einen kaufe... als Überraschung... dann wird er ihr vielleicht gefallen. Sagen Sie, wieviel kostet das Ding da?«

»Inspektor, ich kann mich wirklich nicht mehr daran erinnern. Es ist schon mehrere Jahre her. Teuer sind sie nicht... ich meine längst nicht so teuer, wie Sie vielleicht glauben.«

»Vielleicht könnte ich einen gebrauchten bekommen. Warum haben Sie vorhin gelacht?«

»Ich habe nicht gelacht — weder über den Herd noch über das Omelett.«

»Nein — ich meine im Büro oder vielmehr draußen auf dem Gang. Als ich fragte, ob Mr. Franklin die zweite Hälfte des Autorengespanns sei.«

»Ich habe gelacht?«

»Hm — ja.«

»Vielleicht darüber, wie Sie es ausgedrückt haben. ›Autorengespann‹. Vielleicht sollte ich es nicht sagen, aber Ken hat seit Jahren kein Wort mehr für einen Mrs.-Melville-Roman geschrieben.«

»Mrs. Melville?«

»Ja, die Dame, die Jim und Ken schufen. Sie deckt sämtliche Verbrechen auf. Brillant. Ihr Bild hängt im Büro — das heißt, ein von einem Maler geschaffenes Bild, das der Phantasie entsprang. Denn sie existiert natürlich nicht.«

Columbo tat Butter in die Pfanne, schwenkte die Pfanne so, daß die ganze Fläche eingefettet wurde und goß dann die Eier hinein. Er behielt die Masse fortwährend im Auge.

»Warum hat Ihr Mann sich damit abgefunden? Damit, daß er die ganze Schwerarbeit zu leisten hatte?«

»Weil es dafür einen gewissen Ausgleich gab. Ken hat den Büchern zu einem solchen Bekanntheitsgrad verholfen, daß sie geradezu zu einer nationalen Manie wurden. Er machte Talk-Shows, gab Interviews, hätschelte die Leute von Film und Fernsehen ... er hat es sehr gern getan, während er das Schreiben nicht liebte. Jim war ... vielmehr ist«, sie korrigierte sich mit Bestimmtheit, »... nicht der Typ für Interviews. Er fühlt sich dabei immer unbehaglich. Jim schreibt gern. In mancher Hinsicht war es eine ideale Zusammenarbeit. Ken hat seinen Beitrag echt abgeleistet, Inspektor. Er hat bloß keine der Mrs.-Melville-Superdetektivgeschichten geschrieben.«

»Junge, Junge, ich wollte, ich könnte schreiben. Sehen Sie

— fast fertig! Ich kann sie pikant mit Käse oder, wenn Sie es lieber mögen, mit Marmelade füllen? Nein? Es ist phantastisch! Nicht die Eier — sondern wenn man schreiben kann. Woher hatte er bloß seine Ideen?«

»Von überall her. Wir brauchen Teller. Von Menschen, Zeitungen, Gesprächen. Wenn er etwas hörte, das ihm gefiel, schrieb er es auf. Ich stoße dauernd auf vollgekritzelte Zettel oder Notizblöcke... Da sind die Teller... Und eine Schaufel, damit Sie das Omelett aus der Pfanne bekommen.«

»Danke.« Vorsichtig löste Columbo das Omelett, wendete es und schüttelte die Pfanne, während er nachdachte. »All den trickreichen spannenden Kram... ich könnte mir das nie ausdenken.«

»Es wurde auch immer schwieriger. Das ist der Grund, warum Jim sich entschloß, es auf eigene Faust zu versuchen.«

»Ach?«

»Ja, er wollte etwas Ernsthaftes schreiben. Das Schreiben von Mrs.-Melville-Romanen wurde immer schwieriger. Aber auch wenn es leicht gewesen wäre... nun ja, er hatte auch andere Ziele. Manchmal sprach er mit mir darüber. Er hatte nie erwartet, daß Mrs. Melville... nun, daß sie praktisch ein Haushaltsartikel werden würde.«

»Bei uns zu Hause werden nicht viel Krimis gelesen. Mir tut es eigentlich leid, daß ich keine lese. Vielleicht besorge ich mir einige... da, sie sind fertig. Bringen Sie die Teller rüber. Und wie hat Mr. Franklin darauf reagiert? Ich meine darauf, daß Ihr Mann sich auf eigene Füße stellen wollte?«

»Ach, zunächst war er natürlich nicht sehr entzückt, das ist ganz begreiflich. Aber er hat es schnell verkraftet.«

»Na, ich möchte nicht in seiner Haut stecken. Wohin setzen wir uns?«

»Da drüben. An den Frühstücksplatz. Das Besteck ist schon aufgelegt. Warum möchten Sie nicht in seiner Haut stecken?«

»Der Kaffee ist noch nicht fertig, oder? Das gibt bei uns zu Hause auch immer Verdruß. Wenn ich die Eier koche, ist der Kaffee nie fertig, wenn die Eier fertig sind... falls nicht meine Frau als erste aufsteht und das Kaffeewasser aufstellt. Aber ich nehme an, die meisten Ehepaare zanken sich wegen Kleinigkeiten... Was haben Sie eben gefragt? Warum? Nun, da gibt es ein sehr berühmtes Autorenteam. Und die beiden trennen sich. Was passiert als nächstes? Einer der beiden schreibt auch weiterhin Bücher... und der andere nicht.«

»Ich fürchte, ich kann Ihnen nicht folgen.«

»Ich will damit sagen, daß es nicht lange dauern wird, und alle können sich ausrechnen, daß Mr. Franklin gar nicht schreiben kann... vielleicht nie schreiben konnte. Das ist fürs Ego nicht so einfach zu verkraften — oder?«

Sie machte ein nachdenkliches Gesicht. »Aber Ken... natürlich war er wütend... aber...!?«

»Wollen Sie Ihr Omelett nicht essen?«

Schweigend beendeten sie ihr Mahl. Der Kaffee begann zu sprudeln. Nachdem Joanna Ferris den Tisch abgeräumt hatte, brachte sie zwei dampfende Tassen. Während sie den Kaffee tranken, hörten sie das Geräusch eines Wagens, der unvermittelt und lautstark bremste. Dann waren Schritte zu hören und das ungeduldige Schrillen der Türklingel.

Joanna Ferris lief an die Tür. Sie war sicher, daß es Franklin war, hoffte aber insgeheim, daß endlich ihr Mann käme — oder wenigstens Neuigkeiten von ihm. Ihre erste Vermutung erwies sich als richtig. Ken Franklin streckte ihr die Arme entgegen und sprach sie beruhigend mit ihrem Vornamen an, während Joanna sich ihm an die Brust warf und die lang zurückgehaltenen Tränen strömen ließ.

Er sprach zunächst nichts und tätschelte sanft ihren Rücken. Schließlich sagte er: »Aber... aber, schön ruhig Jo... immer mit der Ruhe.«

Sie standen umschlungen im Eingang, als Inspektor Columbo aus der Küche kam. Er sagte nichts, beobachtete sie nur und hörte zu, wollte Joanna aber nicht in ihrem Kummer stören. Schließlich hatte sie sich ausgeweint und löste sich aus Kens Griff.

Franklin sagte: »Ich bin gefahren wie die Feuerwehr. Gibt es etwas Neues? Nachrichten? Anrufe? Irgend etwas?«

Kopfschüttelnd antwortete sie: »Nein. Nichts. Noch nichts.«

»Unglaublich!« Er trat zurück. »Ich habe ihn heute morgen in seinem Büro besucht und er...« Sein Blick, der bis jetzt an ihr gehaftet hatte, erfaßte nunmehr die im Hintergrund stehende Gestalt. Über Joannas Schulter hinweg konnte er den mittelgroßen Mann in dem alten Regenmantel sehen, und er hörte unvermittelt zu sprechen auf.

Joanna, die im Augenblick Columbos Anwesenheit völlig vergessen hatte, war von dem plötzlich eingetretenen Schweigen überrascht.

Sie drehte sich um und besann sich wieder. »Ach ja, Ken... das ist Inspektor... Columbo. Inspektor — Mr. Franklin.«

Columbo nickte ehrerbietig. »Freut mich. Wie geht's?«

»Die Frage sollte vielmehr ich stellen: Wie geht es bei Ihnen vorwärts?« Franklin ging an Joanna vorbei, die hinter ihm die Tür schloß. Er trat ganz nahe an den Detektiv heran und wirkte in Joannas Augen beinahe drohend.

Columbo behielt den ehrerbietigen Ton bei, als er antwortete: »Wir haben erst angefangen.«

»Hat man Jim schon gefunden?«

»Wer hat Ihnen gesagt, daß er verschwunden ist?«

Franklin entschied sich für eine gönnerhafte Haltung dem Detektiv gegenüber. Er wollte ihn behandeln, als stünde dieser auf der geistigen Stufe eines Dreijährigen. »Inspektor! Ich habe mehrere Stunden Autofahrt von San Diego hierher hinter mir. Der Fall wurde auf allen Stationen, die ich in meinem Autoradio hereinbekomme, breitgetreten.«

»Ja, daran hätte ich denken müssen.« Columbo wollte zurück in die Küche, wo sein Kaffee wartete.

Franklin war ihm knapp auf den Fersen und drehte sich nur kurz nach Joanna um. Er schüttelte in spöttischem Unglauben den Kopf und fragte: »Man hat ihn also gefunden?«

»Nein. Möchten Sie Kaffee nach Ihrer langen Fahrt? Was haben Sie dort gemacht? Freunde in San Diego besucht?«

»Nein — ich möchte keinen Kaffee.«

Joanna, die spürte, daß Ken verärgert war, antwortete Columbo an seiner Statt. »Ken hat dort ein Haus. Eine Hütte.«

Zu Franklin gewandt sagte Columbo: »Also nur eine Wochenendfahrt. Wie schön!«

»Inspektor, zurück zum Thema. Haben Sie schon Hinweise oder Spuren?«

Columbo zuckte mit den Achseln. »Dazu ist es wohl noch viel zu früh. Sind Sie sicher, daß Sie keinen Kaffee möchten? Schade, daß wir kein Omelett mehr haben. Sie haben sicher Hunger. Ich würde ja... wenn es Mrs. Ferris nicht ausmacht... es ist das einzige, was ich kochen kann...«

Außer sich vor Wut, beendete Franklin den kulinarischen Exkurs. »Zu früh? Das klingt ja, als ob ihr bei der Polizei massenhaft Zeit hättet. Mrs. Melville wäre Ihnen mittlerweile weit voraus.«

»Sie meinen die Dame in Ihren Büchern?«

»Genau. Zum Beispiel hätte sie längst herausbekommen...« Er blieb stehen und drehte sich zu Joanna Ferris um... »Es tut mir leid, das sagen zu müssen, Joanna...« Er sah jetzt wieder Columbo an... »daß wir es mit größter Wahrscheinlichkeit mit einem professionellen Killer zu tun haben.«

Inspektor Columbo war sichtlich verblüfft. »Woher könnte Mrs. Melville das wissen?« fragte er. Dann nahm er seine Tasse und ging zum Herd. Er schenkte sich eine zweite Tasse ein, während er sich Franklins Erklärung anhörte.

Als der Autor damit fertig war, nickte Columbo beifällig und akzeptierte Franklins Vorschlag, sie sollten jetzt zurück in das Büro gehen, das er jahrelang mit dem auf geheimnisvolle Weise verschwunden Jim Ferris geteilt hatte.

7

Die Polizisten waren weg. Franklin hatte mit seinem Schlüssel das Büro aufgesperrt und war nun mit Feuereifer dabei, die Schreibtischladen zu durchkramen. Er konnte seinen Triumph kaum verbergen, als er das Blatt Papier hervorzog, das er am Morgen desselben Tages hinten in der Lade versteckt hatte. »Da ist es!« rief er aus und hielt es Columbo unter die Nase.

»Hm ja — legen Sie es bitte auf den Schreibtisch. Fingerabdrücke, Sie wissen ja.«

Franklin schien belustigt.

»Sie werden darauf jede Menge von Jims Abdrücken finden. Und meine auch.«

Inspektor Columbo trat an den Schreibtisch und starrte das Stück Papier an, das Franklin für ihn hingelegt hatte. »Was ist das?«

»Eine Namensliste. Ich lese sie Ihnen vor. Vielleicht klingelt es dann bei Ihnen. ›Musto, Hathaway, Delgado, Westlake, Murray, O'Connor ...‹ Jeder einzelne nichts Besonderes, ... aber alle gemeinsam auf einer Liste! Na, kommen sie Ihnen nicht bekannt vor?«

»Na ja, irgendwie schon.«

»Lest ihr Typen in der Zentrale keine Zeitungen? Die Namen sollten in Ihren Ohren mehr als nur vertraut klingen. Vielleicht sollten Sie Ihre Nase mal in Ihre Rauschgiftakten stecken. Und Erfahrungen mit den anderen austauschen. Diese Namen gehören zu den obersten Rängen im organisierten Verbrechen an der Westküste. Las Vegas, Los Angeles, San Francisco ... bis rauf nach Portland in Oregon.«

Columbo schüttelte betrübt den Kopf. »Ich begreife das nicht.«

»Ja, liegt es denn nicht auf der Hand? Einer dieser Männer — vielleicht auch mehrere — haben Jim getötet.«

»Ach, wirklich? Aber warum das? Nur weil ein Mensch Krimis schreibt ...«

»Inspektor, wie haben Sie es bloß zu Ihrem Dienstrang gebracht? Mrs. Melville hätte sich sofort ihren Reim darauf machen können.«

Columbo grinste schafsdumm. »Ich bin für jedwede Hilfe dankbar.«

Ken Franklin begann im Raum auf und ab zu laufen, als wolle er das Handlungsgerippe eines neuen Buches diktieren. »Na schön. Es ist ganz einfach. Mein Partner und ich hatten beschlossen, unsere eigenen Wege zu gehen. Sicher wissen Sie das schon — Joanna hat es Ihnen gesagt, stimmt's?«

»Sie hat etwas verlauten lassen... aber... eigentlich haben wir gar nicht viel geredet... sie war so außer sich... ich kann es ihr nicht verübeln, wir haben etwas gegessen... und Kaffee getrunken... und dann sind Sie gekommen.«

»Ja, aber geredet habt ihr, über eure Omeletts«, fügte er sarkastisch hinzu. Als Columbo nickte, fuhr er fort. »Hat sie auch davon gesprochen, daß Jim sich zum seriösen Schriftsteller mausern wollte?«

Franklin hatte jetzt den Eindruck, daß der Polizist, der offenbar schwer von Begriff war, endlich kapierte. Er beobachtete Columbos Gesichtsausdruck und sagte: »Na, dämmert's endlich?«

»He, einen Augenblick...«

Franklin nickte spöttisch. »Jetzt ist der Groschen gefallen. Endlich.« Er nahm seine Wanderung wieder auf, drehte sich plötzlich um und deutete dramatisch auf das Blatt Papier. »Diese Liste stellt nur die Spitze eines Eisberges dar.« Er machte eine Pause und studierte die Namen. »Jim hat die Verbrecherorganisationen der Westküste systematisch durchleuchtet und sie beschrieben.«

Er sah den Detektiv an und vergewisserte sich, daß dieser jedes Wort begriff. Columbo stand in seinem gräßlichen Regenmantel da und nickte beinahe dümmlich. Ken hätte am liebsten laut losgelacht.

»Er hat peinliche Fragen gestellt, nachgeforscht, Dossiers zusammengetragen ... aus diesem Grund hat man hier eine Durchsuchung veranstaltet.« Er tippte auf die Liste. »Offenbar hat man alles bis auf diese Liste gefunden.«

»Junge ... nie hätte ich ... und Sie glauben, einer dieser Typen hat ihn ... hm ... umgelegt?«

Franklins Stimme troff vor Ironie. »Gratuliere, Inspektor. Sie haben Spürnase bewiesen.«

Er ging auf Columbo zu und legte ihm den Arm um die Schulter. »Die haben spitzgekriegt, daß Jim Informationsmaterial sammelte«, sagte er gedämpft. »Sie wußten, daß er nicht käuflich war, und so hat man sich zu der üblichen Alternative entschlossen.«

»Woher wußten die das? Nämlich, daß er nicht käuflich war?«

»Jim war integer — das wußte jeder. Vielleicht haben sie es versucht — und er hat sie ausgelacht. Vielleicht haben die Gangster erfahren, daß er sich auf einem neuen Gebiet versuchen wollte und haben ihm durch Mittelsmänner die Rechte abkaufen wollen, vielleicht sogar die Verfilmung angeboten ... die haben doch überall ihre Fühler ausgestreckt. Aber Jim wollte nicht einsteigen. Ich kenne ihn gut. Also blieb nur die andere Lösung ...« Franklin hob die Hand und deutete mit Daumen und Zeigefinger einen Revolver an.

»Also ein professioneller Mord? Wenn das aber zutreffen sollte, dann verstehe ich eines nicht ... warum haben sie die Leiche verschwinden lassen?«

»Wer weiß? Ohne Corpus delicti kann man nicht mal beweisen, daß ein Mord stattgefunden hat. Das sollten Sie wissen. Versuchen Sie es mal vor den Geschworenen ohne Leiche. Die würden den Staatsanwalt auslachen und sagen, ihrer Meinung nach wäre der Kerl mit einem hübschen jungen Ding in grünere Gefilde abgehauen.«

»Wäre das nicht möglich? Vielleicht ist das der springende Punkt. Vielleicht hat er ... hm, vielleicht hat er das alles in Szene gesetzt, damit er unauffällig verschwinden konnte?«

»Doch nicht Jim. Er ist der einzige lupenreine Ehemann, den ich kenne. Außerdem könnte man mal bei der Bank nachfragen. Wenn kein Geld fehlt, kann man diese Annahme fallenlassen. Wenn natürlich Geld fehlt, liegt der Fall klar.«

»Wahrscheinlich haben Sie recht. Bleiben also diese Gangster. Eines verstehe ich trotzdem nicht, Mr. Franklin... vielleicht können Sie mir weiterhelfen. Ich begreife nicht, daß ein Berufskiller sich so viel Mühe macht. Der sitzt doch längst in einer Maschine und ist schon außer Reichweite.«

Franklin seufzte.

»Inspektor... was wollen Sie von mir? Ich kann doch nicht jede einzelne Frage für Sie beantworten. Ich habe Ihnen die Liste gegeben...« er deutete auf das Blatt Papier... »auf der die verdächtigsten Gauner angeführt sind, und dazu ein kristallklares Motiv. Reicht das nicht für den Moment? Ich bin keine Mrs. Melville. Ich habe bloß bei ihrer Schaffung mitgeholfen. Jetzt habe ich wirklich mehr als üblich geleistet. Das müßte reichen.«

»Ja, ja, wunderbar. Glauben Sie nicht, ich wüßte es nicht zu schätzen...« Columbo nahm das Papier vorsichtig und hielt es an zwei Enden fest. »Komisch«, sagte er plötzlich.

»Was ist komisch?«

»Das Blatt war der Länge nach gefaltet. So als hätte es jemand in die Tasche gesteckt.«

»Ach?«

»Ja. Wenn es hier auf dieser Maschine geschrieben wurde — was sich leicht nachprüfen läßt —, warum hat er es gefaltet, nur um es in die Lade zu legen?«

Ken Franklin lachte. »Inspektor... wie war doch Ihr Name?«

»Columbo.«

»Inspektor Columbo, jetzt gefallen Sie mir schon viel besser.«

»Und warum?«

Franklin ging an das Bild Mrs. Melvilles und deutete mit einer Kopfbewegung darauf.

»Weil Sie endlich so wie Mrs. Melville überlegen. Ein Pech, daß immer wieder falsche Spuren auftauchen, über die sie stolpert, Spuren, die sie auf falsche Wege führen. Das braucht man in einem Kriminalroman. Erhöht die Spannung ... die Leser raten mit. Außerdem wird das Buch umfangreicher. Sie wissen schon, reine Ablenkungsmanöver. Die alte Dame macht Fehler, erkennt dann aber, daß es Fehler waren und versucht es auf eine andere Weise. Inspektor, ich fürchte, Sie müssen es auch von einer anderen Seite versuchen. Unglücklicherweise hat Jim die Gewohnheit, Papiere zu falten und sie als Lesezeichen zu verwenden. Ihre Beobachtung — so interessant sie auch sein mag — führt uns daher in die Irre. Eine typische falsche Spur.«

Franklin ging an den Bücherschrank und nahm ein paar Bände heraus. »Da Sie jetzt mit der alten Dame in edlen Wettstreit treten, könnten Sie wenigstens ein paar unserer Bücher lesen. Hier ... das stellt doch hoffentlich nicht versuchte Bestechung dar ... oder?«

»Das glaube ich nicht, außerdem leihe ich mir die Bücher nur aus. Ich bringe sie zurück, sobald ich sie ausgelesen habe. Ja, danke, sehr liebenswürdig. Vielleicht bekomme ich dadurch ein paar Hinweise.«

Franklin antwortete trocken: »Da bin ich ganz sicher. Sonst noch etwas ...? Es ist schon sehr spät.«

»Nein, im Moment nicht. Sie gehen jetzt wohl am besten ins Bett.« Inspektor Columbo wollte zur Tür. Da fiel ihm etwas ein. »Ach, da wäre noch etwas. Zwar nicht so wichtig, aber ...«

»Ja? Los, Inspektor. Raus damit. Welch gewichtigem Gedanken haben Sie eben nachgehangen?«

»Ja also... als Mrs. Ferris Sie anrief und Ihnen sagte, ihr Mann sei erschossen worden, sind Sie sofort in Ihr Auto gesprungen und nach L. A. gefahren, stimmt's?«

»Stimmt genau.«

»Ich wäre geflogen. San Diego hat schließlich einen großen Flughafen. Das wäre viel schneller gegangen, nicht?«

Einen Augenblick lang hielt Ken Franklin den Atem an und machte absichtlich ein dummes Gesicht, während er nach einer Antwort suchte und sie auch fand.

»Wer kann in solchen Augenblicken schon klar denken? Außerdem müssen Sie die Fahrt zum Flughafen rechnen, die Wartezeit nachher, in L. A. einen Wagen mieten und ans Ziel fahren. Welche Zeitersparnis ergibt das im Endeffekt? Ein paar Minuten... Vielleicht gar nichts, wenn die Maschine Verspätung hat oder keine Landeerlaubnis bekommt. Studien haben bewiesen, daß Flugreisen nur eine Zeitersparnis bedeuten, wenn man andernfalls drei oder vier Stunden im Wagen fahren müßte.«

Columbo nickte. Er war einverstanden. »Ja, so wird es wohl sein. Eine dumme Idee von mir. Aber wie Sie ganz richtig sagen, stolpert Mrs. Melville immer wieder über falsche Spuren. Das geht uns allen so. Na denn, gute Nacht.«

Franklin sah ihm nach. Er horchte an der Tür, bis er die Liftgeräusche hörte. Dann machte er die Lichter aus und ging hinaus auf den Gang. Der Lift brachte ihn schnell hinunter, und er war noch rechtzeitig unten auf dem Parkplatz, um Columbos alten zerschrammten Wagen losfahren zu sehen, einen Wagen, der wunderbar zu Columbos Regenmantel paßte. Diese Feststellung konnte sich Franklin nicht verkneifen.

Er stieg in seinen eigenen Wagen und fuhr zu seinem Haus, das hoch oben im vornehmen Wohnviertel Beverly Hills lag. Seine Miene zeigte Besorgnis, doch bald wichen die Sorgenfalten einem breiten Grinsen. Columbo war für ihn eine Witzblattfigur. Er würde sich einfach seinem Niveau anpassen. Außerdem würde der nächste und letzte Schritt seine

Argumente untermauern... und die Polizei etliche falsche Spuren entlanghetzen – in Richtung organisiertes Verbrechen.

Sein Haus lag abgelegen und war noch luxuriöser als seine ›Hütte‹ im Süden. Vom Auto aus betätigte er einen Schalter, und die Garagentore öffneten sich automatisch. Er fuhr hinein, machte die Scheinwerfer aus und stellte den Motor ab.

Es war fast ganz dunkel. Nur der Mond beschien seine Gestalt, als er an das Heck des Wagens ging. Vorsichtig sah er sich um und sperrte den Kofferraum auf. Er hob langsam den Deckel. Dann schleppte er die in die Zeltplane gewickelte Leiche zur Vorderseite des Hauses, ließ sie ohne viel Umstände auf den Boden fallen und trug die Plane zurück zum Kofferraum, den er abschloß und versperrte.

Er ging ins Haus und machte Licht in der Eingangsdiele und im Wohnzimmer. Der Raum war hochelegant, förmlicher als das Wohnzimmer auf dem Lande und noch teurer ausgestattet. Die Einrichtung zeugte von Geschmack und sorgfältiger Pflege und war offensichtlich das Werk eines der führenden Innenarchitekten Kaliforniens.

Ken Franklin sammelte die Post vom Boden auf und sah sie geistesabwesend durch, als er das Wohnzimmer betrat und im Gehen die Dielenbeleuchtung ausschaltete. Er ging direkt an die Bar und blätterte dabei noch immer in der Post. Dann legte er die Briefe weg. Er goß sich einen Scotch ein und fügte ganz zuletzt ein wenig Soda und Eis hinzu.

Mit dem Drink in der Hand ging er ans Telefon und hob ab. Eine Sekunde lang überlegte er, dann wählte er die Nummer der Vermittlung.

Als sich die Stimme meldete, holte er tief Atem und sagte so aufgeregt und entsetzt als möglich: »Vermittlung! Rasch die Polizei. Rasch.«

Während er wartete, faßte er in seine Tasche und holte eine Packung Zigaretten heraus. Mit dem Feuerzeug, das er am Morgen zufällig im Büro gelassen hatte, zündete er die

Zigarette an und inhalierte tief. Darauf folgte ein tiefer Schluck aus dem Glas.

Zuerst hatte er daran gedacht, Joanna als erste anzurufen. Es war eine knappe Entscheidung gewesen. Was würde ein echt überraschter, von Kummer überwältigter Partner tun? Sofort die Frau oder zuerst die Bullen anrufen? Er warf im Geiste eine Münze und entschied sich für die Polizei. Wenn er Joanna zuerst anrief, würde dieser Clown Columbo womöglich auf dumme, weitab liegende Motive schließen. So, wie bei der Sache mit dem Flugzeug.

Ken hatte die Situation wunderbar gemeistert. Um der Wahrheit die Ehre zu geben, er hätte sich wahrscheinlich auch für die Fahrt mit dem Auto entschieden, wenn er nicht eine Leiche nach Los Angeles hätte transportieren müssen, auch, wenn alles ganz legal gewesen und Jim in seinem Büro erschossen worden wäre und Joanna ihn angerufen hätte. Vielleicht hätte er hastig den Flugplan zu Rate gezogen, aber es war sehr wahrscheinlich, daß es um diese Zeit keine Verbindung gab — und dann mußte man noch die Fahrten jeweils vom und zum Flughafen bedenken. Wahrscheinlich wäre seine Entscheidung in jedem Falle zugunsten der Autofahrt ausgefallen.

Es spielte keine Rolle mehr. Er hatte dieses Problem gemeistert. Und er hatte vor allem nicht den Fehler begangen zu behaupten, er hätte den Flughafen angerufen, und es hätte keine passende Maschine gegeben. Das hätte die Polizei überprüft und vermutlich herausgefunden, daß es fünfundneunzig Starts im Abstand von zehn Sekunden oder dergleichen gab, und dann hätte er blitzschnell mit einer Erklärung zur Hand sein müssen.

Nein. Eines hatte er von Mrs. Melville gelernt: Wenn man die Polizei an der Nase herumführen wollte, mußte man sich so nahe wie möglich an die Wahrheit halten.

Also brauchte er sich keine grauen Haare wachsen zu lassen. Jetzt wollte er zum letzten Schlag ausholen. Und was diesen Columbo betraf, dieser Grasaffe hatte keine Spur von

Phantasie. Der würde seine Zeit sicher mit der Mafia vertrödeln.

Vielleicht hatte er gegen ihn einen leisen Verdacht geschöpft. Das wäre nur natürlich. Zweifellos verdächtigte er Joanna ebenso. Der Witwe fiel natürlich der Löwenanteil des Vermögens zu. Zu dumm, daß Joanna eine so musterhafte, treue Ehefrau war. Hätte Columbo herumgeschnüffelt und irgendwo einen Hausfreund aufgetrieben, das hätte ihn ordentlich in eine falsche Richtung abgelenkt. Aber soviel Glück hatte man nicht. Gut aber, daß er selbst Joanna nie attraktiv gefunden hatte ... sehr gut.

Ein Polizeibeamter meldete sich und nannte seinen Namen.

»Ja ... Inspektor Columbo, bitte ... ganz richtig. Ich warte.«

Er rauchte und trank zufrieden, bis er Columbos Stimme am anderen Ende der Leitung hörte. Dann setzte er das Glas ab und stieß mit bebender Stimme hervor: »Columbo? Hier Ken Franklin. Kommen Sie. Sie müssen sofort kommen. Ich wohne 237 Sky View Lane. Es ist dringend. Ich habe Jim Ferris gefunden. Er ist tot!«

8 Als Inspektor Columbo eintraf, war der Garten bevölkert. Die zuständige Polizeistation hatte etliche Einsatzfahrzeuge losgeschickt, deren grelle Scheinwerfer den Rasen vor dem Haus Ken Franklins in helles Licht tauchten. Im Hintergrund hörte man Sirenen, als weitere Fahrzeuge sich auf den Notruf hin meldeten, doch der Rasen wimmelte bereits von Polizisten aller Dienstgrade. Eine Schar sensationslüsterner Nachbarn hatte man zur Seite gescheucht.

Sie blieben trotzdem in der Nähe und sahen zu, stellten einander Fragen, brüsteten sich mit Kenntnissen, die sie nicht hatten, und setzten unvermeidliche Gerüchte in die Welt.

Ein Ambulanzfahrzeug fuhr vor. Weißbekittelte Helfer sprangen schwungvoll heraus und ließen in ihrem Eifer erst nach, als die Polizei ihnen zu verstehen gab, daß dem Patienten nicht mehr zu helfen war und daß sie eigentlich nur als Transportfahrzeug dienen und den Leichnam ins Leichenschauhaus bringen sollten, wo der zuständige Gerichtsarzt oder einer seiner Untergebenen eine Autopsie vornehmen würde.

Columbo stellte ein paar Fragen, sprach mit einem der Polizisten, mit einigen Detektiven, untersuchte den Toten flüchtig, ehe er weggeschafft wurde und trottete dann zum Hauseingang, wo Ken Franklin ihn erwartete.

»Sie haben sich ziemlich viel Zeit gelassen«, sagte Franklin.

»Tut mir leid... es geht nicht anders... es muß zuerst ein umständliches Verfahren in Gang gesetzt werden. Vorher mußte ich ein paar Leute anrufen, die zuständige Polizeistation leistet gute Arbeit, und die Jungs von der Mordkommission werden alles durchsuchen und Ihnen die Leute vom Leibe halten. Ich wäre ja früher da gewesen, aber meine Frau...«

Er bemerkte Franklins angewiderte Miene und blieb stehen.

»Was ist eigentlich passiert?«

»Nachdem Sie gegangen waren, blieb ich noch eine Weile im Büro und fuhr dann nach Hause. Und als ich ankam, lag er da. Mitten auf dem Rasen vor dem Haus.«

Columbo sagte mitfühlend: »Ein gräßlicher Empfang.«

Franklin nickte.

»Komischerweise hatte ich trotz allem noch gehofft, Jim wäre am Leben. Arme Joanna... Sobald ich anfange, mich zu bemitleiden, fällt mir ein, wie groß der Verlust für sie ist. Ich glaube, ich hatte die Hoffnung deshalb nicht aufgegeben – weil sie auch noch hoffte.« Er sah zu der Stelle, an der die Weißkittel den Leichnam seines toten Partners in den Wagen verfrachteten.

Die Nachbarn, die man bis jetzt im Zaum hatte halten können, begannen nun draufloszuquasseln und versuchten, sich Schritt für Schritt zum Ambulanzwagen und dem Leichnam vorzuschieben.

»Sehen Sie sich mal die Aasgeier an«, sagte Franklin verächtlich. »Der spannendste Augenblick ihres Lebens. Ein Toter vor dem Haus... die werden sich darum reißen, interviewt zu werden, damit sie ihre Namen in der Zeitung lesen können. Wenn es Ihnen recht ist, Inspektor, möchte ich jetzt hinein. Ich kann die Typen nicht mehr sehen. Mir wird übel.«

»Sicher, gehen Sie voraus. Darf ich mit hinein? Mein Mantel ist ungefüttert, und hier draußen wird es kühl.«

»Ja, natürlich, Inspektor, kommen Sie rein.« Er drehte sich um und ging in die Diele voraus. Als Columbo eingetreten war, schloß Franklin die Tür und versperrte sie. Dann führte er Columbo ins Wohnzimmer und wollte ihm eben Platz anbieten, als das Telefon klingelte. »Entschuldigen Sie mich. Machen Sie es sich bequem.«

Columbo besah sich die luxuriöse Einrichtung und stieß einen Pfiff aus.

Franklin hob ab und sagte: »Ja...? Ja, hier Ken Franklin... Nein, ich gebe keinen Kommentar ab... Was? Ein Interview? Zu diesem Zeitpunkt? Sie müssen den Verstand verloren haben!«

Er knallte den Hörer hin und sagte zu dem mitten im Zimmer stehenden Columbo sarkastisch: »Die Herren von der Presse.«

Der Inspektor nickte. »Sie werden noch mehr Anrufe dieser Art bekommen.«

Franklin schüttelte erbost den Kopf. »Noch mehr Aasgeier. Aber ich vergesse ganz meine Kinderstube. Möchten Sie etwas zu trinken? Oder sind Sie immer im Dienst? Scotch, Gin, Wodka, Bourbon, Brandy, einen Cocktail, was Sie wünschen, wir führen alles.«

»Na ja... vielleicht einen Tropfen Bourbon.«

Während Ken Franklin hinter die Bar ging und die Drinks machte, wanderte Columbo im Raum umher und konnte sich an den erlesenen Möbeln und herrlichen Bildern kaum satt sehen.

»Wunderschön haben Sie es hier...« Er blieb vor einem Kunstwerk stehen und bewunderte es wortlos. Dann sagte er:

»Was ist das? Ein Druck?«

Franklin lachte. »Wohl kaum. Es ist eine Originallithographie.«

Er gesellte sich zu Columbo. »Hier ist der Drink. Bedienen Sie sich selbst, wenn Sie noch einen mögen.«

Columbo nahm das Glas, sein Blick blieb aber wie gebannt an dem Bild hängen. »Und ich dachte, man hängt die Bilder von diesem Kerl nur in Museen. Es gehört Ihnen, obwohl...?«

»Mrs. Melville war mehr als großzügig.«

»Das nenne ich ein Haus.« Columbo lief auf und ab, bewunderte den Raum und trank kaum einen Schluck. »Und dazu noch das zweite Haus bei San Diego. Junge, Junge, allein die Unterhaltskosten...« Er stieß einen Pfiff aus.

»Ich komme knapp über die Runden.« Franklin lächelte. »Setzen Sie sich, wenn Sie Ihre kleine Besichtigungstour beendet haben.«

»Ja, danke. Hören Sie, eines ist mir an Schriftstellern nicht klar. Wenn der eine Partner stirbt, gehört dann dem anderen die Hälfte der Bücher? Ich meine damit diese — hm — Tantiemen?«

Wieder mußte Franklin lachen. »Nein, Inspektor, die gehen in die Hinterlassenschaft des Verstorbenen ein. Jim hat meines Wissens alles seiner Frau vermacht. Jetzt werden Joanna und ich Tantiemen kassieren. Aber mein Anteil bleibt derselbe. Noch etwas?«

»Aber Sie kriegen trotzdem ein wenig kalte Füße, nicht?«

»Jim hatte keine Ursache, mir etwas zu hinterlassen. Mein Anteil war und ist sehr großzügig bemessen.«

»Hatten Sie eine Versicherung auf Gegenseitigkeit abgeschlossen? So wie man die Beine eines Fußballspielers versichert?«

»Kommen wir nicht zu weit vom Thema ab?«

Columbo schlürfte nachdenklich an seinem Drink. »Ja, wahrscheinlich schon. Hm, das schmeckt aber fein.«

»Nur das Beste vom Besten, Inspektor. Warum auch nicht? Dazu ist Geld schließlich da, oder etwa nicht? Um das Leben genießen zu können.«

»Ja... Warum glauben Sie, ist der Leichnam Ihres Partners ausgerechnet hier aufgetaucht?«

»Wollen Sie damit sagen, daß Sie es sich noch nicht zusammenreimen konnten? Noch einen Drink?« Franklin stand auf.

»Nein, danke. Ich habe noch. Nein. Bin wohl zu langsam. Ich habe es mir noch nicht zusammengereimt.«

»Inspektor, Sie enttäuschen mich. Es liegt doch auf der Hand. Die Leiche wurde hier quasi als Warnung abgelegt.«

»Warnung? Was für eine Warnung?«

»Als Warnung für mich natürlich. Und das beweist meine Theorie vom Berufskiller. Als sie Jims Leiche auf meinen Rasen legten, wollten sie damit sagen: ›Dasselbe wird dir passieren, wenn du die Schnüffeleien deines Partners fortsetzt.‹ Ein Einschüchterungsversuch. Die Warnung ist laut und deutlich.«

»Sie glauben also, man wollte Ihnen Angst einjagen?«

»Genau das, Inspektor. Genau das sollte erreicht werden. Seht, was mit Jim passiert ist – dasselbe kann mit Ken passieren. Etwa so.«

»Und Sie wollen trotzdem mit dem Buch weitermachen? Das stelle ich mir sehr aufregend vor, hier jeden Abend allein zu sitzen und sich zu fragen, ob nicht draußen jemand lauert. Das erfordert Mut...«

»Das ist ja das Ironische daran. Das Buch war Jims Lieblingsprojekt und nicht meines. Ich wüßte nicht mal, wo ich anfangen sollte. Alles, was ich über organisiertes Verbrechen weiß, habe ich aus dem ›Paten‹. Die Warnung war völlig überflüssig. Das Thema interessiert mich nicht ...«

»Ich nehme an, die wußten nicht, daß Sie eigene Wege gehen wollten. In den Klatschspalten stand wohl nichts darüber, nehme ich an? Wie steht es mit den Leuten, die Ihre Bücher herausbringen, mit den Verlegern?«

»Keiner wußte etwas. Jim und ich wollten es ihnen erst mitteilen, wenn das letzte Buch beendet wäre. Es hätte den Verkauf sehr gefördert, klar ... aber außer uns wußte es niemand. Ich sagte es niemandem, und ich bezweifle, daß es Jim jemandem weitererzählte, außer seiner Frau. Aber wenn man es gewußt hätte, hätte das Jim auch nichts genützt. Man hätte seinen Leichnam eben anderswo deponiert, aber er wäre ebenso tot.«

Ken stellte sein Glas ab und stand auf. »Inspektor, das sieht mir nach einer Sackgasse aus. Sie haben die Leiche und kennen das Motiv, doch bezweifle ich sehr, ob Sie jemals den Mörder finden werden.«

Auch Columbo erhob sich. »Leicht wird es sicher nicht sein.«

»In Las Vegas oder Miami hat jemand zum Telefon gegriffen und eine Anweisung gegeben. Wie Sie daraus einen Fall machen und Beweise herbeischaffen wollen, ist mir schleierhaft.«

»Vielleicht müßte ich bloß alle auf der Liste angeführten Namen überprüfen.«

»Und natürlich würde jeder dieser Männer leugnen, daß er Jim auch nur kannte. Ich beneide Sie nicht.«

»Nun, das ist eben Polizeiarbeit. Zum Großteil Routine. Ich halte mich lieber ran — mir stehen einige Anrufe bevor. Gute Nacht, Mr. Franklin. Vielen Dank auch für den Drink. Das alles tut mir sehr leid.«

»Sie halten mich auf dem laufenden, ja?«

»Klar. Ach, übrigens, was passiert mit dem letzten Buch, Mrs. Ferris sagte mir, Ihr Mann arbeitete am letzten Kapitel.«

»Wissen Sie, darüber habe ich noch nicht nachgedacht. Ich glaube aber, daß ich es beenden kann. Ich weiß, wie es ausgehen soll... es handelt sich also nur darum, das eine Kapitel fertigzuschreiben. Das bin ich der Öffentlichkeit schuldig. Und Joanna. Weil sie an den Tantiemen beteiligt ist.«

»Sicher wird es sich sehr gut verkaufen. Das letzte Mrs.-Melville-Buch, und dazu noch dieses schreckliche Ereignis. Gute Publicity.«

»Ehrlich, Inspektor, diese Art Publicity schätze ich gar nicht. Aber Sie haben recht, die Bücher werden weggehen wie warme Semmeln — wenn auch aus falschen Gründen.«

Columbo nickte und wollte zur Haustür, im Bogendurchgang, der das Wohnzimmer von der Diele trennte, drehte er sich um und sagte: »Hören Sie, da wäre noch etwas, das mir nicht klar ist. Das kann aber warten, falls Sie unbedingt schon zu Bett möchten.«

»Ich kann jetzt ohnehin nicht schlafen. Was ist es?«

»Hm — können Sie mir ganz genau schildern, was passiert ist, als Sie heute nach Hause kamen?«

Ken Franklin wurde ärgerlich — und fühlte sich unbehaglich.

Dieser Detektiv hatte eine Art, sich einzuschmeicheln, den Dummen zu spielen — es wirkte entnervend, wenn man sich davon beeindrucken oder beeinflussen ließ.

Franklin bewahrte Haltung und antwortete: »Das habe ich bereits gesagt. Ich sah Jim daliegen, lief hinein und rief Sie an. Eine Reflexhandlung sozusagen.«

»Hm ja. Okay. Danke.«

»Ich verstehe den Grund für diese Frage nicht.«

»Nun ja... es ist wegen Ihrer Post.«

»Meine Post? Was hat denn meine Post damit zu tun?«

Inspektor Columbo deutete auf den Briefstapel auf der Bar neben dem leeren Glas.

»Ist es nicht komisch, wie sich die Menschen voneinander unterscheiden. Nehmen wir mich. Wenn ich meinen Geschäftspartner tot auffände, würde ich nicht im Traum daran denken, Briefe zu öffnen. Ja, ich würde mir vielleicht einen Drink eingießen, oder ich würde auf der Treppe die Polizei erwarten. Ich würde vielleicht eine Menge Verrücktheiten tun, aber ich wäre zu nervös und aufgeregt, um meine Post öffnen zu können.«

Ken Franklin sah die Briefe und dann Columbo an. »Ich brauchte... wie Sie ganz richtig sagen... Sie würden irgendwas tun... ich brauchte eine Ablenkung. Ich hatte einen Schock erlitten. Ich nehme an, ich sah die Briefe auf dem Boden liegen und machte sie auf, während ich wartete. Ich weiß nicht mal, was drinsteht. Meist sind es Rechnungen.«

»Verständlich, Rechnungen können eine große Ablenkung darstellen. Ich, ich denke lieber erst gar nicht daran. Na, ich rufe Sie an, falls sich was Neues ergibt. Gute Nacht...«

»Gute Nacht.«

Ken Franklin ging an die Bar und goß sich einen Drink ein, den er fast augenblicklich in sich hineingoß. Da fiel sein Blick auf die Briefe, die ordentlich gestapelt auf der Bar lagen.

Wütend packte er den Stapel und schleuderte ihn in das saubere, ordentliche und stille Wohnzimmer.

Lange stand er da und betrachtete die über den Teppich verstreuten Briefe. Er wollte einen neuen Drink, doch sagte er sich, daß dies nicht ratsam wäre. Zu den Briefen und zum Zimmer sagte er laut: »Warum eigentlich nicht? Was machen diese paar Briefe schon aus?«

Er bückte sich und sammelte sie sorgfältig wieder ein. Den Briefstapel legte er wieder auf die Bar. ›Fast nur Rechnungen‹ hatte er dem Inspektor gesagt. Auch das war die Wahrheit. Er hatte eine Unmenge Rechnungen bekommen. Und einige

Tage lang hatte er sich Sorgen gemacht, wie er sie bezahlen würde. Jetzt aber nicht mehr. Jetzt würde er sie alle bezahlen können, und er würde mehr Geld haben, als er je auf einmal besessen hatte.

Trotzdem mußte er jetzt sparsam sein. Die Tantiemen würden zwar noch eine ganze Weile hereinströmen, aber er hatte Jim Ferris nicht belogen. Man mußte weiterschreiben. Vielleicht gelang es ihm, einen jungen Schriftsteller aufzutreiben, der Mrs. Melvilles Garn weiterspinnen konnte... vielleicht. Solche Geschäfte wurden sehr oft getätigt. Ghostwriter nannte man das. Besonders bei Filmen.

Das war eine Idee. Man mußte versuchen, einen Filmvertrag zu landen. Man mußte aus Jims Tod Kapital schlagen. Vielleicht konnte sich eine Filmgesellschaft zur Produktion von ein oder sogar zwei Mrs.-Melville-Filmen entschließen, wenn die nötige Publicity gleich mitgeliefert wurde. Er mußte ein paar Bekannte anrufen. Aber nicht gleich. Abwarten hieß die Parole. Vielleicht würde man sogar von selbst an ihn herantreten.

Es gab keinen Grund zur Beunruhigung.

Er goß sich einen Drink ein und sagte laut: »Es gibt keinen Grund zur Beunruhigung.«

Er hielt das Glas in die Höhe und sah die Briefe auf der Bar. Das war beinahe eine Dummheit gewesen. Nein, es war wirklich eine Dummheit. Aber keine gefährliche. Und in Zukunft würde es keine Fehler mehr geben. Er hatte an alles gedacht. Sehr wahrscheinlich würde er von der Polizei nichts mehr hören. Nach der Leichenschau. Und Columbo... sollte der ruhig herumschnüfeln, er würde nichts finden.

Frecher kleiner... ach was, welchen Sinn hatte es, ihn mit Schimpfworten zu belegen. Die Polizei mußte ihre Pflicht tun. Und es war wirklich nicht sehr klug von ihm gewesen, daß er die Post eingesammelt hatte. Aber auch diesen Punkt hatte er zufriedenstellend erklärt. Es war eine normale Reaktion, wenn man das Haus betrat.

Man sieht eine Leiche auf der Erde liegen, untersucht sie und ruft die Polizei. Während der Wartezeit sieht man die Post durch, um die Nervosität zu bekämpfen. Ganz normal. Kein Grund zur Aufregung.

Und doch war er wütend über sich selber.

Und er kam zu der Erkenntnis, daß er Inspektor Columbo haßte.

9 Auf der Fahrt zu Joanna Ferris gingen Inspektor Columbo allerlei Gedanken durch den Kopf. Nicht zuletzt dachte er mit Unbehagen daran, daß eine der unangenehmsten Pflichten eines Polizeibeamten vor ihm lag. Er mußte Mrs. Ferris mitteilen, daß sie Witwe war. Daß es für sie nicht den leisesten Hoffnungsschimmer mehr gab. Ihr Mann war tot, ermordet.

Und sie mußte ins Leichenschauhaus gehen und den Toten identifizieren.

Franklins Aussage würde nicht genügen. Columbo zweifelte nicht, daß der Tote James Ferris war — aber das Gesetz verlangte einen endgültigen Beweis. Mrs. Ferris konnte ihn erbringen. Natürlich würde man, um ganz sicherzugehen, auch seine Fingerabdrücke überprüfen. Ihre Aussage war trotzdem unbedingt nötig. Der Gedanke daran war ihm so unerträglich, daß er sich beim Fahren zwang, an etwas anderes zu denken.

Etwa daran, wie Ferris getötet worden war. Warum. Und von wem. Es lagen ein paar einfache Tatsachen vor. Ferris war tot, er war erschossen worden. Sehr wahrscheinlich hatte man ihn vorher weder vergiftet noch erwürgt oder ihm einen Schlag über den Kopf gegeben. Das würde der Gerichtsarzt feststellen. Und sehr wahrscheinlich hatte er nicht Selbstmord begangen. Nicht auf dem Rasen vor dem Haus seines Partners, während dieser mit der Frau des Opfers telefonierte.

Nein, er war von einer oder mehreren unbekannten Personen ermordet worden. Es gab einige Möglichkeiten. Wenn Franklin recht hatte, so stand eine Verbrecherorganisation dahinter.

Aber Columbo bezweifelte diese Theorie. Trotzdem würde er routinegemäß vorgehen und die Namen überprüfen.

Nein, das war unwahrscheinlich. Jedermann wußte, daß das organisierte Gangstertum existierte. Jedermann kannte die Namen der Bosse. Columbo hatte Zweifel, ob Ferris Beweismaterial gesammelt hatte, das diese Bosse hinter Gitter bringen konnte. Solches Material hatte die Polizei nicht, und das hatte auch das FBI nicht. Ein Autor von Kriminalromanen hatte sie schon gar nicht. An dieser Theorie war also nicht viel Logik.

Vielleicht gab es andere, die seinen Tod gewünscht hatten. Ein eifersüchtiger Ehemann, eine verlassene Freundin. Er würde das Leben des Toten gründlich durchleuchten. Vielleicht eine eifersüchtige Ehefrau, nämlich Mrs. Ferris. Ihr Kummer wirkte zwar echt, aber man konnte da nie sicher sein.

Oder ein Autor, dem Ferris einmal Ideen geklaut hatte. Wie hieß doch dieses Wort? Plagiat? Ja, das war möglich. Und dann war da noch dieser Franklin. Er wirkte reichlich selbstsicher und unglaublich ruhig. Fast zu ruhig, als er ihn mit der Frage nach dem Flugzeug und der Post auf gefährliches Gelände geführt hatte. Ein ehrsamer Bürger, der nichts zu verbergen hatte, wäre niedergeschmettert gewesen, verängstigt, daß die Polizei ihn falsch verdächtige, ihm etwas in die Schuhe schieben wolle, was er nicht getan hatte. Nein, Franklin mußte man im Auge behalten. Er war zu ruhig. Und außerdem lebte er auf großem Fuß. Columbo mußte ihn unter die Lupe nehmen, dann die Namen auf der Liste, er mußte Mrs. Ferris im Auge behalten und auch bezüglich Jim Ferris Nachforschungen anstellen, weil dieser vielleicht etwas zu verbergen gehabt hatte. Ja, er mußte es nach verschiedenen Richtungen versuchen.

Polizeiarbeit war zum Großteil Schwerarbeit, Beinarbeit. Ein Vergnügen war es nicht.

Besonders dann, wenn man schlechte Nachrichten überbringen mußte. Sehr schlechte Nachrichten.

Die Fahrt erschien ihm kurz. Warum verging die Zeit immer schneller, wenn man eine schlechte Nachricht überbringen mußte?

Natürlich hätte er sie anrufen können, aber das war zu unpersönlich – und außerdem gehörte es zu den Pflichten. Ebenso wie es zu seinen Pflichten gehörte, genau zu beobachten, wie sie die Neuigkeit aufnahm. Nicht sehr angenehm natürlich, aber auf der Polizeischule hatte ihnen kein Mensch versprochen, daß der Beruf ein Honiglecken sein würde. Das konnte jemand, der der Mordkommission zugeteilt war, nicht erwarten.

Er fuhr zu dem Haus von Mrs. Ferris und war noch nicht an der Haustür, als sie herauskam. Sicher hatte sie seinen Wagen auf dem Kies gehört.

Als sie sein Gesicht sah, machte sie kehrt und lief ins Haus hinein. Sie ließ die Tür halb offen. Er klopfte leise, doch sie gab keine Antwort. Aus einiger Entfernung hörte er Schluchzen. Er trat ein und schloß behutsam die Tür, ging dem Schluchzen nach und gelangte in einen kleinen, familiären Raum hinter dem großen offiziellen Wohnzimmer.

Sie stand vor dem Fenster, Schultern und Rücken bebten vor Schluchzen.

»Es tut mir leid, Mrs. Ferris.«

Sie drehte sich so schnell um, daß er fast erschrak. »Wie ist es geschehen? Ich weiß, daß er tot ist – stimmt das? Nicht nur verletzt? Reden Sie! Schnell!«

»Er ist tot. Erschossen. Sein ...«

»Wo haben Sie ihn gefunden?«

»Man hat seine Leiche vor Mr. Franklins Haus gelegt.«

Sie schrie auf, warf sich auf die Couch und verbarg das Gesicht in der Armbeuge. Columbo blieb eine Weile stehen und ließ ihr Zeit, sich auszuweinen. Schließlich sagte er leise: »Mrs. Ferris?«

Sie gab keine Antwort und fing wieder zu weinen an. Er wartete geduldig eine Weile, ehe er zu sprechen anfing. »Mrs. Ferris, darf ich mich setzen? Ich bin ziemlich müde... heute war ein langer Tag.«

Zwischen einzelnen Schluchzern stieß sie hervor: »Natürlich — bitte verzeihen Sie. Ich bin gleich wieder in Ordnung. Es ist nur... ich habe es zwar erwartet, aber... Sie wissen ja... man redet sich dauernd ein, daß alles noch gut ausgehen wird.«

»Ich weiß. Möchten Sie darüber reden?«

»Es gibt nichts zu sagen. Nur, wer...? Und warum?«

»Komisch — dasselbe habe ich mir während der Fahrt hierher auch überlegt.«

»Es muß doch einen Grund geben. Niemand tötet... o mein Gott! Jim! Was soll ich bloß tun?«

»Schon gut, schon gut! Sie können gleich jetzt etwas tun. Beruhigen Sie sich... haben Sie eine Nachbarin, jemanden der rüberkommen und bei Ihnen bleiben kann?«

»Ja... gleich nebenan. Die helfen mir sicherlich. Und ich muß die Familie benachrichtigen. Jims Eltern... in Ohio. Die Presse«, sagte Joanna Ferris mit sicherer Stimme.

»Hatte er einen... wie sagt man? Einen Agenten?« fragte Columbo.

»Ja. Ich glaube, das könnte Ken übernehmen. Er weiß es schon, ja?«

»Er hat ihn gefunden.«

»Armer Ken. Es ist schrecklich. Wenn er aber... Ich werde die Verwandten und engsten Freunde anrufen. Wer hat es getan, Inspektor?«

»Sie fragen mich zuviel. Es gibt mehrere Möglichkeiten.«

»Ich möchte wissen, wer es getan hat! Ich werde Ihnen auf jede erdenkliche Art helfen, ihn aufzuspüren.«

»Ihn?«

»Den Mörder meines Mannes.«

»Könnte es denn nicht eine Frau gewesen sein?«

»Das glaube ich nicht. Da er erschossen wurde, ist es vielleicht doch möglich. Aber wer würde das tun? Nein, nein Inspektor. Nicht Jim! Er hatte mit anderen Frauen nichts. Ich weiß es.«

»Und wie steht es mit einem weiblichen Autor?«

»Er hätte sich mit keiner eingelassen... schon gar nicht mit einer Autorin.«

»Ich meine... angenommen, es gäbe eine Autorin, die Krimis schreibt, die keinen Erfolg hat und nun behauptet, er hätte ihr etwas gestohlen... Sie wissen schon, was ich meine.«

»Jim hat keine Plagiate begangen. Nein, eine Frau war es nicht, auch kein Schriftsteller. Inspektor — Sie glauben doch nicht etwa... mein Gott, daß ich meinen Mann getötet habe!«

»Nein, ich weiß, daß Sie dazu nicht imstande wären.«

»Sie sagten aber, es könnte eine Frau gewesen sein.«

»Könnte sein. Manchmal kommt es zwischen Eheleuten vor, doch ich weiß, daß es bei Ihnen und Mr. Ferris nicht der Fall war. Aber ich muß dahinterkommen. Das gehört zu meinem Beruf.«

»Ich verstehe. Ja, wirklich. Sie müssen alles über ihn und seine Umgebung herausbekommen. Und ich werde Ihnen nach besten Kräften helfen. Es hilft auch mir, damit ich nicht dauernd weinen muß.«

»Ich werde Ihre Zeit nicht zu lange beanspruchen...«

»Nein, ich möchte, daß Sie bleiben. Ich will Ihnen helfen.«

»Ich stehe erst am Anfang. Ihr Mann hatte also keine Freundinnen. Hatte er Feinde?«

»Nein. Ich weiß, das klingt zu schön, um wahr zu sein. Jedermann hat Feinde. Aber Jim nicht. Geschäftsabschlüsse nahm er auf die leichte Schulter. Außerdem waren ohnehin sein Agent und sein Anwalt damit befaßt. An literarischen

Zwistigkeiten hat er sich nicht beteiligt, er hat nie Briefe an Zeitungen geschrieben oder gegen etwas protestiert. Er hat sich nicht mal für Politik interessiert. Alle, die ihn kannten, mochten ihn. Ich meine unsere Freunde und Bekannten, die wir seit Jahren kennen – Jim mochte sie und umgekehrt. Genauso war es.«

»Alle, bis auf einen.«

»Könnte es nicht einer gewesen sein, der ihn nicht kannte?«

»Ja, doch. Ein wahnsinniger Mörder marschiert in sein Büro und schießt ihn tot. Vielleicht irrt er sich in der Tür und verwechselt Ihren Mann mit jemand anderem. Das passiert schon mal ... nicht sehr oft ... nicht so oft, wie man glauben würde. Gewöhnlich wird ein Mord wie dieser von jemandem begangen, der sein Opfer kannte. Gewöhnlich jemand, der ihn sehr gut kannte.«

»Nur gibt es niemanden ...«

»Was ist mit Mr. Franklin?«

»Ken? Er war Jims bester Freund. Sie waren wie Brüder.«

»Entschuldigen Sie, Mrs. Ferris, aber waren Kain und Abel nicht auch Brüder?«

»Inspektor, Sie können doch wirklich nicht annehmen, daß Ken ...«

»Nein, ich glaube nicht. Ich habe nur gefragt ..., ob Sie zwischen den beiden nicht etwas bemerkt haben.«

»Nichts. Bis auf den Streit, als Jim zu Ken sagte, er wolle keine Mrs.-Melville-Bücher mehr schreiben. Und das war nur zu verständlich. Jim hat mir alles genau erzählt. Er konnte sich gut in Ken hineinversetzen.«

»Was ist passiert?«

»Ach, das Übliche. Ich meine damit, es kam nicht zu handgreiflichen Auseinandersetzungen. Ken war sehr aufgebracht und wollte Jim von seinem Plan abbringen. Dann sagte er, er wolle die Anwälte einschalten und gegen Jim klagen und dergleichen. Einige Tage darauf war er darüber hinweg. Als er mich anrief, hatte er es überwunden. Er entschuldigte sich und sagte, er und Jim hätten sich vor kurzem versöhnt. Ich war richtig froh — aber eigentlich nicht erstaunt. Ken ist ein guter Kerl — und Jim hätte für ihn fast alles getan. Umgekehrt natürlich auch. Nein, Inspektor, ich glaube, in diesem Fall irren Sie sich.«

»Okay, vielleicht haben Sie recht. Sagen Sie mir, welche Art Buch wollte Ihr Mann schreiben... wieder einen Spannungsroman?«

»Nein, aber spannend war es doch. Ich meine damit, daß er mir die Handlung oder das Thema nicht sagen wollte. Das war nicht ungewöhnlich. Jim mußte immer alles aufschreiben, weil er nicht gut erklären konnte. Er besaß zwar Sinn für Humor, konnte sich aber verbal nicht ausdrücken. Über gewisse Dinge wollte er nicht sprechen, insbesondere über seine Bücher.«

»Wäre es möglich, daß er ein Buch über ein Verbrechen schreiben wollte. Ein tatsächliches Verbrechen, meine ich.«

»Ich nehme es an. Ich hatte das Gefühl, es würde ein Roman, der auf Tatsachen beruhte. Aber er wollte mir nichts sagen. Nur soviel, daß er es tun müßte — und daß er Mrs. Melville satt hätte. Er wollte etwas schreiben, das sich lohnte, sagte er, auch wenn... lieber Gott, er sagte ›auch wenn es ihn das Leben kostete‹.«

Und sie fing wieder zu schluchzen an.

10

Columbo fing mit dem Telefon an. Leicht war es nicht. Nichts war leicht. Aber er machte einen Anfang.

Er rief die Abteilung für organisiertes Verbrechen an, gab die Namen auf der Liste durch, bat um die üblichen Überprüfungen. Dann schickte er einen Mann los, der den Hintergrund im Leben des ermordeten Jim Ferris ausleuchten sollte. Seine Frau hatte behauptet, er hätte nichts mit anderen

Frauen gehabt – und Columbo war geneigt, ihr zu glauben, aber was er glaubte, spielte keine Rolle, er mußte Sicherheit haben. Viele Ehefrauen waren diesbezüglich schon einem Irrtum unterlegen.

Columbo schickte einen Mann los, der auch dies überprüfen sollte. Man hatte schon oft erlebt, daß Ehefrauen logen.

Franklin wollte er sich selbst vorbehalten. Franklin strömte den richtigen Duft aus. Es war genau der Mann, Columbos bescheidener Meinung nach. Er würde alle überprüfen lassen, aber für Franklin wollte Inspektor Columbo persönlich eine gewisse Zeit aufwenden.

Er erledigte das übliche: Anrufe bei Banken, Börsenmaklern, Grundstücksmaklern, Versicherungsleuten. Wenn man genügend Anrufe bei den richtigen Leuten tätigte, dann blieb um einen Menschen nicht mehr viel Geheimes.

Die Information der Bank fiel wie erwartet aus. Ja, da waren Hypotheken, aber deswegen konnte man einen Menschen nicht ins Gefängnis bringen. Alle Welt hatte Hypotheken aufgenommen, er selbst mit eingeschlossen. Die Börsenmakler waren keine große Hilfe. Franklin stümperte herum, gewann ein wenig, verlor ein wenig, sein ureigenes Gebiet war es nicht. Auch kein Grundbesitz, mit Ausnahme des Hauses in L. A. und in San Diego. Während er den Bericht der Versicherungsagenten abwartete, versuchte er es in Las Vegas. In den Casinos war Ken Franklin bekannt, er hatte aber keine nennenswerten Schulden. Er spielte mit hohen Einsätzen, hielt es aber nicht lange durch. Die Information der Versicherung aber erwies sich als hochinteressant, und Columbo traf eine Verabredung.

Es war spät am nächsten Morgen. Columbo sah zu, wie der Mann namens Tucker reichlich Senf auf sein Hot dog pappte. Eigentlich auf zwei Hot dogs. Eines für sich, das andere für Columbo. Sie standen bei einem Würstchenstand im Freien, vor sich die vollen Kaffeebecher. Der Tag war mild, und auf den Straßen tummelten sich die Spaziergänger, meist Mädchen aus den umliegenden Büros, die ihre Mittagspause genossen.

Als sie mit den Würstchen fertig waren, griff Mike Tucker in die Tasche, aber Columbo hinderte ihn daran.

»Das geht auf meine Kappe.« Er reichte dem Verkäufer eine Fünf-Dollar-Note, bekam sein Wechselgeld und fragte: »Bekomme ich dafür eine Rechnung?«

Der Mann sah ihn an, als wäre der Detektiv übergeschnappt. Unter Columbos harmlosem Blick schrieb er aber unter Zuhilfenahme eines zerfledderten Notizblockes und eines Bleistiftstummels eine Rechnung aus. Diese reichte er dem Inspektor, der nachdenklich seinen Kaffee schlürfte.

Columbo nahm den Zettel und sagte zu seinem Begleiter, einem glatten, gewandten Mittdreißiger:

»Gehen wir ein Stück. Vielleicht finden wir eine schattige Parkbank.«

Sie nahmen ihre Kaffeebecher und gingen langsam mit vollen Backen kauend die Straße entlang.

Nach einer Weile machten sie es sich auf einer Bank bequem, und Mike Tucker sagte, nachdem er den letzten Bissen geschluckt hatte: »Also, Inspektor, Sie haben mich mit einem Lunch bestochen. Was kann ich nun für Sie tun?«

Columbo schluckte ebenfalls, spülte den Bissen mit heißem Kaffee hinunter, bevor er sagte: »Es handelt sich um eine Versicherungspolice.«

Tuckers Miene erhellte sich. »Gut! Ausgezeichnet. Höchste Zeit, daß Sie sich an mich gewandt haben. Ich kann Ihnen eine Versicherung verkaufen, der für alle Ihre Bedürfnisse aufkommt, wenn Sie erst im Ruhestand sind ... und Ihnen Schutz bietet, solange sie aktiv sind. Die Kosten sind in vernünftigem Rahmen.«

Columbo unterbrach ihn.

»Nein, es handelt sich um eine Police, die Sie bereits ausgestellt haben.«

Enttäuscht sagte Tucker: »Ach, dann ist es also dienstlich.

Hätte ich mir eigentlich denken können, als Sie vorhin die Rechnung verlangten.«

»Es handelt sich um Ken Franklin und James Ferris. Die beiden waren doch bei Ihrer Gesellschaft versichert.«

Tucker stellte den Becher ab. »Augenblick, Inspektor. Wir arbeiten gern mit der Polizei zusammen, wenn Sie aber vertrauliche Informationen wollen, fürchte ich...«

»Ich möchte Ihnen keinen Ärger machen«, meinte Columbo. Hilfreich bot er ihm an: »Vielleicht sollte ich eine richterliche Genehmigung...«

Mike Tucker wußte, daß er in die Falle getappt war. Er nahm den Kaffeebecher und sagte: »Nicht nötig, Inspektor. Ich glaube, ich kann mich auch so erinnern. Hm... Ferris und Franklin. Die zwei Krimi-Autoren? Ich habe denen vor sechs, sieben Jahren eine Police verkauft...«

»Handelt es sich um viel Geld?«

»Das hängt davon ab, was Sie viel nennen. Nach unseren Maßstäben — ich meine die der Gesellschaft — ist es nicht allzuviel, aber nach unseren Maßstäben — ich meine uns beide — ein schöner Brocken. Es handelt sich um eine Viertelmillion Dollar auf Gegenseitigkeit.«

»Soll das ein Witz sein? Wenn einer der beiden stirbt, kassiert der andere ab?«

»Im Grunde genommen, ja.«

»Wie kommt es, daß Sie eine solche Police ausstellen? Sie können zwar mein Haus auf eine Million versichern, aber die Versicherung will den Beweis, daß ich eine Million verloren habe, wenn es abbrennt.«

»Die beiden konnten das tun, weil sie den Gegenwert besaßen, Inspektor. Ihr Haus stellt keinen Gegenwert dar. Aber wir gehen ein Risiko ein und bekommen eine annehmbare Prämie, wenn der Versicherte einen Wert besitzt, den er verlieren könnte. Inspektor, es funktioniert auf folgende Weise: Die beiden sind Schriftsteller. Wenn beide am Leben bleiben, können Sie sich ausrechnen, wieviel die Bücher einbringen. — Sie wissen schon, dieser Mrs.-Melville-Kram. Wenn einer der beiden stirbt, folgt daraus, daß der andere einen finanziellen Verlust erleidet, da er nichts mehr verdienen kann, weil sein Partner verstorben ist. Eine Familie kassiert die Versicherungssumme, wenn der Vater stirbt, weil er einen bestimmten Betrag verdient hat und sie damit erhalten konnte. Ferris und Franklin schrieben Mrs. Melville gemeinsam. Allein würde keiner Mrs. Melville schreiben. Davon gingen sie aus. Also versicherten sie sich gegenseitig gegen den Verlust ihrer Einkünfte.«

Columbo war beeindruckt.

»Zweihundertfünfzigtausend Dollar... wie hoch waren die Prämien?«

»Nicht so hoch, wie man annehmen würde. Die Bedingungen sind sehr kulant. Na ja, billig war es trotzdem nicht. Natürlich waren beide gesund, und wir haben erwartet, sie würden ewig leben. Das ist eben das Versicherungsgeschäft... gründet sich auf Prozentzahlen. Wir setzen darauf, daß beide lange am Leben bleiben. Es spielt keine Rolle, ob sie weiterschrieben oder nicht... sie mußten nur am Leben bleiben — und die Prämien bezahlen.«

»Wenn sie aufgehört hätten zu schreiben, bliebe die Versicherung aufrecht?«

»Ja, sicher. Wir haben ihre potentielle Verdienstmöglichkeit versichert. Wenn sie aber mit dem Arbeiten aufgehört hätten und kein Geld mehr hereingekommen wäre, dann hätten die Prämien plötzlich riesig ausgesehen.«

»Ich nehme an, Sie werden den Scheck für Mr. Franklin ausstellen?«

»Wir haben einen grundsoliden Ruf, weil wir unseren Verpflichtungen immer nachkommen. Wenn alles in Ordnung ist, wird Mr. Franklin jeden Penny bekommen, der ihm zusteht.«

»Hm. Sie glauben, es könnte etwas nicht korrekt sein?«

»Nein. Wir sind nur vorsichtig. Beide Möglichkeiten sind offen. Wenn aber Ferris zum Beispiel Selbstmord verübt hätte... gibt es kein Geld.«

»Daß er ermordet wurde, spielt keine Rolle?«

»Nein. Solange der Mörder nicht der Nutznießer ist. Sagen Sie...«

»Nein, ich wollte es nur wissen, Mr. Tucker. Das ist alles. Sie werden bald auszahlen?«

»Ich kann Ihnen ja sagen, daß er seine Forderung bereits eingereicht hat. Und unser Ruf ist, wie gesagt, untadelig... aus diesem Grunde sollten Sie uns mal näher in Betracht ziehen.«

»Ach?«

Columbo stand auf und reckte sich. Die warme Sonne war ein Genuß. Mike Tucker blieb an seiner Seite, als er sich auf den Weg machte. Seine Stimme war eindringlich, als er den Arm um Columbos Schulter legte.

»Bezüglich Ihrer Versicherungsangelegenheiten: Ehrlich, Inspektor, die meisten sind unterversichert, selten gibt es Versicherungsschutz für Frau und Kinder.«

Columbo nickte, und Tucker nahm fälschlicherweise an, daß der Detektiv seinen Vorschlägen aufmerksam lausche.

Einige Tage später ging Ken Franklin ins Theater. Wie üblich war er nicht allein. Und wie üblich war seine Begleiterin eine junge, gertenschlanke Dame.

Das Stück war besonders gut besucht. Es hatte in der vorigen Saison in New York gute Kritiken geerntet und war nun mit dem Großteil der Broadway-Besetzung erfolgreich auf Tournee. Es hieß ›Das letzte Ritual‹. Es war ein Thriller und stellte nicht unbedingt Franklins Lieblingsunterhaltung dar. Doch dafür gab es eine gewisse Entschädigung, sagte er sich. Ja, sicher. Die Entschädigung hing an seinem rechten Arm und bildete genau jene Art der Unterhaltung, die er bevorzugte, obwohl er eigentlich gern ins Theater ging. Dem Publikum — festlich gekleidet, gut betucht und sehr lautstark im Lob — hatte die Vorstellung besser gefallen als ihm.

Alle hatten einen aufregenden Abend verbracht und ganz

besonders die junge Dame an seiner Seite. Sie war neu. Besser gesagt, neu für ihn, und sehr beeindruckt vom Aussehen ihres Kavaliers, von seinem Charme, seinem Wagen und den guten Plätzen, von denen aus sie das Stück gesehen hatten. Am meisten aber beeindruckte sie die Tatsache, daß sie mit einem berühmten Schriftsteller beisammen war, einem Mann, der Aufmerksamkeit erregte und erkannt wurde.

Anders gesagt, sie befand sich in einem Taumel. »Ken, war es nicht herrlich? Ich war so aufgeregt.« Sie schauderte und drückte sich enger an ihn, so daß er ihren üppigen gerundeten Körper durch das dünne Kleid und seine seidene Jacke fühlen konnte.

Diese Nähe gefiel ihm. Viel weniger gefiel ihm ihre offensichtliche Unschuld im Hinblick darauf, was er als zweitklassiges künstlerisches Erlebnis ansah. »Wirklich? Ich konnte mir nach dem ersten Akt an den Fingern abzählen, wie alles enden würde.«

»Du hast eben einen außergewöhnlichen Verstand. Weil du selbst schreibst. Ich habe mich glatt an der Nase rumführen lassen.«

Er lächelte und tätschelte ihre Hand. »Merk dir eines, meine Liebe: Wenn ein Mann sagt, er hätte einen seit langem verschollenen Zwillingsbruder, kannst du Gift darauf nehmen, daß es eine Doppelrolle gibt. Eigentlich eine uralte Sache. Shakespeare hat das in mehreren Stücken verwendet. Wir selbst haben es auch gebracht.«

Sein Blick ruhte jetzt nicht mehr auf dem Mädchen, dessen Augen bei Erwähnung William Shakespeares groß geworden waren. Es war klar, daß sie Ken auf eine Ebene mit dem großen Dichter stellte. Um so mehr erbitterte es ihn, als er eine Stimme hörte, die ihm über den Platz vor dem Theater hinweg zurief:

»Huhu, Mr. Franklin!«

Er kannte die Stimme, obwohl er im ersten Moment nicht wußte, zu wem sie gehörte. Er sah sich um und entdeckte neben dem Springbrunnen, herausgeputzt nach allen Regeln der Kunst, Lilly La Sanka. Sie winkte ihm zu, er solle zu ihr kommen.

Er runzelte die Stirn, als die junge Dame ziemlich verächtlich fragte: »Wer ist das?«

»Jemand, der ganz woanders hingehört. Diese Person hier zu sehen, ist eine Überraschung. Ein Zufall... glaube ich. Entschuldige mich einen Augenblick, mein Schatz.«

Er setzte die junge Dame auf eine Bank und ging auf die lächelnde Lilly La Sanka zu.

Franklin hatte sich rasch gefaßt und ließ seinen Charme strahlen, der — wie viele Damen, Miss La Sanka miteingeschlossen, bezeugen konnten — nicht unbeträchtliches Format hatte.

»Hallo, Miss La Sanka! Welche Freude... was führt Sie denn in die Stadt?«

»Ich wollte Einkäufe machen, ins Theater gehen... auf dem Land kann es sehr einsam sein. Man muß weg und Menschen sehen...« Sie sah an ihm vorbei zu dem Mädchen auf der Bank.

»Eine Schönheit, Mr. Franklin. Ich muß Ihren Geschmack bewundern.«

»Vielen Dank.«

»Ich sehe sie heute zum erstenmal, oder?«

»Ja, ich glaube schon. Übrigens... es war nett, Sie hier zu sehen.«

Er wollte wieder weg, aber sie hielt ihn am Ärmel fest.

»Hoffentlich halten Sie mich nicht für aufdringlich, aber gäbe es nicht die Möglichkeit, daß wir zusammen auf einen Drink gingen?«

So höflich wie möglich befreite sich Franklin. »Nein, es tut mir leid. Die junge Dame und ich haben uns zu einem späten Dinner verabredet.«

Sie antwortete überaus freundlich: »Ich glaube, das werden Sie absagen müssen.«

Franklin wurde kribbelig. Er wollte sich dem Zugriff der

Frau aus dem Lebensmittelladen entziehen, doch ihm war, als wolle sie etwas sagen, ja sogar eine Warnung aussprechen. Er warf nervöse Blicke zu dem Mädchen hin, das sie aufmerksam beobachtete.

»Und warum sollte ich das tun?«

»Weil wir uns ernsthaft miteinander unterhalten sollten.«

»Vielleicht ein andermal...«

Wieder drehte er sich um und wollte weg. Da stieß Lilly La Sanka einen hörbaren Seufzer aus. »Na schön. Da muß ich jemand andern suchen... dem ich meine Geschichte erzählen kann.«

Franklin blieb stehen: »Welche Geschichte?«

»Eine sehr geheimnisvolle, sehr interessante Geschichte. Von diesem Zeugen.«

Er sah sie an. Jetzt wußte er, daß er es sich nicht leisten konnte, sie zu ignorieren. Er hatte keine Ahnung, was sie wußte, doch konnte er im Augenblick kein Risiko eingehen. Auch dann nicht, wenn ein schönes Mädchen auf ihn wartete.

»Warten Sie«, sagte er.

Ganz süß antwortete sie. »Ganz wie Sie wollen, Mr. Franklin.«

Mit trockenem Mund und sichtbar zitternden Händen stand er vor dem jungen Mädchen.

»Es ist etwas dazwischengekommen. Da ist eine Dame, die ich von früher kenne. Nicht das, was du jetzt glaubst... eine Freundin der Familie. Sie steht vor einem Problem... einem sehr ernsten. Ich muß dich leider in ein Taxi setzen.«

»Taxi? Und was ist mit dem Dinner?«

Mit Aufbietung von soviel Charme, wie unter diesen Umständen möglich, antwortete er: »Das verschieben wir auf später, ja? Ich rufe dich an — gleich morgen.«

»Aber ich will nicht warten. Ich will jetzt essen.«

»Es wird morgen um so schöner, das verspreche ich. Komm jetzt.«

Und dann rief er ein Taxi, verfrachtete sie ungeachtet ihrer Proteste hinein und holte aus seiner Tasche eine Banknote, die er ihr aushändigte, während er dem Fahrer ihre Adresse angab.

Dann richtete er sich auf und versuchte ganz normal auszusehen. Er drehte sich um und ging langsam auf Lilly La Sanka zu.

11 Lilly La Sanka hatte sich zu der Fahrt in die Stadt lange durchringen müssen. Einen Plan hatte sie noch nicht, doch keimten im Hintergrund ihres Bewußtseins mehrere sehr bestimmte Möglichkeiten.

Sie war natürlich eine eifrige Krimi-Leserin, im besonderen ein Fan von Mrs. Melville. Nicht nur, weil sie einen der Autoren zufällig kannte — denn sie hatte die Bücher schon verschlungen, ehe sie Ken Franklin kennenlernte —, sondern weil es ihr gefiel, wie die alte Dame sich alles zusammenreimte. Lilly wiegte sich gern in der Annahme, sie selbst verfüge über den gleichen scharfen Verstand — einen Verstand, der sie der übrigen Menschheit immer einen Schritt voraus sein ließ.

Die Bekanntschaft mit Ken Franklin hatte ihr Interesse für diese Literaturgattung gesteigert, und sein gutes Aussehen war ein Plus in ihren Überlegungen. Sie war Witwe und konnte sich mit dieser Rolle nicht abfinden. Erstens waren ihr Männer lieber als Frauen. Sie hatte niemals Gefallen an Klatsch gehabt, am Herumhocken und Bridgespielen, an Kaffeekränzchen, karitativen Betätigungen und den vielen anderen Dingen, mit denen sich müßige Frauen die Zeit vertreiben, während die Männer arbeiten.

Außerdem hatte sie, als sie nach dem Tode ihres Mannes den Laden aufmachte, keine Zeit für derlei Unsinn gehabt. Die Sache mit dem Lebensmittelladen gefiel ihr. Die Arbeit brachte viel Interessantes mit sich. Sie lernte viele reiche Typen kennen, die wie Ken Franklin dort draußen ein Haus hatten. Aber — dauernd in der Wildnis sein zu müssen, gefiel ihr nicht so gut. Der Laden brachte ihr ein Einkommen, das ihr, zusammen mit der Versicherung ihres Mannes, ein sorgenfreies Leben ermöglichte. Solange sie gesund blieb, würde sie nicht verhungern müssen. Und trotzdem war sie unzufrieden.

Sie wollte mehr als das. Sie wollte mehr Geld und dazu einen Mann — einen Ehemann. Aber keinen, der sie an den Lebensmittelladen fesselte. Und sie wollte vor allem keinen Sechzigjährigen, inklusive dessen Kinder und Enkel. Es waren vor allem die alten Böcke, die auf Lilly La Sanka flogen.

Und sie war nicht alt, sagte sie sich, und sie war auch noch sehr attraktiv.

Sie mochte hübsche Männer, nicht zu alte Männer, unverheiratete Männer, reiche Männer. Und in Ken Franklin wurden alle diese Eigenschaften hervorragend verkörpert.

Bis jetzt hatte er ihr keine Aufmerksamkeit geschenkt — außer ganz oberflächlichen Plänkeleien. Ja, er hatte ihr zwar das Buch mit der Widmung gegeben, doch ihre Andeutungen und ihre Flirtversuche ignoriert, dazu noch die Tatsache übersehen, daß sie eine vitale Frau in der Blüte ihrer Jahre war, die ihn sehr anziehend fand. Bis jetzt jedenfalls war es so.

Und jetzt bestand die Chance, daß sie in seinen Augen an Wert gewann. Ein Plan war es eigentlich nicht — doch sie hatte ganz vage eine Ahnung. Wenn er wüßte ... andere hätten es vielleicht Erpressung genannt, nicht aber Lilly.

Zweifellos war alles nur ein Irrtum — und doch wunderte sie sich sehr. Von James Ferris' Tod hatte sie zuerst aus dem Radio erfahren. Da sie wußte, wer er war, zeigte sie für diesen Fall mehr als das übliche Interesse, kaufte sämtliche Zeitungen und verfolgte den Fall aufmerksam. Am nächsten Tag erfuhr sie, daß er in seinem Büro getötet worden war. Und das konnte nicht stimmen! Das wußte sie.

Es war so gekommen: Als Franklin den Laden betrat, hatte

sie ihn nach einer jungen Dame gefragt, und er hatte gesagt, daß er dieses Wochenende allein wäre. Es bestand kein Grund, ihm nicht zu glauben – und doch war sie neugierig, denn es bestand immerhin die Möglichkeit, daß er sich in Gesellschaft eines Filmstars befand, der unerkannt bleiben wollte ... oder irgendeiner Berühmtheit, der er seinen Schutz angedeihen ließ. Während er telefonierte, war sie ans Fenster gegangen. Als sie seinen Partner vor dem Auto stehen sah, wäre sie nicht weiter überrascht gewesen, hätte Franklin nicht behauptet, er sei allein.

Sie dachte nicht weiter daran, bis sie von den Umständen des Mordes las. Warum hatte Franklin der Polizei nicht gesagt, daß Jim Ferris mit ihm zusammen war? Zweifellos war es ein Irrtum von seiten der Presse oder der Polizei, die diese Informationen herausgegeben hatten, und sie erwartete dauernd, daß der Irrtum in den Zeitungen, über das Fernsehen und den Funk berichtet würde. Dies war aber nicht der Fall.

Das brachte sie verstärkt zum Nachdenken. Sie fragte sich, ob Ken Franklin die Wahrheit gesagt hatte, oder, warum er etwas zu verbergen hatte. War es deswegen, weil er nicht weiter hereingezogen werden wollte oder weil er fürchtete, man könne glauben, er hätte etwas damit zu tun? Oder weil er viel mehr wußte, als er zugab?

Den Gedanken, daß er der Mörder sein könnte, formte sie nie ganz deutlich aus, doch irgendwo in den hintersten Winkeln ihres Gehirns lauerte er ... und ebenso die Idee, daß sie aus der Sache Vorteil ziehen könnte, ganz egal, auf welche Weise Ken Franklin darin verstrickt war. Ja, finanziell – natürlich. Aber auch auf weitaus interessantere Weise. Er war ein Mann mit Sex-Appeal ... und sie war schon lange verwitwet.

Von ihrem Standpunkt aus würde er einen idealen Gatten abgeben. Die größte Schwierigkeit bestand darin, sich ihm zu nähern. Wie – wann – wo?

Sie wollte nichts überstürzen, doch eine innere Stimme

sagte ihr, daß sie das Zusammentreffen nicht zu lange hinausschieben sollte. Insgeheim sagte sie sich, sie müßte eigentlich zur Polizei gehen, falls sie wirklich nützliche Informationen hatte, und wenn sie es nicht sehr bald täte, würde man sie fragen, warum sie so spät käme. Und er konnte ihr davonlaufen – vielleicht nach Europa, sein Seehaus verkaufen –, er konnte alles mögliche tun, sogar einem Unfall zum Opfer fallen. Sie entschloß sich, ihn zu stellen, sobald er wieder in sein Landhaus kam. Nur kam er aus irgendeinem Grund nicht mehr her.

Das bedeutete, daß sie ihn in Los Angeles ausfindig machen mußte. Keine leichte Aufgabe, aber auch kein unüberwindliches Hindernis. Sie konnte sich gut vorstellen, daß seine Adresse und Telefonnummer – wie bei vielen Berühmtheiten – im Verzeichnis nicht angeführt war. Seine Telefonnummer im Landhaus wußte sie, aber das brachte sie nicht weiter.

Trotzdem nahm sie das Telefonbuch von Los Angeles zur Hand und sah nach. Ihre Mühe wurde belohnt. Statt seiner Privatadresse war seine Geschäftsanschrift – es war ein Bürogebäude mitten in der Stadt – verzeichnet. Sie nahm an, daß es sich um den von ihr gesuchten Franklin handelte. Zur Sicherheit sah sie noch unter James Ferris nach, entdeckte, daß auch seine Privatadresse nicht drinstand, daß er aber dieselbe Nummer wie Franklin hatte. Es war also der Ken Franklin, den sie meinte.

Als sie anrief, war er nicht da. Nur der Telefondienst meldete sich, der jetzt statt ›Ferris und Franklin‹ nur mehr ›Ken Franklin‹ sagte.

»Ist Mr. Franklin da?« fragte sie zaghaft.

»Leider nein. Hinterlassen Sie bitte Name und Telefonnummer, damit er Sie anrufen kann.«

»Meine Güte, nein! Ich rufe von außerhalb an, ich versuche es später noch einmal. Danke!«

Und sie legte auf. Einfach würde es nicht sein, an ihn heranzukommen.

Vielleicht war er gar nicht da, obwohl sie Zweifel hatte, daß er die Stadt verlassen würde, bis sich bezüglich des Mordes etwas Neues ergeben hätte. Und dann gab es natürlich geschäftliche Verpflichtungen. Nein – er war fast sicher da – irgendwo. Und so kam es, daß sie sich entschloß, bereits am nächsten Tag nach Los Angeles zu fahren. Sie sperrte den Laden zu und nahm den kleinen Geschäftsverlust in Kauf.

Sie nahm den Bus am frühen Morgen.

Von der Endstation rief sie ihn wieder an und hörte dieselbe Stimme vom Telefondienst.

»Ken Franklin.«

Diesmal hatte sie Zeit gehabt, sich während der langen Busfahrt auszudenken, was sie sagen wollte, falls er sich wieder nicht persönlich melden sollte.

»Guten Tag. Ein Anruf von International Pictures für Mr. Franklin.«

»Tut mir leid, er ist nicht da. Würden Sie...«

»Können Sie ihn nicht sofort erreichen? Oder uns die Nummer geben, unter der wir ihn erreichen können? Ein Anruf aus Übersee.«

»Ich könnte es versuchen, aber es dauert eine Weile...«

»Das geht leider nicht. Der Anrufer hat die Zeit vormerken lassen und hat nur drei Minuten zur Verfügung. Haben Sie noch eine Nummer?«

»Die dürfen wir nicht bekanntgeben.«

»Haben Sie eine Ahnung, wo er zu erreichen ist?«

»Er hat hinterlassen, daß er heute nachmittag Tennis spielt. Im Beverly Hills Country Club. Dort können Sie ihn erreichen.«

»Danke...«

»Und abends geht er ins Theater.«

»In welches?«

»Das Alhambra. Sie können an der Kasse eine Nachricht hinterlassen.«

»Danke! Sie waren sehr liebenswürdig.«

Lilly La Sanka legte auf. Das hatte Spaß gemacht. Sie war erstaunt, daß das Mädchen vom Telefondienst auf die Geschichte vom Überseeanruf hereingefallen war, aber sicher hatte Ken Franklin öfter solche Anrufe. Sie hatte riskiert, daß das Mädchen ihn zu Hause anrief. In diesem Fall hätte sie die Nummer ihrer Telefonzelle angeben können, und wenn er anrief, hätte sie sagen können, es sei der einzige Weg gewesen, ihn zu erreichen. Jetzt aber wollte sie es im Country Club versuchen.

Er war nicht da.

Man war zwar bereit, ihm etwas auszurichten, aber das genügte ihr nicht. Wieder legte sie auf und suchte sich die Adresse des Alhambra-Theaters heraus.

Es war nicht zu weit, und sie hatte Glück und konnte einen Einzelsitz auf dem Balkon ergattern. Jetzt hoffte sie nur, daß sich der Telefondienst nicht geirrt hatte. Nach dem Essen verbrachte sie den Nachmittag mit einem Schaufensterbummel und träumte sich das Geld für die vielen hübschen Kleider zusammen, die sie sah. Es war ein leichter, angenehmer Traum.

Aber um vier war sie so müde, daß sie fast versucht war, ein Hotelzimmer zu mieten.

Ihre Sparsamkeit entschied sich dagegen. Sie wollte den letzten Bus nach dem Theater nehmen. Vielleicht würde der Ausflug überhaupt erfolglos enden, und sie wollte nicht mehr Geld als unbedingt notwendig verschwenden.

Da sie noch reichlich Zeit bis zum Beginn der Vorstellung hatte, kaufte sie sich eine Zeitschrift und nahm sie mit in den Park in der Nähe des Theaters. Später wollte sie in einem Drugstore eine Kleinigkeit essen, jetzt aber konnte sie ihre Füße und den Rücken ausruhen, während sie die Modeschöpfungen studierte, die sie sich hoffentlich bald würde leisten können.

Ein- oder zweimal wanderten ihre Gedanken zu ihm ... und zu der Begegnung dieses Abends. Hoffentlich würde sie Früchte tragen, doch hatte sie daneben allerhand Befürchtungen. Vielleicht hielt er sie für verrückt, ging selbst zur Polizei, geriet in Wut und schlug sie — keine dieser Möglichkeiten sagte ihr zu. Andererseits war es das Risiko wert. Wenn es klappte.

Sie las die Zeitung zu Ende und schlenderte die Straße entlang, bis sie einen kleinen Drugstore fand, der offen hatte. Sie bestellte ein Sandwich und eine Cola. Damit hatte sie genug, und der Preis war genau richtig. Sie hatte noch Zeit und gönnte sich eine Tasse Kaffee und ein Stück Kuchen. Dann aber mußte sie schnell zum Theater. Eigentlich hatte sie geplant, im Foyer auf ihn zu warten und seine Aufmerksamkeit zu erregen, aber als sie hinkam, war er nirgends zu sehen.

Sie wartete bis zuletzt und suchte dann ihren Sitz in der Hoffnung auf, er würde sich unter den Zuspätkommenden befinden.

Während der ersten Pause glaubte sie ihn neben einer Blondine in der Nähe des Mittelganges zu sehen, war sich ihrer Sache jedoch nicht sicher. In der zweiten Pause wurde sie kühner, ging den Mittelgang entlang und sah sich unverfroren um. Ja, es war Ken Franklin. Und neben ihm eines seiner jungen, schicken Mädchen.

Das war es also. Sie mußte nur darauf achten, daß sie vor ihm das Theater verließ und dann seine Aufmerksamkeit auf sich lenkte. Er würde ihr nicht entkommen. Hoffentlich werde ich nicht zu nervös, dachte sie, leicht wird es nicht. Aber was ist schon leicht, wenn es sich lohnen soll. Er ist kein Dummkopf. Er wird sofort begreifen. Er würde jedenfalls gut daran tun, schnell zu verstehen.

Als der Vorhang fiel, machte sie sich sofort davon und arbeitete sich zwischen jenen Zuschauern hindurch, die dem Stück lange und begeistert Applaus spendeten.

Ihr gefiel das Stück auch, nur den letzten Akt hatte sie kaum mitbekommen, weil ihre Gedanken um andere Dinge kreisten.

Sie war schon im Freien, als Ken herauskam. Sie sah

ihn, groß und sonnengebräunt, mit dem Mädchen an seiner Seite, sie sah, wie er seinen Charme spielen ließ. Einen Augenblick lang wollte sie der Mut verlassen, und sie wäre am liebsten wieder zu ihrem Laden gefahren. Aber in diesem Moment lachte das Mädchen und schmiegte sich an ihn, und das erregte Lilly La Sankas Wut und Eifersucht.

Sie rief laut seinen Namen.

12 Ein unruhiger und bedrückter Ken Franklin leerte seinen zweiten Scotch mit Soda und zeigte dem im Hintergrund wartenden Ober an, er möge für Nachschub sorgen. Die leise Musik in dem feudalen Lokal trug nicht zur Besänftigung seiner Unruhe bei, und der Alkohol reizte seine angegriffenen Magennerven. Den Luxus, sich zu betrinken, konnte er sich nicht leisten. Er durfte sich nicht richtig vollaufen lassen und alles um sich herum vergessen, sondern mußte seine Aufmerksamkeit seinem Gegenüber widmen. Seine ungeteilte Aufmerksamkeit. Er hatte Lilly in eines der teuersten, exklusivsten und intimsten Restaurants geführt, die er kannte. Jetzt hoffte er, sie mit Flirten und Schmeichelei abbringen zu können von ... ja, wovon eigentlich? Seitdem sie hier Platz genommen hatten, war Lilly einsilbig geworden. Sie hatte getrunken, eine Kleinigkeit gegessen und verlangte jetzt ein Dessert. Franklin hatte nur widerwillig in seinem Essen herumgestochert, Lilly hingegen hatte alles mit größtem Appetit vertilgt. Und jetzt hatte sie eine Portion Erdbeeren bestellt.

Der Kellner brachte das Dessert und schenkte Franklin nach.

Zugegeben, man wurde im ›Le Bijou‹ hervorragend bedient, aber das hatte seinen Preis. An diesem Punkt blieben Kens Gedanken hängen. Der Preis. Ja, das war es, was er fürchtete. Zweifellos würde er bezahlen müssen. Oder womöglich noch schlimmer hineinrasseln. Angenommen, sie wußte etwas. Warum rückte sie nicht mit der Sprache heraus, damit man die Sache endlich hinter sich brachte?

Lilly La Sanka lächelte ihm betörend zu. »Erdbeeren sind meine große Schwäche, Mr. Franklin.«

»Na, das freut mich aber.«

Seiner Ansicht nach hatten sie nun lange genug Katze und Maus gespielt. Er starrte sie unverwandt an, doch war er nicht fähig, den Mund aufzumachen.

Sie kaute genüßlich an einer großen Erdbeere und kicherte plötzlich los. »Sie machen mich ganz verlegen — so wie Sie mich anstarren.«

Na schön, dachte er. Jetzt heißt es, Charme spielen zu lassen. Das kann nie schaden. »Ich kann nicht anders«, sagte er. »Ich habe Sie noch nie außerhalb Ihres Ladens gesehen... Sie sind sehr hübsch. Darf ich Sie Lilly nennen?«

»Ja, bitte.« Er sah unverschämt gut aus — fast wie ein Filmstar. Ihr Interesse für ihn zeigte sie ihm schon lange. Leider hatte sie bis jetzt weder Mittel noch Wege gefunden, seine tiefere Sympathie für sich zu wecken. Jetzt aber... es würde eine Genugtuung sein, wenn er jetzt bezahlen mußte, die gerechte Strafe dafür, daß er sie nur flüchtig beachtet und vertröstet hatte, während er sich mit einer Schar hirnloser junger Mädchen vergnügte, die außer ihrer guten Figur nichts zu bieten hatten. Über Figur verfügte auch Lilly La Sanka — und war dazu alles andere als hirnlos.

In vertraulichem Ton fragte sie: »Wie hat Ihnen das Stück gefallen?«

»Für meinen Geschmack zu durchsichtig. Wie hat es Ihnen gefallen?«

»Ihre Bücher sind mir lieber. Da steckt mehr Verstand dahinter. Die Romane sind viel raffinierter aufgebaut als das Theaterstück... und der literarische Wert ist höher.« Er sollte jetzt merken, daß sie eine feinfühlige Frau war, die noch andere Interessen hatte, als an den langen einsamen Abenden vor dem Fernsehapparat zu hocken. Fernsehen war bei weitem nicht ihre einzige Freizeitbeschäftigung.

»Danke, das ist ja sehr schmeichelhaft. Ja, wir haben Mrs. Melvilles Lesepublikum immer für voll genommen und fair behandelt. Lilly – Sie sagten vorhin etwas von einer eigenen Geschichte. Sie soll von einem Zeugen handeln. Ich bin an neuen Ideen interessiert. Das ist nämlich das Schwierigste beim Schreiben – man muß immer wieder neue Ideen haben.«

»O ja!« Wie gut – jetzt besaß sie seine volle Aufmerksamkeit. Sie spielte mit der letzten Erdbeere herum und genoß deren Größe und Duft ebenso wie Franklins Blick. »Eigentlich ist es eine wahre Geschichte – aus dem Leben gegriffen.« Sie schluckte die Beere. »Sie betrifft Ihren Partner.«

Franklin heuchelte Gleichgültigkeit, von der er weit entfernt war.

»Jim? Was ist mit ihm?«

»Ihren Ex-Partner, besser gesagt. Ich habe in den Zeitungen von seinem Tod gelesen. Schrecklich!«

»Danke.«

Ihre aufgerissenen Augen sollten Unschuld ausdrücken. »Ich habe es als so schrecklich empfunden, weil in den Berichten immer behauptet wurde, daß er in seinem Büro getötet wurde...«

»Ja, das wurde gemeldet...«

»Nun – in meiner Geschichte – für die Sie sich vielleicht interessieren werden –, in meiner Geschichte kann er gar nicht in seinem Büro getötet worden sein. In meiner Geschichte wurde er woanders getötet.«

Also das war es. Sie wußte etwas. Wieviel sie wußte, war nicht abzuschätzen. War sie etwa hinauf zur Hütte gekommen? Hatte sie durch ein Fenster hineingesehen und beobachtet, wie er den Leichnam hinausschleppte? Oder stellte sie bloß Vermutungen an? Das alles war noch ungewiß – er konnte es sich nicht leisten, sie auf die Probe zu stellen, sie zu weit vorpreschen zu lassen. Er wußte jetzt, daß es galt, die Sache schnell hinter sich zu bringen.

»Wie wär's, wenn wir jetzt Ihre Geschichte vergessen, liebe Lilly — und uns dem wirklichen Leben zuwenden würden?«

Sie schob die Schale mit zerstückeltem Eis abrupt zur Seite und lächelte.

»Das ist viel einfacher, nicht? Ehrlich gesagt, Ken — ich war ganz durcheinander, als ich die Zeitungen las. Als Sie am Tag vorher bei mir im Laden waren und telefonierten, ging ich aus ganz natürlicher Neugierde ans Fenster. Ich wollte sehen, ob sie wieder mal eine ihrer bezaubernden jungen Damen mitgebracht hätten... ob Sie mir die Wahrheit gesagt haben... ob es stimmte, daß Sie allein gekommen sind und nachdenken wollten — sich sozusagen geistig erquicken wollten.«

»Sie glaubten mir nicht, als ich Ihnen sagte, ich wäre allein?«

»Doch, ich glaubte Ihnen... aber ich wollte Ihre Aussage überprüfen... Sie wissen ja, wie wir Frauen sind! Ken, mein Interesse für Sie ist eben sehr, sehr groß... Na, Sie können sich mein Erstaunen vorstellen, als ich Ihren Partner sah. Da stand er in voller Lebensgröße draußen... ich kannte ihn von den Bildern auf dem Schutzumschlag. Er hatte eben etwas am Kühler nachgesehen und richtete sich auf. Dann schloß er die Motorhaube und setzte sich in den Wagen. Er war kleiner, als ich ihn mir vorgestellt habe. Natürlich sieht er längst nicht so gut aus wie Sie!«

»Und weil Sie ihn gesehen hatten, waren Sie beunruhigt?«

»Nein. Beunruhigt wäre übertrieben. Ich konnte nur nicht verstehen, warum Sie mir verschwiegen, daß Sie Ihren Partner bei sich hatten. Erst später... als ich die Nachrichten hörte und Zeitungen las... da rang ich tagelang mit mir, ob ich herkommen und mich mit Ihnen treffen sollte oder nicht.«

»Warum sind Sie nicht zur Polizei gegangen?«

»Aber Ken... ich möchte nicht, daß Sie Schwierigkeiten

haben. Wer weiß, was die gleich denken... begreifen Sie jetzt mein Dilemma?«

Franklin saß stumm da. Er dachte nach und sagte kein Wort. Schließlich hatte er sich zu einem Entschluß durchgerungen. Mit einem Achselzucken fragte er sie: »Also gut, Lilly. Wieviel?«

Einen so unverblümten Frontalangriff hatte sie nicht erwartet. Seine Worte und sein offener, unverwandter Blick verwirrten sie. »Hoffentlich glauben Sie nicht...«

Franklin unterbrach sie abrupt. »Ich glaube gar nichts. Ich bin Ihnen dankbar, daß Sie zu mir gekommen sind und bin sicher, daß wir, nun ja... zu einer Übereinkunft kommen, die recht und billig ist.«

Das lief glatter, als sie gedacht hatte! Sie hatte es mit einem Papiertiger zu tun. Natürlich wollte sie Geld — aber darüber hinaus gab es noch etwas, etwas unendlich Wichtigeres.

»Ken, ich bewundere Ihre Offenheit. Das alles fällt mir nicht leicht. Bitte, versuchen Sie meine Gefühle zu verstehen, meine Probleme... ich bin Witwe, betreibe einen kleinen Laden auf dem Lande, muß mit knapp bemessenen Einkünften auskommen...«

Am besten war es, scheinbar auf alles einzugehen, sagte sich Franklin. Darauf einzugehen und Zeit zu gewinnen... Zeit, um alles gründlich durchdenken zu können. Er mußte etwas unternehmen... es konnte sehr teuer werden... aber daran war jetzt nicht zu rütteln. Jedenfalls nicht im Augenblick.

»Ich verstehe voll und ganz.« Er streckte die Hand aus und faßte nach ihrer Hand.

»Ich weiß auch, daß Sie eine kultivierte Frau sind und keine gewöhnliche Erpresserin.«

Sie genoß seine Berührung ungemein. Diesen Genuß wollte sie sich für lange Zeit sichern.

»Ich bin so froh, daß Sie mich verstehen.«

»Kommen wir also zum Geschäft. Es hat keinen Sinn, um

den heißen Brei herumzuschleichen. Wieviel kostet Ihr Stillschweigen?«

Sie verschluckte sich und unterdrückte mühsam ein Händezittern, als sie bebend sagte: »Fünfzehntausend?« Sie wich seinem Blick aus, während sie hastig hervorsprudelte: »Ich weiß, es ist viel, aber dafür gebe ich mein Wort, daß ich nie mehr verlangen werde. Ich bin eine Frau, die zu ihrem Wort steht.«

»Das weiß ich, Lilly — und ich achte Sie dafür.« Er ließ ihre Hand los, hob sein Glas und trank ihr zu. »Und in diesem Sinne gehe ich auf Ihre Bedingungen ein. Abgemacht?«

Sie hob ihrerseits das Glas und trank ihm zu. Im gedämpften Licht des eleganten Lokals sah sie noch attraktiver aus als sonst. Ja, das Geld war ihr ganz angenehm und kam sehr gelegen. Und sie hatte ihm auch die Wahrheit gesagt, als sie sagte, sie würde nie mehr verlangen... jedenfalls nicht mehr Geld.

»Abgemacht... ich weiß auch, Sie mißverstehen mich nicht, wenn ich jetzt sage, daß es ein reines Vergnügen ist, mit Ihnen Geschäfte zu machen.«

»Ganz meinerseits. Ich sehe jetzt, daß Sie neben Ihrem Aussehen noch über andere Attribute verfügen, liebe Lilly. Sie sind eine praktisch denkende und kluge Geschäftsfrau. Und Sie stehen meinem Problem verständnisvoll — vielleicht sogar mitfühlend gegenüber. Es wird ein paar Tage dauern... wir werden hoffentlich Gelegenheit zu weiteren Begegnungen haben?«

»Schade, daß ich heute noch zurück muß. Der Laden... wie Sie sich denken können! Aber wenn Sie aufs Land kommen — in wenigen Tagen haben Sie gesagt? —, dann werden wir viel Zeit haben und uns viel besser kennenlernen können — viel, viel besser.«

»Darauf freue ich mich schon. Wissen Sie, diese jungen Mädchen — mit denen Sie mich so oft gesehen haben —, die sind ja ganz nett für ein Wochenende, für kurze Zeit — aber im Grunde genommen sind sie langweilig, ihre Interessen kreisen einzig und allein um die eigene Person. Man kann mit ihnen nicht ernsthaft reden... zwar sind nicht viele Mädchen zum Reden gekommen... aber ehrlich gesagt, ich bin ihrer überdrüssig. Ich glaube, ein reiferer Typ... eine Frau und kein Mädchen — wäre jetzt eher mein Fall.«

»Ich weiß genau, was Sie meinen. Mit halben Kindern kann man zwar sein Vergnügen haben, aber es geht doch nichts über eine reife Verbindung. Für Erfahrung gibt es keinen Ersatz, habe ich recht?«

»Ja — liebe Lilly, wie schade, daß Sie weg müssen. Kann ich Sie irgendwo absetzen?«

»Ich will ehrlich sein — ich bin mit dem Bus gekommen. Aber jetzt ist mir nach Feiern zumute. Bringen Sie mich zum Flughafen — ich möchte nach Hause fliegen.«

»Ein weiser Entschluß. Busse sind so öde und so langsam. Und außerdem besteht wirklich ein Grund zum Feiern. Aber immer Vorsicht! Sie werden Ihr schwer verdientes Geld nicht zum Fenster hinauswerfen wollen... für unnütze Dinge.«

»Aber Ken, ich denke nicht im Traum daran. Das Geld ist für mich eine Rücklage. Und verschwenderisch bin ich schon gar nicht. Gehen wir jetzt?«

»Ich muß erst bezahlen. Oder möchten Sie das übernehmen?«

Sie sah erstaunt auf und bemerkte sein Lächeln. »Ken, Sie haben so viel Sinn für Humor. Zu allem übrigen. Wir werden wunderbar miteinander auskommen.«

Er bezahlte, und sie gingen. Er brachte sie zum Flughafen, nahm Lilly, bevor sie einstieg, in die Arme und küßte sie heftig, obwohl es ihn viel Überwindung kostete. Sie bebte, als sie sich aus seiner Umarmung löste.

Genauso sollte es sein. Es war sehr wichtig, daß sie ihm für die nächsten paar Tage Vertrauen schenkte. Dieser Kuß bildete ein Versprechen auf Kommendes. Genau das, was sie wollte.

Ja, wenn es sein mußte, ließ es sich nicht ändern. Es gab offenbar keinen anderen Ausweg. Er steckte zu tief drinnen.

13 In den nächsten Tagen gingen viele Menschen wie immer ihrer gewohnten Arbeit nach, während sie insgeheim Pläne machten und Ränke schmiedeten. Lilly La Sanka arbeitete in ihrem Laden, wartete gleichzeitig voll Unruhe auf Kens Anruf und überlegte, wie sie sich verhalten sollte — nicht nur ihm, sondern auch dem Geld gegenüber. Sie wollte das Geld, sie brauchte es dringend und durfte doch nicht habgierig erscheinen. Auch wollte sie Ken nicht verlieren, weil er noch mehr Geld verkörperte und weil er ihr gut gefiel. Fünfzehntausend Mäuse waren kein Pappenstiel, aber sie hätte noch mehr verlangen können. Nein — sie wollte den Mann — das Geld kam dann von selbst.

Auch Columbo schmiedete Pläne. Er hatte jetzt die notwendigen Informationen beisammen. Das Material war genauso wie erwartet. Die Kontakte mit der Abteilung für ›organisiertes Verbrechen‹ hatten bestätigt, daß Franklins Theorie höchst unwahrscheinlich war. Die Ermittlungen bezüglich Ferris bewiesen, daß es bei ihm keine Spur einer heimlichen Freundin oder eines möglichen Feindes gab. Und Joanna Ferris' Verhalten war in jeder Beziehung immer so gewesen, wie es von einer guten Ehefrau und Gehilfin zu erwarten war.

Blieb also nur Ken Franklin.

Er würde Tantiemen plus Versicherung kassieren. Die Tantiemen waren zwar nicht höher als zu Lebzeiten seines Partners, wenn auch nicht mehr so hoch wie zu der Zeit, als dauernd neue Mrs.-Melville-Romane erschienen. Die Versicherung war etwas anderes. Franklin lebte in großzügigen Verhältnissen. Das Geld von der Versicherung würde dafür sorgen, daß es eine ganze Weile so behaglich für ihn blieb. Natürlich konnte man auf Grund der Versicherung allein noch auf kein Verbrechen schließen. Tatsächlich war mit Ferris' Tod eine Verringerung des Einkommens verbunden. Und die Versicherung war dieses Risiko eingegangen.

Sie schien sich zufriedenzugeben und war bereit, die Summe auszubezahlen. In Wahrheit gab es gegen Franklin keinen handfesten Beweis. Noch nicht. Columbo würde weitergraben müssen... und mit der Zeit würde vielleicht etwas mehr an die Oberfläche kommen. Franklin konnte einen Fehler machen, vielleicht sogar in Panik geraten. Columbo würde sich hartnäckig an Franklins Fersen heften müssen, bis er einen handfesten Beweis in der Hand hatte. Die Autofahrt statt eines Fluges... das Sortieren der Post, während ein Toter draußen auf dem Rasen liegt – das mochte auf verschiedenes hindeuten. Ein Beweis war es allerdings nicht, das stand außer Zweifel. Er mußte abwarten – und beobachten.

Auch Ken Franklin wartete und beobachtete. Er wartete auf einen richtigen Zeitpunkt und den richtigen Ort für die richtige Methode. Er beobachtete, ob Lilly La Sanka weitere Schritte unternahm. Er hatte mit ihr keinen Kontakt mehr aufgenommen und umgekehrt. Heute wollte er sie anrufen... aber nicht von seinem Apparat aus. Er wollte verhindern, daß man ihm den Anruf nachweisen konnte. Nein, er wollte von einem Münzfernsprecher in einem anderen Stadtteil anrufen, mit ihr reden und eine Verabredung treffen. Dann wollte er zur Bank gehen. Zu dumm, daß er Bargeld für den Plan, den er sich ausgedacht hatte, brauchte. Er mußte damit rechnen, daß sie das Geld ansehen, anfassen und vielleicht daran riechen wollte.

Aus diesem Grund brauchte er Bargeld.

Franklin fuhr im Wagen nach Santa Monica und suchte eine Telefonzelle. An einer Straßenecke hatte er sie gefunden und parkte dort ein. Die Tasche voller Kleingeld, dazu Lillys Nummer griffbereit, betrat er die Zelle. Während er die Münzen einwarf, summte er fröhlich vor sich hin. Eine nette Dame, wirklich – bis auf die Tatsache, daß sie eine Erpresserin war. Darüber hätte er eventuell noch hinweggehen können, nicht aber über ihr Alter. Ja, das war es. Sie war viel zu alt für ihn und zu alt für diese Welt.

In den nächsten Minuten mußte er diese Gedanken aus seinem Bewußtsein verdrängen und so tun, als wäre sie die bezauberndste Frau der Welt und dazu noch jung.

Sie meldete sich.

»Bei La Sanka.«

»Hallo! Sicher glaubten Sie, Sie würden nie wieder von mir hören.«

»Oh – Mr. Franklin! Wie geht's Ihnen? Ich hatte sehr gehofft, Sie würden bald anrufen – aber ich habe keinen Augenblick bezweifelt, daß Sie es tun würden.«

»Sind Sie allein?«

»Ja. Geschäft geht schlecht. Wie geht es Ihnen?«

»Wunderbar. Ich rufe an, weil ich vielleicht sehr bald hinauskomme.« Als sie seinen Namen nannte, hatte er es mit der Angst zu tun bekommen, doch als sie sagte, sie wäre allein, war er beruhigt. »Vielleicht kann ich mich schon morgen frei machen. Immer diese geschäftlichen Verabredungen – Sie wissen ja. Eine Story für eine Illustrierte, dann ein Interview, Bilder – so geht es eben.«

»Ihr Berühmtheiten habt es nicht leicht. Ich kann es kaum erwarten, bis ich sie zu Gesicht bekomme... die Story nämlich.«

»Ach, das dauert noch Monate. Die Zeitungen müssen lange im voraus arbeiten. Außerdem ist es ohnehin immer der alte Kram mit einem kleinen, frischen Aufputz versehen. Also, ich habe nur angerufen, um Sie wissen zu lassen, daß ich Sie nicht vergessen habe – auch nicht unser kleines Abkommen. Ich werde wahrscheinlich am späten Nachmittag eintrudeln. Lilly – es mag seltsam klingen – aber Sie fehlen mir sehr. Ich freue mich auf unser Rendezvous.«

»Aber Mr. Franklin, Sie alter Süßholzraspler! Aber mir gefällt das. Und ich freue mich auch auf ein Wiedersehen.«

»Aber sicher nicht nur auf meine Wenigkeit.«

»Ob Sie es glauben oder nicht, Mr. Franklin – sosehr ich mich auf das kleine Geschenk freue und so dringend ich es brauche — ich freue mich mehr auf ein Wiedersehen mit Ihnen.«

»Na, das paßt ja wunderbar. Stellen Sie für den müden Wanderer ein Lichtlein ins Fenster.«

»Mach ich, Mr. Franklin. Entschuldigen Sie mich jetzt, da kommt Kundschaft.«

Er hörte das Klingeln der Ladentür und verabschiedete sich hastig, damit ihr nicht noch am Ende einfiel, seinen Namen zu nennen. Hoffentlich brüstete sie sich nicht vor ihren Kunden mit dem Ferngespräch, das sie eben mit Mr. Franklin geführt hatte.

Das war erledigt. Zuerst hatte er geplant, unangemeldet zu kommen, aber das hätte vielleicht verdächtig gewirkt und sie zur Vorsicht gemahnt. So aber schien alles viel natürlicher. Ein wenig fürchtete er ihre Schwatzhaftigkeit, aber vielleicht hielt sie in diesem Fall dicht. Nicht etwa, daß Lilly La Sanka so zurückhaltend wäre, um nicht hin und wieder mit einem Namen aufzutrumpfen — weit entfernt. Aber er konnte sich gut vorstellen, daß sie sich sehr vorsichtig verhalten würde, solange sie das Spielchen als Erpresserin betrieb.

Nun gut — er würde auch vorsichtig sein — und zum Schein ganz aufrichtig.

Als Lilly La Sanka den Hörer auflegte, war sie wegen des bevorstehenden Besuchs ganz durcheinander, doch die wartenden Kunden, von denen jeder nur ein paar Kleinigkeiten wollte, waren heute überaus redselig, so daß sie Ken Franklin fast eine Stunde lang aus ihren Gedanken verbannen mußte. Endlich war der letzte Kunde draußen. Lilly war müde und setzte sich hin. Sie brauchte ein paar Minuten, um über Ken Franklin nachzudenken.

Sie war ziemlich unruhig, wie sie sich ehrlich eingestehen mußte. Ihre erste Sorge galt dem Umstand, daß er sie vielleicht hereinlegen wollte und gar nicht die Absicht hatte, ihr das Geld zu geben, oder daß er verschwinden würde und es ihr überließ, mit ihrer Geschichte zur Polizei zu gehen oder es bleiben zu lassen.

Dann machte sie sich Gedanken, ob er nicht etwa einen anderen Trick anwenden könnte. Vielleicht wollte er zur Polizei, und man würde sie an Hand gekennzeichneter Banknoten schnappen. Von dieser Methode hatte sie in Zeitungen und Krimis gelesen. Sie zog sogar in Betracht, daß er sie vielleicht umbringen würde, aber das schien ihr doch an den Haaren herbeigezogen. Er würde wohl kaum wegen lumpiger fünfzehntausend Dollar einen Mord begehen ... so reich, wie er war.

Trotzdem hatte sie seit ihrer Rückkehr aus Los Angeles nicht mehr gut schlafen können. Jedesmal war sie aufgewacht, wenn sie in dem alten Haus ein Geräusch hörte — wenn ein Fensterladen klapperte oder eine Diele knarrte. Trotz ihrer Proteste am Telefon hatte sie tatsächlich befürchtet, er würde mit dem Geld nicht kommen und sie in einer Zwickmühle sitzen lassen. Denn sie neigte nicht zur Rachsucht und wollte ganz gewiß nicht zur Polizei und mit ihrem Wissen herausrücken, ob das nun wichtig für den Fall war oder nicht. Damit hätte sie nämlich ein für allemal jede Chance einer Verbindung mit Ken Franklin, sei es nun finanziell oder persönlich, abgewürgt.

Aufseufzend sagte sie sich: »Das hat man eben zu erwarten, wenn man sich mit Verbrechen einläßt.«

Es berührte sie höchst merkwürdig, als sie diese Worte aussprach, denn bis jetzt hatte sie sich immer noch einreden können, daß an ihrem Tun nichts Verbrecherisches wäre. Ersten hatte sich Ken Franklin keines Verbrechens schuldig gemacht. Für seinen Irrtum, als er aussagte, wo sein Partner sich aufhielt, als die Schüsse fielen, gab es sicher eine logische Erklärung.

Daraus folgte, daß sie ihn nur um eine Art Darlehen gebeten und als Gegenleistung versprochen hatte, sein Leben nicht unnötig zu komplizieren, indem sie mit einer Information herausrückte, die für den Fall sicher völlig belanglos war. Als Revanche für ihren Freundschaftsdienst wollte er ihr aus einer Verlegenheit helfen.

Und da er ihr so sehr gefiel, kam sie schließlich zu dem Schluß, daß in Anbetracht seiner Bereitwilligkeit, ihr das Geld zu borgen, und weil er offenbar ihren Reizen erlegen war — sein Kuß am Flughafen war hochgradig gefühlsbeladen —, Ken Franklin endlich gewillt war, sie in einem neuen Licht zu sehen.
Sein Anruf hatte diese Annahme bestätigt.
Er war weder verärgert gewesen noch beunruhigt. Er hatte ihr gesagt, wann er kommen wolle, so daß sie auf der Hut sein konnte, wenn sie es für richtig hielt. Und er war darauf bedacht gewesen, das Geld ebensowenig zu erwähnen wie sie. Falls er das Gespräch auf Tonband hatte aufnehmen lassen, wäre er direkter gewesen, in der Hoffnung, sie in die Falle zu locken. Nein — alles entwickelte sich ganz nach Wunsch. Sie würde natürlich eine ganze Weile gemeinsame Spaziergänge am Rande eines Abgrundes vermeiden — nur um kein Risiko einzugehen —, aber sie war ziemlich sicher, daß Franklin sich genau als das entpuppen würde, was sie so lange gesucht hatte.
Jetzt hieß es zwar, ein wenig Vorsicht walten zu lassen... ähnlich wie es ein junges Mädchen tun mußte, das sich seine Gefühle für den jungen Mann, der sie zum erstenmal ausführt, nicht eingestehen will.
Sie hatte viel zu verlieren... gleichzeitig aber hatte sie eine ganz neue Zukunft zu gewinnen. Sie seufzte und mußte sich eingestehen, daß sie von Mr. Ken Franklin einfach hingerissen war. Es war schon lange her, daß sie solche Gefühle verspürt hatte. Obwohl diese Gefühle eine gewisse Unruhe mit sich brachten, hatte sie doch gehofft, von ihnen irgendwann einmal wieder überwältigt zu werden.

14 Inspektor Columbo klingelte an Ken Franklins Haustür. In der Einfahrt hatte ihm ein großer, schimmernder Kombiwagen den Weg verstellt, und er hatte seinen Wagen dahinter parken müssen. Im Hausinneren ertönte die Klingel. Columbo drehte sich um und betrachtete den fremden Wagen und seine eigene, zerschrammte Karre. Sein Blick glitt über das helle Grün des gepflegten Rasens und die säuberlich geschnittenen Hecken, bis zum nächsten Haus, das weit weg, an einer baumbestandenen Straße stand.

Ja, es gab keinen Zweifel: Das Schreiben von Detektivgeschichten brachte weit mehr ein als das Leben als wirklicher Detektiv. Aber das interessierte nicht weiter. Er wußte, daß er nicht den lukrativsten Beruf der Welt hatte. Dieser Umstand hatte ihn nie bekümmert und bekümmerte ihn auch jetzt nicht.

Was ihn mehr interessierte, war die Frage, wie Franklin es verkraften würde, wenn er das alles würde aufgeben müssen. Eine Viertelmillion als Versicherungssumme war ein Haufen Geld, und die weiterströmenden Tantiemen aus den Mrs.-Melville-Büchern, von denen Columbo einen ganzen Stapel im Arm hielt, würden Franklins Einkommen beträchtlich erhöhen. Aber Franklin würde sich des Geldes nicht lange erfreuen können — wenn die Verdachtsmomente Columbos sich als wahr erwiesen.

Er war nicht weiter erstaunt, als ihm ein Hausmädchen öffnete.

Sie musterte ihn so, als wolle sie ihm mitteilen, daß der Lieferanteneingang hinten wäre. »Ja?«

»Ist Mr. Franklin da?«

Columbo hörte aus dem Wohnzimmer Stimmen. Gelegentliche Lichtblitze bewirkten, daß er das Mädchen anblinzeln mußte.

»Er ist beschäftigt. Wen darf ich melden?« sagte das Mädchen unwillig.

»Inspektor Columbo.«

»Ach.« Wenn der Mensch Polizist war, überlegte das Mädchen, war mehr Höflichkeit angebracht. »Wenn Sie warten möchten ... ich melde Mr. Franklin, daß Sie da sind.«

»Nein, stören Sie ihn bloß nicht. Ich warte hier draußen in der Diele. Wenn er fertig ist ...«

»Wie Sie wollen. Entschuldigen Sie.« Sie schloß die Tür hinter ihm und ging mit einem Kopfnicken in die den Stimmen und Lichtblitzen entgegengesetzte Richtung die zu Speisezimmer und Küche führen mußte, wie Columbo annahm.

Er setzte sich, mit den Büchern im Arm, und sah sich nach einer Ablagemöglichkeit um. Der winzige Tisch in der Diele war bereits voll beladen — mit einem Silbertablett für die Post, einer Vase mit frischen Blumen und zwei Flaschen eines vermutlich sündhaft teuren Champagners mit der Bezeichnung ›Cordon Rouge‹. Daneben stand ein schweinslederner Aktenkoffer. Für die Bücher war also nirgends Platz.

Wieder ein Aufblitzen, und dann sagte eine klare, melodiöse Frauenstimme: »Vielen Dank, Mr. Franklin. Ich glaube, wir haben alles.«

Neugierig stand Columbo auf und ging zu dem Bogengang, der ins Wohnzimmer führte. Er sah eine attraktive junge Dame, lässig, aber teuer gekleidet, mit einer großen Omabrille, auf einer Couch Franklin gegenübersitzend. Ein älterer Mann, kahlköpfig und rundlich, lief im Raum hin und her und machte Aufnahmen vom Zimmer und seinem Eigentümer, während das Mädchen und Ken sich unterhielten.

Sie sagte eben: »Wenn Sie noch eine oder zwei Aufnahmen über sich ergehen lassen ... schrecklich öde, ich weiß, aber Sie müßten die Notwendigkeit eigentlich einsehen — wir müssen mehr Bilder haben, als wir eigentlich brauchen, oder unser Redakteur bekommt Zustände. Er will eine Auswahl treffen können — nicht wahr, Harvey? Deshalb machen wir viel zuviel Aufnahmen, und ich schreibe zuviel Text ... damit er eben eine Auswahl treffen kann.«

Franklin lachte. Er genoß offenbar das Zusammensein mit dem Mädchen – er genoß eigentlich die ganze Prozedur. »Redakteure sind doch überall gleich. Jim und ich hatten zunächst auch unter diesem Problem zu leiden. Als wir dann einen Namen hatten, konnten wir uns überall durchboxen. Also – schießen Sie los mit Fragen und Schnappschüssen! Ihre Zeitschrift war während der mageren Jahre Franklin und Ferris gegenüber immer sehr entgegenkommend. Das ist der zweite Grund dafür, daß ich dieses Interview gebe.«

Erstaunt fragte das Mädchen: »Und der erste?«

»Ich möchte jungen Autoren helfen – besonders wenn sie sich als so liebenswerte Interviewerinnen entpuppen.«

Sie mußte lachen, und er faßte nach ihrer Hand. Er sah ihr ins Gesicht und wollte eben den üblichen Charme wirken lassen – seinen langen, eindringlichen Blick, der ihm bei so vielen Frauen zum Erfolg verholfen hatte –, als er hinter ihr die Gestalt Inspektor Columbos erblickte, der, mit Büchern beladen, verlegen im Türbogen stand.

Er beherrschte sich und verdrängte den Ärger aus Stimme und Miene, als er sagte: »Ach, Inspektor! Möchten Sie mich sprechen?«

Columbo räusperte sich. »Falls Sie eine Minute erübrigen könnten...«

Franklin lächelte. Er ließ die Hand des Mädchens los und erhob sich. »Aber nicht länger. Warten Sie, bis ich fertig bin.« Zu dem Mädchen gewandt fragte er: »Noch etwas?«

Das Mädchen mußte sich eingestehen, daß er sehr gut aussah. Franklin hatte auch einen gewissen Ruf als Freund des schwachen Geschlechts. Dieses Thema hatte sie in ihrem Interview noch nicht angeschnitten... noch nicht. Blieben also noch zwei Fragen. Die erste war als Klatsch einzustufen – und lag in ihrem eigenen Interesse, für den Fall, daß sein Interesse an ihr wirklich so stark war, wie er während des Gespräches hatte durchblicken lassen.

»Nur noch zwei Fragen: Ihr Name wurde in Verbindung

mit vielen Mädchen genannt. Es wird von Ihnen sogar behauptet, Sie seien ein Playboy − ein Mann, der sich dauernd umsieht, aber sich nicht festlegen läßt. Wird es in näherer Zukunft eine Mrs. Franklin geben?«

Vor ihm erschien das Bild Lilly La Sankas, ein Bild, das er nicht schätzte. Kein erfreulicher Gedanke. Er betrachtete ihn als letzten, absolut letzten Ausweg.

Und dann sah er vor sich das Mädchen, mit dem er an jenem Abend verabredet gewesen war, als Lilly ihn im Theater aufgespürt hatte. Er mußte sie anrufen. Bald. Sobald er die Angelegenheit hinter sich gebracht hatte.

Schließlich war da noch die junge Reporterin vor ihm. Sie war Wirklichkeit, und er brauchte sie sich nicht erst vorzustellen. Und doch stellte er sie sich vor − etwas weniger dick angezogen. Das alles dauerte nur Sekunden − während er so tat, als suche er nach einer passenden Antwort... für den Artikel... aber auch für die Schreiberin des Artikels.

»Ehrlich gesagt − ich habe oft an Heirat gedacht. Aber ich nehme an, daß ich die Richtige nicht gefunden habe − noch nicht. Ich gebe die Suche nicht auf. Zweifellos liegt die Schuld auf meiner Seite«, fügte er galant hinzu, »und nicht auf seiten der jungen Damen, mit denen mein Name in romantische Verbindung gebracht wird... außerdem bin ich dafür, daß man eine gewisse Trauerzeit einhält. In den nächsten Monaten werde ich mich sicher nicht verloben oder gar heiraten... aber ich gebe die Hoffnung nicht auf. Das Junggesellendasein ist längst nicht so toll, wie viele Ehemänner glauben. Und wie lautet die zweite Frage?«

»Sie betrifft den Tod Ihres Partners. Unsere Leser wird es sicher interessieren, ob...« Sie machte eine Pause, denn seine vorherige Antwort hatte ihr zu denken gegeben. Eine Ehe mit diesem Mann mußte umwerfend sein. Das Haus war ein wahrer Traum und Ken Franklin auch. Sie zwang ihre Gedanken zurück. »... ob der Tod Ihres Partners einen Einfluß auf die Mrs.-Melville-Romane haben wird?«

»Einer ist fast fertig. Bis auf das letzte Kapitel. Ich werde es schreiben und das Buch Jim Ferris widmen. Aber darüber hinaus — ich fürchte, mit Jim Ferris haben wir auch Mrs. Melville zu Grabe getragen. Punktum. Dieses Kapitel in meinem Leben ist vorbei — endgültig.«

Ihr Nicken bezeugte Mitgefühl. »Das kann ich verstehen. Aber wir alle werden die alte Dame vermissen. Könnten Sie nicht — und ich spreche jetzt nicht als Reporterin, sondern als Fan — noch ein Buch schreiben?«

Er legte den Arm um sie, während er langsam auf den Durchgang und Columbo zuging. »Natürlich könnte ich, aber welchen Sinn hätte das? Ohne Jim wäre es nicht mehr so wie früher. Sein Beitrag war zu groß. In mancher Hinsicht größer als meiner.« Das sagte er so, daß sie genau das Gegenteil glauben mußte. Genau das hatte er bezweckt. Sie hatte sich unter seiner Berührung nicht zurückgezogen. Ganz im Gegenteil. Sie hatte sich von ihm an die Brust drücken lassen. Ein auffallend schönes Mädchen. Man mußte mit ihr Kontakt halten. Zu dumm, daß der Inspektor jetzt aufgekreuzt war. Natürlich war da auch noch der Fotograf, der seine Sachen einsammelte. Sicher hätte er bei ihr leichtes Spiel gehabt, wären die Umstände günstiger gewesen.

Aber auch so sollte es ihm recht sein. Er hatte noch etwas zu erledigen... eine Verabredung... mit Lilly La Sanka.

»Nein, ich glaube, Mrs. Melville hat ihren allerletzten Fall gelöst — vielmehr wird es in wenigen Tagen soweit sein. Tatsächlich habe ich mich ernsthaft gefragt, ob ich überhaupt noch schreiben möchte.«

Ihre Augen verschleierten sich, als sie sagte: »Ach — das hoffe ich doch stark.«

»Wie liebenswürdig! Inspektor, entschuldigen Sie mich. Ich bringe nur meine Gäste hinaus und stehe dann zur Verfügung.«

Columbo trat beiseite, und das Mädchen rief über die Schulter nach hinten: »Harvey — wir gehen!«

Franklin wartete, bis der Fotograf draußen war, dann

führte er das Mädchen an die Tür und ließ sie los. »Hoffentlich haben Sie, was Sie brauchen. Sollten Sie etwas vergessen haben, dann zögern Sie nicht und rufen Sie mich an.«

Er hoffte darauf und war sicher, daß sie wenigstens noch eine Frage auf Lager hätte, die sie wieder in Kontakt mit ihm brachte – bald. Wenn nicht, würde er sie unter einem Vorwand anrufen. Sie war wirklich bildhübsch. Und er hatte Lilly gesagt, ihm gefielen Frauen mit Hirn. Vermutlich hatte das Mädchen mehr Köpfchen, als die meisten seiner kleinen Liebschaften. Er hoffte es jedenfalls.

»Sie waren sehr entgegenkommend«, sagte sie auf der Treppe.

Sie zögerte. Eigentlich könnte er mich jetzt fragen, dachte sie. Wenn nur dieser Inspektor nicht da wäre! Hm, das wird es wohl sein. Ich werde ihn später anrufen, heute nicht mehr. Aber morgen.

»Vielleicht könnte ich Ihnen unter günstigeren Umständen ein besseres Interview geben«, sagte er. »Ein tiefschürfenderes – leben Sie wohl! Und machen Sie keinen Narren aus mir!«

»Aber Mr. Franklin!«

»Ach was – nennen Sie mich Ken. So nennen mich meine Freunde. Und ich betrachte Sie bereits als Freundin.«

»Also – Ken, vielen Dank!«

»Keine Ursache. Fahren Sie vorsichtig.«

»Ach, Harvey fährt. Der ist sehr vorsichtig. Wie eine alte Jungfer. Aber wenigstens bin ich bei ihm in Sicherheit.«

»Bei Harvey schon...«

Beide lachten wie Verschwörer.

»Ich würde das tiefschürfende Interview sehr gern machen. Soll ich Sie anrufen?«

»Ja, tun Sie das. Ich habe zwar geschäftlich einiges zu erledigen...«

»Das letzte Kapitel...«

»Ja, das auch. Und dann... Sie würden mir einen Gefallen damit tun. Es würde für mich eine Ablenkung bedeuten.

Das alles war so furchtbar. Man schreibt jahrelang aus zweiter Hand über ein Thema, man glaubt es im Griff zu haben und dann passiert es tatsächlich, und man merkt, wie wenig man darüber weiß.«

»Sie meinen – Mord?«

»Ja ... der Tod ist immer tragisch. Auf diese Art ... jetzt muß ich aber laufen und mich um meinen Freund von der Polizei kümmern. Ganz im Vertrauen: ich bezweifle, daß er imstande ist, das Geheimnis zu entwirren, obwohl ich versuche, ihm dabei zu helfen. Unter uns: man wird nie herausbekommen, wer es getan hat.«

»Das tut mir leid.«

»Mir auch. Rufen Sie mich an. Ja? Nicht vergessen! In den nächsten Tagen. Anfang nächster Woche. Wir könnten zusammen essen gehen.«

»Das wäre herrlich. Leben Sie wohl. Und nochmals vielen Dank!«

»Es war mir ein Vergnügen.« Er sah der schlanken, biegsamen Gestalt nach, die die Stufen hinunter zum Wagen ging, wo der fade, geduldige, lammfromme Fotograf sie erwartete. Franklin hätte es lieber gesehen, wenn sie geblieben wäre – und wenn Columbo eben jetzt die Stufen hinabginge.

Er mußte sich dem Knaben eine Weile widmen – dann aber nichts wie weg. An seiner Angel zappelte ein besonderer Fisch. Columbo aber sollte allein auf seinen Fischzug ausgehen – und auf lauter Nieten oder vielmehr falsche Spuren stoßen.

15 Inspektor Columbo hatte Franklin und der Reporterin nachgeblickt. Obwohl er nicht hören konnte, was die beiden sprachen, war er überzeugt, daß der Autor sich mit dem Mädchen verabredete. Während er Ken Franklins finanzielle Verhältnisse durchstöberte, hatte er rein routinemäßig auch sein persönliches Leben durchleuchtet.

Dieses Leben war wie ein offenes Buch, oder zumindest wie ein Bild, das man sich aus vielen Einzelheiten zusammenfügen konnte: aus den Klatschspalten, aus Gesprächen mit Empfangschefs schicker Restaurants und aus diskreten Umfragen unter Franklins Bekannten und den jungen Damen, mit denen er ausging.

Es gab keinen Zweifel. Ken Franklin war ein flotter Junggeselle, den man in den teuersten Lokalen sah, aber nicht allzuoft mit derselben jungen Dame.

Einige der sehr hübschen Wesen hatte bereitwillig geplaudert. Sie alle stimmten dahingehend überein, daß er charmant war, gut aussah — ein toller Mann zum Ausgehen —, daß er sich aber vehement gegen die leiseste Andeutung einer ständigen Verbindung zur Wehr setzte.

Also nicht der Beständigste, dachte Columbo — aber damit war kein Mord bewiesen. Viele Männer bleiben ledig, viele sind unbeschwert und wechseln häufig ihre Partnerin. Beweis war das keiner, aber es gehörte zu dem Bild und bestärkte Columbos Überzeugung, daß er die richtige Spur verfolgte.

Hinzu kam, daß alle befragten Mädchen Ken Franklin als verschlossenen Menschen bezeichneten, der sehr wenig von sich selber, seiner Arbeit, seinem Partner oder seinen Plänen sprach. Eine verlassene Freundin hatte es so ausgedrückt: »Ich hatte das Gefühl, daß ich ihn bei unserem letzten Zusammensein ebensowenig kannte wie beim ersten.«

Franklin kam zurück und riß den Inspektor aus seinen Gedanken.

»Also, was kann ich für Sie tun?« Franklin hatte das Gefühl, daß er seine Nervosität fabelhaft überspielte. Fast glückte ihm auch ein Lächeln.

Hätte Columbo seinen Abschied von dem Mädchen belauschen können, so hätte er erkennen müssen, daß er, Franklin, ein Mensch war, den die Anwesenheit der Polizei nicht aus der Ruhe brachte.

Mit seiner Armladung voller Bücher wirkte Columbo ziemlich unbeholfen. »Ich bringe Ihnen die Bücher zurück«, sagte er.

»Sehr schön. Du lieber Gott, Sie haben sie die ganze Zeit über halten müssen! Kommen Sie ... legen Sie die Bücher da drüben auf den Tisch. Das Mädchen wird sie später einordnen.«

Columbo legte die Bücher hin und fuhr fort: »Ich wollte Ihnen sagen, daß sie mir sehr gefallen haben. Diese Dame – ein wunderbarer Typ! Messerscharfer Verstand. Eine gute Menschenkennerin. Sehr analytisch. Zum Beispiel in dem Fall, bei dem der Fußballer getötet wird, während sich alle das Spiel ansehen – das hat mir am besten gefallen, weil ich den Sport liebe. Fußball besonders.«

»Inspektor«, unterbrach ihn Franklin, »ich würde mich ja liebend gern mit Ihnen über Literatur unterhalten – oder über Fußball, wenn Sie wollen, aber ich muß gehen.«

»Ach, dann will ich Sie nicht länger belästigen. Ich wollte nur sichergehen, daß Sie die Bücher bekommen. Wohin wollen Sie?«

Franklin ließ sich seinen Ärger anmerken, als er seufzend sagte: »Ich fahre zur Erholung in meine Hütte. Möchten Sie meine genaue Fahrtroute?«

»Aber nein – es tut mir leid. Ich bin richtig lästig, stelle dauernd Fragen. Aus alter Gewohnheit ...« Columbo ging hinaus in die Diele. »Ich nehme an, daß Sie nicht allein fahren ...«

Franklin schüttelte den Kopf. »Irrtum! Was bringt Sie zu dieser Annahme?«

Columbo zeigte auf das Tischchen neben dem Eingang.

»Na – die zwei Champagnerflaschen ...«

»Ach die. Ich schaffe mit Leichtigkeit mehr als zwei. Ohne Hilfe. Wenn Sie mich jetzt entschuldigen wollen ... die letzten Tage waren schwer für mich. Ich möchte fort – bevor der Verkehr dichter wird.«

»Kann ich verstehen. Aber vielleicht interessiert es Sie, wie wir mit der Namensliste Ihres Partners weiterkommen?«

Franklin dachte flüchtig, daß es eine Ironie des Schicksals wäre, wenn der Inspektor tatsächlich mit der so fürsorglich vorbereiteten Liste Erfolge erzielt hätte. Laut sagte er: »Natürlich. Schon was Konkretes?«

Columbo vollführte eine Geste der Hilflosigkeit. »Nein. Es ist genauso, wie Sie vorausgesagt haben. Alle behaupten, sie hätten von James Ferris noch nie gehört.«

»Das war zu erwarten. Jetzt muß ich aber gehen. Leben Sie wohl!«

Er nahm den Aktenkoffer und die zwei Flaschen. So beladen konnte er die Tür nicht öffnen, und Columbo mußte ihm zu Hilfe kommen. Er blieb in der Tür stehen und sah Franklin nach, der zur Garage ging, vor der sein Wagen stand. Franklin warf den Aktenkoffer achtlos durchs Fenster in den Wagen und ging, in jeder Hand eine Flasche, nach vorn. Er wollte eben einsteigen, als er Columbos Stimme hörte:

»Mr. Franklin...«

»Ja?«

»Hm — eines habe ich leider vergessen. Ein Augenblick — ja?«

Franklin deponierte die zwei Flaschen vorsichtig auf dem Beifahrersitz und trat dann zurück.

Außer sich sagte er:

»Ist es so wichtig? Langsam habe ich das Gefühl, daß es bei Ihnen an Organisationstalent mangelt. Dauernd fallen Ihnen Dinge ein, die Sie vergessen haben, mich zu fragen... Oder Sie berichten mir großartige Dinge, die ich bereits weiß — daß Sie sich nämlich in einer Sackgasse befinden — oder wie der Franzose sagt ›cul de sac‹. Ist es denn wirklich so wichtig?«

Columbo stand jetzt neben Franklin, vergrub die Hände in den Manteltaschen und sagte: »Ja, möglich. Sehen Sie, ich habe mir die Unterlagen der Telefongesellschaft in San Diego geben lassen...«

Wieder gelang es Franklin, seinen Ärger zu unterdrücken.

Columbo überprüfte also offenbar mehr als nur die zusammengeschwindelte Namensliste der Gangster.

»Und warum haben Sie das getan?«

Columbo reagierte mit einem Achselzucken. »Gehört zu meinem Beruf. Man muß sich aus Einzelstücken ein Bild zusammensetzen. Na, jedenfalls wurde am Tage des Mordes ein Anruf aus Ihrer Hütte registriert. Ein Anruf bei den Ferris in Los Angeles.«

»Und jetzt möchten Sie wissen, ob ich eine Erklärung dafür habe.«

»Sicher haben Sie eine.«

Franklin lehnte sich an den Wagen. Er nahm eine Zigarette heraus, fischte nach dem Feuerzeug und hantierte damit ganz ruhig. Dann machte er einen tiefen, zufriedenen Zug und sah Columbo mit breitem Grinsen an. »Ja, Inspektor. Aber Sie hätten mir die Mühe ersparen können — wenn Sie vorher Joanna Ferris gefragt hätten. Sie hätte sagen können, daß ich mit ihr von der Hütte aus gesprochen habe... ich nehme an, bevor es passierte. Etwa eine knappe Stunde vorher. Ich rief sie an, weil ich ihr sagen wollte, daß Jim und ich unsere Differenzen ausgebügelt hätten. Sie hat mich zum Dinner eingeladen, aber...«

»Differenzen?«

»Die Differenzen einer Trennung auszubügeln ist nie einfach. Wir haben Jahre zusammen verbracht. Wie ein Ehepaar. Im Scherz haben wir es unsere Scheidung genannt. Ich muß sagen, ich hatte mich als der betrogene Teil gefühlt. Um die Analogie noch weiter zu verfolgen... als betrogener Teil hatte ich auf Jim eine Mordswut. Aber ich bin darüber hinweggekommen. Er hat mich ja nicht wegen eines anderen Autors verlassen — oder so. Aber Joanna hatte sich Sorgen gemacht, das wußte ich. Deshalb wollte ich sie beruhigen und rief sie an. Sie freute sich für uns beide. Ist das jetzt alles? Wirklich alles?«

»Ja, sicher. Ich wünsche Ihnen eine gute Fahrt!«

Ken Franklin antwortete beim Einsteigen: »Danke!« Hoffentlich bemerkte der Inspektor, daß Ironie in seinem Ton lag.

»Fahren Sie vorsichtig.«

Franklin steckte den Kopf heraus und begegnete dem Blick des Detektivs.

»Mach ich. Verlassen Sie sich darauf.«

Er fuhr los und bemerkte noch im Rückspiegel, daß Columbo stehengeblieben war und ihm nachsah.

Die Fahrt verlief ereignislos. Er war noch rechtzeitig vor dem Einsetzen des Berufsverkehrs weggefahren und kam trotz des dichter werdenden Verkehrs gut voran. Am späten Nachmittag traf er vor dem Laden an der Straßenkreuzung ein.

Er stieg mit Aktenkoffer und Flaschen bewaffnet aus und ging die Stufe zum Eingang hinauf. Vor dem Ladentisch stand eine Kundin. Franklin hielt sich im Hintergrund, bis Lilly die Summe in die Kasse getippt, Wechselgeld herausgegeben und sich bei der Kundin bedankt hatte. Lilly La Sankas Miene hatte sich bei seinem Eintreffen sichtlich aufgehellt. Sie wartete aber, bis die Kundin draußen war, ehe sie ihn ansprach.

»Ach, da sind Sie ja.«

Er hielt das Köfferchen in die Höhe. »Beladen wie der Weihnachtsmann.« Er stellte den Aktenkoffer auf den Ladentisch und schwenkte eine Flasche. »Für den Durst.« Er holte unter dem Arm die zweite Flasche hervor und hielt sie als Gegenstück der ersten hoch. »Für ganz großen Durst.«

Lilly La Sanka strahlte übers ganze Gesicht. »Mr. Franklin – das ist wunderbar.«

»Wir hatten uns auf ›Ken‹ geeinigt – ja?«

»Ja, natürlich – Ken!«

Er stellte die Champagnerflaschen vor sie hin. »Das Beste vom Besten. Ich reise prinzipiell erster Klasse, Lilly. Und jetzt beantworten Sie mir eine einfache Frage.« Er beugte sich über den Ladentisch und winkte sie zu sich heran. Als sie sich ebenfalls niederbeugte, flüsterte er: »Sorgen Sie heute abend für ein verschwiegenes Dinner zu zweit?«

Lilly La Sanka war platt. Sie hatte damit gerechnet, daß er sie zu sich einladen würde und hatte vorgehabt, eine solche Einladung nicht anzunehmen − so sehr ihr eine Ablehnung widerstrebte. Aber sie hielt Zurückhaltung am Anfang für angebracht.

»Sie wollen hier essen?«

»›A deux‹ wie es so schön heißt. ›Vous et moi.‹ Champagner, Musik. Ein einfaches, aber delikates Mahl ... gemütlich und kultiviert.«

»Ein verlockender Gedanke. Soll ich es wagen?« fragte sie neckisch. »Warum nicht? Man muß gewisse Risiken eingehen ... wenn man das Leben bis zur Neige auskosten will. Man muß auch Gefahr in Kauf nehmen.«

Er legte ihr die Hand auf die Schulter. »Köstliches Essen, Champagner − ach, Kerzenlicht hätte ich fast vergessen. Ja, Kerzenlicht muß es sein. Ein trautes Plauderstündchen mit leiser Musik im Hintergrund. Und nachher − wer weiß?«

Kokett sagte sie: »Dieses ›wer weiß‹ beunruhigt mich.«

Er nahm die Hand weg und richtete sich auf. »Sie enttäuschen mich, Lilly, ich wußte gar nicht, daß Sie so − so konventionell sein können.« Er wollte mit einem Abschiedswinken an die Tür. »Vielleicht ein anderes Mal.«

»Nein, warten Sie.« Sie sah die Champagnerflaschen und den danebenstehenden Aktenkoffer. »Ist das ... ist es das?«

»Natürlich. Ein Mann, ein Wort. Öffnen Sie den Koffer, zählen Sie nach. Ich will Sie nicht übers Ohr hauen.«

»Nein − nein, das ist nicht nötig. Ich fragte nur ... weil ich noch nie so viel Geld hatte ... und die Banken haben übers Wochenende geschlossen ... ich bin ein wenig ängstlich.«

»Ich kann es ja inzwischen für Sie aufbewahren... wenn Sie wollen.«

Sie faßte nach dem Koffer. »Nein... ich meine nur... vielleicht würde ich mich sicherer fühlen... wenn ich nicht allein wäre.«

»Natürlich.« Er schmetterte los: »Ein Mann gehört ins Haus. Und es ist was Wahres dran, Lilly. Sie brauchen dann keine Angst zu haben. Schrecklich, wenn man so viel Geld hat, und dann wird es einem wieder weggenommen. Ganz abgesehen von der Tatsache, daß Sie versprochen haben, sich damit zufriedenzugeben, könnten Sie den Verlust kaum der Polizei oder der Versicherung melden. Man würde Fragen stellen, warum und wie. Aber ich nehme das Geld inzwischen gern zu mir ins Haus — wenn Sie nicht wollen, daß ich zum Dinner komme...«

»Aber ich will ja! Und konventionell bin ich schon gar nicht. Ich war nur übervorsichtig. Oder vielleicht möchte eine Dame nicht allzu willig wirken.« Sie verfiel wieder ins Kokette.

»Sehr wohl, Monsieur... ich möchte mich zurechtmachen, umziehen — dann muß ich das Essen... sagen wir also... neun Uhr.«

»Meine liebste Zeit! Vor neun Uhr tut sich nichts Lohnendes! Und dieser heutige Abend... ich halte ihn für überaus lohnend. Also neun Uhr. Kochen Sie bloß nicht zu üppig! Nur ein Häppchen hier, ein Häppchen da...« Er deutete auf die Flaschen. »Und ein Schlückchen davon. Legen Sie die zwei Flaschen aufs Eis, ja? Es hat keinen Zweck, wenn ich sie mitnehme und wiederbringe. Haben Sie auch die passenden Gläser dafür? Champagner sollte immer in hohen, schlanken Gläsern serviert werden. Gewisse Delikatessen müssen in passendem Rahmen genossen werden, habe ich recht?«

»Und wie, Ken! Zufällig besitze ich zwei Champagnergläser... geschliffene, alte Gläser... richtige Antiquitäten. Wir haben sie seit drei Generationen in der Familie. Ich habe immer gewartet — auf den richtigen Zeitpunkt. Ich habe sie nie benutzt.«

»Entzückend. Unberührt. Sie warten auf uns... nachher können wir sie an die Wand werfen, wenn wir auf eine lange und glückliche Verbindung trinken.« Er warf ihr einen Kuß zu. »Bis neun.«

»Bis neun!« Zuletzt rief sie ihm nach: »Au revoir.«

Lillys Miene wurde nachdenklich, als Franklin gegangen war. Sie nahm den Aktenkoffer und trug ihn in ihre blitzsaubere Küche, wo sie ihn auf den Tisch stellte. Dann holte sie die Flaschen und stellte sie in den Kühlschrank. Wie gern hätte sie jetzt den Laden geschlossen, aber gerade in diesem Moment kam ein Kunde und dann wieder einer. Es wurde sieben Uhr, bis sie die Tür zusperren und mit dem Kochen beginnen konnte. Während das Essen auf dem Herd schmorte, wollte sie duschen und sich umziehen.

16 Auch Ken Franklin ging unter die Dusche, obwohl er in Kürze wieder klatschnaß sein würde. Auch in seinem Haus wurde gekocht wie in Lilly La Sankas Küche. Es war ein Plan, der hier ausgekocht wurde. Ken Franklin sah alles klar und deutlich vor sich. Er mußte Lilly nur dazu bringen, alles zu tun, was er wollte. Einfach würde es nicht sein, schließlich war sie nicht ganz dumm. Aber eine verliebte Frau neigte immer etwas zur Dummheit — Ken kannte die Symptome des Verliebtseins.

Es war kein übersteigertes Selbstbewußtsein, das ihn zu dieser Annahme verleitete. Nein, die Frauen flogen auf ihn, und er war sich dieser Tatsache nüchtern bewußt. Es war für ihn kein Grund, sich selbst zu beglückwünschen oder sich übermäßig im Spiegel zu bewundern, nur weil er gut aussah. Das war eine simple Tatsache und durchaus kein Anlaß zur Selbstbeweihräucherung. Für sein Aussehen konnte er nichts. Und was seinen Erfolg bei Frauen betraf, so hatte er ihn sich schwer erarbeiten müssen. Er hatte mühsam gelernt, das Wohlgefallen seiner zahlreichen Freundinnen zu gewinnen. Man durfte allerdings erwarten, daß harte Arbeit belohnt wurde. Es sprach also nicht nur sein Ego aus ihm, wenn er überzeugt war, daß Lilly in ihn verliebt wäre.

Im Moment war sie noch übervorsichtig — das war verständlich. Später würde sie sich sicher lenken lassen, wohin er wollte, die Wahl des richtigen Zeitpunktes und Ortes vorausgesetzt.

Heute abend war der Zeitpunkt gekommen. Und der See war genau der richtige Ort.

Ein Bad zu mitternächtlicher Stunde war es, was Franklin im Sinn hatte. Ein Bad für ihn selbst. Für Lilly allerdings würde die Sache ganz anders aussehen.

Die Nacht war lau. Sie würden dem Champagner tüchtig zusprechen, und sie würden essen, was Lilly liebevoll zubereitet hatte. Und dann, nach ein paar warmen, zärtlichen, anregenden Küssen, würde er eine Ruderpartie vorschlagen.

Möglich, daß sie Einwände vorbrachte. Für diesen Fall hatte er einen zweiten Plan parat. Aber eigentlich hoffte er, sie mit seinem Charme für Plan Nummer eins zu gewinnen. Vielleicht sollte er andeuten, er wüßte einen abgeschiedenen Fleck am entgegengesetzten Seeufer, wo man ungestört war, sich mit der Natur vereinen und den innersten Impulsen folgen konnte — auf diese Tour. Das hatte schon einige Male geklappt.

Er war sicher, daß sie diesen Impulsen würde folgen wollen. Nur eine Frage blieb offen: Würde sie einverstanden sein, sich der Liebe in freier Natur hinzugeben? Wenn nicht, dann mußte der zweite Plan zur Anwendung gelangen.

Franklin stellte das Wasser so heiß ein, daß er sich fast verbrühte. Ja, das wirkte entspannend. Er spürte nämlich eine gewisse Beklemmung in der Magengrube, und das war gar nicht gut. In Liebesangelegenheiten, besonders mit einer neuen Partnerin, war es sehr wichtig, sich selbst und die

Situation fest in der Hand zu haben. Und heute abend handelte es sich um eine Liebesangelegenheit — um eine ganz besonderer Art.

Zu dumm, daß er überhaupt in diese Situation geraten war, überlegte er, während der heiße Sprühregen Schultern und Rückenmuskeln lockerte. Wirklich zu dumm. Er hatte darauf spekuliert, daß sie Jim nicht sehen würde. Und er hatte sich verspekuliert. Jetzt galt es also zu improvisieren. Dabei hatte er absolut nicht das Gefühl, sein Plan wäre schiefgegangen. Und überdies liebte er kleine Improvisationen. Sie waren zwar zeitraubend und kamen in nervlicher Hinsicht teuer zu stehen. Er mußte sich eingestehen, daß seine Nerven momentan ein wenig angespannt waren. Das hatte er diesem überlangsamen Columbo zu verdanken. Aber andererseits war das ganze Spiel durch diese kleine Einlage spritziger geworden.

Er hatte alles bis ins letzte durchdacht. Ein perfekter Plan, perfekt ausgeführt. Mrs. Melville wäre ihm nie auf die Schliche gekommen, ganz zu schweigen ein Mitglied der Polizei von Los Angeles.

Die kleinen Fehler waren Bagatellen und zählten gar nicht. Und die Rückfahrt im Auto war eigentlich kein Fehler. Es war eine Notwendigkeit und logisch zu erklären, ein kleiner Fehler, der das Verbrechen davor bewahrte, allzu perfekt zu geraten. Ebenso die Post. Kleine Dinge, die einfach jedermann unter Streßeinwirkung tut. Und je länger er darüber nachdachte, desto sinnvoller erschien es ihm. Hätte er sich zu genau an seine Rolle gehalten, wäre alles zu glatt verlaufen.

Das einzige Haar in der Suppe war Lilly La Sanka. Die teure Lilly. Ein idiotisches Frauenzimmer mit einem idiotischen Namen. La Sanka. Klang wie koffeinfreier Kaffee. In diesem Sinn paßte der Name genau. Sie hatte nichts Aufregendes an sich, nichts, was einem Mann schlaflose Nächte bereiten konnte.

Er lachte laut über seinen kleinen Scherz. Vielleicht sollte er die Schriftstellerei doch wieder in Betracht ziehen. Gewiß, Jim hatte die Bücher geschrieben — aber vielleicht hatte er sich selbst zu leicht in das Public-Relations-Geschäft treiben lassen. Er dachte daran, wie witzig er in Talk-Shows sein konnte und wie wortgewandt er sich im Umgang mit Inspektor Columbo gezeigt hatte. Ja, wahrscheinlich hatte er das Zeug zu einem Roman in sich — einem komisch angehauchten Roman. Einem komischen Mord. Absurd. Schwarze Komödie. Oder zu einem Drehbuch — das wäre noch einfacher. Nur Dialoge. Wortwitz.

Schreiben bedeutete Langeweile, eine reine Quälerei. Das war der Grund, warum er es Jim überlassen hatte. Jim hatte es gern getan. Allein dasitzen, die Tasten der Schreibmaschine anstarren. Aber Schreiben bedeutete auch Arbeit — und er würde nie wieder arbeiten müssen. Der Scheck von der Versicherungsgesellschaft würde sehr bald kommen. Geschickt angelegt, würde das Geld im Verein mit den Tantiemen und Honoraren, die ihm noch zustanden, ein hübsches Einkommen für den Rest seines Lebens abgeben.

Und doch hätte es ihm Spaß gemacht, ein erfolgreiches Buch zu schreiben. Ein ironisches. Die Leute würden dann glauben, er und nicht Jim wäre der Verfasser aller anderen Bücher gewesen. Ein erfolgreicher Volltreffer zusätzlich zum übrigen Geld würde ihn schlagartig steinreich machen.

Eine lustige Mordgeschichte, im Mittelpunkt ein Mann, der abscheuliche, erpresserisch sexbesessene Witwen in mittleren Jahren killt... auf lustige Art und Weise natürlich. So ähnlich, wie der bekannte Film mit Alec Guinness. Wie hieß der doch gleich? ›Lady-Killer!‹ Die Briten bewiesen auf diesem Gebiet besonderen Sinn für Humor. Vielleicht konnte er ein Drehbuch daraus machen — und Columbo ein paar Freikarten schicken. Das würde dann der Gipfel sein.

Er drehte die Dusche ab, frottierte sich trocken und legte sich dann im Schlafzimmer aufs Bett. Ein richtiger Spaß würde das — aber auch viel Arbeit. Ja, Jim hatte diesbezüglich den kürzeren gezogen. Armer Jim. Ein grundguter Mensch. Auch Joanna. Eigentlich ein interessanter Aspekt. Joanna. Sie war nie sein Typ gewesen, aber jetzt war sie trostbedürftig.

Nein, die Idee war gar nicht gut. Womöglich wurde dadurch die Untersuchung wieder in Gang gebracht, die sicherlich schon kurz vor dem Abschluß stand. Nein, er wollte zu Joanna Distanz wahren. Das würde ihm nicht schwerfallen, denn sie war nun mal nicht sein Fall, soviel stand fest. Sehr attraktiv, aber nichts für Ken Franklin. So, wie Lilly La Sanka, die Schöne aus dem Tante-Emma-Laden.

Ja, er wollte es mit dem Schreiben dieser Geschichte versuchen.

Franklin war so schläfrig, daß er zur Sicherheit den Wecker auf acht Uhr stellte. Zu diesem wichtigen Rendezvous darf ich nicht zu spät kommen, sagte er sich. Nicht zu früh, aber auch nicht zu spät. Kühl, locker, heiter, ein amüsanter Gesprächspartner... und sie wird ihre Vorsicht bald fallenlassen...

Er schlief ein.

Das Schrillen des Weckers schreckte ihn aus seinen Träumen, die bar jeglichen Schuldgefühls abgelaufen waren. Diese Schauermärchen stimmten hinten und vorne nicht. Seine Träume hatten in letzter Zeit einen ausgesprochen friedlichen Verlauf genommen.

Er stand auf und zog sich an. Statt in die Unterhosen schlüpfte er in seine Schwimmhose. Dann folgte ein Sporthemd, die Hose, Wollsocken und bequeme Mokassins. Dazu sein Sportjackett. So würde er lässig und doch elegant aussehen, genau die richtige Kombination.

Er legte seine Uhr an und mußte feststellen, daß es erst Viertel nach acht war. Er wollte den Weg zum Laden zwar zu Fuß zurücklegen, aber auch so hatte er noch zwanzig Minuten Zeit.

Zeit genug für einen schönen großen Scotch plus Soda

und viel Eis. Er wollte aufgelockert sein, aber nicht zu übertrieben. Wieder kam es auf die richtige Kombination an. Entspannt und doch ganz Herr seiner Fähigkeiten.

Er machte Licht, ehe er ans Mixen ging. Der Raum, den Jim Ferris so bewundert hatte, wirkte riesengroß. Zu schade, daß Lilly La Sanka ihm keinen Besuch machte. Er hatte es zunächst in Erwägung gezogen, doch hätte ihr Kommen zu viele Komplikationen mit sich gebracht.

Erstens hätte sie wahrscheinlich ohnehin dankend abgelehnt, weil sie sich allein mit ihm in diesem einsamen Haus fürchtete. Zweitens, wäre sie im Falle ihres Einverständnisses sicher mit ihrem uralten klapprigen Lieferwagen gekommen, den hier jeder kannte. Und er wollte nicht, daß sich womöglich jemand erinnerte, sie in der Nähe seines Hauses gesehen zu haben.

Der Drink schmeckte vorzüglich, so vorzüglich, daß er ihn lange, bevor es Zeit zum Gehen wurde, geleert hatte. Er dachte an einen zweiten. Mit Aufbietung von viel Willenskraft verstaute er die Flasche unter der Bar.

»Heut' nicht, Josephine«, sagte er laut. »Heute muß ich stocknüchtern bleiben. Ein Schluck Champagner, mehr ist nicht drin.«

Er durchmaß das Zimmer und bewunderte sich im Spiegel. Eine tadellose Erscheinung, ein tadelloser Eindruck. Nur keine Hast, nur nichts überstürzen, das mußte er sich immer vor Augen halten. Er hatte gemerkt, daß Lilly ein wenig nervös war, aber das war zu erwarten. Daß er den Aktenkoffer mit dem Geld bei ihr gelassen hatte, war ein meisterhafter Schachzug. Ihr Vertrauen in ihn würde wachsen. Hoffentlich hatte sie den Koffer nicht weiß Gott wo versteckt. Er wollte ihn natürlich wieder an sich nehmen, nachdem ...

Sie besaß keinen Safe, das hatte sie ihm einmal in ihrer üblichen dummen, amateurhaften und koketten Art zu verstehen gegeben.

Ohne einen großen, starken Mann als Beschützer wollte sie keine größeren Summen im Haus haben.

»Warum schaffen Sie sich keinen Safe an?« hatte er gefragt.

»Das ist mir zu teuer. Außerdem könnte ein Einbrecher mich zwingen, den Safe zu öffnen. Am besten, man hat nicht zuviel im Haus. Ich bitte die Kunden, per Scheck zu bezahlen und fahre jeden Tag zur Bank.«

Er war heute absichtlich so spät gekommen, daß sie nicht mehr zur Bank konnte. Ken Franklin sah abermals auf die Uhr. Ja, er wollte jetzt aufbrechen. Falls er zu früh bei ihr ankam, wollte er in der Nähe des Ladens warten. Er war nicht nervös, ertrug die Untätigkeit aber nicht mehr und wollte die Sache endlich hinter sich bringen.

Franklin machte das Licht aus und verließ das Haus durch die Hintertür. Er nahm den Weg, der entlang dem Seeufer verlief. Es war dunkel. Nicht sehr wahrscheinlich, daß ihm jemand begegnen würde. Wenn er aber die Straße nahm, konnte es womöglich passieren, daß er in den Lichtkegel von Autoscheinwerfern geriet — keine angenehme Vorstellung.

Er ließ sich Zeit und kam nur fünf Minuten zu früh ans Ziel. Er blieb im Schutz der Bäume stehen und beobachtete den Laden. Nichts. — Keine Bewegung. Niemand zu sehen. Die Nacht war friedlich. Die Nacht war still. Eine Nacht wie geschaffen für Romantik — oder für Mord!

17 Die kleine Uhr in der Ecke des ›Salons‹ schlug neun. Noch vor dem letzten Schlag hörte sie das Pochen an der Tür. Sie warf hastig einen Blick in den Spiegel, fingerte zum allerletzten Mal an ihrer Frisur herum und stellte im Vorübergehen die Stereoanlage ein.

»Oh, Herrenbesuch«, sagte sie aufgeräumt zu Franklin.

»Leider ohne Blumen. Hier gibt es meilenweit keinen Blumenladen. So prosaische Blümchen wie Margeriten oder Löwenzahn wollte ich nicht bringen. Darf ich hinein?«

»Natürlich, kommen Sie rein. Ich habe den Tisch da drinnen gedeckt. Ich finde den Raum so gemütlich.«

»Ja. Und so intim . . . ich danke Ihnen für das Kerzenlicht. Es hebt die festliche Stimmung ungemein.«

»Ich muß mich bei Ihnen für den Vorschlag bedanken. Ich hebe die Kerzen eigentlich nur für einen eventuellen Stromausfall auf, deswegen sind sie nicht ganz so kunstvoll, wie es angebracht wäre, aber in der Not frißt der Teufel Fliegen.«

»Von Teufel und Fliegen kann wohl nicht die Rede sein, Lilly.«

Er räusperte sich. »Sollten wir vor dem Essen nicht ein oder zwei Gläschen — hm, das riecht aber fein.«

»Eine Überraschung. Der Champagner ist im Kühlschrank. Aber keine Topfguckerei, wenn ich bitten darf.«

»Das verspreche ich bei meiner Pfadfinderehre.« Er hielt die Hand in die Höhe. »Und diese Gläser — die besonderen Gläser?«

Sie deutete auf den Tisch. »Da.«

»Ach, die sind aber schön. Zum Zerbrechen viel zu schade — auch wenn es ein Brauch mit uralter Tradition ist. Nein, die Gläser müssen wir hüten — zum Feiern besonderer Ereignisse . . . in unserem Leben.«

»Einverstanden. Hol den Champagner . . . Liebster.«

»Bin gleich wieder da . . . ach, wie schön die Musik ist.«

»Ein Potpourri. Alles mögliche, ziemlich alte Sachen. Aus moderner Musik mache ich mir nichts.«

»Komisch. Ich auch nicht. Lilly, wir haben soviel gemeinsam. Jetzt entschuldige mich.« Im Hinausgehen rief er: »Champagner, Champagner, komm und versteck dich nicht —.«

Sobald er außer Sicht war, lief Lilly zum Spiegel. Die Inspektion fiel zu ihrer höchsten Zufriedenheit aus. Sie setzte sich auf die Couch und kreuzte züchtig die Beine, nachdem sie den Rocksaum über die Knie gezogen hatte. Aus der Küche hörte sie ein leises Knallen und dann kam Franklin mit der überschäumenden Flasche in der Hand hereingelaufen.

»Schwuppdich«, sagte er. »Ich habe zwei linke Hände. Leider ein wenig verschüttet. Hoffentlich schadet es dem Teppich nicht.«

»Aber gar nicht«, sagte sie gutgelaunt. »Ich habe mal gehört, daß die Reichen ihre Teppiche mit Champagner reinigen.«

»Zweifellos nur eine Redensart. Auf uns beide! Trink aus! Wir haben ausreichend von dem Zeug.«

»Ja, ich weiß. Aber ich möchte unser Essen nicht verderben. Nur ein Glas, und dann essen wir. Es ist gleich fertig — und darf nicht warten.«

»Das trifft auf so manches zu. Wenn es Zeit ist — ist es Zeit. — Man sollte nicht zögern. Meine Güte, schmeckt das gut. — Ich liebe Champagner, seitdem ich im reifen Alter von acht meinen ersten Schluck gekostet habe. Damals entschloß ich mich, im Leben Erfolg zu haben ... damit ich mir das Sprudelzeug leisten könnte.«

»Und du bist ein Erfolg geworden — als Schriftsteller. Ich bewundere Männer mit Entschlußkraft ... Männer mit Durchschlagskraft ... die sich verschaffen, was sie wollen.«

»Ja ... Jim konnte diesen Zug in mir nie verstehen. Ich habe das Bedürfnis nach Reichtum, nach einem bequemen Leben. Und ich habe den Verdacht, daß du ähnlich bist, Lilly.«

»Amen.«

»Lilly, ich werde nicht ewig leben. Niemand ist unsterblich. Solange ich aber am Leben bin, will ich es genießen — eine zweite Chance habe ich nämlich nicht.«

»Ken, ich bin ja so froh, daß du das sagst. Ich fühle mich gleich viel besser, weil ich den Eindruck habe, daß du mich verstehst ... daß wir von derselben Art sind. Ich hatte Schuldgefühle ... weil ich an dich herangetreten bin ... du mußt wissen, daß es mir nicht nur um das Geld geht, es geht um mehr ...«

»Ich verstehe, Lilly. Sprich nicht weiter. Erklärungen sind überflüssig — zwischen Freunden. Und wir sind doch Freunde, oder?«

»Ja, das sind wir. Und jetzt bleib schön sitzen und trink deinen Champagner. Spar dir einen Schluck fürs Essen. Bin gleich wieder da — dann können wir essen.«

Er lächelte schmachtend, bis sie draußen war, dann wurde seine Miene eiskalt und berechnend. Wie bieder und langweilig diese Person war. Hoffentlich konnte sie wenigstens kochen.

Während er den Champagner schlürfte, hätte er am liebsten laut losgelacht. Er und Jim hatten einmal eine Kurzgeschichte probiert. Nur so zum Spaß. Mrs. Melville war bereits etabliert, und sie waren momentan mit einer neuen Idee beschäftigt. Ein Mann wollte eine Frau töten. Er schmeichelte sich ein, läßt sich zum Dinner in ihr Haus einladen und will dabei seinen Plan ausführen. Aber sie kommt ihm zuvor — indem sie ihn vergiftet. Die Sache war doch nicht so gut ausgefallen, und sie hatten nie den Versuch gemacht, sie zu veröffentlichen. Es war ihnen nämlich nicht geglückt, ein Motiv für die Frau zu finden; ein Motiv, das ebenso zwingend war wie das des Mannes und sie zum Mord trieb.

Na, hoffentlich würde Lilly keinen Giftmord an ihm versuchen. Nein, sehr unwahrscheinlich. Warum sollte sie die Gans töten, die ihr auch in Zukunft goldene Eier legen sollte? Ach, da kommt sie ja. Rasch zurück zu meinem romantischen und charmanten Ich.

Eine Stunde später hatte sich die Musik nur unwesentlich geändert. Franklin hörte kaum hin. Lilly hatte ununterbrochen gequatscht, und er hatte ihr ein paar lange sehnsüchtige Blicke gewidmet, um sicherzugehen, daß sie weiter so sorglos und unbefangen blieb.

Die leere Champagnerflasche stand auf dem Tisch. Lilly hatte die Teller abgeräumt. Er hob sein Glas.

»Auf den Reichtum.«

»Und auf die Romantik.«

»Unsere künftigen täglichen Begleiter. Lilly, das Essen war großartig. Wo hast du so gut kochen gelernt?« In Wahrheit war es ganz passabel gewesen, nicht eben schlecht. Zwei Sterne allerhöchstens, nicht mehr.

»Mein verstorbener Mann, er ruhe in Frieden — war von Beruf Koch. Ein wunderbarer Mensch. Er hat mir alles beigebracht.«

Wischte sie sich am Ende über die Augen? Guter Gott, die war ja ein Fossil aus der Vergangenheit — aus ferner Vergangenheit.

»Du warst eine gelehrige Schülerin!«

»Danke ... nachschenken, bitte!« Sie hielt ihm das Glas entgegen.

»Machen wir doch die zweite Flasche auf«, sagte er.

»Sollen wir es wagen?«

»Warum nicht? Ich komme gleich.« Er wollte die günstige Stimmung nützen und holte eilig die zweite Flasche. Fachmännisch ließ er den Korken knallen, nachdem er die Silberfolie und den Draht entfernt hatte. Wieder schäumte der Champagner aus dem Flaschenhals. Diesmal aber schenkte er ein, ohne einen Tropfen zu verlieren. »Schnell, dein Glas!« rief er.

Lilly La Sanka trank mit Genuß.

»Köstlich. Ich fürchte nur, ich habe schon einen kleinen Schwips.«

»Na und? Wenn schon, dann immer alles vom Besten. Auch einen kleinen Schwips sollte man sich auf die edelste Art verschaffen. Wenn schon ertrinken, dann wenigstens in Champagner.«

Sie bekam wieder kokette Anwandlungen. »Ich weiß gar nicht, ob ich dir vertrauen kann.«

»Es spricht nichts dagegen. Sollte es dir peinlich werden, dann kann ich jederzeit gehen.« Er stellte sein Glas hin. Nicht ärgerlich, nein, sondern mit einer gewissen Endgültigkeit.

»Nein, bitte . . . Ken. Deine Gesellschaft ist so angenehm.«
»Deine auch. Steh auf, Lilly.«
»Warum denn?«
»Weil ich dich küssen möchte . . . wenn du nichts dagegen hast.« Statt einer Antwort stand sie auf, ging auf ihn zu, ließ sich in die Arme nehmen und bot ihm geradezu demütig ihre Lippen. Nach der Umarmung, die er ausgiebig in die Länge zog, so daß er ihr Beben spürte, sagte er: »Weißt du, was wir genau jetzt tun sollten?«

Sie flüsterte ihm ins Ohr: »Was denn, Liebster?«

»Die Nacht ist einmalig schön . . . es ist Vollmond. Wir sollten hinausrudern zur Mitte des Sees, unsere Kleider ablegen . . . und schwimmen.«

Sie lag noch immer in seinen Armen und drückte den Kopf an seine Schulter.

»Hmmm . . . das klingt gut.«
»Sollen wir?«
»Lieber nicht.«
»Ach so?«

Sie rückte ein wenig von ihm ab und meinte: »Ken, ich vertraue dir. Wirklich. Aber wir alle haben unsere schlechten Seiten, so ist es doch? Es wäre einfach nicht sehr klug, wenn ich mich mit dir allein in ein kleines Boot setzte. Schließlich könnten dir in dieser Situation anderweitige Pläne mit dem Geld kommen . . .«

Ken Franklin ließ ein Zungenschnalzen ertönen. »Lilly, jetzt bin ich beleidigt. Sehr sogar.« Es gab also mehr Schwierigkeiten, als er zunächst gedacht hatte. Er hatte gehofft, daß sie sich nach Champagner und Umarmungen, nach schmachtenden Blicken und Musik und dem ganzen Drumherum als gefügiger erweisen würde. Er seufzte. »Jetzt werde ich dir etwas sagen — und ich gebe es nur zu, weil ich dir vertraue.« Ja, das war ein hervorragender Schachzug. Sie sollte das Gefühl erhalten, daß er es war, der ihr traute. »Eigentlich war ich auf eine beträchtlich höhere Summe gefaßt.« Man mußte ihre Habgier kitzeln und ihre Phantasie. »Fünfzehntausend habe ich in einer einzigen Nacht am Spieltisch verloren.«

Einen Augenblick lang wünschte sie, sie hätte mehr verlangt. Aber so war es auch recht. Wenn er so viel besaß – das Geld lief ihr nicht davon. Nur würde er beim Spiel kein Geld mehr anbringen – ihr gemeinsames Geld. »Für mich ist es eine Riesensumme«, sagte sie.

Franklin ließ sie ganz los und ging durch den Raum zu dem Aktenkoffer, den sie auf einen Sessel gelegt hatte. Er trug ihn zur Couch und winkte sie herbei, als er ihn öffnete.

»Was willst du damit eigentlich anfangen?« fragte er.

Sie kam mit dem Glas in der Hand und stellte sich neben ihn. »Ich weiß noch nicht. Wahrscheinlich trage ich es zur Bank.«

»Da mußt du dich vorsehen. Man könnte Nachforschungen nach der Herkunft anstellen. Miete lieber ein Bankfach, und verteile die Summe allmählich auf Sparbriefe... damit Zinsen hereinkommen. Zu fünfhundert, dann wieder tausend. Unregelmäßige Beträge, keine festen Termine...«

»Ja, aber doch nicht gleich. Ich möchte es eine Weile bei mir haben und ansehen können.«

»Ich kann mich gut in dich hineinversetzen. Du willst es berühren. Los, faß es an, es beißt nicht.«

Er stand auf und sah ihr zu, wie sie vorsichtig mit der Hand über die oberste Lage der säuberlich gestapelten Banknoten strich.

»Vorsicht«, sagte er lachend. »Man könnte dich ausrauben.«

Sie fuhr fort, das Geld zu streicheln, als sie, ohne ihm einen Blick zu gönnen, sagte: »Ich behalte es einen oder zwei Tage hier... soviel Geld auf einem Haufen habe ich noch nie im Leben gesehen.«

Ken Franklin rückte ein Stück von ihr ab. Er sah sich nach etwas Bestimmten um und sah es auf dem Tisch stehen. Die leere Champagnerflasche. Er hatte das Gefühl, Lilly wäre vom Anblick und Anfassen des Geldes wie hypnotisiert. Vielleicht auch vom Geruch. Um so besser.

Leise fragte er: »Wie wär's, wenn du auf Reisen gingest?«

»Ja... vielleicht. Ich wollte immer schon eine Kreuzfahrt machen. Zu zweit wäre es natürlich amüsanter... lange faule Tage in der Sonne, neben dem Schwimmbecken liegen, und dann die Abende... ein Orchester, Abendkleidung... an der Tafel des Kapitäns, französische Küche, Hummer... und jede Menge Champagner.«

Vorsichtig und ganz ohne Eile nahm Franklin die Flasche zur Hand. »Ja, ganz entschieden mehr Champagner. Man muß Erster Klasse reisen — mit reichlich Champagner.«

Er nahm seine Serviette und wischte die Flasche ab. Dann wickelte er die Serviette um den Flaschenhals und packte sie an dieser Stelle.

»Mein Mann war bei der Handelsmarine. Er sagte immer, es ginge nichts über eine Kreuzfahrt auf dem Ozean.«

»Ich dachte, er sei Koch gewesen.«

»Bei der Marine hat er kochen gelernt... und die Reiseleidenschaft mitbekommen. Beides hat er auf mich übertragen... die Kochkenntnisse und den Traum von einer langen, langen Reise über den Ozean. In den Süden. Zuerst nach Hawaii, dann Australien, und auf der Rückfahrt vielleicht Südamerika. Um die ganze Welt. Fünfzehntausend Dollar.«

»Um den Stil zu wahren, brauchst du mehr als fünfzehn Tausender. Das reicht eben gerade für die Passage... dann kommen aber die kleinen Dinge, die Extras, die das Leben erst lebenswert machen... du wirst mehr brauchen als das, was ich dir bis jetzt gegeben habe, Lilly.«

Sie hörte ihm gar nicht zu. Ihre Gedanken waren meilenweit entfernt, Millionen von Meilen. Sie sah und hörte ihn nicht, merkte nicht, was geschah, was geschehen sollte.

»Mein Mann... fast wünschte ich, er wäre hier... damit er es mit mir genießen könnte... und du auch, Ken... du könntest mit mir kommen. Ich brauche nicht mehr, das habe ich versprochen. Nur die fünfzehntausend... dafür möchte ich, daß wir es gemeinsam erleben... ich will nicht allein fahren.«

»Manchmal muß man den Weg gehen, der einem vorgezeichnet ist... allein.«

»Ich will nicht allein sein. Komisch, wie sehr mir mein Mann manchmal fehlt. Nicht sehr oft. Er war nicht vollkommen... aber heute abend... ich wünschte, er wäre da.«

Franklin stand genau hinter ihr, als er die Flasche hob. Kurz bevor er sie niedersausen ließ, sagte er: »Vielleicht glückt uns das nächste Vorhaben.«

Genau in diesem Augenblick sah Lilly von den Banknoten auf. Sie riß die Augen auf, als sie ihn ausholen sah. Sie wollte mit dem Kopf ausweichen. Zu spät. In der letzten flüchtigen Sekunde ihres Lebens wußte Lilly La Sanka, was auf sie zukam und verstand auch, warum es geschah und welche Reise sie allein antreten mußte.

18

Ken Franklin, der ein ›Erfolg‹ geworden war, weil es ihn nach den luxuriösen Dingen des Lebens gelüstete, stand am Spülbecken in Lilly La Sankas Küche. Er trug Gummihandschuhe und spülte Eßgeschirr.

»Das letzte Mal, als ich Geschirr spülte«, sagte er zu dem Kühlschrank, weil er der einzige Gegenstand im Raum war, der annähernd seine Körpergröße aufwies, »war kurz nach meinem vierzehnten Geburtstag. Dann habe ich dagegen endgültig revoltiert, und es seither nie wieder tun müssen.«

Er sagte die Wahrheit. Während seiner Collegezeit und später, in den Anfängen seiner Partnerschaft mit Jim Ferris, hatte Ken auswärts gegessen oder immer jemanden bei der Hand gehabt, der ihm das Geschirrspülen abnahm. Meistens war es ein weibliches Wesen. Auch damals, als sie in Jims winziger Wohnung am ersten Mrs.-Melville-Roman arbeiteten, hatte er das Geschirr nicht anzufassen brauchen. Jim war in ihrem Team der Ordnungsliebende.

Er konnte nicht anders, er mußte über diese Ironie des Schicksals lachen... da stand er nun in der Küche einer Frau, die ihm nicht gefallen hatte, und spülte ihr Geschirr. Und die Hübschen, die ihm gefielen, hatten immer seines gespült.

Aber heute abend war es etwas anderes. Heute abend hatte er ein bestimmtes Motiv.

Und er hatte auch ein Motiv für die mitternächtliche Schwimmtour, die er vorhin vergeblich vorgeschlagen hatte. Arme Lilly. Sie wußte nicht, daß allein der Gedanke an ein nächtliches Bad ihn anwiderte, weil die Luft, gelinde gesagt, frisch war. Aber heute abend mußte er damit leben, mit dem kalten Wasser und der kalten Luft. Zunächst aber hieß es, alle Spuren zu beseitigen. Man durfte auf keinen Fall merken, daß sie Besuch gehabt hatte. Das Geschirr, das er selber benutzt hatte, trocknete er ab und räumte es ein. Alles andere ließ er zum Trocknen stehen. Es sollte so aussehen, und es würde so aussehen, als hätte sie allein zu Abend gegessen und wäre dann hinaus auf den See gerudert, weit hinaus bis zur Mitte und über Bord gefallen.

Als er in der Küche fertig war, sah er sich sorgfältig im übrigen Haus um. Jetzt erwies es sich als Vorteil, daß er sich den ganzen Abend bezwungen und nicht geraucht hatte. Zur Sicherheit stellte er sogar die Kerzen weg. Dann nahm er den Aktenkoffer, ging durch den Seiteneingang hinaus und deponierte den Koffer unter der Veranda. Wie gut, daß er zu Fuß gekommen war. Sein Wagen war zu auffällig. Nach seinem Aufenthalt auf und im See wollte er den Heimweg ebenfalls zu Fuß zurücklegen, allerdings mit dem Aktenkoffer.

Er ging wieder ins Haus und holte die Leiche. Er schleppte sie zu der kleinen Anlegestelle, wo ihr Ruderboot auf dem Wasser schaukelte. Franklin legte die Tote vorne in den Bug und hängte die Ruder ein. Dann zog er sich bis auf die Badehose aus und legte seine Sachen säuberlich auf einen Stapel zusammen.

Einen Blick riskierte er zurück zu dem kleinen Laden, den sie bewohnt hatte. Nirgends ein Licht. Gut. Sie hatte sich allem Anschein nach schon für die Nacht zurückgezogen. Und das stimmte in gewisser Hinsicht. Für viele Nächte.

Vorsichtig das Gleichgewicht haltend, stieg er ins Boot. Er löste das Seil und stieß sich ab. Die unmerkliche Strömung trug ihn weit vom Ufer weg. Erst, als er ein ganzes Stück vom Land entfernt war, begann er zu rudern. Nur der Mond sah ihm zu und zeichnete seine Umrisse nach.

Er redete sich ein, daß es nichts ausmachte, falls ihn jemand zufällig entdeckte. Man würde ihn nicht erkennen und nicht mal unterscheiden, ob es sich um Mann oder Frau handelte. Man würde nur einen Körper sehen — und nur einen Körper finden.

In der ungefähren Mitte des Sees hielt er an und sah sich um. Die dunklen Schatten der Bäume zeigten bedrohlich auf ihn, aber der See war ruhig und friedlich. So ruhig und friedlich wie er selbst. Er rollte die Tote an den Bootsrand, hob einen Arm darüber, dann den anderen und schob nach. Ein unmißverständliches ›Platsch‹ ertönte, als der Körper auf das Wasser auftraf. Dann versank er lautlos ins Unsichtbare. Franklin nahm die zwei Champagnerflaschen, rieb sie noch einmal ab, um ja alle Fingerabdrücke zu beseitigen, und schleuderte sie hinaus, weit weg von der Stelle, wo die Leiche versunken war. Jede verursachte ein leises Klatschen und Gurgeln und verschwand. Er nahm das Taschentuch, mit dem er die Flaschen abgewischt hatte, und steckte es ordentlich zusammengefaltet ins Gurtband seiner Badehose, ehe er sich vom Boot seitlich ins Wasser gleiten ließ. Dabei hielt er sich am Bootsrand fest. Er löste ein Ruder aus der Halterung und ließ es im Wasser davontreiben. Dann hängte er sich mit seinem ganzen Gewicht an das Boot und brachte es zum Kentern. Jetzt stieß er sich ab und schwamm gemächlich auf das Ufer zu. Nur einmal sah er sich nach dem kieloben auf der stillen Seeoberfläche dahintreibenden Boot um.

Das Ruderboot wurde früh am nächsten Morgen entdeckt. Einer der Einheimischen erkannte es als das Boot der Lilly La Sanka. Man klopfte bei ihr an, und schließlich stieg einer der Männer durch ein offenes Fenster ein. Als es offenkundig war, daß sie nicht im Bett lag, allem Anschein nach die ganze Nacht über nicht im Haus gewesen war, holte man den Sheriff. Er war es dann, der die Bundespolizei anrief, und diese wiederum ließ ihre eigenen Boote auf dem See schwimmen. Dienstfahrzeuge parkten an der Anlegestelle und zogen die Aufmerksamkeit aller auf sich. Ebenso die Polizei und die Männer in Taucheranzügen, die ungewöhnlich lange unter Wasser bleiben konnten.

Neben den Einheimischen und den Sommerfrischlern, wie man hier die Eigentümer der teuren Landhäuser nannte, fanden sich zahlreiche Touristen ein, die von dem Fall über Funk oder Fernsehen gehört hatten und nun eifrig alles, sei es Baum, Busch oder Haus absuchten. Der in seiner Anglerausrüstung steckende Ken Franklin sah den Menschenauflauf, als er den Weg entlangging, der vom See zu dem Teich führte, wo er die letzten zwei Stunden geangelt hatte.

Beiläufig fragte er einen Touristen, was denn der Grund für den allgemeinen Wirbel sei.

»Eine Frau wird vermißt. Wahrscheinlich ist sie da draußen ertrunken.«

Ein anderer fragte Franklin: »Wer wird vermißt?«

Ehe er antworten konnte, daß er keine Ahnung hätte, sagte der erste: »Ein Bulle sagte, es wäre eine Einheimische. Einfach abgesoffen.«

Franklin nickte und ging dann, die Angel in der Hand, fort von den Menschen den Weg hinauf, der zu seinem Haus führte, ein schattiger Waldweg, der parallel zur Straße verlief.

Unterwegs hörte er noch, wie eine Frau sagte: »Bleiben wir

doch eine Weile hier, den Zoo können wir nachmittags erledigen.«

Ken schüttelte ungläubig den Kopf und murmelte den Bäumen zu: »Nicht zu fassen. Der Zoo von San Diego ist der schönste weit und breit. Aber die Affen, die dort gehalten werden, können sich mit diesen Typen hier nicht messen.«

Pfeifend kam er an seiner Hütte an und ging an seinem Wagen vorbei zur Eingangstür. In der Tür blieb er stehen und entledigte sich seiner Gummistiefel. Er stellte die Köderschachtel und Angel weg und ging in Socken hinein.

Erschrocken machte Franklin einen Satz nach hinten, als eine Stimme sagte: »'n Morgen.«

So unauffällig wie möglich faßte er sich und sagte, als der Detektiv langsam aus der Küche kam: »Inspektor Columbo! Nicht zu glauben. Sie kreuzen zu den unmöglichsten Zeiten und an den unmöglichsten Orten auf. Ich fühle mich geschmeichelt, wenngleich ich überrascht bin. Na, eigentlich sollte mich an Ihnen nichts mehr überraschen. Ich sehe, Sie kommen aus der Küche. Haben Sie wieder Eier zerschlagen? Das ist doch Ihre Spezialität.«

»Nein . . . das würde ich nicht wagen. Hoffentlich nehmen Sie mir nicht übel, daß ich einfach hier hereingeplatzt bin. Die Tür war nicht versperrt. Ich habe angeklopft, geläutet . . .«

»Sind Sie auf dem fliegenden Teppich gekommen? Ich habe Ihren Wagen nirgends gesehen. warum haben Sie nicht angerufen? Wahrscheinlich haben Sie es ohnehin getan. Aber ich war angeln, wie Sie sehen.«

»Ich habe hinterm Haus geparkt — im Schatten. Ja, ich habe einen Anruf riskiert. Niemand hat abgehoben. Sie waren angeln. Haben Sie etwas gefangen?«

»Nicht ein einziger hat angebissen. Die Fische wollten an diesem schönen Morgen einfach nicht. Die sind auch schlauer geworden, weil sie schon zu oft erlebt haben, daß einer der ihren dran glauben mußte. Jetzt hüten sie sich vor hellen schimmernden Objekten, die unvermittelt vor ihnen auftauchen. Und besonders hüten sie ich vor Unbekannten, die aus dem Nichts kommen und die Angeln auswerfen. Aber setzen Sie sich doch. Ich muß mich auch setzen. Meine Beine schmerzen. Beim Angeln muß man lange unbeweglich stehen. Die Beinmuskeln verkrampfen sich. Was führt Sie in diese Wildnis? Ich dachte immer, Ihr Revier wäre die Großstadt?«

»Das werde ich Ihnen gleich sagen. Sie und Mrs. Ferris haben öfter von dieser Gegend gesprochen. Das hat sich großartig angehört ... Und da meine vierzehn Urlaubstage immer näher rücken, dachte ich mir, es wäre ganz vernünftig, wenn ich die Gegend hier unter die Lupe nähme. Vielleicht kann ich eine Hütte mieten?«

»Ach ... aber Inspektor, Sie werden mir doch nicht weismachen wollen ..., daß Sie den ganzen langen Weg nur zurückgelegt haben, weil sie eine Sommerfrische suchen? Ohne Genaueres über die Gegend zu wissen, was man hier bekommt, Preise, alles das?«

»Warum hätte ich sonst kommen sollen?«

Diese Frage blieb in der Luft hängen und drängte sich eine ganze Weile zwischen die beiden. Es war eine Frage, die er lieber nicht beantwortet haben wollte, weil er die Antwort gar nicht wissen wollte. Schließlich sagte Ken: »Leider verschwenden Sie hier Ihre Zeit?«

»So? Wie darf ich das verstehen?« fragte Columbo stirnrunzelnd.

»Die Hütten in diesem schönen Waldgebiet liegen oberhalb Ihrer Preisgrenze. Die meisten sind privat und werden nicht vermietet. Und die wenigen, die vermietet werden, gehen für die ganze Saison weg ... weil der Besitzer den Sommer in Europa verbringt oder so. Wir bilden hier eine kleine, aber feine Gemeinschaft ... ein bißchen fad, sehr angesehen und bestimmt nicht billig.«

»Das nenne ich Pech. Meine Frau wird ganz schön enttäuscht sein. Na, wenigstens war es eine schöne Fahrt.«

»Das freut mich zu hören. Ja, schön ist die Fahrt — aber Sie haben Ihr Benzin für ein Nichts verpulvert.«

»Ja... aber schön war es doch. Die vielen Bäume. Sehr hübsch — bis auf dieses kleine Verkehrshindernis da unten an der Straße. Was ist da los? Haben Sie eine Ahnung, was da unten passiert ist?«

»Es scheint, als wäre jemand ertrunken.«

»Es scheint so?« fragte Columbo vorsichtig.

»Man hat die Leiche noch nicht gefunden. Vielleicht gibt es gar keine.«

»Wer soll es gewesen sein? Ein Angler?«

»Ich weiß es wirklich nicht. Es heißt, daß es sich um eine Frau aus dieser Gegend handeln soll... aber wie gesagt, man hat noch keine Leiche gefunden. Vielleicht stellt es sich heraus, daß sie in die Stadt zum Friseur gefahren ist. Aber wie da die Leute gleich neugierig werden... von überallher kommen die Touristen. Jede Wette, daß ein pfiffiger Kerl bald Lunchpakete verkaufen wird.«

»Ja... etwas Eßbares käme mir im Moment sehr gelegen. Eine Einheimische. Ja, das habe ich auch gehört. Miss La Sanka, oder so ähnlich?«

Ken Franklins Unbehagen steigerte sich. Seine Beine schmerzten tatsächlich, er hatte die Wahrheit gesagt — aber mehr von der nächtlichen Schwimmtour als vom ergebnislosen Angeln.

Und jetzt tat ihm alles weh. Warum rückte der verlotterte kleine Detektiv nicht mit seinem Anliegen heraus und machte, daß er davonkam?

»So ähnlich«, sagte er beiläufig.

»Sie haben sie gekannt?« wollte Columbo wissen.

»Ach, nur flüchtig.«

»In Ihrer Küche steht nämlich eine Kiste mit ihrem Namen drauf.«

»Ja, hin und wieder habe ich bei ihr eingekauft — wie alle hier in der Gegend. Es ist der einzige Laden weit und breit. Die Preise sind ein bißchen übertrieben. Zwar kann ich es mir leisten — aber ich mag es nicht, wenn man ausgenommen wird. Deswegen bringe ich mir sehr viel aus der Stadt mit. Dort hat man zudem noch die größere Auswahl. Das Fleisch war hier nicht erstklassig, und sie hatte nicht immer...« Warum quassele ich eigentlich so dahin? fragte er sich. Columbo sah ihn an und sagte: »Schon gut. Ich glaube jedenfalls, daß sie die Vermißte ist. Ich hielt vor ihrem Laden, weil ich Zigarren kaufen wollte. Der Laden war zu. Davor standen zwei Polizeiwagen.«

»Falls es wirklich diese Person ist, dann tut es mir leid. Sie war immer sehr zuvorkommend.«

»Ach, ich dachte, Sie kannten sie nur flüchtig?«

»Ich kenne eine Unmenge Menschen, ohne sie wirklich zu kennen. Das wird bei Ihnen nicht anders sein. Kellnerinnen, Friseure, Parkwächter. Man kann doch nicht alle gut kennen. Aber ich kann gut beurteilen, ob jemand freundlich ist oder nicht. Geht es Ihnen nicht ähnlich? Sie kennen viele Leute, über die Sie keine einzige wirkliche Tatsache aussagen können außer einer vagen äußeren Beschreibung und dem Umstand, ob der betreffende angenehm war oder nicht.«

»Ja, ich weiß schon, was Sie meinen. Hm, trotzdem schrecklich, was da passiert ist. Stellen Sie sich vor, Sie rudern hinaus, allein, bevor es hell wird.«

»Daran ist nichts Ungewöhnliches. Das machen hier viele. In der Frühe ist es noch still, und man kann die Natur genießen. Um die Mittagszeit ist der See wie ein Rummelplatz. Außerdem hatte sie den Laden. Sie konnte während der Geschäftszeit nicht raus.«

»Ja, verstehe. Na gut. Sie wollen sich erholen, und ich stehle Ihnen die Zeit. Tut mir leid, daß ich Sie belästigt habe.«

»Macht nichts, Inspektor. Ich würde Ihnen ja eine Badehose borgen, aber ich bezweifle, daß Sie ein sportlicher Typ sind.«

Columbo ging an die Tür und blieb stehen. »Sie glauben

also nicht, daß ich hier eine Hütte finde, die ich mieten könnte?«

»Sehr unwahrscheinlich. Versuchen Sie es mal bei den hiesigen Maklern. Es gibt da zwei. Aber die lassen sich Zeit — wenn man nicht gerade bauen oder kaufen möchte.«

»Na, okay ... wäre doch nett gewesen, wenn wir für zwei Wochen lang Nachbarn geworden wären? Wie sieht es hier in der Gegend mit dem Nachtleben aus?«

Wieder spürte Franklin, wie seine Nervenenden sich strafften. Was sollte das jetzt heißen?

»Es gibt hier keines«, antwortete er tonlos.

»Keine Partys?«

»Grillengezirpe und dann ab ins Bettchen«, sagte Ken kurz.

»Was? Soll das ein Witz sein? Und ich hätte gedacht... all die Leute da... mit dem vielen Geld. Tagsüber schwimmen und angeln... da will man doch abends Gesellschaft haben, ein bißchen auf die Pauke hauen. Aber wenn Sie es sagen...«

»Ja, ich sage es, Inspektor. Wir kommen zur Erholung her — um von all dem loszukommen, das Sie eben beschrieben haben.«

»Und ich habe mir diese Frage gestellt, weil ich Sie heute nicht unangemeldet überfallen wollte.«

Erstaunt sagte Ken Franklin: »Ich fürchte, ich kann Ihnen nicht folgen.«

»Also, wie schon gesagt, ich habe angerufen. Ich rief gestern abend öfter an und wollte mich anmelden... aber Sie waren nicht da.«

Er nickte, drehte sich um, ging hinaus. Franklin blieb auf der Stelle stehen, nicht nur sein Körper schmerzte überall, jetzt hatten sich auch noch Kopfschmerzen eingestellt.

19 Ken Franklin hatte sich selbst nie als Killer-Typ gesehen. Wenn er überhaupt über sich nachdachte, sah er sich vielmehr als sanftmütigen Menschen – von gelegentlichen Temperamentsausbrüchen abgesehen. Auch nach Jims Tod, den er als nützliche Notwendigkeit ansah, war es nicht so, daß er sich während des Rasierens im Spiegel ansah und zu sich sagte: »Menschenskind, du bist also zu einem Mord fähig. Zu einem vorsätzlichen, nüchtern geplanten Mord.«

Lilly La Sanka gehörte ebenfalls in die Kategorie nützlicher Notwendigkeit. Sie war ihm zwar nicht gerade unmittelbar im Weg gewesen, hatte aber den Fehler begangen, ihn in eine unerträgliche Lage zu bringen. Deshalb mußte sie sich zu Jim Ferris irgendwo im Jenseits gesellen. Und noch immer war Franklin nicht soweit, sich zu sagen: »Ken, altes Haus, du bist ein Killer!« Lilly hatte es sich selbst zuzuschreiben – wie auch in gewisser Weise Jim. Sie wäre noch am Leben, sagte er sich an jenem Morgen, vor Inspektor Columbos überraschender Ankunft, wenn sie sich nicht um Dinge gekümmert hätte, die sie gar nichts angingen. Und es war eine Tatsache, daß sie ihn erpreßt hatte – und das war nicht nett von ihr. Das war ein Verbrechen.

Aber genau in dem Augenblick, als Inspektor Columbo zu dem Laden hinunterfuhr, der der verstorbenen Lilly La Sanka gehört hatte, muße Ken Franklin sich eingestehen, daß er sich wie ein Mörder fühlte.

Und der Mensch – der einzige Mensch, wie er selbstzufrieden überlegte –, bei dem er je das Verlangen zum Töten verspürt hatte – war der Mann, der eben das Haus verlassen, sich in den Wagen gesetzt hatte und jetzt davonfuhr. Hätten Wünsche töten können, so hätte es Columbos alter Wagen niemals um die nächste Kurve geschafft.

Langsam beruhigte sich Franklin wieder. Er setzte sich hin und überlegte. Inzwischen war der alte Wagen wohlbehalten am Ziel angekommen.

Der Parkplatz vor dem La-Sanka-Laden war voll besetzt. Columbo mußte eine ganze Weile nach einer Lücke suchen, wo er niemanden blockierte. Die Blechansammlung war so schlimm wie mitten in Los Angeles. Schließlich hatte er einen Platz gefunden. Er stieg aus und schlenderte zum Ladeneingang, wo ein Mann von der Autobahnpolizei in tadellos gebügelter, adretter Uniform ihm den Weg verstellte.

Der Streifenpolizist musterte ihn gründlich und hatte sich offenbar eine Meinung gebildet. »Reporter?«

»Nein.« Columbo förderte nach einer kurzen Durchsuchung seiner Taschen seine Dienstmarke zutage. »Inspektor Columbo«, sagte er.

»Aus Los Angeles? Was führt Sie zu uns, Inspektor?« Er zeigte mit dem Daumen in Richtung Laden. »Hat sie in Los Angeles irgendwas Krummes gemacht?«

»Wie? Ach ... nein, ich kenne sie gar nicht. Ich bin wegen eines Falles hier, den ich bearbeite. Ich habe hier keine Befugnisse, aber sicher darf ich mich doch ein wenig umsehen?«

»Wie Sie wollen, Inspektor. Wir sind immer zur Zusammenarbeit bereit. Vielleicht ist Mrs. La Sanka für Sie doch noch von Interesse. Sie ist ertrunken. Vor einer halben Stunde haben die Taucher die Leiche gefunden. Man weiß eigentlich nicht viel von ihr ... sie war beliebt ... sie war sehr freundlich.« Columbo nickte und wurde an Franklins Worte erinnert.

»Suchen Sie etwas Bestimmtes?« fragte der Polizist.

»Ach, eigentlich nicht. Falls ich auf etwas stoßen sollte, lasse ich es Sie wissen. Schöner Tag heute!«

»Ja, schrecklich, daß so etwas passieren mußte.«

»Schöne Gegend hier.«

»Ja. Na, dann bis später. Gehen Sie ruhig hinein.«

»Danke.« Columbo sah durchs Fenster und betrat erst dann den Laden. Drinnen stand eine Gruppe von Reportern im Halbkreis um einen zweiten Polizisten, einen Sergeanten, der sich in Positur warf und das Wenige, was er wußte, der

Presse zum besten gab. Der wie aus dem Ei gepellte Sergeant genoß es, im Mittelpunkt zu stehen. Dazu gab es hier draußen nur wenig Gelegenheit.

Columbo wanderte im Laden umher und hörte die Fragen und Antworten, während er gleichzeitig die Atmosphäre des Hauses von Mrs. La Sanka auf sich einwirken ließ.

Er blieb stehen, als er einen der Reporter fragen hörte: »Hat es nicht geheißen, daß sie eine Kopfverletzung hat?«

Der Sergeant war verblüfft. »Woher wissen Sie das?«

»Es stimmt also?«

Ein anderer Reporter meldete sich. »Los doch, Sergeant! Wir wissen es von Doc Webster. Wozu die Geheimniskrämerei?«

»Aber gar nicht. Ich frage mich nur, ob Sie die Story von mir oder jemandem anderen wollen.«

»Wir versuchen alle auszuquetschen, Sergeant.« Das war wieder der erste Reporter. Er war ganz ruhig und wollte den Polizisten bei Laune halten.

»Also gut, sie hatte eine Verletzung. Stammt vermutlich vom umkippenden Boot. Dadurch wurde sie wohl bewußtlos. Mit anderen Worten, sie ist mit dem Kopf irgendwo aufgeschlagen. Vielleicht auf die Ruderdolle ... ist aber streng vertraulich.«

Die einzige anwesende Frau meldete sich: »Sergeant?«

»Ja, Ma'am?«

»Gibt es Anzeichen dafür, daß sie alkoholisiert war?«

»Das wird die Autopsie ergeben. Die Ärzte sind eben dabei.«

Der zweite Reporter wandte sich an die Frau: »Mrs. Mauree, ich glaube, sie war betrunken. Letzte Nacht war es völlig windstill und der See ganz ruhig.« Er wandte sich an den Sergeanten. »Konnte sie schwimmen?«

Der Sergeant konnte seinen Ärger nicht verbergen. »Meine Herren ... meine Dame – woher soll ich das wissen? Ich war mit der Dame nicht verheiratet. Vielleicht weiß es jemand aus der Umgebung. Wir werden es herausfinden — aber dazu brauchen wir Zeit. Schließlich können wir mit unseren Ermittlungen ja erst beginnen, wenn eine Leiche erst einmal aufgetaucht ist.«

»Hat sie Verwandte?« Das war eine Stimme aus dem Hintergrund.

»Glaube ich nicht. Jemand sagte mir, sie wäre Witwe. Das werden wir auch feststellen. Wenn sie Angehörige hat, werden wir sie ausforschen.«

Die Fragen gingen weiter, doch Columbo war schon längst nicht mehr im Raum. Er hatte den Vorhang und den Türbogen dahinter entdeckt, der zur Treppe und zum rückwärtigen Teil des Hauses führte. Er sah den Münzfernsprecher an der Wand, der ihn daran erinnerte, daß er einen Anruf machen mußte. Er ging in die Küche und sah die sauberen Teller. Das kleine Wohnzimmer, in dem am Vorabend gegessen worden war, lag dahinter.

Er trat ein. Wieder war er erstaunt, wie aufgeräumt es hier aussah, fast so, als wäre es unbewohnt gewesen. Oder... oder vielleicht hatte sie das Haus in Ordnung gebracht, ehe sie die Ruderpartie unternahm. Hatte es in Ordnung gebracht oder bringen lassen.

Er setzte seinen Rundgang fort. Sein geübter Blick begutachtete die Einrichtung und all die Kleinigkeiten, die so wenig und gleichzeitig so viel über die Tote aussagten, als er auf dem Boden in einer Zimmerecke etwas entdeckte.

Er ring hin, bückte sich und hob seinen Fund auf. Nach einer kurzen Untersuchung ließ er das Ding in der Tasche seines Regenmantels verschwinden.

Gemächlich gesellte er sich wieder zur improvisierten Pressekonferenz, die noch in vollem Gange war.

Die Frau stellte eben die Frage: »Was ist mit dem Boot?«

Der Sergeant zuckte mit den Achseln. »Was soll mit dem Boot sein?«

»Woher stammt es? Wer ist sein Besitzer?«

»Es stammt von der Anlegestelle hinter dem Laden. Es gehörte der Toten. Es haben sich mehrere Zeugen dafür gefunden, die sahen, wie Mrs. La Sanka oft hinaus auf den See ruderte, gewöhnlich nach Ladenschluß. Also war es ihr Boot, sie benutzte es meist abends und konnte rudern.«

»Hat sie es gestern benutzt?« fragte der erste Reporter.

»Das kann niemand mit Sicherheit sagen. Die Leute hier gehen zeitig zu Bett. Außerdem wissen wir nicht sicher, wann sie hinausgerudert ist — oder wann sie aus dem Boot gefallen ist. Das kann erst die Autopsie klären.«

»Glauben Sie, daß sie gestern frische Luft schnappen wollte?« fragte der zweite.

»Lauter Vermutungen, meine Herren — meine Dame. Wir wissen es nicht. Vielleicht wollte sie raus. Wer weiß? Möglich, daß sie schwindlig wurde oder einen Herzanfall hatte.«

»Sie glauben, daß es ein Unfall war?« fragte die Frau.

»Das Ganze sieht mir nicht nach einer faulen Sache aus.«

Columbo war schon an der Tür und wollte gehen. Sein Blick glitt erneut durch den Raum. Und jetzt fiel ihm das einzig Ungewöhnliche in dem Laden auf. In einer Ecke war ein kleiner Bücherschrank — kein Verkaufsregal für Bücher, sondern ein alter Bücherschrank, der sowohl alte Bücher ohne Schutzumschlag wie abgegriffene Taschenbücher enthielt. Neugierig ging er näher. Ein einziges neues Buch war darunter, das noch in seinem nagelneuen Schutzumschlag steckte. Er nahm es heraus und sah, daß es ein Mrs.-Melville-Roman war, einer, den er noch nicht kannte.

Er blätterte darin herum und wollte es schon zurückstellen, als er die Titelseite aufschlug. Sein Blick fiel auf die Widmung, die Ken Franklin für Lilly La Sanka geschrieben hatte.

›Meiner Lilly — immer in Liebe — Ken.‹ Vorsichtig schloß er das Buch und schob es in die zweite Manteltasche. Er ging ans Telefon, von dem aus er Joanna Ferris anrief. Sie war bereit, sich mit ihm zu treffen, sobald er wieder in der Stadt sei.

Zur selben Zeit saß Ken Franklin in seinem Wohnzimmer und starrte finster in den gemauerten Kamin, der des schönen Wetters wegen kalt und unbenutzt aussah. Seit Columbos Weggehen hatte er sich kaum gerührt. Die Dinge liefen nicht gut ... o nein, es gab keinen Grund zur Besorgnis, aber dieser Inspektor aus Los Angeles fing an, ihm auf die Nerven zu gehen.

Immer, wenn er sich umdrehte, stand dieser Columbo hinter ihm. Was suchte dieser Kerl? Offenbar hatte er die Version von der ›Verbrecherorganisation‹, die angeblich Jim liquidiert hatte, nicht geschluckt. Aber warum nicht? Es gab dafür eine logische Erklärung. Ja, sicher, die Polizei mußte alle unter die Lupe nehmen, und Ken mußte zugeben, daß er selbst ein starkes Motiv hatte, wenn man an die Versicherung dachte — aber Columbo hatte nie eine Andeutung fallenlassen, daß er davon wußte. Nein, die Polizei wußte nichts Genaues — davon war er überzeugt. Und auch wenn es nicht so war ... man hatte keinen Beweis gegen ihn. Es würde nie einen Beweis geben ... jetzt, seit Lilly tot war.

Joanna glaubte, Jim hätte sie vom Büro aus angerufen. Und wenn Jim im Büro war, während er, Ken, sich in der Hütte aufhielt, konnte er den Mord nicht begangen haben. Ganz einfach. Sollte Columbo nur hier auf dem Land herumstöbern! Sollte er ruhig Anrufe um Mitternacht machen — was bewies das schon?

Und doch war es um seine Selbstsicherheit geschehen. Es lief nicht so, wie geplant. Von Anfang an waren Kleinigkeiten danebengegangen. Und dann etwas Größeres. Lilly. Aber für sie hatte er eine Lösung gefunden. Unfalltod durch Ertrinken, würde das Urteil lauten. Man würde Alkohol im Blut finden und annehmen, daß sie angeheitert über Bord gefallen war und sich dabei den Kopf angeschlagen hatte.

Und sie war die einzige, die wußte ... eine glänzende Idee, wie er zum Schein auf sie eingegangen war und sie in dem Glauben gelassen hatte, er wolle bezahlen!

Da fiel ihm etwas ein. Er mußte das Geld als erstes gleich morgen zurückbringen. Er wollte es nicht bei sich haben. Was hatte er ihr gesagt? »Man könnte ausgeraubt werden!«

Er stand auf. Höchste Zeit für einen Drink.

»Nein, lieber nicht. Muß klaren Kopf behalten. Ein Glas Champagner wäre besser ...« Dabei dachte er an die knallenden Korken, und ihm fiel ein, daß er sie nicht eingesammelt hatte!

Hastig lief er zu seinem Wagen und legte die kurze Strecke bis zum Laden in Rekordzeit zurück. Columbos Wagen war nicht zu sehen. Es wimmelte von Touristen. Er mußte hinein. Die Korken bedeuteten zwar nichts ... aber es war doch klüger, wenn er sie an sich nahm. Eben kam eine Gruppe von Reportern heraus, angeführt von einem Polizisten. Kein Zweifel, es waren bereits Neugierige drinnen gewesen. Trotz allen Anstrengungen der Polizei gelang es immer wieder jemandem hineinzukommen. Er wollte sich als Zaungast ausgeben, als ›voyeur‹, der nur mal sehen wollte, wie sie gelebt hatte. Trotzdem mußte er mit größter Vorsicht vorgehen.

Er mischte sich unauffällig unter die Reporter, die auf der Veranda standen und noch immer mit dem Polizisten redeten. Es war ganz leicht. Er drückte sich an ihnen vorbei, bis er fast den Eingang erreicht hatte. Er sah hinein — niemand drinnen. Er konnte es wagen, nur durfte er sich nicht zu verstohlen benehmen. Er mußte so tun, als sei er ein Souvenirjäger.

Niemand bemerkte sein Eindringen, niemand hielt ihn auf oder stellte Fragen. Er ging direkt in die Küche, sah sich hastig um und entdeckte schließlich einen Korken unter dem Kühlschrank. Jetzt aber der zweite! Er hatte die zweite Flasche am Tisch geöffnet.

Nervös ging er ins Zimmer. Es war genauso, wie er es gestern abend verlassen hatte. Hastig suchte er den Boden ab, griff unter die Couch, den Sessel, die Tische — überall suchte er. Der Sektkorken war weg.

Jemand hatte ihn gefunden — oder, was viel wahrscheinlicher war, das Ding war in eine Ecke gerollt, in ein Versteck, wo es monatelang unentdeckt bleiben würde.

Der Korken war nicht mehr da, das stand fest. Und er mußte sich davonmachen, ehe man ihn entdeckte und ihm Fragen stellte.

Er ging den Weg zurück, durch die Küche, den Bogendurchgang und den Laden. Die Gruppe stand noch immer auf der Veranda. Sein Weggehen wurde ebensowenig bemerkt wie sein Eindringen. Das also war die hochgerühmte Tüchtigkeit der Polizei!

Als die Gruppe sich auflöste, ging er einfach mit. Er befingerte den Korken in seiner Tasche und redete sich ein, daß man den anderen nicht gefunden hatte.

Und wenn, dann spielte das auch keine Rolle. Es war schließlich nur ein Korken. Albern, sich wegen eines Korkens so aufzuregen. Die Polizei würde glauben, Lilly hätte eine Flasche geöffnet, irgendwann einmal. Vor Monaten schon.

Kein Grund zur Beunruhigung.

Solange... nun ja, der Inspektor hatte Flaschen auf dem Tisch in der Diele gesehen... aber das war kein Grund zur Beunruhigung. Columbo war schon auf dem Weg in die Stadt zurück. Den Champagner hatte er sicher schon längst vergessen.

Kein Grund zur Aufregung.

Er fuhr schnell nach Hause in die Sicherheit seiner ›Hütte‹ und goß sich einen Drink ein, einen sehr großzügig bemessenen. Mit zitternden Händen setzte er das Glas an und nahm einen Riesenschluck. Kein Grund zur Beunruhigung. Nur ein Stück Kork, ein verdammter, lausiger Korken. Kein Mensch auf der ganzen Welt konnte den Korken einer Champagnerflasche zu einem Fall aufbauen. Nicht mal die hochgerühmte Mrs. Melville.

In keinem einzigen der Bücher hatten er und Jim, hm... Jim..., Mrs. Melville einen billigen, leichten Sieg verschafft. In ihren Büchern hatte es keine Korken gegeben, deren Spur man verfolgen konnte, keine winzigen Fingerabdrücke, keine Staubspuren auf Manschetten und all den Unsinn. Sie hatten mit ihren Lesern ein faires Spiel gespielt — und Columbo würde das auch tun müssen. Kein Gericht in diesem Lande... ach was, es spielte keine Rolle! Sicher, Columbo hatte Verdacht geschöpft. Aber Verdacht war kein Beweis. Mrs. Melville hatte es sich zur Regel gemacht, alle zu verdächtigen... aber sie verschaffte sich handfeste Beweise, und dieser Columbo, der sicher nicht das Format einer Mrs. Melville hatte, verfügte über keinen einzigen Beweis.

Er hatte nur seine Vermutungen.

Pech gehabt, Columbo. Du hast keinen hieb- und stichfesten Beweis. Ein wahres Pech.

Ken trank aus, schenkte schnell wieder nach. Eigentlich hatte er heute zurückfahren wollen, aber es war vielleicht besser... nein, er wollte ein Nachmittagsschläfchen halten und erst abends nach Hause fahren. Morgen mußte er zur Bank... und alles zurückbringen, ehe es dem kleinen Komiker einfiel, auch dort herumzuschnüffeln.

Kein Grund zur Aufregung, Ken. Gar keiner. Trink ruhig aus und behalte die Nerven.

Genau das hatte Mrs. Melville immer getan. Den Verbrecher zu einem eklatanten Fehler getrieben, zu einem albernen Fehler. So viel Glück hast du nicht, Columbo.

Es würde keine Fehler mehr geben, keine weiteren Fehler, berichtigte er sich.

Man konnte ihm nichts beweisen. Man konnte zwar wilde Vermutungen anstellen, aber nichts beweisen. Also — Nerven behalten, Ken. Nur nicht durchdrehen.

Er trank das zweite Glas leer. Die Sonne schien durchs

Fenster. Es war noch heller Tag, und er hatte gedacht, es wäre schon Abend. Nein, es war erst Mittag. Gestern war es spät geworden, und er war nervlich überanstrengt.

»Ich brauche Schlaf«, sagte er. »Ein paar Stunden Schlaf — dann nichts wie zurück in die Stadt. Kein Grund zur Beunruhigung. Schlafen, damit der Kopf sich klärt. Columbo weiß gar nichts. Nur ein verdammter Champagnerkorken. Keine gute Spur übrigens, Jim hätte sich sicher etwas Besseres ausgedacht. Guter, alter Jim. Tut mir richtig leid, Jim.«

Dann lehnte Ken den Kopf zurück und schlief sofort ein.

20

»Leider verstehe ich noch immer nicht, was das bedeuten soll«, sagte Joanna Ferris zu Columbo, der neben ihr auf der Couch in ihrem Wohnzimmer saß. Das Buch, das er in Lilly La Sankas Laden gefunden hatte, lag auf dem Tischchen vor ihnen. Das Titelblatt war aufgeschlagen.

»Das würde bedeuten, daß er sie gut kannte. Nicht nur flüchtig, wie er mir einreden wollte, sondern recht gut.«

Joanna Ferris war sichtlich beunruhigt. »Na schön — ein Buch mit einer romantischen Widmung — und ein Champagnerkorken. Was beweist das schon?«

Columbo klappte das Buch zu. »Nichts — einzeln betrachtet. Aber es paßt genau zusammen, wenn man davon ausgeht, daß Franklin Ihren Mann ermordet hat.«

Ihr Verstand weigerte sich, diesen Gedanken zu akzeptieren, denn der war zu schrecklich, um zu Ende gedacht zu werden. »Ich kann es noch immer nicht glauben. Ich kenne Ken schon zu lange. Er ist kein Mörder. Er war mit Jim befreundet, eng befreundet. Sie unternahmen vieles gemeinsam — außer Bücherschreiben. Freilich, in den letzten Jahren waren sie nicht mehr so viel beisammen — daran war Jims Ehe mit mir schuld. Ken hatte Jim gern ... sie hänselten einander, machten Scherze, hatten dieselbe Wellenlänge. Eigentlich kenne ich Ken so lange wie Jim... und Ken... also, ich weiß nicht.«

»Und wenn Sie ihn hundert Jahre kennen, Mrs. Ferris – das ändert nichts daran. Er ist ein Mörder. Er hat Ihren Mann getötet... und auch die Frau, die in der Nähe seiner Hütte lebte. Wenn ich es nur beweisen könnte!«

Enttäuscht bemerkte Columbo, daß seine Zigarre ausgegangen war. Er sah sich nach Streichhölzern um. Als Joanna merkte, was er suchte, zog sie die schmale Tischlade auf und zeigte auf eine Ansammlung von Streichholzpackungen.

»Bedienen Sie sich, bitte.«

Geistesabwesend nahm er ein Päckchen und zog ein Streichholz heraus. Joanna Ferris fuhr fort: »Mir scheint es sinnlos. Außerdem hat Ken ein Alibi. Und welches Motiv könnte er gehabt haben?«

Columbo zündete seine Zigarre an. »Ich sagte schon, wie er die Sache mit dem Anruf arrangiert haben könnte. Und das Motiv ist die Versicherungssumme von zweihundertfünfzigtausend Dollar. Eine ganze Menge... für zwei Häuser, Gemälde, Frauen, Autos braucht man nicht zu knapp Kleingeld.« Gedankenverloren klappte er den Umschlag des Faltpäckchens auf und hielt plötzlich inne.

»Was ist das?«

Columbo las langsam vor: »Jack und Jill, die beiden machten viel. Tötet Jack die Jill? Wenn ja, warum er es wohl will?« Erstaunt sah er sie an und reichte ihr das Päckchen.

Mit traurigem Lächeln sagte Joanna: »Ja – Jim! Eine Idee für ein Buch.« Als sie sich wieder gefaßt und ihre Erinnerungen zurückgedrängt hatte, legte er das Päckchen auf den Tisch.

»Inspektor?«

»Hm?«

»Wenn Ken tatsächlich meinen Mann getötet hat – ich

kann es einfach nicht glauben... aber wenn... dann war es wegen der Versicherung. Mit der Teamarbeit war es vorbei, es hätte keine Mrs.-Melville-Bücher mehr gegeben, nach einer Weile wären die Tantiemen versiegt. Ken brauchte viel Geld für seinen gewohnten Lebensstil. Es ist anzunehmen, daß er es mit Schriftstellerei nie hätte verdienen können – aber selbst wenn das alles stimmt –, warum hat er diese La Sanka ermordet?«

Columbo paffte an seiner Zigarre. Auch ihm hatte diese Frage zu schaffen gemacht. Bis auf die lose nachbarliche Beziehung hatte Franklin mit Mrs. La Sanka offenbar wenig Kontakt gehabt. Ganz sicher würde bei einer von ihr abgeschlossenen Lebensversicherung für ihn nichts herausschauen.

»Ich vermute, daß sie etwas wußte. Vielleicht sah sie die beiden zu einer Zeit zusammen, als Ihr Mann angeblich im Büro war. Vielleicht drohte sie mit der Polizei, vielleicht hat sie ihn erpreßt. Das wäre immerhin ein Motiv für ihn.«

»Aber das ist reine Spekulation.«

»Nicht ganz. Ich habe bei seiner Bank angefragt. Er hat fünfzehntausend Dollar abgehoben.«

»Ja... vielleicht steht er kurz vor einer Reise.«

»Davon war keine Rede, als ich bei ihm war.«

»Oder wollte er nach Las Vegas. Ken liebt Glücksspiele. Kann sein, daß er einen größeren Betrag mitnehmen wollte.«

»In bar? Warum nimmt er keinen Bankscheck, den er in Las Vegas im Kasino einlösen kann? Oder Travellerschecks? Ein großer Unsicherheitsfaktor, wenn man soviel in bar mit sich rumschleppt. Warum hat er es übers Wochenende mit in der Hütte gehabt? Und wenn er montags etwa das Geld wieder bei der Bank einzahlen sollte... warum hätte er dann abgehoben, um es wieder einzulegen? Es sei denn, man hat ihn erpreßt?«

»Wenn er das Geld zurückgäbe – dann würde es doch bedeuten, daß er eben nicht erpreßt wurde.«

»Falsch. Es würde bedeuten, daß er sehr wohl erpreßt wurde, daß er aber der Erpresserin nichts zahlen mußte... er mußte sie nur in dem Glauben lassen, er würde zahlen... bis sich die Möglichkeit bot, sie umzubringen.«

Joanna fiel nun keine andere weitere Erklärung für Kens seltsames Verhalten mehr ein. Bekümmert sagte sie schließlich: »Also gut. Ich bin zwar noch immer nicht ganz überzeugt, aber ich gebe zu, daß mir manches einleuchtet. Was geschieht jetzt?«

»Weiß ich nicht. Ich habe einen Fall, der auf Indizien beruht — aber das ist zuwenig. Ich habe keinen handfesten Beweis. Vielleicht gibt es wirklich eine Erklärung für die Sache mit dem Geld, oder vielleicht hat er sich für den Notfall eine Erklärung zurechtgelegt. Ein guter Anwalt könnte vorbringen, daß sich alle Champagnerkorken gleichen... wenn ich bloß einen einzigen richtigen Beweis hätte, könnte ich ihn festnageln.«

»Aber Sie haben nichts in der Hand.«

»Nein.« Columbo sah sie offen an. »Aus diesem Grund bin ich hier. Vielleicht können Sie mir den Beweis verschaffen.«

»Ich?«

»Ja. Sie kennen beide Männer. Erzählen Sie mir von ihnen. Alles... reden Sie drauflos... was Ihnen in den Sinn kommt... Sie wissen schon, ›freie Assoziationen‹ nennt man das.«

»Eine Analyse ohne Couch?« Sie lächelte. »Möchten Sie nicht vorher Kaffee?«

»Und wie.«

»Dann entschuldigen Sie mich eine Minute lang. Ich werde reden, während ich Kaffee mache. Vielleicht bin ich dann unbefangener.«

Sie lief hinaus, und Columbo legte den Kopf zurück und zog an seiner Zigarre, nur um zu seinem Mißvergnügen festzustellen, daß sie wieder ausgegangen war.

Er hörte das Geräusch fließenden Wassers und Geklapper

in der Küche, und dann fing Joanna zu sprechen an. »Ich weiß nicht, was Sie wissen wollen«, rief sie, »aber ich lege mal los. Die beiden haben sich in einem Schreibmaschinenladen kennengelernt, man stelle sich das vor... Jims Maschine war kaputt, und Ken brauchte ein neues Farbband... Hilft Ihnen das weiter?«

»Reden Sie weiter... vielleicht klickt es dann bei mir.«

»Nun, von Jim habe ich Ihnen schon erzählt. Er war einzigartig, wirklich. Manchmal wachte er mitten in der Nacht auf und platzte mit einer Idee heraus. Ich kann mich erinnern, daß er das sogar auf unserer Hochzeitreise machte...«

Columbo zog an seiner Zigarre. Er nahm ein Streichholzpäckchen zur Hand, während sie fortfuhr: »Das Komische daran ist, daß Ken nie über die Bücher sprach, außer, wenn er im Fernsehen auftrat... Jim hingegen hatte sich die ganze Zeit über mit ihnen befaßt, schlafend und im Wachzustand.«

Columbo, der selbst an Schlaf gedacht hatte, war plötzlich wieder hellwach. Er sah sich nochmals sorgfältig das Streichholzpäckchen mit Jim Ferris ›gereimten Notizen‹ an. Während Joanna weiterredete, nahm ein Gedanke in seinem Kopf Gestalt an. Plötzlich stand er auf und schnalzte mit den Fingern. Joanna hatte ihm gegeben, was er dringend brauchte... seine langgesuchte Spur!

Zeitig am nächsten Morgen stand ein unauffälliger Mann in der Schalterhalle der Filiale der ›People's National Bank, Los Angeles‹ in Beverly Hills. Er brütete über einer Anzahl von Schecks, kratzte sich nachdenklich am Kopf und addierte auf einem Stück Papier ein paar Zahlen. Der Mann war der erste Kunde an diesem Tag und rechnete noch immer eifrig, als Ken Franklin hereinkam und sich lässig an die nächste Schalterbeamtin wandte. Er übergab ihr etliche große Umschläge und einen Bareinzahlungsbeleg.

Das Mädchen hinter dem Schalter lächelte Ken Franklin

zu. Er war nicht nur ein regelmäßiger und geschätzter Kunde, sondern auch ein gutaussehender Mann. Sie sagte ihm, daß sie den Depositenschein bestätigen und das Geld später nachzählen wolle. Er nickte beifällig und verließ eilig die Bank. Der unauffällige Mann wartete, bis Franklin außer Sicht war. Dann wandte er sich an dieselbe Schalterbeamtin, eine hübsche junge Dame von neunzehn Jahren, zeigte ihr seinen Dienstausweis und bat sie um Einzahlungsschein und Umschläge.

Dann ging er in das Büro eines der Vizepräsidenten und zählte in Gegenwart des Mädchens und des Präsidenten das Geld, erklärte es zum Beweismaterial für einen Strafprozeß und fragte, ob er das Telefon benutzen dürfe.

Es war Inspektor Columbo, der sich vereinbarungsgemäß im gemeinsamen Büro von Jim Ferris und Ken Franklin befand und den Anruf entgegennahm. Er hatte seit neun Uhr geduldig gewartet. Obwohl er seit gestern abend nur wenig hatte schlafen können, schlug sein Herz beim ersten Schrillen des Telefons schneller.

»Columbo.«

»Hier Ramirez. Inspektor — ich hab's.«

»Das Geld?«

»Ja. Fünfzehn Tausender. Die Summe, die er vorher abgehoben hatte. Wahrscheinlich auch dieselben Scheine — obwohl man hier darauf keinen Eid ablegen möchte. Aber immerhin — er hebt fünfzehntausend ab und zahlt sie am übernächsten Tag wieder ein ... dafür gibt es zwei Zeugen. Das Mädchen vom Schalter und ein Vizepräsident der Bank.«

»Gut. Geben Sie denen eine Bestätigung, und bringen Sie die Scheinchen mit. Ich glaube, damit kommen wir einen Riesenschritt weiter.«

Nachdem er aufgelegt hatte, überlegte Columbo, ob er zu Franklins Haus fahren und ihn dort erwarten oder eine Fahndungsmeldung durchgeben und ihn mit einem Einsatzfahrzeug der Polizei holen lassen sollte. Soweit er es beurteilen konnte, wiegte sich der Mann in völliger Sicherheit. Und falls Columbo hier im gemeinsamen Büro der beiden Schriftstellerpartner das Gesuchte nicht fand, wiegte sich Franklin mit vollem Recht in Sicherheit!

Er wollte die Suche, mit der er sich schon einige Zeit beschäftigt hatte, fortsetzen, als es an der Tür klopfte. Es war der Hauswart des Bürohauses.

»Entschuldigen Sie, Inspektor«, sagte er, »aber da wären ein paar Möbelpacker von einer Speditionsfirma. Sie sagen, Mr. Franklin hätte sie bestellt . . . sie sollen den ganzen Kram da fortschaffen. Ich sagte Ihnen schon, daß Mr. Franklin das Büro aufgibt und den Mietvertrag gekündigt hat.«

Hinter dem Hauswart schaute ein Kopf herein und ein athletisch gebauter Mann sagte: »He — Mr. Franklin?«

»Nein«, sagte Columbo. »Ich bin sein Freund. Ich soll Ihnen ausrichten, daß Sie warten sollen. Ich muß noch ein paar Sachen durchsehen. Wird nicht mehr lange dauern.«

Was der Wahrheit entsprach. Es waren nur mehr wenige Schubläden, die er noch durchsuchen mußte. Als er aufsah, bemerkte er, daß der Hauswart noch immer dastand.

»Ist schon in Ordnung. Ich komme schon durch. Meinen Durchsuchungsbefehl habe ich Ihnen ja gezeigt.«

»Ja ja, versteh' schon. Habe nur gewartet, falls Sie was brauchen.«

»Nichts — danke! Ich sehe nur noch ein paar Sachen durch, das reicht dann.«

Und es würde reichen. Er wußte, daß es Franklin getan hatte und wußte sogar, wie er es getan hatte. Er wußte sogar, welchen Beweis er nun dafür brauchte — aber er war nicht sicher, ob sich dieser Beweis hier im Büro finden würde. Oder anderswo. Aber Joanna hatte ihm von den Gepflogenheiten ihres Mannes erzählt, und Columbo konnte nur hoffen, daß Jim Ferris wirklich so ein Gewohnheitsmensch war, wie Joanna behauptet hatte.

Er blätterte einen Ordner durch. Leider nur Korrespondenz. Briefe von Lesern, die Mrs. Melville gelobt oder an ihr

Anstoß genommen hatten, Leser, von denen viele die Dame für eine lebende Person gehalten hatten, wie die vielen, an sie adressierten Briefe bewiesen.

Er hatte jetzt genug von Mrs. Melville. Ja, sie war eine gute Detektivin, und die Lektüre war vergnüglich, aber Columbo hatte sie eine Woche lang als ständige Diät genossen, hatte jedes einzelne Mrs.-Melville-Buch gelesen, und das war zuviel für einen einzigen Menschen, der daneben noch Dienst bei der Polizei versehen mußte.

Auch seine Frau hatte sich schon beklagt, daß er sich sofort nach dem Abendessen mit einem Buch in einen stillen Winkel verzog. Doch er war fest entschlossen, alle Bücher durchzuackern, weil er ahnte, daß der Schlüssel zu dem Fall in ihnen liegen mußte. Diese Annahme war jedoch ein Irrtum. Als Joanna über ihren Mann gesprochen hatte, war ihm zunächst nichts aufgefallen. Nur mit großer Mühe hatte er dem Gericht einen Durchsuchungsbefehl abluchsen können. Schließlich hatte er doch einen einsichtigen Richter gefunden — und der Staatsanwalt stand ohnehin hinter ihm. Nachdem er Ramirez in der Bank postiert hatte, war er zeitig ins Büro von Franklin und Ferris gefahren. Seither durchsuchte er hier alle Unterlagen, die er vor kurzem schon mal — wenn auch flüchtiger — durchgesehen hatte.

Diesmal aber wußte er, was er suchte.

In der vorletzten Lade fand er es endlich. Säuberlich gestapelt in einer schlichten Mappe, ein Haufen Zettel, einzeln datiert, über zehn Jahre zurückreichend. Der gesuchte Zettel war fünf Jahre alt ... aber Joanna hatte ja angedeutet, daß ihr Mann alles jahrelang hortete.

Manchmal eine gute Sache.

Um zehn Uhr fuhr Ken Franklin vor dem Gebäude vor, in dem er mit Jim Ferris gemeinsam das Büro hatte. Er war schon am Abend zuvor von der Hütte zurückgekommen, und es war nichts weiter passiert. Frühmorgens hatte er seinen ersten Weg erledigt, jetzt den letzten. Wieder einmal war es ihm geglückt, Columbo völlig aus dem Gedächtnis zu verdrängen. Da stand der bestellte Möbelwagen! Der Fahrer las in aller Gemütsruhe seine Zeitung.

»Ist das der Laster, der meine Sachen aus Suite achthundertdrei holen soll?«

»Mr. Franklin? Ja, das stimmt.«

Ken sah auf die Uhr. »Fertig?«

»Wir haben nicht mal angefangen«, erwiderte der Fahrer.

»Was soll das heißen? Sie sollten um neun da sein...«

»Wir waren pünktlich da. Beinahe. Sie kennen den Verkehr.«

»Ja. Und was hält Sie jetzt von der Arbeit ab? Soviel Zeit...«

»Hören Sie, Mister, ich bin ja nur der Fahrer. Reden Sie doch mit den anderen Jungs. Die sind seit einer halben Stunde oben.«

»Halbe Stunde...? Was machen die denn? Etwa Kaffeeklatsch?«

Er drehte sich um und lief über den Parkplatz. Im Haus ging er schnell zu den Aufzügen. Da bemerkte er zwei Männer in Arbeitsanzügen, die gemütlich an der Wand lehnten und rauchten.

»Kommen Sie von der Speditionsfirma?« Einer nickte, und Franklin fuhr fort: »Sollten Sie nicht längst oben sein?«

»Wer sind Sie?«

»Ken Franklin. Der Name auf Ihrem Auftragsschein. Ich habe mit Ihrer Firma alles abgesprochen... Sie sollten längst oben an der Arbeit sein. Was hält Sie davon ab?«

»Wir waren ja oben... aber Ihr Freund sagte uns, wir sollten noch warten.«

»Welcher Freund?«

»Der Kerl im Regenmantel. He, Mister, was denn, was denn?«

Wutentbrannt hatte Franklin sich umgedreht und auf den Aufzugknopf gedrückt. Während er die Liftkabine betrat, sagte er zu den Männern: »Warten Sie hier. Es dauert nur eine Minute.« Dann glitt die Tür zu, und er sauste hinauf in die achte Etage.

Als er auf den Korridor hinaustrat, sah er an der offenen Bürotür einen Uniformierten stehen. Einen Augenblick lang drohte ihn Panik zu überwältigen. Er wollte sich kurzerhand umdrehen und wieder hinunterfahren, doch dann überlegte er es sich anders. Er ging entschlossen den Gang entlang und betrat − an dem Uniformierten vorbeieilend − sein Büro.

Drinnen herrschte totales Chaos. Schlimmer als damals am Tage des Mordes. Aber ein Durcheinander ist an einem Umzugstag ganz normal. Schachteln voller Bücher, Papiere, Andenken waren über den Boden verteilt. Die Bilder waren schon abgenommen und standen in einer Ecke gestapelt. Helle Flecke an den Wänden gaben stumm Zeugnis von der Tatsache, daß hier Bilder gehangen hatten. Die Möbel steckten in Überzügen, die Aktenschränke waren verschlossen.

Hinter dem Schreibtisch saß, in ein Buch vertieft, Inspektor Columbo.

21 »Columbo!« Franklin spie dieses Wort geradezu heraus.

Columbo, der kaum den Blick von dem Buch hob, sagte: »Oh − Mr. Franklin! Ich lese eben das letzte Mrs.-Melville-Buch. Gestern hatte ich keine Zeit mehr dazu. Ich hasse es, wenn ich ein spannendes Buch nicht in einem Zug auslesen kann − und endlich erfahre ich, wer der Täter ist.«

»Was machen Sie hier?«

»Ich warte auf Sie. Ich war hier in der Nähe und dachte mir...«

»Sie waren schon zu oft in meiner Nähe. Mit welchem Recht haben Sie die Transportleute aus dem Büro gewiesen? Mit welchem Recht?« brauste Ken Franklin auf.

»Nun, das tut mir leid, aber ich dachte mir, wir sollten uns noch mal unter vier Augen unterhalten.«

»Wir haben nichts zu besprechen...«

»Doch, Mr. Franklin.« Columbo sprach ganz leise, fast unhörbar. Er schloß das Buch und stand auf. »Ich bin hier, weil ich Sie wegen Mordes an Ihrem Partner verhaften will!«

»Was?«

Columbo griff in die Tasche und zog ein kleines Stück Papier heraus. Er las vor: »Es ist meine Pflicht, Sie von Ihren verfassungsmäßig zugesicherten Rechten zu unterrichten...«

»Hören Sie mit dem Geschwätz auf. Ich habe es oft genug geschrieben, so daß ich den Spruch auswendig kenne.« Franklin holte tief Luft, um seine Stimme in die Gewalt zu bekommen und Zeit zum Überlegen zu gewinnen. Columbo hatte nichts in der Hand. Er bluffte nur und wollte ihn glauben machen, er hätte einen Beweis. Nun, er würde nichts zugeben, das stand fest. So ruhig wie möglich sagte er: »Was soll dieser Unsinn?«

»Mr. Franklin — warum legen Sie kein Geständnis ab und ersparen uns beiden viel Ärger? Sie sehen, jetzt habe ich Sie...«

Franklin lachte. »So? Sehr gut, Columbo. Ich bin Ihr Gefangener. Legen Sie mich in Eisen. Zuerst aber möchte ich meinen Anwalt anrufen. Der wird Sie und Ihre Abteilung wegen widerrechtlicher Festnahme belangen, wegen Verleumdung und Gott weiß, weshalb noch...«

»Eigentlich wußte ich es von Anfang an«, fuhr Columbo fort, ohne auf Franklins Temperamentausbruch weiter einzugehen. »Es war nichts Greifbares, aber viele Kleinigkeiten. Zum Beispiel, daß Sie am Abend nach dem Mord kein Flugzeug genommen haben. Das geschah deswegen, weil Sie die Leiche in die Stadt transportieren und sie auf Ihrem Rasen ›finden‹ mußten. Dann die geöffnete Post. Dann die Tatsache, daß Sie keine Spur einer Gemütsbewegung zeigten, obwohl Sie mit dem Mann jahrelang zusammengearbeitet hatten... ein Mann, der Ihr Freund war... mit dem Sie Witze machten...«

»Witze! Wunderbar! Bleiben wir bei Witzen. Man wird Sie hohnlachend aus dem Gerichtssaal weisen.«

»Ich glaube kaum, daß man die Versicherungspolice hohnlachend übergehen wird. Ich habe davon eine Fotokopie. Und das Geld, das Sie abhoben... und heute um neun Uhr fünf wieder einzahlten. Und über das Buch, das Sie Mrs. La Sanka verehrten.«

Die Erwähnung des Buches ließ Franklin leicht zusammenzucken, aber er parierte den Hieb, indem er sagte: »Sie wollen wirklich eine Anklage auf Grund solcher — Nichtigkeiten durchbringen? Inspektor, ich war in San Diego...«

»Ihr Partner auch.«

Nach unmerklichem Zögern sagte Franklin: »Eine provokative Behauptung. Haben Sie dafür einen Beweis?«

»Ja, sicher. Zwar keine Zeugenaussage. Denn die Zeugin haben Sie getötet. Aber es gibt noch einen anderen Weg.«

»Wie wär's, wenn Sie mich darüber aufklärten? Ich genieße es direkt, wenn ein Mann mit Nieten in der Hand Trümpfe ausspielen will.«

Columbo war hinter dem Schreibtisch hervorgekommen. Er ging auf und ab, während er redete. »Ja, ich werde es Ihnen sagen. Eine Weile dachte ich, ich würde Sie nie zu fassen kriegen. Ich drehte mich dauernd im Kreise. Und dann fiel mir etwas auf. Der erste Mord war wirklich sehr geschickt eingefädelt. Der Dreh mit dem Anruf, die Idee, daß er noch im Büro bleiben wollte... Glänzend, Mrs. Melville hätte sich an diesem Fall die Zähne ausgebissen.«

»Faszinierend. Möchten Sie am Ende goldene Sterne verteilen?«

»Wird wohl so sein. Für den ersten Mord. Aber nicht für den zweiten. Das war Stümperarbeit. Mrs. Melville wäre sehr enttäuscht gewesen. Unsauber, nicht durchdacht, aus dem Augenblick heraus begangen, amateurhaft... während der erste durch und durch den soliden Professionellen verriet. Und genau das war es.«

»Columbo — kommen Sie endlich zum Ende. Draußen warten drei Möbelpacker, die ich pro Stunde bezahlen muß. Außerdem haben Sie es mit einem Schriftsteller zu tun — und wir mögen ausgewalzte Romanausgänge nicht.«

»So? Ich habe es mit einem Autor zu tun? Sehen Sie, das war der Schlüssel. Mrs. Ferris sagte mir, Sie hätten zur Entstehung der Bücher herzlich wenig beigetragen. Ihrer Aussage nach war es die Arbeit ihres Mannes. Seit Jahren schon. Sie haben die Bücher unters Volk gebracht, aber er hat sich die Fälle ausgedacht und sie geschrieben.«

»Das ist eine Lüge.«

Wieder beachtete Columbo Franklins hitzigen Einwand nicht weiter. Es war, als wäre der Mörder gar nicht anwesend, denn der Inspektor schien in einen Monolog vertieft, als er sagte: »Ich habe mich also gefragt, wie ein Mann ohne Begabung und Phantasie für Spannungsromane sich einen so raffinierten Mord ausdenken konnte. Den ersten meine ich damit, nicht den zweiten.«

»Los, erzählen Sie. Das interessiert mich. Wenn ich keine Morde aufs Papier bringen konnte, wie konnte ich mir dann einen ausdenken!«

»Genau. Wenn Sie so erfinderisch wären, dann hätten Sie eigene Bücher schreiben können.«

»Sie müssen den Fall beweisen. Das ist faszinierend für mich — andererseits auch langweilig.«

»Und dann hatte ich's! Sie haben sich den ersten Mord gar nicht ausgedacht. Der zweite — der improvisierte —, der war Ihr Werk. Aber nicht der erste.«

»Wessen Idee war es dann?«

»Die Idee Ihres Partners!« Columbo ließ eine Pause eintreten. »Es muß so sein. Und seine Frau erzählte mir, wie gewissenhaft er war und wie er immer seine Ideen zu Papier brachte ... notierte ...«

Ken Franklin sah sich um. »Deswegen haben Sie die

Möbelpacker aufgehalten? Damit Sie hier in Ruhe suchen konnten?«

Columbo nickte. »Ich wollte alle Ordner durchsuchen... habe nichts durcheinandergebracht. Und habe jeden Schrank wieder verschlossen, als ich fertig war.« Er faßte in die Schreibtischlade und zog ein Blatt Papier hervor. »Ist das die Handschrift Ihres Partners?«

Franklin bemühte sich nicht um eine Antwort.

Die Erklärung Columbos hatte ihm die Rede verschlagen.

Der Detektiv fuhr fort: »Nun, ich glaube, diesen Nachweis können wir erbringen. Vielleicht sollte ich es Ihnen vorlesen. Es ist der Plan, an den Sie sich bei dem Mord gehalten haben – Wort für Wort! Zu schade, daß Sie keine Zeit hatten, sich nach einem zweiten Plan umzusehen... für Mrs. La Sanka. Aber vielleicht fühlten Sie sich nach dem ersten Mord so sicher... daß Sie glaubten, Sie könnten es ohne Jim Ferris schaffen. Also hören Sie sich das an, Mr. Franklin: ›Idee für ein Mrs.-Melville-Buch. A möchte B töten. Er fährt B zu einem einsamen Haus und läßt ihn dort seine Frau in der Stadt anrufen und ihr sagen, daß er im Büro Überstunden macht... Bummbummm... Sie hört Schüsse übers Telefon, glaubt, daß ihr Mann im Büro getötet wurde. Ruft die Polizei...‹.«

Columbo sah auf. »Soll ich weiterlesen?«

Ken Franklin schluckte und ließ sich schwer in einen Sessel fallen. »Nein, das ist nicht nötig«, sagte er.

»Damit habe ich einen Beweis in der Hand, glauben Sie nicht? Schade, daß es bei Mrs. La Sanka danebenging. Das war ein Fehler. Sie hätten aufgeben sollen, als Sie noch in Führung lagen. Ich glaube nicht, daß es mir gelungen wäre... aber zwei Todesfälle – der Zufall war zu groß. Mit einem Mord hätten Sie es vielleicht geschafft. Aber dann haben Sie Ihre Fähigkeiten überschätzt. Oder Ihr Glück.«

»Sie wollte Geld. Ja, ich hätte ihr etwas geben können. Aber sie hätte vermutlich immer mehr verlangt. Und sie hätte mich in der Hand gehabt. Ich konnte nie leiden, wenn ich nach der Pfeife einer Frau tanzen mußte. Sie haben recht. Ich hätte zahlen und die Hoffnung nicht aufgeben sollen — oder zumindest abwarten sollen. Aber ich habe Sie eine ganze Weile ganz schön in Trab gehalten, stimmt's, Columbo?«

»Und wie!«

Columbo ging an die Tür und sprach mit dem Uniformierten, der jetzt hereinkam und darauf wartete, daß Ken Franklin ihn begleite, hinaus in den Korridor, mit dem Lift hinunter, nach draußen, in den Polizeiwagen, zur Polizei und dann ins Gefängnis, um dort seinen Prozeß zu erwarten.

Diese Gedanken gingen Franklin durch den Kopf, während er dasaß, vor sich hinstarrte und den Polizisten gar nicht richtig wahrnahm. Sogar der regenbemantelte Inspektor Columbo, den er dummerweise so unterschätzt hatte, schien mit den kahlen Wänden zu verschmelzen.

Doch als er aufstand, drehte er sich zu Columbo hin. Er sprach zu ihm, ohne ihn anzusehen — aber es klang genauso, als führe er ein Selbstgespräch.

»Und wissen Sie, was die größte Ironie des Schicksals ist? Es war ursprünglich meine Idee. Die einzige, die ich je hatte. Ich muß sie Jim vor etwas fünf Jahren erzählt haben.« Franklin schüttelte ungläubig den Kopf. »Wer hätte gedacht, daß dieser Idiot sie aufschreiben und sogar aufbewahren würde! Er war sammelwütig. Immer schon sagte ich ihm, er solle doch endlich einen seiner Ordner wegwerfen... er hat alles aufbewahrt... jede einzelne Idee, die guten... und die schlechten.«

Die guten und die schlechten. Ja, das war eine gute Idee gewesen. Und noch dazu seine eigene. Eine der wenigen. Er hätte... nein, sagte er sich, aus ihm wäre nie ein Schriftsteller geworden. Jim war der Schriftsteller. Er selbst war nur... nur ein Kerl mit Charme und gutem Aussehen — ein Manager, der alles durchsetzte und dirigierte. Mädchen, Bücher, das Talent seines Partners.

Ein wahres Pech, daß er sich eingebildet hatte, er könne

auch den Inspektor lenken, der jetzt an der Tür stand. Das war ein Fehler. Vielleicht hatte Columbo recht. Vielleicht hätte er Lilly La Sanka Geld geben sollen, und sie hätte nicht mehr verlangt... nicht mehr Geld. Nach einem Jahr wäre sie dann ohne Aufsehen verschwunden. In den Mrs.-Melville-Büchern hatten sie öfter Personen verschwinden lassen. Er hatte übereilt gehandelt.

Was hatte er sich dauernd vorgebetet?

Nur keine Panik. Und dabei hatte er sie in schierer Panik getötet.

Der erste Mord war perfekt geplant, perfekt ausgeführt. Ein Superding für ein Mrs.-Melville-Buch. In diesem Roman — wäre er je geschrieben worden — hätte sich das alte Mädchen alle Zähne ausgebissen. Es hätte keinen Weg zur Lösung gegeben. Wenn nicht der Mörder in Panik geraten wäre und einen bösen Fehler gemacht hätte. So wie er.

Ja, es wäre eine gute Story geworden — eine ihrer besten. Gute Kritiken, große Taschenbuchauflage, viel Publicity, vielleicht sogar ein Film. Wenn es bloß eine Möglichkeit gegeben hätte, daß die alte Dame den Mörder zur Strecke gebracht hätte, ohne daß er dumme Fehler begehen mußte.

Das war auch der Grund, weshalb Jim die Idee nicht verwertet hatte. Sie war zu gut. Mrs. Melville hätte ihn nicht erwischt. Wenn er nicht einen dummen Fehler begangen hätte. Und diese Methode lehnten sie ab. Jim hätte es nie getan. Er hatte die Leser nie hinters Licht geführt. Mrs. Melville durfte es nicht leichtgemacht werden.

Zu dumm, daß Jim nicht da war. Er hätte ihn fragen können, ob er für Mrs. Melville einen Ausweg sah... einen anderen, als die Dummheit des Verbrechers. Zu dumm.

Kopfschüttelnd ging er hinaus. Fast vergaß er die Tatsache, daß der Polizist ihm knapp auf den Fersen blieb und dabei die Hand locker am Revolver hielt.

Inspektor Columbo zog ein Streichholz aus der Tasche

und brachte seine kalte Zigarre wieder zum Glimmen. Er wollte zur Tür, warf aber vorher noch einen Blick in die Ecke, wo die Bilder hintereinander gestapelt an der Wand lehnten. Das oberste war Mrs. Melvilles Porträt. Er ging hin, hielt es in die Höhe. Nach gründlicher Begutachtung stellte er es wieder hin.

Wahrscheinlich hatte er sich geirrt, aber einen Sekundenbruchteil lang hatte er den Eindruck, als hätte sie ihm zugezwinkert.

Er ging hinaus und schloß hinter sich die Tür.

ENDE

Band 13 452
Columbo
Drei Romane in einem Band

Kaum ein anderer Fernsehdetektiv hat so viele Nationen so lange in Atem gehalten wie Columbo, der zum Understatement neigende Inspector aus Los Angeles. Peter Falk verkörpert diese urwüchsige Gestalt mit großem Erfolg. Jetzt liegen endlich wieder drei packende Kriminalromane zu unvergeßlichen Columbo-Episoden vor.
So heikel und unlösbar die Fälle auch scheinen mögen –

- eine eiskalt durchgeführte Rache
- zwei Brüder, die sich durch die Erbschaft des Vaters, eine Weinkellerei, verfeindet haben
- ein Universitätspräsident, der gegen das erste Gesetz seines Standes verstößt: *Du sollst niemals mit einer Studentin schlafen!* und damit ungeahnte kriminelle Entwicklungen heraufbeschwört.

– Columbo jagt den Täter auf seine Art: mit schneidendem Witz und detektivischem Spürsinn.

Sie erhalten diesen Band im Buchhandel, bei Ihrem Zeitschriftenhändler sowie im Bahnhofsbuchhandel.

Band 13 458
Willy Loderhose
Das große Stepen-King-Filmbuch
Deutsche Erstveröffentlichung

Die einzigartige Dokumentation über alle verfilmten Romane und Kurzgeschichten des meistgelesenen Autors unserer Zeit – spannend, kenntnisreich und informativ.
WILLY LODERHOSE gewährt faszinierende Einblicke in die Entstehungsgeschichte der Filme, liefert detaillierte Hintergrundberichte zu den vielen ›special effects‹ und verrät, wie Stephen King zu den verschiedenen Verfilmungen seiner Werke steht.
Das besondere Augenmerk des Autors gilt den neuen Stephen-King-Verfilmungen wie MISERY, NACHTSCHICHT, DER RASENMÄHERMANN, DER SCHLAFWANDLER, TÖDLICHE ERNTE u. v. a.

Sie erhalten diesen Band im Buchhandel, bei Ihrem Zeitschriftenhändler sowie im Bahnhofsbuchhandel.

Band 13 425
Eleanor Sullivan (Hg.)
Mord ist aller Laster Anfang

Alles, was Sie schon immer an Krimis lesen wollten: die Creme des Crime, das Beste vom Besten. Denn Eleanor Sullivan konnte aus dem vollen schöpfen – ELLERY QUEEN'S MYSTERY MAGAZINE, die Bibel für den Fan böser Geschichten, makabrer Morde und erlesener Erzgaunereien, feierte das erfolgreiche erste halbe Jahrhundert! Die Spezialistin für alles, was Gänsehaut macht, durfte zu diesem Jubiläum aus jedem Jahr die beste Story auswählen.

Und hier ist sie nun, die erste geballte Ladung der Klassiker, die sich um Krimi-Papst Ellery Queen scharten: Superstars wie die sanft-schreckliche Celia Fremlin, Altmeister Philip MacDonald oder Ellery Queen, der Kurzgeschichtenkönig selbst; aber gerade auch neu zu entdeckende, ›stille‹ Stars, die kleine, boshaft glitzernde Juwelen geschaffen haben.

Doch nur charakterstarke Leser sollten hier hemmungslos ihrer Leselust frönen. Denn eines müssen Sie immer bedenken: Mord ist aller Laster Anfang.

Sie erhalten diesen Band im Buchhandel, bei Ihrem Zeitschriftenhändler sowie im Bahnhofsbuchhandel.

Band 13 434
Eleanor Sullivan (Hg.)
Wen du heute kannst ermorden ...
Deutsche Erstveröffentlichung

Die Krimi-Anthologie schlechthin – für alle, die ein starkes Stück böser Unterhaltung vertragen können. Das Beste aus einem halben Jahrhundert ELLERY QUEEN'S MYSTERY MAGAZINE – wenn das kein Wort ist ... Denn hier tummelt sich die Elite der Erzähler gemeiner Geschichten, und jede einzelne Story ist eine kleine, giftig funkelnde Perle. Oder haben Sie je schon eine so prallvolle Prachtsammlung genüßlicher Grausamkeiten und genialen Grusels gesehen?
Dies starke Stück garstiger, hieb- und stichfester Unterhaltung bietet dem mutigen Leser Mordsfrauen wie Margret Millar oder Ruth Rendell neben männlichen Schreibkanonen vom Kaliber eines Stanley Ellin oder eines Peter Lovesey. Da ist Gänsehaut garantiert, wohliger Schauer und, Mordlust ist angesagt, lustvolles Lese-Laster. Aber für heute sollten Sie sich besser nichts anderes vornehmen. Denken Sie immer an unseren guten Rat: WEN DU HEUTE KANNST ERMORDEN ...

Sie erhalten diesen Band im Buchhandel, bei Ihrem Zeitschriftenhändler sowie im Bahnhofsbuchhandel.

Band 19 179
David Goodis/Ted Lewis/Leonard Schrader
Nachtvorstellung

Die Kultfilme, die Sie schon immer lesen wollten!

David Goodis, NIGHTFALL (DIE NACHT BRICHT AN) – Die Geschichte jener Nacht, in der für Vanning der Alptraum begann.
Verfilmt von Jacques Tourneur mit Aldo Ray und Anne Bancroft.

Ted Lewis, JACK CARTERS HEIMKEHR – Der Mann für die Drecksarbeit im Syndikat kehrt in seine Heimatstadt zurück, um den mysteriösen Tod seines Bruders aufzuklären.
Verfilmt mit Michael Caine.

Leonard Schrader, YAKUZA – Widerwillig kehrt Harry Kilmer nach langen Jahren zurück nach Japan, in das Land seiner verlorenen Liebe. Denn die Yakuza haben die Tochter seines alten Freundes entführt, und nur er kann noch helfen.
Verfilmt von Sidney Pollack mit Robert Mitchum als Harry Kilmer.

Sie erhalten diesen Band im Buchhandel, bei Ihrem Zeitschriftenhändler sowie im Bahnhofsbuchhandel.

Band 19 174
Ed Gorman (Hg.)
Du schießt mir noch mein Herz kaputt
Deutsche Erstveröffentlichung

Ja, und übrig bleibt nur noch ein Haufen Schutt, wenn Liebe in Haß umschlägt, wenn Frauen aus der (angestammten) Rolle fallen oder Männer den schmalen Grat verlassen, der sie am Abgrund des alltäglichen Wahnsinns entlangbalancieren läßt.
Geschichten, die mal das Leben, mal der Tod schrieb, aufgezeichnet von den besten Autoren böser Geschichten. Gesammelt hat sie Ed Gorman, der große Stars (Ed McBain, Andrew Vachss, Loren D. Estleman...) mit Geheimtips wie dem lange vergessenen Gil Brewer oder Power-Frauen wie Marcia Muller zusammenbringt.

Die härteste Versuchung, seit es gute Storys gibt. Denn: Die schönsten Pausen sind zartbitter...

Sie erhalten diesen Band im Buchhandel, bei Ihrem Zeitschriftenhändler sowie im Bahnhofsbuchhandel.

Band 13 464
Cynthia Manson (Hg.)
Weiberrache
Deutsche
Erstveröffentlichung

Dieser Erzählband ist ein literarisches Ereignis, vereint er doch die wohl gefragtesten Krimi-Autorinnen unserer Zeit in einem Band:

● **Ruth Rendell,** die in ihrer Erzählung die Spannung ganz aus dem Innenleben der Figuren ableitet und daher auf das gängige Mord-und-Aufklärung-Schema verzichten kann
● **Sara Paretsky,** die in einer ihrer besten Short Stories Privatdetektivin Vic Warshawski Chicagos Männer das Fürchten lehren läßt
● **Amanda Cross** – unter diesem Pseudonym schreibt die Columbia-University-Professorin Carolyn Heilbrunn Geschichten voller spritziger Dialoge und geistreicher Anspielungen auf die Weltliteratur
● **Celia Fremlin,** die Grande Dame des Frauenkrimis, nobel und atmosphärisch dicht in der Form, radikal in der Aussage
● **Mary Higgins Clark,** die Meisterin des Psycho-Krimis

Sie erhalten diesen Band
im Buchhandel, bei Ihrem
Zeitschriftenhändler sowie
im Bahnhofsbuchhandel.